虞美人之剑指江山

荷衣莲骨　搏天定宿命

闻情解佩　著

上册

百花洲文艺出版社
BAIHUAZHOU LITERATURE AND ART PRESS

图书在版编目（CIP）数据

虞美人之剑指江山 / 闻情解佩著. -- 南昌 : 百花洲文艺出版社, 2018.12
ISBN 978-7-5500-3042-8

Ⅰ. ①虞… Ⅱ. ①闻… Ⅲ. ①长篇小说－中国－当代
Ⅳ. ①I247.5

中国版本图书馆CIP数据核字(2018)第228243号

虞美人之剑指江山

闻情解佩　著

出版人　姚雪雪
特约编辑　许　玲
责任编辑　刘　云　黄文尹
美术编辑　吴黛君
制　　作　朱明月
出版发行　百花洲文艺出版社
社　　址　南昌市红谷滩世贸路898号博能中心A座20楼
邮　　编　330038
经　　销　全国新华书店
印　　刷　北京雁林吉兆印刷有限公司
开　　本　620mm × 889mm　1/16　　印张　40
版　　次　2018年12月第1版第1次印刷
字　　数　415千字
书　　号　ISBN 978-7-5500-3042-8
定　　价　69.00元（全二册）

赣版权登字 05-2018-417

邮购联系　0791-86895108
网　　址　http://www.bhzwy.com

目　录

目录

目　录

目 录

序言

江　山

千古江山如画，风景旖旎，引得无数英雄为之低眉折腰。多少花柳繁华地、温柔富贵乡，以前无不是烽烟四起、残阳血色。世事风云变幻，沧海浮沉，此刻姹紫嫣红、喧闹无比，转瞬繁花疏落、饮尽孤独。

历史，这是一个深沉又厚重的词，它古老又薄弱，寂寥又长情。那是一条漫长辽阔的河流，时而涛声翻涌，时而平静无波。秦皇汉武、唐宗宋祖，几多风流人物、传奇故事，都结下时光的茧、岁月的尘。明知千秋功业，一世荣华，终将付于苍烟夕照。然自古英雄，无不以争夺江山、天下而倒戈相向，仿佛唯有在战场，方能尽显王者之风。

与佩佩初遇，是在纸上相逢。她的文字，看似清简朴素，又不失华丽背景。她每本书所构思的情节，皆是一波三折，步步惊心，读罢耐人寻味，百转千回。初读这本，原以为与后宫相关，写的是一群风华正茂的妃嫔，为一个并不十分优秀、真正值得的男子钩心争宠，换来红颜薄命，花落叶残。其实不然。

这本小说，与江山权谋相关，与天下大势相关，行文间必然多了一些飞扬跋扈的霸气，以及纵横古今的谋略。她笔下的故事，如一盘棋，而江山，则如棋局。看似散乱无章，黑白人物纷纷而落，却环环相扣，井然有序，收放自如。

有时落子如飞，有时举棋不定，为的都是一个主题——江山。胜者，坐拥天下，万物称臣；败者，亦可江河垂钓，随波而去。在这盘棋里，可以看到天下江山，看到金戈铁马，看到悲喜情感，亦可以看到百相人生。那么多的玄机和谜题，都在层叠铺展的情节中，渐次解开。

虽说得失成败，转头即空，但世人痴迷的，则是那个惊心动魄的过程。每一步，皆要费心思量，以为断垣残壁，山穷水尽，岂不知还有峰回路转，柳暗花明之时。她落笔沉稳，深懂谋略，对人物心理，亦是透彻洞明。王权争夺，硝烟的味道，宫廷风云，脂粉的气息，尽落笔端，尽现纸上。

盛世之下，金粉之地，歌舞升平，令人醉生梦死。“让我拱手河山讨你欢，爱不释手你的美。”试问拼尽所有换来的锦绣山河，谁会拱手相让？多少王者，沉浸在宝座之上，无法自拔，忘记初心。而那些败落者，疗伤之后，卧薪尝胆，又可以重新指剑问江山，煮酒论英雄。

掩卷时，有一种山河阅尽、转眼沧海的怅然。倘若人生经历过这么一场江山之争，无论成王败寇，皆是英雄。此后，溪云卧隐，林泉归去，小舟江湖，当为造化。

白落梅

2013 年 5 月 8 日

楔　子

隆宣十九年十一月初八　夜

大雪依旧盘旋着往下压，地上很快便一片素银之色，四周静寂得骇人。马车一路东行，虞锦靠在车厢内，也如同死了一般沉寂。

“此去宫门，谁也无法预知未来是何变数。你如果想反悔还来得及，我会沿路北上，送你去塞北苦寒之地，从此隐姓埋名度此余生。”赶车的人似是思虑了很久，语气郑重，待到离宫门前数十丈远处将马车停下，半侧着头朝后说道。

良久，久到连那赶车的人都以为虞锦不会回应之时，马车上却缓缓传来清冷之音：“断曲，你走吧。我不会让虞家这么倒下去的，总有一天，我会让它再站起来，远比从前风光荣宠。”

“好，到那日，我再回来。”

断曲听到她的话，仿佛只是寻常话别，不久就会相见一般，弃了马车，拍了拍肩头的雪，远远而去。雪地上只留下一串深浅不一的脚印。

待到断曲走远了，虞锦才从马车上下来，看见车辕上留着一团揉得发皱的东西，虞锦淡淡一笑，捡起来放入怀中。

世人只说雪如何洁净，却不知其裹藏了多少尘垢污秽，虞锦一步步用力踩过，毫无怜惜，仿佛要将这尘世纷杂一一践踏在脚下。

倏地，虞锦驻足不前，望向四周的眼神已是接近冰点，感觉到杀气逐渐朝自己身侧袭来，虞锦掏出方才断曲留下的那副天蚕丝手套，缓缓戴在手上。

远处只听弓弩崩裂的弓弦之声，数支利箭卷着地上的碎雪朝虞锦的胸前刺来，虞锦用手轻轻朝前一拍，那些利箭突然转变了方向，纷纷落在虞锦左侧脚下，整齐划一。

虞锦摊开手，手心里躺着一枚利箭，是刚才趁着将利箭拍离的刹那搂在手上的一支，上面赫然刻了一个“睿”字。

虞锦认得这是东梁摄政王宗政睿手下铁衣卫的专属兵器。自己进宫乃是临时起意，又未曾走漏风声，宗政睿是如何知悉，然后派人来截杀自己的？只是那些人出招狠厉，虞锦怕惊动宫门守卫，只得迅速出手将铁衣卫毙命。

放眼过去，躺在暗处的一众七人都是被捏碎喉头、目露惊骇之色而死，浑身上下无其他伤痕，自然也不会泄露虞锦的武功路数。

虞锦将天蚕丝手套摘下放入怀中，轻轻地拍了拍手，复又踏步而去。

蓦地，斜刺里驰来另一辆马车，速度并不快，却直直朝虞锦冲了过来，虞锦站在原地，似是压根儿没有想过躲闪这回事，就在马车要撞到虞锦的刹那，车上伸出一只玉色的手将虞锦拉进了车厢内。

那人握过虞锦冰凉刺骨的手放至唇边，哈着热气暖着，漆眸在这墨夜车厢内泛着奇异的光泽，疏离不羁外透着几许狂热，而虞锦见到他却没有一丝惊异，像是预料中的事一般。

“你还是决意进宫？”誉王段无妄沉寂了许久，冷不丁说出口的话却是那般的低哑沉痛。

“我还有别的选择吗？”虞锦试图抽回自己的手，发觉那人握得生紧，便打消了念头随他握着，反正这样的见面不会再有下一次了。

虞锦稍掀起一侧车帘，见几个青衣人动作迅捷地搬动着地上的尸首，不过刹那那一片又恢复了安然，就连地上杂乱的脚印，也很快被大雪覆盖，完全不似刚才的生死之境。

“你什么时候招惹上了东梁的摄政王？”

“不记得了。”

段无妄知道虞锦是不愿意说，无声地叹了口气，说道：“摄政王虽远离朝堂，可是其当年有救驾护国之功，又驰骋沙场多年，战功赫赫，被东梁先皇临终托孤，赐封为摄政王，手握三十万兵权，权势通天，幼主无力，这东梁谁能掣肘他？所以摄政王也一向跋扈惯了，杀戮成性，从不知道‘收敛’二字。你当真不该招惹他。”

虞锦无声叹息，掩在袍袖中的另一只手紧紧攥了起来，说道：“这与你无关。”

段无妄眼神越发沉郁，他显然有些疲惫，将虞锦的手抵在自己的额头上，虞锦起初并不觉得如何，过了一会儿才觉得那人的额头烫得吓人。

“我一得到消息，就拼了命地从梁川赶来东梁，为的就是阻止你进宫。跟我走吧，到我的封地去……”

“跟你走？让你为了我惹上通敌叛国的罪名，这样的罪孽，我虞锦背负不起。”猛然，虞锦用力抽回了自己的手，冷冷地打断了他的话。

“可是……我就是不许你进宫！”段无妄有些急了，想再度挽过虞锦的手，虞锦朝后面欠了欠身，却不防抵在了车厢上，那人合身压过来在她冰凉的唇角处轻轻吻了下，只是轻轻吻了那么一小下，在看到虞锦冷然疏离的眼神后，挫败地放开了她，“我就知道会是这样，即便我今日为了你死在这宫门前，你连眉头也不会皱一下的。可是，我明知道你不会跟我走，却仍是日行千里奔赴而来，为的是什么？”

“如今一进宫门，我就只是被人踩在脚下的尘泥。我要想救自己，救虞家，那即便这条路有再多艰险，我也要如履薄冰地走下去，你明白吗？”虞锦用冰凉的手抚了抚誉王段无妄的额头，滚烫依旧，于是不敢再耽搁下去，催促他离开。

段无妄见虞锦要下马车，想也没想便攥紧了她的手腕。虞锦吃痛，蹙了蹙眉，未等用力挣开，便见段无妄又欺身压了上来。虞锦用手抵在他的胸口处，将他因发怒而紧蹙的眉心抚平，朝他微微笑了笑，似是初识他那年的妩媚。

“你原本是站在云端俯瞰天下的人，你将你杀伐决断的那一面掩藏起来，留在远离帝都阳城的封地，你放任自己离权势越来越远，纵容别人开始以轻视的眼光肆无忌惮地打量你，为的又是什么？不过就是与我一样，活下去……”

虞锦的话仿佛是一把带刺的刀，穿透了段无妄的胸口，他没有感觉到痛，只觉得气闷与麻木，闷得几乎窒息，麻木到没有知觉，抬了抬胳膊却毫无气力，眼睁睁地看着虞锦下了马车，迎着风雪走进了宫门。

风雪愈发狂猛，吹得虞锦睁不开眼睛，只得半眯着眼，仰头看着宫门上的那三个白玉石刻大字——安平门。

“喂，做什么的，不要命了吗？”

虞锦站在宫门前多时，自然引起了守卫的注意，守卫刚靠近虞锦，看到了虞锦手里握着的信物，神色为之一怔，随即换了一种口气，低声说道：“跟我走吧。”

就这么轻易地踏进了宫门，虞锦摸了下城墙内的青砖，仍旧有些难以置信的恍惚，这可是东梁的皇宫啊！

皇宫内，雪如同薄毡一样，覆盖万物，除了来回巡逻的守卫，空旷的宫廷内再不见其他人。虞锦眯着眼辨不出层层叠叠的如云宫殿，只觉得四处弥漫着森严压抑的气息，令人发冷。

那守卫将虞锦引至二道门的一个小太监瑞祥那里，赔着笑站在那里兀自不动，那小太监瑞祥不屑地斜睨了他一眼，从怀里取过一小块金子扔给他，打发他走了。

“跟我走吧？”

小太监瑞祥用刻意挑高了的音调，趾高气扬地说道。

虞锦跟在他身后，不发一言，顺着廊亭回转，又进了第三道门，那边庭院更大，虞锦四处看了眼，不防脚下却踢到坚硬的一物，脚尖生痛。

虞锦凭触感知道那绝不是石块，可是她猜不出会是什么东西竟被随意搁置在庭院中央。

瑞祥听见动静，回头朝地上随意一指，说道：“这是昭兰阁的宫女烟屏，得罪了诚太妃，被送到御监典正司来，杖毙了事。”

原来是个死人，在大雪天冻了这么久，尸体已经僵直发硬了。那负责收殓的人或许以为大雪盖住尸身暂时不会被管事发现，所以怀着侥幸的心理偷懒喝酒去了。

虞锦只觉得阵阵恶寒，这诚太妃正是摄政王的姑母宗政慧，东梁先帝驾崩，除去生下幼主的周太后，其余妃嫔全部被赐殉葬，唯独摄政王宗政睿力保姑母的性命，朝堂无人敢言，宗政慧倚仗侄儿的声威，在后宫的势力远超周太后。

虞锦蹙了蹙眉，将身上的墨色斗篷解下来盖在那尸体上，跟在瑞祥身后匆匆离去。

进了正厅，虞锦立马感觉到了一股沉重压抑的气氛，从暗间慢慢走出一位老态龙钟的太监，伴着腐朽的气息，瑞祥早已收敛起那副颐指气使的模样，躬身候在一旁，大气也不敢喘。那老太监走路蹒跚，似乎下一步就要摔倒了，瑞祥却偏偏不敢上前去扶，见老太监阴鸷地扫了他一眼，骇得一抖，便疾步退了下去。

老太监咳了几声，满是沟壑的脸上暗红不已，艰难地坐下身斜斜地歪在椅榻上喘息了半天。

“老奴本以为你会远远逃了，没想到，你还是进宫来了。”

“我没有选择。”

虞锦说出这句话，才忆起仿佛刚才在宫门前，也是这样对段无妄说的。自己那样伤了他，或许他已经走远了吧，回到梁川将这段过去慢慢淡忘了。

“怎么没有选择？宫门前不是有人要带你离开吗？”

虞锦心中一惊，没有想到这貌似耳聋目盲、颤颤巍巍的老太监竟然这么快知晓此事，不过她很快便释然了，她面前的老太监李长桂岂是宫内泛泛太监可比的？

李长桂先后侍候过三代帝王，论起揣摩圣意来，无人出其左右，偏偏他又最忠心护主，几次救帝王于危难之中。先帝曾下恩旨准其在宫内安度一生，传言之中还说李长桂死后还会再加封二等侯，被风光大葬。

别人都以为这样的恩宠必会令他得意忘形，谁料李长桂却越发谦恭起来，并且向摄政王再三辞了总管一职，在这皇宫偏僻一隅安稳地住了下来，不问世事。

虞锦坐在右首第二把椅子上，斜对着李长桂，本想作答几句，看了他一眼，谨慎地选择了沉默。

“也罢，时局所迫，即便你不进宫，周太后还是会在三品以下官宦人家中另择一位资质尚可的女子进宫。”说到这里，李长桂没来由地问了一句，“你知道周太后为什么一定要在三品以下的官宦人家中挑选吗？”

虞锦岂会不知，周太后位高权重不假，可是这种人往往更忌惮别人会借势上位，如若选择了一品大员的女儿进宫，谁知到最后扶持起来的会是如何的饿狼猛虎？只有三品以下官员，她才可以牢牢掌控，无后顾之忧。

虞锦心里明镜一般，说出口的却是两个字：“不知。”

而李长桂仿佛对她的态度有几分赞赏，点了点头，继续说道：“姜陵进宫那一天，也是坐在你这个位置，老奴也曾问过她同样的问题。那般聪慧的女子，又岂会看不穿这个中道理？只不过有人将那份聪慧深藏在心里，有人便轻易说出了口。所以她遭了那样的祸事，没人救得了。”

姜陵——虞锦低低吟念了一遍这个似是陌生又万分熟悉的名字，感觉到那份绝望的凄美。如果还有下一次，姜陵肯定不会再犯同样的错。

只是，恐怕她再也没有机会了。

如今，她怕是死了吧……

第一章
宿命玄机　掩遗世风骨

大盛唐朝，隆宣十九年六月初十，虞家。

远处闷雷滚滚，渐似风雨欲来，原本打扫得干净清明的庭院，不知为何扬起风尘滚滚，诡异莫测。

督律司大夫虞展石从府外回来，神色沉郁，似有满腹惆怅，推开书房门踏步进来，见有人影闪动，左侧书架后犹自还露出一截逶迤拖地的裙角，不禁轻蹙眉头。

“屏儿，我说过多少次，不准你擅进为父的书房。”

虞屏嘟着嘴，从书架后挪出身来，上前扯着虞展石的衣袖，说道：“父亲就是偏心，这书房谁都进得来，为什么偏偏不许女儿进来？大姐自幼离家便罢了，三弟也是父亲早早请了先生来习文断字的，唯独女儿，别说什么琴棋书画，就是连大字也不许识得几个……”

见虞屏这副娇憨模样，虞展石的心里一软，涌在心口的话又顿了回去，半晌，才挥了挥手让她退下，那神情却是冷漠如霜，似是不愿意与她多说一句话。

虞屏怔了怔，低垂下含泪的眼眸，不再恳求，悄无声息地离开了。

虞展石看着虞屏的瘦弱身影，低叹道：“屏儿，不要怪爹，爹是为你好，以后你总会明白爹这一番苦心。”

端着燕窝进来的段丽华看见这一幕，有些不耐烦，说道：“老爷还不如将实情直接说给二小姐听了，二小姐是个明理的，她知天命，定不会再怨老爷薄待她……”

虞展石冷眼看向段丽华，说道：“你若胆敢告诉屏儿实情，我必不会轻饶你。”

“好，好，我不说便是。老爷，志儿昨日来我房里，说看上大小姐身上带着的一把匕首，自己又不敢开口讨，定要我去开那个口。可是老爷只怕心里也明白，大小姐瞧不上我这个继母，与我疏远得很。就连我刚才亲自给大小姐送碗燕窝过去，都没见到她的人影。志儿不是顽劣不堪的孩子，自小懂事，难得肯开口讨要一样东西，老爷又最是疼爱志儿，所以老爷能不能……”

虞展石听着越发皱眉，思索半晌，似是无奈地说道：“告诉志儿，待以后我会给他选一把更好的匕首。”

段丽华未曾料到虞展石会直接拒绝，正待要继续说话，书房的门却突然被人大力撞开，丫鬟元梅跌跌撞撞地闯进来时，已是满身大汗，她语无伦次地大叫道：“老爷、夫人，不好了，小少爷被人杀了！”

“你说什么？”虞展石的声音陡然拔高，用手指着元梅，怒道，“你说，是谁杀了志儿？”

元梅骇得跪倒在地，瑟缩不安地嗫嚅道：“是大小姐。”

虞展石只觉得元梅的话似是晴天霹雳，在头顶轰然炸响。段丽华面色惨白，瞪圆了眼睛，不可置信地看着虞展石，原本手里捧着的燕窝掉落在地上，溅在虞展石的袍角上，一片狼藉。

伴着一声尖厉的声音，虞展石扶着已近瘫软的段丽华走进了后院，一名身形颀长的小厮迎上来，惊骇地指向水湖那个方向。

虞府后院的水湖占地不大，却别有一番景致，一侧依着花圃，一侧耸立假山，另有一侧建有亭台楼榭。

一位七八岁年纪的男童，静静地躺在地上，胸口处还刺着一把匕首，似是当场毙命，这就是虞家小少爷虞志。而另一位女子，十六七岁年纪，眉目冷凝，疏于脂粉，却有一股飘逸出尘的风流姿态，正俯身握着刺在虞志胸口上的那把匕首。

虞展石脸色发青，颤声喝道："锦儿，你……你住手，他还只是个孩子。"

虞锦松开那把匕首，站起身来，用帕子拭过手，淡淡说道："不是我杀的他。"

段丽华抱起虞志的尸身，已是泣不成声，痛斥道："大小姐心肠为何这般歹毒？如今我与老爷亲眼看到的，难道还有假不成？"

虞锦似是未曾听见段丽华的话，环顾四周，将站在后院的人都扫视了一眼，那目光清冷狠厉，令人不敢迎视。虞锦半眯着眼睛，眼神落在一个脚步慢慢退却的小厮身上，心中略作盘算，嘴角已抿出一丝冷意。

下人们在虞展石的吩咐下前来殓尸，段丽华却仍旧抱着不肯放手，推搡之间，虞志的尸身跌落在地，段丽华跪倒在虞展石跟前，抚着胸口哭道："大小姐、二小姐不是我生养的，我晓得老爷认为我必不会待她们多亲近，可我是把她们看作与志儿一般疼爱的。大小姐才刚回府几日，我便将她的院子里里外外修葺一新，凡是这府里有的我都让人拣好的送过去，府里上上下下这么多人瞧着，我心里也是苦的。如今，大小姐因为接受不了我这个继母，竟然狠心朝志儿下了毒手，老爷，你就算是不为我，也要为那冤死的志儿做主啊……"

虞展石只是紧握着拳，额头上青筋毕露，老泪纵横，看得出心中已是凄苦不已，却始终不曾朝虞锦发作，只是强压抑着悲戚，朝下人吩咐道："好生安葬小少爷，对外只宣称是落水溺毙。今日之事，如若有人胆敢传闻出去，我必叫他落个尸骨无存的下场。"

段丽华不可置信地张大嘴看着虞展石，号啕大哭起来："老爷，志儿承欢你的膝下，你忍心叫他死不瞑目吗？"

虞展石背转过身去，任凭段丽华撕扯着自己的衣袍，沉声说道："将夫人扶回房，在少爷下葬之前，不得让她出房门半步。"

段丽华双眼通红，披头散发地站起身来，看着虞展石的背影，又用手指向了虞锦，厉声说道："好，好，你们父女好得很……"

已有怕再生事端的伶俐丫鬟上前，架着段丽华离开后院，远远地还能听见段丽华尖厉的叫喊声。

虞锦见后院的丫鬟和仆从已然走尽，正待离开水榭，才察觉身后有轻柔的脚步声走近。

虞屏一脸柔和，带着无尽的信任与亲近，细声说道："我相信杀了志儿的人一定不是姐姐。"

虞锦微怔，心中泛起细微暖意，在眼角余光看到地上的血迹时随即消散，顿了顿足，疾步而去。

书房内，虞展石背身站在窗口，手里握着一壶烈酒，猛然灌下一口，他不擅酒，被入口的辛辣呛得厉害，咳个不停，丝毫没有察觉虞锦推门而入，已走到他的跟前。

"可是察觉到什么？"

虞锦伸手将虞展石的酒壶拿过来，置于一旁桌上，又斟了一杯清茶递给虞展石后才点了点头，却始终没有言语。

"是那些人出手害了志儿吗？"

"暂时还不能确定。"虞锦终是开口，语气淡然，却又带着无法形容的坚定，说道，"不过，我总会查清楚的。"

"志儿他从小伶俐，听说有你这样一个未曾见过的姐姐，一直嚷着想要见你。不管怎样，志儿死得冤屈，你一定要为他报仇。"

虞锦心里已然默默应下，走出书房之前，突然开口问道："父亲，你心里真的相信我没有杀了志儿？"

虞展石苦笑，笑中尽是掩不住的满目疮痍，应道："凭如今的你，杀人有很多方式，岂会被人当场瞧见？"

似是虞展石的回答并没有说到虞锦心里去，她低垂眼眸，有些不能释怀，可是她情知，她又凭什么要求虞展石毫无保留地相信自己？

虞锦离开书房之时，虞展石张了张嘴，心中酝酿的千言万语，此时竟一字也说不出口，毕竟，已有八年未曾相见。

虞锦才踏出书房门口，便见段丽华披头散发，悲戚难耐，跌跌撞撞地闯进来，身后跟着一众仆从和丫鬟，还有娇柔清丽的虞屏。

似是在回应虞展石眼神中的质疑，虞屏怯生生地说道："夫人一直闹着来见您，否则就自杀，女儿怕出事，就做主带着夫人过来了。"

段丽华似是对虞展石已然绝望，也不再指望他会为虞志申冤，只愤恨地盯着虞锦，厉声道："我今日就是想要问你，你杀了志儿，良心何安？老爷虽然袒护你，可是我要你对志儿有个交代。"

"我没有杀他。"虞锦看也不看她，似是眼中根本没有这个人，这更加激起段丽华的恨意，她双手紧紧抓着书房门前的门柱，连指甲崩断了也没有察觉。

虞屏眼见段氏如此，似是生怕她对虞锦不利，焦急地说道："姐姐，既然夫人有所怀疑，你为何不洗清自己的嫌疑？将那眼见之人传过来问个清楚，也好给姐姐你证明清白。"

虞锦见虞展石也看向自己，心中无声叹息，于是说道："父亲，你只需想一想，为什么丫鬟去书房禀报后，父亲才听见后院有尖叫声？而为什么我刚刚发现虞志之死，才要俯身去察看的时候，你们就已经进了后院，被你们抓住所谓的现行？"

"你怀疑有人作祟？元梅……"虞展石将元梅唤到跟前，喝问道，"我且问你，你须老实回答，你是怎么知道小少爷是被大小姐杀死的？"

元梅见虞展石肃严急迫，于是忙跪倒在地，颤声答道："是奴婢从厨房出来往回走时，被一名小厮拽住，要奴婢赶紧去回禀，说大小姐杀了小少爷。"

"你可还记得那人是谁？"

元梅仔细回忆着，半晌才说道："那小厮将这惊天消息说罢，奴婢便吓得差点儿昏过去，他又走得急，所以一时倒真记不得了。"

"那父亲在后院可曾见过面生的人？"

虞展石也隐约记起在后院那名相迎过来的小厮，似是面生得很，谁知那段丽华却猛然说道："难道你要说是那名小厮杀了志儿？杀了志儿于他有何好处？如若我要找出这名小厮来对质，你待如何？"

虞锦冷笑，说道："恐怕你是找不到这个人了。"

谁知，虞屏却带着几分不安与歉意，迟疑说道："姐姐，我记得那名小厮，他叫吴远，负责后院的花圃，我不喜花，走到哪儿，他都会将花盆挪得远远的，久而久之，我倒是认得他了。”

这时，那名叫吴远的小厮战战兢兢地走上前来，语无伦次地说道：“是奴才，是奴才在后院……看到大小姐杀死了小少爷。”

段丽华满脸泪水，上前质问道：“这下你还有何话可说？”

不待段丽华话音落下，虞展石突然喝道：“够了，不要再说了。锦儿不可能会杀志儿，此事勿再提起。”

虞锦信步离开，经过虞屏身边时，淡淡地扫了她一眼，那虞屏眼神纯澈，眼中溢着平和信任，朝着她微微点了点头，似是高兴虞锦不会再被追究。

身后，段丽华凄厉的叫喊声再度响起，虞展石喝令仆从将她送回房，虞屏娇声劝慰着，声音那般近，可是对虞锦来说又似是那般遥远，远到令心口冰凉。

涌金楼。

涌金楼在盛唐阳城盛名已久。前楼待客生意鼎沸，后院留宿却别有洞天，清雅幽静，最东面的房间外挂着两盏八角琉璃灯，一名身着白衣、俊逸雅致的少年缓步而来，似是寻访故人一般，毫不迟疑地推门而入，而房内有位二十岁左右、眉目清秀的男子，嬉笑着迎上来，说道：“怎么才来？我可是等你好些时候了。”

“有事耽搁了。”这名白衣少年的声音如玉碎珠盘，随手将递过来的酒盏挡回去。

“可是你那三弟被杀之事？”

那白衣少年蹙眉，如水眸子倏地一沉，似是不满意这番说辞。另一名少年立即做妥协状，见那白衣少年的神色稍缓，才露出一抹笑意，推窗指着西南方向说道：“你瞧，从这里看过去，正将虞府看得一清二楚。当初，我选涌金楼作为落脚的地方，就是看中了这一点。”

那白衣少年正是女扮男装的虞家大小姐虞锦，只见她眼中滑过一丝精光，说道：“那名小厮不见了，可是偏偏虞屏还另外找了个人冒充他。”

“虞府的后院离这涌金楼不过二三十丈远，我瞧得清楚，那名小厮出了虞府往东街方向去了，路过这涌金楼的时候，我顺手在他身上撒了沉水香，要不是等你，我早就循着香味找过去了。”

虞锦无视断曲眼中的得意，起身便要离开，断曲跟上来，说道：“我同你一起去追人。”

“不用，我自己去便是。你去查一下虞屏这八年的过往，我要知道她的一切。”说罢，虞锦闪身出了房门，断曲来不及唤她，只是关切地看着她的背影远去。

断曲的沉水香平日里与普通香料并无异处，只除了与虞锦身上的佩香相遇时，佩香会激发断曲在沉水香内添了的特殊香气，断曲称那香味为静水香。虞锦正是凭着这静水香，才轻而易举地便找到断曲所在的涌金楼。

虞锦顺着香气找过去，走了小半个时辰，在一座朱红色门漆的府邸前停住，再仔细嗅了嗅，那香味又蔓延到前路，虞锦有些惊疑，于是顺着香味再度查找下去，便在隔街的小巷内站住脚，静水香便在这小巷内挥之不去，越发浓溢。

虞锦一脚踢开堆在地上的竹笼，见一身青黑色的衣裳被人丢弃在地上，正是在虞家后院见过的那名小厮所穿的衣裳，虞锦嘴角泛起淡淡笑意，看来断曲的沉水香已被人识破，所以那人才会让小厮将衣裳丢弃在此处。

这么说来，刚才经过的朱红色门漆的府邸，才最有可能是那名小厮真正想要去往的地方。

虞锦再度返回到那座府邸，一个起身，利落地翻进府墙。虞锦四下打量这座府邸，虽然一眼扫过去，只见闲散几人，可是驻守在暗处的隐卫不下百人，看来此处府邸藏着的人来头不小。虞锦紧紧贴着府墙朝防守薄弱的东厢房疾步而去，待近东厢房之时，见远处走来几人，虞锦怕被发现于是闪进东厢房，如若里面无人则罢，如若有人便起了灭口的心思。

谁知，东厢房却有一位正在执笔书写的男子，风华朗逸，一身紫衣轻袍，腰间坠着一枚莹绿如意玉佩，见虞锦闪身进来，眼角只微微眨了眨，并不惊慌，也不言语，仿若正等待着虞锦自己开口。

房外脚步声渐起，虞锦拧身贴近那男子，手中的匕首已抵近男子胸口，压低声音说道："说错一个字，你便再无开口的机会。"

房门外，那几人的脚步只是暂作停留，谁知不过片刻又折了回去。

紫衣男子似是感觉到虞锦明显松了口气，眼角泛起淡淡笑意，虞锦一恼，将匕首再度往前抵了抵，隔着质地绝佳的布料，虞锦甚至感觉到匕首刺破男子肌肤的温热血腥气味。

"不用死算是你走运。告诉我，这府里住着什么人？但凡你一句不实，那么你便再……"

"再无说真话的机会。"紫衣男子语气轻松，略有些调侃，接上虞锦的话。

虞锦微怔，旋即仔细打量起这名男子：英挺俊朗，眼角颇有一分桀骜不驯的味道，此刻虽被虞锦的匕首要挟，却毫无惧意。没错，虞锦从他眼中丝毫看不到任何惧意，甚至在虞锦思量的时刻，还轻笑出声。

容不得虞锦出神，被她所挟的紫衣男子以不可思议的速度滑步退后，厢房内突然闯进数名黑衣人，持剑朝虞锦刺来。

虞锦知道自己不能与这群黑衣人过多纠缠，否则引起这院中上百人围攻，绝无可能全身而退，所以将他们刺伤后又朝那名紫衣男子扑过去。那名紫衣男子倒也没躲闪，任凭虞锦用手肘将他抵在墙壁上。

"主子……"

那群黑衣人还想再动，紫衣男子随即挥了挥手，似是毫不放在心上，让那群黑衣人退出了房间。

"我就是想看看我的小师妹在乾坤门下八年，到底习得何种本领。今日一看，果然……"紫衣男子笑了笑，眼角却带着不容忽视的讥讽，继续说道，"不容小觑啊。"

虞锦用手肘将他抵在墙壁上，另一只手却把玩着那把削铁如泥的匕首，匕首在那紫衣男子的咽喉处比画来比画去，说道："你师父当年被乾坤门逐出师门，你不是乾坤门弟子，自然也算不得是我的师兄。再者，你诛杀弱小，离经叛道，已经触犯乾坤门收徒门规，就算你今日是乾坤门弟子，你也会落得与你师父一个下场。”

“看来你已知本王是谁。如果不小心伤了本王，你要如何交代？”紫衣男子笑着看向虞锦，那眼神颇有几分意味深长。

“伤了你又怎样？只怕朝廷也只认得梁川的誉王段无妄，至于在帝都阳城的你……”

虞锦这番说辞引得那誉王段无妄的笑意加深，说道：“罢，罢，你说的也有几分道理，本王认了就是。”

“你为什么派人杀了虞志？”

“因为我想要看看我的小师妹在亲人误解之下，是否还是这般沉静如水，不动声色。”誉王段无妄伸手缓缓覆在虞锦握着刀刃的手上。

虞锦恼恨之下，抵在段无妄肋下的手肘越发用了力，匕首险险划过段无妄的咽喉，削断他垂在耳边的几根发丝。

段无妄趁机脱离虞锦的钳制，说道：“此前你从未见过你这三弟，本王不信你对他有何感情。你为了他，得罪本王，可是值得？”

“值不值得，我自有思量。王爷即便手段再狠，心机再毒，也不能用这种方式来试探我的深浅……”

“深浅？什么深浅？本王怎么不记得试探过？还是你期待本王来试一下……”段无妄略有些轻佻地笑起来，有些肆意地打量着虞锦。

虞锦见段无妄出言无状，仍旧淡漠地看着他，正待开口之时，听见远处传来几声熟悉的凌厉笛音，这才面色微变，随即推门而出，沿着离院墙最近的路线迅疾踏步飞身而去。

掩在暗处的黑衣人走出来，哑声问道：“主子，是否追过去截下她？”

“不必，她迟早还会再找来的。”

段无妄手里捏着一枚环形玉佩，正是虞锦随身佩戴的玉佩，有这枚玉佩在手，不愁她不回转来寻……然而，本有些得意的面容却在下一刻变了颜色——他袖中的那把金色羽箭也已消匿不见了。

虞锦踏出府墙便看见街口处的断曲。断曲迎上来，说道：“你再不出来，我便只能冲进去寻你了。”

虞锦斜睨了他一眼，说道："就是怕你不知死活，所以我才急着出来。"

"这府邸前后左右都布着暗卫，想必府内更多，到底住着哪位显赫人物？即便是那声名狼藉的誉王亲临，也不过如此吧？"

"算你小子还有些聪明，正是誉王段无妄。"

断曲微怔，旋即问道："真是誉王？他不好好待在那梁川封地，跑到帝都来做什么？难不成真如传闻中所说，誉王有了反意？"

虞锦摇了摇头，说道："传闻未必是真。誉王果真有了反意，阗帝岂会不知？你可还记得两年前，宁王只是在家宴上说了句自己的封地南屏富饶广袤，不亚于东南小国乌雅国，不过十余日，阗帝便又封宁王的义子庞芴衣为仪王，同属南屏。只不过，宁王只占南屏方圆三百里内，那仪王庞芴衣的封地却占南屏三百里外的外圈，宁王在内，仪王在外……"

此事在当年引起言论纷纷，成为百姓茶余饭后的谈资，说起来也算是趣事一桩，断曲自然记得，说道："阗帝果然心机深沉，偏又叫宁王有苦难言。只不过令人不解的是，谁都知道阗帝此举是为牵制宁王，可是那仪王庞芴衣到底是宁王李通一手带大的义子啊，仪王势必是亲近宁王多一些的。"

"阗帝既然这么做，定是有外人不能明了的情由。我们不必费心思去猜测，也犯不着去猜测。"虞锦把玩着手心里的金色羽箭，继续说道，"如今，誉王出现在此，虞志的死又与他脱不了干系，咱们不能再出任何差池。否则我纵然身死，虞家也会受到牵连。"

断曲面色凝重，说道："果真是誉王，凭着这金色羽箭便能调动三万锦卫。你将这信物取了来，那誉王定不会善罢甘休。"

"无妨，他拿了我的琅琊环佩，我便也取了他一样东西。旁的他自然不放在心上，至于这金色羽箭他是不敢轻忽的，至少在金色羽箭不回到他的手上之前，他不敢动我。"

"可是，那琅琊环佩，你也丢不得啊。如若丢失了，宫里那……"

断曲追着虞锦的背影急切地说着，在看到虞锦淡然自若，白衣飘逸，带着不容人怀疑的自信之时，只好无奈地叹了口气，紧步追了上去。

虞锦回到虞府之时，虞展石正要出府。父女俩相见，虞锦客气地见过礼，便朝自己的独院走去，虞展石本想唤住她，却只是张了张嘴没有再说出口。远处，虞屏站在廊亭柱后，目光略有些酸楚。

虞锦的独院内，服侍的人并不多，除了当日回府时段丽华拨过来的几名丫鬟，便只有虞锦从乾坤门带回来，自小跟在自己身边的程衣、程裳。

虞锦回到房间，见只有程衣在，随口问了句。程衣说道："怕小姐回来时裳儿叨扰，于是就让她去府里到处逛逛。"

程衣沉稳踏实，程裳伶俐活泛些，也容易与人熟络起来，程衣定是要程裳去府里各处结交些丫鬟和婆子，打听下虞家的情况。虞锦心里明白，也不点破程衣的一片苦心。

"姐姐的丫鬟可真是心思伶俐，听说前后转了几趟，不光洒水小厮，就连伙夫、厨娘，都是交口称赞人长得清秀，难得又亲切和气……"

虞屏走进房门，笑意盈盈，娇声说着话，冷不防却被一道清脆的声音打断。那抹火红色的影子蹿进来，就着虞锦手里已经温凉的茶喝了一大口，说道："二小姐只怕说的是自己吧？貌比花娇，又温良淑娴，虞府里里外外的人都说二小姐定能嫁个如意郎君呢。"

虞屏被这火红色的影子骇了一跳，随即退了半步，待看清是虞锦身边的程裳时，才嗔怒道："好个牙尖嘴利的，我好心夸你一句，你却挤对起我来了。今日即便姐姐心疼你，我也要撕烂你的嘴。"

虞锦神情淡淡的，还没说什么，倒是程衣冷着脸朝着程裳低声喝道："裳儿，不得无礼，还不赶紧给二小姐赔不是。"

虞屏微怔，随即讪讪一笑，说道："不必了，我也只不过是那么随口一说。"

待虞屏走后，程裳噘着嘴，还不依不饶地扯着程衣的衣袖摇晃着，程衣嫌弃地推开她的手，颇有些不待见程裳的腻歪。

虞锦看了程衣一眼，问道："你不喜欢虞屏？"

程裳与断曲都是快意恩仇的那类人，可是程衣性子温暾，极少疾声厉色，刚才不过就是句玩笑话，她虽是呵斥程裳，却是摆明了不亲近虞屏。虞锦看得清楚，想必虞屏自己也是明白，所以神情才会如此落寞。

果然，程衣顿了顿，终是说道："大小姐走后，二小姐曾经来问我，说大小姐既是出门见人，又怎的不带着我和裳儿一起去，又问起大小姐这八年的去处。"

虞锦心下一凛，自己换了男装出府去见断曲，便是对程衣、程裳也未曾提及，虞屏又是怎么知晓的？

程裳不满地说道："我觉得这二小姐就是有些沽名钓誉，在府里赚个好名声，其实却虚伪得很。少爷的死，不见二小姐如何悲戚，倒领着人来指证起自己姐姐来。"

程衣瞪了程裳一眼，程裳撇着嘴转过身去，程衣上前问道："小姐，不如让我去见见那名叫吴远的小厮？"

"不必了，你这会儿去，说不定他已经死了，白惹事端。"虞锦冷笑，声音虽平淡，程衣却听得出她内心无法言说的低落。

待到次日，程裳急匆匆地闯进房门，见虞锦正在梳洗，于是上前接过虞锦手里的帕子，低声说道："那吴远真的死了，府里的人都说定是小姐灭的口，真是可气至极。虞大人也不替小姐分辩，只让人将吴远拖出去埋了了事。"

虞锦见随后进来的程衣始终没有说话，于是问道："依你之见，你觉得会是谁？"

"在咱们看来，自然嫌疑最大的就是当初将吴远找来陷害小姐的二小姐，只不过，府里上下皆知，二小姐自小从未习过书画，更别提武艺，她一个手无缚鸡之力的娇弱女儿家，怎么会生出这样的歹意来？又到底是为了什么非要陷小姐于不义？"程衣只是凭着猜测分析着，一时也判断不出虞屏的真正所想。

"程裳，你去涌金楼找断曲，想必他那边已有些眉目。"

程裳唇角微翘，眼神亮了亮，又摆出一副不情愿的样子，说道："还是衣姐姐好命，能跟在小姐左右，只可怜我要去见那浪荡子。这次他若又要口出妄言，我便用刀削光他的头发。"

程衣皱眉，疑惑地问道："你既然这样烦他，又为何只削他的头发？"

程裳看了虞锦一眼，说道："那浪荡子只是少了一指，小姐便这般疼他，由着他平日里欺侮咱们，如若我再削了他的鼻子，剜了他的眼，小姐一定会让我赔给他。但是头发不一样，削光了也不打紧，顶多当出家做了几天和尚，头发长了便又还俗了。"

虞锦、程衣相视一笑，虞锦嗔怒道："就你贫嘴，你不欺侮断曲他便该偷着笑了，还敢说他欺侮你们？再者说，那断曲见了程衣就跟老鼠见了猫儿一般，你也能睁眼说瞎话扯上她？"

见虞锦作势要上前拿她，程裳"咯咯"笑着便跳出房门离开了。

"程衣，你跟我去见父亲。"关于虞屏的事，虞锦觉得有必要从虞展石那里先得到确认。

"小姐……"程衣出言阻拦，低叹一声，说道，"今日是小姐母亲的忌日，不如小姐先过去祭拜一下吧。"

虞锦怔住，内心中却似有什么东西被摧毁了一般，眼神中尽是落寞悲伤，她微微点了点头，朝虞家祠堂走过去。

虞家祠堂。

虞锦在母亲牌位前进香跪拜，良久未曾起身，因思母之情而流的泪水，早在进乾坤门的前两年便已流干。师父告诉过她，乾坤门弟子一向清心寡欲与世无争，进师门便离家门，从此亲情不再。年幼时不懂，待到明白些事理之时，曾经问过师父这跟遁入空门有何区别。师父只是苦笑，不答，只是告诉她，该悟到的时候便会悟到，无须明示。

身后，有沉重的脚步声，虞锦知是虞展石，虞展石为亡妻进香祭拜后，对虞锦说道："我知道你心里有怨恨……"

虞锦起身，冷冷打断虞展石的话："父亲此言差矣，我心里既无恨也无怨。倒是虞屏为什么会变得如此，父亲该给我说个清楚吧？"

虞展石转过头，用衣袖拭了拭眼角，说道："屏儿一向温顺谦和，今番如此针对你，想必是因为她误以为我偏心，将你送出府习得一身本事，却不许她识文断字，只是她却不知你这些年所受的苦楚……"

祠堂门前光影变幻，虞锦看向虞展石身后——虞屏正俏生生地站在门前，紧咬下唇，死死盯着两人，心神恍若备受打击，几欲昏倒。

虞锦上前几步，伸手扶过虞屏。虞屏猛然抱住虞锦的腰身，低柔地喊了一句：“姐姐……”说罢，未等虞锦反应过来，她又含泪拔腿跑开了。

程裳从断曲那边并未得到什么消息，因为据断曲所言，这位二小姐经常吃斋念佛，轻易不踏出虞府半步，恍若一张白纸。更关键的是，她平日里极为疼惜虞志，半年前曾为了救患重病的虞志，在虞家佛堂闭门十日为虞志祈福。所以，虞屏不可能会杀害虞志，并串通外人嫁祸于自己的姐姐虞锦。

那么，或者真如虞展石所言，虞屏不过是嫉恨姐姐，所以才借着这个机会落井下石？

虞锦本准备去见虞屏，谁知在出房门时被程裳拦住，程裳告诉虞锦，她从虞屏的丫鬟雁儿的嘴里得知，虞屏已进佛堂，吃斋念佛，五日后才会出佛堂。在此期间，任何人都不得打搅，就连虞展石也由着她。

“这个二小姐可真是个怪人，每月里都有十天八日守在佛堂。她一个年纪轻轻的姑娘家，也不觉得憋闷？”

程衣瞪了程裳一眼，低声说道：“裳儿，二小姐好歹是小姐的亲妹妹，以后不许你用这种口气议论她。”

程裳委屈地倚在虞锦身侧，虞锦笑了笑，没有言语，可是她心中也与程裳有同感，这个虞屏的身上有种说不出的怪异，虽然温言细语，却总令人觉得飘忽不定。

“不过，断曲却无意中探听到了虞夫人的来历。”程裳本想卖关子，见程衣沉下脸来这才打消念头，说道，“她原本是宁王李通的侍妾，八年前李通受先帝召见回阳城之时，身边服侍的就是这段氏。后来却不知为何，李通就将段氏送给了虞大人。小姐的娘亲去世后，虞大人便将段氏迎进了门。”

虞锦抬眸，眼里浮起一层冰霜。程衣、程裳见她如此神色，不敢惊扰她，相视一眼悄悄退了出去。

次日，虞展石下朝后，便让人请虞锦去了书房。

虞展石满脸愁郁，急道：“今日朝堂之上，数位大臣上奏阗帝，言均受到誉王锦卫的埋伏，虽无伤亡，却都受到了不小的惊吓。石相当即弹劾誉王擅离梁川回到帝都，又试图谋害忠良，实在是欺君罔上，理当处斩，众臣附议，阗帝一时不好裁决，交由督律司调查。督律司的郑岷郑大人抱病未曾上朝，石相当朝举荐，将这烫手山芋扔给我，阗帝竟也同意我来查办此事，期限为十日。”

虞展石递手过来，只见他的手心躺着一枚缀羽利箭，上面刻了一个“誉”字，正是段无妄的锦卫的专属兵器，虞锦说道：“父亲可是也受到了埋伏？”

虞展石点头称是，只是与其他几位大臣一样，这枚羽箭是射在轿门上的，所以在场之人无一人伤亡。

“誉王的锦卫不是浪得虚名，如果都是这般箭术，也不足以震慑天下了。很明显，那些人根本不是想要你们的命……”

虞展石紧接着问道：“那些人？锦儿，你也觉得这根本不是誉王的手笔？只是那些人为什么会嫁祸远在千里之外的誉王？这十日期限，为父当真是心焦不已啊！”

“父亲唤我过来，是想要我帮着查案？”

“正是。毕竟那誉王也算是乾坤门下的，你好歹能熟知他的路数，只盼着你能帮为父解了近忧才是。”虞展石目光满含期冀，望着虞锦，想得到她肯定的回答。

虞锦暗自叹气，应了下来，让虞展石将今早上遭遇伏击的大臣名单给自己，临出房门之时，思量再三，还是不曾将誉王早已进了阳城之事说给他听，只稍一顿留，便提步而去。

虞锦细想，那段无妄虽看似潇洒不羁，可实则心思缜密，擅玩权谋之术。今晨之事，只有两种可能：其一，派真正的锦卫刺杀大臣，这手段看似卑劣笨拙，可是谁知这不是段无妄的计谋，利用这无人相信是出自他手笔的手段震慑朝廷，否则又怎么说出他擅进阳城的情由？其二，有人拿了调动锦卫的信物金色羽箭，假借誉王之名，指挥锦卫袭击大臣，造成誉王有反叛之意、欺君罔上的假象。可是，这也有些说不通，那金色羽箭在自己的手上，不可能有人会拿着金色羽箭号令锦卫行动。

虞锦伸手入怀，倏地，眼神一沉，神色已变得凌厉疏离。

是夜，涌金楼。

“昨日才叫程裳回去，你怎的又亲自过来了？是怕誉王那边有什么动静吗？别急，我替你看着呢，任何风吹草动都不会逃过我的眼睛。”断曲脸上一直挂着他招牌式的笑容，看起来没心没肺的，却又不知道哪一刻就会出手。

断曲朝虞锦递过酒盏，这一次虞锦没有推拒，递入口中，饮了一口，又有些介意这酒不够香洌，蹙了蹙眉。

“誉王的金色羽箭不见了。”

闻此，断曲的笑容顿时消失，要知道能从虞锦身上拿走一样东西的人，绝非等闲之辈，琅琊环佩被誉王段无妄拿走倒也罢了，这金色羽箭又是谁从虞锦身上窃走的？

“你怀疑，就是窃走金色羽箭的人调动锦卫行刺大臣，借机陷害誉王？可是又为什么不趁机将那些大臣杀死，那样岂不是更容易将誉王推上风口浪尖吗？”断曲正色道。

“我也有此疑惑。”虞锦将一份名单交给断曲，说道，“你拿着这份今晨遇袭的大臣名单去查一下，看这些人到底什么底细，是谁人的党羽，平日里又与何人走得亲近。”

断曲拿起名单，没有丝毫耽搁，从窗口一跃而下，迅疾掩在巷口后消匿不见。

虞锦在房中略作停留，正待离开之时，却感觉到有陌生的气息逼近。虞锦伸掌将房内的灯烛拂灭，屏息隐在床幔后，见门被无声推开，有人影闪进藏匿后，再无声息。

房间内，两人僵持着，谁也不肯先出手，暴露自己所在的位置。

半晌，虞锦将发钗上的珍珠取下一颗来，朝门侧屏风掷去，趁着珍珠弹在屏风上的响声掩盖，虞锦正要滑近窗口跃下，谁知，已有人影先行一步堵在窗口，虞锦与其近身相搏，几招下来都没讨到任何好处，虞锦正要弹出袖口的匕首，谁知那人像是洞察先机一般，伸手朝虞锦胸前而去，虞锦伸臂一挡，手腕便落在那人的手中被紧扣脉门，而同时，虞锦另一只手也捏在了那人的咽喉处。

“虞家大小姐深更半夜不在闺房酣睡，却跑来这涌金楼做什么？”

不待话音落下，虞锦已然知道身前这人便是那令人闻风丧胆、伤坏脑筋的誉王段无妄，于是照搬原话，说道：“哦，照这么说，誉王深更半夜不在梁川坐拥娇妻美妾，却跑来这阳城的涌金楼做什么？”

两人互相挟制，又贴得格外近，虞锦一只手被段无妄扣住脉门，另一只手捏住了他的喉咙，然而段无妄却闲下来一只手，而闲下来的这只手便准备找些事做了。先是在虞锦的腰间揉捏了一下，见虞锦无动于衷，丝毫不动声色，于是便沿着腰侧向上滑过去，待到那只手要触及柔腻高耸之处，虞锦猛然一抬腿朝段无妄的胯下踢去，段无妄伸腿抵住虞锦的腿，就势将身子压向虞锦。

第二章
荷衣莲骨　搏天定宿命

“本王不过就是想来讨回一样东西，你犯得着这般凶狠？”誉王温热的气息扑在虞锦的脸上，虞锦捏住誉王咽喉的手，不自觉地使用了力，勒得段无妄咳了一声。

“哦？我只记得那日不小心将玉佩落在了王爷手里，却不知自己身上有什么东西是王爷想要讨的。”

“除了那样东西，本王确实还想从你身上讨点儿别的……”

段无妄声音暧昧，似是调侃轻薄，虞锦却知他这短短片刻已将自己身上能藏物的部位都寻了个遍，即使没有从自己身上找到那金色羽箭，也没有当即翻脸，可见心机之深。

虞锦松开勒住段无妄咽喉的手，环住段无妄的腰身，柔声说道：“王爷想要讨什么便来讨吧。”

谁知，耳边却传来段无妄的讥笑声：“不用摸了，那玉佩本王压根儿没带在身上。”

趁着昏黑暮色，虞锦庆幸自己脸上淡淡的浮红不会被段无妄瞧见，不用再假以辞色，趁着段无妄暗笑分心之时，变掌为刀砍向誉王的臂膀，逼他松开了自己的脉门，迅疾起身站在离他丈余远的地方，伸手点燃离自己最近的灯烛，房间内恢复了明亮。

段无妄双手垫在脑后斜卧在榻上，似笑非笑地看着虞锦，说道：“你想要做什么，给本王说一声就是，看在你与本王同门的情谊上，本王不会不帮你，又何苦要自作主张惹祸，让本王来替你收拾这烂摊子？来，将那东西还给本王，本王不追究你的罪责就是。”

虞锦不动声色，说道：“王爷口口声声说的那样东西，到底是何物？听王爷这口气，难不成真在我这里不成？”

段无妄眼底郁色渐重，却始终不露怒色，轻笑出声，说道：“瞧你这一脸无辜的模样，要不是本王早知晓你狡猾得紧，真真就被你骗了。不过话又说回来，能从乾坤门里出来的人物，又岂能小觑？说不定本王见识到的还不及你深藏不露的手段的十分之一呢。”

“彼此，彼此。”虞锦既不肯定也不否定，淡淡地问道，“王爷是怎么找到这里的？”

“你能顺着香味找到我藏身的府邸，我又怎么不能沿着这香味找回来？”

虽是平平淡淡的一句话，虞锦却陡然心惊，要知道当日虞锦能够凭着特殊香料激发沉水香散发出来的静水香追过去，是因为香味刚刚散发在空气中不久，可是这几日过去，香味早已被冲淡，几近虚空，段无妄却仍旧能找回来，这份本事虞锦自叹弗如。

虞锦记起师父曾经跟自己提过段无妄的师父慕容城——一身武艺出神入化，只可惜触犯门规被逐出了师门。虞锦永远都不会忘记，当自己追问慕容城触犯了哪条门规时，师父面如死灰的神色……

以段无妄这样的资质，只要慕容城悉心调教，又何愁不能习得非凡本领？

突然，房门外响起吵嚷声，好像是涌金楼的前院起了火。虞锦悄悄移步，想要趁乱离开，那段无妄仿若一眼就看穿了虞锦的心思，一跃起身站在虞锦身前，不急不怒。

虞锦知道自己如若没有一个交代，势必难以离开这个房间，于是朝段无妄说道：“王爷告诉我此番来阳城的目的，我便如王爷所愿。”

她只是说如他所愿，却没有说将金色羽箭交还，他也不点破她，只是说道：“乾坤门探听消息的本事天下无双，你自己去查便是，又何必要从本王口中捡现成的便宜？”

虞锦见他不松口，于是也退让半步，说道：“三日后，城外天容阁，王爷将玉佩带来，我便将王爷想要的东西交还。”

话音未落，门被一人大力撞开，虞锦知道定是断曲来接应自己了，趁着段无妄防卫之际，侧身滑步，就着断曲伸过的手借力飞跃而出。待到段无妄追出房门，那两人的身影早已消匿不见。

断曲将手里的名单交给虞锦，说道：“这七名大臣，不包括虞大人，都是石相党羽；包括虞大人，则都受过宁王的恩惠。”

“这么说来，我父亲是其中唯一的异数？他与石相不和？”

“可以这么说。石相一直借机打压虞大人，近处不说，远在八年前就差点儿将虞大人以通敌叛国之罪问斩，后来查清是另有其人，虞大人才险险被释放。”

虞锦水眸一暗，又是八年前，八年前到底发生了什么？

“你怀疑那金色羽箭是谁拿走的？”

虞锦恍若未闻，心底却浮起一个人的影子，她望着涌金楼外，目光一直迷离，宛如思绪被这滔天火光吞噬，远处那抹紫色身影在火光中闪现又快速消逝。

待到次日清晨，虞锦让程衣扮作书童追随在虞展石左右，一方面保护他安全，一方面可以探听案子近况。

过了午时，虞锦则带着程裳去往佛堂见虞屏。路过段丽华的住处时，虞锦驻足，透过半敞的院门，虞锦见段丽华正坐在院中的石桌旁扎风筝，不禁蹙眉，低声说道：“不对……”

程裳不解，问道：“小姐，有什么不妥？或许段氏就是思念小少爷得紧，所以才会扎个风筝缅怀下。”

虞锦吩咐程裳，说道：“你去找断曲，要他去虞志墓前看看，如有异状，即刻回禀。”

程裳这时似也悟到了什么，带着惊异又难以置信的口气，试探问道：

"小姐，你是在怀疑小少爷……"见虞锦看向自己，再也不敢多言，疾步而去。

这还是虞锦第一次进虞屏的院子，这前院是虞屏的居处，后院则是虞屏修行的佛堂。

虞锦穿过前院时并没有人瞧见，走进虞屏所在的佛堂时，刻意压低了脚步声，待到佛堂门口便跃步攀上门廊的梁柱，看见佛堂内只有一个丫鬟雁儿守在里面，静寂无声，没一会儿有个丫鬟将饭菜送进来，雁儿接过去，与那丫鬟寒暄了几句。

虞锦本以为会见到虞屏出来进食，再不济雁儿也会将斋饭给虞屏送去。谁知雁儿虚掩上门，将斋饭摆在桌上自顾自吃了起来，随后将吃剩下的斋饭又随手倒在院子的木桶里，不一会儿，墙角处的猫儿狗儿便跑过来就着那剩饭残羹吃了起来。

虞锦趁机闪进佛堂内，隐在佛像后一动不动，直到雁儿略有些疲乏地伏在桌几上打盹儿，虞锦这才打量起佛堂内的布置来。这佛堂并不大，只不过三间屋子，供奉佛像的房间里并不见虞屏的踪影，西侧的房门虚掩着，虞锦闪身进去，见里面布置素洁，不过就是虞屏平日里潜心修行休憩时用的房间。

虞锦将手贴在东侧紧闭的房门上，试探着用掌力推了推，那门却纹丝不动，里面也毫无声息，正待有下一步的动作，身后突然响起一丝讶异的声音："咦，大小姐，你何时进来的？"

虞锦心下一凛，以她的功力，竟未听出雁儿起身的任何动静，不由得更有些惊疑。

虞锦拍了拍手，随意说道："才进来，见你睡着便没叫醒你，只想着见一见虞屏，她人呢？可在这间屋子里？"说着，便要作势去推房门。

说着话的工夫，雁儿已走近，正好拦在房门前，一脸急切地求道："大小姐，饶了雁儿吧，如若二小姐知道雁儿将你请进了佛堂，铁定将雁儿剥皮抽筋。"

"我倒不知这佛堂是我不能来的。"虞锦一脸冷傲，盯着雁儿。

雁儿手抚在门上，似是不经意地扯了扯门框上的丝绳，又突然跪倒在虞锦脚下，哀求道：“二小姐平日里都好说话，只此一点，就是不许任何人进她的佛堂。当年，老爷也曾进来要看二小姐，谁知二小姐性子烈，竟拗着性子几日不进食，老爷也只得随她去了，并且吩咐府里任何人不得进这佛堂。”

虞锦笑了笑，拉着雁儿的手将她扶起来，说道：“罢了，罢了，她不许人进她的佛堂，我不进就是。等她什么时候出了佛堂，你让她过去见我。”

转过身走出佛堂时，虞锦掩去笑意，眼底泛起凌厉之色，冷然离去。

虞锦回到房间时，程裳已从断曲那里回来，见到虞锦后，便忍不住上前嚷道：“小姐，这可是闻所未闻的怪事。我跟断曲一起去了小少爷的坟墓，你猜怎么着？”

“可是座空墓？”

“正是。小姐，你是怎么猜着的？”

虞锦没有丝毫惊异，说道：“今日段氏在院内扎风筝，果真如你所说她思念虞志也罢，可是虞志才死不过几日，她却神色平和，无一丝悲戚之色，岂不是很奇怪？”

“二小姐那边呢？你可曾在佛堂见到她了？”

虞锦摇了摇头，说道：“没有。佛堂东侧房间的门紧闭，我用了三分内力都没有推动。那雁儿将送来的饭菜独个吃掉，吃剩的便倒在院子里喂了猫儿狗儿……”

“小姐，你是怀疑二小姐，她根本就不在佛堂内？”程裳给虞锦斟了一杯茶，递过来。

虞锦忆起今日将雁儿扶起来时的情景，嘴角挂着淡淡的冷笑，说道：“是。今夜我还要再进佛堂里看看。你盯着那雁儿些，一个精细的丫鬟怎么可能会满手的刀茧？”

“是，小姐。”程裳应下，退了下去。

三更时分，虞锦换过劲装要夜探佛堂，程裳跟随在左右，准备一同前去。

“程衣还没有回来吗？”

未等程裳回话，刚推开门她们便见程衣手抚着胸口倚在门框上，嘴角还带着几丝血迹。见虞锦和程裳紧忙过来相扶，程衣虚弱地笑了笑，说道：“我没事，只是受了些内伤，休养几日便会好。”

“告诉我，是谁伤了你？”虞锦让程裳取过一枚承露丸，亲眼看着她给程衣喂下后问道。

“那人蒙着面，我看不清，只是手底下的功夫确实了得。再者，他身侧还站着一队锦卫，乱箭袭来，所以竟抵不过他十招便中了他一掌，要不是断曲及时赶到，用迷药解了围，将我和虞大人救出来，只怕……”

说不诧异是不可能的，程衣、程裳原本是虞锦的师父陆枫的侍剑婢女，虽不是乾坤门的记名弟子，可是武功也是由陆枫亲自传授，招式精妙，即便功力尚浅，可也绝非等闲之辈可比的。虽说程衣当时还要分心保护虞展石，不曾用尽全力，可是能在十招之内将她击倒，这人的功夫当真不可小觑。

“那断曲呢？”

“他将虞大人送回书房，想必此刻还未出府。”

程衣话音刚落，虞锦已疾步出了房门，还好，在虞府大门处追上了断曲。虞锦向断曲仔细询问今夜虞展石再度遇袭之事。

“虞大人和程衣遇袭之处，离涌金楼不远，我听见打斗声便追过去看看，谁知竟见程衣受伤不敌对手，我撒了迷药逼退了那些人，趁乱将他二人救出送回来了。”

“你可看出那蒙面人的来历？”

断曲摇了摇头，也是一脸茫然，说道：“招式狠厉，也不用任何兵器，看不出门路，只是运功之时，身上像是浮着一股挥之不去的寒气，我即便隔得那么远，也有些吃不消，也怪不得程衣会中他一掌受了伤。”

“他身后既然跟着一队锦卫，这说明金色羽箭就在他的手里。断曲，我现在就要追过去，晚不晚？”

虞锦侧头看向断曲，断曲眨了眨眼睛，笑道：“我知道这人的分量，所以，撒过去的迷香三日不会消散。咱们现在追过去，只怕他们没法子躲。”

虞锦拍了拍断曲的肩膀，说道：“够机警。”

两人顺着迷香追过去，虞锦本想锦卫会回到誉王段无妄潜藏的府邸，谁知到了岔口处，那迷香却分散出数条路线来，杀得断曲措手不及。

虞锦和断曲只得分开去寻。虞锦沿着东侧的路线追查下去，却感觉到有人靠得越来越近，虞锦加快脚步，身后那人明显是想要跟上来，就在那人也跟着加快脚步的一刹那，虞锦头也不回便掷出一枚银扣，正中那人胸前。

虞锦回转过身，走近那人身侧，见那人单手抱胸直挺挺地卧在地上。虞锦俯身用匕首挑开那人蒙面的面巾，察看那人的面目。

当虞锦看着那似笑非笑的面容之时，真恨不得这匕首就顺势插下去才解恨。

誉王段无妄轻笑出声，欲伸臂搂过虞锦，见虞锦横眉冷对，才罢了手，说道：“好，好，我不碰就是，只是这么巧遇见你，一时高兴罢了。”

“我的父亲遇见你的锦卫，我又遇见了你，确实够巧的。”虞锦不着痕迹地退了几步，与段无妄保持在半丈的距离，在虞锦心里，这就是与段无妄的安全距离。

段无妄笑了笑，不出声。虞锦发现段无妄很爱笑，高兴时在笑，满腹怒气时也在笑，别人笑或出于真心，而他段无妄不过将笑当作掩饰内心情绪的手段而已，两个字可以形容他，那就是虚伪。

“你父亲遇见了锦卫，所以你也想见一见锦卫？”

“自然。如若行刺我父亲的不是王爷你，那么我倒是想看一下，是不是任何人拿着金色羽箭，都可以指挥令人闻风丧胆的锦卫。”

虞锦一语双关，段无妄岂能不知？虞锦这是在暗示段无妄，那金色羽箭不在自己手中，冒名号令锦卫的人更不是自己。

段无妄凝神看了看虞锦，笑着说道：“可带来了本王想要的东西？”

“我可记得，我与王爷约定的是两日后在城外的天容阁相见。既然日子未到，我又怎么会将东西放在身上呢？”

段无妄有意无意地说道：“本王的东西贵重，你可不要丢了才是？”

虞锦自然明白段无妄的试探，既不应承也不推托，说道：“王爷且放宽心便是，两日后定当完璧归赵。只是王爷还是将自己的锦卫看紧些才好，就算不是王爷刻意而为，但动作多了，将来就难在阗帝跟前择得清了。”

“这么说来，本王要感谢你的提醒了？”段无妄此言一出，激得虞锦有几分薄怒，段无妄话里真实意思是说虞锦偷走金色羽箭才害得锦卫被他人控制。

虞锦怕伤了程衣的那蒙面人失去踪影，于是不愿再与段无妄多做纠缠，不答他的话疾步离开。

虞锦顺着那香味找过去，谁知却离虞府越来越近，虞锦放缓脚步，才发现段无妄始终跟在自己左右。见虞锦看向自己，段无妄不退也不避。

“王爷这是何意？难不成我欠着王爷东西，王爷这几日就撒泼耍赖，赖在我身边不走了？别忘了，王爷手里还欠着我一样东西，我不急着问王爷讨，王爷也不该这样有失风度吧？”

正在此时，突地有几道利箭迅疾朝两人射过来，虞锦与段无妄为躲避利箭，拧身肩背贴在一起，各自摊开手掌，掌心里躺着的赫然便是锦卫专用的缀羽利箭。

虞锦看了段无妄一眼，段无妄的脸色阴沉不定，头一次没有流露出欠扁的笑容，虞锦心里却轻松了不少，眼底笑意不掩，说道：“王爷的锦卫有时也向着自家人，怕王爷没有兵器，特地送来了几枚。”

段无妄眼神中的冰意十足，将掌心处的缀羽利箭尽数折断，虞锦却在谈笑之间发力朝着暗处的一队锦卫疾步而去，谁知，那段无妄却滑步拦在她身前，正色说道：“不要伤了他们。他们只是依命行事，没有错，错只错在指挥他们的那个人……”

虞锦微怔，没有料到段无妄竟会这般爱惜锦卫的性命，于是缓缓点了点头，问道：“你是说拿着金色羽箭的那个人？是不是任何拿着金色羽箭的人都能调动锦卫？”

“是，也不是。”

“此话怎讲？”

这还是自虞锦将金色羽箭偷走后，与段无妄首次挑明了说话，只听那段无妄说道：“只拿走金色羽箭，若不懂号令指挥的暗语口诀，也是没用。”

虞锦也跟着心里一沉，喃喃问道：“王爷的意思是，从我这里将金色羽箭拿走的人也懂得那暗语口诀？所以才可以指挥锦卫刺杀大臣，袭击王爷？”

段无妄没有出声，只是望着远处锦卫掩藏的方向，眼神晦暗不明。

“那口诀，可都有谁知道？”

“只有本王一个人知道。”

虞锦怔住，待看清段无妄的神情时，才确认他没有撒谎，只是这样匪夷所思的事情纵使说出来，天下又有几个人能信？

“本王也疑惑不解，这锦卫虽是本王亲自调教训练出来的，可口诀是本王师父所授，旁人谁也不知。”段无妄神情认真，收起了那副潇洒不羁的劲头，倒有几分威严，“所以，本王才更想问你，从你手中拿走那金色羽箭的人，到底是谁？”

“王爷就不曾怀疑过，那金色羽箭或许我根本就没有丢，一切都是我暗中操纵的吗？”

“本王确实曾经怀疑过，可很快就打消疑虑了。”段无妄露出一抹意味深长的笑意，说道，“师父曾经对本王说过，对于从乾坤门里走出来的人，特别是女人，信总比不信要好。你现在总可以告诉我，能从你手里拿走金色羽箭的人是谁了吗？”

虞锦转过身，朝着虞府的方向看过去，静静说道：“我还不能确定，请王爷再给我两日时间，两日后城外天容阁，我必定会给王爷一个交代。”

“再过几日便是慕容紫大寿，众王爷、皇子都会回宫拜寿。据本王所知，翼王患病体弱，阗帝恩允他行程暂缓，不必急着回宫。本王虽也上书托词患病，但是锦卫在帝都兴风作乱，阗帝为释疑心必定会再召见本王，而本王为表忠心也不能再推托，所以……”

“所以，会有一个誉王从梁川赶赴帝都阳城，而王爷只要择机与护卫亲从会合即可。但是，这两日内，断不能再叫那人借着锦卫作乱，对吗？”

“果然聪慧。”段无妄笑道，“不知为什么，本王总觉得那人必定是你亲近之人？”

闻言，虞锦眸子一暗，半晌才淡淡应下，说道：“算是吧。”

虞锦与段无妄各自沿着东西两个方向分开而行，走过几丈远，身后突然响起明朗响亮的声音：“你一定能将那东西交还给本王，对吗？”

这虽是问句，却没有任何质疑之意，虞锦一时竟不知段无妄是出于对自己的信任，还是对于自己是乾坤门弟子身份的信任。

虞锦没有转身，只是却被他信任的口气激得心头一热，默默点了点头，径直而去。

虞锦与断曲在虞府外碰见，据断曲所言，他沿着那气味追下去，那气味却在护城河附近消失。断曲怀疑锦卫知道被人跟踪所以跳入护城河洗去了身上的味道，毕竟断曲一时心急，撒的迷香也过多了些，味道浓烈岂不令人生疑？

只是，沿着这条街追踪到虞府，那迷香味道却始终没有消失，或许是因为只是单个人藏匿在此处，味道到底会清淡些，一时不防，便露出了痕迹。

几乎不费吹灰之力，两人顺利找到迷香最终的去处——虞屏居处后院的佛堂。

佛堂的门虚掩着，从门缝处透出微弱的光线，昏昏暗暗地模糊了人的心情。虞锦站在佛堂廊柱的暗处，紧紧贴在廊柱上，半晌，朝断曲做了个手势。

断曲朝佛堂门前扔了颗小石子，雁儿从佛堂内蹿出来，朝着断曲故意弄出动静的方向追过去，而虞锦则适时进了佛堂，见佛堂东侧的门仍旧紧闭，虞锦犹疑再三，终是下定决心，伸手扯了扯门框上的红绳。

虞锦见门稍有动静，便疾步退了出去，再度紧贴在廊柱上。那雁儿追出去没多远，断曲便将手里的猫儿放出去，雁儿听见猫儿叫一声，有些疑惑是不是自己听错了，返回佛堂时，便见虞屏正从东侧的房间里走出来。

雁儿说道："小姐，你怎么出来了？难道说……"

"刚听见房间里的风铃响，我还以为你有事寻我，特地走出来瞧一瞧。"虞屏面容憔悴，似是几日没有进过水米一般，唇色发白，虚弱得很。

"二小姐，我还是扶您回房歇着去吧，您为老爷祈福尽孝，可也不能作践了自己的身子啊。"雁儿急切地劝道。

"罢，罢，我歇着便是。就这点小事，也值得你急赤白脸地劝。"

说话的工夫，虞屏已在雁儿的搀扶下，走近虞锦所站立的廊柱前，虞锦屏息静立，待那两人走远本想进佛堂再查看一下，谁知佛堂内的灯烛突然灭掉，雁儿又要回转过来点灯烛，虞锦只得跃身离开佛堂。

断曲正等在暗处，见到虞锦后，问道："那迷香是在佛堂内消失的，但是既然佛堂内只有二小姐和雁儿，那个号令指挥锦卫的人就必定是这两个人之中的一个了吧？"

虞锦摇了摇头，说道："刚才她们走到我跟前，我嗅得清楚，她们两个人身上都没有迷香的味道，一丝也无。"

断曲诧异道："这怎么可能？当时往那黑衣人身上撒的迷香格外多，即便她沐浴过后也不会将那迷香的味道全部去掉。"

"除非佛堂内另有乾坤。断曲，你留心些，待过几日，你与程裳一起过来再探。"虞锦交代给断曲，便让断曲先行回去。

虞锦缓步沿着花径往回走，暮色月下，夜凉如水，虞锦仔细回忆这几日回到虞府后发生的所有事，觉得自己陷入了一个解不开的谜团之中。

虞锦看见虞展石书房内仍旧亮着光，于是走近轻轻叩了叩门，里间传来虞展石疲惫而仓皇的声音："是谁？"

"是我，父亲。"

虞锦推开门的刹那，听见虞展石几乎低不可闻的叹息声，见虞展石伏案在看着一份名单，正是昨日遭遇锦卫伏击的另外六名大臣的名单。

"这么晚了，你怎么还未睡去？"

虞锦穿着劲装，虞展石自是知道虞锦出过府，却仍旧问得这般客套，虞锦淡淡地笑，说道："父亲今日再度遇袭，明日传到阗帝耳中，阗帝定会将此案交付他人侦查，父亲就不用再怕破不了这棘手的案子而受责罚。”

虞展石怔了怔，旋即眉目一松，喜道：“果真如此，那是再好不过。”

虞锦上前拿起那份名单，说道：“父亲平日里可与这名单上的大臣来往？或者，父亲可与这些大臣因某事而聚集过？”

虞展石匆忙说道：“他们都是攀附于石相甘于被石相奴役的大臣，而石相对为父又是颇多刁难，就连这次侦破大臣遇袭的案子落在为父肩上也是石相一手造成的，为父与他们道不同不相为谋，又何曾聚集过？”

虞锦垂眸，没有再问下去，或者虞展石的态度已经算是明了。

走出房门之前，虞锦似是不经意地说道：“父亲，明日便是虞志的头七，我想去他的墓前祭奠一番，父亲可要一起去？”

虞展石似是完全没有料到虞锦会这般说，稍稍一顿，旋即才应道：“去，去，为父自然要去。”

次日，虞志墓前。

虞锦虽是以祭奠为名而来，却始终站在丈远处，冷眼看着老泪纵横的虞展石和伏在墓前哭泣的段丽华，一言不发。

虞屏打发雁儿来说身子不适后便未曾跟来，虞展石似是习以为常，只让人唤来一直给虞屏瞧病的大夫进府给虞屏诊治，并不怎么放在心上。倒是段丽华脸上浮起一抹怪异的笑，颇有一番不以为然的意味。

段丽华伏在墓前哭得伤心欲绝，又数落起虞锦杀死虞志的滔天大罪，虞锦听得多了便有些心烦，虞展石看见虞锦微蹙的眉头，赶紧让人将段丽华扶回车厢里。

见虞锦走近，虞展石抚着墓碑痛惜地说道：“可怜志儿才这般年纪，便遭了这样的祸事……”

虞锦看了眼墓前新土翻动的痕迹，知道必是断曲前日所为，说道：“父亲说虞志喜欢我的匕首，那日我没允，现在想来实在有些不该，父亲让人将墓挖开，我亲自将匕首放进棺木内，也算是成全他的心愿。”

虞展石面色一僵，然后说道：“此话差矣。锦儿，你怎么如此糊涂？都说入土为安，哪有再挖开坟墓惊动得他不得安息的道理？”

虞锦正视虞展石，面色沉静，眼神却灼灼发亮，说道：“父亲还想再瞒我多久？我如果连这是座空墓都不能知晓的话，又怎么配做乾坤门的弟子？父亲如若告诉我实情，也省得我费些周折再去查探，也不必查出些什么有的没的让人颜面无光。”

虞展石面色终是变了几变，低声说道：“对，这确实是座空墓。”

“那虞志呢？他究竟有没有丧命？”

虞展石看向段丽华所在车厢的方向，似是有所顾忌，声音越发低不可闻，说道：“志儿没有死，他在，他在……”

虞展石话音未落，车厢内突然传来丫鬟元梅的惊叫声，虞锦迅疾闪身过去，掀开车帘才发现段丽华手握匕首插在自己胸口意图自尽，元梅死死拉住她的手，两人身上沾染的都是触目惊心的血迹。

虞展石扑过去劝慰段丽华，又气又怒地斥骂元梅不小心看护，并急忙命人驾车赶回府中请大夫医治。

虞锦并未跟着回府，而是去了段无妄所藏匿的府邸，本想问清楚那日后院出现的小厮究竟是谁，还有就是拿着金色羽箭号令锦卫的人又究竟是谁。她虽怀疑虞屏不是在佛堂中祈福，但是昨晚虞屏经过廊柱时，自己并未嗅到她身上有任何气味，号令金色羽箭、击伤程衣的人，必定不是她。但是，那人却极有可能藏匿在佛堂内，否则那迷香又怎么可能会在虞屏的佛堂内断了踪迹？

虞锦照旧从原路潜进那座朱门府邸，只是在进府的刹那便感觉到一股异样气息，四下环顾，虽与那日一般宛若空府不见任何人的踪迹，但凭着敏锐的直觉，虞锦知晓藏匿在暗处的绝对不是上次那批隐卫。因怕露出踪迹，虞锦仍沿着府墙疾步闪进了靠近东侧的书房。

书房内静谧无声，却似是被人暗地里搜查过，书籍和杂物已然被翻动过，只不过书桌上仍旧端端正正放了几封信笺。虞锦心下生疑，于是抽出信大略一阅，皆是誉王段无妄与朝臣结党营私的来往书信。虞锦知定是有人栽赃于誉王，否则依着段无妄的脾性，即便撤走时如何匆忙，也断不会留下任何信件授人以权柄。

远处传来一阵喧嚣之声，虞锦心下一凛，拿起那几封书信从书房后窗跃出，并未急着离府，而是飞身踏上书房的房顶，借着雁灰色光泽的砖瓦掩身其后，紧紧贴伏在屋顶上一动不动，以最有利的视角观察着府邸内的任何动静。

果不其然，府门处有一队官兵浩浩荡荡地冲进来，虞锦认出为首的便是督律司卿郑岷，他指挥手下将全府包围起来仔细搜查每个角落。虞锦通过虞展石之口已经对郑岷有所了解，她感兴趣的是郑岷身旁那位身着金色裹边黑袍的男子，二十五六岁年纪，龙章凤姿气质超然，负手而立，潇洒自如，眉目间存着些许不耐，浑身散发着沉郁压抑的气息，令人不敢相视。

所以，郑岷站在他的身侧分外不安，一边打量他的面色神情，一边用袖子不断地去擦拭额角的汗。

派去搜查的人很快过来回禀，并未搜到任何信物，郑岷有些吃惊，于是顾不得其他，忙又问道："有没有搜过书房？可曾搜出任何证物，比如信件……"

那身着黑袍的男人面色阴沉不定，缓缓开口说道："郑大人，可是你说誉王藏匿在这座府邸内，事关重大，又牵扯朝臣遇袭之事，父皇才命本太子与你一同过来察看，如今却什么都没有搜到，你待如何向父皇交代？"

郑岷汗如雨下，脸色骇得青白，惊恐地说道："微臣收到密报，说誉王就是藏匿在这座府邸内，书房内还藏着誉王与朝臣结党营私的信件，密报确信无误，微臣这才斗胆呈禀皇上，微臣也没有料到……"

虞锦心下一凛，刚才已经猜出那男子身份不凡，不想竟是当朝太子李润。

太子李润厉声喝道："无事生非，陷害忠良，依本太子看，你这督律司卿是不必做了……"

郑岷慌忙跪伏在地哀求着李润，一把鼻涕一把泪的他丝毫没有注意到李润的目光落向何处。贴伏在屋顶上的虞锦，明知李润看不见自己的身影，却依旧震撼于他的目光，温和平静下却酝酿着汹涌如潮般的凌厉气势，如刀将人寸寸切碎。

李润离开后，郑岷还不死心，又带着人将府内外搜了个遍才愤愤离去。

虞锦从书房屋顶上跃下，沿着府墙翻越出去，落地后，轻轻掸了掸自己的衣角，拍了拍手，往西街方向走去。

在十几丈远处停着一辆马车，车厢内的人沉声问道："平生，可看清楚了？"

站在马车外的白净小厮皱了皱眉，一脸苦恼地说道："太子，隔得太远，只看得出是位女子，看不清面容，要不要平生追上去看看？"

"算了，你不是她的对手。"李润顿了顿，终是说道，"要不是我站着的位置正看得见湖水中屋顶的倒影，我也不会察觉到她藏身在屋顶上。"

"太子，那咱们现在该怎么办？虽不知那锦卫如何会生出这样的事端，不过平生倒不信誉王会有反意，胆敢潜进阳城作乱。可是皇上既然恩准郑岷与您一同来此查探，必是已经相信那些奸妄佞臣的谗言，要将誉王绳之以法。这次虽然没有抓住誉王的把柄，可郑岷办事不力，牵连上了太子，回头皇上迁怒于您，这可如何是好？"

"糊涂。如若父皇真的相信谗言，要将段无妄法办，又怎么会让我一同前来查探？"

平生喜道："太子的意思是说，皇上是看中您办事稳妥、公正廉明，料定郑岷不能在您面前做出手脚陷害誉王，所以才让您一同前来？"

随着马车驶远，太子李润与平生的声音渐渐低不可闻，藏匿在暗处的虞锦缓步走出来，心下却更是惊疑不定，为什么她始终觉得太子李润不似表面这般温和从善，即便他是奉圣命以维护誉王段无妄的名义而来，可是又为什么会在听见督律司的人说在书房内没有搜到任何信件时，眼底滑过的诧异尤甚过郑岷？

第三章
孤阳傲月　戏红尘无期

回到虞府后虞锦才得知，段丽华因为丧子之痛，又加上受伤需要静养，如今已经被虞展石送到了虞家别院。

程衣伤势已经有所好转，与程裳一同守在虞锦房里服侍。

虞锦问起虞屏那边的动静，程衣回道："晨时小姐与虞大人出府后，便有个大夫径直去了二小姐房中诊脉，形色匆匆。我觉得有些不妥，见那大夫出府时便装作晕倒，那大夫无法，只得过来给我把脉，我想趁机反握住他的脉门，谁知竟被他避开了去。我无法再装病，只得眼睁睁看他就那么走了。"

程裳斟了茶，递给虞锦，说道："后来，雁儿出了府，二小姐便独自进了佛堂，到这会儿都没有动静。"

"雁儿出府做什么？"

程裳笑着说道："如若是平常，我和衣姐姐必然会有一人跟上去，可如今府外便站着一个讨厌鬼，不借着小姐的名义支使他，怎肯解气？"

虞锦知道程裳是拿断曲打趣，也不恼她，说道："程裳，你去涌金楼见断曲。程衣，你跟我去佛堂。"

程衣站在一边安安静静地应下，程裳本来眉目一挑，脸上颇有几分喜色，后来听虞锦要程衣跟着去佛堂才觉出不妥来，急道：“那佛堂内如何凶险谁也不知，衣姐姐伤势未好怎能涉险？还是我跟小姐去吧。”

“就你这般鲁莽，本来无险也变成有险了。快些去吧，等见到断曲，要他一定想办法暂时拦住雁儿回府。然后，再去趟段丽华所在的别院探探消息，我要知道虞志的下落。”

程裳终是没拗过虞锦，只得絮叨了几句，依言而去。

待虞锦进了内间换过衣裳，程衣已经从厨房提回食盒来，虞锦淡淡一笑，说道：“果然知晓我的心思。”

“咱们要想大大方方走进佛堂，总该有些由头才是，姐姐疼惜妹妹，送些糕点过去便是再好不过的理由了。”程衣冷静自持，自是比程裳那火热性子聪慧几分，否则虞锦也不可能打发程裳出府去跟断曲碰面了。

后院佛堂。

说是正大光明进去，但虞锦还是存了几分谨慎心思，刻意避开虞屏院里的丫鬟和婆子疾步进了佛堂。虞锦轻车熟路走向东侧那扇紧闭的门，与程衣相视一眼后，避开那条能扯动房间内铃铛的红绳，催动内力去推那扇门。

门应声而开，跪坐在蒲团上的虞屏似是受了惊吓，慌乱起身时体力不支，紧紧扯住虞锦的衣袖，然后便昏厥在虞锦怀中。

虞锦将自己的衣袖从虞屏手里扯出来，又将虞屏交给随后进来的程衣，朝她使了个眼色，程衣马上将虞屏扶出佛堂送回房间。

就在虞屏扑进怀中时，虞锦并未忽略眼前一闪而过的身影，她冷笑一声，这佛堂内果然藏匿了不明之人。虞屏以为只要扯紧自己的衣袖，自己便不能放任其晕倒在怀中不管，却不曾料到还有跟在其后的程衣在。

不过是电光石火之间，虞锦发现有白色衣角从佛像处滑落，虞锦瞬即闪身过去，那佛堂后的身影已消失不见。

虞锦细细查寻着何处有机关，突然看见莲花座上其中一枚莲花瓣颜色有异，比其余的莲花瓣更红一些，于是撕下一角衣襟裹在手上试探地去旋转那枚莲花瓣。果不其然，莲花座下探出仅一人能滑落下的洞口，往下竟是一条密道。虞锦细想这佛堂的位置，料想这密道必是通向了府外。

虞锦嗅着这佛堂内消散不去的迷香，知道那人定是手持金色羽箭号令锦卫的蒙面人，本想跳下密道追过去，又担心那人会藏匿在密道内伏击。思索间，却正好看见那密道内有细微的金光闪烁，虞锦心里一动，撕下一侧衣襟裹了另一只手，从密道的洞口处迅疾滑落下后站稳身子，见密道内空无一人才将发着金光的东西捡起来，正是那枚被窃的金色羽箭。

虞锦嗅着那迷香的气味顺着密道追了出去，这密道不像是新凿开的，倒像是有些年岁，可是并不长。虞锦才走了十几丈远便出了密道，出口处正是虞府后院街口小巷，前面种着几棵参天大树遮挡了洞口处，所以没有人会察觉到树后竟会另有乾坤。

虞锦进了密道洞门，却在洞门关闭的刹那又折回身跃上树，隐在繁茂枝叶后，心中默默数着数，算准从洞门口到佛像莲座耗用的时间，果不其然，就在那一刻，佛堂内火光突起，竟似早已埋下的炸药，宛如晴天霹雳将人心中最后的温情炸得粉碎。

虞锦在树上有那么一刻的愣神儿，想起还在虞屏身边的程衣，随即打起精神在树枝上轻轻一踏，借着树枝柔韧的力量跃进府墙内。

虞屏的院子已然乱成一团，虞展石命人救火，又在得知虞锦还在佛堂内后让人进去相救，只是火光冲天进去无异于送命，众人顿时面面相觑，谁也不敢往火焰四射的佛堂内去。

虞屏在丫鬟的搀扶下痛哭着，小脸骇得青白，口口声声喊着“姐姐”，唯独程衣始终站在一侧，波澜不惊，似是与己无关，丝毫没有流露出担忧的意念来，虞锦心中不禁微微赞叹，唯有这样的脾性才能被委以重任。否则，是断曲也就罢了，如若是程裳在这儿，估计早就不管不顾地冲进去救人了，压根儿就想不到她家主子哪能这么轻易丧命？

所以，当虞锦淡然自若地走出来时，虞屏眼中闪烁的异色一瞬即逝，而虞展石却是发自肺腑地惊喜欣慰着，这么多年的扶持磨炼还没有派上用场，怎能这么快就消失殆尽？程衣仍旧是那副表情，只不过朝虞锦走近了几步，暗暗长舒了一口气。

虞锦既然已经拿到了那枚金色羽箭，便暂时先不与虞屏计较，带着程衣回房，程裳也很快赶了回来，听说此事后义愤填膺，只恨不得去找虞屏理论清楚为什么要加害亲姐？

“你早就料到了他们会炸佛堂？”程衣自始至终都没有流露出诧异之色，淡淡地问道。

虞锦将裹在手上的衣料给两人看，青白色的精致云缎上已然灰暗不明，有些地方更是发了黑。因断曲擅长弄这些稀奇古怪的东西，见虞锦不喜在身上放很多药丸，便做了药水将虞锦所有的衣物都浸泡过，一旦沾染了毒物，便能很快知晓。

“密道石壁上有毒，我料到他们怕这毒不足以将我置于死地，必然还有后招。我从密道进了后巷追不到人势必要回去见虞屏，那么从密道返回是最为便捷的路，而进了密道到了佛像莲座的入口处，必是人最容易放松戒备的地方。我隐在树上想瞧瞧他们的杀招，不过倒未曾料到他们会选择炸了这佛堂。”

程裳说不出到底是喜是怒，说道：“好个二小姐，果真是深藏不露。可是这么一来，佛堂毁了，二小姐岂不是不能利用在佛堂祈福溜出去？”

虞锦冷笑，说道：“佛堂之谜已然被人探查得知，最好的处置便是炸毁，那人也算是当机立断，有几分魄力。”

虞锦伸手入怀，将金色羽箭握在手中细细看着，程裳诧异道：“可是那人为什么甘心将金色羽箭留下？如果拿在手中，还能掣肘誉王的锦卫制造混乱，何乐而不为？”

虞锦不以为然地说道：“如果不出我所料，这金色羽箭已经不能再号令锦卫了。誉王那样的人物，又岂会放任他人鱼肉？佛堂内藏匿着的那个人必是料到这一点，所以才会扔在密道内引我下去。他以为一场大火，会将我与金色羽箭都烧得干干净净，不会留下任何痕迹。”

“那人心地也太歹毒了。”程裳怒道。

虞锦闻言笑了起来，程衣也暗自摇了摇头。程裳追问两人为何这般神情，程衣伸指戳了戳她的额头，说道：“她在笑，如若她是那人，定会比这狠毒一百倍才是。只涂毒密道、炸毁佛堂算得了什么？”

程裳撇了撇嘴，说道：“好，好，别以为我听不明白，你哪里是在说她狠毒不狠毒，只是在夸她心思敏捷、计谋无双。可我出去这半日，也没个人问问我那雁儿什么情况。”

虞锦与程衣再度笑起来，程裳羞恼不依，还是程衣说了好些话哄着才叫她开了口。

“那雁儿出了府先是去驿站，未等断曲乔装跟进去，雁儿却又很快走出来去了城郊天容阁。只是并未进去，走到半山腰处，便折了回来。断曲回来与我见过，便又赶去段丽华的别院。喏，这是断曲要我交给你的药囊……”

虞锦接过，却发现这药囊上的针线有些眼熟，似是在哪里见过一般，她看向程裳，程裳早已将视线转向了另一侧。

“天容阁。”

虞锦默默念着这几个字，明日该是去天容阁赴约之日了。

天容阁位于城外天容山山顶一块突起的陡峭悬崖上，一半在崖上，另一半却在崖下挖出的山洞内。虽号称绝世清修的古寺，其实从无香客进出。这里是匪盗枭雄避祸之地，上天包容微渺之人的所有罪过，所以取名为天容阁。天容阁声名鹊起后，此山也跟着改名为天容山。

只要进了天容阁的人都不能寻衅滋事、恣意恩仇，一切要守天容阁的规矩。但是，也并不是所有人都有机缘进天容阁，否则任凭杀人越货之辈、寻常歹徒都能得以庇护，天下岂有休日？

进天容阁，必要过最为凶险的六风阵、阴阳桥。

程衣的武功比程裳略高一筹，如若没受伤前倒也可一试，如今怕是万万不能了，断曲去虞府别院探查虞志的下落也不在虞锦身边。虞锦只能独身一人前去天容阁，程裳急得直跳脚，被虞锦以送回乾坤门相威胁才安静下来，眼睁睁地看着换过一身云缎白衣，腰间系着淡青色水纹腰带，翩翩浊世佳公子装扮的虞锦出府。

虞锦骑马前行，不过半个时辰便出了城到了天容山脚下，回头看去，见程衣不远不近地骑马跟着，心里一热，却不露声色，说道：“既然跟着来了，便只在外边候着就是，不管发生任何事，都不得擅闯天容阁。你如今受了伤，不比从前，硬来只会丧命。”

程衣微微一笑，说道：“我知道。刚才听说誉王的人马已经从梁川行至此处，驻扎在十几里外等候阗帝召见，因誉王喜好美色，还派人去城内请了几名歌姬相伴。”

虞锦暗笑，这段无妄也太会做戏，非要闹出点动静来暗示众人他此番才至阳城。

进了天容阁才知里面还有不同的阵法，但是都极为简单，不过一盏茶的工夫虞锦便到了悬崖处的六风阵。所谓六风阵，是指东南西北上下六个方向射来的如雨暗器。如若一个不慎，暗器袭身，那么运气好的便是等死，运气不好的便等着被天容阁的人杀死，因为在他们看来这些人不值得被救，想进天容阁而没有能力进的人没有存活下去的必要。

虞锦踏进六风阵，东西面暗器齐发，皆是细如牛毛的淬毒银针，东西面银针至身前时，虞锦没有往南北两方移动，而是一跃而起，果然，又避开了南北两方随即而至的银针。虞锦在空中一个拧身翻落到西南角处，避开了落在原地的几排银针。只是，西南角处异动厉害，虞锦将紧扣在手中的银扣掷向西北处，身形却迅疾落在中间。回身看去，西南角、西北处都是一片银针。虞锦将银扣往六风阵各个方向一同掷去，六风阵银针不想竟安静下来，这一关虞锦算是闯过了。

虽是凶险，可是只要知晓其中规律倒也简单。只是来到这阴阳桥，才不由得倒抽一口凉气，顿时明白为什么这两关皆设在悬崖处。正是因为闯不过六风阵被银针所伤的人可以直接被投掷在悬崖下，简单了事。而阴阳桥便是一条长约五十丈、细如手指且精钢打造的铁链，连接在两山之间。外山乃是天容阁的门户，后山才是天容阁主寺之所在。阴阳桥更是不需要人动手弃尸，只要一个不慎从细如手指的链子上滑落，便坠亡崖底，天地为棺，孤魂野鬼也有三千尸骨为伴。

虞锦在心中盘算，如若奋力一跃也有七八丈之距，可是因有晨露铁索湿滑，落下之时势必不能很好地稳住身形，铁索也会抖动得厉害难以控制，只有一步步走过去。

晨雾缥缈，云烟缭绕，虞锦身着白衣缓步走在细不可见的铁索上，铁索晃晃悠悠，她的身形也跟着越发飘逸起来，无一丝着慌，无一丝惊恐，就那样闲庭信步一般，淡然自若地朝天容阁主寺走来，眉眼间尽得风流，这一幕落在天容阁主寺众人眼中，各自惊叹。虽均有上乘武功，可是将这索命的阴阳桥走出这般风致的也唯有这十六七岁年纪的俊俏少年，谁人都想多看一眼，更有甚者竟盼着这少年在这铁索上多走一会儿，站在铁索尽头笑吟吟地看着虞锦的誉王段无妄，便是其中一个。

虞锦行至离铁索尽头三丈远时，突然觉察出有些不对劲，似是有何物穿破云烟近身而来，虞锦为避暗器脚下一滑，整个人便这么直直落了下去。

云烟未散，那铁索桥上风骨雅致的少年便这么失去了踪影，众人不可置信那少年一眨眼便不见了，揉了眼睛再看过来仍是如此，不由得发自心底地惋惜哀叹，都宁愿相信那少年幻化成仙也不愿相信他坠崖身亡，因为三日后他便会被毒蛇虫蚁啃噬成一堆嶙峋白骨。

誉王段无妄也在那一刻失了神，不相信那么一个刁钻狠厉的女子刚才还以睥睨一切的风姿踏步而来，转眼间就香消玉殒，胸口处似是被人用力捶了一拳，有些说不出的闷痛。

段无妄伸手入怀，拿出这几日时常把玩的那枚琅琊环佩，用手扶住那铁链微微叹了口气，似是有些犹疑不定，说道："这玉佩是你近身之物，你既死了，这枚玉佩我理应掷于崖底也算是为你陪葬。不过留在我手中做个念想也好……"

这般想着，刚要将玉佩再度放入怀中，突然察觉手中扶着的铁链微微晃了晃，有个清瘦绰约的身影拧身踏上铁索一跃而起落在段无妄身旁，轻轻巧巧地便从他手中将琅琊环佩夺过来，说道："这玉佩既是我的，还是在我手中才好。"

段无妄似是没有察觉到手中的玉佩被她夺了去，仍旧保持着刚才的姿势，眼中滑过惊喜，笑着说道："我就说乾坤门的弟子怎会不堪一击轻易丧命。"

"既是不相信我会轻易死，又怎么想着恬不知耻地霸占我的玉佩？"

听见虞锦毫不掩饰的嘲讽，段无妄几乎被激得要跃崖，见她手腕上绕着一截细软的鞭子，知道刚才她滑落而不坠崖，定是因为将软鞭悬挂在铁索上双手各握一端滑过来，而云烟缭绕处，竟无人发现铁索上的端倪，这才被她突然出现骇了一跳，段无妄只恨恨地想刚才自己出手晃一晃那铁链才算是手段，怎能让她轻易脱险？不过，就凭着她这极强的应变能力，也值得赞叹一番，不是吗？

虞锦没有理会段无妄这般情绪，站稳身形环顾四周后，便一眼辨认出暗器射来的方向。

天容寺最顶层的房间内，那人隐在窗格之后，见虞锦既没有被暗算后的惊怒，也没有脱险生还的欣喜，只微微眯着眼，不喜不怒地看过来，明知道虞锦看不清自己的面目，却不由得心下一凛，握住窗格的清瘦手指骨节青白，越发用了力。

虞锦见段无妄丝毫没有易容，就那么满不在乎地跟在自己身后逛着天容寺，有些疑惑，问道："你大军在山下候命，又给你找来了几名歌姬相伴，你本该在大营酒醉酣歌、肆意恣狂，却偏偏出现在天容阁，不怕人瞧见吗？"

"探子进不来天容阁，能进天容阁的人也只会熟视无睹，宛如不知，这就是存活之道。不过那段祥也真可恶，叫他冒充几日本王，别假戏真做了，回头被那几个歌姬缠上，本王府里可再也添不进几个女人了。"

段无妄笑得风流倜傥，眉角处桃花尽现而不自知，虞锦对于这样的妖孽男子一向抵触，随即便蹙了眉头。

段无妄只以为虞锦是在因刚才遭了暗算吃了亏而心烦，于是俯在她耳边低声说道："这天容阁阁主虽从不见外人，可是如若本王道出自己的真实身份，想必他会给一两分薄面护你周全。"话音未落，便见虞锦目光中流露出的嘲讽与不屑，随即急道："本王为你豁出脸面，你不领情便罢，还这般嘲讽本王？别以为你将那玉佩拿回去了就肆无忌惮了，要知道那金色羽箭还在你身上，本王大可以说是你号令锦卫伏击朝臣，到时候皇上灭你虞家满门，你可别急着来找我。"

虞锦被他啰唆得心烦，拿出那枚金色羽箭在段无妄眼前晃了晃，随即毫不留情地划出一道金色的弧线将其掷于崖底，段无妄伸手不及，一时竟话也说不出口。

虞锦很满意地看着他住了口，拍了拍他的肩膀，说道：“不必心痛了，反正也用不到了。”

段无妄这才回过神儿来，伸手要去反握住虞锦拍在自己肩膀上的手，被虞锦毫不留情地弹了一指也不恼，又恢复了原本那副笑意轻佻的模样，说道：“有人可为了这枚金色羽箭，差点儿被人炸死在佛堂呢，你说，我能不心痛吗？”

虞锦顾不得与他唇枪舌剑，再度看向天容阁顶层的房间，问道：“自你来了后，可曾见过有其他人进天容阁？”

“嗯，有。”段无妄见虞锦看过来，于是指了指虞锦，说道，“你。”

虞锦面无表情地看着他，段无妄耸了耸肩，只得说道：“这三日内，便只有本王与你两人过了六风阵、阴阳桥，再无第三个人。”

“你上山之前，就不曾让人探过路？”虞锦看向段无妄。

段无妄摇了摇手中的折扇，说道：“什么也瞒不过你，本王确实让人来探过路，只是那些人愚笨，找不到上山的路。否则怎会害得本王非要涉险过什么六风阵、阴阳桥？”

虞锦相信段无妄此话不假，像段无妄这般人精，都是宁肯亏些脸面也要惜命享福的人，除非万不得已，否则不可能将生命交由不受自己掌控的天容阁。

“你去找下山的路，我去找那个人。”

段无妄唤住虞锦，慢条斯理地问她：“你要我去找下山的路，你就不怕我找到路后不告诉你独自下山？”

虞锦笑了笑，变戏法一般，又从袖中滑出那枚金色羽箭晃了晃，说道：“东西还未曾完璧归赵，你会舍得这样离开？”

段无妄暗自摇头苦笑，看着虞锦远去的背影又生出一番感叹：“师父的话从来没有错，但是说要相信乾坤门出来的女子这句话，值得商榷再商榷……”

段无妄上山前让人探路未果，有些半信半疑，也许上天容阁果真只有那条生死不知的路而已，可是一踏上阴阳桥便会立刻明白，定还有另一条路，否则天容阁上下需用的米面食材难不成也要人担着从阴阳桥上踏过去不成？既如此，段无妄首先便朝天容阁的后厨而去，只要知道米面所在，就不愁不知道米面是如何运上山的。

虞锦回头看着段无妄去往的方向，微微一笑，这段无妄看似浪荡不羁、嬉皮笑脸的，倒也不笨。

天容寺上下共九层，最顶层的房间不过数间，推窗入崖，最为凶险。虞锦情知此时上去，那人必定已经离开房间，可是她仍旧选择顺梯而上到第九层，如若不是凭着敏锐的嗅觉，虞锦几乎已闻不到那微弱而清淡的迷香味道。不过即便如此，她也能确定，号令锦卫、击伤程衣、藏身佛堂、密室涂毒、炸毁佛堂、潜进天容阁、银针暗袭的都是同一个人。既然这个人没有过六风阵、渡阴阳桥，必定就是从后山进了天容阁，也必定从后山离开了天容阁。

虞锦想到程衣独身一人还在山下，又曾与这人交过手，当下有些焦急，迅疾折身去与段无妄会合。虞锦进了后厨，见段无妄正拿着刀逼问不会武功的厨子，那厨子一直以为自己身处险地却一向清静安全，怎会料到遭到这般责难，当下骇得几乎要晕死过去，口齿不清地说出了下山的路。

段无妄颇有几分自得地看向虞锦，见虞锦形色匆匆于是也紧跟着追了出去。下山的通道便在最底层的那排房间中，是那排房间的其中之一。虞锦与段无妄闪身进去，推开后门走出去才发现别有洞天，人工凿了一条小径，平缓而悠然地伸向山下，景色这边独好。

虞锦顾不得欣赏美景，如离弦之箭朝山下而去，耳边却响起隐隐约约的高雅弦音，离山下近了，那乐音更清晰了些，一时如万马奔腾不息，一时犹如山河汹涌，一时又如涓涓小溪，一时又如珠落玉盘……听着悦耳却扰得人心绪不宁。

虞锦脚步猛然一顿，紧追过来的段无妄差点儿撞到她的身上，看她凝思沉郁，段无妄才露出几分喜色，朝她绽放出自相识以来最肆意、最轻佻、最迷人也最妖娆的笑容，他凑近虞锦耳边，不无炫耀地问道：“猜到了吗？”

虞锦见段无妄如此表情，已然确定用那种奇特手法弹琴的人，必是被乾坤门逐出师门的慕容城，也就是段无妄的师父。

虞锦从未见过慕容城，但是曾在师父陆枫房中看过他的画像，面露苍颜、五短身材、佝偻驼背、神情猥琐，说不出的惹人生厌，所以即便师父陆枫对其三缄其口、讳莫如深，虞锦也不曾生出好奇心。只是慕容城就在眼前了，到底要不要前去相见，倒是令虞锦颇有几分挣扎。

正在思虑间，突然看见脚下有淡淡血迹，还有一条碎裂的衣襟，正是程衣所穿的青绿色碎锦衣衫，虞锦四处环顾却不见程衣的踪迹，眉目间尽现凌厉之色，转过身看向段无妄，段无妄忙挥手撇清道：“与本王何干？虽然本王在天容阁早已布下数百锦卫，可是你看这空山落落，定是被本王的师父遣退了。”

“你的意思是，程衣是被你师父救了去？”

段无妄轻摇手中玉扇，说道：“本王只是猜想而已，如若没救成，或者救回来的只是一具尸体都是有可能的。”

话音未落，见虞锦已经朝琴音传来的方向疾步而去，段无妄将玉扇在手中重重一拍，有些无可奈何地追了上去。

天容山脚下有一座倚水凉亭，上设抚琴台，有一位三十多岁的男子，墨发顺逸，眉目如画，宛如雕工天成，眼神却清澈而通透地落在远山之外，颇有清逸出尘的意味，仿佛超脱出嚣尘纷乱的俗世，不为俗务所扰，尽得自在。抚琴的姿态又潇洒自如，仿若手指只是在琴弦上那么轻轻一抹，就可掌控天下扭转乾坤。

虞锦因陆枫房中画像的缘故早已将那副不堪入目的尊容先入为主，今日得见真容才叹及慕容城的风采，正是游龙天下，惊鸿一山。

慕容城脚下还有一名卧在琴台下的瘦弱女子，远远看去正是程衣。她看似陷入梦魇般地痛苦挣扎着，额间细密冷汗顺着发丝滴落在青石地上，洇湿成斑斑水迹又很快消失不见。

慕容城仍旧弹着琴，此时虞锦已然明白过来，程衣定是又遭了重伤，慕容城正在用琴声为她疗伤，因琴声扰得人心烦意乱，于是虞锦便用师父教授的独门心法调息静心，一旁的段无妄伸手握住虞锦的手，本想助她调息稳住心神，见她目澈清明毫无异状便缩回了手，喃喃道：“不懂得示弱的女子，怎讨人喜欢？”

一曲奏完，满山静谧无声，唯有余音袅袅，还回响在耳边，激荡在胸口。

誉王段无妄收敛轻佻神色，朝慕容城见过礼，师徒两个只淡淡说了几句话便住了口，虞锦知道两人是碍于自己在此不便深谈，于是便先谢过慕容城搭救程衣之恩。

慕容城知道虞锦是乾坤门出来的弟子，又是拜师于陆枫，不由得多看了几眼，虞锦见他欲言又止，似是有话要问却终是没有问出口，当下也不再寒暄，想要扶起程衣离开。

程衣看似昏睡了过去，虞锦上前去扶她，搭上她的脉搏才知她竟伤重虚弱至此，扶她坐起身才发现她的手始终紧紧地攥着慕容城的衣角，虞锦试图掰开她的手指也是徒然，想要用力却又怕伤到她，抬眼看向慕容城，见他面色也有微微的怔忪。

或许在别人看来，程衣的举动很是平常，在生命垂危之际用手抓住救命恩人的衣角，就像是溺水之际抓住救命稻草一般，是出自本能。可是在虞锦心中又泛起另一层意味，她进师门时，程衣、程裳早已被师父陆枫收留。虞锦虽比她们多了师徒之名，得到陆枫的倾力相授和乾坤门上下的一致认可，但是陆枫对她极为冷淡，平日里衣食住行都不曾过问。

程裳也就罢了，陆枫对程衣的态度却极为特殊，平日里最为疼惜她，发怒时却恨不得将她生吞活剥，经常将她打得浑身青紫满是瘀痕，虞锦便亲眼看见过陆枫用手中软鞭将程衣抽打到衣服崩裂尽是斑斑血迹，程衣紧咬着下唇双手交叉抱臂，却不肯挣扎求饶低吟出声，就像是柔弱的小动物一般任人宰割，从来没有吐露一句怨怼之词，可是程衣越是这般越是会将陆枫激怒。

虞锦知道程衣从来不是逆来顺受的人，她骨子里的执着倔傲怕是连自己也不及。她就是死，也不可能去抓住自己厌弃的事物，可是，她却抓住了慕容城的衣角，并且这么用力，那只纤细的手传递出去的不是求助，不是依附，而是信赖……

慕容城也试图用手去松开自己的衣角，可是伸到半空的手顿了顿，又缩了回去，淡淡地说道：“将她留下吧，她体内的寒毒不及时拔除，怕有生命之虞。”

虞锦没有说话，在看清他的目光中没有一丝恩赐般的施舍，才微微点了点头，俯身将断曲的那个药囊塞在程衣的手中，心中却着实盼望慕容城能善待程衣，不要刺痛她心中的那份骄傲，说道：“我替程衣先谢过你。”

段无妄笑着说道：“你太客气了，都是自家人，我师父救你的丫鬟那也是举手之劳，应该的。”

虞锦斜睨了他一眼，一扬袖中的金色物体袭向段无妄面门，段无妄用玉扇遮面，一环身便将那物体抄在手中，正是那枚金色羽箭。

“就算你是想成全自己完璧归赵的大义，也不能毁容取命吧？”

虞锦看了看绝代风华的慕容城，再看了俊美轻佻的段无妄一眼，很认真地对段无妄说道：“在你师父面前，你无容可言。”

段无妄笑容僵住，慕容城看着一向伶牙俐齿的段无妄难得吃了瘪，浮起一抹淡淡的笑意，说道：“无妄，阒帝已经命人传你进宫，段祥再做戏也撑不了多久，快些回营吧。”

段无妄朝虞锦笑了笑，又拜别了慕容城，往山下十几里外的驻扎大营处而去。

见段无妄要走，虞锦突然想起那朱门府邸之事，于是将那日拿走的书信扔给他，说道：“喏，这算是你欠我的人情。不过，要怎么还，我说了算。”

段无妄翻看书信，听虞锦将那日的事情事无巨细地说完，眼神凝重，面容却仍旧笑得豁达开朗，说道：“你虽为女子，却实在霸道，半点儿亏也吃不得。好，本王应下就是，改日还你一个大大的人情。”

段无妄远去，虞锦仍旧站在原地，目如秋水浮萍，淡淡看向绝世风华的慕容城。慕容城察觉到她的目光，随即从琴弦上移开视线看过去，带着几分长者的友善与亲和，终是问道：“你师父可好？”

“何谓好，何谓不好？”

慕容城似是没有料到虞锦会这般作答，望向西南处乾坤门的方向，虽有千里之遥，却似已身处那名满天下的乾坤门内，过往种种浮上心头，不自觉地便轻拨琴弦，滑出一段哀怨凄婉的调子，撩拨得人心头迷醉，低沉说道：“何谓好？何谓不好？独处幽谷落个清净自在无牵无挂便是好，跻身宫闱身不由己孤身涉险便是不好。”

虞锦冷笑，说道：“我师父虽处清静之地，可是这数十年无一日欢喜开怀过，怎可谓好？虽不知阁下所说的跻身宫闱、身不由己的人是指谁，所以不好评判，可是敢问任凭他人在天子脚下调令卫队栽赃陷害，被师欺瞒不亚于与虎谋皮，是谓好与不好？”

慕容城眼眸一黯，似是颇有几分斟酌，半晌，才不急不缓地答道：“此事我也未曾料想到。”

“誉王明知他的师父将口诀教授了另一人，差点儿害他遭了大祸，相见之时却不愿质问。”虞锦口中流露出淡淡的嘲讽，不知是为了段无妄，还是为了眼前的慕容城，“这本是你们师徒之事，一个愿打一个愿挨，我管不得，也不想管，只是这其中牵扯我父、我妹诸事良多。我既插手了此事，必当追究到底。所以，不得不问，阁下又将那口诀教授给了谁？”

慕容城到底出自乾坤门，论起来还是虞锦的师伯，只是虞锦口口声声称他为“阁下”，势必是不肯承认他的身份，也不愿与他有再多牵扯。只因乾坤门门规森严，乾坤门内触犯门规之人只有被本门之人清理门户的下场，活着被逐出乾坤门的唯有慕容城一人，颇有争议，没人敢擅自提起慕容城，尤其在陆枫面前，所以虞锦也不知慕容城当年究竟触犯何事被逐出了师门。

慕容城无声叹息，让人惊奇这般人物竟似也有无可奈何之时，声音温和却又带着不容置疑的力量，说道：“那人不会再动锦卫。”

慕容城终究还是不肯吐露那人的身份，虞锦冷笑，朝着十几丈远处的青石旁扬声说道：“这下你该死心了吧？你师父明知你也在此处偷听，却仍旧不肯说出那人是谁，可见他是要将那人包庇到底，弃你于不顾了。”

段无妄从青石后走出来，仍旧笑得浪荡不羁，似是没有将虞锦的话放在心上，虞锦却还是从他紧握玉扇的手指上看出他此刻心绪起伏的端倪，慕容城包庇那人，段无妄即便行事如何洒脱、心胸如何开阔也难免会心存疑惑与不安。

慕容城明知虞锦虽言辞凿凿看似为段无妄抱不平，却实在是存了几分挑拨之意。他缓步起身，不防衣角被昏迷在琴台上的程衣紧紧攥着不肯放手。

虞锦看了心中一动，默默叹息，终是不再开口。

段无妄笑着说道："本王到了山下后突然想起未曾问过师父是否一同进宫，又折了回来，哪料到竟会被你老远就瞧见。师父，这丫头伶牙俐齿，又刁钻奸猾，凡事你可不要轻信了她。想我那陆枫师叔乃是多么贤淑磊落之人，可惜师门不幸，竟教出了这样的弟子，连累得师门誉毁。"

段无妄说罢，见虞锦一脸古怪地看着自己，一副"不知你口中连累得师门誉毁的人究竟是我还是你师父"的神情，不禁莞尔，像是知晓慕容城定不会生怒斥骂一般，也不在慕容城面前请责，坦荡而自然地笑着看向两人。

虞锦知道段无妄其实是在为慕容城解围，也看出这师徒俩之间要比自己想象中默契许多，一个言语唐突有所冒犯，一个不怒不悲淡然自若。

第四章
美梦留痕　葬月话衷肠

虞锦不屑地看向段无妄，本欲再开口嘲讽，忽听到山上一声急促钟响，眼波潋滟间悠悠住了口，将程衣托付给慕容城，朝段无妄眨了眨眼，信步朝山下走去。

不过片刻，段无妄见那云缎衣角已消失在青石之后，唯独那绰约身姿却仿若在眼前，一颦一笑、一怒一喜面容生动，一时竟怔在那里。

慕容城揽着程衣娇弱温软的腰身，轻步滑过段无妄的身旁，说道："你们擅闯后山独径，惊动了天容阁的人。刚才那一声钟响，便是要寺间众人围山追缴。无妄，还不快走？真要等着那天容阁的人下山将你抓了投崖不成？"

段无妄闻言才知虞锦刚才为什么溜得那样快，神情中又带着三分慧黠，不禁暗自懊恼又被她耍了一道，自己这趟上山竟似没有讨到半点儿便宜，还被她左是嘲讽右是讥笑。

回城路上，虞锦策马疾驰，路过驿站之时，发现一队官兵正在整装出行，原来是翼王李泽从封地回到阳城为皇后慕容紫拜寿，昨夜宿于此间，今日得阗帝召见才要进宫去。虞锦怕引人耳目，于是便勒紧缰绳下马混迹于商旅之间，欲待翼王仪仗远去再行。

因翼王一向体弱畏寒，于夏日也在锦袍外罩了一件白色轻裘，裘衣宽大，翼王进轿前略微低首将半张脸都掩了去，站在虞锦的角度，只看见他左侧隐约的轮廓，肌肤近乎透明的白皙，脸颊处又带着病态的潮红，显得越发羸弱。

只不过，在那轿帘放下的瞬间，虞锦正转头看向手心中的缰绳，却突然凭着敏锐的直觉，觉察出一道凌厉而冰冷的目光看向自己，再看向翼王那顶精致而华丽的软轿，已不见任何异状，只得微微苦笑，觉得自己是否过于紧张了。

虞锦回城后立即去涌金楼找断曲，谁知断曲竟还未曾回来，虞锦等了片刻，想要离开之际，却发现断曲手持酒盏，喝得醉醺醺地冲进门内，一下子便倒在虞锦身旁的椅子上。

“断曲，你醉了！”

断曲挥了挥手中的酒壶，口齿不清地说道：“我没有醉，我怎么会醉？不，我醉了，我但愿，这一醉不醒……”

虞锦微微蹙眉，平日里断曲虽常喜饮酒，可不曾见他如此失态过，更何况是在虞锦吩咐他做事时。虞锦伸手将他手中的酒盏夺过来，又亲自绞了凉帕子想要覆在他脸上助他酒醒之时，突然怔住，只见断曲闭着眼，眼角湿润，脸颊处却有一道泪珠滑落的痕迹，他竟哭了。

虞锦心中震撼，想起八年前断曲因为惊恐而瞪大的双眼涌满泪水，却在自己的怒斥下硬生生逼了回去，还记得自己当时告诉过他，“命将亡，哭泣只会加快死亡的速度。你如果想死，尽可以大声哭出来”……或许是因自己与他同样稚嫩的面庞却有着一份胜于同龄人的狠厉与沉静，断曲紧紧靠着自己，不敢再哭。此后八年，无论两人经历多少艰苦险恶，都不曾落过泪，如今，又有什么事能令断曲伤怀，又有什么人能令断曲落泪？

虞锦将帕子递给断曲，见他匆匆拭过脸才问道：“断曲，段丽华所在的虞家别院内可发现虞志的下落？”

断曲避开虞锦的视线，嘴唇微颤，半晌才低声说道：“没有。”

虞锦低眸，静默不言，片刻后转身离开，谁知断曲竟似着了慌一般，不顾唐突握住了虞锦的手，满脸恳求地望着她。

“你不肯说出实情，又不肯让我去查？”虞锦本欲甩开他的手，在察觉到那是他残缺了一指的左手后，心口处像是被巨石压住，转过脸来认真地说道，“断曲，你难道忘了，当初我将你带进乾坤门时我们曾经说过的话吗？无论宠辱，永不相瞒……”

“我没有忘，也不可能忘。此生，我宁可忘记自己是谁，也不会忘记我们一同许下的诺言。可是如今，我心口痛，痛得厉害……”

断曲紧紧握住虞锦的手，虞锦任凭他这般握着，不曾抽回手。她清楚自己在断曲心中的位置，也清楚自己能给予断曲什么样的力量，这些年来，断曲就像是影子一般跟在自己左右，她虽是虞家嫡女，有父，有妹，却将断曲看成了亲人。两人虽有男女之别，可坦荡自然，犹如手足，说的就是这般情感。

“你不愿说，我不逼你。”

断曲缓缓松开虞锦的手，见虞锦走出房门时脚步顿了顿，只不过就是那么片刻便抬步离去，断曲左手扬在半空中保持着刚才的姿态，千言万语袭上心头，终是没有唤住她，拿过虞锦夺去放在桌上的酒盏仰面泼了下去，烈酒刺得双目生痛，却恍惚了心神，一时竟分不清落泪是因为酒水入目还是心口闷痛。

虞锦回到虞府，程裳得知程衣受了重伤大为焦急，在听说被慕容城所救后才稍稍稳住心神，暗自松了口气。

“程裳，入了夜你去趟段丽华所在的虞家别院。”

“断曲不是去过了吗？”程裳知道虞锦是从涌金楼回来的，料着断曲已经将所查明的一切都告诉了虞锦才是。

“我要你再去一趟，记得，避开断曲，别让他发现。”

程裳面色微微一变，诧异地抬眼看向虞锦，问道：“你竟怀疑断曲？”

虞锦扫了她一眼，淡淡说道：“我从来不会不信他。”

“那你为什么要我这么做？而且还要避开断曲？”

虞锦起身，没有理会程裳的话，对于这样的问题，她懒得回答，如果是程衣在，她肯定不会说出这样的话，她会明白自己只是不想让断曲知晓自己探查了他刻意隐瞒的真相，让他难堪。

可是，断曲，我不得不这么做，只因你虽机灵敏捷，心地纯良友善，却易冲动、易被人欺骗。既然你不愿意说，那么我便自己找出真相，为你披荆斩棘，砍去一切作祟的妖魔鬼怪，还你一个仍旧澈明纯净的天空。

程裳虽然心有愤懑，却不敢过多顶撞虞锦，一跺脚便奔了出去。

虞锦看着她娇俏的背影，暗自摇头，见她平日里虽口口声声贬低捉弄着断曲，却愿维护断曲，信任断曲，心中也大为感激，都是自小在一起长大的，谁与谁之间的情分会少？

正在这时，有丫鬟来报，府外有人要见虞锦。

虞锦蹙眉，她自幼离家，恐怕世人早已忘记虞家还有个大小姐在，而自己才不过回到虞家几日，会是谁正大光明地要进府相见？

“是我。”

倏地，一道金色光影迅疾闪到虞锦眼前，虞锦一甩衣袖，将那光影裹住，抖开来看竟是段无妄的金色羽箭。抬眼看去，见一个身着黑衣、浓眉大眼的少年站在门外笑眯眯地看着自己，顿时便想到这定是慕容城口中顶替段无妄坐镇军营的段祥，果然有什么样的主子便有什么样的随从，都是一般的浪荡不羁。

“好俊的功夫，怪不得能令我家主子吃亏。”

虞锦手里握着那枚金色羽箭，站在原地看着段祥，只待他将来意说明，或许是段祥也觉得此举无趣，有些悻悻地笑了笑，说道：“我家主子特意让我来邀姑娘进宫。主子知道姑娘心里还惦记着谁是真凶，今日朝堂上众臣相见，孰是孰非就看姑娘是不是真睛慧眼了。”

“我凭什么信你？”虞锦冷冷问道。

“就凭姑娘手中的东西。”段祥装模作样地摸了摸刻意蓄起来的几根短胡须，说道，“不过信不信也由你，反正我家主子只是要我将话带到，可没有交代一定要将姑娘带进宫里去。姑娘如若不肯进宫，我也乐得自在。”

半个时辰后，誉王吩咐送进宫的产自梁川的珍贵佳酿——十年少，由亲随段祥带着数名小厮送进宫门。段祥边走边摸着下巴，朝队伍最后面那名最为清瘦的小厮龇牙咧嘴表示不满，待他松开手之时众人才发现段祥下巴上的胡须已然不见，像是被人生生拔去了一样，还有些红肿。

乾元殿。

虞锦跟着段祥等人一同进了宫，因没有呈禀阗帝得到宣召，于是便抬了佳酿候在乾元殿外。

阗帝高居龙椅，怒目俯视满朝文武，喝道："只是要抓一个犯上作乱的贼子，也能让你们这般推诿互责，叫朕如何不怒？朕把高官厚禄许给你们这群人，还有何高枕无忧可言？乱臣贼子借锦卫伺机陷害誉王，再明显不过，你们却想着借力打力要将他就此扳倒，他好端端的一个清闲王爷远在梁川又碍了你们什么？朕这江山交给太子之前，还坐得稳。"

阗帝最后一句重话，满堂皆惊，纷纷跪下请罪。

石相朝左后方的一名御史使了个眼色，那御史心领神会，跪步上前说道："臣以为，誉王的锦卫伏击大臣一案还是交由督律司查办。这样一来，誉王如若果真是被人栽赃陷害，督律司也能帮誉王洗刷清白，到时，皇上再昭告天下，也算是给誉王一个交代。"

御史的话刚说完，石相出列，说道："温御史此言差矣，当初皇上将此案交由督律司查办，是因为誉王还远在梁川，只能任人栽赃陷害。如今誉王既已到了阳城，此事还是交由誉王自己查办为好，毕竟誉王的锦卫只听从誉王一人吩咐，除了誉王谁能调动锦卫协助查案？"

虞锦在殿外听见石相之言，不得不佩服其巧舌如簧，看似句句为誉王辩护，言外之意却还是暗指除了誉王没人可以调动锦卫，那么号令锦卫伏击大臣们的人也只有誉王一人而已。

阗帝神色晦暗不明，谁也猜不出他此刻的心思：到底是被石相的话说动了，还是打算继续维护誉王？大臣们互相交换了一个神色，旋即又俯首静立，一边是权倾朝野、桃李满天下、得阗帝倚重的石相，一边是远在封地、手握重兵、深得阗帝恩宠的誉王，这两人谁也得罪不起，保持缄默明哲保身才是正理。

便在此时，誉王段无妄躬身说道："臣有罪，臣该死。"

“无妄，你何罪之有？又为何该死？”

“臣管教不好三千锦卫有罪，臣明知被人栽赃陷害却未能查获真凶为君分忧便是该死。”

虞锦在殿下听见，眉目一挑，差点儿笑出声，这段无妄明是请罪，却句句为自己开脱，说自己管教不好锦卫，自然就击破了石相所说的唯有他一人才能号令锦卫的话。

阗帝却颇为动容，举步走下来，亲自将誉王段无妄扶起，说道：“你的忠心朕看在眼中，这份君臣之义，怎会被别人轻易挑拨了去？朕将翼王西南处的那座宅子赐给你，你安心在帝都待一阵子，朕一定要让人还你清白。”

众人听此话无不倒吸一口凉气，先不说阗帝口中那句“被别人轻易挑拨了去”到底是不是意指石相，就说阗帝赏赐的这座府邸意味着是何恩宠。当初翼王建府选址的时候，慕容紫曾经去求过阗帝，要阗帝将那座府邸赐给翼王，阗帝未准。后来，石相也去求阗帝赏赐这座府邸，阗帝也未准，如今竟轻易赐给了誉王，这究竟是何风向？

誉王段无妄谢恩之后，趁机要将佳酿呈上，阗帝应准，段祥、虞锦等数人随即便抬着佳酿进了殿，有宫人上前用银片开启酒坛，顿时酒香四溢，令人口舌生津。

阗帝饮了一杯后，赞道：“这是什么酒？比起宫里的御酒来，更有些不同的滋味，好酒。”

“皇上，这酒名为十年少，酒如其名，饮了此酒，宛如年少十年，可以让人神清气爽、意气风发，正如……皇上此刻这般。”

段无妄拍马溜须的功力果真不凡，哄得阗帝极为高兴，当即将这十坛佳酿尽数赏给众臣，并赐了晚宴，打算与众臣同享美酒佳肴。

段无妄落座之时，段祥趁机端着酒壶立于段无妄身后，虞锦有样学样地也端着酒壶站在段无妄身后，并对段无妄得意扬扬看向自己的神色还以不屑之意。

虞锦站定后，环顾四周，见段无妄坐于右侧首位，下方便是石相。而段无妄对面的左侧却空着，虞锦情知定是那日与郑岷同搜段无妄藏身府邸的太子李润的位置，而太子下方便是始终一言不发的翼王李泽，他面色苍白，在皇子服饰外又加了一件轻裘，虽与满朝文武的服饰皆有不同，可无人会加以嘲笑，反而觉得这样羸弱畏寒的男子就该这样穿着，或者再穿得厚一些也应该。翼王神情淡然，将赏赐的酒置于桌上未曾动过，却另外从亲随手中接过一碗汤药喝了下去，一时之间大殿上一点淡淡的药香绕鼻而过。

阗帝看向翼王李泽，微微蹙了眉，眼中掠过异样的神色，再抬眸时已消失不见，只淡淡说道："如果乏了，只管歇着去便是。这大殿上过于吵闹，如果你不喜欢，就去你母后宫里陪陪她，她……很是想念你。"

翼王李泽似是没有料到阗帝会与自己讲话，片刻后才回过神儿来，在随身近侍的搀扶下站起身，说道："谢父皇厚爱。儿臣这些年这般惯了，无碍的。"

翼王的声音虽低，却格外清润，虞锦不由得朝他多看了一眼，谁知翼王的目光也正朝这边看过来，只是不知是看向段无妄，还是别处。

虞锦未出乾坤门时便听到过翼王的传闻，在一向讲究正统血脉的皇朝内这又是一件不可思议之事。这个慕容紫嫡子、身份最为显贵、本该继承大统的皇子，出生后受尽恩宠，被阗帝捧在手心中，八年前却不知为何突然被封为翼王，由慕容紫请命送往冰天雪地的封地，从此远离阳城，受尽冷落，即便是慕容紫也极少过问翼王之事。翼王因身边无人相护，身体受损，终日浸浴汤药之中，落得羸弱病痛之身，如今自进殿面见阗帝到此刻，阗帝只与他说了那么一句话，在翼王起身回答之际又不再理会。

段无妄借着要虞锦斟酒之际，低声说道："瞧，这就是帝王家。"

虽然段无妄满是嘲讽，可是眼神中突然滑过的落寞之色却令虞锦哑然，这不是她认识的段无妄，至少刚才这一刻不是。

突然，太子觐见的声音传来，段无妄又恢复了那般潇洒自若的神情，举起酒杯要虞锦帮着再斟一杯，神色间的调侃不言而喻，虞锦斜睨了他一眼，只得依他。

李润身着太子服饰，一抹额玉，腰间系着金丝盘绕云纹的腰带，身材颀长，举手投足间分寸把握得极好，既显高贵沉稳，又不拘泥呆板。

“郑岷可是招了？”

阗帝一言既出，满堂又是皆惊，嬉笑放纵、刻意烘托出的祥和气氛一下子又凝结到冰点，大臣们互相交换个眼神，惶惶不安。按理说翼王、誉王觐见，太子无论如何也是要来相见的，刚才大殿上不见太子身影，众人本是有些好奇，却不知太子竟是奉了阗帝之命去审讯郑岷了。

那郑岷为官二十年，在地方州县做了个芝麻大的小官，一直郁郁不得志，可是八年前补了京都督律司书吏的缺后，渐渐混得风生水起，八年内平步青云做到了督律司卿，只是才不过数月，竟然就被阗帝秘密查办了。众人纷纷猜测郑岷究竟犯了何事，可是想来想去，也唯有前日搜查段无妄藏匿府邸无果之事了，大家不禁又将目光落在了那个饮酒自乐、似是浑不知发生何事的誉王段无妄身上。

李润宛如不经意地看向段无妄，那目光深沉，虞锦不辨意味深浅，只觉那随意滑过的目光中也顾及了自己，端着酒盏掩在袖中的手不禁紧了又紧。

“回父皇，郑岷还是不肯招供，不愿供出主谋，一口咬定是凭着有人送来的密信才敢上奏父皇的。”

“荒谬，朕封的王爷岂能遭他肆意诬陷？他若不招，便用刑吧！”阗帝的声音不含一丝温度，很是随意的一句话，却令满朝文武身形微颤，胆子小的借着醉意更是当即跌坐在了地上。如若郑岷再不招供，阗帝竟是要太子李润将郑岷处死，看来阗帝是铁了心要维护誉王。

“是。”李润没有过多言语，只简简单单地答了句便要转身离开。

阗帝唤住他，说道：“不急。先留下来尝尝无妄从梁川带过来的十年少，你们也有些日子不见了，在一起说说话也是好的。”

“既然父皇有令，儿臣恭敬不如从命。”

虞锦在一旁细细打量着这对君臣父子，阗帝对待李润的态度与对待段无妄的热切、对待翼王的冷漠又是不同，存着三分客气，以礼相待，阗帝不亲不疏、和和气气，李润不远不近、恭恭敬敬。

李润举杯起身走近段无妄这一侧，段无妄也只得起身，未等开口寒暄，两人同时举手，握拳，互击，又各自退了半步，眼神中一时风起云涌，各有神采。

两人举杯，借着饮酒的空当，李润低声说道：“就这手劲儿，还需要回你那梁川练上两年再来才是，省得手腕断了，连策马回去的力气都没有了。”

誉王段无妄压着嗓子，回道：“我这里有上好的金疮药，一会儿送你一瓶，带回去好生敷敷手上的伤口，否则明日上朝惹人讥笑。”

两人饮酒作罢，又齐声朗笑，除了站在近处的虞锦，竟似谁也没有听到这两人的句句嘲讽。即便看得出两人之间的默契，虞锦还是有些诧异，可令虞锦更讶异的是，李润端过来的酒杯已空，他就近将酒杯伸至虞锦面前。

虞锦不过片刻的愣怔，旋即递过酒盏要为李润斟酒，谁知李润握住酒杯的手突然一松，电光石火间虞锦脑海中闪过万般可能，可还是下意识地迅疾伸手接住了那酒杯。

虞锦虽伸手接住了酒杯，目光却一直关注着李润的神色变化，见李润看见自己接住酒杯后，狭长的丹凤眼微眯且闪过凌厉洞察的光泽，便立即松手，只装作手不经意滑过酒杯的模样，谁知未等彻底松开，手却被李润握在手里……

两人目光相对，李润目如朗星，漆眸如刀，虞锦迅疾垂眸，做出受了惊吓而惶恐不安的模样。

段无妄笑着靠过来，看似不经意地将虞锦扯到身后去，与李润又饮了一杯。因李润在段无妄处久了，又与虞锦一番拉扯，众臣纷纷看过去，其中便包括脸色煞白的虞展石，他握住酒盏的手颤抖得厉害，几乎要将整杯的酒都洒开了去。

虞锦垂首低眸，见李润折回身走向翼王李泽那一桌，才稍稍松了口气。

段无妄低声问道：“你与他打过交道？”

“还不是郑岷带人搜查那日撞见了，只不过他应该没看清我的模样。”虞锦一面低声回答，一面暗暗注意着李润的动向，那李润带领群臣给阗帝敬酒，阗帝已有了些许酒意，于是便命乐师奏乐，自己则被宫人扶着回去更衣少作歇息。

虞锦不习惯这声色犬马、醉酒笙歌，见段无妄配合乐拍击掌玩乐，而一帮大臣又轮番上前敬酒，一时李润也有些应接不暇。虞锦松了口气，便缓步走出大殿，倚在廊柱前，望着这满殿通明的灯火，一时又有些心神不宁。

阗帝为昭示对段无妄的恩宠，不惜将郑岷下狱或刑杀，督律司卿的位置势必会落在其他人的头上，那么虞展石……

虞锦未曾思及，便觉身后有轻微的脚步声走近，转身看去，却是那病弱俊美的翼王，要避开已然不及，只得待行礼之后再行离开。

谁知，有两名太监从这边经过，因为天色昏暗没看见这边有人，低声嘀咕道："秦公公，这下誉王可升天了，皇上刚刚又将贴身的毓龙珠赐给了他，那毓龙珠可是前朝的宝物，听说带着那毓龙珠冬可暖身、夏可生凉，百毒不侵呢。可是，你说翼王病弱身子不好，夏日里也要穿着冬装，皇上怎么不把毓龙珠赐给他呢？"

"怪不得人人都叫你傻柱子，你可真是聪明不到哪里去。你也说那翼王病弱，你瞧着那身子骨儿能撑得了几年？这帝王家亲情凉薄，与其疼爱一个随时会死去的皇子，还不如恩宠手握三十万兵权的誉王来得重要。"

两人声音越说越低，及至远去，虞锦再也听不见任何动静，抬眸看向始终静立不言、似是丝毫没有听见那两个太监说话的翼王，如纸的面容上仍旧看不出任何神色，漆眸下微微闪动着耀眼的光泽。

虞锦缓步朝后退去，只待翼王沉浸在静默思绪中不会察觉到，谁知那翼王却猛然握住了她的手腕，虞锦一惊，未等反应、出招，翼王却已缓缓松了手，将手中的酒杯递给她，说道："陪我喝一杯。"

"翼王，金玉惶恐，况且翼王弃满殿文武大臣独自饮酒，于礼不合。"

翼王将手中的酒杯递给她，自己握着酒壶略仰头饮了一口，淡淡地说道："不是我弃了他们，是他们弃了我。"

翼王语气中淡淡的感伤令虞锦有所触动，旋即明白过来，那些文武大臣一贯爬高踩低，见阗帝不喜翼王，于是也只去太子李润和誉王段无妄跟前敬酒，谁肯多加理会他？所以他才能拿着酒盏出殿清闲地饮酒。

也不知是因为翼王此刻落寞悲戚的神色，还是因为翼王的言外之意，虞锦心里泛起一阵酸楚，随即说道：“世间混浊烦乱，被弃未必是不幸，还能落得个清闲自在。”

“何为浊？何为清？只怕生在帝王家，就永远不会再有分得清的时候。”

翼王语气中的无奈显而易见，虞锦却从中听出了另外一种心情，微微一怔，或者这就是人的命缘，无论生在帝王家还是寻常百姓家都有各自不同的历程，却同样无奈、同样凄凉。

虞锦两只手交替缓缓旋转着酒杯，见翼王将酒壶朝自己酒杯处递了递，示意自己举杯喝酒，握着酒杯的手随即紧了紧，心里一动，脚步一个踉跄，杯中的酒已尽数洒到了地上……

那翼王眸中目光淡淡，丝毫不以为意，虞锦甚至在想自己刚才是否太过多疑，低头做惶恐状请罪时看见自己袍角处的些微酒渍，眉眼处溢起凉意。

正在这时，有人轻佻地笑着走过来，说道：“我说怎么不见你了，原来是陪着翼王喝酒呢！这月光漫漫、水湖潋滟，翼王真是好兴致，令人羡煞。我就没这份好福气了，被那帮大臣一通猛灌，应接不暇。明日还要陪同皇上去狩猎，更不得闲了……”

虞锦见段无妄亲热地靠近只觉得一阵恶寒，似笑非笑地看着他，那段无妄却不以为意，很随意地拉过虞锦，将手搭在她的肩上。

虞锦本就抵触，在看见太子李润远远走来的身影之时身体变得更为僵直，段无妄压在她肩膀上的胳膊却越发用了力，装作酒醉的模样几乎将身体的重量都压在了虞锦身上。

虞锦暗暗希望段无妄从此醉死才好，趁着无人注意之际，手在段无妄的腰眼处狠狠地捏了一把，谁知段无妄仍旧纹丝不动，仿若没有抓着他一般，虞锦不禁有些诧异，侧头看向段无妄，见他微蹙着眉头回视自己，虞锦知道他忍痛忍得辛苦却碍于翼王和太子在跟前不能发作，不禁莞尔。

太子李润虽应酬着群臣的敬酒，眼睛却一直落在翼王、誉王等人身上，先是见段无妄身边那位略微有些古怪的小厮悄悄出了殿，随后那一直对什么都提不起兴趣的翼王却紧盯着那小厮的背影也跟着出了殿，李润本想出来看看，却被石相缠着敬酒，待出来时才发现段无妄也出了殿，还神色暧昧、毫不避讳地靠在那小厮身上。

李润有些诧异，毕竟安插在梁川的眼线说段无妄浪荡不羁、轻佻浮夸，府邸内姬妾如云，却从未提过段无妄竟有此癖好，可是在看见这小厮莞尔一笑后，竟也有些失神，那眸中压抑克制的笑意，却不碍这生动的色彩……

越是惊艳，便越是心惊。

虞锦觉察到李润眼神有异，未等挣脱开段无妄抚在自己肩膀上的狼爪，便见太子已缓步负手离去，方松了口气。

虞锦这时才察觉到，自己潜意识里根本不想面对李润，到底是因为他的眼神太过通透、犀利，还是因为他浑身散发着的那种看似敦厚实则森冷的气息，一时却还分不清。

李润渐渐走远，随后侧头低声吩咐道：“查清誉王跟前那个人的来历。”暗处有人低低应了声，人影闪动，已消失不见。

段无妄仍旧保持着刚才的姿势，一边拖住虞锦朝后走去，一边朝翼王笑道：“既然翼王还要将心付明月，我和金玉就不打搅了。”

翼王淡淡地看了虞锦一眼，回转过身，手中仍旧握着那酒壶，微仰头酒即被送入口，那宽大的轻裘下仍旧藏不住他清瘦与寂寥的身形，虞锦心神不宁地被段无妄拖着走了几丈远，才恍然意识到段无妄有些不对劲。

虞锦没有立即将段无妄推开，反而一把扶住他，低声问道：“你怎么了？可是中毒了？”

段无妄手按在胸口处，苦笑道：“算你机警，你怎么瞧出本王中毒了？”

虞锦没好气地将手搭在段无妄腕处，说道：“如果不是出了意外，那么看重风度的誉王只调侃几句便是，犯不着对失势的翼王冷嘲热讽，在太子面前还失仪到靠在我身上装疯卖傻。可你既在殿内，势必不是受了刀剑之伤，能令你出现意外的唯有下毒。你可是误食了旁的东西？”

虞锦这句话问得隐晦，段无妄却摇了摇头，说道：“没有。除了那十年少，本王在这大殿中水米未进。”

“你是说那十年少内有毒？”虞锦面色一变，当即问道，“那阗帝与群臣岂不是都会中毒……”

誉王苦笑道：“他们都没有中毒，中毒的人只有本王一个。”

虞锦这时才发现事态严重，这十年少是誉王自梁川运送而来进奉给阗帝的，自然会严加看守，不会出现任何闪失。谁知这酒中竟是藏了毒，中毒的又唯有段无妄一人，下毒的肯定不会是段无妄，那么又是谁有本事在酒中下了毒，还只令段无妄一个人中毒呢？

如果让阗帝知晓这酒中有毒，即便中毒的只有段无妄一人，段无妄也势必会落得弑君重罪。所以段无妄不得不借着虞锦支撑自己虚弱的身体。

段祥此时也出来寻段无妄，还未等调笑几句，见段无妄口唇青紫，额头冒着细密冷汗，顿时骇得脸煞白，比中了毒的段无妄还惨上几分。

“你回去就说本王醉酒不省人事，被扶了回去。刚才太子和翼王是瞧见的，想必皇上不会怪罪。”

段无妄吩咐段祥回殿，又伸手要搭在虞锦肩膀上，要她搀扶着自己。虞锦这次倒未推拒，扶住他朝外走去。

突然，段无妄驻足，虞锦侧头见他盯着自己衣角处的酒渍在看，段无妄毫不避讳地撩起虞锦的衣角，虞锦挥肘击向他的肋骨处，只听一声闷哼，段无妄捂着胸口处低喝道：“你将这些事瞒着本王于你有何好处？事到如今，你还不肯诚心相对？”

虞锦不禁冷笑道：“我还真不知你口中的事到如今与我何干？我也不知我为何就要与你诚心相对？”

“你偷走金色羽箭是真，金色羽箭在你手里失窃也是真，有人拿着失窃的金色羽箭伏击大臣也是真。如今，有人在本王进奉的酒中下毒，你也在随从小厮之列，你说你又怎么脱得了干系？”

“听你的口气，你是怀疑我做了手脚？”

段无妄压抑着怒气，低哑着嗓子说道：“你明知本王不是此意。本王处境堪忧，牵连起来，你或者你们虞家都难逃惩戒。除非你与本王联手，揪出幕后真凶，才能落得安枕无忧。”

“王爷这番话如若是对别人说，别人势必会诚惶诚恐，掏心挖肝付出所有，即便肝脑涂地牺牲性命也情愿。可是，你要想清楚，我出自乾坤门，即便你落狱，即便你招供牵连了我，我也能将一切线索掐断。况且，王爷只要肯开口便能从慕容城那里知道真凶的身份，王爷却没有做，王爷既然虚伪地想维持好师徒关系，不想与慕容城撕破脸，那么又何必要我的诚心？所以，审时度势，我实在没有必要蹚这浑水与王爷合作，不是吗？”

虞锦轻轻笑着，似是在说寻常闲话一般，丝毫不顾忌段无妄无奈又愤怒的面色。

“好，好，虞锦，你好得很。”段无妄咬着牙，艰难地吐出这几个字。

“借你扳指一用。”

虞锦见段祥从大殿里追出来，将紧紧靠在身上、手还用力揽在自己腰间的段无妄推给他，不待段无妄反对，一把便摘走他手指上的扳指，又撕下那片溅了酒渍的衣角塞给段祥，说道：“段祥，带你家王爷去找慕容城解毒，顺便让他帮我看看这衣料上的毒与你家王爷所中的毒是不是一样。”

段祥见虞锦又要折往皇宫，急道：“姑娘，你怎么又回去了，你不跟我们一起离开吗？”

“跟你家主子一样啰唆，再不带他去找慕容城解毒只怕想救都救不活了。不过，段祥，你也不用怕，如果你家主子真死了，你来投奔我就好了。”

虞锦头也不回地说道，身形迅疾消失在暗夜中，段无妄靠在段祥身上愤愤不平，眼神中却流露出无奈的笑意。

第五章
乱世清欢　逐浮萍天涯

虞锦知道自己这身服饰已经在殿前出现过，如果再让人发现反而惹人注意，只好溜进侧殿内，换了一件小太监的服饰。虞锦回到与翼王相见的廊亭，见翼王仍旧靠在栏杆处，或许是因为酒壶已空，他不再饮酒，只随手握着那酒壶，略仰着头看向莹润光洁的月亮，从虞锦的角度看过去，那番俊美姿态恰到好处，撩拨得人心口微漾，细水涓涓。

不一会儿，有位年纪稍大的宫女走来，说道："翼王，皇后请您去澄瑞宫相见。"

翼王站直身，朝那位宫女亲和地笑了笑，虞锦本以为他会马上随着那宫女前去，谁知翼王却淡淡地说道："方姑姑，你回去告诉母后，就说本王酒醉，不宜此刻前去相见，待改日再进宫时本王定会前去给母后请安。"

方姑姑走近翼王，帮着他整了整衣襟，慈爱地看着翼王，说道："都这么大了，一晃奴婢都几年不曾见过王爷了，皇后更是没有一日不思念王爷的，每日都在佛前为王爷祈福，盼着王爷身体早日痊愈。王爷，去看看你的母后吧，当年你离开皇宫时，皇后还算是风华正茂，可是你现在看看她已经变成什么模样了？容颜早衰，已添华发……"

方姑姑声音颤抖，说到最后已是掩嘴说不下去了。

翼王闭目，握着酒壶的手紧了又紧，背转过身朝大殿内走去，终是说道：“方姑姑，你还是回去吧，告诉母后，待她寿辰之日，本王再进宫献礼。”

“唉，怪只怪那不该发生的孽缘啊……”方姑姑不再相劝，叹息着离开。

慕容紫将翼王送至千里之外的封地八年，始终不闻不问，原本虞锦也曾怀疑这对母子间究竟有何隔阂。今番看来，翼王甚至连见都不肯见慕容紫一面，可见对其的冷漠，或者抵触，再或者就是恨意难消？到底方姑姑口中所说的孽缘指的是什么？

虞锦让段祥将段无妄送出宫，自己又回到这里，就是要查看一下翼王有何异样。因为虞锦怀疑，在酒中下毒的人是翼王，否则他又怎么可能会递掺了毒的酒给自己？

如果是寻常时候，或许虞锦不会察觉到酒中有毒，毕竟那酒是从翼王自己饮酒的酒壶中倒出来的，可是当翼王举起酒壶朝虞锦示意时，虞锦觉察出不对劲来，试问，即便翼王是如何不得宠的皇子，毕竟是皇家血脉，也有自己高傲的一面，怎么会向小厮装扮的自己举杯示意？

除非，翼王是希望这名小厮立即饮下这杯酒，可是他又为何一定要这名小厮饮酒呢？

当时虞锦只是怀疑，便借机将酒洒在自己衣衫上以此确定了酒水有毒，她虽是好奇翼王为什么要毒死自己，但在宫中仍旧不敢露出任何神色。

当得知段无妄喝了十年少蹊跷中毒后，虞锦便立即怀疑是翼王所为。翼王给虞锦的那杯酒有毒，那么他壶中的酒也有毒，虞锦眼睁睁地看着他饮下了酒，他势必会中毒。

这么一来，段无妄中了毒，虞锦自己即便幸运地逃过一劫没有中毒，可是加上翼王自己也中了毒，那么段无妄也难逃在酒中下毒弑君的罪名。翼王只牵连自己，既不会让人生疑，又不会让群臣中毒造成过多伤亡，以小搏大，胜算也极大。

可是，虞锦却丝毫看不出他有任何中毒的迹象，难道说一切都是巧合？他根本不知道酒水中有毒，段无妄中毒之事，其实与翼王无关？

不一会儿，大殿内似是传来争执之声，间或提及“督律司卿”几个字，虞锦跃身至门匾后，静静观察着殿内的一切动静。

原来郑岷被太子李润以雷霆手段下狱，并有可能在阗帝的暗示下被刑杀。有人就督律司卿的位置有了人选提议——便是这些年来一直明哲保身、默默无闻的虞展石，谁知这个看起来顺理成章的提议却遭到了石相的极力反对，直言虞展石平庸无能、毫无作为，不能胜任督律司卿一职。

阗帝听后，却丝毫不以为意，笑着说道：“石相此话差矣，虞卿虽然在督律司一直没有立功，可是他办事沉稳、作风踏实，比起那咄咄逼人又善于捕风捉影的郑岷，虞卿才是这督律司卿最合适的人选。好了，众卿不必再争了，明日朕便下旨，封虞卿为督律司卿，以示恩宠。”

一直沉默不言、显得有些耿直的虞展石受宠若惊，跪谢皇恩，抬起头时，第一眼却看向了正襟危坐的石相，石相始终用手指在桌几上轻轻叩击着……

没多久，阗帝乏了，便罢了宴让群臣散去，太子李润率先离去，接着众臣拥簇着石相离开，唯独翼王李泽还在大殿内驻足，半晌，才缓步走了出去。

虞锦旋身跃下，隐在廊柱后，谁知最后一个走出大殿的翼王却在虞锦藏身的地方停步，低喝道：“是谁？”

虞锦蹙眉，怕闹得喧嚣一发不可收拾，于是从暗处走出来。

翼王眼神复杂，仔细打量着虞锦这身太监装扮，问道：“是你？你不是随誉王出宫了吗？”

虞锦答道：“誉王离开时突然发现手上的扳指丢了，便要金玉回来找，金玉生怕被人发现有所误会，于是便只好顺手拿了太监的衣服换上了。”

翼王看了看虞锦手里拿着的扳指，没有吭声。

“王爷如果没有别的事，金玉先行告退。”虞锦不想逗留生事，转身欲走。

“慢着。”

虞锦顿住，浑身已处于戒备状态，看向翼王之时却又恢复了平静自然的神色。

“你没有腰牌，宫门守卫是不可能放你出宫的。本王带你出宫。”

翼王说罢，率先走出几步后回头见虞锦还站在原地，于是略微挑了挑眉，虞锦只得迅速跟上，保持着与翼王不远不近的距离。

翼王的轿子在宫外候着，翼王府与誉王府离得极近，虞锦既然扮作了誉王府的人，必定要跟在翼王轿后往那个方向走。

到了翼王府前，翼王下轿，虞锦谢过翼王后便要离开，翼王却看着虞锦这身太监衣着说道：“你真打算穿着这件衣服回誉王府？被有心人瞧见了还以为誉王与宫中私相授受，不是给誉王徒添麻烦吗？”

虞锦咬牙，暗恨翼王多事，如果脱了这件太监服，翼王必然会看见自己撕去了一截染上酒渍的衣衫，也定会知道自己觉察出酒水中有毒才将那杯酒泼在了地上。如果翼王真的是包藏祸心想将自己置于死地，那么今日必然难逃与翼王翻脸对决的局面。

虞锦正犹豫不决，到底是坚持不脱衣衫好些，还是想办法用手击昏翼王离去更好些，谁知翼王却突然伸手扶在轿子上，紧紧蹙着眉，未等虞锦有所反应，便见翼王已轻声咯出一口血来，溅到了虞锦的袖口、衣襟处。

虞锦大惊，难道翼王也是中了毒？

虞锦伸手去扶他，手不经意地掠过他的脉门，翼王似是毫无察觉，反而借势搭在虞锦身上，低声说道：“别让人瞧见，送本王回府。”

虞锦用手试探翼王的脉门，却觉察不出他中毒的迹象来，可是见他口吐鲜血，不似有假，只得将他扶回了府。翼王府的人极少，便是在翼王的房间里，也只见几个亲卫，不见几个伺候的丫鬟，虞锦只得随手扯过一个丫鬟来问道：“你们翼王府谁主事？要他来见我。”

那细眉细眼的丫鬟说道：“翼王府没有主事的，咱们都是皇上从宫里直接拨过来的，每个人只做分内的事，其余的闲事一律不管。”

虞锦见那丫鬟说得凉薄，心里不禁有些发怒，说道：“这算哪门子闲事？难道翼王咯出了血，你们也不管？如若翼王有何闪失，你们要如何向皇上交代？”

那细眉细眼的丫鬟却丝毫无惧，说道：“皇上没有交代那么多，我们也就用不着管那些个闲事。你如果想管闲事，那谁也拦不住，要不你自己去禀告皇上得了，只要你有那个本事见到皇上。”

那丫鬟说罢，将手里的热茶放在桌上，看也不看躺在床榻上的翼王一眼便出去了。

饶是虞锦如何沉静，也被高贵的皇子遭受阗帝这般的冷遇所震撼，或者这就是他宁肯几年不回宫、不肯去见同样对自己不闻不问的生母慕容紫的原因。在封地，他还能有自己如云的仆从，有自己广袤自由的天地；在阳城的翼王府，他只是一个被阗帝冷落、压制的落魄皇子，谁也不曾对他温言善语，谁也不曾对他拍马迎合，甚至从一个宫女的身上都得不到作为皇子的最起码的尊严。

虞锦看着床榻上躺着的翼王，心想如果他中毒太深，无力回天，是不是连死在这张床榻上都无人问津？那些宫女、太监只会回禀阗帝，翼王暴病身亡，阗帝以皇子之礼将其下葬，以示仁慈。

可是，他何错之有？为什么阗帝甚至他的生母慕容紫都要如此薄待他？

虞锦轻轻摇了摇头，扯过锦被给他盖上，或者这便是一个人的宿命，而她能为他做的也只是覆被这么多，虞锦回转过身，谁知衣袖却被翼王扯住，虞锦正待用力扯出衣袖之时，听见翼王微弱地喃喃低语：“母后，求求你，别将我送走，我好怕……”

虞锦心里一震，心中只觉得有什么东西被击碎了一般，无力收拾，翼王那带着哭音哀求的语气，一下子变成了虞锦难以抵御的魔咒，翼王似是回到了八年前童稚的神情，还带着矜贵却又被打落云端的不可置信，想要将曾经的一切握回手中的自信与崩溃……

那一刻，虞锦才明白了什么叫感同身受，什么叫同病相怜。

同样是八年前，同样是父亲最为宠爱的女儿，头上还梳着丫髻的小女孩，穿着火红色的短袄襦裙，似是一团红云飞奔过去扑倒在父亲脚下，哭着哀求：“父亲，不要将我送走，求求你，我会听话、会很乖，再也不会惹父亲和娘亲生气了，求父亲不要将我送走，我好怕……”

可是，一切都不能如愿，一切都被亲人的冷漠与背弃击得粉碎。

虞锦紧紧回握着翼王的手，眼眶泛酸，涌出泪意，柔声说道：“乖，不要怕，会好起来的……”

或者是虞锦的语气太过柔腻温和，翼王果然安静了下来，虞锦刚才试探着为翼王把脉时只感觉他脉搏微弱，丝毫感受不到他中毒的迹象，不禁有些诧异。

虞锦本不想理会翼王之事，可是此时此刻，她却做不到不顾他的生死。不管怎样，先稳住他的心脉再说，虞锦将自身真气灌输到他的体内，源源不断的真气在进入他的体内后却变得无声无息，翼王自身的寒气又被激发出来，虞锦只觉得连抵在翼王后背的手指也发了颤，不禁更加惊诧。

见翼王面色稍稍有些恢复，虞锦才收回了手，倚在床榻上微微有些吃力地喘息着，待到翼王略有些醒转的迹象时，悄然离开了翼王府。

谁知，虞锦回府后，却未曾见到虞展石，虞锦在书房内待了一个时辰，才见虞展石回来。

虞展石见到虞锦，略有些不自然，虞锦只以为是自己随着誉王进宫之事让他不安，于是心里稍有些暖意，说道：“恭喜父亲晋升督律司卿。”

虞展石笑了笑，说道：“看看郑岷的下场，便知道晋升不是什么好事。我为官这些年，不求有功，只求无过，安安稳稳地过了这么多年，可不想临老再生事端。”

“如今，锦卫刺杀大臣一案，已经交由誉王自己查探。父亲不必忧虑了，凡事谨慎是没有错的，怕只怕身在高位，被人推波助澜，身不由己就会陷进去。”

虞展石听见虞锦的话，略有震惊，在看见虞锦面色平静自然、毫无异状之后，才稍稍安了心，问道：“锦儿，你可是与誉王相熟？怎么会跟在他身边上了朝堂？今日可把为父骇得半死，如果略有差池，那么咱们虞家满门都难保住了。”

“不相熟，只不过我帮誉王找回一样东西，誉王帮我进宫瞧上一瞧罢了。”

虞展石说道：“誉王那种放浪形骸之人，还是敬而远之的好。”

虞锦点了点头，突然问道：“父亲，石相时常针对你，今日在朝堂上，又为何会帮父亲说话？”

虞展石一愣，随即问道：“哦？他哪里帮为父说话？他不是口口声声反对为父出任督律司卿吗？”

虞锦仔细审视了虞展石一眼，说道：“郑岷因为高调、奸诈入狱，石相口口声声贬低父亲平庸无能，正合阗帝想选个有别于郑岷而沉稳踏实的人之意。单凭那御史的举荐，阗帝还在犹豫之中，可是当石相提出反对时，阗帝却毫不犹豫地答应了。试想，石相为官数十年，怎会摸不透阗帝的心思？他有意贬低父亲，正是助父亲晋升成功。所以，父亲明日还需去丞相府登门拜谢才是。”

虞展石却勃然大怒，说道：“锦儿此话差矣，石相这些年来处处针对我、遏制我，难不成时至今日，我还要去感谢他的举荐之功不成？”

“父亲不必气怒，我不过就是随意说说，天色已晚，父亲早些安歇吧。”

虞锦说得极为客气，虞展石也不好再绷着脸，缓下语气也劝虞锦早些去歇下。

回到房间就寝之时，虞锦发现程裳还未曾回来，于是便坐在桌前喝着茶等程裳，心中却还想着翼王中毒之事。翼王还是中了毒，可是他并不是在大殿上咯血朝段无妄发难，那么便失去了他中毒陷害段无妄的本意。

到底是谁，让段无妄中毒，又让翼王也中了毒，这件事受益的人究竟是谁？

虞锦心中浮现出一个人的影子，眼神犀利、容颜俊美，一身贵胄森凉气息——太子李润。可是，他已经是一人之下、万人之上的太子，放眼看去，又有谁能成为他登基继承大统的阻碍？这江山就是在阗帝手中，也势必会完整无损地交到李润手中，他犯不着去害段无妄和翼王。段无妄虽得了阗帝恩宠，不过仍旧是异姓王之子，他如果有了异心，必定会遭受天下人的唾骂；而翼王，本该成为他第一劲敌的皇子却是那样势单力薄、病痛缠身，处境堪危，更不值得李润动手。

还在思虑间，门外传来轻微的脚步声，站定了旋即又折返而去，虞锦打开门，见是程裳，随即笑着说道：“你明知我在等你，怎么还要走开？”

程裳将耳边的碎发拂在耳后，有些不自然地笑了笑，说道：“已是深夜，唯恐惊扰你休息，要不，我还是明日再来吧。”

程裳说罢便要离开，虞锦伸手按住她的肩膀，将她拉到了屋内。

虞锦看着程裳，也不多言，程裳不自在地站在那里，略有些不安。良久，就在程裳小动作越来越多的时候，虞锦拉她坐在自己旁边的椅子上，倒了杯热茶递到她的手里，说道：“说吧，断曲那边到底发生了什么事？”

待程裳要张口时，虞锦却又拦着，正色看着她，一字一句地说道：“不要动心思瞒我，程裳，你从不说谎的。这次，我希望你也一样。”

程裳微垂着头，将茶盏置于桌上，难得流露出小女儿的情态，用手绞动着发丝，欲言又止，终是低声说道：“断曲，断曲又喝醉酒了……”

“才下山没几日，就想学别人做放浪形骸的公子，也不想想整日喝醉酒的男人有几个女人喜欢？程裳，你劳累了一日，快回去歇着吧。”虞锦做恍然大悟状，笑着让程裳回去歇下。

程裳暗地里松了口气，急忙起身且脚步匆匆，逃似的走出房门，却在虞锦关门的一刹那，突然回身问道：“小姐，如果……我是说如果有一天你发现断曲做错了事，你会原谅他吗？”

虞锦笑了笑，将那个“会”字关在了门内，转身闭目倚在门上苦笑，明知程裳在说谎，却不忍拆穿她，她那样没心没肺的人竟然肯为了断曲撒谎，断曲定是发生了什么事，否则不会连程裳都要帮着他掩饰。可是仅仅是去段丽华休养的别院，又能发生怎样了不得的事呢？

虞锦换上劲装，又简单易了容，出了虞府，骑马朝虞家别院赶去，她一定要查清事实，不会容忍断曲有被伤害的可能性存在。

虞家别院在城郊二十里外，依着虞锦策马的速度，半个时辰便该到了，可是在中途她发现了虞展石的马车，心下诧异，只好放缓速度，跟在虞展石的马车后面。虞展石为什么会去虞家别院？就算是为了探望段丽华，又为什么要趁着半夜前去呢？

思及此处，虞锦又动了心思，弃了马凭着轻功想赶在虞展石前面到达，或许这样才能查清自己想要的真相。

虞家别院并不大，只是精致的三进三院，夜深之时还亮着灯的没几间房，虞锦很轻易地便确定了段丽华房间的位置，还未走近，便听见熟悉的声音响起。

“我不同意你这么做，你这样无疑是去送死。过去的便过去了，忘了吧，我会带你离开，让你过上自己想要的生活。”

“没有虞志在身边，我这一生已是残缺，可怜老天怜悯，将你送到我的身边，原本我不该奢求再多，可是我如果不杀了那老匹夫，我心有不甘啊。”段丽华如泣如诉，那声音低柔，似是在向最亲近的人诉说着什么。

虞锦只觉如五雷轰顶，抓住走廊横梁的手一松竟差点儿跌落下去，断曲，段丽华，段丽华，断曲，他们两个……

断曲竟是喜欢上了段丽华？

“以后凡事都有我，你要报仇，我来帮你，你怎样都行，我只要你好好活下去。你放心，我会帮你找志儿，将他带回你的身边，我们一家人一定会过上幸福的日子。”

段丽华闻言，当即倚在断曲的肩膀上，低声哭了起来，半晌才擦了泪，说道：“虞家那丫头，不过就是一枚死棋，你以后不要与她走得太近，当断则断。”

断曲疑惑地问道：“你为什么说虞锦是一枚死棋？你都知道些什么？”

段丽华却不肯再说，顾左右而言他，低声说道：“天太晚了，你快些回去吧，我想歇着了。”

“那好，我明日再来看你。”断曲说罢一步三回头地离开了。

虞锦却还沉浸在难以置信的情绪中，饶是段丽华如何风韵犹存，也是大上虞锦八九岁年纪的妇人，更何况断曲接近段丽华不过才一两日的光景，如何就情陷？如何就情深至此？为她酒醉，为她不惜瞒骗自己，甚至连同程裳也做了帮凶。断曲说会帮助段丽华找到虞志又是何意，难不成虞志不见了？到底是何人所为？而段丽华口中要杀的老匹夫又是谁？难道是自己的父亲虞展石？

没多时，虞展石便到了，段丽华见到虞展石时似是极为激动，上前问道："如我不是以死要挟，只怕你今夜都不肯来见我了？你见不见我无妨，可是你必须要告诉我，志儿被带到哪儿去了？你把他带到哪儿去了？"

"你明知不是我将志儿带走了，又何苦要逼我？丽华，忘了吧，就当没生过这个孩子，回到虞家安心做你的虞夫人。只要你不生事，他们容得下你，我自然也会保你周全。"

虞展石上前来握住段丽华的手，段丽华奋力甩开他，冷笑道："你休想。如今志儿不见了，而我又找到了……"段丽华欲言又止，终是没有将那人说出口。

虞锦却知段丽华说的必然就是断曲，只听她继续说道："我不会再跟你回虞家，也没有必要再回虞家，他们那些人容得我、容不得我已经无关紧要，我只要找到志儿，便会带着他远走高飞。"

"你逃得了吗？"虞展石一字一句地问道。

段丽华猛然跪倒在虞展石跟前，说道："志儿这些年好歹也是承欢你的膝下，你爱怜他不亚于对虞屏的爱，我都看在眼里，感恩在心里。难道你想眼睁睁看着我们母子俩都惨遭横死吗？"

虞展石抽出被段丽华握住的衣角，后退了半步，无奈地说道："我帮不了你，你该清楚的，又何必将希望寄予我身上？"

段丽华站起身，愤然大笑，显然已是恨极，半晌，指着虞展石嘲讽道："对，我怎么能将希望寄托在一个罔顾自己结发妻子性命的人，我怎么会哀求一个将亲生嫡女一生葬送的人？虞展石，我告诉你，我不会就这样屈服的。只要我在这世上一天，我一定会想尽办法将你们这些人做下的丑陋事公之于众，让你们身败名裂，再也不能道貌岸然地出现在朝堂之上。"

段丽华话音未落，虞展石拿起桌上的茶盏往她的脖颈间敲了下，段丽华应声倒在虞展石的怀中，虞展石抚了抚段丽华依旧细腻光滑的脸颊，轻声说道："这些年来你虽不肯依从我，我却不曾轻易将你忘怀。丽华，依着你的性子，你再待在这里，只怕又要闹出祸事来，到那时我想保你都难了。我另给你寻处地方，一个没人能找到的地方。那样，你就安全了。假以时日，我一定会让你心甘情愿地跟在我身边……"

虞锦单手掩耳，跃身离开别院，她没有去寻来时骑的那匹马，而是用尽全力飞奔在路上，即便是这样，依旧无法释放心中的愤懑。这一晚的真相太过残酷，仅仅就是一个段丽华，就能让跟在自己身边八年的断曲情陷如此，让自己的生父弃母亲性命于不顾，这究竟是为什么？

这一夜未曾安睡，虞锦始终坐在椅子上，握着手里渐渐冰冷的茶失神，即便学得一身本事又如何，她还是无法逃脱开身边亲近的人的伤害。这些年来，她每日待在乾坤门，学的是绝世才艺，习的便是薄情寡义。师父陆枫告诉过自己，想要存活得长久，想要立于不败之地，便要薄情寡义，将俗世情感忘却，虞锦每每爽快应下，那是因为没有看到以为永远会追随自己脚步的断曲为了女人背叛自己，那是因为没有看到妹妹为了别人不惜偷走自己身上的金色羽箭嫁祸自己，那是因为没有看见血缘至亲的父亲虞展石会利用自己而不肯吐露实情……

是了，情之所在，不是看情深如何，而是看自己到底肯不肯舍弃？虞屏舍弃与自己的姐妹之情，所以她可以成功偷走金色羽箭助那人制造事端；虞展石肯舍弃与自己的父女之情，所以他能成功令虞锦卷入这起事端助他逐步摆脱逆境踏上督律司卿的职位；而唯独自己，看似冷面凉薄，看似丝毫不假以辞色，却在暗中妥协罔顾师训，所以才会每一步都落入禁锢，每一步都陷入泥沼不得挣扎，束缚住了手脚不能施展身手。

或者是到了该自己选择的时候，放弃，何尝不是成全？成全彼此的薄情，不会受到良心的谴责，心安理得地伤害亲人来成就自己平步青云。

到了天明，虞锦推门而出，却见段祥悠闲自在地坐在自己的院墙上，手里拿着一根鸡腿啃着。程裳正从一旁走出来，踢起脚下的石块便往段祥面门上招呼，段祥仰面避开，旋身落地，嬉笑着说道："姑娘的待客之道，段祥实在不敢笑纳。”

虞锦问道：“可是你家主子死了，你来投奔我了？”

段祥笑得一脸的不怀好意，说道：“我一定会将姑娘的话转告给我家主子。”

虞锦失笑，回转过身，段祥见状也要跟进来，被程裳拦在屋外，两人一拳一脚比画得热闹，论招式自然是陆枫亲自传授的程裳更胜一筹，论功力却是段祥更加沉稳厚实，段祥未使出全力只与程裳周旋着，程裳见状，更加气怒不已。

不一会儿，虞锦换了适合狩猎的轻便男装走出来，朝段祥说道：“走吧，再不走，你家主子该等急了。”

段祥住手跳开身，说道：“姑娘怎么猜到我家主子要我来请姑娘一同去狩猎的？”

虞锦不答，程裳不屑地说道：“这种小事，我家小姐都懒得猜。”

虞锦先自一步走出去，那段祥却突然回头将手里的鸡腿朝站在院子里的程裳掷过去，笑着说道：“看你武功不弱，咱们以后有机会再比画，我请你吃鸡腿。”

程裳以为段祥掷过来的是暗器，一时不防，接到了那个被段祥啃得乱七八糟、油汪汪的鸡腿，急忙松开手，朝着段祥怒吼道：“你混账，我跟你势不两立。”

虞锦随着段祥朝誉王府去时，途中路过翼王府，虞锦心里一动，掀开车帘朝那边望了望，段祥看似大大咧咧，其实与段无妄一般都是心思细腻之人，当即问道：“姑娘昨夜又回去找翼王了？姑娘可知昨夜交给我的那片衣襟上的毒药，与我家主子中的毒是一样的？这翼王看似羸弱，与世无争，想不到心地却如此阴毒。”

虞锦淡淡地说道：“翼王昨晚也中了毒，是在回翼王府后才毒发，命在旦夕，阖府上下却无人问津……”

翼王回府后才毒发，显然他肯定不是下毒之人，否则在回府后毒发便失去了下毒陷害段无妄的本意。

段祥一时无语，喃喃说道：“可怜之人必有可恨之处，姑娘还是勿与翼王走得太近，伤了主子的心。”

虞锦抬眸，心里一动，刻意忽略昨夜怜悯翼王为他输送真气疗伤之事，有些哭笑不得地说道：“段祥，你一早上疯言疯语说些什么？我如何跟翼王走得近了？我不过是昨夜才与他打过照面而已。再者说，我又如何伤了你家主子的心？只求你家主子少利用我一次半次便好了。”

段祥却毫不退让，脱口说道：“姑娘说我家主子利用你，我虽不知姑娘刻意接近权谋是为了什么，可是姑娘又何尝不是在利用我家主子？”

虞锦顿住，半晌，才说道：“你说得对，我们就是互相利用……”

两人之间又沉默了下来，及至誉王府，虞锦换乘了段无妄已经备好的奢侈华丽的马车。段无妄斜卧在车厢内，将盛放着茶点的托盘推至虞锦跟前，虞锦随手拈起一块玫瑰酥，触手处竟还是温热的。

两人不疾不徐地说了一些话，虞锦问起程衣的病情来，段无妄说道：“已经略有些好转，醒过来了，不过她寒毒侵体，怕是一两日内无法拔除，本王师父会照看她，你放心吧。”

“那你的毒呢？可驱除了？”

段无妄笑得邪肆狷狂，俯身过来，低声道：“还以为你对本王漠不关心呢。”

虞锦伸掌抵住他欺压过来的胸膛，正色说道：“段祥说得对，你我不过是互相利用的关系，我关心一下你的身体，没什么大不了的。”

段无妄咬牙切齿地说道：“段祥，我非要将你剥皮抽筋不可。”

许是段无妄的声音有些大，马车外的段祥掀开车帘，一头雾水地探进头来问道：“主子，你找我？什么事？”

“对，本王找你，让你去死。”段无妄毫不犹疑地伸脚将段祥踢得飞远。

远处传来段祥不忿的埋怨声：“你中毒，我守在你身边一夜，天不亮你就要我去虞家找人，还不许我惊扰别人好梦，我在人家姑娘墙头上坐了一个时辰才把人给你带来，你现在却忘恩负义……”

听见段祥的抗议之声，段无妄的面色越发阴沉，虞锦忍俊不禁，别过头露出微微笑意。

到了狩猎场，原本还有些萎靡的段无妄倏地变得精神饱满，潇洒地跳下马车，将靠过来的段祥再度踢飞，段祥眼睁睁地看着段无妄与虞锦并肩而去，伏在地上哀号命运的不公。

狩猎场上，大批皇宫亲卫守护着四周，阗帝还未曾到，只一批亲贵皇戚和年少得志的臣子拥簇在太子李润周围，见段无妄走来，于是一些人便起哄要李润与段无妄比试下箭法。

段无妄笑着说道："太子殿下，皇上未到，咱们凭什么比试给那伙人看啊？除非，这些人都把自己的姬妾押上，本王赢了，他们便把姬妾都乖乖送到本王府上。"

李润狭长的丹凤眼半眯着，扫了一眼被段无妄开出的条件骇得噤声不言的群臣，淡淡笑着说道："将他们所有的姬妾送到你府上？你誉王府有多大，能盛得下多少个姬妾？你赢了的话，不如让他们每个人送一名姬妾到你府上，既给了你彩头，又不至于让他们因痛失爱妾而撕心裂肺，无心理会朝政。"

虞锦暗笑，这太子心机颇深，一席话看似平淡，却将段无妄挤对大臣们的窘境给扭转了。

那些大臣听见李润这般说，随即意会过来，如果段无妄果真赢了，到时候随便塞给他一名不得宠的姬妾也符合规则，纷纷又兴高采烈地附和起来，不知是段无妄没有想到这一层，还是并不在意，略一思索，说道："说得也是，君子不夺人所爱，就按太子说的办。"

李润嘴角微勾，说道："可是你若输了呢？"

段无妄肆无忌惮地笑出声："我输了的话，自然将府上所有的姬妾送到太子府上去。"

李润摇了摇头，眼神倏地变得更为明亮，搭弓上箭，缓缓将准头直指段无妄身后的虞锦，带着一丝令人捉摸不透的意味，说道："你若输了，本太子只要她一人便可。"

众人略有些吃惊，这才纷纷将目光落在紧随誉王段无妄而来的白衣少年身上，"他"眉角带着说不出的温婉，偏偏眼神却似寒冰初融，遥远似天际混沌之色，冰裂初开跳跃出冷意，那清瘦卓绝的风姿，疾风吹起衣角时显露的翩翩风度，不同于太子李润挺拔俊美的贵胄气势，不同于誉王的潇洒不羁，这名少年更有一番清绝阴柔的风流之态，让人只看了一眼便无法忘怀。

虞锦抬眸看向太子李润，那声音清冷，却又带着几分刻意松散的随意，那目光冷冽，却又带着几分灼热的希冀，虞锦敢确定，这是今日自进到这狩猎场来，太子李润看向自己的第一眼，而这第一眼便是用箭瞄准自己，带着势在必得的气势骑在马上俯身看向自己。虞锦只觉得那箭似是早已射进自己的胸口，不自觉地便用手捂向了胸口，谁知段无妄却牵住她的手，带着几分意味深长的暧昧，说道："不过就是一名小厮，太子竟也看得上眼？"

"本太子就看上她了。"

虽知道这只是太子的戏言，虞锦心口仍似被什么激撞了一下，想要抽回自己的手，怎奈段无妄始终握得很紧，似是怕被人真的夺去了一般，抓得牢牢的。

"太子刚才说怕那些大臣因痛失爱妾而撕心裂肺、无心朝政，难道不怕我也是如此吗？"段无妄刻意做出伤心的姿态来，惹得那些大臣纷纷不耻。

李润却朗声笑起来，说道："你刚才也说不过就是一名小厮，也值得誉王如此牵肠挂肚吗？"

虞锦有些着恼，刚要催促段无妄放手之时，便听见一道清润低沉的声音传来，说道："好热闹。既然太子与誉王都要比试，何不加上我一起呢？我府上没有姬妾，如我输了，我便另觅佳人送往诸位府上；如是我侥幸赢了，她便归我。"

众人齐齐回头，看到身着白色轻裘的翼王李泽策马徐徐而来，在朝阳清辉的映照下，似是绝尘幻仙的人物，一下子便将众人的心情定格在"惊艳"两个字上。

第六章
烟视媚行　扮胭脂粉黛

李润的神色仍旧是波澜不惊，他看翼王的眼神，没有丝毫的戒备，或者在他心中，早已不将被阗帝冷落的翼王当作争夺皇位的敌手。他稳居上风，而翼王仍旧落寞如初。

李润笑着说道："难得翼王也有这样的兴致肯露两手，自然一起来比试一番了。"

正在这时，阗帝驾临，身边拥簇着的是石相等重臣，其中赫然还有刚上任督律司卿的虞展石，虞展石看向誉王段无妄身侧的虞锦，顿时怔住，暗暗蹙了眉，示意虞锦赶紧离开。

"朕老远便听见你们在说笑，告诉朕，到底什么事这么开心呢？"

段无妄笑着说道："皇上，太子想与无妄比试箭法，这还没开始呢，半道里又有人想掺和进来一同比试。"

这样一说，阗帝果然来了兴趣，问道："哦？谁有胆子敢掺和你和太子的比试？"

翼王李泽上前说道："是儿臣。"

阗帝微怔，旋即眉眼一挑，笑起来，说道："朕可从来没听说过你会武功。"

翼王回道："儿臣去了封地后，一直体弱多病，随身服侍的侍卫中有教儿臣箭法，目的就是为了让儿臣强身健体。儿臣自知武艺不精，图的就是给父皇添个乐子，还请父皇恩准。"

阗帝未曾答话，便听见有一人清脆地说道："还有小民，也想参加比试。"

本来一向羸弱、看似手无缚鸡之力的翼王参加比试，就够令群臣惊掉眼珠子的了，谁知段无妄身边那绝色少年竟也走上前，毫无惧色地说要参加比试，阗帝敛目凝神看向虞锦，冷冷说道："你是谁？"

虞展石已经按捺不住，骇白了面容，只差上前请罪，谁知段无妄却说道："皇上，他是微臣的师弟，一心想要见识皇上的风采，微臣斗胆将他扮作小厮带了进来，微臣师弟刚才说要参加比试，是一时失言，请皇上恕罪。"

虞锦拱手说道："如若是平时，小民自然不敢参与太子、翼王与誉王的比赛，只是他们三人的赌注牵扯了小民，小民是个活生生的人，不是彩头。这才想着要一争高下，不让自己的命运假手于人。"

"既是如此，朕便开恩，准你参与比试。"

阗帝打量了虞锦几眼，便移开视线。虞锦却看得清楚，众人都对段无妄有一位师弟深信不疑，但是阗帝似是并不相信，却连追问也不曾追问，一副想要看看众人葫芦里卖的是什么药的姿态。

段无妄低声在虞锦耳边说道："你疯了吗？你可知，如若你赢不了这场比赛，你会被太子或者翼王赢了去，可是你若是赢了这场比赛激怒了阗帝，会被砍头也说不定。"

虞锦笑着应道："我自然是不会赢这场比赛，可是也不会叫他们两人赢了去。"

未等段无妄再说什么，已有宫人送来几把弓箭任虞锦挑选，因太子李润、誉王和翼王早已拿着趁手的弓箭，于是便看着虞锦自己在挑，虞锦挑了其中最大的一柄弓箭立于地上，众人惊呼，都生怕这瘦弱的少年根本拉不开弓弦，更何谈比试呢？

很奇怪，虞锦站定后，太子李润和翼王李泽抢先站在了她的一左一右，而先前站在虞锦跟前的段无妄被挤到了翼王李泽的另一边。

段无妄与虞锦相视一眼，随即眼波一转，说道：“皇上，如若只是射准箭靶太没意思，不如换个方式比试。不知太子殿下和翼王意下如何？”

阗帝问道：“依你之见，要如何比试才有新意？”

“依微臣之见，就赌以能射进别人的箭靶才算是赢。”

李润笑道：“这种赌法确实有些意思，父皇，儿臣愿意陪翼王、誉王，还有誉王的……师弟玩赏一局。”

太子将那声师弟咬得格外清晰，虞锦恍若未闻，用手在弓弦上静静抚触，见宫人在箭上分别做了不同的标记，以示区分。

一声令下，太子李润、翼王和誉王都各自搭弓上箭，唯独虞锦却是反手掏出三支羽箭来搭在弓弦上，羽箭后发却先将太子李润、翼王的箭打偏，没有射进各自的箭靶中，而虞锦的第三支箭却只是擦过誉王之箭的箭身，丝毫没有起到阻挡作用，眼睁睁看着誉王的箭射进翼王的箭靶内，誉王赢了。

赛场出乎意料的寂静，没有人喝彩，也没有人起哄，本来该是惊险刺激的比试，因为虞锦一弦搭上三箭的手段，出乎众人的意料，就这样以迅雷不及掩耳之势结束了。

太子李润和翼王李泽都没有说话，面色平静，却又似暗藏着太多的不平静，唯独段无妄笑得开怀，脸上的笑意让人怀疑能挤出蜜来，说道：“皇上，承蒙太子和翼王谦让，无妄赢了……”

阗帝拍掌称赞，将目光落在虞锦身上，又仔细打量了一番，说道：“果然英雄出少年，无妄，你的师弟唤作什么名字？”

“回皇上，微臣师弟的名字……”段无妄看着虞锦，缓缓说道，“金玉。”

“好个金玉，这名字取得富贵至极。世人俗语‘金玉其外，败絮其中’，可是朕看你这小师弟是金玉其外，聪慧其中。”阗帝赞道。

虞展石在一旁急得几欲捶胸，朝虞锦使尽了眼色，虞锦不为所动，反而朝虞展石不着痕迹地微微点了点头。

太子李润一直没有说话，这时才笑着说道：“誉王好箭法，愿赌服输，誉王府上要早日准备准备才是，否则彩头一到就无法安置了。”

阗帝不解，问道：“太子，究竟是什么彩头能让誉王府无法安置？”

群臣暗笑，因彩头到底不登大雅之堂，李润一时不好回答，倒是石相早已听旁边的大臣嚼过舌根知道了来龙去脉，上前说道：“是太子与誉王打赌，如若誉王赢了，便让在场的诸位大臣每人送一名姬妾到誉王府；如若誉王输了，太子便只要誉王的师弟一人。”

石相的话听起来似是而非，暗中的意思却是将群臣的挑唆说成了太子一人所为，阗帝看向太子的面色便有了些许不悦。李润看了石相一眼，没有辩驳，他清楚阗帝的性格，此时开口不亚于火上浇油。

段无妄笑着说道：“皇上，太子爷一向稳重，是微臣胡闹，缠着太子爷应承下来比试，就是没有料到翼王也会有兴趣参加。”

段无妄为李润开脱，阗帝却出乎意料地高兴起来，将段无妄叫到身边随侍，慈爱地与他说起家常。

虞锦远远看着，只觉得阗帝为了笼络重臣，显然下足了功夫，让人彻彻底底地知晓帝皇对段无妄的恩宠。

虞锦见太子李润朝自己身侧走过来，下意识地就要避开，慌乱地便要朝另一侧走过去，谁知竟见那一端站的是翼王与石相。虞锦怕靠得太近误听两人谈话引来猜忌，于是便站在原地顿住。

谁知就在这稍作停留的片刻，李润便走到了虞锦身前，笑着说道：“金玉公子好俊的身手，只是本太子却不明白金玉公子能打偏本太子和翼王的箭，怎么偏偏就只是擦过誉王的箭身？”

虞锦说道：“只因为太子殿下和翼王都在金玉左右，而誉王稍稍离得远了些，一时难以把握住准头也是有的。”

“哦，原来如此，本太子还以为金玉公子是刻意如此呢。只要誉王赢了比赛，你也不需要被本太子和翼王赢了去，所以才会助誉王胜出。”

虞锦看似恭敬却实则客气至极，说道：“太子殿下要这样认为也未尝不可。毕竟，金玉不是物件，被别人赢来输去的确实不是个滋味。”

李润狭长的丹凤眼略挑，朝虞锦靠近了半步，见虞锦明显紧张起来后朗声笑起来，虞锦拧眉，有想要避退之意，李润却突然说道：“不知何时请金玉公子到太子府一叙？”

谁知，从阗帝跟前溜开的段无妄突然出现在两人之间，坏坏笑道：“太子想要邀请无妄和金玉一同去太子府？好，好，师弟，本王早闻太子府姬妾如云，美色出众，有机会见识一下，也不枉这阳城之行了。”

虞锦侧转过头，似是没有听见两人说话，半晌才见李润刻意强调地说道：“那好，两日后，本太子在府中设宴，欢迎金玉公子携令师兄誉王一同前来……”

段无妄的面色有些怪异，虞锦则点了点头，随即低头暗笑，抬眸看向远处，冷漠孤寂的翼王依旧站在那一侧，石相不知在说些什么，翼王眼神倏地变得冰冷，始终不应不答，像木雕一般。

狩猎场上，众人各显身手，斩获最多的便是阗帝，其次便是太子李润，再次便是誉王段无妄。

翼王没有参加，只远远策马跟着众人，虞锦刻意放缓马速，见翼王果真跟了上来。

“昨夜，幸亏你洒了那杯酒，否则也会与本王一样中了毒，那样本王就连累了你。”翼王语气中透着庆幸，诚恳地看着虞锦说道。

虞锦避开自己故意洒了那杯酒不谈，反而问道：“翼王可知是谁想要下毒害你？”

“不知道。本王这样的身子，能撑得了多久，也值得别人相害？”翼王李泽摇了摇头，不无自嘲地说道，“只是那些人在誉王进奉的十年少内下毒，本王如若果真中毒身亡，岂不是连累了誉王？”

“其实誉王也中了毒……”

虞锦说罢，便仔细盯着翼王，观察着他神色中的每一丝变化，翼王起初听见极为惊诧，慢慢便流露出几分惊恐和疑惑来，喃喃重复道：“誉王也中了毒，怪不得本王昨夜看他有些不对劲，又中途离开，原来也中了毒。”

很显然，虞锦并未从翼王的口中得到任何想要的信息，想起他昨夜扯着自己的衣袖仿若稚嫩幼童的模样，一时又有说不出的滋味，正在这时，便听见翼王低声说道：“昨夜，谢谢你……”

虞锦倏地抬头，随即又飞快地别开头，说道：“举手之劳，不值得翼王相谢。”

翼王见虞锦这般回答，一时情绪有些低沉，两人陷入静默中，只并肩策马，却不言谈。

狩猎场上各自散去之时，虞锦始终跟随在段无妄身后，一同上了马车，疾驰而去，半途中，虞锦要下马车，段无妄却朝车厢后努了努嘴，虞锦当即明白定是有人跟踪而来，只得随着段无妄一同进了誉王府。

段祥跟在两人身后，嬉笑着说道：“以后该怎么称呼？到底是虞大小姐还是金玉公子？”

及至书房门口，段无妄回身瞪他，段祥这才讪讪赔着笑说道：“好，好，我不跟进去，我去让人给主子和虞大小姐送些茶点过来。”

虞锦踏进书房，四下打量便瞧出段无妄布置的巧妙之处，大有乾坤，书桌、案台看似安放在了死角之处，却又暗含生门，是乾坤门的手法。

段无妄跟过来，凑近了说道：“本王怎么看你与翼王之间有些不一般？依着他的性情，怎么可能肯参与本王与太子爷之间的比试？翼王肯在人前出手可是绝无仅有的事情。”

虞锦不以为意地挑了挑眉，没有将段无妄的试探放在心里。段无妄见虞锦不应自己的话，只得继续说道：“翼王也就罢了，太子爷的举动又如何解释？他虽为储君，却一向韬光养晦，从不轻狂张扬，今日却在群臣面前开口要你这个人。”

虞锦想起李润那狭长的丹凤眼，心口猛地一窒，半晌才说道：“或许，以后我还是少出现在你身边为好。”

段无妄挑了挑眉毛，说道：“是少出现在本王身边还是太子的身边？说清楚。”

虞锦不理会他的话，却突然想起一件事来，问道：“石相与太子不和？太子是储君，总有一天会登基为帝，他与太子作对究竟为何？”

“这些年来，官场中升迁落马都是朝夕之间，可是唯独石相始终是异类，位极人臣屹立不倒，确实有些手段。不过，最令人诧异的是，他此生未娶妻，也从不纳妾，石府上上下下伺候的都是男子，即便是缝缝补补的细碎活儿也是拿出去交给绣庄的绣娘来做。阗帝几次想要为其指婚，都被其婉拒。”段无妄说道。

虞锦摇头，大为吃惊，说道：“难道他……”

段无妄邪魅一笑，说道：“你是说石相会不会是断袖之癖只喜欢男人？也有些人暗自揣测过，乌雅国前来进贡时，还特地带来了两名绝美的男宠送与石相，你猜怎么着？”

“怎么着？”虞锦脱口而出，说罢面色微微一红，别过头去不再看他。

“乌雅国使臣回国时，还未等出城，便见那两名男宠被扒光了扔在路旁，那可是冬日，要不是那名使臣怕将这两名男宠滞留此地丢尽颜面，他们二人可就要活生生给冻死了。”

虞锦不禁莞尔，也不知段无妄说的是真是假，却又实在好奇石相此举，不喜欢男人，却此生从未沾惹过女人。既在朝堂侍君，又敢于挑战太子李润，他到底有何凭仗，能这样肆无忌惮？

“昨夜你去了哪里？”

冷不丁听见段无妄发问，虞锦才回过神儿来，发现段无妄抱臂而立，一副想要看虞锦如何撒谎的神情，于是淡淡地说道：“昨夜翼王递给我的酒里有毒，被我洒在了地上，你又无端中毒，我疑心是翼王做了手脚，于是便折回去观察翼王。谁知……”

“谁知，他也中毒了。”

虞锦有些诧异，问道：“你怎么料到他也中毒了？”

段无妄似笑非笑地看着她，慢吞吞地说道：“猜的。”

虞锦斜睨他一眼，静静说道：“既然你与群臣共饮这几坛十年少，没理由你中毒而他们不中毒，除非，毒不在酒中，而在酒杯中。”

段无妄击掌，隔着门窗朝候在外面的段祥吩咐道：“去查昨夜当值的宫女、太监，看到底是谁这么大胆竟敢在本王的酒杯中动手脚。”

及至天色擦黑，虞锦换过衣着，才迅疾离开誉王府。

刚回到虞家便被虞展石派人唤过去，虞锦推门而入，见虞展石扶额坐在书案前，似是相候已久，神情憔悴，略有些失神的僵硬麻木，待虞锦落座后才醒转。

“锦儿，你到底要惹上多大的乱子才肯罢手？易装进朝堂也就罢了，这次竟然会进狩猎场被当成赌注，连阗帝都注意到你了。到时候如若有人将你冒充誉王师弟的事情透露出去，你可知一旦有人追查下来，你就是十个脑袋也不够砍的？”

虞锦淡淡地笑，不知怎么，虞展石总觉得那笑意中含着讽刺，令人心惊，果然听见虞锦很平淡地说道：“父亲，我做事自有分寸，不会牵连虞家。”

“如今，锦卫伏击大臣一案已经交给誉王自己来查探，你不需要再插手了。”

虞锦临出房门前，虞展石叮嘱了这么一句，虞锦没有理会，只是回身问了一句：“虞屏怎么样了？”

虞展石嘴唇翕动，欲言又止，眼神中不掩黯然疲惫，在桌上重重拍了一掌，转过身去。

虞锦出了书房门，径直朝虞屏的房间走去。

佛堂失火后，虞锦拿到金色羽箭便去了天容阁，后来便辗转周旋于朝堂、狩猎场，顾不得追问虞屏的近况，再加上程裳的刻意隐瞒，所以虞锦竟不知她已病了几日，且病得极重，每日有七八个时辰陷入昏迷之中，醒来后也不言语，只能吃下雁儿喂下的几口燕窝粥，之后便又沉沉昏睡过去。

雁儿并不在房间内，虞锦看着榻上面白瘦弱的虞屏，手指轻滑过虞屏的腕脉处，顿住，随即苦笑：她宁愿陷入病痛折磨而不医，无非就是逃避自己逼问她佛堂内藏着的那个人究竟是谁。

看来，那个人在虞屏心中极有分量。

雁儿端着燕窝进来时看见虞锦，怔了一下，将手中的燕窝放在桌上，朝虞锦见过礼。

虞锦看了看雁儿的腕处，突然问道：“雁儿，你进虞家多久了？”

“回大小姐，雁儿进府已经五年了。雁儿家乡遭了洪灾，父母双亡，只得流浪阳城乞讨为生，那日昏倒在街上，被老爷救回来后就一直跟在二小姐身边了。”

虞锦点了点头，见雁儿神色平常，没有任何异处，越发多看了她几眼，雁儿有些惊恐地问道：“大小姐，您怎么了？怎么突然问起雁儿这个问题来？可是雁儿服侍二小姐有不妥之处吗？”

虞锦摇了摇头，说道：“二小姐醒来的时候，告诉她，皇上已经不再追究锦卫犯上作乱、伏击大臣的事了。”

雁儿眼神懵懂，似是没有听明白虞锦的话，虞锦不动声色，旋即离开。

回到房间，虞锦发现程裳不在，心思一转，于是便朝涌金楼而去。果然便见到了程裳，而程裳正被断曲推出房门，一个踉跄差点儿摔在地上，嘴里振振有词道：“好你个断曲，不知好歹，醉死你算了。”

程裳察觉身后轻微的脚步声，见是虞锦，讪讪一笑，指着断曲的房门说道：“他非要喝酒，我不让他喝，他还耍起酒疯来。小姐，要不咱们改天再来，等他酒醒了，你好好训斥他一番才是。”

程裳说罢，便来挽虞锦的手，虞锦冷冷看向程裳，直把心虚的程裳看得缩回了手。

虞锦伸手推门，没有推动，于是说道：“是想我破门而入，还是你自己把门打开？”

没过多久，门被打开，露出一张憔悴不堪的脸，眼中布满血丝，断曲手中仍然握着酒壶，打开门后便返身跌跌撞撞地坐回椅子上。

程裳去夺断曲手中的酒壶，断曲本来还想挣扎，在看到虞锦冷冽的眼神后才松了手，任凭程裳拿着帕子帮他拭了脸，不情不愿又有些别扭地坐在那里，不言不语。

虞锦刻意忽略断曲失魂落魄的神情，不去考虑他与段丽华之间的交集，将这几日发生的一切静静地讲述给两人听，并将探查雁儿过往的事交给程裳。

程裳对于誉王中毒之事也百思不得其解，问道：“那翼王可疑吗？他到底是慕容紫的嫡子，为什么会受这样的冷落？”

断曲冷不丁地说道：“她若知晓内情，还需要你去打探雁儿的过往？”

“可是这跟雁儿的过往有何联系？雁儿深藏武功，确实可疑，但是怎么可能会跟誉王中毒的事情扯上关系？”

虞锦说道：“雁儿手腕处有一道细细的伤疤，看似是无意中伤到的，其实那是练习殒术所致，需要每半年割破自己的腕处，将流出的血掺杂在食物中去喂养毒虫，再让毒虫反噬在自己身上，虽然浑身上下会被咬得血痕累累，可是功力会激增。”

断曲诧异地问道：“殒术？这不是乌雅国白水教的独门邪术？难道雁儿是乌雅国的人？”

“我不敢确定。雁儿说我父亲是在街上将她救回来的，随后便一直跟在虞屏身边侍候，但是我总觉得哪里不对劲，像我父亲这样的人……”

虞锦说到这里，顿住，没有继续说下去，谁知断曲却冷笑道：“你是想说像你父亲这样的人，当年能狠心将你送与乾坤门，又怎么可能会怜悯一个在街边乞讨、非亲非故的小女孩？”

程裳急道：“断曲，你在说什么呢？”

虞锦苦笑，说道：“断曲，你说得对，我就是在疑惑，一个能将自己的亲生女儿送往蛇窟洞穴般的乾坤门的人，又有多少善心能施舍给那些不相干的人？”

昏暗的室内，因未燃起烛光，三人均看不清其余两人的神情，只是模糊地感受到各自的黯然神伤。室外，挂在走廊的八角宫灯肆意地散发出明亮的光线，刺伤了三人的眼睛。

半晌，断曲怅然地说道：“或者，他也是有苦衷的……”

不知过了多久，虞锦与程裳在街上缓步往回走，远远回头看过去，那扇虚掩的窗后透出一个瘦削的人影，手中握着的酒壶依稀可见。

待到了次日，天际间未见晨阳初现，天色朦胧，晨露仍旧带着清新朝气似是炫耀一般挂在枝头，虞锦浑浑噩噩的睡梦被程裳惊破，像是失了火一样催着虞锦赶紧跟自己走。

“程裳，发生了何事？”

程裳急切地喊道：“断曲拿着剑，扬言要杀了虞大人……”

虞展石的卧房外已经聚集了许多虞家护卫，却都不敢上前，见到虞锦过来，纷纷让路，程裳抢在虞锦前面闯进去，低喝道：“断曲，你还不快放下手中的剑？这是小姐的父亲，你若是伤了他，以后还有何面目再见小姐？”

虞锦冷笑道：“恐怕他以后根本不想再见到我。”

断曲看见虞锦走进来，眼神一时有些愣怔，握在手中的剑颤了颤，避开虞锦的目光，不依不饶地朝着虞展石吼道：“我说过，你只要告诉我她的下落，我便放你一条生路。”

虞展石本有些惊骇，可是看到虞锦与挟持自己的人相识，这才有了些底气，喝道：“哪里来的大胆狂徒，竟敢袭击朝廷命官，识相的便放下手里的刀剑，本官可以饶你一命。”

断曲愤懑之下，手中的剑朝前抵了抵，虞展石的脖颈间立刻被划出一道些微的红线。虞展石惊恐之下，大声叫了起来，虞锦蹙眉，手中暗器随手一击，将断曲手中的剑击向一侧，人也迅速滑到断曲跟前，胸口正抵在断曲手中的剑上，断曲慌忙将剑移开，又气又怒地看着朝门外溜走的虞展石。

虞展石本想指挥护卫擒住断曲，虞锦略扫了一眼，静静说道：“谁也不能动他、伤他分毫。”

院中的人渐渐也散了去，虞锦示意程裳将门关上，断曲将手中的剑掷在地上，背转过身，说道：“我昨晚去过别院，别院的人说就是虞大人将她带走另外安置了。现在，我要从虞大人的口中知晓她的下落，并且警告他从此不能再来伤害她、欺凌她。你能阻止我第一次、第二次，甚至第三次，却不能阻止我一百次、一千次。”

断曲回转过身时，眼神变得坚定无比，继续说道：“所以，如果你要维护你的父亲，阻止我找到她的下落，我们两个只有……形同陌路。”

听着断曲将这四个字缓缓吐出口，虞锦笑起来，眼神明亮却锋利如刀，不无嘲讽地说道：“断曲，你就为了一个才相识几日的女人，将你我之间同甘共苦的情谊斩断？好，好，我成全你。形同陌路也罢，恩断义绝也罢，我今日便劝父亲将那女人杀掉，她害得你变成今天这个模样，她该死，这也算是我为你做的最后一件事情。”

断曲布满血丝的眼中一下子涌出了泪，说道：“你为什么要这么狠心？你可以维护你的父亲而成全你自己的孝义，为什么就不能成全我的这片心？她已经受了那么多苦了，为什么你就不能让我帮她找到虞志，好好守在她身边，给她幸福。”

“可笑至极。当我第一次听见你说这话的时候只觉得你是被人蒙蔽，想不到时至今日，你还是陷了进去无法自拔。”

见断曲看向自己，虞锦说道：“那次我见你有些异样，于是便让程裳去过别院，谁知程裳回来后神色更加古怪。我便独自去了别院，听到过你与段丽华的对话，你走后，我父亲才来将她带走的。”

断曲急忙上前，一脸期盼地看向虞锦，问道：“那么，你知道她的下落，对不对？”

“我不知道。”

虞锦摇头，心里却明白，当夜跟踪虞展石到虞家别院，眼睁睁看着虞展石敲昏段丽华要将她转移到别处去时并未继续跟踪。自己是故意离去，或者潜意识里就不想知道段丽华的下落，那么将来在面对断曲的质问时，也少了一些愧疚。

断曲失望地跌坐在椅子上，双手捂脸，哑声说道：“即便你知道，你也不肯告诉我的，不是吗？”

虞锦看见断曲这副模样，心中不忍，终究是说出心底话：“断曲，你难道还不明白吗？你给不了她幸福，你太单纯、太热血，何况你们年龄差异这么大，她从前是宁王的侍妾，后来又进了虞家生下虞志，她并不是一个单纯的妇人。断曲，你值得任何一个身世清白、心底美好的女人喜欢，为你付出所有，那个人却不是她段丽华。”

程裳瞪大了眼睛，望了望也是一脸迷茫的断曲，诧异道：“小姐，你在说什么？”

虞锦神色凝重，说道：“我说段丽华不适合断曲，即便她现在给了断曲未曾尝过的情爱，也是毒酒一杯，断曲自小吃过太多苦，安详平和才是他需要的。”

“小姐，你是不是误会了？什么情爱？什么毒酒？段丽华是断曲的姐姐，怎么会牵扯上什么男女情爱？”

虞锦彻底怔住，看向断曲，说不出到底是松了一口气，还是陷入更加烦乱的思绪中，喃喃说道：“段丽华竟是你的姐姐，你从未对我说过，你有一个姐姐……”

“八年前，姐姐被人抓走，我被当成蛇虫送进乾坤门，那人曾经告诉过我，我姐姐没有利用价值已经被杀死了，我以为她真的死了，这个世上没有任何亲人，后来遇见你……”断曲低首，哑声说着，“现在我才知道她仍旧活着，只是不知道为什么会做了宁王的侍妾，又为什么会进虞家。既然如今我已经找到她，我就不想她再受任何苦楚，我会保护她，竭尽全力。”

虞锦不由得叹息，也有些后悔当日没有跟踪虞展石到他私藏软禁段丽华的去处，此时她充满歉意地说道：“她既是你姐姐，自当该守护她。只是，我那日误会了你们，就任凭父亲将她带走了，你放心，我一会儿就去问出她的下落告诉你。”

话音刚落，三人突然各自相视一眼，面色大惊，断曲率先破门而出，虞锦紧追其后，程裳动作慢了一步，嚷道：“你们等等我，即便打草惊蛇，虞大人会将段丽华再次转移，我们终究还是能找到她的下落呀。”

虞锦回身扫了程裳一眼，程裳讪讪地说道：“小姐，不是我故意瞒着你实情。段丽华毕竟是虞大人的夫人，我担心你会不同意断曲与他的姐姐相认。”

对于程裳简单幼稚的想法，虞锦简直有种痛恨的冲动，冷眼看她，说道：“你在府里等我父亲回来，稳住他，别再让他出府，我与断曲去找段丽华。”

刚才出府前已经问过门人虞展石去往的方向，于是两人便朝城郊西南方走去，断曲已经走出很远，虞锦奋力追过去，断曲察觉到虞锦走近，才缓下步子，虞锦低声说道：“对不起……”

“我们之间不需要说对不起，况且这不是你的错。你虽然误会，却还是为了我好，我怎么可能分不清？”断曲此刻显然已经冷静了下来，诚挚地说道。

虞锦心里暖暖的，却因此更加愧疚。虞锦深知当下紧要之事，便是要找到段丽华的下落，程裳刚才的话只是说了一半，断曲挟持虞展石逼问他段丽华的下落算是打草惊蛇，那么虞展石再次将段丽华转移只能算是庆幸之事，如若虞展石惊怒之下将段丽华杀死，那么……

断曲神色淡然，嘴角却始终紧紧抿着，虞锦知道他是怕自己愧疚不安才故意做出镇定之色。

出了城，虞展石的马车突然失去了踪迹，断曲一下子陷入恐慌之中，转了个圈，却不知该往何处寻找，虞锦看着断曲失魂落魄的模样，颤声问道："断曲，如果，我是说如果……你会恨我吗？"

断曲摇了摇头，说道："我怎么会恨你？你对我做任何事我都不会恨你。我这条命本就是你捡回来的，理应你拿去。只是，我心疼姐姐这些年过得艰辛，实在……实在是想要她过得好一些。如果我没有拯救她的力量，让她仍如过往一样活着也好，只要不丢掉了性命。"

断曲说到最后一句时，已是哽咽含泪。

虞锦闭目，一时竟说不出自己心中到底什么滋味，突然，她察觉到远处有一批人马过来，急忙拉了断曲跃起躲在浓密树梢上，只待人马过去再做打算。

"是石相，慕容紫即将大寿，不知他来这城郊做什么？"

虞锦还在疑惑，谁知，在几百护卫前呼后拥的人马中，断曲却失了神一样紧紧盯着其中最华丽的一辆马车不放，虞锦一时不辨究竟，正要问断曲之时，断曲指着马车车帘的右下角低声说道："我怀疑我姐姐在这车厢内。你看车帘上有一个小小的印记，那是我在与她相认后，亲手给她做的手镯，手镯上刻了一个'段'字，只要沾上颜色便可以印出字来。"

虞锦细细看过去，见那车帘右下角处，果真有一个模糊不清的字，颜色暗红，似乎是干了的血迹。

断曲正待跃下树，虞锦扯住他，轻声说道："石相权势通天，身边这么多人马，你硬抢是抢不来的，毕竟你姐姐在他手里。跟上去瞧瞧，先看看车厢内的人到底是不是你姐姐再做打算。"

断曲只得依从，与虞锦两人远远跟着石相的那队人马，谁知那队人马进了城后大多数都散开了去，唯独余下一小队人护送石相回府。只是出乎虞锦意料，石相的府邸离翼王的府邸并不远，马车在府门口停下，石相先下了马车，随后便有两名仆人将一名蒙着面的女子扶下马车，那名女子显然是昏了过去，只得依靠仆人的相扶才能走动，石相回头看过去，突然不耐烦地将那两名仆人推开，自己抱起那名女子大步朝府内走去。

虽然隔得远，虞锦还是看得清那两名仆人眼中的惊异，仿佛见了鬼一样，看来石相果真是不近女色。

断曲喃喃道："那个女人就是我姐姐，她为什么会被石相带回了府？不行，我要救她出来。"

说罢，便要起身闯进府，虞锦却扯住他的衣袖，说道："断曲，我猜事情没有那么简单。我父亲怎么可能会让石相将自己的夫人带走？我们还是先查清楚再进去救人，如若刚才那个女子真的是你姐姐，况且你刚才看了，石相对她……那般呵护，想必不会为难她的。"

任凭虞锦如何劝说，断曲就是不肯离开，虞锦只得趁其不注意时一记手刀砍在他的后颈上，扶着昏倒的断曲迅速离开。

虞锦将断曲安置在涌金楼，怕他很快醒过来，又点了他的睡穴才放心离开。一个连太子李润的颜面都敢不顾的人，他的府中到底如何凶险，谁也不知。断曲，我既然让你失去姐弟相守在一起的机会，就更不能让你去丞相府内涉险。

第七章
临水烟霞　诉红尘醉卧

虞锦走进虞府，缓步朝书房走去，虞府自从虞志离奇“死亡失踪”、段丽华离开之后，已经变得更加沉寂。连一众仆从都小心翼翼地，生怕弄出什么声响来激怒主子吃了苦头。再加上传言之中虞志乃是虞锦所杀，所以仆从都离虞锦远远的，甚少靠近。

突然，斜刺里蹿出一个人影，上前拽住虞锦的胳膊，虞锦定睛一看，竟是鲜艳明亮的程裳。

程裳见虞锦面色凝重，欲言又止，将问及断曲姐姐的话咽了回去，勉强朝虞锦笑了笑，说道：“总会有办法找到的，不要着急。”

“我父亲回来了吗？”

“虞大人已经回府，只是回来便进了书房，至今未有动静，我又不好闯进去问，只得守在这里干着急。不过，刚才二小姐来过，我听见虞大人训了二小姐几句，没多一会儿她便哭着跑开了。”

虞锦点了点头，说道：“我知道了。程裳，你回房间给我拿一身劲装，一会儿送过来。”

程裳有些诧异，正待要问，便见虞锦已经举步进了书房，书房门虚掩着，却听不见里面任何的动静。

虞展石看也不看虞锦一眼，只说道：“我很累，想独自静一静，锦儿，你先回房吧。”

虞锦说道：“父亲难道不想给我解释一下，为什么母亲当年会死，为什么段丽华会进虞家吗？”

虞展石怒道：“难道你想帮着一个外人来质问你的父亲吗？段丽华如何进的虞家，又有何去处，都与你们无关。那名狂徒究竟是谁，竟敢闯进府来逼问我虞家夫人的下落。如若再叫我遇见他，我就要报官，将他凌迟处斩。”

虞锦冷笑道：“父亲何必这么害怕？即便你报官，也没有理由抓他。因为他是段丽华的亲弟弟，他来问你他姐姐的下落，是触犯哪条律法不成？还是触犯了你心里不可告人的秘密？”

虞展石怔住，顾不得虞锦冷嘲热讽的不敬，露出难以置信的神色，问道：“你说什么？他是丽华的弟弟？他不是已经死了吗？”

话音未落，虞展石顿住，自知失言，于是又朝虞锦吼道：“他说是丽华的弟弟就是吗？有本事就找丽华当面来对质，看她是否承认，自己有没有弟弟。”

“父亲，你这是何苦呢？气急败坏、自露马脚，只能让人轻视。你说出实情，只要不是你刻意为之，我都愿意护你周全。可是你如若这样胡搅蛮缠、不讲情理，我就只能放任不管，断曲的手段想必你不清楚。他是顾忌我，所以才明目张胆地闯进府，否则他有本事要你死一千次，且每一次都是不同的死法。”

虞锦语气很淡，仿佛不过是闲话家常一般，虞展石却煞白了脸，喝道：“锦儿，你这是在威胁为父？”

“不敢。”虞锦站起身来，说道，“既然你不肯说，那我就直接登丞相府的门要人吧。”

虞展石这下才有些绷不住了，说道：“站住。丞相府凶险万分，你不能去。”

虞锦略带几分嘲讽，说道：“父亲大人这是承认丞相府中的女人就是段丽华了？”

虞展石嗫嚅着动了动嘴，终是没再说出话来，此番情景，说与不说都是一样了。

虞锦默默地摇了摇头，转身欲离去，虞展石却再次唤住她，说道："锦儿，丞相府你万万不可莽撞乱闯，至于段丽华，我自然会给你一个交代，只是不是今日。"

虞锦却未曾停步，似是未听见此话一般，缓步走了出去。

回到房间，程裳已经拿来一身劲装服侍虞锦换过，想要问清虞锦的去处，虞锦却斜睨她一眼，不肯告诉她，并要她去涌金楼看住了断曲，程裳悻悻答应。

已是要入寝之时，虞锦潜进丞相府，虽没有费多少力气，却很难在短时间内找寻出段丽华的藏身之处。突然看见一名小厮提着食盒朝厢房走去，心中了然，于是轻步跟随走过去。

丞相府内并无石相的正妻侍妾，也无子女，所以有身份可以让人送夜宵的人，除了石相，也唯有被石相亲自抱进府的段丽华。虞锦下意识地跟过去，见那名小厮轻轻敲了两下门，将那食盒放在厢房门口便离去了。

这倒是有些出乎虞锦意料，不过片刻，门被打开了，石相走出来亲自将食盒提了进去，接着关上了门。

虞锦正打算往窗前走几步继续探听虚实，却听见里面传来几声脆响，似是盘碗被摔落在地，后又响起女人压抑的哭泣声。

虞锦一个起身跃上房顶，缓步走至屋顶中央，略挪开半块瓦片，凭着室内微弱的光线，隐约看清屋内床榻上的女子正掩面哭泣，而石相却站在她的身侧，哄劝不下也有些想要罢手的意思。

"到底是八年夫妻，又为他生了一个儿子，没想到虞展石那老匹夫真真有些疼惜你，怕你遭到暗算，千方百计想要将你藏匿起来，不过，一切都晚了，你还是又回到了丞相府。"

段丽华用衣袖拭去泪水，问道："我的来去，我不关心。但是，我还是想要问你，我的志儿呢？他在哪里？是不是在你手里？"

石相冷笑，讥讽道："让你在虞家八年，为的是什么，你难道忘了？

你却假戏真做跟了那老匹夫，还生了儿子？你说，我能让那个杂种继续留在你身边吗？”

段丽华猛然起身，口唇翕动，欲言又止，又捂住胸口，似是千万般绞痛，哑声道：“不要伤害他，否则你会后悔的，你会后悔的……”

石相轻蔑地说道：“你以为虞展石会为了儿子跟我拼命？他没有那个胆量。至于你，不要再妄想什么了，乖乖地留在我府上，说不定你儿子还能留下一条命。”

石相走出门外之时，又似是想到了什么，回转身迎上段丽华满含敌意的眼神，说道：“你身上中的毒，唯有我能解，所以你逃出去也好，被救出去也好，都没用。我只要你活着，你若死了，你儿子也必定会死，你是个聪明人，该要如何，不妨自己衡量衡量。”

本想趁石相离开将段丽华带走的虞锦，此时却有些犹豫起来，看着石相的背影走出厢房，走过庭院，她沉吟片刻，只得默默地将半块瓦片小心覆上，几个起落，离开。

回到涌金楼，虞锦听见里面传来程裳娇俏的声音：“断曲，别喝了，小心伤身，小姐一定能将你姐姐带回来的，你放心。”

虞锦倚在门框上，没有敲门进去，只是隔着门轻声说道：“抱歉，我没有将她带回来。”

门倏地被打开，映着断曲一双似是被火烧着了一般的血红眼睛，断曲竟似没了问下去的勇气，半晌才问道：“她是死了吗？”

虞锦摇头，说道：“这倒没有，只是被石相用虞志的生死相威胁，我没问她的意思，想必问了她也是不肯跟我走的。”

断曲苦笑，转过身又折回屋，将始终站在门内的程裳推了出去，猛然掩上门，毫无声息，似是死一般的寂静。程裳一个不防被推了个踉跄，想要回身去拍门，但被虞锦拦住了。

“让他一个人静一静吧。”

程裳跟在虞锦身后，缓步朝虞府走去，回头朝涌金楼望了望，说：“如果断曲救出他姐姐来，要带着他姐姐远走高飞，小姐，你会答应吗？”

虞锦失笑，说道：“这是断曲的自由，他又不是将自己卖给了我，我有什么答应不答应的？”

饶是这般说，虞锦心里却没来由地生出一丝悲怆来，她与断曲在乾坤门那几年相依为命，从未想过有朝一日断曲会离开自己，甚至已经习惯了嬉笑怒骂、古灵精怪的断曲在身边……

回到虞府，虞锦听见程裳“咦”了一声，朝她目光所及处望去，瞥见一抹淡绿色的身影消失在廊柱后，目光一紧，心里的失落感更重了些。

一向粗枝大叶的程裳也似是知道虞锦心绪不佳，不敢多言语，只默默伴在她身侧叹气。

次日，虞锦未起之时便听见程裳在院中与人起了争执，不用细细猜想便也知定是那油滑段祥，于是起床梳洗，扮作浊世佳公子的模样走出门去。段祥正与程裳打得不可开交，明眼扫去就看得出段祥不过是戏弄程裳而已，否则依着程裳这般蛮横、毫无章节的打法，迟早被段祥制住。

段祥跟在虞锦身后离去之时，突然回身朝程裳掷了一物，喊道：“接住……”

程裳下意识地接住，又以为是上了段祥的当，正待撒手扔回去之时，却不见了段祥的身影，只得气怒作罢，低头看去，才发现是油纸小心包着的物件，摸上去还有些热乎乎的，打开一看，却是两块热乎乎的玫瑰糕……

虞锦进誉王府时，段无妄正备着一桌早点。段无妄见虞锦走进来，招呼她一起吃。虞锦倒是没有丝毫推辞地入座，尾指上不知何时多了一枚细小的银圈，在自己跟前的吃食上随手划了划，才放心入口。

并不是所有的毒物都能被银饰验出来，虞锦出自乾坤门，自然明白这个道理。可是她依旧慢条斯理地在段无妄眼前大剌剌地做着，毫不顾忌盛情邀请她一同进食的段无妄的颜面。

段祥在一旁“哧哧”地笑着，被段无妄一脚踢了出去，屋内的两人诡异而寂静地进食，屋外有人捶地哀号，又将狩猎那日的说辞重新搬出来哭诉了一遍。段无妄的脸发绿，不知是被段祥的哭诉给气的，还是为虞锦故意要撇清与自己的关系而怒。

誉王始终是誉王，很快便调整了心绪，重新以一种笑谈风云的姿态看向虞锦，仿佛虞锦用尾指上的银圈验毒的行为不过是在做某种进食前的仪式，而不是质疑自己的诚意。

虞锦问道："大殿觐见那日中毒之事，可有眉目？"

段无妄敛色说道："据你之言，我曾让段祥派人暗查过，当日负责酒器的六个太监、宫女，在次日就被以手脚不干净为由发落出宫了，至今未曾找到他们的踪影。"

虞锦冷笑，说道："不必再找下去了，大抵是已经被人灭口了，只此一点就足以证明有人在酒杯中动了手脚了。可知下令之人是谁？"

"容贵妃。"

虞锦蹙眉，后宫犹如朝局，也藏着千变万化，谁人荣宠、谁人落魄也不过是朝夕之间。所以，虞锦对于这个新近得享荣宠的容贵妃虽不是一无所知，可也算得上知之不详。

"容贵妃乃是宁王进献宫中的，她进宫已数年，本本分分，也不曾显山露水，熬到了妃位。怀上龙嗣后不曾呈报，待被人发现时已经怀胎八个月，那些想要耍弄心机使她堕胎的人，却发现她的宫中防得滴水不漏。待到足月，她便用艾叶催产，诞下龙子，子嗣凋零的皇上喜不自禁，容妃声势一时水涨船高，被皇上册封为贵妃。慕容紫也曾动过她的念头，几番交手才察觉容贵妃倒不似新进宫初享荣宠、张扬跋扈的那些妃嫔，在宫中这几年沉默寡言，根基却已稳，又有皇子傍身，此时想要她落势，实则是难上之难。"

段无妄将容贵妃的事细细讲来，虞锦听着却有些好笑，于是不免调侃他几句："久闻誉王姬妾成群，相比后宫三千佳丽争斗风云也一样精彩，只是未曾想到，连阗帝后宫也有牵扯，怪不得对宫中妃嫔起落也如数家珍啊。"

段无妄"咳咳"两声，继续说道："奇就奇在，本王与这容贵妃从无瓜葛，就算是她身后的宁王，与本王也是一向井水不犯河水，她犯得着要陷害本王？"

这朝廷与后宫本就牵涉丛密，有着千丝万缕的瓜葛，虞锦一时想不明白，便将疑惑暂时搁置。

正在这时，段祥从门外走进来，说道："太子府上有人来请，说是要金玉公子前去赴宴，誉王若诸事缠身不便前去，太子海涵体谅不会怪罪。"

段无妄起身，轻掸袍角，一副要凑兴赴宴的架势，回头见虞锦却稳坐在椅子上一动不动，则有些惊异，问道："太子既已开了口，不去岂不是更着痕迹？好歹去一趟才算是遮人耳目。"

虞锦淡淡地说道："金玉抱恙，卧病在床，誉王代师弟前去太子府赴宴，名正言顺。"

"好一个名正言顺……"

话音未落，有黑色身影已至门前，转瞬便至虞锦跟前，狭长的丹凤眼内看不出任何的喜怒，只盯着虞锦看去。

段无妄朝门外苦着脸的段祥狠狠地瞪了一眼，段祥一副自己也没看清太子怎么进来的神情，委屈又识相地躲到一旁去了。

段无妄转过身来又是一副云淡风轻的神情，嬉笑道："太子殿下，怎敢劳您亲自来请本王前去赴宴？"

虞锦握住茶盏的手不自觉地紧了紧，缓缓起身，朝太子李润见过礼，却暗自腹诽李润这个太子难道是做得太闲了？

"既然金玉公子暂且无恙，那就跟本太子一并过府吧？"

"恭敬不如从命。"

既已被人抓了现行，虞锦也不再扭捏，跟随太子李润出了誉王府，见段无妄带着段祥始终跟在身侧，李润像是丝毫未曾瞧见一般，带着虞锦径直朝马车走去。

段无妄笑着说道："太子，金玉既是本王的师弟，还是让他与本王同乘一辆马车合适。"

李润摇了摇头，说道："金玉公子乃是本太子的贵客，怎能怠慢于他？今日，本太子不光要与金玉公子饮酒尽欢，今夜更要与之同榻促膝畅谈，这才不枉本太子一番诚意。"

虞锦有些犯了难，要知道她来誉王府前打定主意是不去太子府赴宴的，谁能料想到李润竟会亲自登门邀请。与他同乘一辆马车，这便罢了，再听见李润适才那番话，虞锦想来便有些头疼，一时脚步竟僵在了那里。

两人互相争执不下，此时一直静默不言的虞锦开口说道：“不如太子和王爷同乘一辆马车，金玉抱恙在身独乘一辆马车，也省得将病气过给太子殿下与王爷。”

说罢，也不待两人应对，返身踏上段无妄的马车，催着车夫快马加鞭离开。那车夫本不敢在太子和誉王跟前造次，先行挥鞭离开，只是被虞锦催得急，又仔细瞧过两人的默然神色，确认自己不会被砍掉脑袋，这才放开了手脚，将马车往太子府方向驶去。

太子府。

虞锦刚踏下马车，太子李润与段无妄所乘的马车也疾驰而到，三人一同进了府，虞锦略略扫了一眼，已经将这府内布置默记在心中。太子设宴不在室内，而是在水湖廊亭之上，这廊亭不似平常府邸内的大小，而是独独大了三五倍之多。既有乐师奏乐，又有三五个舞娘起舞翩翩，仆从如云，石桌上摆满各色酒菜瓜果，似极了招待贵宾的规格。

只是，虞锦却不曾这般想……

段无妄落座后，眼神一直往舞娘身上那一截白皙的裸露腰肢上瞟，腰间系着一串银质的铃铛，起舞间便传来悦耳铃声，柔腻的舞姿，举手投足间流露出的勾魂姿态，着实让人赏心悦目。

虞锦看段无妄不似故作沉迷的模样，可是阅女无数的他，想必也犯不着在太子府中流露出饥渴的神态来，于是心中微微有些疑惑，正在这时，正待举杯饮酒的段无妄不小心将酒洒在了衣袍上，起身朝李润笑道：“太子恕罪，这歌舞着实助兴，竟害本王失态，只得借你的舞娘帮本王更衣了哦？”

“请便。”

李润拍了拍手，当下有两个婢女出来，领着将两名舞娘左拥右抱的段无妄朝离湖心亭最近的房间走去。

见段无妄走远，虞锦端起酒杯佯装欣赏太子府的景色，左右环顾，就是不与李润的眼神相逢，碰撞。

怎知，李润却朝左右低喝道："你们全都先下去。"

虞锦面容上浮起笑意，往椅背上靠了靠，一手仍旧端着酒杯，另一只手却直直垂了下去，借着衣袖掩盖，手中扣着一把细刃匕首，她是起了戒备之心，或者说她自从踏进这太子府便从未卸下戒备。

李润说道："金玉公子，此前像是在何处见过？"

虞锦微眯着眼睛，应道："哦？金玉乃是一介草民，如若不是跟随师兄，想必是无缘得见太子尊容。"

李润却不理会虞锦的寒暄之言，继续说道："在一座废弃的宅子内，本太子前去查案，似是见过金玉公子的身影，毕竟金玉公子这般的风姿……"李润刻意顿了顿，朝虞锦的腰肢处打量了去，有些意味深长地说道，"举世甚少……"

虞锦坐直了身，半靠在石桌前，掩盖住腰肢胸腹，未等想出应对之言，便听见远处房间传来一声娇吟，紧接着又是几声，似是受不住欢愉被人掩住嘴仍旧喊出声，那声音勾人心魄，只恨得这湖水荡漾不及春情绵软悠长。

虞锦与李润互视一眼，虞锦本想做个对段无妄的风流情事了然在心的神情，却在李润那淡然自若似是没听见任何声音的眼神下僵在了脸上，只得悻悻地低头，埋头喝酒。

李润突然问了句："你家师兄在府里也经常这样吗？"

虞锦差点儿一口酒喷出来，干咳了几声，慌乱道："不，不，哦，对，对，经常这样，兴之所至，情之所欲。"

李润正色问道："那么金玉公子此时可有兴致？不如……"

虞锦藏在衣袖中的匕首已经抵在了石桌下方，匕首入石一寸，才压抑住心中情绪，回道："没有，没有，金玉没有兴致。"

李润死不罢休，一脸郑重，继续问道："哦？难道说金玉公子对女人从无兴致？"

虞锦的匕首已经入石三寸，似是咬住牙，一字一句地说道："金玉不是对女人没兴致，而是在白天没兴致……"

李润一脸释然，和善说道："也对，像你师兄这般兽性的人毕竟不多，如此一来不如这般，你今夜就留在太子府，剩下这几个舞娘本太子送你尽尽兴。”

“恐金玉无福消受。”虞锦慌忙推托，只恨不得赶紧结束这个话题。

李润笑道：“也是，像金玉公子这般风姿，还需要别人来体贴体贴才好。”

虞锦看着李润那张天杀的面容，想要拔出匕首朝他刺去之时，才发现匕首入石已深，用力之下竟未将匕首拔出来。

正在这时，那娇吟声再起，似是感受到极致喷薄后而猛然释放出的喊叫声。

如若这是在眼前，或者虞锦已经将其乱刀刺死，只是段无妄选择的距离当真是拿捏得不错，既不至于远到听不清，又不至于近到听见那皮肉的龌龊声音，只留下让人遐想的空间。

正在这时，有随从来报，翼王李泽来见。

虞锦有些讶然，朝李润望去，却见他仍旧是毫不动声色，命人将翼王引至湖心亭相见。

太子李润与翼王李泽一番寒暄，落座之后，翼王才朝虞锦微微点头，似是不曾熟悉的点头之交，虞锦还礼，一杯酒饮下，未及再起话头，便听见段无妄所在的房间又起娇吟之声，只不过这次的声音跟前面的略有不同，微微低沉柔哑了些。

虞锦这才记起，段无妄当初是抱着两名舞娘进了房间的，虽不是自己所为，可是冠以自己师兄为名，虞锦当真有些羞愤不已，只埋头喝酒，也不看面前这两人的神色。

或许是气氛略有些低沉，李润便拍手招来乐师、舞娘继续助兴，自舞娘上场，翼王的眼神便也落在了她们身上，直到他那清冷的声音响起：“太子，臣弟突然有些不适，可否让舞娘陪臣弟于房间里小憩？”

李润淡定自若，朝翼王道：“无妨，请自便，要几个舞娘同去？”

翼王随手指了其中一个说道：“一个足矣。”说罢，翼王起身，在婢女的带领下，与舞娘往另一处的房间而去。

虞锦含在口中的酒终于喷了出来，落在李润的衣袍上，李润似是毫不在意，接过身后婢女递过来的帕子，只是随手拭了拭衣角，便放任不管。

虞锦说道："金玉失态，望太子恕罪，誉王与翼王都去更衣小憩，太子但凡有此需求，不用理会金玉。"

太子李润淡然说道："无妨，本太子与金玉公子一样，白日里，毫无兴致。"

虞锦又在石桌下摸弄那把匕首，仿佛只有这样才能消除心中怒恨，饶是她平日里是多么泰山压顶不惊心的一个人，此时已经被誉王与翼王在太子府的举动震撼到极致。

单单是誉王便罢了，毕竟他放浪形骸、不羁成性，做出这番举动来算不得什么惊世骇俗。可是一向清冷、轻易不接近人的翼王，竟然也开口要在舞娘的陪伴下小憩，就不得不令虞锦惊讶了。

虞锦一杯接一杯地喝酒，却丝毫感觉不到醉意，对面李润的眼睛似是被酒水洗刷过一般，阴霾渐去，眼神越来越明亮，似是要将人看透。

段无妄的房间内欢愉声仍旧，挠得人心、肝、肺都有些酸痒，翼王的房间却毫无声息，仿佛真的睡着了一般，死一般的寂静。

虞锦埋首在臂间，俯在石桌上扮酒醉状，对面的李润仍旧一杯杯地在喝酒，却也不出声再扰虞锦。

段无妄那扇门终于打开，他信步朝湖心亭走过来，虞锦回首看去，见段无妄一脸被抚慰过的春风得意，不由得有些鄙弃，不屑地看向别处。没过一会儿，翼王也从房间里走出来，与段无妄分别站在凉亭出口处的左右两边寒暄着。

而居中仍旧舞着腰肢的两名舞娘，此时舞步已经有些慌乱，她们不停地看向远处，却不见同伴在被人欢愉过后走出来，面容仍旧妩媚地笑着，眼神中却有藏不住的担忧、恐惧。

虞锦笑着朝段无妄问道："伴你进去更衣的两名舞娘呢？怎么没同你一起出来？"

段无妄笑得邪肆狷狂，说道："一个身子不如师弟你柔腻纤细，被我杀了；另一个声音不若师弟动听，也被我生生断了经脉，还躺在屋子里呢。"

那两名舞娘相视一眼，却再也挤不出笑容来，与她们面色同样难看的还有虞锦，虞锦眼神像刀子一般朝段无妄刺去，谁知段无妄却不理会她，笑着朝翼王问道：“翼王，你屋里那一个呢？可也是死了？”

翼王双手握了握，似是刚才碰到过不洁的事物，淡淡说道：“我没杀她，只是将她绑缚了起来。”

话音刚落，那两名舞娘同时舞动腰间的铃铛，铃铛发出的铃音与她们刚才起舞时截然不同，有种尖利而摄人心魄的威力，两名舞娘舞动腰肢的速度越来越快，站在近处的奴仆已经口吐鲜血、身形不支，站在远处的奴仆捂住耳朵在地上打滚儿。

虞锦只觉得胸腔内有些气血上涌，对面李润仍旧一杯接一杯地喝酒，似是在压制着什么，而段无妄扶在柱子上的手骨节青白、咯咯作响，翼王背倚在廊柱上，面色已是惨白。

虞锦随手挥出衣袖，手中扣住的十根银针准确无误地刺进舞娘晃动的铃铛中，铃铛内的转珠被银针卡住发不出任何声音，再挥手又毁去十个铃铛，转眼间正面朝向虞锦的铃铛已尽数被虞锦的银针毁去，铃音已是大大减弱，两名舞娘彻底慌乱。

李润搁下酒盏，一挥手，数百暗卫从远处奔赴过来，为首的正是虞锦那日曾在暗处见过的李润近侍，名唤平生的随从。

两名舞娘倏地回身，背面的铃铛又被虞锦的银针尽数毁去，再无铃音响起，数百暗卫将两名舞娘彻底围住，刀枪之下，两名舞娘被刺伤，如烂泥般被拖了出去。

太子府上的奴仆动作就是快，转眼间就将地面收拾得干干净净，各人脸上毫无异状，丝毫不曾被刚才的血腥场面吓得手脚酸软。

李润让平生将段无妄与翼王带走的舞娘带上来问话，平生依言而去，临踏出廊亭前，朝虞锦望了望，似是有些疑惑之意。

谁知，片刻间，平生却只将段无妄房中那名被断了经脉的舞娘带了过来，而翼王房中那名舞娘却似是逃脱了，绳索断掉，却不见人影。

段无妄笑得一脸的意味深长，说道：“还是翼王怜香惜玉啊。”

翼王李泽不是听不出段无妄话中的深意，但他只淡淡地说道：“我从未杀过人……”

李泽眼神悠远，看向水湖深处，虞锦却心有感触，想必翼王在太子府上看到这仆从如云的景象，心里大抵也有些难过吧？即便不是人人都能问鼎宝座，即便不是人人都会脚踏祥云，可最基本的荣耀与尊崇是任何一个皇子都该享受到的吧？

那名舞娘被平生拖到凉亭，却倔强得很，用尽全身的力气将头朝地面上撞了过去，平生拦阻不及，用手抵在舞娘的鼻间，低声道：“太子，她晕过去了。”

“带下去，让人小心看管，等醒来再问话。”

李润看也不看那舞娘一眼，便让平生将其带走，反而朝段无妄与翼王问道：“你们是怎么看出她们有问题的？”

段无妄笑着说道：“她们的舞姿柔媚，露出腰腹，却将脖颈与胸前捂得严严实实，这么做的目的，除非她们就是不想让人看见胸。所以，本王就一定要看看她们的胸，看完了胸，再看看别的……”

虞锦闷头喝着酒，一言不发，只听那恬不知耻的段无妄又继续说道：“果不其然，胸上文刻的赤狐，只要遇热便会显现……那不知翼王是如何看出来的？”

翼王淡淡地回道：“直觉。”

很模糊的回答，太子却不曾追问，段无妄也只是笑笑。

正在这时，平生过来说道：“太子，皇上命太子进宫觐见。”

“知道了。”

虞锦等三人起身，李润笑着朝虞锦说道：“可惜父皇有旨，命本太子进宫，否则今晚定要与金玉公子促膝畅谈才是。”

虞锦打个哈哈，慌忙回身疾步朝外走去。段无妄理了理衣衫，一边嬉笑着逗着太子府上的婢女，一边跟在虞锦身侧，虞锦不屑地看了他一眼，出府后本想着择路离开，谁知在翼王淡然注视的眼神下，被段无妄拖进了马车内。

虞锦紧紧扣着指间的银针，刺向段无妄的面门，段无妄一斜身，紧贴在车厢壁上笑着说道：“小师妹，怎么一上来就要下死手呢？”

虞锦冷笑，说道：“段无妄，戏演砸了。”

“怎么演砸了？难道我那一场‘单龙戏双珠’不够精彩吗？”段无妄不改嬉笑，不怕死地凑近嗅了嗅，然后说道，“本王还纳闷儿为什么在逼着她们叫唤的时候，闻见她们身上的脂粉味儿就恶心，原来本王更喜欢小师妹身上的味道，淡淡清香，嗯……”

虞锦微眯着眼睛看向段无妄，手中的银针蓄势待发，段无妄只得告饶。

“你可知道那几名舞娘是谁送进太子府的？宁王。”虞锦说道，“宁王既然想要用舞娘内媚之术控制住太子，你却冒冒失失地掺和进去，就不怕得罪宁王？”

段无妄笑了，笑得有些柔和真诚，说道：“本王可以理解为你在关心本王吗？”

虞锦冷着脸，丝毫不动声色地说道：“随你怎么理解，我无所谓。”

段无妄目光有那么一瞬间的黯然，随即又恢复了神采，说道：“这本是太子布下的局，他自己不愿意与宁王针锋相对，揭穿舞娘是赤狐一族的隐秘，于是便邀本王与你同去太子府，要你我来破这个局。”

虞锦打断他，问道：“如若我们就是不出手呢？难道太子会逼着你我出手？”

段无妄却正色说道：“那赤狐一族的女子，自幼习得两项绝技，一是内媚，二便是蛊术。内媚之术只针对男子，让他俯首称臣从此不再近其他女色；蛊术却只对女子而言，如果只是舞娘一人之力，是近不了你的身，但是她们五人同时动手，本王怕你吃亏……”

“哼，你是小瞧乾坤门还是小瞧我？”

虞锦别过头去，冷哼一声，语气到底是柔软了许多，突然想起后来的翼王，于是问道：“那翼王呢？依着他的武功，既然能制住那名舞娘，为什么还会任凭那舞娘挣脱绳索给逃了？”

段无妄笑着说道：“他什么心思，你心里已然明白，何必来问本王，本王懒得答。”

虞锦失笑，不再追问，两人一路上静默无言。

到了誉王府，如同上次一样，虞锦从侧门再行离开回虞府。路过斜对角处的翼王府之时，竟看见翼王的马车刚刚到达，虞锦在暗处停住脚步，见翼王缓步下了马车，步履有些艰难，低声咳了几声，有些身形不支的模样，虞锦举步上前，顿住脚步，看见自己朝向空中虚扶的手，有些失神。

那一刻，虞锦察觉到自己有种想上前相扶的意图之时，转过身疾步离去。

直觉里，这不是自己该接近的男人。

未曾走出多远，突然传来有人倒地的闷哼声，紧接着有人低声讶然唤了一声“翼王”，却又硬生生地住口，显然是被身旁的人制止。

远远的，又听见一行人过来，说是慕容紫从宫中派来服侍翼王的宫女、太监，府门前原本站着袖手旁观的仆从这才慌了神儿，赶紧上前帮着扶起翼王，一并回了府。

虞锦并未直接回到虞家，而是又去了涌金楼。

推门走进涌金楼内断曲所在的房间，看见断曲正斜坐在椅子上，手里仍旧握着一壶酒，看似一夜未曾睡过，眼睛红肿，颓废得不成样子。

虞锦将手伸过去，在断曲面前平摊开，就那么淡淡地看着他，断曲与她默契十足，怎能不知她心意，将手里的酒壶递到她手上便转过头去。

虞锦将酒壶置于桌上，发现桌上竟然放了一个食盒，虞锦看清上面的虞家标记，知道定是程裳来过。

触手尚有余温，虞锦将饭菜布好，拿起筷子尝了一口，说道：“过来，陪我用饭。”

断曲到底是不敢再违逆虞锦的意思，懒散散地走近，执起筷子在自己面前的小菜里翻拣着，虞锦也不催他，只是说道：“我有事要你去办，不吃东西没力气撑下去，就别怪我没提醒你此行艰难。”

断曲握住筷子的手微微顿了顿，低声应了下来，一言不发地大口吃起菜来，只是那狼吞虎咽、不知其味的样子，令虞锦再三可惜了程裳的手艺。

吃罢，断曲问虞锦到底安排何等差事给自己，虞锦说道：“我要你去查访虞志的下落。”

断曲有些诧异地看了虞锦一眼，良久没有作声。

虞锦只以为断曲惦念着被困在丞相府内的段丽华，于是说道：“你姐姐段丽华那边你不用担心，我自会照看着，不会让她出事。”

“程衣不在你身边，程裳又是个不省心的，我如若走了，你怎么办？”

断曲说这话时，似是无意，却引得虞锦心里一热，这么多年的情谊，到底是不会错的。

最终拗不过虞锦的坚持，断曲只得离开去寻找虞志，那毕竟是姐姐唯一的骨肉，他不能眼睁睁地再看着姐姐与亲人骨肉分离，那样的苦，他懂。

断曲将随身带着的药丸和一些稀奇古怪的东西留给虞锦，又叨念虞锦不要瞧不上那些旁门左道，关键时刻最起码能保命，虞锦看着他离去，手里紧紧握着那个布囊，露出淡淡的微笑。

第八章
陌上秋霜　染苍颜迟暮

虞锦回到自己房间，程裳已守在里边，本明媚俏丽的面容却显得有些魂不守舍，见到虞锦时，忙递了茶盏过来，说道：“我刚去了一趟涌金楼，却发现断曲不见了，他该不会……”

虞锦有些好笑地看着她，说道：“依着你对断曲的了解，难道以为他想不开去自尽了？能熬过乾坤门折磨的人，怎么会被轻易打倒？”

程裳有些难为情地笑了笑，说道：“要不是担心小姐失了一位好帮手，我才懒得理会他呢，任他自生自灭又怎的。”

虞锦看着程裳拿回来的食盒，心里有些明白过来，但见程裳越发清丽的面容，又生出无限的感慨来，断曲的性子哪是程裳可以降得住的？只是小女孩的心事，自己点破反而无趣了，自己的心路毕竟还是要自己走下去才是。

没过多久，本想要虞锦独自好生歇息的程裳又折了回来，说是见到虞屏与雁儿两人只带着些许行李匆忙离开了虞家。程裳说罢，见虞锦不置可否，于是有些诧异，虞锦只得告诉她自己已知此事，并且估量着虞屏此次出府，定是因为虞府佛堂被毁无法藏匿脱身导致。

程裳急切说道：“要不要我现在跟过去瞧一瞧？”

虞锦摇了摇头，说道：“不急，她去了梨落庵，无论如何也要装模作样几天，这几天你去石相府守着，断曲不在，你替他照看一下他姐姐。”

程裳未曾想到虞锦竟会安排自己做此事，于是稍微一顿，又飞快应了下来。

断曲从涌金楼离开后，想到查访虞志的下落，一时又无头绪，于是再三思索之下又回到虞志的墓前。断曲早前已确认虞志的墓为空墓，所以便没有再动手掘墓，只是仔细观察左右，想要从中找出些蛛丝马迹来，半天过后却仍是一无所获。

突然，断曲听见远处传来一阵杂七杂八的脚步声，于是折身隐在暗处，见三五个小厮装扮的人抬着铁锹与包裹往这边走来，在虞志的墓前停下。

其中有一个为首模样的人，指挥其他人挖开了坟墓，将包裹里的物件扔了下去，又重新将土埋上。

断曲凭着目测，断定被埋的是一具七八岁孩子的尸体，正在担心是否是遇害的虞志时，只听那为首模样的人口中喃喃念道：“孩子，别怪咱们狠心，只是主子交代了要用你这般大小孩子的尸骨来充数。再者说，你流落街头，病入膏肓，即便咱们不带你过来，你也只能落得被野狗咬死的下场。与其如此，还不如被咱们埋进这坟墓中，也算是有个善终了。”

断曲本想立即上前逼问这几人是受何人指使，但又不想在虞志的墓前露了痕迹，于是只待几人走远再上前，那几人显然是完成了主子的指令心情大好，可谁知他们在说说笑笑之间，突然都毫无声息地倒了下去。

断曲匆忙上前查看，发现几人都已中毒而死，显然指使他们来的人早有防备，预先让他们服了毒，料准他们完成任务的时辰便会毒发身亡。断曲后悔自己过于谨慎没有抢得先机逼问几人，已然如此后，心中又略有安慰，毕竟从中还是得到一个重要的信息，虞志未死，否则便不会有人用别的小孩子的尸骨来充数。

断了这条线索，断曲有些懊恼，便径直离去，行了数里地之后又突然意识到自己的疏忽，匆忙疾行回到虞志墓前，见中毒倒地的那几人的尸身果然不见了。

那幕后指使者怕挖坟埋尸的消息泄露出来，不惜下毒害死这几人，可是怕着人耳目，又要派亲信将这几人的尸身运走。如今断曲只要追上运尸的人，就能寻迹可查，找到真正的幕后指使者。

断曲低头辨认足迹，发现虽然周围地上都被人用树枝似的东西扫过，难以辨清，但唯有一条车辕印迹还是模糊可见，想必是上面装了几具尸体格外重的原因。

待断曲追上那辆装着尸体的马车时，暗暗吃了一惊，看赶车的人穿着朴素，像是附近的农夫，粗布麻衣，手里拿着一个酒壶，边喝着小酒边哼着不着调的小曲，像是捡了元宝似的。断曲不动声色，暗地里追出去数十里，直到马车进了天容山。

断曲见那农夫跳下马车，抽出一把铁锹开始挖坑。断曲待他挖了一个七八尺深的大坑后，随手捡起地上的石头朝那农夫的膝关节弹去，正如他所料，那农夫丝毫不懂武功，就那样直愣愣地跌落在坑里。

断曲站在坑前，望着摔倒在坑里惊骇不已的农夫，说道：“我问你话，你老实回答，如若有一句不实，那么今天你就算是自掘坟墓。”

“我说，我说，我什么都说……”

禁不住断曲的恐吓，那农夫说出自己只是被人花钱雇来收尸、挖坟，至于是谁雇的、要埋的是何人统统不知，断曲知其言不假，心下一叹，觉得那幕后指使者这一补救措施还算是高明，让一个不懂武功又毫不知内情的老农来收尸，怕是再合适不过了，即便被人追查到此，线索也算是断了。

断曲让那老农继续挖坑埋尸，不要走漏风声，惊动幕后之人。老农战战兢兢地从坑里爬出来，再没有捡到大元宝似的那般惊喜，这才意识到事情没有雇用自己那人所说的那么简单，只是去坟前为几个突发疾病暴毙的人收尸。就为了一个平生未曾见过的金元宝，差点儿丢掉自己的性命，到底值还是不值，老农握着铁锹蹲在坑前瑟瑟发抖，一时没了主意，丝毫没有注意到悄然离去的断曲。

天容山上林木茂盛，参天大树耸立入天，山泉涓流，已奔波了一日的断曲有些口渴，于是俯身用手捧了山泉入口，见有许多花瓣顺着泉水流下，知道上游定是有人，于是沿着山泉朝上走去，怎知却看到一个熟悉的身影，半倚在山石之上，手里握着一捧野花，用手慢慢地摘碎花瓣朝山泉掷去。

断曲在远处站定，没有出声，看着那人愈发消瘦的身影。那人却丝毫没有察觉，良久，断曲才轻轻唤了一声："程衣……"

任凭断曲的声音多么轻柔，也似是惊破了程衣的幻梦，她猛然转过身，在看清面前站着的人是断曲后，有些惊讶，还有些说不清的意味，断曲却明白那是失望，她在等人，等的那人却绝不是自己。

程衣面色苍白，带着伤病初愈的虚弱，缓缓用手撑着山石站起来，勉强笑着说道："断曲，你怎么会在这里？"

"这句话我也想问，你却抢在了我的前头，我听小姐说起过，你受了伤，被誉王的师父慕容城所救，可是你又怎么在这里？慕容城呢？"断曲走上前，递过手扶着程衣。

"对，他人呢？"

一瞬间，程衣的眼眶有些湿润，声音几近破碎，而断曲却似是毫无察觉，扶着程衣朝山下走去，除去紧握拳头的那只手青筋毕露，露出了伤痛的痕迹。

当两人回到虞府，虞锦亦是吃惊，在看见断曲朝她无声摇头后，只好打住想问个究竟的念头。

"程衣，你伤病初愈，还要多休养才是，快去歇着吧。"

程衣默默点头，朝两人勉强挤出一丝微笑，依言而去。

虞锦与断曲同坐在桌几前，虞锦将桌上的点心推到断曲的跟前，又斟了茶递给他，断曲却无心享用，只浅浅喝了几口茶便作罢。

当断曲将见到程衣的来龙去脉说清，虞锦便对程衣的心思有了模糊的认识，可是那慕容城岂似世间的凡夫俗子可以托付？

"我为她把过脉，她余毒已清，只要稍加调养便会无恙。"断曲起身朝外走去。

虞锦唤住他："断曲，你要去哪里？"

"我还要去找虞志的下落……"

“可是有了线索？”

断曲摇头，有些无奈地回道：“目前看来，没有丝毫头绪。”

“你离开后我仔细想过，与其漫无目的地找虞志的下落，不如盯住石相府，只要石相继续以虞志的安危来要挟你姐姐，那么虞志必然就会安然无恙。”虞锦仔细察看着断曲的神色，不忍看他继续沉浸在悲伤的情绪中，“断曲，你相信我，我一定会救出你姐姐，一定会让虞志重新站在你们面前。”

“我相信……”断曲转过身，认真地回答，绝无一丝敷衍。

虞锦微笑，因察觉到断曲逐渐平和的心态而开心，于是笑着说道：“断曲，你回涌金楼准备些酒菜，待程裳回来，我们一起喝上几杯。”

“好，我等你们。”断曲应下，转身离去。

待到程裳回来时，已是入夜，虞锦带着程衣、程裳一起去了涌金楼，断曲早已备好美酒佳酿候在那里。程衣依旧黯然不语，程裳却没心没肺地快活，断曲只是不间断地喝着酒闷声不吭。

虞锦叹气，阻止程裳的各种装疯卖傻，说道：“裳儿，你就不要搜肠刮肚地给他们逗乐子了，依我看都是白费心思，说破嘴皮子也不见得能让他们笑上一笑。”

程裳挫败地伏在桌上，无奈地说道：“断曲也就罢了，他不开心自有不开心的理由，我能理解。可是怎么连衣姐姐也这样消沉不语？今儿个见了我，竟是连笑也笑不出来，我怎会不着急？我恨不得使出我所有的本事，只为博他们俩一笑。”

听着程裳真挚而诚恳的话语，程衣如何不动容，握住程裳的手，说道：“咱们姐妹在一起这么久了，我倒料不到你竟会跟我计较这些，说，该如何罚你？”

断曲见程衣面上露出笑意，眉头也开始舒展，而程裳看到两人的神色变化，尤为开心，叫道：“小姐，你来听听，这倒是我的不是了？”

几人轻笑出声，僵硬而压抑的气氛顿时冰雪消融。

“想要罚我不是不可以，只不过我想要一个人作陪。”程裳端起酒杯，轻轻摇晃着。

虞锦斜睨了她一眼，又失笑出声，说道：“程裳说的是谁，谁心中有数，就自觉端起酒杯一同受罚吧。”

断曲不待程裳喝下，便一口闷了下去，程裳气得直跺脚，断曲却不曾理会，用衣袖抹了抹嘴，起身走向半敞开的窗户，朝远处的虞家望去。

虞锦知道断曲这是在喝酒时也不忘为自己瞭望关注着虞家，心里一热，自斟自饮了一满杯，说道：“当初在乾坤门时，我们四人也经常在一起喝酒，那时虽然门规森严、练功辛苦，却始终是快乐多一些……”

虞锦见那三人听闻此言后，均陷入回忆中，也不由得长叹一声，感慨过往。那些散落在峰顶山涧的欢声笑语，那些肆意恩仇随风挥舞的剑花鞭影，那些相互捉弄又愿意用生命庇护的情分，就是在稚嫩的身躯慢慢长大的过程中一点点积攒起来的。

程衣率先打破这份平静，恬静温婉的面容也有了一丝血色，说道：“在乾坤门时，总是盼着有朝一日能下山来闯荡，能见识到乾坤门外的风景，幻想着能用手中的剑斩破世间的阴谋诡计，总以为世间的一切都似我们站在乾坤山山顶眺望远方时一样的豪情万丈……可如今，当真正入了尘世，接触到与我们一样凡身肉胎的人，看他们挣扎在欲望、权力之间的龌龊与丑陋中时，才怀念起那段过去的日子。”

“过去的日子……”断曲低声重复着，良久，又说道，“只怕是再也回不去了。”

“断曲……”程裳似是不忍看到断曲这样伤感，一拍桌几，爽朗地说道，“不管是过去的日子，还是将来，自小的情分不比旁的，总之，我只要跟你们在一起，永远不分开，这在我心里便是永远快乐的日子。”

虞锦笑着看向程裳，或许在此刻，程裳那样乐观的性格更应该受到赞赏，虞锦朝那三人举起杯，说道：“裳儿说得好，饮下杯中酒，我们永远不分开。”

凉风渐起，似是吹醉了众人，他们各自以最舒服的姿势倚在靠背上，程裳却是坐在矮凳上，半伏在程衣的膝头，喃喃自语：“衣姐姐，你永远都不会跟我抢……对吗？”

即便她的声音逐渐低哑模糊，耳聪目明的另三人又岂会听不清楚，程衣顿时垂下了头，而断曲则是转过身又饮起了酒，唯独虞锦恍若未闻，不将程裳小女子的情怀放在心上，她的情路总归是要自己走。

“眼见慕容紫的生辰便要到了，咱们的事情还是没有一丝眉目，宫里宫外都要有人盯着，不能放松，懈怠。”

程衣轻轻拍了拍程裳的背，将其唤醒，扶至椅子上坐下，朝虞锦说道：“小姐，有什么事情你就吩咐吧。”

“今日大家怕是喝多了，待明日我再告诉你们差事。”虞锦起身，说道，“断曲想必也累了，早些歇着吧，衣儿、裳儿，我们走。”

回府路上，程裳靠在程衣的肩头，软弱无力地任由程衣扶着，虞锦在一旁搭了把手。

“小姐，你就不打算问我些什么吗？”程衣终是有些沉不住气了。

“你要是想说自会告诉我，你要是不想开口我也不会勉强你，因为你是程衣，不是旁人，我信你。”

虞锦的语气虽然平静寡淡，却在程衣的心底激起千层浪，她激动得差点儿让倚在自己肩头的程裳滑了下去，程衣努力压抑住内心的波澜，说道：“我本来是不想说的，小姐也清楚我的为人，忍着、受着惯了，主动吐露自己的心思倒还有些不习惯。只是因事制宜，对于那个人，我还是不敢不说。”

“你是说慕容城？”

程衣像是刻意回避这个名字，这番被虞锦说破，倒似突破牢笼一般轻松了起来，说道：“是他，就是他。我虽然不知当初是为何被留在了慕容城身边，也听段祥说过是因为小姐恩允慕容城帮我疗伤。可是我在慕容城身边这几日，却犹如过了几年一般漫长。就是这短短数日，我知他通晓天文地理、精通琴棋书画，他那样出尘脱俗的人物，我以为他只会脚踏祥云、闲若神仙……”

虞锦见程衣眼中绽放出的神采，便知她已深陷其中，可是，程衣，你也晓得那样的人物岂是寻常人可以近身的？

“那一日，我却发现他也有被人挟制的时候。”

虞锦有些疑惑，问道：“你见到了？还是听到了？”

程衣认真而肯定地说道：“我猜到的，那一晚他的神色如常，却弹了一晚上的琴，我是从琴声里听出他的无奈与挣扎的，我确信。”

程衣对慕容城动了心，所以对慕容城的一举一动格外关注，也正因为如此，才会对慕容城琴声里的些微变化了如指掌。对于程衣的话虞锦是深信不疑的，只是心下却在思索，能要挟住慕容城的人又会是谁？难道就是那个偷走金色羽箭号令锦卫伏击大臣的人？这个人究竟是谁？

到了次日，虞锦带着程衣、程裳又回到了涌金楼，见断曲一扫过往阴霾的气息，破天荒地没有手握酒壶饮酒，将自己收拾得干净利索等在房间内，俱是欣慰。

“断曲，誉王已经将琅琊环佩还到我手上，我要你即刻进宫，查询宝盒的下落。”虞锦将琅琊环佩拿在手里把玩着。

断曲点了点头，突然又急忙问道：“我进宫暗访巡查，必然耗时颇久，难免要借助某个太监身份，你要我潜伏在哪个宫里为宜？”

虞锦站起身来，望着皇宫的方向，半眯着眼睛，说道：“容贵妃。”

程裳不解地问道：“为什么是容贵妃而不是慕容紫宫中？”

虞锦将琅琊环佩放进腰囊之中，面上露出一丝笑意，说道：“容贵妃涉嫌指使宫女在誉王的酒杯里做了手脚，以致誉王在大殿上喝了自己进贡的十年少后中了毒。断曲，你进宫后查一查，不要放过一点蛛丝马迹，有了眉目就设法告诉我，这一次我要誉王欠我一个大人情。”

“我记得了，一定不会误事。”断曲应下。

虞锦又看向程衣，略有些犹疑，程衣马上说道：“我伤已痊愈，无碍的，小姐不必顾虑我的身子。不信，你问断曲，他的话你总该信得过的。”

断曲没有直接回应程衣的话，而是从随身的药囊里拿出了一盒药丸，递给程衣，面无表情地说道：“这盒药丸是我从前在乾坤门时炼出来的，你留着用吧，记得每日早晚各一颗，用温酒服下。”

程裳的面色立时有些黯然，低垂下头玩弄着手里的帕子不吭声，虞锦知道她的心思，这是断曲在乾坤门时，费了数月才凑齐药材，又用了数月才做出的药丸，因有些药材需要再等十数年才可得，所以这些现有的药丸极为珍贵，可是，断曲却毫不犹疑地将它全部赠给了程衣，这到底是一份同门情谊，还是男女间的情意？

程衣接过来，又用绢帛将这些药丸分了四份，自己留了一份，将其余三份递给虞锦、断曲和程裳，说道："做这些药丸你费了多少心思，我们都看在眼里，我怎么好都拿去，来，每人一份，留作救命时用。"

虞锦接过程衣包裹的药丸，说道："那好，程衣，你就留在虞府。"

程衣有些急了，问道："小姐，我已经说过了，我身体无碍的，你把我留在虞府又是为何？"

"程衣，我要你留在虞家，不比断曲进宫暗访容易。我要知道八年前虞家到底发生了什么，我母亲为什么会死，断曲的姐姐又为什么会被宁王送进虞家，石相又是如何与断曲的姐姐有了纠葛，并且，你还要保护我父亲的安全，还要去关注虞屏的一举一动，除了你，谁也不能再有这份缜密的心思。"虞锦说完，看了看程衣，笑着说道，"现如今，怕是又后悔留在虞府了吧？"

程衣失笑，回道："好吧，就算我后悔了吧。"

"那我呢？那我呢？小姐，你又安排我做什么呢？"程裳一脸的期待，兴冲冲地问向虞锦。

"裳儿，你负责宫外的联络，盯着翼王，连同……太子府内的动向。"虞锦说罢，本已舒缓的心情却突然开始收紧，她意识到正是因为自己提及了太子，那样看似仁厚沉稳的人，为什么每次递过来的目光都像似要将自己看穿？

虞锦陷入自己的思绪当中，冷不丁耳边却突然响起那三人异口同声的问话："那你呢？"

虞锦笑了笑，说道："到时候你们就知道了。"

虞府。

虞展石下朝后命人请虞锦去书房，待虞锦赶去之时，虞展石已换去朝服，正用着一些糕点、清粥，见虞锦进来，招呼她一起吃，虞锦摇了摇头，虞展石见虞锦这般疏远自己，也没了再吃的心思，将手里的碗筷放下，吩咐人取走。

“父亲，你找我来究竟是为了何事？”虞锦承认，自己确实有些不耐烦了。

“慕容紫生辰在即，宁王与仪王明日就要奔赴至阳城，想必你也清楚，段氏曾经是宁王的侍妾，如果明日他召为父前去叙话问及段氏，为父该如何回答？断曲死里逃生的消息，究竟要不要告诉石相和宁王？”

虞展石话音刚落，虞锦倏地站起身来，强行压抑着怒气，说道：“说不说都由您。断曲是段丽华的亲弟弟，你们都有愧于这姐弟俩，不必拿着断曲未死的这个消息来要挟我。对于我来说，我还不了您这份人情，也不必还。”

虞展石知道自己故作聪明惹怒了虞锦，见虞锦正要离去，于是匆忙说道：“锦儿，站住，你跟爹去个地方。”

一个时辰之后，扮作随从小厮的虞锦，跟在虞展石身边到了一座新开的茶楼。虞展石被引进了楼上雅座，虞锦却被挡在了下面，虞锦正要发作，虞展石朝其默默摇头，虞锦只得作罢。

虞锦借口要回去拿些物件，走出了茶楼，不费功夫地便避开守卫，跃进了二楼相邻的雅座。

虞锦屏住呼吸，贴近雅座隔板，听见父亲虞展石正在苦苦哀求道：“宁王，求你饶过她，她这些年过得并不舒心，死了也不比活着强。我答应继续为你做事，只求你能保全虞家，还有她的性命。”

回应虞展石的声音洪亮而嚣张：“虞大人，我将丽华送到你府上，原本是念在你当年劳苦功高的分儿上。如今，你的女儿突然回府，又不在你的掌控之中，你要如何再为我做事？本王又怎么能再相信你？你该知道，谁为我做事都不重要，重要的是我要谁来帮我做事。咱们在下着一盘很大的棋，本王只不过让你做一枚棋子，关键时刻，我也可以让你成为一枚死棋……”

只听“扑通”一声，虞锦明白那是虞展石向宁王跪下的声音，虞锦用手揪着自己的衣襟，压抑得难以呼吸。

“宁王，你不能这么做啊，宁王，你不能过河拆桥啊，更何况我女儿现已回府，她是不会眼睁睁看着我送死的。”

宁王大笑了起来，讥讽道："你的女儿如果知道，当年亲手将她送进蛇窟的人是你，当年眼睁睁地看着她的娘亲惨死的人是你，又该如何呢？虞大人，我劝你不要将希望寄托在从乾坤门里出来的人。她即便再有手段，也不过就是只身一人，能敌得过这通天权谋？"

虞锦双拳紧握，因怕惊动雅座隔板另一边的宁王，强自压抑住心中的惊涛骇浪，想到八年未见、见后却是一块冰凉牌位的娘亲，就心如刀绞，痛不自抑。

正在这时，雅座的后窗又跃进一人，身穿劲装，身材魁梧，蒙着面，贴近后窗墙壁，与虞锦两两相望。

那人明显没有想到雅座内竟早已被人捷足先登，藏了一人，也意在偷听。那人看向虞锦，虽蒙着面，眼神却尤为明亮，似是两簇明火，令人不敢直视，就在虞锦略微走神儿的空当，那人手中的匕首已是抵了上来，虞锦不闪不躲，竟是空手去夺。那人见状，半路变了后招，迫使虞锦拧身躲开，谁知虞锦却似膏药一般，又贴了上来，再度去夺匕首，两人过了几招僵持不下，分不出胜负。

即便是无声息的争斗，也似是有所惊动隔壁雅座的宁王。原本充斥着宁王大笑声和虞展石不顾颜面的哀求声的雅座，瞬间便安静了下来。倏地，一枚暗器竟破墙而入，直朝正在僵持不下的虞锦与蒙面人飞去。

两人身形急速往后退，蒙面人看到虞锦眼睛里的慧黠，未等反应过来，蒙面的面巾已被虞锦扯了开去，叫她看了个清清楚楚，不由得有些羞怒。

那蒙面人正待发火之际，见第二枚暗器袭来，与虞锦一般都没有丝毫犹豫，同时朝窗外翻去，落地之后各自朝不同方向离去。

虞锦离开后，进了旁边的茶楼，选了一处能看清这座茶楼动向的位置坐下，不多时便见茶楼周围的守卫纷攘喧嚣，要盘查过往行人，被宁王气怒喝止，虞展石跟在其后走出茶楼，面若死灰，没有一丝颜色。

而宁王却上了一辆普通的马车，朝着城郊的方向驶去，虞锦好奇明明按照规制宁王需要在明日才能抵达阳城，他为什么要瞒住行踪擅自进城？而刚才的蒙面人又究竟是谁？

回到虞家书房，虞锦见到了失魂落魄的虞展石，只见他似是苍老了几岁，眼角的疲惫令虞锦不忍心将话问出口，不过终究是问了出来。

“宁王说的都是真的吗？”

虞展石抬头，似是怀着最后一丝侥幸，勉强笑着说道：“宁王说什么了？锦儿，你听到了什么？”

“我什么都听到了。父亲，你就不打算向我说些什么吗？”

“不，锦儿，事情不像你想的那样，宁王只是满口胡言……”虞展石着急辩道。

虞锦大声打断他：“父亲，宁王不是对你说过吗？他可以让你成为一枚棋子，也可以瞬间让你成为一枚死棋，所以请忠心于你的主子，虽然我暂时还搞不清你的主子到底是将女人甘心留在你身边也不敢上门讨回的石相，还是当年将自己的侍妾送与你的宁王。”

“锦儿，你，你……”虞展石捂着胸口，似是痛得厉害。

虞锦转过身去，仓促出了房门，径直朝祠堂而去，母亲的牌位在那里，如果今时今日母亲还活在世上，她是否会对自己多一些关爱？

当程衣、程裳在祠堂里找到虞锦之时，虞锦已经在此待了很久，虞锦盘坐在蒲团上，遥望着母亲的牌位，看似毫无忧伤，微笑着问程衣、程裳：“师父说你们是自小进的乾坤门，你们可还记得你们的家人？”

程衣回道：“家人？你可知你说的这个词对我来说是多么遥远？那似乎都成了前世的记忆，家人对我来说不及你和裳儿、断曲亲近的万分之一。”

“衣姐姐说的正是我的心里话，即便有谁能帮我找到亲人，我也不想见到我的亲人，我不知该如何面对，认了亲我心不甘，心不甘啊！”程裳说道。

“心不甘？对，心不甘啊……怎么能够甘心在受尽苦痛折磨后，再去享受这人间奢侈的天伦之乐？不甘心家人对自己的抛弃，不甘心他们对自己命运安排的理所当然。”

虞锦的话一说出口，程衣和程裳都不约而同地点了点头，这是一份认同，更是一份伤痛。

待到慕容紫生辰那日，各方使臣朝贺，阳城内外俱是人群拥簇，看似繁华热闹之外暗卫警戒森严，宫外如此，宫内更是尤甚。

断曲已经进宫数日，借着一个不起眼儿的小太监的身份，在容贵妃的宫中安顿了下来。虞锦知道，凭着断曲的易容术与机警，定会安然无恙，所以也不过于担心他的安危。

乾元殿内，灯火通明，宛如白昼，丝竹雅韵，箫瑟齐鸣，宫女和太监如云穿梭在各位权臣之间，将美酒佳肴源源不断地送到桌几上。

誉王段无妄轻摇一柄玉扇，悠然自得地坐着，与身边的随从有一搭无一搭地说着话，那随从衣饰简单，举手投足间却是掩盖不住的绝世风华。

坐在远处的新任督律寺卿虞展石的神情却是惶恐不安，只因为他看到誉王段无妄身边的随从正是虞锦所扮。他身边坐着的正是石相，更是令他如坐针毡，却不敢言。虞锦见虞展石与石相两人冷漠相对，似是仍旧如平常人眼中因政见不同而相互敌对的关系，不禁心中讥笑，摇头叹息。

段无妄没话找话地问向虞锦："哎，你说，今晚上会不会再有热闹瞧？"

虞锦冷冰冰地回道："上一次没有热闹瞧，你便中了毒差点儿死掉，这一次再有热闹瞧，你怕是难逃一死。"

段无妄拿着玉扇，就要回身敲虞锦的头，却被虞锦面无表情地冷冷盯着，只得作罢，讪讪地回转过身，见一行人正从大殿门口进来，大殿内的气氛顿时热烈了起来，原来是宁王与仪王同时到场。

虞锦是听过宁王声音的，见他果然如那日一般，声若洪钟，大笑起来似有响彻云霄之意。他身后跟着的仪王，举止从容谦和，微垂着双目，似是仍以宁王义子身份一般甘心侍奉左右。

许多倚老卖老的权臣，即便是面对受尽阗帝恩宠的段无妄，也不肯有丝毫的妥协与退步，怎知在见到宁王之后，纷纷起身见礼，面上神情全是敬畏与尊重。如同对荒诞不经的段无妄一般，这些权臣个个对仪王视若无睹，上来见礼的也不过三五人。

唯独石相，认认真真地朝宁王与仪王同时见了礼，不卑不亢，脸上既无敬畏之情也无怠慢之心。宁王看似不动声色，仪王却刻意地小心避讳，只简单回礼，不做寒暄。

“宁王来了，你看跟在他后面的就是仪王……”

对于段无妄的没话找话，虞锦相当无奈，斜睨了他一眼，警告道：“段无妄，这是在大殿之上、众目睽睽之下，你就不要对你的随从这般平易近人了，小心适得其反。”

说着话，宁王与仪王已经走到段无妄的身边，段无妄笑脸相迎，却仍旧大剌剌地坐着没有起身。

宁王在段无妄身前的桌几旁站定，似是要等着段无妄起身见礼，怎知段无妄却稳如泰山，摇着玉扇，笑着说道：“宁王别来无恙。”

“托皇上洪福，本王一切安好。皇后生辰，你父王怎么没有前来拜贺？”

“我父王手握重兵，每日要操练行兵布阵，确保皇上用兵之日，在战场上的每个士兵都是杀敌的好儿郎。我父王与将士一同风餐露宿，既已年迈，身子骨儿不比从前了。怎么能比得过宁王您远在南屏做了个清闲王爷。”

这句话挑衅的意味极浓，不仅宁王的面色一僵，就连隐在段无妄身后的虞锦也吃了一惊，这段无妄葫芦里到底卖的什么药，明知宁王不是好相与的，好端端地为什么要去招惹宁王？

“没有想到誉王竟会这样体谅你父王。皇上一向奖惩分明，自然将你父王的辛苦看在眼里，否则誉王的封号哪里来啊？”

宁王这句话也不无讥讽之意，言指誉王不过是借助其父王的功劳才被封王，不屑至极。

段无妄倒也不恼，笑道：“宁王这句话实在没错，我父王也是这般说，不过，我父王还说……”

段无妄说到这里，刻意卖了个关子，宁王明知段无妄后面不会有好话，却仍旧被吊起胃口，追问道：“你父王还说了什么？”

“我父王说，他有一处是永远比不过宁王您了。”段无妄话音刚落，宁王眉头舒展，怎知段无妄却还有后招，“我父王说，我与仪王同被封王，我却没有学到他本领的十分之一，而仪王只是宁王的义子，就凭着年少勇猛、本领过人封王，与宁王当年相比，似是还青出于蓝而胜于蓝。宁王，您说，在这一处上，我父王怎么能比得过您？”

此话一出，满殿皆惊，众人纷纷放下手里的酒杯，朝这边看过来，都知道段无妄明是赞誉，暗地里却是讥讽和挑拨。

宁王与段无妄对视着，谁都没有再吭声，就在众人以为宁王或许会发作之时，宁王却突然大笑了起来，说道：“还是誉王说得中肯，本王的义子确实比本王有出息。”

始终寡言少语的仪王，此时才上前说道：“义父谬赞了，芴衣惭愧。”

虞锦抬头打量着仪王，怎知却发现仪王的目光落在了自己身上，那双眼迥然明亮，令人不敢直视。

第九章
幽窗暗格　藏诗酒年华

“太子到。”

随着太监尖厉声响起，殿内刚才因宁王与段无妄唇枪舌剑而导致的僵硬气氛顿时缓和了许多。

出乎虞锦意料，李润竟穿着一身月牙白锦缎长袍而来，与平常黑衣着身不同，多了几许温润祥和的味道。

太子李润到来后，满朝文武又转了风向，围着李润逢迎拍马，李润从容应对，不骄不躁。宁王托大，见到李润时并不行大礼，倒是其身后的仪王庞芴衣，谦卑地上前对李润行了君臣之礼。

如若说宁王只是托大，那么段无妄的态度就算是不恭不敬了，他大剌剌地坐着，见谁也不曾起身见礼。

李润走过来的时候，虞锦潜意识里便要朝后面躲开，谁知李润却疾身逼了过来，也不言语，只是目光犀利地盯着虞锦，说不出到底是什么意味。

李润坐下后，朝段无妄说道：“誉王好清闲啊。”

“太子此话差矣，太子来了后，无妄怎么觉得浑身不自在呢？”

不待别人惊诧，虞锦先扫了段无妄一眼，这段无妄难道今天是得了失心疯才会对谁都出言无状？外传誉王段无妄嚣张跋扈，虞锦却凭着这数十日的相识，断定那只是段无妄做出的假象，依着段无妄的心智，他不可能做出损己之事。

李润狭长的丹凤眼半眯着，大度地未曾理会段无妄的话，而是有意无意地又看了虞锦一眼，如若平常，虞锦会刻意避开李润的目光，只是此刻的虞锦却毫无反应，因为她的心思全部落在了仪王庞劢衣那双如鹰般炯亮的眼睛上，错不了，仪王正是那天在茶楼与自己交过手的蒙面人。

看来阗帝将宁王义子庞劢衣封王这一招棋走得高明，庞劢衣定是与宁王存有外人不得而知的龃龉。不知情的人一定以为阗帝将庞劢衣封王乃是对宁王李通的恩宠，岂不知这分明就是一招计谋——离间。

没过多久，阗帝与慕容紫、翼王一同前来，群臣拜贺之声不断，虞锦却趁机看清了慕容紫的面容，天姿国色、雍容华贵，其身边的翼王面色平静，按理说能够跟随阗帝与慕容紫一同到来，也算是一份恩宠，可是他依旧淡漠得让人看不出丝毫情绪来。

阗帝的一呼百应，与整个大殿上的群情沸腾，在虞锦看来都是一场戏，谁都知道为慕容紫庆寿是假，将这些封疆大吏召回阳城敲打警醒才是真。虞锦身在大殿人却游离其外，并且她发现游离其外的人并不是只有她一个，另外一个人，便是慕容紫。

阗帝似是也有些察觉，低声询问慕容紫，慕容紫平静地说道："皇上，臣妾乏了，想回宫更衣，请皇上恩准。"

阗帝点头答允，慕容紫起身后，却突然朝座下的翼王看了看，轻声唤道："泽儿……"

翼王始终垂目，甚少往阗帝与慕容紫那边看过去，连身边频频来献殷勤的石相也不曾理会，此刻，更是对慕容紫的话恍若未闻，慕容紫的眼眶顿时有些红了。

阗帝顿了顿，似是心中存着极大的挣扎与痛苦，终是说道："泽儿，天黑路滑，你好生服侍着你母后回宫。"

众目睽睽之下，翼王自是不能再对阗帝的话置若罔闻，于是起身走向慕容紫，递手过去扶住慕容紫离开。

段无妄拿起酒杯，朝后举着，借着虞锦为其斟酒的工夫，问道："你就不想去凑凑热闹？"

"那好，我不妨就出去透透气。"

虞锦笑着应下，因为她看到对面而坐的庞芴衣也不知什么时候悄然离开了。

澄瑞宫。

慕容紫试图将翼王拉至自己身边坐下，谁知翼王落座之时，仍旧是一副拒人于千里之外的神情。

慕容紫见翼王毫不犹豫地将手从自己的手里抽回，顿时再也无法保持仪态，痛苦追问："泽儿，这么多年了，你难道还不能原谅母后吗？"

翼王冷冷回道："原谅？我要如何原谅？我拿什么去原谅？这钉在我身上的，不是别的，是你给我带来的耻辱与羞愤。"

"泽儿，母后知道自己当年不对，母后……"

翼王苦笑道："你在我面前，一定要自称母后吗？换言之，就算是阗帝没有废了你的皇后宝座，你就能自欺欺人以为自己仍旧母仪天下吗？你应该明白，阗帝不废你，不过是碍于你慕容氏一族曾经的荣宠和光耀，可是这么多年了，慕容氏已经被阗帝一点点瓦解，族中最显赫、最有本领的慕容城也在当年事发之后置身事外，从此不过问慕容家族任何事，你说，你如今还有什么倚仗？你这个皇后迟早会被废，而我这个假皇子……也一定会被诛杀。"

慕容紫痛哭出声，从椅榻上滑落，哭诉道："都是我的错，我一念之差，却不想会造成今日的局面。我当日为了报复皇上，与人苟且暗结珠胎生下了你，我也好生后悔啊。事发之后，我跪求皇上饶恕你的性命，并承诺将你送至苦寒之地封王，此生永不作染指皇位之想，皇上才应下的。"

翼王起身，背对着慕容紫，摇头讥讽道："他哪里会将你的哀求看在眼里？他只不过是顾及自己的颜面，谁能想到堂堂皇后竟然会生下一个孽种，若传出去，必将会被人诟病，到时这无尽江山岂不是多了一抹不能拭去的肮脏？所以，他容我活了下来，却若蝼蚁般苟且活命。”

慕容紫伏在地上，用手扯住翼王的袍角，恳求道：“泽儿，你听我说，只要你愿意，你父亲他会帮你……”

翼王猛然回身，蹲下身看向慕容紫，凌厉地说道：“你记住，我没有父亲。”

始终躲在门外廊柱之上的虞锦，此刻被刚才所听的一番话惊骇，翼王竟然不是阗帝的亲生骨肉，怪不得翼王会被如此冷遇。

“泽儿，你不能这么说，你父亲为了你，也牺牲了很多。”

“牺牲？牺牲到让我落到今天如此境遇吗？牺牲到我在自己府里连口热茶都喝不到吗？每次我病发之际，我都恨不得自己死去了事，可是我不能死，我要报复，我要报复你们每一个人，用你们的痛来抚平我心里的痛。”

慕容紫哭得上气不接下气，在听见翼王说要报复之际又震惊不已，艰难问道：“这其中也包括我吗？”

翼王没有吭声，他的面色开始惨白，然后捂着胸口咳嗽了起来，接着顺势坐在桌几前，就着冷茶将随身带的药吃了下去。

这时，宫殿外已有宫人从远处走来，虞锦飞身离开，却发现有一道黑色身影犹如离弦之箭已先行离开，于是疾身追了过去。

那人身影迅速，将虞锦引至御花园，虞锦四处环顾都不见那人的踪迹，正待犹疑之际，身后有人手持匕首迅疾刺了过来，虞锦不躲不闪迎了上去，两厢一交手缠斗在一起又迅速分开。

两人异口同声道：“原来是你。”

虞锦轻笑，说道：“没有想到仪王竟会亲自做这些偷听之类的小事。”

“小事？”庞劢衣将缠在臂膀上的衣袍穿在劲装之外，不无讥讽道，“一段后宫孽缘，一桩皇朝秘闻……你说这算不算小事？”

虞锦知道，庞劢衣也已将翼王与慕容紫之间的对话听了个清楚，于是问道：“那你想怎么做？去告诉宁王？”

庞劢衣冷笑，说道：“本王要怎么做，不需要告诉你。”

虞锦不以为然地说道：“你当然不会这么做。你是个聪明人，知道自己如若将这个消息告诉宁王，宁王以此要挟阗帝，就算是不扩充自己的封地，也会逼着将你这位义子的王位封号给削去，以破除他目前的窘境。”

“你究竟是谁？你是誉王的人？”

虞锦摊手，说道：“你猜呢？”

“如若不是誉王的人，你为何会偷听本王义父与虞大人的对话，又为何来此偷听翼王与慕容紫的对话？”

虞锦笑着回道：“说得好像有些道理，不过，我不是誉王的人，我就是我，独一无二的我，永远属于我自己的我。”

虞锦说得淡然，面上的表情也轻松明快，即便她看清了庞芴衣眼中越来越浓的阴鸷低沉，虞锦笑得更明朗，直到庞芴衣眼中杀机顿现。虞锦正是想要激怒他，想要试探出庞芴衣的真实武功。

谁知，未等庞芴衣有所动作，有人一身白袍悠然而来，笑道：“原来仪王也在这里啊。”

庞芴衣敛去目中精光，又恢复谦和姿态，说道：“芴衣见过太子。”

李润走近虞锦身旁，朝着仪王庞芴衣说道：“你们仿佛认识？”

庞芴衣没有说话，看向虞锦，似乎是在等虞锦表态，谁知虞锦却始终保持缄默站在那里，庞芴衣没有办法，只得回道：“似乎认识，也似乎不认识……”

李润笑道：“妙哉，妙哉，仪王的回答让本太子实在捉摸不透啊。金玉公子，你说呢？”

庞芴衣挑眉，目光中的不明意味渐浓，说道：“金玉公子？你就是在圣上面前一弦搭三箭从而名震天下的金玉公子？”

虞锦哂笑，说道：“名震天下？仪王说笑呢。”

仪王与太子李润寒暄片刻，随即离去，临走时看向虞锦的眼神又多了一分疑惑。虞锦却清楚，庞芴衣这是更加弄不清楚自己到底是属于哪一方的。

待庞芴衣离去，李润却面色骤变，眼底阴鸷之色不掩，质问道：“你老实告诉本太子，你究竟是谁？誉王、翼王和仪王，你哪个没招惹过？”

虞锦只觉得好笑至极，回道：“太子此言差矣，太子刚才不是称呼我为金玉公子吗？那么我自然就是誉王段无妄的师弟金玉公子。”

“谁不知慕容城只收了一位徒弟，便是段无妄，父皇庇护着段无妄，即便明知他撒谎扯皮也不肯难为他。而你，本王不明白你怎么能够也这样坦然地随着段无妄进出皇宫？你就不怕被揭穿之后，落得个人头不保？”

虞锦仔细打量着李润，突然笑了起来，说道：“太子说得是，那么太子怎么不去向皇上禀报呢？太子是不是怕皇上反而会责怪太子对段无妄是欲加之罪？因为谁都看得出皇上对段无妄的恩宠，既然皇上容得下我，我劝太子您也睁一只眼闭一只眼好了。”

李润冷冷地看向虞锦，手指朝虞锦的下巴捏去，虞锦闪身躲了过去，说道：“我不介意与太子一同回到大殿。”

李润从虞锦身边经过时，俯身说道：“记住，不要让本太子抓住你的任何把柄，否则……”

李润的话音淡漠，却带着不容置疑的坚定，虞锦与其对视，这一次，没有选择躲开他的视线，说道：“如若真有那么一天，金玉静候太子。”

李润疾步离开，虞锦却发现他的袍角处沾染了许多的纸灰，于是心念一转顺着李润出现的方向走去，果然在御花园深处，看到了一堆已经烧成灰的纸钱，她疑惑不已，这太子李润在慕容紫寿辰之日究竟是在给谁烧纸钱？

虞锦回到大殿上时，慕容紫与翼王已经更衣回来，仪王谦和地服侍在宁王身边，见到虞锦时漠然相对，丝毫没有刚才兵戎相见的态势，而旁边的李润正与誉王段无妄交谈着什么。

段无妄见虞锦回来，笑着压低声音问道：“怎么这么久？本王还以为你溜走了呢。”

虞锦拿起段无妄的酒杯，说道：“你难道就不怕有人又在酒杯上动手脚？”

“哪有人会笨到连续使用同一种招数？谁又会笨到被同一招算计到？”段无妄不无得意，刚要继续开口自夸，突然面色一变，朝虞锦问道，“难道你在本王的酒里面……”

“我才懒得下毒，我现在的身份是你的随从，你昏迷不醒还需要我花些力气将你带回去，我为何要自讨苦吃？”虞锦说罢，不再理会段无妄。

大臣们轮番上前给太子诸人敬酒，虞展石敬过太子后来到誉王段无妄这一桌前，嘴唇哆嗦到话音不清。

段无妄笑得暧昧，说道：“虞大人，你是不是过于紧张了？你难道觉得本王身边有豺狼虎豹吗？”

“不，不，不，微臣怎敢。”只不过短短数句，虞展石竟紧张到额间布满细密冷汗。

到最后，宁王竟喝醉了，仪态顿失，出尽洋相，庞芴衣代其向阗帝告罪后扶着宁王离开，虞锦察觉到庞芴衣的眼神，于是毫不迟疑地看了回去，直到两人走出大殿。

曲终人散之时，慕容紫本想留翼王在宫中小住几日，在看到阗帝表情不悦之后不敢再提，因为她知道，即便阗帝肯答应，翼王也是不肯答应的，这孩子，心里存了太多的恨了。

回去的马车上，虞锦将晚上的见闻告诉了段无妄，思虑再三，却还是生生将翼王不是皇家血脉之事给咽了回去。虞锦心里颇有些不是滋味，或许是因为翼王发病那晚对自己的真情流露，让她理解了他的苦楚。

“嘿，在想什么呢？这样出神？”

段无妄伸手去搂虞锦，未等靠近她的身子，便生生往后退撞到了车厢壁上，恼火地说道：“开个玩笑嘛，至于拿着刀朝我比画？”

虞锦将匕首重新放回袖中，冷冷说道：“段无妄，如果有一天，时机成熟，天下各路英豪逐鹿江山之时，你会不会也起兵夺权？”

“有趣，有趣。”段无妄笑得狂妄不羁，过了片刻，见虞锦的神情不像是在开玩笑，于是也安静了下来，用少有的正经口气说道，“不会。”

在虞锦的注视下，段无妄又似是肯定的语气，强调道：“永远不会。”

“是因为你没有想要雄霸天下的帝王之心，还是不想让对你恩宠有加的阗帝失望？”

段无妄想了片刻，回道：“都有吧。”

段无妄没有追问虞锦问自己这句话到底是何用意，两人竟这样沉默下去，直到回到誉王府，段祥忙命人奉上香茶、点心，见气氛不对，识趣地退了下去。

虞锦确实有些饿了，随手拿起桌上的玫瑰糕吃了几口，问向段无妄："你对仪王怎么看？"

"仪王？知之甚少。"段无妄说完，见虞锦挑眉，于是紧跟着说道，"你不相信？我也曾派过密探潜入仪王府，谁知竟探听不到任何消息，仪王每日作息规律，府内少有姬妾，待人谦和，即便对犯错之人也能平心静气劝人改过。"段无妄颇有点自叹不如的口气。

虞锦想起今晚上庞劭衣眼中杀机顿现的精光，心下却知段无妄所说不过只是庞劭衣的外在假象，只是他那么刻意而为，到底为何？

"那么，他与宁王呢？"

"视宁王为亲父，为其赴汤蹈火，万死不辞。即便是皇上将他封王之后，也不曾露出些许骄躁之气。"

虞锦冷笑，说道："这就是宁王能容得下他的原因，这也是他能在天下享受如此赞誉的缘由，对吗？"

"本王的小师妹就是聪慧。"不知何时起，段无妄又恢复了一副吊儿郎当的神情，嬉笑着看向虞锦，觍着脸凑了过来，见虞锦冷脸看向自己，于是只得作罢，"好，好，本王不开玩笑就是，女孩子家家的，整天横眉怒目的，小心嫁不出去。不过，就算是真嫁不出去，本王愿意勉为其难……娶了你。"

"这事就不劳誉王费心了。如果全天下的男人都如誉王这般，我虞锦还是不必再考虑这事了。"虞锦将玫瑰糕放下，又喝了一口香茶，随即起身离开。

"你就这样离开吗？这会儿，本王相信，不管是翼王、仪王还是太子，都少不了会派人盯着你的动向。你不如今夜就留在本王……"段无妄见虞锦动怒，忙将话头打住，挥手说道，"好，好，当本王什么都没说过。"

诚如誉王段无妄所言，誉王府周围确实布有几批暗探，虞锦费了心思摆脱开来，却没有回虞家，而是又朝着皇宫的方向而去。

宫门口附近正有人相候，就是已经进宫数日的断曲。断曲一副太监扮相，似是刚卸下妆容，脸上还有易容所用的胶泥，令虞锦有些忍俊不禁，断曲着恼，说道：“这几日可真把我难为死了，提心吊胆怕被人发现也就罢了，关键是我所扮的小太监太不起眼儿，不被人待见，整日被人指使些粗活、杂活，随意打骂，真让人憋屈。”

“先不提这些，我且问你，这几日可有收获？”虞锦问道。

“我在容贵妃宫中并未察觉任何异常，她雍容大度，甚少惩罚宫女、太监，为人慷慨，周旋于各宫之中，不骄不躁。”断曲说完，见虞锦一直不吭声，于是问道，“咦，你怎么不说话？”

“你说的话，令我想到了一个人，真奇怪，我为什么会想到了他？”虞锦见断曲目光疑惑，于是继续说道，“是仪王，庞劾衣……”

“仪王？宁王义子？你不说我倒忘记了，宁王与仪王进阳城后，曾派人给各宫送来礼物，其余妃嫔便罢了，这容贵妃又让人回了好些礼，旁人只以为容贵妃慷慨好施不当回事，我却觉得疑惑，那日容贵妃叮嘱来人定要亲自将礼物交付到宁王和仪王手上，你说……”

虞锦突然想起段无妄曾经说过一事，紧忙说道：“誉王曾经告诉过我，容贵妃是宁王举荐进宫的，你是怀疑容贵妃私通宁王？”

“不好判定，却也不无可能。容贵妃短短数年便在宫内扎稳根基，如若没有宁王在身后扶持，只怕也难。”断曲说道。

“对了，那宝盒可有下落？”

断曲烦恼地摸了摸头，说道：“毫无头绪。我怕着人痕迹，虽一直不敢声张，却也发现容贵妃宫中无人知晓，所以我敢断定容贵妃宫中不可能藏有宝盒。”

“断曲，宫女、太监不知道宝盒的下落，并不意味着容贵妃宫中没有藏宝盒，这么浅显的道理你竟然能疏漏？到底是你脑子糊涂了，还是觉得容贵妃为人不错便刻意疏忽？”

面对虞锦半笑半怒的质问，断曲竟开始有些窘迫，这样子把虞锦逗乐了，两人又说笑了几句，虞锦便催着断曲先回去，以免惹人怀疑。

待断曲离开之际，虞锦又叮嘱道：“断曲，既然宫中不合你心意，又何不闯出自己满意的境地？”

断曲一愣，随即心领神会，笑着扬长而去。

虞锦回到虞家，才发现虞展石竟是等候已久，书房内沉香缭绕，虞展石愁云黯淡，见虞锦走近，将一封密信递给她。

虞锦拆开来看，发现是一封游说其他大臣共同弹劾虞展石的匿名信函。

“是谁？”虞锦看向虞展石，见虞展石眉头紧蹙，始终不答，于是试探问道，“难道是石相？”

虞展石惊诧不安，问道：“你为什么会猜到是石相？”

“道理很简单，这些年来你仰仗石相得以高升，就连督律寺卿的官位也赖石相所得，如若是旁人写了这封匿名信，你有石相庇护，又何惧之有？”

听着虞锦入骨的分析，虞展石惶恐不安的神情更甚了，见虞锦追问，虞展石始终咬紧牙口不肯吐露只字片语，虞锦只得作罢，真相总会有水落石出的那一天，且等着看吧。

到了次日，虞展石便告病在家没有去上朝，虞锦听说后深感无奈，如若阗帝要下旨惩办，告病在家就能逃得过吗？

那封匿名信果然发挥功效，十三名大臣联名弹劾虞展石，递交奏折，上面列数虞展石七条罪状，哪一条罪状都足够让虞家被满门抄斩，字字诛心，犹如刀刻。

阗帝雷霆震怒，得知虞展石告病在家后，冷笑讽刺虞展石便是乌龟入壳也有办法让他乖乖爬出来。只是出乎意料的是，阗帝并未当朝下旨将虞展石法办，而是将奏折扔给太子李润，责令他查明真相，如若这奏折上任何一条属实，定要将虞家满门送上断头台。

同一时间，段无妄在得知详情后，让段祥将虞锦找来，谁知话音未落，虞锦便飘然而至，在他对面入座，淡淡说道：“不必了，我已经来了。”

段无妄眼神一亮，嬉笑道：“可是想本王了？这么着急便来了？”

虞锦与段无妄相处多时，已经明白如何应对段无妄的调笑戏弄，那就是毫不应对、不加理会，果然，见虞锦始终面无表情，段无妄的眼中也写满了两个字：无趣。

“说正事。想必你已经听说虞家之事，你怎么看？”

段无妄收敛起嬉笑之态，正色道：“既然皇上没有当朝下旨，而是责令太子查办，这就说明事情还有回圜的余地，没有外界猜测的那般不堪。皇上圣明，绝不会将你父亲冤枉致死，你且放宽心。”

“我如何能宽心？你知道这次写匿名信联合大臣弹劾我父亲的人是谁？是石相。”

“石相？”段无妄确实有些意外，说道，“据说你父亲与石相不和，一直反对石相霸权朝纲、欺君罔上。”

“可是他今日指使他人告我父亲欺君罔上……”虞锦苦笑，说道，“我来找你，就是想从你这里知道太子的真实意思。”

段无妄说道：“那本王建议你直接去问太子，你应该能意识到，太子对你……有些意思。”

虞锦沉默地看向段无妄，段无妄心里发毛，起身说道：“哎，本王说的是实话，可没有调侃你的意思。”

“段无妄，我一直以男装示人，你觉得太子会对一个男人有意思？”

段无妄走近了，细细打量着虞锦，笑道：“那可说不好，如若有个男人如你这般风姿，只怕本王也一样会倾倒在他的风华之下。”

“段无妄，别拿我来说事，你若有龙阳之好、断袖之癖，我也不会嘲笑你，实话实说就好。”

虞锦说罢，起身就要离开，段无妄羞愤不堪，拦在虞锦面前，说道：“牙尖嘴利，这还不算是嘲笑？奚落完本王就想走？”

“别拦我，我还有事要办。”

虞锦的匕首从袖口处滑落，在段无妄的面前晃来晃去，段无妄一副无奈的神情，说道：“看来，咱们俩早晚要比试出高低来，我若胜了你，你也不必再拿着匕首来威胁我了。”

“好，日子你来选，场地你来挑，我随时奉陪。”

段无妄见虞锦话音未落，身形已走远，追问道：“你究竟要去哪里？”

“太子府。”

远远的柔润的声音传来，虞锦早已不见踪迹，段无妄愤恨地将玉扇往手里猛拍，斜刺里走出来的段祥幽幽问道：“王爷，你这算是送羊入虎口吗？”

青天白日里，誉王府内传来凄厉的惨叫声，鬼哭狼嚎道：“要出人命了，有人没良心，要打断救命恩人的腿了。”

“什么救命恩人的腿，依着本王看，就是狗腿，叫你胡说，本王就要打断你这条狗腿。”

虞锦没有立即去找太子李润，因为要去找他，自然是要拉上正主虞展石一起才是，可是当虞锦回到虞家，才发现虞展石果真病倒了，卧在床上冷汗淋漓，昏迷不醒。

虞锦命下人去请来大夫，为虞展石医治，程衣跟在虞锦身侧，问是否需要去庵里请回虞屏，虞锦应下，待程衣离开之际，虞锦突然唤住她，说道：“还是我亲自去吧。”

程衣眼中闪出一丝疑惑，却没有追问，跟着虞锦回到房间，又服侍她换了衣着，点上妆容，送上早已备好的马车，望着缓缓朝梨落庵而去的马车，有些失神。

因忙于查明虞展石被弹劾之事，太子李润在下朝之后又查看了虞展石的从官履历，这才打道回府。

李润被封王之后，为能真正地体察民情，曾经多次恳请阗帝能在宫外赐一座官邸，起初阗帝以不合祖制为由不予答允，直到连石相都出面求情后，阗帝才应允，下旨将宫外西南角处阗帝为皇子时所居住的府邸赐给了他。

李润从宫中回府，习惯坐马车，而平生总是骑马服侍在左右。这日见李润略显疲惫，于是便让驾车之人将马车赶得慢一些，又小心谨慎地环顾四周，以防不测。

怎知，前面却突地冲出来一辆马车，马儿似是受惊，一扬前蹄竟将赶车之人掀翻在地，车厢内传来女儿家的惊叫之声，马车疾驰过程中车帘飘起，露出一张令人难忘的秀美面容。

李润在车厢内听见异动，微蹙着眉，略掀开车帘吩咐平生道："去看看是怎么一回事。"

"回太子，不知道是谁家姑娘的马车，马儿受惊失控，在街上胡乱冲撞。"

"赶紧过去瞧瞧，别伤了人。"

"是。"

话音未落，平生早已扬鞭策马追赶那辆失控的马车而去，李润命赶车之人即刻回府。

回到太子府，令李润颇有些意外的是，府中早已有客相候多时，竟是虞锦所扮的金玉公子。

李润换过常服，仍旧是一身黑衣，用金丝束发，腰间缀着一枚晶莹剔透的玉石，天潢贵胄，风华无双。

李润仍旧选择在凉亭上见虞锦，命人奉上茶后，说道："上次，本太子宴请金玉公子时，金玉公子还推三阻四地不肯留情面，怎么今日竟会主动登门，令本太子好生不解啊。"

虞锦身着一袭白衣，端的是清逸出尘，抿了一口茶后，回道："太子这是不欢迎金玉吗？"

李润没有料到虞锦竟会如此作答，轻笑出声，说道："误会，误会。金玉公子行踪飘忽不定，行事又诡秘至极，本太子好奇得很，早就有心要与金玉公子畅谈一番了。"

"那就好，请太子见谅，金玉不拐弯抹角就开门见山直接相问了。"

"请说。"

"皇上命太子调查虞展石被弹劾一案，实则将虞展石的命运交到了太子的手里，太子将如何定夺？"

李润挑眉，不动声色地回道："这个案子好像跟金玉公子没有任何关系。"

"太子所言极是，这个案子确实跟金玉没有任何关系，但是虞家的某个人跟金玉颇有渊源，心之牵挂，所以不得不问。"虞锦缓缓说道。

李润不解地问道："不知虞家哪一个人跟金玉公子相熟？他日虞展

石被革职法办，虞家被满门抄斩之际，本太子帮你保住那人性命就是。”

“虞家二小姐，虞屏。”

“虞家二小姐虞屏？金玉公子为什么没有提及虞家大小姐？”李润眼中积聚的精光顿现，眼神犀利，却又含着一丝玩味，说道，“还是金玉公子……便是虞家大小姐？”

“呵，太子在说笑吗？”

“本太子是将你这句话视作否认还是默认？”

虞锦起身，未等说话，便见李润起身压了过来，动作干净利落，将虞锦逼至廊柱前，用手中的匕首抵住虞锦的喉咙，问道：“说，你究竟是谁？你到底是不是虞家的人？”

虞锦冷笑，说道：“看来不管金玉答是或者不是，太子都不想让我活着走出太子府了？”

“你不觉得你表演得太过了吗？你随侍在誉王左右，却与翼王、仪王均有瓜葛，又以誉王师弟的身份企图接近圣驾，混迹宫闱，现在又问及虞展石一案，你说，本太子该不该再留下你的性命？”李润手中的匕首微微往前递了递，那白皙肌肤上立刻弹出几颗殷红血滴，触目惊心。

虞锦却始终不动声色，说道：“即便如太子所言，金玉心怀坦荡，倒也不做无谓辩解。”

李润听见虞锦说起心怀坦荡来，下意识地看向虞锦的胸，虞锦早已将柔软束起，衣衫之外，只能看到微微隆起，饶是这般，李润也觉得有些心怀激荡，看向虞锦的眼神也有些丝丝的变化，李润意识到自己的失态，有些懊悔：“是不解释，还是根本解释不通？虞展石不过就是小小的督律寺卿，与石相不合，一直被刻意打压，官场不得意，却也循规蹈矩，从不结党营私。本太子查过虞家三代宗亲，都已没落，你说，这样的人家，怎么会有他人关心挂念？所以，本太子不光断定你是虞家的人，更加确定你就是虞展石的大女儿……虞锦。”

“你凭什么这样笃定我就是虞家大小姐？”

“如果本太子没有估摸错，你应该跟虞展石的大女儿年龄相仿。”

虞锦冷笑，说道：“就凭这个，太子也敢办案？金玉真怕哪日太子登基，到时天下百姓岂能聊生？”

“不光如此，还凭你自从进入这太子府，从未正面回答过本太子的任何问题。”

李润说罢，将目光牢牢锁定在虞锦身上，两人靠得如此之近，近到可以听清楚两人的鼻息之声。李润握住匕首，抵在自己脖颈之间的手臂几乎是压在了自己的胸前，虞锦刚要挪身，却被李润另一只手箍制住腰间，动弹不得。

正在这时，平生出现，见李润与虞锦姿势暧昧诡异，当场瞠目结舌地怔住。

“太子，奴才回来了，太子这是……”

“怎么去了那么久？是谁家的马车，知道了吗？”

“是虞家的马车。”

李润挑眉，有些疑惑地问道：“哪个虞家？”

“虞展石虞大人家。”

平生的话令李润顿时有了兴趣，继续追问道：“是虞家的什么人？”

平生的神情有些异样，似是还沉浸在某种甜蜜思绪中，笑着回道：“回太子的话，是虞家的大小姐。”

“金玉公子，你说怎么会这么巧？从未有过音信的虞家大小姐，怎么就会在本太子开始怀疑的时候出现了呢？”

“金玉不知，这话应该问太子自己。”

李润狭长的丹凤眼透出不易察觉的讶异，回头看向虞锦，见虞锦始终淡定自若，没有出招反抗，冷笑道：“你是料定本太子不会杀你，对吗？”

“那是因为太子杀金玉无益。太子日理万机、公事繁忙，金玉就不多打搅了。”虞锦缓缓将李润执匕首的那只手推开，挪开两步，用手掸了掸自己的袍子，似是想要掸去不净之物，姿势优美潇洒，略整衣衫，朝李润微微一笑，自顾自地离去了。

第十章
盛宴华衣　品一段流光

平生指着虞锦的背影，疑惑地问李润：“太子，这……”

李润负手而立，说道：“平生，刚才究竟发生了什么事，你怎么去了那么久？你确定车厢里的人就是虞家大小姐虞锦？”

“回太子的话，错不了……”

当下，平生将救了虞家大小姐的来龙去脉说了个清楚。原来，平生见那辆马车越来越快，眼见就要冲撞到行人之时，疾身上前，跃在马身上拉紧缰绳，费了好些气力，才将马儿拉住。

听着车厢内的惊叫声已然带着哭音，平生劝慰道：“姑娘，不要怕，已经没事了。”

那车厢内的姑娘掀开一角车帘，秀美面容略显一丝羞怯，低声答道：“谢谢。”

平生微怔，只觉得那双妙目似有勾魂的魔力，良久，也不过只是答出两个硬邦邦的字眼儿：“不谢。”

那被掀翻在地的赶车人，揉着摔痛的屁股，追赶上来，不住地咒骂着那马匹，说道：“这马儿一向是最温驯的，所以我才选了这匹马给我家大小姐用，谁知这马儿半道上受惊发狂，这如果真出了事，大小姐有个好歹，老爷还不得将我大卸八块……”

“刘材，好生赶你的车，只要你将我安全送至梨落庵，老爷是不会追究今日之事的。”那车厢内的姑娘朝着平生微微一笑，便放下了车帘。

平生呆呆地站在原地，看着那赶车之人驾着马车远去，心里却乱腾得厉害，待想起还未问及对方姓名之时，却已从围观人群中听见关于这辆马车的议论。平生也有些意外，没有想到太子正在查办虞展石之案，就在大街上遇到了虞家大千金的马车失控。平生回头见李润的马车早已不见，只得策马回到太子府。

李润冷笑，说道：“平生，你一向机灵，怎么就没有明白，仅凭一面之交就能断定对方的真实身份吗？譬如，你也见过这金玉公子数面，你能断定她究竟是何人吗？”

平生微怔，旋即跟想起了什么一样，说道：“太子的话极有道理，不过这金玉公子，我似曾在哪里见过，一时竟想不起来了。”

到了傍晚，平生又接到暗探消息，说虞家大小姐已经到了梨落庵，并与在梨落庵里礼佛的虞家二小姐虞屏发生争执，气怒而归。

平生对正在书房内翻看虞展石履历的太子李润说道：“据说，虞锦到了梨落庵后，要虞屏立即跟自己回府一同照看虞大人，可是虞家这位二小姐自幼礼佛，这时偏偏怎么也不肯走，只说自己必须将那四十九卷经文抄完，也算是为虞大人祈福。两人争执不下，虞锦便气冲冲地离开了。”

李润说道：“平生，你难道不觉得奇怪吗？一个闺阁女儿家，又何必亲自去梨落庵找自己的妹妹回家，更何况，虞展石已然病倒，她这样离开岂不是不孝？”

平生听到李润的话暗自讶然，李润继续问道：“平生，你怎么不说话？难道对本太子的分析不以为然？”

平生紧忙说道：“平生不敢，只是平生觉得太子未免对于虞锦的真伪太过警惕。平生见过她……不似有假。”

一句“不似有假”，令李润抬起头，注意起平生的神色变化来，只见平生涨红着脸，羞赧地说道：“太子，平生说的句句都是心里话，那样娇弱的女子，又能翻起什么浪来，太子何苦要较真儿？”

“平生，那虞锦给你使了什么好处，竟令你说出这番话来？”李润打趣平生，心里却暗自琢磨，总觉得似是被蒙在了一张无形的网中，这网中有谋、有仇抑或有情？

虞府的马车从梨落庵里出来，车上坐着的人已然便是虞锦——真正的虞锦。

从虞府里走出来步入马车的人自然也是虞锦，只是程衣却换了同样的衣着施展轻功追随在暗处，在街口巷尾处两人迅速调换位置，虞锦下了马车消失在暗处，而程衣迅疾坐进了车厢之中，赶车的刘材只觉得后背一阵风，待回头察看之时，车帘平缓飘动，早已无任何异状。

虞锦从太子府出来后，便径直朝梨落庵赶去，终于在程衣赶到梨落庵之前将其替换下，程衣守在了山下，而虞锦便进了梨落庵去见虞屏。

虞锦进梨落庵找到虞屏，颇费了一些周折，先是雁儿含糊其辞，一会儿说虞屏在佛堂念经，待到虞锦进到佛堂之时，雁儿又说虞屏在禅房歇着。虞锦捺着性子，陪着雁儿将梨落庵绕了一圈，终于在后院见到了虞屏。

虞锦将虞展石病倒的事情告诉虞屏，要虞屏即刻跟自己回府照顾虞展石，谁知虞屏却再三推辞，说虞展石偏心虞锦，那么自然就该由虞锦来照看他。虞锦见她只一味胡搅蛮缠，也不多言，便下了山。

回到城里，虞锦让刘材赶着马车先回去，自己与跟过来的程衣到茶楼说话，两人选了靠窗的位置，要了茶水和点心，朝窗外望着，看着街上人来人往好不热闹。

“看来二小姐是始终待在梨落庵内的，否则这突然而去也见不到她了。”

虞锦朝外看着，面色平静，说道：“那可未必，且不说雁儿将我带着绕来绕去，只虞屏衣衫裙角上沾惹的尘土，哪是终日待在佛堂里洁净出尘的模样？程衣，看来咱们今天演的这出戏，不光是演给太子看的，还有其他人也看到眼里去了。”

“你是说誉王？不对。是翼王？也不对。”饶是程衣精明心细，一时半会儿也想不通虞锦说的到底是谁。

“就是佛堂里藏着的那个人，就是让虞屏从我这里偷走金色羽箭，号令锦卫伏击大臣栽赃给誉王的那个人。”

虞锦手捏着茶盏，却始终没有递到嘴边，因为她看到了一个人——仪王。

虞锦让程衣候着，自个儿便出了茶楼跟在仪王后面，见仪王一副寻常公子哥的装扮，顺着街道径直朝前走去，直到在一家客栈旁停下，左右环顾，见毫无异样便闪身进去。

虞锦紧随其后，见仪王庞芴衣顺着楼梯上了二楼，于是便绕进了客栈后巷，一跃上了房顶，俯身在庞芴衣进的房间顶上，屏住气息。

“王爷，我家主子让奴才来问问，那东西可做好了？”

尖厉的声音响起，虞锦判定这定是宫里出来的太监。

“拿去。”庞芴衣似是交给那太监一样事物，接着说道，“回去告诉你们家主子，她答应本王的事情要尽快办，慕容紫的生日已过，本王即日就要与宁王一同启程回南屏，到那时，事情就不好办了。”

“请王爷放心，奴才一定将话带到。”

听到那奴才自信满满的保证，庞芴衣放心地离开了房间。

那太监从客栈出来后，便一路向北，不知是为了讨好哪个宫女，只见他从附近的商铺里买了几盒胭脂水粉揣在怀里，乐滋滋地朝回宫的方向而去。

虞锦与那太监擦肩而过，不费吹灰之力便从那太监身上拿走了一样事物，到了偏僻处，摊开手来看，一直握在手心里的竟是与琅琊环佩一模一样的玉佩，这叫虞锦如何不惊讶？

可是，如若不是亲眼所见，虞锦又怎么会相信，一位宫里的主子让庞芴衣做的事物竟会是这枚玉佩？

正在这时，程衣追了上来，虞锦将手中的琅琊环佩给程衣看，程衣一时有些不解，问道：“为什么给我看这枚玉佩？临行前，门主曾交代过，除了小姐你，谁也不得见这枚玉佩。”

虞锦苦涩地笑了起来，说道：“这不是真正的琅琊环佩，这是假的……”

程衣瞪大了双眼，一脸的难以置信，问道：“这世上见过琅琊环佩的不过数人，上面纹理复杂，即便是用心记也不可能记住，谁能造出一枚假的来？”

“是仪王，至于他到底如何做的，我就不得而知了。”虞锦将假的琅琊环佩也一并塞进自己随身的行囊，继续说道，“我在那个太监身上抹了些沉水香，你去知会断曲，让他仔细盯着，务必要找出那个太监来，这样咱们就能知晓他口中的主子到底是谁了。”

程衣突然警醒，问道：“小姐是怀疑，让仪王做这枚假琅琊环佩的人，便是藏有宝盒之人？”

“除了这个途径可以仿造出琅琊环佩，我再也想不到第二种可能。”虞锦眼神坚定，缓缓说道。

程衣依言而去，虞锦握着那枚假的琅琊环佩返回茶楼坐着出神，冷不丁被身后突然蹿出来的一人抢了去，虞锦定睛看去，竟是誉王段无妄。

只见段无妄手捏着那枚假的琅琊环佩在虞锦面前晃来晃去，一副要捉弄虞锦看她气急败坏的神情，但见虞锦神色淡然、不急不躁，反而疑惑起来，说道：“这琅琊环佩可是乾坤门的宝物，如今落在了我的手里，你怎么会无动于衷？难不成，这琅琊环佩是假的？”

“不错，这琅琊环佩确实是假的。”虞锦淡淡说道。

“想骗本王？没那么容易。你既然不吭声，那么本王可就留下了。”

段无妄说着，就将那琅琊环佩揣进了袖口，可见虞锦仍旧不动声色，这才信了几分，将琅琊环佩又拿到手里，细细观摩着。

“怎么可能？这天下竟然有人能仿造出琅琊环佩？这假的琅琊环佩是怎么到你手上的？你可知是谁仿造而成的？”

“仪王。”

段无妄面上变了颜色，以难以置信的口气说道：“仪王？宁王义子庞芴衣？你确信？”

虞锦将事情的来龙去脉告诉段无妄，段无妄深感震惊，他师承乾坤门叛徒慕容城，自然清楚这琅琊环佩的用途，乃是开启宝盒的唯一钥匙。

段无妄见虞锦看向自己，于是连忙辩解道：“小师妹，这琅琊环佩虽然经过本王之手，但是本王可没有动过它的心思。”

虞锦斜睨了他一眼，说道：“那可未必。”

段无妄失笑道：“旁人不清楚，本王却是知道的，这琅琊环佩必须用历任乾坤门门主的血来祭奠后才能化成钥匙开启宝盒。仿造个假的出来，又能有什么用？左右无碍的，你不必放在心上，只是不知道庞劦衣怎么会有如此能耐仿造出几乎可以以假乱真的琅琊环佩？难道他见到过真的？”

虞锦正色道：“这琅琊环佩除去你，无人见过。”

段无妄摇头轻叹，说道：“当日金色羽箭从你那儿丢失惹出祸端，而琅琊环佩在本王经手后也出了岔子。小师妹，你说，咱们两个是不是很有缘分？”

虞锦却无心斗嘴，说道：“当务之急，还是要找到与仪王有过牵涉的妃嫔，我要找回宝盒，交还乾坤门。”

“小师妹，可需要本王帮忙？”

“暂且不必，我已经让人去查了。”

虞锦说罢，就要起身离开，谁知段无妄却用玉扇轻点虞锦肩头，凑过来说道：“怎么这么着急就要走呢？小师妹今天很忙啊，一会儿男装，一会儿女装，一会儿太子府，一会儿梨落庵，怪不得无暇分身与本王安心说话呢。”

虞锦冷冷看向段无妄，说道：“你派人跟踪我？”

段无妄收回玉扇，坐在虞锦的对面，懒懒说道：“本王派人跟踪你做什么？在本王心中你可是似友非敌。不过是本王派人跟踪其他人时，恰好知道了他人是如何派人跟踪小师妹的。”

虞锦知道段无妄定是派人去跟踪太子李润等人时知道了自己的动向，也不想再多言，再度起身。

段无妄急道：“你以为这样能瞒得了多久？”

“瞒得一时是一时。”虞锦说罢，走出一步后，又突然迅即回身探手将段无妄藏在袖口处的琅琊环佩取回，段无妄用玉扇来阻，虞锦干脆将玉扇一并夺了过来，朝段无妄挑了挑眉，不无得意。

“不就是一枚假的玉佩吗？值得这么认真？小师妹，你也太小气了。”

段无妄看着虞锦离去的背影，却听见段祥从背后幸灾乐祸地说道：“王爷，你可是又做了赔钱的买卖了，玉扇都让人夺走了。”

段无妄回身瞪向段祥，直把段祥瞪得毛骨悚然，伤口未愈的腿本能地缩了回去，躲到远远的角落，戒备地看着他。

“三日之内，本王要你交一把玉扇出来。”段无妄说到这里，一脸坏笑，“跟她抢走的那把一模一样的，如果有任何差池，小心你另一条狗腿。”

“这玉扇是天下第一巧匠成昆费了数月心血雕刻而成的。”

“那就找他再给本王雕一把。”段无妄说着，下了楼梯走出茶楼。

段祥跟在后面，急切地说道：“可他去年已经长睡不醒了。”

“那你就把他叫醒。”

段祥欲哭无泪，大声喊道：“我看你就是想逼着我去自杀，那你现在干脆就把我另一条腿打断吧，我不活了，不活了。”

“不想活了？本王倒是可以随时成全你。”段无妄回身，朝段祥招招手，要他来自己身边，“来，段祥，既然你都不想活了，本王送你一程。”

段祥马上变得腿脚灵便，身形一跃，躲得远远的，喊道：“现在明白人家为什么不待见你了吗？就因为你太过残暴不仁。”

“你敢再说一遍吗？”

段祥见段无妄欺身过来，轻点足尖弹跳得更远，喊道：“得，我这就去求那姑奶奶将扇子还给你。唉，去了真是丢脸啊，不过总比在你这儿丢命强。”

虞锦回到虞府之时，程衣还未回来，程裳倒是已经在房间里候着，见虞锦回来后，说道：“二小姐从梨落庵回来了。”

“咦？”虞锦有些惊讶，她倒是不曾料到虞屏会这么快回来，在梨落庵时虞屏再三推脱，还以为会晚几天回来呢。

“不过，只是她一个人回来的，雁儿还没回来。”

“二小姐现在人在哪里？”

“好像在虞大人的书房。”

虞锦蹙眉，疾步走到虞展石的书房前，听见里面传来的“嘤嘤”哭声，于是推门而入，见书房内满地狼藉，书架上的书都被推落在地上，而虞屏竟坐在那堆书中间，抱着书嘤嘤哭泣。

虞锦刚想走过去，谁知满脸泪水的虞屏竟然大喊道：“你不要过来，你给我出去。”

虞锦停住脚步，站在那里冷冷地看着虞屏，默不吭声。

“你出去，你给我出去，你为什么不出去？”虞屏随手捡起地上的书朝虞锦掷过去，“我讨厌你，我讨厌你……”

虞锦不躲不闪，任凭虞屏将书掷到自己身上，甚至脸上，说道：“说清楚，你为什么讨厌我？我是你的姐姐。”

虞屏满眼都是愤恨，说道：“不要说你是我的姐姐，当我抱着母亲尸身哭泣的时候，你这个姐姐去了哪里？当父亲娶回继室而我躲在角落哭时，你这个姐姐又去了哪里？我问过父亲无数遍，他只是告诉我，你去了一个可以学习天下所有最高强本领的地方。而我却被困在家中，连书房都进不得。你可知道我心里有多恨？你如若真是我的姐姐，当年为什么不能将这样的机会让给我？却让我独自一人在这虞家面对这么多残酷而不得逆转的悲欢离合？”

虞锦俯下身，将虞屏掷到地上的书一本本捡起来，又用手拂去上面的尘土，说道：“你确定这是你的心里话吗？”

“句句是真，不容置疑。”虞屏咬牙切齿地说道。

“可是我不这么看，你不是因为丧失学习本领的机会而伤心，你是因为觉得父亲疏忽了你而伤痛，而这份伤痛在母亲去世、父亲另娶之后被无限地放大，大得你不足以掌控它，所以经常会被它反噬，这也就是你会做错事的原因。”虞锦冷静地说道。

“做错事？我做错了什么事？”

虞锦不为所动，说道：“这还需要我明说吗？”

虞屏的睫毛微颤，眼睛半垂，紧紧握着手里的书本，使劲儿揉了起来，直到把书本揉得面目全非，然后恨恨地说道：“我从来不觉得自己做错了什么，我只恨自己力量渺小，不能报复到每一个伤害过我的人。”

“屏儿，你错了，你不该报复我和父亲，因为我们都是你的亲人。”

虞屏冷笑，直到笑出了眼泪，说道：“亲人？多么让人讽刺的话。当看到父亲给母亲喝下毒酒的时候，你说在我心里，还会有‘亲人’这个词吗？”

虞锦震惊，母亲的死一直是虞锦心中不解的疑团，她却不敢去猜测，当从虞屏嘴里得知事情的真相后，虞锦心里竟是五味杂陈，握着书的手略为用了用力，松手之时，整本书竟是化成纸灰，落了一地。

虞锦没有问虞屏先前之言是真是假，心里似乎宁愿相信这是真的，或许是因为只有这样，才能将虞展石当年将自己送进乾坤门蛇窟之时生出的怨恨，变得更顺理成章些。

“如若母亲真是死于父亲之手，我势必会为母亲要个说法。”

虞屏微怔，抬头看向虞锦，似是有些不信，在看到虞锦坚定的目光之后，又点了点头。

“起来吧，不要闹了，你是我的亲妹妹，我不会拿你怎么样，你不愿意说的事我也不会逼你说。可是如若你仍旧乱来，我就不得不用些手段让你不能生出那么多麻烦了。”虞锦说罢，不待虞屏有所应答，便径直出了书房。

虞锦离开书房后，又去看过虞展石，虞展石已经服过药，精神好了些，靠在榻上有气无力地与虞锦说了几句话，见虞锦欲言又止地离开，唤住她说道：“屏儿可好？”

“她刚从梨落庵回来，身子有些乏，我让她先睡下了，待明日再来看你。”

虞展石看来早已知道虞屏回府后闹过了一场，见虞锦刻意隐瞒，欣慰之余又神情黯然地点了点头，不再追问。

待虞锦回到房间时，程衣也已回来，与程裳说着话，两人见虞锦进来，齐齐迎了上来。

“衣儿，你可见到了断曲？”虞锦见程衣神情严肃，心里有些不安，问道，“难道说断曲没有找到那名小太监？”

“找是找到了……可找到的是一具尸体。”

“怎么回事？”

“我见到断曲时，断曲已经在来的路上与那名小太监打过照面，闻到他身上的沉水香起初还有些疑惑，但是担心我有急事就先过来与我见面，在听我说完缘由之后，就紧忙回身去追那名小太监，谁知便寻不着了，最后竟是在一口废弃的枯井里见到了他的尸身。”程衣说道。

“那你可问过断曲，原来是否见过那名小太监？”

程衣回道：“断曲说，好像曾经见过这名小太监在容贵妃的宫里出入过，但是也怕记不太清了。”

“虽然只是死了一名小太监，可是也不会就这么不了了之，你让断曲盯着，再仔细查到底是哪个宫的太监，为谁办事。”

虞锦吩咐完程衣，见程裳始终低头不吭声，知道她心里有所惦记，于是说道：“裳儿，待明日你与衣儿同去，断曲性子顽皮，还需要你来敲打敲打才是。”

程裳惊喜地抬头，旋即又羞红了脸，说道：“谁愿意去理会他。”

虞锦与程衣相视而笑，虞锦看见程衣眼中真诚的温暖，知道程衣对断曲并无男女情感，心里顿时轻松了许多，至少，程衣与程裳之间不会因为断曲而生出误会，这很重要。

正在这时，院里突然传来轻微声响，靠近门的程裳如离弦之箭一般蹿了出去，虞锦与程衣紧跟其后。

谁知，却见段祥被程裳用匕首押了过来，段祥一脸的苦兮兮，哀求道：“姑奶奶，你行行好，就让我把我家主子的扇子带回去吧。”

虞锦失笑，问道：“你大老远地跑一趟，就为了那把扇子？在我印象里，你家主子可不像是那么小气的人啊。”

“谁说不是呢，可偏偏就为了一把扇子跟我较劲。要我在三天之内给他找来一把一模一样的，我告诉他当初帮他雕刻这把扇子的人早已入土了，他也不肯听。”段祥埋怨道。

听着段祥的话，虞锦突然若有所思，段无妄正是用这种方式来提醒虞锦，庞芴衣到阳城不过数日，如何能找到能工巧匠为其仿造出以假乱真的琅琊环佩？或许，从仿造之人查起，未尝不是另一条出路。

“段祥，你回去吧，告诉你家主子，他的话我已然明白了。”

段祥微怔，说道：“就让我这么空着手回去？”

程裳骂道：“让你回去你就赶紧回去，你家主子的话是话，我家小姐的话就不是话了吗？”

“可是我家主子说要打断我的腿……”

程裳乐道：“打断就打断呗，省得三天两头往这儿跑。”

见程裳伸脚踢过来，段祥翻身坐到了院墙上，号道：“没天理啊，想我段祥也是堂堂七尺男儿，怎么走到哪里都被人欺侮？我家主子也就罢了，那本就是混世魔王，可是连你们都……”

程裳见他胡闹，从地上捡起一块石头掷了过去：“还不走，找打。”

“好，好，我走。”段祥跃身离开。

程裳转过身面朝虞锦和程衣，因欺侮段祥占了上风而显得兴高采烈，谁知一刹那，身后一阵疾风，回头之际，发鬓间似是多了一物，取下来一看，竟是一朵蔷薇花，当即松手扔在地上，狠狠地踩了几脚，抬头看见虞锦和程衣掩饰不住的笑意，羞得脸颊通红，飞奔回了自己房间。

谁知，第二日段祥又持了请柬跑来了，原来有人要宴请段无妄与其师弟金玉，而那人赫然便是翼王。

虞锦本想推辞，可是段祥说道：“我家主子要我告诉你，翼王派人送请柬时曾捎来一句话，如若金玉公子不赴宴，翼王府便不开宴。”

“没想到翼王会如此看重我。”虞锦苦笑。

“我家主子料着你会说这句话，要我对你说，他也很看重你。”

虞锦哑然失笑，只得换过装与段祥一同前去。

当虞锦一身白袍，轻轻摇着手中的玉扇，风姿绰约、宛如清仙般站在段无妄的面前时，段无妄赞赏地看着她，耳边却传来段祥那该死的话音。

“主子，我觉得这扇子你不要回来也罢，这扇子在她手里好过在你手里千万倍。”

段祥说完便未卜先知地朝一旁躲闪，谁知还是慢了一步，屁股上硬生生地挨了一脚，痛得直叫唤。

虞锦跟在段无妄后面进入翼王府，这是虞锦第二次进来，发现这府里与那一夜似有不同，奴仆多了不少，且神情再无往日那般傲慢不屑，都恭恭敬敬地候在一旁随时听从使唤。

翼王府并不大，可是后院竟似另有乾坤，有一座相当庞大的假山群，而其中最大的假山是中空的，宛如一座天然石屋，走进去后才发现里面竟也似寻常大厅一般的摆设，各类家具齐全，中间摆了一张大的桌子，上面布满茶果，而主人翼王便已等在此处。

“翼王客气，原本本王想要做东，谁知竟被翼王抢先了一步，真是失礼。”

翼王神情温润平和，始终含着一丝微笑，看了虞锦一眼，又对誉王段无妄说道：“咱们来日方长，本王总有机会喝上誉王府上的酒水的。”

“这个自然，师弟，来这边坐。”

段无妄执起虞锦的手，拉着她坐在自己身边的座位上，虞锦暗暗用指甲掐痛了段无妄，段无妄吃了暗亏，却又强忍着不肯松手，直到后进来的太子李润看到了这一幕。

李润笑得意味深长，说道：“誉王，你与自个儿师弟真是好情分啊。”

虞锦暗暗用了力气，只怕是要将段无妄的手掐出血来了，总算逼着段无妄松了手，见段无妄暗暗瞪了自己一眼，也不加理会，只眼观鼻，鼻观心地坐着。

“金玉公子，听说昨日虞家二小姐虞屏已经从梨落庵回到了虞家，你可曾去拜访？”太子李润问道。

虞锦倒是没料到李润竟会来翼王府赴宴，刚才心中略有盘算，知道躲不过李润的问询，回道：“听说虞大人病了，未曾前去叨扰。”

“哦，既然金玉公子与虞家二小姐相熟，那么与虞家大小姐可也相熟？”

虞锦知道李润终于步入正题，这才是他心中最想用来试探的话语，不是吗？

“曾经见过，并不相熟。”

李润笑得意味深长，不再追问，虞锦知道李润明显不信，心中开始有些不安，只见旁观的段无妄轻狂地笑了起来，说道：“皇上不过就是让太子负责查明虞展石一案，太子怎么会问到我师弟的头上了？”

对于段无妄的质问，李润并不放在心上，说道：“只因你师弟对虞家未免太过挂怀了，这不得不令本太子怀疑。”

虞锦冷笑道：“太子难道想要玩欲加之罪，何患无辞的把戏吗？”

李润伸了伸手，舒展地坐在椅子上，略挑眉，然后意味深长地说道：“是不是欲加之罪，你心里清楚。”

此时，极少说话的翼王突然说道：“今日我做东，邀请太子、誉王和金玉公子来把酒畅谈，想必各位都很好奇原因。我不妨直说了，是因为我即将返回封地。”

段无妄笑着调侃道：“嗨，本王还以为什么大不了的事呢，原来是要回封地，咱们这些个人里面，除去太子，又有谁不回自己的封地？”

虞锦看翼王的面色略有不佳，心中正疑惑，却看见翼王握住酒盏的手微微颤着，猛然灌下满杯酒，苦涩地说道：“父皇下旨，命我……永生不得再进阳城。”

段无妄肆意的笑容还僵硬地挂在嘴边，有些难以置信地看着翼王，而李润似是毫不知内情，眼底深处也藏着几许讶然，唯独虞锦，平静地接受了这个结果。

阗帝终究没有迈过心里那道坎儿，当看见慕容紫疼惜爱子，当看见翼王在狩猎场上一展风姿的时候，他心中的某种仇恨被挑起，他也怕心中埋下的这颗丑恶的种子生根发芽，直到渗出毒液，吞噬万物。所以，他要让翼王离开阳城，待在荒凉苦寒的平度，以绝后患。他认为这已经是对翼王最大的恩赐。

李润与段无妄都是极为聪明的，当即刻意忽略翼王眼底浓浓的悲伤，宽慰他不过就是阗帝一时气怒，过后便会收回旨意。

因此变故，这宴会各人都有些不自在，李润率先离开，起身之际，问道：“金玉公子，你就不打算送一送本太子吗？”

虞锦无所谓地说道：“太子之命，不敢不从。”

虞锦陪着太子走出假山群，李润突然回身，身形逼近虞锦，俯身在她耳边说道：“你记着，不要再让本太子觉得你有任何的危险气息，否则本太子杀无赦。”

“太子就不怕杀错？”

李润眼底布满阴霾，面色沉郁，冷冷地说道：“宁可错杀一千，绝不会饶过一个，这一向就是本太子信奉的金科玉律。”

“既然太子已然认定金玉跟虞家有关，那么，是否可以将怎么处置虞展石告诉在下呢？”虞锦试探问道。

“你很想知道吗？好，今晚三更，太子府……不见不散。”李润压低了声音，其温热的气息扑在虞锦的脖颈间，暖暖的、麻酥酥的，说罢，朝虞锦深深看了一眼，大笑而去，似是握住某种权柄一样，一副胜券在握的神情。

待回到假山中空的大厅内，虞锦见只有誉王段无妄还坐在里面，于是用眼神询问翼王的去处，段无妄没好气地说道：“本王还以为你趋炎附势地跟着某个人走呢，好在你有良心，知道回来。”

“段无妄，你哪来的这么多废话？我问你，你老实答便是。”

“在此之前，本王却想告诉你另一个消息。”段无妄朝虞锦招招手，示意她凑过身来，见虞锦冷冷看着自己一副洞察他目的的样子，只得作罢，压低声音说道，“容贵妃昨晚遇刺了……”

虞锦微怔，心中一面盘算着为什么断曲没有传出消息，一面旋即追问道：“究竟是怎么一回事？那容贵妃怎么样了？”

“容贵妃不过受了些皮肉伤，皇上却雷霆大怒，因为当时容贵妃正抱着小皇子，那刺客明显是冲着小皇子而来，十三枚淬了毒的暗器齐发，幸亏有个眼明手快的小太监扑在了前面，否则小皇子难逃一劫，容贵妃也少不得会被累及。”

虞锦听见段无妄提及小太监，心里已然盘算起那人是不是断曲，否则容贵妃宫中出了这样大的事，他为何不将消息递出来让自己知晓。

虞锦本想再问为容贵妃母子挡住暗器的那名小太监的状况，心思一转，终究是生生将口边的话吞了回去，知道的人越多，断曲的处境便会越危险。

“皇上已经命太子追查刺客的下落。”

虞锦挑眉笑道：“阗帝倒是真真信任太子。”

“你是说皇上没有心存疑虑，不认为派出刺客的幕后真凶会是太子？”段无妄看了虞锦一眼，说道，“不会，太子一向谨慎，不会出这样的下策落入别人眼中。”

“那是慕容紫的手笔？”

“那怎么可能？你瞧翼王如今已经落到这步田地，慕容紫还要去争什么？争来又有什么用？”

虞锦听见段无妄的话，想起那个眼神温润、身形羸弱的男子，不由得轻叹，生在帝王家是他的劫数，只是虞锦记得他曾在慕容紫宫中斩钉截铁地说起过要报复这天下伤害过他的人，他真的甘心这样放弃吗？

见虞锦出神，段无妄笑着打趣她：“什么时候能见你为本王这般好生思量，本王也心满意足了。”

“等你死了之后，我一定为你好生思量。”

段无妄故作气怒，眼神却实实在在地黯然了一下，随即恢复平日里的嬉笑，说道：“有什么话，你赶紧问，本王还急着回去应酬宁王、石相呢。”

翼王更衣回来，听见段无妄的话后，紧跟着说道：“还有本王。金玉公子，不如咱们一同前去？”

原来，宁王李通宴请誉王与石相，仪王庞芴衣作陪，后来不知道因何宁王又派人送来请柬邀请翼王也过府一聚，翼王没有推托，爽快应下。

虞锦想起太子李润临走时的话，心里微微一颤，随即犹豫起来，可是难得宁王、石相同堂而聚，虞锦又不愿舍弃任何查出端倪的机会，略想了片刻，答道：“好。”

段无妄眼珠子一转，坏笑道：“今晚上宁王府里可热闹着呢，听说宁王还给督律寺卿虞大人派了请柬呢。”

虞锦面色一凝，清楚地知道虞展石是绝不可能赴约的，于情于理他都必须待在虞府听候阗帝发落，况且是石相暗地里找人联名弹劾他，他此时赴约岂不是要与石相撕开面皮?

虞锦自然明白段无妄说这句话的用意，暗暗瞪了他一眼，却见旁边的翼王波澜不惊，不禁有些诧异，这翼王在听到段无妄没头没脑的一句话后，难道不该有一丝疑惑吗?

“既然翼王开了口，金玉自然是要去的。”虞锦缓缓说道。

段无妄笑道：“小师弟，你说翼王这算不算是对你另眼相看？昨日说过你若不来赴约便不开宴，今日又邀着你一同前去宁王府。翼王，你对本王小师弟的诚心可见一斑啊。”

“本王自认为与金玉公子投缘，所以想多亲近亲近。”翼王淡淡说道。

段无妄大笑起来，笑得前仰后合，见虞锦杀人的目光递过来，随即拼命忍住，说道：“小师弟，翼王想跟你多亲近亲近哟。”

虞锦看了翼王一眼，见翼王说得淡然却诚恳，丝毫不像是作假敷衍，于是也说道：“翼王盛情，金玉铭记在心。”

段无妄大惊小怪地喊道：“小师弟，你这是在怪本王没有开口相邀吗？本王是怕你今晚上还有更要紧的事，再耽搁了你。”

虞锦这时才明白段无妄铁定是猜到自己与太子今晚有约，所以说话才这般阴阳怪气，让人气恼。

第十一章
辜负流光　攀三生情怀

入了夜，虞锦便随着誉王、翼王一同到了宁王府。

宁王府邸在皇城以东，是李通未封王时的旧宅，已经有些破旧，再加上长久未曾翻新，丝毫没有王侯府第的繁丽奢华。阗帝曾经下旨要赐给李通一座大宅，李通婉拒，阗帝因此对李通大为褒奖。

虞锦踏入这座府邸的时候，觉得有些奇怪，与段无妄交换了一个眼神，更加坚定了自己内心的想法。这座府邸的布置暗含八卦五行，却让人瞧不出生门所在，连虞锦与段无妄两个师从乾坤门的人都没有瞧出，可见这阵势的威力。

宁王居中而坐，庞芴衣仍旧随侍左右，宁王见誉王、翼王相携而来，意味深长地眉眼一挑，誉王笑着欲落座之时，石相才匆匆赶来，一通半真半假的寒暄过后，才齐齐落座。

宁王将视线落在虞锦身上，打量了一番，说道："这位是……"

未等誉王段无妄替虞锦答话，石相抢先说道："宁王，这位可不简单，他就是在狩猎场上一弓搭三箭的金玉公子，也是誉王的师弟。"

宁王声若洪钟，爽快地笑了起来，说道："本王远在南屏，也听过金玉公子在圣驾座前一展身手的事情。果然英雄出少年，芴衣，你应该好生跟金玉公子结识一下，你们年纪相若，以后多走动走动。”

“是，义父。”庞芴衣谦和地点头应下，眼神却格外明亮，与虞锦相视时漠然以对，让人看不出任何色彩。

“宁王谬赞，客气了。”虞锦淡淡答着话，并不做任何热切的回应。

宁王察觉出虞锦的淡漠，也不以为意，对段无妄说道：“誉王，你有这样一位师弟在身边，何愁大业？”

段无妄肆无忌惮地笑了起来，说道：“敢问宁王口中的大业是指什么？难道是指……篡位夺权的大业？”

一句“篡位夺权”，满座皆惊，几位都是风云人物，自然是各自不动声色，却含着一股暗潮汹涌的压抑气氛。虞锦见段无妄笑得欢，不禁诧异这段无妄也太轻狂了些，此话怎可从一位异姓王之子口中说出？难道就不怕阗帝猜忌生出嫌隙来？他段无妄到底凭借什么能活得这般肆意潇洒，不受帝皇猜忌之心牵绊？

想必不仅虞锦好奇，连宁王、石相也会各自诧异，唯独翼王始终没有接话，他神色寂寥，透过正厅门口将目光落在远远天际，似这大厅之内发生的事都与己身毫不相关。

“誉王太过风趣了，这些话传到皇上耳边，难道不怕圣上怪罪？”石相问道。

“这有什么好打紧的？这是宁王先说出口的，本王不过就是应和一声罢了，再者说，石相难道要将这些话传到圣上耳中，陷宁王与本王于不义吗？”

段无妄的这番话狠辣至极，既将篡位夺权的言论撇清，又存了三分刻意，挑拨了石相与宁王，虞锦不禁暗暗佩服，这话也只有段无妄能说出口了，旁人都要顾及颜面，谁肯这般言说？

可石相怎会是凡俗之辈，他混迹官场数十年，见多识广，又怎么会轻易被段无妄的几句话激怒、翻脸，当下只笑着说道：“誉王这是说的哪里话？即便果真有一日，有人在圣上面前说了誉王不是，微臣也理当尽力为誉王求情周旋，保存誉王颜面才是。”

果然，姜还是老的辣，石相这番话又暗含段无妄必定会遭到阗帝惩处的意味，段无妄毕竟年少，仍旧有些心浮气躁，略扬的眉眼中已现精光。

虞锦轻轻按了按段无妄的肩头，对石相说道："看来石相多虑了，仅凭皇上如此恩宠誉王，石相就该明白，想为誉王求情周旋想必是不可能有这机会了。"

"恩宠再多也有摔下马的时候，到那时再来感受凉薄之意，就会生不如死了。"石相冷笑道。

虞锦立即回应道："即便如石相所言，那也总比一直感受凉薄之意，永远感受不到恩宠有加来得痛快。"

虞锦说罢，意识到自己刚才所言捎带着讥讽了翼王，飞快地看了他一眼，见翼王始终面色淡然，丝毫不为自己的话而着恼，甚至与自己目光相视时露出一丝笑意来，虞锦用力攥着拳，任凭指甲将手心掐痛，还是头一次，虞锦为自己的话生出了悔意。

却不知为何，石相格外气恼，也不待宁王招呼，将手中的酒盏往口中一送，一饮而尽后重重落在桌上。

虽然石相没有借机挑起是非，宁王却不肯错失机会，说道："凉薄之意，想必翼王是感受颇深的，翼王，你说是吗？"

翼王正色道："本王的封地平度，人迹罕至，物产匮乏，气候又变化多端，难以生存，本王落了个终日病痛的身子，可是这些本王并不在意，就想寻个人在身边，带着一颗暖暖的心，能坚定不移地告诉本王，她会永远在本王身边，无论天崩地裂，无论生老病痛，无论亲王……还是庶民。"

翼王将"庶民"两个字说出口，虞锦心中一惊，她是明白翼王话中深意的，正待开口劝慰之时，见石相再度豪饮一杯，抬头时竟泪光泫然，不禁一怔。

段无妄显然也看到石相伤感的一幕，意外地说道："真没想到，石相也有情之所至之时，本王还以为石相心是铁、肠乃石。"

石相不理会段无妄的刻意挑衅，眼神随着翼王目光所及的方向望去，缓缓说道："本相如若真是铁石心肠，那就好了。"

虞锦心里一动，似是意识到了什么，又随即摇头，这怎么可能？

“铁石心肠也罢，柔情寸短也罢，都怎么及得上美人千金一笑？”宁王朝庞劢衣递了个眼色。

仪王庞劢衣一拍手，从屏风后面走出六位柔媚的歌姬，伴着丝竹声跳起舞来。

宁王见气氛不对，于是频频劝酒，一直沉默不言的翼王因此又多喝了几杯，直到轻声咳了起来，用手捂着胸口，似是诸多不适。

虞锦正待过去劝翼王少饮，谁知石相却抢先了一步，冷笑道：“翼王难道是因为被皇上下旨永生不得再回阳城而气恼，所以在宁王府借酒浇愁吗？”

这句刺骨的话，又打消了虞锦的几分疑虑，不会是他，否则他怎么可能说出这样的话。

翼王嘴角抿出一丝笑意，眼中略显凌厉，说道：“石相此话差矣，皇上的旨意怎容人气恼违拗？况且皇上这么做，自有他不可言的意图，石相，你说是吗？”

石相看着翼王，见翼王目光也转向了自己，于是似是不经意地转过头，借着饮酒的机会没有接话。

旁人只以为翼王确实对阗帝的旨意有些不满，虞锦却察觉到翼王的刻骨恨意，他竟是连“父皇”也不肯称呼了，只一声疏远的“皇上”了事。

宁王笑着说道：“翼王、誉王、石相，今日这六位美人都是本王为你们千挑万选的，你们尽可以挑一个喜欢的带回府做个侍妾，如若不喜欢，赏给底下人也就罢了，总之，别辜负了本王的一番心思才是。”

段无妄本就在歌姬上场之时，将全部的注意力挪了过去，眼下听见宁王如此说，早已按捺不住，混进了歌姬中间，一手去拽歌姬的发辫，一手去摸歌姬伸展舞姿的手臂，那些歌姬个个慌乱羞涩地躲着段无妄，更显媚态，引得段无妄大笑起来。

虞锦暗笑，这段无妄可真会做戏，倒要看他如何收场。

“宁王，旁人送与本王的不过就是些金银珠宝，送这样难得的美人还是头一遭，物是死的，人是活的，宁王真是高明。”

说话间，段无妄已经回到座位上，一边说着话，一边朝歌姬们肆意笑着。

宁王大笑，别有意味地说道：“那敢问誉王到底是收还是不收呢？”

“收，收啊，自然要收。宁王送的东西自然是好东西，宁王送的美人自然更是出挑，本王要是不收，只怕宁王就要将她们全杀了，岂不是暴殄天物？你说本王于心何忍呢？”

段无妄说完话，瞟了虞锦一眼，见虞锦脸上只是一副看好戏的神色，心里说不出的失落，正想着要如何捉弄一下她，却听见庞芴衣说道：“义父，就算翼王、誉王和石相各挑一人去，还余了三人。芴衣与金玉公子一见如故，芴衣想讨个人情，让金玉公子也去挑一名歌姬，不知义父是否答应？”

这下，虞锦也怔住了，差点儿被含在口中的酒呛住，正待开口说话之际，段无妄却一脸坏笑地接话说道：“慢点儿，慢点儿，不过就是一个女人，小师弟竟然高兴成这样？仪王，你这个人情讨得好啊，想来宁王不会不应的。”

宁王说道：“原本就该是这样的，是本王思虑不周，金玉公子，还请不要见怪才是。”

这下，席上众人的目光纷纷落在了虞锦身上，虞锦斜睨了庞芴衣一眼，见庞芴衣神色谦和，又不像是促狭、戏谑，一时竟无法发作。

“小师弟，要不你就先从这六名女子中挑一个，想必翼王和石相不会怪你抢先的。”段无妄笑着说道。

翼王此时才起了几分意兴，注意起这边的动静来，也与段无妄一般看着虞锦如何应对，虞锦打量着那几名歌姬，伸出一指，指向了其中一名眉间一点朱砂痣的歌姬，说道：“就是她了。”

段无妄微怔，没有料想到虞锦果真选了一名歌姬，一时倒笑不出来了。

见那名歌姬亭亭玉立地走过来，虞锦随口说道：“你不必过来，站在那里，到时跟我走便是。”

虞锦虽挑了一名歌姬，可是嫌恶之色不减，旁人只以为虞锦年轻、脸皮薄，段无妄却明白其中就里，不再戏弄虞锦，挑了一名歌姬，也没准她到身边来。

庞劭衣请翼王挑选，谁知翼王却说道：“本王马上就要回封地平度，山高水远，路途艰辛，不便带着娇滴滴的女子，谢过宁王和仪王的美意。”

宁王说道：“也罢，那本王就不给翼王添累赘了，还望翼王一路平安，今晚的宴席就当是为翼王践行了。”

终于轮到了石相，庞劭衣说道：“石相请。”

石相冷笑，说道：“这些年来，断断续续送到微臣府上的女子也有不少了，你们可曾听说微臣有收下过？”

庞劭衣还要劝，宁王笑着说道：“是本王疏忽，竟忘了这一层，还请石相见谅才是。石相从不沾惹女色，知情的人明白石相是身居高位，为君分忧，不敢娶妻生子多费心思，那不知情的人，可都以为石相……”

宁王咳了两声，笑着没有说话，想必那石相对于这种言论早已习以为常，不屑于为自己辩驳。

“翼王与微臣都无福消受美人，誉王刚才说怕暴殄天物，不如将剩下的女子一并带走？”石相说道。

段无妄起身拍掌，笑道：“如此甚好，本王喜不自禁。这一个个的美人，本王定会好好疼爱的，还请宁王放心。”

此时已近深夜，虞锦看向天色，正寻思如何脱身，便见翼王起身告辞，与段无妄相互递了一个眼神后，一并离开。

只是，虞锦后面跟着一名歌姬，而段无妄身后却浩浩荡荡地跟着五名歌姬，庞劭衣恭恭敬敬地将一众人等送出宁王府，见石相与翼王坐上马车相继离开，于是朝虞锦说道：“恭祝金玉公子今晚上好兴致。”

“一定。”

虞锦与庞劭衣各自笑起来，别有意味。

段无妄不知为何气又不顺，一脸的阴阳怪气，将就近的两名歌姬搂进了马车，这样，马车里就再无虞锦可坐的位置了，虞锦也不恼，看也不看段无妄一眼，径直朝远处走去，而虞锦身后的那名歌姬紧跟其后。

段无妄终是按捺不住，掀开车帘，朝虞锦喊道：“喂，你上来，本王叫她们下去就是。”

虞锦浅浅一笑，明眸闪亮，说道：“大可不必，我可不想坏了誉王怜香惜玉的好兴致。”

说话间，马车已经飞快地疾驰起来，眼见虞锦的身形渐远，段无妄气恼地一拳捶在了车厢上，车厢里面的两名歌姬骇了一跳，在段无妄的瞪视下识趣地下了马车，与那三名歌姬挤在另外一辆马车上。

段祥掀开车帘，只探进一个头来，神色认真地问道：“主子，五个难道还比不上一个吗？”

段无妄本有些心不在焉，于是脱口而道：“在本王心中，一万个也抵不过一个。”

段无妄说罢，见段祥眼底藏不住的笑意，愠怒之下，伸指不慌不忙地戳向段祥的眼睛，段祥顺势翻身滚落在地，哀号道：“完了，我眼瞎了，王爷，你简直就是毒蝎心肠啊。”

虞锦不慌不忙地走着，那名歌姬紧跟其后，突然，远处一人躺在地上不断低吟着，虞锦定睛看去，竟是段祥。

“你家主子的马车难道香艳到连你也容不下了吗？”

“金玉公子可算是料事如神，我家主子陷到温柔乡里了。”

“那你还不快去服侍着，我可知道，你家主子进城之前就已经召了不少姬妾到府上，如今又添了这几个，岂不是要打起来？”

段祥赖在地上还不肯起，用手撑住下巴，笑着说道：“那可不一定。我家主子对于女人这方面向来好本事，就是怕金玉公子你会招架不来，所以才让段祥候在这里，问问是否需要帮一把手。”

虞锦失笑，说道：“这么看起来，你还为你家主子这点本事得意着呢？回去告诉你们家主子，我金玉对于女人也一向好本事，不劳他挂心。”

虞锦说罢，带着那名歌姬离开。

段祥一骨碌翻身而起，拂去身上尘土，埋怨道：“就说人家根本不会领情的，偏偏要不知死活。我那风流倜傥的主子啊，原本你是在花丛中笑的人物，如今，你却弃了繁花，留恋峰顶雪莲，只能吞咽血与泪了。”

虞锦只顾朝前走，并不理会身旁的歌姬，那名歌姬沉不住气，问道：

“公子，我们这是往哪里去？”

“往去处去。”

虞锦回答得简洁，见那名歌姬轻咬薄唇，又羞又娇地说道：“公子，难道今夜就打算与妾身一直这样走下去吗？公子应酬了一晚上也该乏了，不如先回到公子府上，让妾身为公子捏一捏背，松活松活，可好？”

“不急，本公子另有去处，你可愿跟着去？”

虞锦面无表情地看向她，见她一时没有吭声，也不催促，疾身离开。

“公子，你等等妾身。”

“你跟得上便跟，跟不上就别跟。”

那名歌姬怔了怔，脚步一顿，见虞锦身形已滑出很远，终是按捺不住，不肯轻易放弃，于是轻扭腰肢疾步追向虞锦，虞锦怕她跟丢，也故意放慢了脚步，没过多时便来到了太子府后院的凉亭，此时，虞锦看向天色，正是三更。

“公子，这是哪里？你怎么带着妾身来这儿了？”

那名歌姬说着往虞锦身边靠近，虞锦嫌恶地后退了一步，身后却传来低沉话音：“你来了？”

虞锦转过身，太子李润已走近，看到那名歌姬，也不问询，当即明白，宁王府发生的一切早已有暗探禀报于他，自是了然于胸。

李润朝凉亭内的石桌指了指，虞锦跟着他走过去，两人在石桌前坐下，石桌上搁置着一把碧绿色的玉壶和两个精致玉杯。那名歌姬也跟着走过去，本想偎依在虞锦身边坐下，见虞锦冷眼看向自己，只得讪讪地站在了一旁。

“难得金玉公子有美人在身边，还肯前来赴约。”

虞锦浅笑，说道：“太子府上姬妾成群，难道还能将金玉身边的这位看到眼里去？你若喜欢，尽管要去。”

那名歌姬脸上变了颜色，脱口而道：“你便是太子？”

虞锦侧脸看着她，说道：“对，他就是如假包换的太子，你是想跟着本公子浪迹江湖、流落天涯，还是想跟在太子身边受尽恩宠？他日太子登基，说不定会封你一个贵妃，荣宠一生。”

那名歌姬眼睛一亮，抿着嘴笑，娇羞无限地朝太子李润走近，说道：“只要太子愿意，妾身自然愿意留在太子身边。”说着，婀娜身姿便贴了上去。

只不过刹那，那名歌姬手中的匕首已抵到了李润的脖颈，不过是电光石火之间，李润身形一转，双指捏着匕首刀刃，一脚将她踢得飞起，撞到了石柱上昏死过去。

虞锦始终坐在石桌前纹丝不动，不慌不忙地说道：“她冒犯了太子，太子为何不干脆杀了她？难道也如誉王一般怜香惜玉？”

“本太子怕怜香惜玉的人是你，否则你为什么不亲自动手，而是将她带到了太子府，要假手于本太子呢？”

李润说得通透，虞锦笑了起来，说道：“太子是怕得罪宁王？当初太子在府上宴请誉王与我时，也不是一样要誉王与我出手结果了那几个妖孽？所以，来而不往非礼也，她就交给你了。”

虞锦起身，正待离开，谁知李润走近欲伸手按住她的肩头，虞锦一侧身，滑步闪开，李润紧追不放，片刻间已是过了几招。

李润探手过来，朝虞锦腰上抓去，虞锦目光从李润臂下扫过，看见那名歌姬手指微动，不禁黛眉轻蹙，于是身形一慢便被李润抓住，李润顺势用臂膀将虞锦腰身箍制住，入手处竟是极致的温软，怔在当场。

就在这时，一直昏死在地上的歌姬猛然起身，手拿发簪朝太子的后心处刺来，李润手臂搂着虞锦，便是想要躲闪也已然来不及，即便躲开，也少不得挂彩，谁知，虞锦扯住李润的肩膀，用力将李润撞开半步，那个歌姬的发簪便不偏不倚地刺向了虞锦的心口窝。

李润见那名歌姬再度袭来，化掌为刀朝歌姬的脖颈砍去，力道之足竟生生将她的脖子砍断，歌姬口喷鲜血而死。

虞锦胸前鲜血直流，气息渐弱，李润抱住她的身子，深感震惊，再加上鼻息间淡淡的发丝清香，心里一乱，一时竟不知到底是放手还是要抱得更紧些。

“太子，如今我要死了，却还有一事挂心，你能应下我一件事吗？”

“你说，本太子都尽力替你完成。”

“金玉恳请你保住虞家。”

李润毫不迟疑地应下，说道：“这不是难事。好，本太子应下便是。”

“是不是无论如何，你也不会反悔今日所言？”虞锦艰难地说完这句话，剧烈地咳了起来。

李润心里不知何处被击中，情急之下，紧忙说道：“是，无论怎样本太子也不会食言。你坚持住，本太子现在就让人召御医过来，你一定会没事的。”

“那我就……放心了。”虞锦说罢，闭目软软地倒在了李润的怀中。

李润伸手去探虞锦的鼻息，虞锦却一扭身脱离李润的控制，稳稳地站在一旁笑逐颜开，用手探入怀中，取出一个已经碎成两片的玉杯和一袋破碎了的海棠酱，笑着说道：“看来还要感谢太子的玉杯，让我躲过这一劫。”

“你为了让本太子出手杀她，竟然装死？”李润的心本沉到了谷底，此时见虞锦无事地站在眼前，惊喜之下，又愠怒不已。

“要不是这样，太子怎么肯轻易出手？”虞锦将那玉杯随手搁在桌上，拿起玉壶，倒入另一个玉杯之中，饮了一口，姿态潇洒自若，惬意十足。

“那你为什么要替本太子挡那一下？如果本太子挨了那一下，与宁王结怨，岂不是正中你下怀？”李润说完，又突然意识到他有些期待虞锦的回答，这让他更加怒不可遏。

虞锦说道：“如果太子挨了那一下，宁王再反咬一口，我岂不是脱不了干系？太子难道还不明白这名歌姬出手行刺的目的吗？杀了你或者伤了你，都会将罪名栽赃在我的身上，我可担当不了这样的罪名，还不如就这样，由太子杀了她再毁尸灭迹，即便走漏了风声被宁王知晓，他又能怎么样？”

一句“他又能怎么样”，说得轻巧至极，李润冷笑出声，说道：“你耍诈。”

“可是太子曾经说过，无论如何，你也不会食言。”

李润没有说话，嘴角抿出微微的笑意，意味深长地说道：“除非你先告诉本太子你的真实身份，金玉公子。”

李润将“金玉公子”四个字咬得格外清楚，虞锦知道他已明了自己是女扮男装，也不以为意，说道：“金玉到底是谁并不重要，重要的是太子能够践行自己的诺言。”

虞锦似是察觉到什么，说道：“太子还有事，金玉就不奉陪了，就此别过。”说罢，将手中的玉杯往石桌上一放，疾身离去。

李润朝远处的暗影低声说道：“什么事？”

平生将一封密函递到李润手中，并举起手中的夜明珠照亮信函，李润就着夜明珠微弱的光亮看完信函，目光一沉，随即将信纸握在手中，略用了一分力道，手微扬，纸灰便尽数撒在了半空之中，空气中弥漫着一股淡淡墨香。

平生随即明了，说道：“太子，奴才马上去办。”

“记得，手脚要利落些，不留一个活口，免得让事情传出去。”

平生微怔，诧异太子竟会这般上心，微微点头，依言而去，身影迅即消失在暗夜之中，似是未曾来过。

黑夜又恢复了寂静，月色澄净，映在李润深不可测的眼眸之中，凛冽而淡漠，李润抄起石桌上的玉杯捏在手中，缓缓说道：“好一个金玉，好一个虞锦……”

虞锦回到虞家之时，断曲已经从宫中传来消息，程衣一边接过虞锦换下的衣袍，一边说道：“容贵妃在宫中遇刺，是断曲为她和小皇子挡了暗器，虽中了剧毒，可是不至于毙命。断曲随身带着丹药，却不敢直接服下，只能一次次下在那些庸医的汤药中，伪装成御医医治好的。容贵妃感激他，赏了他好些东西，又让他做了领首的太监。”

“断曲倒是聪明，我上次没白提醒他。跟容贵妃离得越近，自然是越能接近事情的真相。”虞锦说完，突然意识到自己遗漏了一个很重要的问题，于是接着问道，“断曲有没有说过，刺杀容贵妃的究竟是何人？”

“他说，他确信是个女人，至于是谁，一时还无从下手去查找。”

虞锦蹙眉，说道：“你记得告诉断曲，不管如何，现在一定要保护好容贵妃的安全，宝盒的下落唯有从她这条线索才能查下去。仪王还未走，容贵妃一定还会有行动，你让断曲盯紧点儿。”

“好。”程衣说完，清秀的面庞又浮起犹疑之色，低声说道，“小姐，我想去……”

“你去吧。”虞锦平静地说道。

程衣猛然抬头，问道：“小姐，你知道我要去哪里？”

“你是想去看一眼慕容城，不是吗？”虞锦拉过程衣的手，说道，“你我在一起这么多年，你的心思我何尝不明白？当初，断曲频频对你示好，你对他也是有好感的，可是当你发现裳儿喜欢断曲，便断了自己的心思，与断曲保持着不远不近的距离，既不肯伤害断曲，更不愿意伤害裳儿，这些我都看在眼里。如今，你对慕容城动了心，真真切切地动了心，我更心知肚明。你知道分寸，又明白进退。所以，你有什么想法，尽管放开手去做，我都会一如既往地支持你。”

虞锦话音未落，程衣双眸已泛起薄雾，略仰头不让泪水流下来，笑着看向虞锦，满心都是信任与感激。

程衣离去后，虞锦来到虞展石的房间。

自从阗帝下旨后，虞展石便缠绵病榻已久，身体一直未见好转，虞锦本想把断曲留下的丹药给虞展石服下，可是一想到虞展石病倒未尝不是躲避阗帝追责的一种办法，知道虞展石并无生命之虞，于是也就任其自愈了。

虞锦推门而入，见虞屏正在给虞展石喂汤药，虞屏见了虞锦并不理会，仍旧自顾自地舀起一勺药，仔细地吹了吹递到虞展石的嘴里，并用帕子给虞展石擦了擦嘴角溢出的药汁，虞展石欣慰地看着两个女儿，眼里都是满足之意。

虞展石虚弱地咳了几声，说道：“屏儿，你先回房休息吧，我和你姐姐有话要说。”

虞屏有些不悦，说道：“父亲病了这几日，是谁在你身边尽孝？有什么话是非要瞒着女儿的？为什么父亲总是偏心于她？”

“好屏儿，你姐姐在外面奔波，也是为了虞家，你要体谅她的辛苦。”

虞屏冷笑，说道：“父亲的话屏儿一向不敢不应，既然如此，屏儿告退便是。”虞屏站起身，将手中的药碗重重地搁在桌上，看也不看虞锦一眼，旋即离去。

虞展石说道：“你妹妹自小疏于管教，你不要与她一般见识。”

“她什么心思我懂。”

虞屏的心思她猜得到，虞屏对于自己并没有多大的恨意，不过就是故意做出这副嫉妒和不满来与虞锦疏远，保持着一定距离，这样一来也免了要面对虞锦对于佛堂之事的逼问，她不过就是逃避，自己何不成全了她？反正早晚也会知道事情的真相。

“锦儿，虞家虽然沦落至此光景，可是你曾祖父那一代曾经才人辈出，封侯拜相，蒙祖荫庇佑，一直勉强维系着昔日荣华，可是到我这一代，曾经遭遇过大难，虞家一下子便垮了下去，变成了如今这般。可是，这已经是我辛苦支撑来的结果，如果没有八年前……”虞展石说到这里，突然顿住，默默摇头，继续说道，“不管怎么样，虞家还要维持下去，它不能毁在我的手里，况且，我不能让你们两姐妹没着没落地从此流浪在外。我会拼尽全力扳回这一局，将来你们两姐妹风风光光地出嫁，有了归宿，也不枉我今日的辛苦。”

虞锦听虞展石这般说，心里已然明了，于是说道：“父亲手里可是有石相的把柄？”

“没有，可是我知道，有个人能挟制住他，那就是段丽华。”

虞锦蹙眉，说道：“你是说断曲的姐姐？”

“没错，你既然知道她在石相府里，就去将她擒来，石相定会乖乖就范。”

虞锦有些疑惑，说道：“石相为什么会这么看重断曲的姐姐？他不是从来不近女色吗？”

“你将她抓来，以后便会知晓原因了。”虞展石似是思量过很久，才下定决心告诉虞锦，说出口之后，心里反而松了一口气，只要能保住虞家，那种种儿女情长也顾不得了。

“不行，我不能那么做。”

虞展石艰难地撑起身子，问道：“你是顾忌段丽华的弟弟？锦儿，凡事要以大局为重，我答应你，只要能扭转现在的劣势保住虞家，我便放了段丽华，让她和她弟弟团聚。”

“父亲，你要我将段丽华擒来要挟石相，劝我不必顾忌断曲，如若我应下，你总可以告诉我虞志的下落了吧？”

虞展石委顿地咳起来，说道：“志儿？以后不要再提他了，他是个苦命的孩子，就当他从未来过这世上吧。”

虞锦震惊道：“父亲，你是说虞志已经死了？”

“或许吧，我也不清楚。”

虞展石说罢，似是耗尽了全身的气力，大口喘着气，闭目小憩，不肯再言。

虞锦走出虞展石的房间后，才发现虞屏一直等在外面，见虞锦走近，她冷笑地说道：“父亲如若死了，这个家就算是散了。到那一天，我们姐妹的缘分也算是到头了。”

“你在这里等我，就为了告诉我这一句话？”

“我是想告诉你，既然早晚要各奔东西，不如现在就视如陌人。”

虞屏说罢，见虞锦面无表情地离开，似是对她刚才的话无动于衷，气怒之余又有些说不出的失落，或者，她宁愿虞锦跟以往一样，哪怕是训斥自己几句。

山涧清溪，潺潺水声却不掩雅乐，明媚的阳光照在这个风光绝代的男子身上，连鬓角都被染成了金黄，抚琴的手指白皙修长，娴熟的指法如行云流水般，让躲在远处的女子沉醉其中。

程衣倚在树下，目光始终注视着那位让她倾心仰慕的男子，神情怡然，这一刻，她终于明白，为什么会爱上慕容城，正因为在他身边能有别处换不来的安心，这让她感到温暖，有别于与虞锦、程裳和断曲在一起的感情，这份感情让她悸动，刻骨铭心。

慕容城的琴声突变，随手抚琴，琴音似箭般穿透葱郁林木，劈断了程衣头顶上的一截树枝。

“出来吧。”

程衣迈出了半步，又停在原地，用手紧紧抓住身旁的树干，见慕容城的目光朝自己这边望过来，转身飞奔离开。

那样的人物，那样的风姿，自己怎配站在他的身侧？或者就这样远远地瞧上一眼，就足矣。程衣终是没有勇气迈出这一步，在她心中，那样不染凡尘的男子，不是自己可以企及的。程衣为自己心存妄想而羞愧，她飞快地朝山下跑去，掩住耳朵，不想再听见那摄魂取魄的琴音。

第十二章
疏淡冷月　洗千面铅华

入了夜，虞锦与程裳一同来到石相府，谁知，段丽华竟早已不在当初的房间，虞锦问程裳可曾察觉到段丽华被带到了何处，程裳摇了摇头，讪讪地说道：“是裳儿没用，没留意到。”

虞锦拍了拍程裳的肩膀示意她宽心，接着与程裳开始分头寻找，虞锦跃到屋顶上，悄无声息地挨间走去，寻找有烛光的地方。因石相府没有女眷，没有服侍的丫鬟、婆子，所以仆从极少，又集中住在了侧院，目标不分散。虞锦从一间房顶上走过，听见里面有低微的话音，于是俯下身来，掀开一片瓦片，见一名蒙面人半跪在地上，手里拿着匕首，反刺在胸口。

那石相坐在椅子上饮着茶，似是无动于衷，说道：“你该罚。你以为自残一刀我便能饶过你吗？你给我保证过，一定会完成任务，如今，却让那母子俩又添了几层暗卫，再想动手只怕是更难了。”

虞锦从瓦片的缝隙里只能看见那名蒙面人的背影，瘦小纤弱，似是一名女子，虞锦记起断曲的话，再联想起石相刚才所言，断定这蒙面人便是那夜潜进宫中行凶的女子。

“义父……”

“不必叫我义父，我身边不留无用之人。姜陵，你应当记得我奉行的原则，在我的身边，犯了错连改正的机会都不可能有。”

“义父，陵儿愿意再潜入宫中，这一次一定将容贵妃母子杀死。”姜陵跪在地上，低声哀求，竟连胸前的伤口都不敢捂着，任凭鲜血喷涌而出，转眼间便流了一地，令人触目惊心。

“不，这一次，我要你去杀另外一个人。”

“义父，你要陵儿去杀的另外一个人是谁？”

“慕容紫……”

石相说罢，姜陵猛然抬头，又极快地垂下，谦卑地跪在地上，因失血过多，身体虚弱，肩膀微微颤抖着，却不敢挪动丝毫。

虞锦摸不准姜陵武功的深浅，怕打草惊蛇反而误事，只得将瓦片放下，悄然离开，与程裳在府外会合。

“小姐，你可找到线索了？”

虞锦摇头，见程裳这般问便已明白程裳也是一无所获，于是要程裳先回府，自己又去了另一处府邸。

翼王府。

虞锦这是第三次踏进来，第一次或许是因为扶着翼王进府见到翼王所受的冷遇太多，所以虞锦格外注意翼王府中的仆从，隐在暗处的她，眉眼一挑，这翼王果真不是省油的灯，这里里外外已然安插了不少暗卫高手。或者他这些年在封地平度，又怎会泛泛度过？他有的可能不是野心，而是一颗复仇之心，有时复仇之心能凌驾于一切情感之上，甚至包括理想……

说到理想，虞锦想起了段无妄，记得自己曾经问过他，是否想要做皇帝，他很认真地回答说永远不会，虞锦相信那时的他是真诚的，不过也确信了另一件事，段无妄就是个没理想的人，他肆意挥洒，无拘无束，却深谙帝王之心，蒙圎帝恩宠，风光无限，比起这假皇子翼王，不知好上多少境遇。

虞锦躲过几批暗卫，顺利地来到翼王的房间，怎知翼王房间并没有人，虞锦想要转身离开，便听见翼王清音传来：“既然来了，又何必这么急着走？”

瞬间，便有数名暗卫朝虞锦扑了过来，虞锦左右各踢翻一个，转身朝后窗扑去，谁知窗外却罩了挂满刀刃的渔网。

虞锦硬闯不是没有机会闯出去，只是她总归是女子，不想被刀刃划破衣裳，失了仪态，于是大方地坐在了椅子上，说道：“好，我不走。翼王，有什么话，不如进来说。”

始终站在门外的翼王走进来，挥了挥手，暗卫飘然隐退。

“本王当是谁，原来是金玉公子，失礼了。”

“翼王客气，是金玉未曾通报，惊扰了翼王。”

“不知金玉公子来本王府上有何事？”

虞锦说道：“金玉来此就是想要告诉你，有人想要杀慕容紫。”

翼王不动声色，说道：“哦？还要请教金玉公子，究竟是谁吃了熊心豹子胆竟然刺杀本王的母后？”

“金玉不便说。翼王仔细查查或许便知道了。”

“本王谢金玉公子好意，本王会提醒母后万事小心。”

“告辞。”

此时，虞锦已然听得出翼王口中的敷衍，于是自嘲多管闲事，起身欲离开。

“金玉公子这就要走吗？”

虞锦转过身，看着翼王冷笑道：“难道翼王想要留下金玉？”

“不敢，请便。”

虞锦正待离去，却见始终扶着桌子站在原地的翼王身躯一软，直直倒了下去，不禁大惊。

虞锦将翼王扶到椅子上坐下，见翼王面色苍白，隔着衣物依然能感觉到翼王身上的凉意，虞锦试探着用手抚了抚翼王的脸颊，触手之处冰凉一片，不禁大骇。

虞锦用手抵在翼王的胸前，将真气源源不断地输入翼王体内，只是虞锦乃是纯阴之气，翼王练的也是极阴柔的武功，虞锦将真气输进去，竟如泥牛入海，毫无声息。

虞锦将手挪开，翼王失去了支撑，伏在了虞锦的肩头上，虞锦想起那夜翼王低弱的哭音，心里一软，掏出了一枚断曲所炼的丹药，就着桌上的茶，喂进了翼王的口中。

半晌，翼王虚弱地睁开眼睛，虞锦见两人这般姿势，于是猛然起身，谁知翼王因此跌倒在地上，虞锦站在那里，一时竟不知是将他扶起，还是该疾步离去。

待到翼王醒来时，已是次日，他努力想要回忆起昨夜的一切，脑海里却都是模糊不堪的印象，那明眸皓齿，那青衣长袍裹在纤腰上的绰约风姿，那伏在肩头上嗅到的少女清香……他用力握了握拳，才发现手中多了一角衣袍，裂开之处，似是用匕首割断，整整齐齐，原来这一切都不是梦。

没过片刻，有人轻声叩门，低声说道："王爷，皇后娘娘遇刺了……皇上传您即刻进宫。"

茶楼里，虞锦悠闲自在地坐在靠窗的位置，朝外面看着。

没过一会儿，有人上了二楼，快步走到虞锦对面坐下，抄起茶壶就往嘴里灌去。

虞锦好气又好笑道："慢一点，瞧你急的，是不是在宫里伺候人惯了，在我这里就格外没规矩了？"

断曲咽下最后一口茶水，长喘着气，说道："你算是说对了一半儿，这太监的活儿真不是好干的，既要对主子的一言一行了然于心、察言观色，又要小心下面的人给自己偷偷使绊子，将自己除去，我这些日子在宫中可是吃尽了苦头，现在才明白那些太监为什么那么热衷于借势欺人。如若不这么做，既不能给底下的人立威，又不能弥补白白受的这些辛苦。"

"好了，不要扯这么远。你身子可好些了？我叫你审时度势，制造一个有利于自己的环境，可没有真要你去做什么太监。"

见虞锦取笑自己，断曲急着辩白，脸红脖子粗，虞锦拿起桌上的花生米，朝断曲的头顶掷去，说道："好，算我说错了。赶紧告诉我，这么急着找我是为什么？”

断曲这才收敛起嬉笑，认真说道：“慕容紫遇刺了……”

虞锦惊诧，她没有料想到姜陵会立即动手，虽然昨夜她已经告诉了翼王，可翼王那时怎么能赶得及进宫提醒慕容紫？

“慕容紫伤得极重，危在旦夕，御医们都束手无策，看来是逃不过这一劫了。”

断曲摇了摇头，似是无限惋惜，说道：“我进宫这些日子，对于宫中各个嫔妃都有所耳闻，慕容紫行事低调，从不张扬，对待别的嫔妃虽然不够亲和，不过也没有出手相害，但凡阗帝宠爱谁，她都随之放任，从不干预，也算得上是一个好皇后了，如若就这样死了，后宫还不知要乱成何样。”

虞锦心中暗道，断曲啊断曲，你可知那是因为慕容紫自己所生的儿子并非真正的皇嗣，所以才持守本分，不敢有任何的轻举妄动，为的只是保护自己儿子的性命。但是见到翼王对自己那般恨之入骨的态度，所以才心如枯木，永不逢春。

“不过，慕容紫还是有救的，只要那人进宫，何愁不能起死回生？”

虞锦问道：“你是说慕容城？”

“慕容紫乃是慕容城的亲妹妹，无论如何他也会使出浑身解数救活她。”

虞锦冷笑，却想到了另外一层，说道：“那可不一定。”

“你难道想说阗帝会放任慕容紫死去？”

对于断曲的疑惑，虞锦不想点破，说道：“或许吧，且等着瞧吧，群魔乱舞，你在宫中看得会更真切一些。”

“容贵妃现在越来越信任我，一直让我在跟前服侍，我也暗地里将容贵妃宫中翻了个遍，却没有找到宝盒的任何下落。总这样下去不是办法，我毕竟是易容冒充他人，迟早会露出马脚。还是再想个法子，让程衣混进宫里才是，她胆大心细，有她接应，总是会好一些。”

断曲说罢，见虞锦盯着自己，脸色涨红，急道：“我说这些都是为了寻找宝盒，没有私心。”

“有私心也罢，无私心也罢，这总归是你自己的事，我懒得管。不过，断曲，我想提醒你一件事，这是第一次提，也是最后一次提。”

见虞锦认真的样子，断曲似是已经意识到她后面所说之言。

“裳儿喜欢你，这谁都看得出来，她是个爽快明朗的好姑娘，心里惦记着你，就愿意为你赴汤蹈火做任何事，你要是喜欢她，就应了她。你要是不喜欢她，就直接拒绝她，不要像程衣一样，为了怕伤害到你而不敢直言拒绝你。”

很明显，最后一句话彻彻底底地将断曲刺伤了，断曲抬头看向虞锦，见虞锦一脸的真诚，只得微垂下头，不让虞锦看见自己的黯然与伤痛。一直以来，他都是这样逃避，不肯面对程衣对自己真实的情感，如今被虞锦这般说出口，他的心犹如针扎一般，能滴出血珠来。

“我知道了。”断曲的声音低落，不似刚才那般欢快。

“你记住，我们四个人，不管怎么样，总要在一起，不分开。”

虞锦拍了拍他的肩，朝他微微一笑，起身离开。

虞锦走出茶楼时，听见茶楼里有人在议论慕容紫遇刺的事情，她心中已然有了一个主意。

乾元殿。

有洪亮的声音从里面传来：“皇上，臣听闻皇后娘娘遇刺，彻夜忧心，臣从南屏带来一位名医，有妙手回春之功，想举荐给皇上为皇后娘娘医治。”

阗帝说道：“连宫里的御医都束手无策，那些江湖郎中又有什么能耐？皇后乃是千金之躯，岂容宵小近榻？”

“皇上，臣一片忠心，天地可昭，明月可鉴，如若臣举荐的名医不能医治好皇后，臣愿血溅朝堂。”

“宁王，你这又是何苦？朕已说过，皇后的伤连御医都治不好了，你又何苦要搭上自己的性命？卿乃我朝股肱之臣，朕怎么能让卿枉死朝堂？来人，送宁王回府歇着。”

宁王老泪纵横，用袖子抹了抹眼角，站起身来走出大殿之时，与擦肩而过的翼王相视一眼，又迅速掉转了目光。

“父皇，儿臣举荐一人，定能让母后转危为安。”翼王朝阗帝行礼之时，大声说道。

始终埋头于奏折的阗帝，抬起头来，见翼王身后跟着的赫然便是慕容城，而慕容城身后又跟着两个人，一个模样清秀，提着药箱，似是药童；另一个白衣翩翩，正是狩猎场上所见的金玉。

“皇上，别来无恙。”慕容城一身白衣，站在朝堂之上，如仙尘拂面，儒雅镇静。

“慕容城……”阗帝见到慕容城，眼中精光一闪，似是早已料到他会进宫一般，叹息着挥了挥手，说道，“去吧，你们且去瞧上一瞧，左右不过这几日了。”

如若是寻常人等，乍然听见自己妹妹即将香消玉殒自然要惊慌失措、痛哭流涕，唯独慕容城却始终平静如初，说道：“慕容城一定会医治好皇后的病，让皇后与您白头偕老。”

“慢着。”

未等慕容城与翼王等众人离开，阗帝突然沉声说道：“慕容城，金玉真的是你的徒弟吗？你何时收了这样一位徒弟？怎么没有跟朕提过？”

阗帝将目光落在虞锦身上，虞锦不卑不亢地回视，眼角余光看到翼王朝自己身边走近了半步。

慕容城的声音清冷，令人听不出喜怒，淡淡地说道：“皇上日理万机，些许小事不值得让皇上知晓。金玉，还不快来见过皇上。”

虞锦看向慕容城，见慕容城眼底明澈，于是心里释然，朝阗帝走近，正经行了一礼，谁知，良久都未曾听见阗帝唤自己起身，不禁心下疑惑，生出许多戒备来。

阗帝朗声一笑，说道：“朕在狩猎场上曾见识过金玉的身手，确实了得，是年轻一辈里出挑的。”

慕容城回道：“皇上过奖。”

“慕容城，朕想向你讨个人情。时局动荡，太子根基未稳，身边又少得力之人，朕想让金玉辅佐太子，你看如何？”

此言一出，众人皆惊。尤其是虞锦，赫然抬头，见阗帝话虽说得客气婉转，口气却不容人更改置疑，只得暗暗寄托慕容城能应付下来。

“皇上，不如问问金玉自己的意思。”

慕容城虽看似客气地将决定权交给了虞锦，却实在给了她莫大的压力，阗帝跟前怎能明目张胆地抗旨不遵？再者，虞锦已然明白阗帝心中顾虑，不过就是因为虞锦目前名义上是慕容城的徒弟，慕容城又是翼王的亲舅舅，于情于理，阗帝都会怕虞锦站到翼王一派，从而对太子李润造成威胁。

阗帝虽待太子不够亲厚，可是李润到底是他的亲生子，是皇室血脉，又是他一手扶持坐到太子宝座上的人，他怎么能放任他人对太子继承大任的事造成威胁？

思虑至此，虞锦明白这已经不容自己违抗，于是应下：“金玉当竭尽全力辅佐太子。”

阗帝似是极为满意，龙颜大悦，笑道：“好，朕要封你为……”

虞锦当即回道：“皇上，金玉闲散惯了，不谙官场世事，只想专心一事，不想每日陷于趋奉迎合，请皇上明鉴，恩准。”

慕容城也说道：“既然皇上这样看重金玉，不如应了她，等她适应了这官场，皇上再行封赐也不迟。”

“也罢，就依国舅的意思。”

阗帝看起来心情极好，似是忘记慕容紫还危在旦夕，翼王淡淡地说道：“恭喜金玉公子择良木而栖。”

虞锦没有理会翼王的话，她听得出翼王话里的讽刺，却丝毫不以为意，阗帝这样的举动明显有一半是针对翼王而为，他岂会不知？

“舅舅，我们走，母后还在等着您去救治呢。”

慕容城、翼王和扮作药童的程衣离去，虞锦也跟着举步离开，谁知阗帝却说道：“金玉，你留下，朕一会儿召太子进宫，你们见一见，叙叙话。”

虞锦心下一沉，不由得冷笑，诧异阗帝竟是这样迫切，连片刻都不肯留给自己，他要虞锦即刻跟在李润身边，越早越好。

虞锦与程衣交换了个眼色，程衣似是不经意地微微点头，提着药箱旋即离开。

虞锦望着几人的背影暗自出神，进宫的初衷就这样破灭了，心有不甘却也无可奈何，毕竟太子还掌握着虞家满门的性命，虞锦一时也说不清这到底是好事还是坏事。

当从断曲口中得知慕容紫遇刺之时，虞锦心中便有了一个主意，要程衣去见慕容城，要他将程衣带进宫照顾慕容紫。别管此举是何目的，虞锦打赌慕容城一定会答应，因为此刻在他心中没有什么比慕容紫的安全更重要了，依着程衣的武功，保护慕容紫的生命不在话下，慕容城不可能不动心。

而作为交换条件，慕容城同时也要将虞锦带进宫，以此借机察看宫中各处的布局，以备将来可以进宫察看宝盒的下落，慕容城也只得一同应下，于是便有了刚才进宫的缘由。只是没有料到，阗帝竟会突然发难，以这种方式将虞锦留在了太子身边，这对虞锦是种考验，考验忠心与立场，可是对太子未必不是另一种考验，考验他驾驭人的能力。

虞锦站在大殿上，望着阗帝略显老态的背影和缓慢的脚步，一时想到，抛去他九五之尊的身份，他也不过仅是一位老人而已，也会有常人的喜怒哀乐，也会有常人的悲欢离合，而且正因为他独特的身份，才会让自己终生都在这种克制的情绪之中，不得舒展。他虽握着千万人的生杀大权，有着雷霆万钧的浩荡声势，却也缺失良多，连应有的天伦之乐也不能享受，那些贪婪大好河山、权欲熏心的人，岂知他心中的悲哀？

就在思量间，大殿外传来太监尖厉的声音：“太子到。”

李润似是早已得知虞锦在，目光扫过虞锦所在之处，神色淡然，径直走到阗帝身边行礼。

“父皇，不知您这么急召儿臣进宫所为何事？”

阗帝回转过身，说道：“你是太子，是储君，身份尊贵，为稳朝纲，也不容有任何闪失，朕给你选了一位得力的人，往后就让金玉跟着你，在你身边护你周全，你看满不满意？”

此言一出，李润狭长的凤眼半眯，见虞锦面色淡然，于是回道：“儿臣自然毫无异议。只是如此一来，岂不是委屈了金玉公子？金玉公子，你说是吗？如果你有半分的不甘心情愿，本太子倒是可以请求父皇收回成命。”

虞锦看向李润，一字一句地说道：“谢太子体恤，既然承蒙皇上抬爱，金玉岂能推辞？金玉心甘情愿。”

李润微侧了侧身，背对着阗帝，神色愠怒地看着虞锦，眼底风云变幻却碍于阗帝在场不得发作，不懂得韬光养晦，远离官场是非，她以为她这个金玉公子还能做得久远？可是，如若她想参与这个游戏，他又岂能不成全她？只要她不怕最后落得个粉身碎骨就可以了。

李润嘴角带着淡淡的讥讽，口气却极沉稳恭敬，说道：“父皇，金玉公子乃是誉王的师弟，听说誉王一向对其疼爱有加，儿臣又岂能夺人所爱？况且，依着誉王的脾性，他又怎么乐意看到自己的师弟投入他人麾下？金玉公子，你说是吗？”

看来，太子并不欢迎自己，虞锦微微一笑，眼眸间风华万千，说道：“太子多虑了，誉王从不似太子猜想的这般心胸狭窄，他一向光明磊落，爱憎分明。”

言下之意，就是指太子心胸狭隘，以小人之心度君子之腹。太子到底是太子，也不恼怒，只静静地看向阗帝。

谁知阗帝说道：“太子，无妄那边你不必担心，朕会好生安抚他。”

阗帝提到段无妄之时，连声音都温和了许多，虞锦看得出他似是很有把握可以安抚住段无妄，让他不心生怨怼，虞锦同时也察觉到，其实在誉王段无妄和阗帝之间一直以来都有一种外人无法渗入的亲近之感，超乎君臣，这种感觉很微妙，又让虞锦无法言说。

而李润也明显察觉到这一点，嘴角抿出一丝笑意，刻意地去掩盖那种无法表达出的失落，说道：“父皇待誉王一向亲厚，想必他没有什么不听的。等父皇见了他，就告诉他，儿臣府上还有许多上古的兵器，让他入库随意挑几把，总是不亏的。”

李润这话中深意却是在暗示虞锦，虞锦比不得几把宝剑珍贵，在李润心中，拿几把剑来交换虞锦，还是亏了，亏大发了。

“放心吧，无妄的事朕会安抚好。”阗帝一步步地挪向龙椅，身子略靠着龙椅把手支撑住，说道，“太子，你给朕说说，虞展石的案子查得怎么样了？可有眉目？现在宫里、宫外都对此事议论纷纷，你一定要细心查探，给民众一个交代。”

阗帝话音未落，虞锦已经绷紧了心弦，她没有料到阗帝竟会突然问到虞家之事，情急之下，转过头看向太子，谁知，竟见李润一直似笑非笑地看着自己，紧张之余也有几分恼怒，就因为自己去找过他问过案情，所以才会有今日这样被动的局面吗？

“回父皇，儿臣还在查探之中，虞展石一案，因众多大臣联名上奏，牵涉众多，儿臣不敢有丝毫马虎。”

“正是，一定要给朕查个水落石出，朕倒要看看，这虞展石不过就是刚刚上任的督律寺卿，能翻得出多大的浪来。”阗帝有些发怒，虞锦却不知他到底是因为自己父亲被弹劾而发怒，还是因为那些大臣受人挑拨、控制而联名上奏的事发怒。

“是，儿臣谨遵圣谕。”

阗帝见李润这般恭敬、疏远淡漠，心里不太舒坦，这些年来，也自觉或许是待他太过严苛了些，以至于他竟比一些老臣都要对自己敬重疏远，于是说道：“朕有些乏了，你们跪安吧。金玉，你要好生护太子周全，不能有一分懈怠。太子，为人君者，切记不能视人命为草芥，你对人诚恳一分，他人必将为你多倾尽一分心力。这大好河山虽在君主的手上，却不是君主一人能妥当操持的。”

“儿臣明白，儿臣一定会……好生待金玉公子。”李润转过身，缓缓地说道。

李润与虞锦正要离开，阗帝却突然说道：“润儿，天气快要转凉了，你也要记得多加件衣服，让你府上伺候的人也精心点儿。”

“是。”仅仅一个“是”字，让人听不出丝毫的喜怒来，或者是激动到无法自持而不能言语，或者是麻木到不肯亲近的地步。李润的话，既不理会阗帝这样一句难得温暖的话，同时又重重地挫败了阗帝一颗想要做慈父的心。

“罢了，罢了……”阗帝坐在龙椅上，慢慢重复着这两个字。

走出乾元殿很远，虞锦的耳边似乎还萦绕着阗帝的声音，想起离开时无意间看到的他眼底的悲哀，不禁微微叹息。依着阗帝刚才对李润的教诲，言辞恳切，阗帝也算得上是一位明君。这样的帝王，身边却连个亲近的人也没有，亲手扶持的太子恭敬却疏远；本应名正言顺的嫡皇子翼王，又不是正统的血脉，甚至是皇室一个不可告人的污点；唯独……誉王，虞锦再三想了想他与阗帝之间的种种，竟觉得他们俩更甚父子。

思虑及此，虞锦也觉得有些好笑，在撞见太子李润阴鸷的眼神之前，丝毫未意识到自己已然轻笑出声。

“这样的帝王家，难道让你觉得很好笑吗？”

虞锦摇了摇头，说道：“他不过就是一位老人，说了自己本该说也最想说的话，我不觉得好笑。”

“本该说也最想说，真的是这样吗？”李润低声冷笑。

虞锦说道：“刚才在大殿之上，金玉答应皇上不过就是权宜之计。想必，太子也不想金玉每日跟在身边吧？不如，咱们一拍两散，各自离去，如何？”

李润似是看起来心情不错，眼底里的阴鸷已然消失，说道：“金玉公子说的哪里话？本太子怎会不想你跟在身边？再者说，本太子已经答应父皇，一定要厚待于你，而你不也答应会好好保护本太子吗？”

“你明知我不过就是无法推托，又何苦……”

“还不跟本太子一同离开？”

李润不待虞锦说下去，便自顾自地朝前走去。

远处宫禁森严，不时有侍卫成群结队地过来巡查，虞锦不想引起他人注意，只得静静地跟在李润身后，走出了这皇宫。

太子府。

平生见李润回来，颠儿颠儿地迎上去，说道：“主子，您回来了，皇上这时候召见你，所为何事？”

“平生，去将后花园凉亭东南角的锦然居收拾出来。”

李润说着话便进了房间，而平生追在后面，大喜过望地说道：“主子，您终于答应将锦然居赏给平生了？”

李润瞪了他一眼，略抬下巴示意他朝身后看，平生这才看见站在门外正要走进来的虞锦，疑惑地看了看虞锦，又看了看李润，说道：“主子，您是说要将锦然居收拾出来给……给金玉公子住？”

李润略点了点头，见虞锦走近，便指了指旁边的位子让她坐，看平生还傻傻地站在原地瞠目结舌，于是低喝道：“还愣着做什么？还不快去？”

平生欲言又止，又似是有些愤愤不平，一跺脚迅即离去。

虞锦问道：“你难道真要将我留在太子府？”

李润轻笑，说道：“如若不这样做，怎能让我父皇放心？”

虞锦听出李润话中的深意，冷笑道：“太子难不成以为，皇上此举意在将金玉安插在太子身边？”

正在这时，平生在门外说道：“主子，锦然居已经收拾好了，要不要现在就请金玉公子过去瞧一瞧？”

“也罢，你去看看合不合你心意，如若觉得不好，回头再叫人帮你收拾就是。”李润说道。

虞锦站起身来，出门后随着平生朝后花园走去。这锦然居在后花园凉亭的东南角上，也是整片湖的中心，没有路可以走，湖边有一艘小舟，系在湖边的一棵树下，见平生带着虞锦走过来，有侍从已经快手快脚地解下绳子，平生朝他挥了挥手，亲自划着小舟，将虞锦送至锦然居。

虞锦轻步踏进锦然居，这锦然居没有外墙，竟是全部栽种了细密的竹子，以竹林做墙，隔着竹叶，从外面看不到锦然居里面的情景，可是站在锦然居内，却可以将外面看得真切，虞锦不禁佩服建造这座锦然居之人的玲珑心思。

锦然居并不大，不过数间房屋，里外错落有致，进到最里边的房间，虞锦赫然看见满屋的书籍，它们被摆放得整整齐齐，似是有人经常打扫，所以每本书上并无任何灰尘，中间的书桌上，摆放着价值不菲的紫玉砚台。

虞锦问道："平生，这里是太子常来的地方吗？"

平生似是对虞锦有些微词，口气并不友好，说道："这是主子看书时最喜欢来的地方，闲暇时也偶尔会在这里小憩，这里的一切都是按照主子的喜好布置的。我几次跟主子提起，要他将锦然居赏给我，他都不肯应，怎么也没有想到，他竟会给了你。"

平生喟然长叹，左右望了望说道："这里僻静，主子也没有在锦然居安排仆从，你若需要，我便去回了主子，再给你……"

虞锦打断平生，说道："不必了。我没那么娇贵，只要这锦然居有吃有喝的送过来，我不需要人伺候。"

平生离开后，虞锦又围着这锦然居转了一圈，确定并无暗卫。平生不明白李润为什么会将锦然居给虞锦，虞锦却心知肚明，那不过是因为锦然居在水湖之上，将太子府的人都隔绝在外，最重要的是，虞锦可以从东墙跃出，自由进出太子府而不被人轻易察觉。

虞锦倒是一时摸不透李润心中到底做何感想，对自己他当然会有戒备，可是放任自己进出，未必不会对他造成威胁，难道他就一点都不怕吗？

虞锦进了寝室，见里面简朴而雅洁，没有任何绮丽奢华之物，也觉得放松得很，静静地斜倚在椅榻上，从窗户正好可以看见远处的凉亭，想起那次与太子在凉亭上的对话，失笑之余又有些出神。

虞锦自然不会就这样待在锦然居，她走出房间，用匕首削断一根竹子，将竹枝在水湖一撑，借力弹了出去，一跃至太子府外。虞锦回身，看了一眼那青砖高墙，心中叹息自己即将与此摆脱不开。同时也失笑于命运的宿判，自己将程衣安插在了慕容紫身边，自己却被阗帝安插到了太子身边。

虞锦需要知晓程衣是否被安全地送进了澄瑞宫，于是便去找翼王，虞锦因慕容城已经在阗帝面前帮自己"正身"，于是本想大大方方地走正门，突然想到阗帝已然将自己放在太子身边，自己就这样来见翼王，难免又招来猜忌，于是便悄然潜进。

虞锦进书房之时，翼王正与一人谈话，那人身穿劲装，蒙着面纱，见到虞锦之后，下意识地便迅即闪离。虞锦看着她的背影，熟悉之感油然而生，于是便探手抓向她的肩膀，那人身形一转，手中的长剑已经刺了过来，虞锦不得不缩手避开。

正在这时，便听见翼王低喝道：“退下。”

那人怔了怔，妙目流转，眼底闪过不易觉察的伤痛，缓缓地一步步朝后退，及至门口，飞一般地转身离开。

谁知，虞锦却也跟着蹿了出去，再度将手搭在了那人的肩头，低喝道：“你站住……”

那人反手刺向虞锦，虞锦本应捏住她肩胛骨的手略松，让她滑脱躲开，虞锦随手抄起院内盛开的鲜花，朝那人掷去，劲道虽不大，招数之奇却让那人闪躲不开，数朵鲜花便直直袭在那人面门之上，花粉扬起，浸染在她的面纱之上，那人却不理会，急速离开。

翼王在其身后唤道：“金玉公子……”

虞锦转过身，静静地看着翼王，说道：“翼王，是不是现在还不到打开天窗说亮话的时机？所以，我们还是要将这场戏码演下去？”

“金玉公子不跟在太子身侧，却来本王府里，这实在让人捉摸不透啊。”翼王避重就轻，不理会虞锦的话。

“我来不过就是想问问，慕容紫如何了？”

翼王面上浮起一抹笑意，半真半假地问道：“金玉公子什么时候这么关心本王母后了？”

虞锦冷笑，说道：“翼王何必明知故问？”

“本王的舅舅正在为母后医治，无论如何也要一两日才能渡过危险。”

听翼王说完，虞锦已然得到了自己想要的信息，既然慕容城还在为慕容紫医治，那么程衣便一定还在宫内相守，也不知为何，在虞锦的潜意识里，有慕容城在，程衣绝对不会出任何意外。

虞锦问道：“你可否告知金玉刚才那个女子是谁？”

翼王说道：“金玉公子一定要知道吗？”

“翼王这般说，那么那个人定是金玉相识之人了？”

虞锦这样问话，本意就是试探，果然，过了良久，翼王才说道：“本王不想回答。”

虞锦冷笑，说道：“有时不想回答未必不是一种答案。”

虞锦转身欲走，翼王突然在其身后说道：“那一晚，我都记得……”

虞锦顿住脚步，站在原地，没有说话，翼王说的她何尝不知，那一晚，翼王从她肩头跌倒在地，虞锦思索再三，还是将其扶到了榻上，谁知虞锦要离开之时，却发现衣袍的一角被翼王紧紧握在手中，虞锦本想猛力抽出，见翼王蹙着眉如孩童般的神情，一时心软，用匕首割断了衣袍后才离开。

翼王说道：“我缺失的，我渴望的，我曾经在平度每夜都梦寐以求想要得到的，不过就是一点温情，哪怕只是一点点，我都会铭记在心，你之于我，我更加不会忘记。”

翼王说罢，见虞锦没有回转过身，更加没有丝毫的只字片语，就那样悄然而去，不由得轻声叹息，再见到虞锦掷落的一地鲜花，若有所思，望着远处天际出神，或许有些东西总是藏不住，不知道从哪儿就要迸发出来。

第十三章
锦言素语　誓妃上不可

走出翼王府几个街口，虞锦才停住脚步，翼王的话不是不会令她动容，虽只是短短数句，却是那样的情真意切……

可是，即便是这样又如何呢？能改变如今不可逆转的对立处境吗？他是郁郁不得志的皇子，更不是皇室血脉，身负孽缘，誓要报这刻骨之仇，他想要颠覆这天下，更加想要慕容紫后悔当日所为，这样的他，她该如何站在他的身侧？

或许，还不仅仅只是这样？还有虞锦这些日子以来，一直想要追寻的真相。

虞家。

虞锦换过女装，坐在院内的秋千上，如同一抹紫色的影子，发丝也随风起舞，裙裾飘逸出尘，如同这院落内的景致，美不胜收。

正在这时，程裳回来了，笑着说道：“难得看你这么清闲坐着。”

虞锦失笑，说道：“你只当我跟你一样没心没肺呢？”

程裳站在虞锦身侧，为其推秋千，虞锦说道：“裳儿，我记得你曾经说过，我妹妹不喜花，对吗？”

程裳一愣，说道："是啊，雁儿很确切地跟我提过，说二小姐从来不敢碰任何花朵，否则定会浑身发痒，长满红斑。"

虞锦起身，朝外走去，程裳在其身后喊道："小姐，你要去哪儿？"

"走，跟我一起去瞧瞧咱们的二小姐。"

程裳虽是一头雾水，可是仍旧快步跟上去，走至虞屏的院落，程裳却见虞锦放缓了脚步，自小的情谊自然让她懂得虞锦这是正在犹豫挣扎，于是低声试探地问道："小姐，你到底有什么紧要的事没想明白？"

"我怕一面镜子，虽然冰冷、没有温度，可是一旦碎裂，再也不能有重圆的机会。"

虞锦说罢，见程裳依旧迷茫的神情，心中好生羡慕她可以不明白这份悲哀，思虑再三，正要踏步走进虞屏的院落，谁知却见虞屏正从里面走出来，见到虞锦后，微微一怔，旋即绕过虞锦就要离开。

"站住。"

虞屏脚步一顿，又继续朝前走，虞锦疾步上前，拦住虞屏的去路。

"你到底有什么事？快点说，我还要去照顾父亲喝药。"

虞锦仔细打量着虞屏，见虞屏的脸光滑如初、洁白透彻，疑惑之余又顿时松了一口气，难道一切都是自己多虑了？难道一切都不是自己料想的那样？可是，那失窃的金色羽箭该如何解释？佛堂的人影又该如何解释？

"屏儿，我希望永远不要在不应该的地方遇见你。"

虞屏转过身，问道："要是遇见了，你会怎么办？"

虞锦盯着虞屏，认真回答道："该怎么办就怎么办。"

一句话，看似简单，却含着太多深意，该怎么办就怎么办，这已经向虞屏挑明了自己的态度。

"好，那咱们该怎么办就怎么办。"

虞屏不顾仪态地大笑起来，一边笑一边走远，直到虞屏的身影消失，虞锦似乎还在耳边听见她的笑声，凄凉而自怜，其实，虞锦也笑了，在心底……

还好，没有到必须决裂的时刻。

虞锦简单地给程裳说了今日朝堂之事，程裳诧异万分，喊道：“你难道从此就要住进太子府？那咱们下山来的任务，就要这样搁置了吗？如果是为了虞家目前的处境，咱们大可再想别的法子，甚至可以去将那石相杀了……”

虞锦苦笑，摇头说道：“如今朝堂党派之争严重，可未尝不是互相制衡，如果将石相杀了，势必会影响到朝廷格局。裳儿，你难道忘了，咱们下山之时答应过师父，不能做这些有悖朝纲的事吗？”

“可是小姐，你如果真跟在太子的身边，咱们以后怎么相见？”

“该怎么见还怎么见，我待在太子身边，有他的力量帮忙，想必能快一点找到宝盒，到那时我们一起回乾坤门，去过快活的日子。”虞锦长舒一口气，看向程裳，见程裳拍手附和，便笑了起来。

还好，还有乾坤门可以回。

出来很久了，是到了该回去的时候了。

虞锦独自朝太子府走去，谁知在路上却撞见了一个人，竟是许久未有音信的雁儿。虞锦当机立断，便悄悄跟在了雁儿的身后，雁儿身形轻巧，手里却提着另一个人，虞锦仔细辨认，发现雁儿手里提着的那个人竟是断曲的姐姐段丽华，不禁大惊。

雁儿将段丽华塞进路边停靠的一辆马车里，自己也一跃而进，车夫将马车赶得飞快，虞锦只好施展轻功跟在后面，见那辆马车疾驰出了城，于是也加紧脚步追去。虞锦辨认出，这辆马车是驶往梨落庵的方向，看来雁儿是想将段丽华藏匿在梨落庵内。

谁知，没过多久，那辆马车突然停下，虞锦闪身至树后，却见远处也来了一辆马车，停在了雁儿所在的马车旁边，赶车人的帽檐儿很低，虞锦看不清那人的面目，却似在哪里见过，有些熟悉。雁儿从马车里跳下，将段丽华从车厢里面拉出来，想塞到对面的马车车厢里。

虞锦当机立断，闪身一跃，朝雁儿扑了过来，雁儿为避闪虞锦手中的匕首，必然就松开了段丽华，虞锦就势将段丽华拉至身后，谁知那赶车之人却突然一蹿而起，力道之大，令硬生生受力的虞锦差点儿窒息。

虞锦后退了半步，仔细朝那车夫看去，才看清到底是谁，于是冷笑道："堂堂一个王爷，易容扮作车夫，就为了做这些见不得人的勾当？"

仪王庞劳衣将头上的帽子一掷，露出一双炯亮的眼睛，说道："你不该跟过来。"

虞锦看了一眼身后的段丽华，见她倒是毫无惧色，一直显得从容不迫，心下有些诧异，却也不无回护地说道："这个人，我要带走。"

"不可能。"庞劳衣说道。

虞锦扣着手中的匕首，不屑地问道："你想要拦我？"

庞劳衣自信地说道："不必如此，因为她不会跟你走。"

段丽华始终没有表态，她甩开虞锦的手，缓缓朝庞劳衣的身边走去，虞锦见状于是问道："你难道不想见你的弟弟断曲了吗？"

段丽华脚步一顿，说道："请你转告断曲，我这么做是有苦衷的，我必须要找到虞志的下落。"

虞锦不解地问道："段丽华，虞志的下落我们可以帮你找，你跟在仪王身边，他又能帮得了你什么？他总归是宁王的义子。"

"正因为他是宁王的义子，所以才更能帮得上我，你别忘了我曾经是宁王的侍妾。"段丽华站在庞劳衣的跟前，肩膀禁不住地耸动，用手袖掩嘴，良久才带着哭音说道，"断曲是我的弟弟，我本该爱护他，谁知却连累他被人迫害，而我的志儿，也难逃同样的命运，我心不甘啊，我一定要那些人付出代价。"

虞锦冷笑道："那你要谁来帮你？谁是你的同盟，难道是这位仪王？"

段丽华却对庞劳衣充满信任，说道："仪王的妹妹也在八年前失踪了，所以我和他自有能感同身受的共鸣……"

虞锦乍然听到庞劳衣失去妹妹的消息，有些诧异，庞劳衣贵为王爷，竟也会遭到如此厄运，是人祸还是天灾？

"可是，你不要忘记，他只不过是把你当作一枚棋子，利用你去对付宁王，哪怕你死了，他也不会皱一下眉头为你哀悼。"

庞劳衣始终抱臂而立，嘴角带着淡淡的讥讽，冷眼旁观虞锦对段丽华的劝说，一副胸有成竹的样子。

段丽华苦涩地笑道："那又怎样呢？即便是死了又如何，只要能找回我的志儿，就算是让我死，我也不会眨一下眼睛。”

虞锦摇头，叹道：“你这又是何苦？”

“或许将来，你能明白一颗做母亲的心。那日，志儿遇刺，我口口声声说是你所为都是被逼无奈，盼你不要放在心上。你是个好姑娘，有你在断曲身边照看着，我很放心。”段丽华说罢，微微笑了笑，本来姿色平庸的她，却因眼角的风情绽放出光彩。

段丽华走进庞劢衣身旁的车厢，说道：“仪王，咱们走吧。”

“好。此刻，我倒不知该叫你金玉还是叫你虞家大小姐。不过，无论你是何身份，本王都奉劝你一句，能置身事外是最好不过的。”

庞劢衣将帽子重新戴到头上，拉低了帽檐儿，驾车疾驰而去，马车扬起的风尘，迷失了虞锦的双眼，那漫天尘雾，似是虞锦心底落下的那层吹不散的灰，或许此刻，唯有畅快淋漓的一场打斗才能消散虞锦压抑的心情。

虞锦眼角的余光看到雁儿慢慢朝后退去，于是冷笑道：“雁儿，看在你这么多年悉心照料屏儿的分儿上，我可以饶你不死，但是你必须交代清楚你潜进虞家到屏儿身边的目的。”

雁儿戒备地看着虞锦，说道：“你为什么不亲自去问二小姐呢？是不是怕话说出口，知道了些不该知道的，姐妹之情就再也难以挽回？”

虞锦看雁儿刻意激怒自己，也不着恼，淡淡地说道：“我数十声，你如若不能把握机会，我就先将你这一身白水教的邪功废掉。”

雁儿此时终于明白，虞锦早已识穿自己的身份，也不再做任何掩饰，冷笑道：“你既然知道这是白水教的功夫，就该掂量掂量自己有没有这个本事。”

雁儿话音未落，左肩微抖，一条如线般的细蛇直直扑向虞锦的面门，虞锦袖中的匕首滑落至手心，随手斩断那条细蛇，鲜血四溅，地面上的小草顿时被侵蚀死掉，也有几滴血落在了虞锦的衣袍上，雁儿得意地笑着，说道：“这金线蛇本身乃是剧毒，经过我喂养后，毒上加毒，世上已无人可解，它的血沾在任何东西上，都会将其摧毁。没有想到，主子百般防着你，而我却这样轻易地就将你杀死。”

雁儿笑得前仰后合，癫狂不已，虞锦望了望自己袍角的血滴，无奈地摇着头说道："我最烦别人弄脏我的衣服了。忘了告诉你，我所有的衣服都被药水浸泡过，百毒不侵。"

虞锦眼底的笑意越发浓厚，雁儿却惊骇得厉害，一直引以为傲的毒物在虞锦面前竟是毫无作用，雁儿双肩微颤，数十条线蛇都朝虞锦射过来，虞锦不想再被污血沾染衣服，于是只左右腾挪，一跃而起，用手轻搭在树枝上，躲过成片的蛇群，手中的匕首已然刺向了雁儿的脖颈。

雁儿跌跌撞撞地朝后退了几步，虞锦手中的匕首却如影随形，雁儿面如死灰般跌倒在地，用仰视的目光看着虞锦，生出万千的愤慨来，喊道："就算你杀了我，也不能再弥补你和二小姐的感情，只会让二小姐更恨你。"

"雁儿，我与她终归是姐妹，而你却是挑唆她走上不归路的人，你说，我要怎么处置你？"虞锦将手里的匕首随意地向雁儿的脸颊旁划了划，低声说道，"或者你可以用另一种方式来让我饶过你。"

雁儿惊恐地看着虞锦，慌乱地说道："什么方式？"

"告诉我，是谁派你来的？这些年来，又是谁教唆的虞屏？"

或许雁儿正被另一种更大的危险威胁着，她咬紧牙关，无论如何也不肯说出那人是谁，虞锦冷冷笑着，说道："你不肯说，其实也在我意料之中，如若你真这般禁不住拷问，即便我不杀你，那人也肯定将你杀了。可是我不能因此轻饶过你……"

随着雁儿一声哀号，虞锦手起刀落已经将雁儿腕处的一条血筋挑断，雁儿在地上翻滚着，因吃痛连声音都颤抖着，说道："你竟然废了我的武功，你为何不直接杀了我？"

"废了你的武功，你就做不了恶了，你照顾屏儿这么多年，我理当留着你的性命。"

虞锦知道雁儿虽然被挑断血筋，却不会有性命之虞，遂转身离开。

回去的路上，虞锦走得极慢，就那样一步步地朝回城的路上走去，路上落叶满地，已近秋色，夕阳余晖将虞锦的身影拉得很长，更显得她落寞而孤寂。或许人生就是这样，总会有独来独往的时刻，总会有一份令人来不及接纳的苍凉伤悲，将自己坚硬外壳下的柔软的心，彻底暴露在世人面前，可是即便如此，我们也会主动戴起伪装的面具，向世人宣告自己是永远不可战胜的。

虞锦走了很久很久，直到夕阳落幕、天色擦黑才进了城。

走到一座酒楼前，虞锦猛然转过身，不理会那人被发现后眼底闪过的些许尴尬，朝一直尾随在自己身后的那人低沉说道："陪我进去坐坐？"

誉王段无妄见虞锦竟毫无愠色，心中不禁暗暗诧异，面上却仍旧一派风流，笑着说道："恭敬不如从命。"

小二很快上来酒菜，虞锦不待段无妄说话，便自斟自饮了一杯，辛辣入口，不禁长吸一口气，微微摇了摇头，眼泪都差点儿被呛出来。

"你喝得这么急做什么？慢点儿喝，这些酒水低劣，怎比得上本王府里的十年少，不如跟本王回府，管你喝够。"誉王本想取过虞锦手里的酒杯，谁知虞锦却紧紧握住，不肯撒手，誉王一时无可奈何，只得松了手，拈起酒壶给虞锦斟了一小杯酒。

"只能再喝这么一小杯啊，否则小心被这酒呛坏了嗓子。"

虞锦直直地看着誉王，说道："你是不是早已知道拿着金色羽箭号令锦卫的人是谁？"

段无妄握住酒壶的手略微一颤，旋即恢复平时的嬉笑，说道："小师妹在胡言乱语些什么呢？"

虞锦起身便要走，情急之下，段无妄猛然按住她的手，低声说道："别走，我说就是。"

窗外天色已黑，因酒楼的二楼只有虞锦和段无妄这一桌客人，所以格外寂静，静得像能听见风的流动声。段无妄在答应虞锦要说出真相之时，面色沉寂，眼底簇亮的火花似是在挣扎犹豫。或许，这是很难的一件事，原本是华美的锦缎，如今却要逼着他将锦缎下的污垢展现在世人眼前。

"你也知道那人是谁了，对吗？"

虞锦点了点头，没有开口说话，此刻沉默无不代表着一种试探，试探段无妄是否肯说出藏在心底的真心话。

“他毕竟是我师父的亲外甥，这层血缘关系是谁也不能否认的。所以，即便师父传授过他任何武功或者秘籍，我都能理解。可是锦卫牵涉众多，差点儿酿出大祸，想必师父当初也没有想到事情会变成这样。”段无妄淡淡说出真相，即便口中始终没有提及“翼王”两个字。

虞锦摇了摇头，又冷笑不已，说道：“你们师徒两个可真有意思。”

“你是在说我师父对我隐瞒了这一切吗？我不怪他。”

“可是，他明明知道你已经知晓，却仍旧不肯给你一个交代，这就是他的不对。他在逃避你的质问，或者他根本不敢面对这一切，但这些事情都是由他而起。段无妄，你不要再傻了，难道要让他和翼王联手将你一直耍下去吗？”虞锦有些义愤填膺。

“你为什么要这么激动？是不是因为你也遇到了同样的事情？”

虞锦怒目，低喝道：“你在说什么？”

“你的妹妹，虞屏。”段无妄苦笑道，“她是你的亲妹妹，可是她做出了令虞家满门抄斩之事，勾结翼王，偷走金色羽箭伏击大臣，这是何等重罪，难道你不知道吗？”

虞锦被誉王说中心事，有些心不在焉地挥了挥手，说道：“你少提她，她的事我心中有数，我会在合适的时机安排她离开阳城，以后跟翼王不会再有瓜葛。”

“那虞家呢？虞家已经到了今日这个地步，你难道不想保住虞家？”

“我只要保住我父亲和虞屏的性命，便算是保住了虞家，这个我并不担心，最起码我有办法将他们从天牢里救出来，从此隐姓埋名度过下半辈子。”

段无妄“哧”了一声，说道：“他们甘心？他们甘愿？”

“除非太子肯放过虞家。”

段无妄心里一动，试图去拍虞锦的肩膀，谁知却被虞锦躲开了，一时尴尬不已。

“我不信太子会发此慈悲。别忘了，你也参与了当日在凉亭内的聚会，清楚地知道了太子的诸多隐秘。和这些人相处，有时只需要动四分之一到四分之三的脑筋，而你不小心却动了百分之百，这也就意味着对方也会拿出百分之百的脑筋算计你，你说，这对你有何益处？”

“我心里自有计较。”

段无妄却突然探过头来，很认真地说了一句：“你不会以为太子多看了你两眼，就是喜欢上你了吧？”

虞锦挑眉，冷冷地看着段无妄，段无妄一脸无辜地说道：“我是好心，你应该知道。”

“我最应该知道的是，你该死……段无妄。”

未等虞锦话音落下，段无妄已经如弦般朝后弹去，嘴里振振有词地嚷道：“没有哪个男人喜欢张牙舞爪的女人，你再不收起自己锋利的爪子，谁肯喜欢你？”

虞锦见段无妄的身影已经消失在楼梯口，便顿住脚步，谁知那段无妄却又突然探回头来，笑着说道：“当然，如若真没有人要你，我要你……”

我要你。

虞锦正要发作之时，段无妄却已经真的消失得无影无踪了，虞锦又可气又好笑地往太子府走去。已是深夜，虞锦却仍旧轻而易举地找到白日从太子府翻越出来的位置，足尖轻点，借着竹枝的力量，稳稳地落在了锦然居。

只是，凭着虞锦的功力，很容易听出房间里面还有一人，那人自然便是太子李润。李润正坐在书桌前，执笔写着什么，听见虞锦的脚步声，头也不抬地说道：“你终于回来了。”

“太子是在等金玉？”

虞锦疑惑地看过去，李润正用掺着金粉的墨抄写经文，见虞锦走近，将笔搁在一旁，说道：“本太子想抄写四十九部经书为父皇祈福，你既然回来了，就由你替本太子抄写吧。”

虞锦吃惊地看着李润，见李润脸上一副理所当然的表情，心中暗骂其不懂劳役之苦。

“不知太子抄写多少部了？”

“一部未完。”

虞锦嘴角一抽，于是刻意强调地说道：“太子的诚心真可谓比山高，比海深啊！”

“这个自然。”李润回答得极为肯定，不理会虞锦的反讽，说道，“现在可以说一说你为什么回来得这么晚吗？”

“本来想早回来的，后来遇见故人，所以耽搁了。”

“故人？”李润冷笑道，“不知金玉公子口中的故人是指翼王、仪王还是誉王呢？”

“这与太子有什么关系？恕金玉不能满足您的好奇心。”

李润狭长的丹凤眼半眯着，似笑非笑地打量着虞锦，似是看着手中的猎物，一时还没有琢磨出到底该不该结网以待。

虞锦见李润丝毫没有离去的意思，不禁有些沉不住气，但多年的修为总算是没有白费，虞锦到底蕴藏着常人没有的韧力，虞锦来到书架前，抽出一本书，坐到靠窗的椅榻上，细细地读着，沉静若水。

李润再度拿起笔抄写着经文，而虞锦坐在靠窗的角落默默地读着书，没有剑拔弩张，没有硝烟战火，也没有了明奸暗谋，就那样静静地相守在一个房间内，没有貌合，也没有神离，让人不忍心惊破两人身侧这微妙的氛围。

夜太过于寂静，以至于只能听见李润手中的笔落在纸上润透的声音，还有虞锦翻书换页的纸张声，以及两人均匀而低不可闻的气息声。夜太过魅惑，以至于两人不期然地互视时，胸口悄然溢起一种难以言喻的情绪，暖暖的，又乱乱的，令人难以捉摸。

李润将笔搁下，走到虞锦身边，见虞锦正在读《纵横》，说道：“纵横之论，难以辩乎？”

虞锦略仰着头，目光平静，淡淡地说道：“纵横天下，岂容辩也？”

“如若他朝，不以皇位论天下，金玉公子会做何举动？”

“只望能置身事外，在山清水秀处结庐而居，管他江山鹿死谁手？”虞锦十分向往那样无拘无束的生活，说起此话之时，眼底已经簇亮。

李润轻叹一声，过了良久，才说道：“或许你不知道你口中所描述的生活，在别人眼中都是可望而不可即的，连羡慕的资格都没有。”

“那是因为身上背负的东西太多，放不下，放下了也就能如我这般，不是吗？”

“想要放下谈何容易？有些东西都已是上天注定，放下可以，即便是赌上自己的性命也未必放得下。”

虞锦认真地看着李润，说道：“太子是在说自己吗？”

李润略俯下身，肩侧的头发垂在虞锦面前，不怒而威的气势压倒一切，散发着一种令人倾倒且不可抗拒的力量，朝倚在榻上的虞锦说道：“该死，你凭什么这样认为？”

虞锦却丝毫没有示弱，毫不客气地回敬道：“这本就是不言而喻的事情。”

虞锦本以为自己这句话会激起李润更大的怒气，谁知李润却半眯着眼睛，牢牢盯住了虞锦，手伸向虞锦身侧的椅榻扶手，良久没有下一步的举动。

两人互视，也不知过了多久，只听见远处平生在锦然居外轻声地喊着“太子”的声音，李润站直了身，随手一撩外袍，姿势潇洒自若，朝外走去。

虞锦将书掩在脸上，长舒一口气，房间内压抑的气息顿消，竟生出一丝丝的愁绪，若有若无，让人心里痒痒的，却无力可碰触。

虞锦站起身来，走到书桌前，握住李润用过的笔，在纸上写了几个字，也不知是不是因为握笔之处还存有李润的余温，虞锦只觉得自己写的字歪歪扭扭，连指尖也有些微颤……

虞锦将纸迅速地揉成一团，掷在地上，有些心烦意乱，胡乱卧下，一夜难以成眠，闭目后皆是各种混乱景象，难以收拾。

事皆有得失两面，虞锦跟着李润一同进宫，因为阗帝，虞锦有了名正言顺进宫的理由。所以，在李润去乾元殿见阗帝之时，虞锦很顺利地见到了已是容贵妃身边得力太监的断曲。

断曲进宫这些日子，不仅从容貌、衣着上已是一名太监的样子，更难得的是，连同他的气质与举手投足之间的行为都有所改变，带着一副察言观色的伶俐劲儿，又带着有主子撑腰趾高气扬的气势，在宫里混得如鱼得水。

虞锦站在原地，笑着打量断曲，说道：“像，可真像。”

断曲抚额不禁叹息，说道：“也难怪你说像，再这样待下去，我都要忘了自己是谁了。”

“你见到程衣了吗？”

断曲听见虞锦提到程衣，眼睛一亮，见虞锦似笑非笑地看着自己，又有些不好意思，说道：“见到了，跟着容贵妃去慕容紫宫里时见到的，不过并未说上话，程衣现在贴身守着慕容紫，难得有份清闲，慕容紫伤还未愈，又不是时刻清醒着，程衣走不开。”

“那慕容城呢？他难道没有在澄瑞宫里守着吗？”

“在，只是时常被阗帝召去，每次慕容城离开乾元殿时，阗帝都会大发脾气，将茶杯、奏折摔得满地都是，容贵妃时常抱着小皇子过去劝慰，阗帝看到小皇子才展露笑颜，心情大好。”

虞锦心中冷笑，定是因为阗帝本不想救治慕容紫，想让其自生自灭，但是慕容城的倾尽全力让阗帝不满，两人发生争执。只是任凭慕容城武功绝世，也难敌宫中好手无数，阗帝为什么不借故干脆下令将慕容城拿下，让虞锦不解。

“听你这意思，小皇子很得皇上欢心了？”

“那可不，阗帝每日都要过来瞧小皇子，极为喜爱他，宫里有些嘴碎的，还说阗帝说不定会将皇位传给小皇子呢。”断曲说道。

“传位给小皇子？这怎么可能？那太子呢？”

“不过就是那些人随口一说罢了，就怕有人会听到心里去了。”

“容贵妃呢？她听到这些话后，有何反应？”

“就地将那些人杖毙。”

虞锦明白这容贵妃将那些人杖毙，其因不外乎有二，其一就是为了将事情闹大，传到阗帝和太子李润的耳朵里去；其二就是为了让众人皆知自己毫无助小皇子夺太子位的居心。

有时候做事情太过于着痕迹，反而显得磊落。这就是容贵妃的手段，大智若愚，让阗帝毫无提防之心。

“你可曾见到过容贵妃与仪王暗地里有往来？”

“这倒是没有，容贵妃每日里一多半时间都在照看小皇子，有时也会去乾元殿伺候皇上，闲暇时间本无多少，又深居后宫，难与仪王来往。”

虞锦挫败地看着断曲，无奈地问道：“断曲，你是真傻还是在给我装傻？那容贵妃至于以身犯险只身一人去见仪王吗？难道她就不能派人出宫去见仪王？”

断曲答道：“容贵妃不可能派人出宫。”

“为什么？”

“因为她宫里宫女、太监虽多，可是贴身伺候的极少，也不过三五个，每日里又都当值，从不歇息，所以我料着那几人不可能出过宫。”

“那仪王就不能派人入宫私下去见容贵妃？”

断曲摇头，说道：“最起码在我的视线范围内，从没有人可以随意见到容贵妃。容贵妃极少见人，就连那些惯常踩低爬高的妃嫔来拜会，容贵妃都让人用各种借口打发了去，久而久之，就几乎无人登门了。”

虞锦微怔，顿时对容贵妃充满了好奇，这样的容贵妃在阗帝心中将是何等明理晓事、安分守己，不骄奢浮华，又育有皇嗣，也难怪阗帝会偏宠于她。

只是，如果与仪王有往来的那人不是容贵妃，又会是谁呢？虞锦对此满腹疑惑，只得让断曲继续待在容贵妃宫中，伺机而动再探虚实，因为直觉告诉她，那人定是容贵妃，错不了。

“我要赶紧回去，时间长了恐怕惹人生疑。你如今跟在太子身边，迟早会露出马脚。咱们找到宝盒，还是赶紧脱身回乾坤门为妙。”断曲说道。

虞锦点了点头，见断曲转身要走，突然唤住他，说道：“等等，断曲，有件事，我想告诉你，关于你姐姐的……”

断曲面色一沉，顿时紧张起来，试探着问道：“她，她还活着吗？”

“这个自然。”

断曲明显松了一口气，说道：“她究竟怎么了？你快告诉我。”

“不知道她为何落在了雁儿手中，雁儿又将她交给了仪王。”

断曲听罢，只微微点了点头，没有吭声。

“你难道不问问我，为什么没有救她？”

“就算是为了我，你能救也自然会倾尽全力去救。我何必要问？”断曲淡淡说道。

虞锦心里一热，紧紧握着拳，说道：“她是自愿跟仪王走的，不肯让我救，她说要找到虞志的下落。我猜着仪王肯定要用她要挟石相或者宁王。我会让程裳跟着她，总之，你放心，我不会让她有事的。”

“我知道。”

断曲朝虞锦笑了笑，目光充满了信任和真诚，随即转身离开，不过片刻，身影便消失在花径林间。

待到虞锦从御花园里走回去，李润还未从乾元殿里出来，一直在阗帝跟前伺候的秦公公正急得抓腮挠头，见到虞锦后喜出望外，迎上来说道：“金玉公子这是去哪儿了？可叫奴才一通好找啊，这腿都要跑断了。”

“左右无事，见天气好，就去御花园里转了转，一不小心在假山后睡着了。秦公公找金玉何事？”

虞锦知道这秦公公乃是阗帝近身伺候的太监，于是待他也颇为客气。

秦公公笑着说道：“请金玉公子进殿见驾。”

秦公公话音刚落，未等虞锦有所反应，大殿之上就传来茶杯摔碎的声音，一声怒吼道：“朕当你这些年是真的将慕容家的事置之度外了，原来，慕容家还没有怎么样，你就第一个跳出来反对朕、质疑朕，朕何错之有？即便朕就是错了，那也有错的理由。”

正是阗帝雷霆震怒的声音。

虞锦还在思量到底要不要此刻进去，秦公公已经眼明手快地吩咐人将大殿的门打开并通报了进去，虞锦只得进去见礼回话。

阗帝坐在龙椅上，眉头紧锁，双目怒睁，不待虞锦行完礼便一挥手叫起，说道：“金玉，你来得正好，快来看看你的好师父是如何违逆朕的心意的。”

虞锦侧头看去，见大殿上除去李润外，慕容城也在，慕容城风华无双，不卑不亢地站在那里，从容淡然。

而李润却沉稳谨慎，一言不发，与虞锦互视一眼，又迅速挪开。

“金玉，乌雅国在边境处突然加派了两万人马，蠢蠢欲动，时不时地骚扰当地百姓，朕想封你师父为靖远大将军，领兵五万，镇守边关，但你师父执意不肯，你来说说看，你师父为何不肯答应？”

虞锦这才明白阗帝雷霆震怒的原因，阗帝怕慕容城将慕容紫治愈，所以便派慕容城出征，慕容城明知阗帝要将慕容紫置于死地的意图，又怎肯答应？

只是阗帝却要让自己讲出其中内里的真实原因，意欲何为？虞锦一时僵住。

此时，李润上前说道：“父皇，儿臣以为国舅推辞父皇的好意，不过就是挂念着母后的病情。只要母后伤愈，国舅定无再推辞之理。”

罢了，既然李润避重就轻地挑明了此事，虞锦总算是好应对一些，说道：“太子说得不无道理，不过金玉却觉得，还有另一层原因。”

“哦？还有何缘由？你说给朕听听。”

本都是心知肚明的事情，因虞锦口中所言的另一层原因都起了兴趣，连一直静默不言的慕容城也将视线投了过来。

“我师父虽武功绝世，也深谙兵法之道，却从未领兵出战过，他是怕冒昧出征误了国事。”

阗帝紧紧盯着慕容城，说道：“国舅，真如金玉所言吗？”

未等慕容城答话，石相突然从殿外大步流星地走进来，口中高声说道：“皇上，金玉公子所言不无道理。臣愿举荐一人，此人一到边关，定会让乌雅宵小闻声退却三百里，永不敢再进犯。”

“哦？石相举荐何人？”

“回禀皇上，臣要举荐的正是太子殿下。”

第十四章
笔墨纸砚　谱曲沉香破

早在阗帝询问之前，虞锦早已预感到石相要举荐的定是李润。虞锦站在李润身侧，看不清他的面容神色，只听见他几不可闻的一声冷哼。

“石相，我朝难道人才凋零到如此地步吗？朕就没有得力干将可以派遣吗？一定要将储君送上战场？”阗帝明显不满意石相的答案，连番发问。

石相并未惊慌，答道：“请皇上息怒，我朝国力繁盛，岂是小国可以匹敌？只是乌雅频繁来犯，确实是因我朝过多容忍所致，如若派太子出征，定会扬我朝威名，树立太子威信。别的国家见状后也必然不敢轻举妄动。”

阗帝听闻后，一时没有说话。

石相见状，继续说道：“如若皇上不放心太子安危，不如就着封誉王为靖远大将军、太子为监军，如此一来，双剑合璧，无与争锋，定会令天下变色，那些蠢蠢欲动的小国只会惶惶不可终日，又岂能再起进犯之心？”

虞锦见阗帝陷入思索中，知道他已有所动心，即便当初只是为了将慕容城调离阳城，远离皇宫，可如今在石相三寸不烂之舌的怂恿下，也渐渐觉得这一次稳操胜算、绝不会伤筋动骨的战争，也可以成为太子政治生涯的筹码。

阗帝询问李润，说道：“太子，你以为如何？朕听石相这么讲来，也有几分道理，如若你与无妄一同出征，朕也安心许多。”

李润淡淡笑着，说道：“父皇，儿臣愿意出征。只是，儿臣不想当这个监军，儿臣想担任大元帅，至于这个监军嘛，不如就由石相来担当。石相经才伟略，担任这个监军，再合适不过了。”

阗帝闻言大喜，拍掌赞道：“好，就按太子说的办。”

石相面色有些难看，可是周旋官场多年，他自然懂得不能在此时违逆圣令，可是叫他就这般应下，他又如何甘心？

“太子担任大元帅，微臣担任监军，那誉王呢？誉王自幼学习兵法，又师承国舅的绝世武功，在梁川颇有盛名，他既然没有离开阳城，出征的事情又怎么能少得了他？皇上，不如封誉王为先锋将，一同出征为妙。有誉王在旁相护，太子自会毫发无伤地凯旋。”

石相说罢，李润紧忙说道：“父皇，儿臣有金玉公子在身边，自不会出了岔子，区区一个乌雅国，由儿臣这个太子与石相一同出战，已经是小题大做了，再加上誉王，就有哗众取宠之嫌了。”

石相紧忙又辩了几句，李润毫不相让。阗帝突然朝一直沉默不言的慕容城问道：“无妄和金玉都是你的徒弟。朕今日虽然不再让你前去边关为国出战，可是朕的太子也是重中之重，容不得有任何闪失。你建议由谁跟在太子跟前会妥帖呢？”

一直毫无动静的慕容城此时才开口回道：“不如……就由誉王和金玉一同前去。”

暮色渐起，大殿之上还未起灯，虞锦已经看不清旁人的神情，唯独近在身侧的李润，从略微低沉的呼吸声中能听出他的隐忍，或许，这只能是他此刻唯一的情绪。

阗帝语气不善地说道：“秦伦，你没瞧见这满室昏暗吗？难道是在等朕亲自去将灯点上吗？”

“奴才该死，奴才这就去点上。”

秦伦带着几名小太监将满室的灯烛点亮，一时间灯火通明，满室生辉。

随后，秦公公端上来一碗汤药，低声说道："皇上，该喝药了。"

阗帝随手一挥，不耐烦地说道："搁着吧。"

"皇上，御医叮嘱过，药凉后药效……"

"朕这江山但凡有一丝不稳，朕的病就永远好不了。朕自然比谁都希望好好活着，活着将这江山稳稳当当地交到朕的太子手里。"

阗帝语气郑重，眼神中又带着诸多难以言传的神采，虽言及太子，目光却又不落在李润身上，而是透过大殿门，望向遥远的天际，天际的那一端，似是有无限牵挂。

众人跪安退出大殿，石相朝李润拱手说道："太子殿下立功在即，微臣先行祝贺。"

李润嘴角抿出一丝笑意，说道："既然这次石相为监军，本太子的荣辱自然都少不了石相的一份功劳，石相又何必客气？"

石相怎能听不出李润话中深意，于是说道："微臣年迈，只怕力不从心，出征之事，未必成行。"

正在此时，慕容城走出大殿，没有理会李润和石相之间的唇枪舌剑，径直朝后宫走去。

石相开口唤道："国舅大人请留步。"

慕容城似是未曾听到，脚步丝毫没有放缓之意，石相疾步追过去，拦在慕容城身前，还未开口说上几句话，慕容城又再度起步离开，嫌恶之意不言而喻。

虞锦远远看着这一切，心中诧异，这慕容城虽是隐世君子，但也属从善如流之辈，怎对石相这样不假辞色？

太子府。

平生追在李润身侧，说道："主子，您进宫后，有人送来一封书信。"

李润未曾回身，随口问道："哦？什么书信？"

"是与虞展石虞大人案子有关的，因事出蹊跷，平生怕上面有人用了毒，便斗胆拆开来看过。”

李润接过平生递过来的书信，迅速地塞到了身后虞锦的手里，说道：“念。”

虞锦握着这封书信，心绪起伏，一时拿不定主意到底应不应该在李润看到之前毁了去，跟平生来个死无对证。

心中虽将各种可能盘算了一遍，也不过就是刹那光景，虞锦已经打开了信封，将薄薄信纸抽了出来，只见上面寥寥数字写道：“虞展石继室曾为宁王侍妾。”

短短几个字，虞锦念得很慢，侧头看向坐在椅子上的李润，李润面无表情，让人辨不出喜怒。

平生说道：“原来虞展石虞大人的继室，就是宁王送给他的。那虞大人与宁王岂不是会过从甚密？但是据可靠消息得知，虞大人也就只私下里见过宁王一面，仅此而已。”

虞锦跟着虞展石去见宁王之日，虞展石还未被石相联络其他大臣弹劾陷于困境之中，难道说早在那时，李润便派人盯着虞展石了？虞锦心中冷笑，不屑之意尽在眉眼间。

“平生不过就是去跟踪宁王，怎知却发现与宁王相会之人是虞展石。”

虞锦心里一动，侧头看向李润，见李润似乎只是无意地随口一说，心下刚刚落定，偏嘴硬说道：“太子何必跟金玉解释。”

李润没有说话，手里握着那封书信，仔细瞧着，虞锦也只是坐在下首把玩着手里的茶盏，平生见状，便悄然退了下去。

“这书信你猜是谁送来的？”

虞锦早已盘算过，于是说道：“这自然是谁与虞大人结怨谁来揭他的底儿，只是中间还夹杂了一个宁王，掰着手指头数数也能算清楚不畏宁王权势的人，当朝又有几个？”

李润将书信搁在桌上，说道：“你是说石相？”

虞锦黛眉轻挑，慧黠地问道：“金玉说了吗？”

李润眉眼间的冷峻消失了一大半，眼底难得地溢出几分笑意，说道：

"好吧，你没说，全是本太子说的。"

房间内的压抑气氛消失殆尽，连同两人眉梢处的矜持与戒备也都暂时搁置在一旁，相视过后，又迅速分开。

"此次出征，你有何想法？你真的要跟着本太子前去战场吗？毕竟刀枪无眼。"

虞锦似是毫不在意，说道："那有什么打紧的？且看着吧，刀枪必定是会插在敌人胸口上的，战场上流的也只是敌人的血。"

正在这时，平生又悄然进来，看了虞锦一眼后，望着李润欲言又止。

未等虞锦起身离开，李润说道："金玉公子往后时常跟在本太子身边，难道都要避讳不成？平生，有什么话便直说吧。"

虞锦心里冷笑，即便是李润如此吩咐，平生自然也会掂量清楚到底什么事情该说、什么事情不该说。

"主子，誉王进宫了……"

"是被我父皇召进宫的？"

"是的。听说皇上还特地赏了誉王一件他当年征战时穿过的盔甲。"

李润轻轻地"哦"了一声，没有再说话，平生则继续说道："誉王即将返回梁川，却被紧急遣往边关，或许皇上只是为了安抚誉王也未必。皇上即便再恩宠誉王，也越不过您去……"

平生越往下说，话音越低，在见到李润面色越发阴沉后，口里的话结结巴巴地咽了回去，不敢再提，一声不响地退了下去。

虞锦情知李润此刻心情不佳，不想招惹他，本想也跟在平生身后离开，谁知李润却突然出声说道："金玉公子，这一出征，还不知哪日回来，你有什么事便先去交代交代，不急着回来。"

虞锦微怔，旋即点头，离开。

虞锦之所以对这次出征不抵触，其实最主要的原因是负责调查虞展石案的李润一旦离开阳城，那么虞家的事总归可以放一放了，这也为虞锦和在宫中找寻宝盒的断曲、程衣争取了时间。总之，对于虞锦和虞家来说，都算不得是什么坏事。

虞锦回到虞家，去了虞展石的房间，虞展石近日好转了许多，已经能够半卧在床上平心静气地说上几句话了，虞屏经常侍候在旁边，倒像是一副父慈女孝的模样。

虞屏见到虞锦后，碍于虞展石在身侧，只得违心地唤了一声“姐姐”，虞锦刻意忽视她语气中的不情不愿，只道了一句“辛苦”，便不再与她说话。

“锦儿，近日哪里去了？府里都见不到你人影。”

虞锦淡淡地说道：“皇上命我跟在太子身边，如今我住在太子府。”

虞展石面上却变了颜色，急道：“那怎么可以？你到底是一个女儿家，你这样做就是欺君啊！”

虞屏正在给虞展石敲腿，听见虞锦毫不避讳地在自己跟前说这些，手微微一顿，旋即又是若无其事的样子，一副小女儿家的情态。

“欺君？欺君的何止我一个？”

见虞锦这般不以为意，虞展石更为焦急，一口气不顺剧烈地咳嗽起来，艰难地说道：“锦儿，万万不可莽撞啊，虞家满门的性命不能在这样风雨飘摇的动荡时节中丧失，更重要的是不能毁在你我的手上啊！”

“父亲，你们在说什么呢？虞家满门性命？姐姐到底做了什么，竟会让我们都丧命？”虞屏略仰着脸，天真无邪地问道。

虞展石长叹一声，说道：“屏儿，你不懂，就不要问了，以后你记得，凡事都要思虑大局，不能像你姐姐这样……任性妄为啊。”

“父亲，屏儿记住了。”

“屏儿，你这几日天天在为父这里伺候着，已是辛苦劳累，为父身子已是大好，这里又有你姐姐守着，快去歇一歇吧。”

“父亲，这是屏儿应尽的孝道，父亲一日不好，屏儿就一日不能歇息，想必父亲也饿了，屏儿这就去厨房端碗清粥过来，姐姐就陪着父亲说会儿话吧。”

虞锦微微点头，没有应声。

虞屏离开时侧头看了虞锦一眼，一脸的得意与不屑。

虞锦明知虞展石这是故意要支走虞屏，也不点穿，只等着虞展石自个儿将意思说清，果然，待虞屏走远，虞展石问道：“锦儿，前几日我要你办的事，现下如何了？可有眉目？”

虞锦沉吟了片刻，终究还是答道：“没有办成。”

虞展石恨铁不成钢地说道：“难道你还顾及着那个叫什么断曲的？”

虞锦说道：“倒不是此种缘由，是因为段丽华不选择跟我走，而我又不能勉强她，只能眼睁睁地看着她跟着仪王离开了。”

虞展石大惊，说道：“仪王？你是说宁王义子、南屏三百里外封地的庞芴衣？”

“是，正是他。”

虞展石将锦被掀开，想要下床来，却一个不留心被被褥缠住跌了结结实实的一跤，虞锦正待去扶，虞展石却缓缓推开了她的手，以难以置信的目光看向虞锦，见虞锦神色平静不似有假，终归是信了她。

“她这是宁愿踏上死路，也不肯再待在我身边啊。”虞展石似是有些心灰意懒，低垂着头，一瞬间似是又苍老了十岁。

“父亲为何这样说？难道庞芴衣一定会将她置于死地？”

虞展石叹息道：“你终究还是不能明白，我虽要你将她擒来，却只是用她来威胁石相而已，无论如何也不会伤及她的性命，毕竟她在我虞府八年，多少总有几分情分在。但是庞芴衣如果用她来要挟宁王，无异于将她逼上死路，宁王到底不比石相，他是无论如何也不会将她放在心上的。”

“父亲，你为什么总是说石相会在意段丽华的性命？石相不是从不近女色的吗？为什么单单会对段丽华情有独钟？”

“石相哪里是对她情有独钟？不过就是因为她长得……”虞展石猛然住口，没有再说下去。

虞锦陷入疑惑，凭着虞展石未说完的话，她知道段丽华应该是长得像某个人，所以才会让石相如此青睐，可究竟是谁竟令叱咤朝堂的石相如此爱屋及乌？

虞锦将石相举荐李润出征的事情告诉了虞展石，虞展石说石相居心不良，在听见虞锦将要追随李润一同出征之时，又有些震惊，太子离开不能继续查探此案是好，可是终究要累及虞锦，这让他如何放心？

“锦儿，你要记住，我是希望你能保住虞家荣光的，可是这不意味着为父要你搭上性命。所以，如果到了必要时刻，你需要离开才能保住性命，就放手离开吧，虞家哪怕只要有一人活在世上，就还会有希望。虞家没有男儿继承家业，但是总归有你和屏儿，屏儿身弱，不能习文学武，可你不一样，你冷静、睿智、通透，又有一身武功，你就是虞家的希望，只要你活着，虞家就不会亡。”

虞锦本只是闲闲淡淡地听着虞展石在讲，却没想到听见虞展石这般语重心长的话来，或者这就是深藏他心中的肺腑之言，在虞锦饱受苦痛的心中，总算有了那么一点点的慰藉。

只是如若真有那么一丝的疼爱，怎么会将自己送进那苦恶的乾坤门？虞锦想起初进乾坤门的日子，原本双眼满含的温情一下子又荡然涤尽。那些痛，如何忘得了？

就在虞锦发怔的时候，虞屏敲门走了进来，手里端着一碗清粥，见虞展石乏了不想进食，倦倦地倚在床榻上小憩，虞屏就将那碗清粥搁在了桌上。

虞屏见虞锦起身，于是也紧忙随着虞锦一同走了出来。

虞锦回身看向虞屏，只见虞屏满脸都是疏淡之意，虞锦说道：“屏儿，你是虞家的人，自当知道维护虞家之重，凡事该放下便要放下，即便你觉得有些委屈。可是你看看这个世上的人，有谁没有委屈，有谁是平坦地走过人生，只要你放下，远离繁杂，我们仍旧做一对好姐妹，好吗？”

虞屏冷笑，说道：“姐姐说的是哪里话？姐姐冷静、睿智、通透，又有一身武功，可是虞家的希望，只要你活着，虞家就不会亡。这样的你，这样带着希望而活的你，我如何与你匹敌，与你做一对姐妹？”

虞锦明白虞屏在门外已然听见虞展石刚才的那一番话，无奈地笑了笑，说道：“你为什么总是那么在意别人对我的评价？我们难道不应该是荣辱与共吗？”

虞屏冷哼一声，讥讽道：“你回虞家这么久，一直对我不假辞色，为何今日这般放低了身段？不过就是想在你离家之际，安抚我在家照顾父亲罢了。”

“即便我存了这样的心思，不也是你应该做的吗？”

“凭什么？就凭你今日的一句话？我可以明确地告诉你，虞家与我没有任何关系，我今日肯守在父亲床榻前，是我还在顾念这份父女亲情。否则……”

虞锦接口说道：“否则你早就站在另一人身侧了，对吗？”

虞屏微怔，没有应声，手扶在廊柱上，毫无血色，她眼睛里的某种神采渐渐退却，这本是她伪装许久的表象，如今却被虞锦一口道破。或许正是因为自小被疏忽而引发的自卑，才让她变得格外坚强、自信，只是这坚强、自信也不过就是一道纸糊起来的墙，随时都会被轻易地推倒，轰然倒塌。

虞屏缓缓转过身，顺着走廊朝前走去，只是步伐越走越快，虞锦站在原地，直到再也看不清她的影子，才无声叹息。

每个人都会觉得自己经受的才是人世间最大的苦痛，所以才会在听闻别人的苦痛时无动于衷。

当虞锦回到房间，简单收拾自己行装的时候，程裳却死活要跟在虞锦身边，虞锦拍了拍她的肩膀，说道：“你也知道，我目前跟在太子身侧不过就是权宜之计。别跟着去了，留在虞家，帮我照看着我父亲。”

程裳不满地说道：“可是小姐，你甘心这样被人奴役？虞大人虽然涉案，你难道没有办法销毁证据、断掉线索，救虞大人吗？虞大人安然无恙以后，只要我们从皇宫中找到宝盒，就能回到乾坤门，不必在这尘世看尽奸邪。”

虞锦轻咬贝齿，眼底的疲倦透露出几分无奈，说道：“你该明白，我现在所扮演的角色不过就是一个虚无的人物，如果轻易泄露了身份，只会惊动了那几个难缠的人物。到时候，再想进皇宫取回宝盒，只怕没有那么容易。”

程裳却欲言又止，见虞锦疑惑地看着自己，脱口而道：“你现在真的只是为了找到宝盒吗？你不过就是想弄清楚八年前虞家到底发生了什么，你父亲为什么会将你送进乾坤门，你母亲为什么会惨死。”

程裳说罢，见虞锦面色淡然，始终不吭声，知道越是这般，她心思就越重，于是一狠心毫无顾忌地继续问道：“难道不是吗？否则又何必浪费这么多的时间跟誉王、翼王和太子周旋？你不过就是想借着他们好接近石相、宁王，查探当年的真相。你的心思，断曲和衣姐姐都早已知晓了，只是他们从不肯说出口，还甘愿任你差遣。”

虞锦似是没有听见程裳的话，拿起收拾好的行装，淡淡地说道：“我离开之前，一定会设法再见你们一面，有什么话到时候再说吧。”

看着虞锦离开，程裳在其身后跺脚，恨自己口无遮拦，又气虞锦不听劝告。可是她终究不敢追出去，既然虞锦将守护虞展石的责任交给她，她必将誓死践行自己的诺言，只因为相托之人是虞锦。

虞锦缓步走回太子府，及至巷口，见路边停着一辆华丽的马车，段祥从车厢里探出头，鬼头鬼脸地笑着，虞锦当即明白里面坐着的人就是誉王。

段祥嬉笑着掀开车帘，说道：“金玉公子，我家主子这边有请。”

虞锦走过去，轻步上了马车，见誉王正端坐在里面，埋头擦拭着一把剑。

那把剑剑鞘华丽至极，镶金嵌玉，剑身狭长，刀刃锋利，段无妄仔细地擦拭着剑身的每一寸，似是对待一位极为熟稔的朋友，虞锦看得出这把剑对于段无妄来说是何其珍贵。

“你找我究竟要干什么？既然没什么说的，那我就走了。”

段无妄听见这句话，仍旧头也不抬地说道：“你真的打算跟着太子去边关，上战场？”

“这个自然。”

“这浑水不好蹚，还是及早抽身为好。你不过是顶着一个虚无的身份，陷得越深，越难以摆脱。你下山究竟是为何，告诉本王，本王帮你完成。”段无妄将宝剑入鞘后，看着虞锦说道。

段无妄神色认真，面上无一丝笑意，似是在说一件寻常之事，又似是在向虞锦诉说自己的誓言。只是虞锦却不知该如何应对，或者说，她压根儿不想应对。

段无妄似是早料到虞锦会有如此态度，虽恢复了往日洒脱不羁的模样，眼底闪过的失落却难以掩去，说道：“如果你想从太子身边离开，本王愿助你一臂之力。”

“你就不怕与太子结怨？”

段无妄轻笑，上上下下打量着虞锦，凑过来低声说道：“如果你是女装也就罢了，就现在这样一个公子哥的模样，你难道还以为能挑起本王与太子之间的争执？”

虞锦觉得脸有些发烫，可见车厢内的光线昏暗，也就没有闪躲，只看着段无妄，认真地说道：“段无妄，你如果到现在还不能明白自己最令人嫌恶的是哪一点，就太可悲了。”

马车外传来一声闷笑，段无妄朗眉一拧，手略微一扬，一件暗器已飞了出去，马车外传来一声哀号，大叫道：“主子，你如果到现在还不能明白自己最令人嫌恶的是哪一点，就太可悲了。”

段无妄面色铁青，虞锦却忍不住侧转过头，肩膀略颤，几乎要笑出声来。

马车及近太子府时，虞锦下了马车，段无妄探出头，唤住她，说道：“记住本王的话，如果需要帮助，随时来找本王。就算只是因为师出同门，本王也责无旁贷。”

未等虞锦应答，只听远处有人走来，拍手赞道：“好一个责无旁贷……”虞锦转过身，见李润缓缓走近，眉眼平和，嘴角抿着一丝笑意，在虞锦跟前站定，负手而立。

段无妄此时已然下了马车，大笑了几声，说道：“太子站在府外，难道是在等本王师弟回府？”

李润看了虞锦一眼，那眼眸深不可测，说道：“恰好遇见罢了。”

“好一句恰巧遇见。”

段无妄似笑非笑地看着李润，见李润面色不虞，于是微微耸了耸肩，朝虞锦轻眨眼睛，说道：“小师弟，可要记得本王说过的话。”

段无妄离开之际，放声大笑，踏上马车，不过片刻，马车便已驶远，扬起如雾般的风尘，那爽朗魅惑的声音回荡在空中，又带着刻意的暧昧味道，让虞锦失笑。

李润面色阴沉地看着虞锦略扬的嘴角，颇有意味地说道：“看来金玉公子很让誉王挂心啊。”

“誉王仁厚，念及同门情谊才会如此。”

“仅仅如此吗？”

虞锦微怔，见李润说罢也有些自觉失言，于是各自沉默着，走回太子府。李润径直回到了书房，而虞锦却站在原地，略一思索没有跟进去，往锦然居走去。

虞锦见平生不远不近地跟着自己，有些疑惑地问道：“平生，有事吗？”

平生挠挠头皮不好意思地走上前来，说道：“平生想跟金玉公子打听一个人。”

“是谁？但说无妨。”

平生有些羞赧地说道：“听闻金玉公子跟虞家颇有些渊源，平生想问问金玉公子，前一阵金玉公子进太子府之时，平生曾在大街上撞见过虞家大小姐一次，如今虞家遭此厄运，不知虞大小姐现在如何了？”

虞锦大惊，旋即明白过来，平生这是在问当日扮作虞家大小姐的程衣，于是心思一转，试探问道：“你既然关心她，又为何不亲自上门去找她？”

这次换作平生怔住，只见平生表情怪异，看着虞锦欲言又止，过了片刻，竟是一言不发地转头离开了。

入了夜，刚刚卧下想要歇息的虞锦却被嘈杂之声惊醒，原来竟是平生指挥着两名仆从将船儿驶向锦然居。

虞锦披衣走出来，见平生在对岸喊道：“皇上有旨意传来，要太子即刻进宫，请金玉公子随侍。”

话音即落，湖中心小舟上持桨的仆从只觉得肩头略沉，有一飘逸的身影已从头顶掠过，轻飘飘地落到岸上的平生跟前。

虞锦看着目瞪口呆的平生，优雅地转身，极为潇洒地挥手，说道：“走吧。”

乾元殿。

虞锦跟在李润身后在太监尖利的通报声中走进去，谁知竟见翼王、宁王、誉王、仪王和石相均已在大殿上。

段无妄看到虞锦后，朝她眨了眨眼睛，虞锦没有理会。而翼王轻轻扫了一眼虞锦之后，别过头去，轻轻咳了几声。

宁王说道："皇上，皇后娘娘乃是一国之母，如今凤体违和，不如就将翼王暂时留在阳城，待皇后娘娘身体康复后再行离开，返回封地也不迟啊。"

从虞锦站的地方远远看过去，阗帝虽垂着头在看奏折，嘴角却紧紧抿起，似是在压抑着某种怒火，抬起头之时，仍旧是庄重沉稳之色。虞锦突然想起，太子李润其实与阗帝极为相像，都是内敛沉稳之派，从不喜形于色，在这一点上阗帝尤甚，李润到底年轻了些，有些火候始终拿捏不住。

阗帝说道："宁王，当初是皇后娘娘亲口对朕说，要将泽儿送往平度，终生不得返回阳城。如今，你却说让泽儿留在阳城，如此一来，岂不是白费皇后苦心？你也该知道，皇后此举到底是何意。"

宁王朝身边的石相飞快地看了一眼，见石相只是默然，始终没有出声，只得继续说道："臣自然明白，皇后娘娘是为了昭告天下，翼王虽为嫡子，但皇上另行封赐太子之后，对太子之位毫无觊觎之意。"

阗帝冷冷地看着宁王，说道："你知道就好。皇后说得不无道理，这样对社稷、对太子或者是对泽儿都好。所以，朕当时就恩准了，如今，你的意思是要朕收回成命吗？"

这时，石相开口说道："皇上……"

阗帝冷声说道："难道石相的意见与宁王一般？"

"回禀皇上，微臣不敢，微臣觉得皇上所言甚是。"石相此言一出，宁王当即转过头紧紧盯着他，石相面不改色，继续说道，"翼王留在阳城，虽能慰皇后娘娘之心，却会让人心生疑惑，届时人心惶惶，于国事无益。"

虞锦听了石相的话，却没有预想中那般阗帝被附和的感觉，石相的意思再明显不过，不过就是夸大了翼王的声势，让阗帝觉得急着将翼王送回封地，无异于昭告天下自己是在怕这个儿子夺权篡位。

或许是侍君已久，石相最清楚阗帝的软肋，更懂得用何种说辞击中阗帝的内心。

正在这时，秦伦从殿外匆匆进来，走近阗帝低声说道：“皇上……”

阗帝皱眉，低喝道：“什么事，快说。”

“澄瑞宫里传来消息，皇后娘娘病危……这已是今天第三次了，幸得国舅辛苦地医治才让皇后娘娘转危为安，皇上要不要亲自过去看一看？”

阗帝拍案，怒道：“朕要如何还要你来教导吗？朕乃九五之尊，朕的每一句话都是不能违逆的旨意。”

阗帝借此机会含沙射影地将秦伦骂了个狗血淋头，可怜秦伦刚从殿外进来，一时不知阗帝发的是哪一股无名火，只得蔫蔫地站在那里，任凭阗帝训斥着。

“秦伦，去澄瑞宫找一个近身服侍皇后的宫女过来，朕要亲自问一问。”

“是，皇上，奴才这就去。”

秦伦依言而去。

大殿上又恢复寂静，连一直声若洪钟的宁王也没有发出任何声响，誉王只顾把玩着一把玉扇，似是对任何事都提不起兴趣来，而仪王跟在宁王身侧，恭敬谦卑。翼王更是毫无声息，虽在议论着他的事，他却像是不存在一般。唯独石相，宽大的衣襟之下，双拳紧握，似是怕会等来某种令人心碎的消息，从额间滴落在大殿青石砖上的汗水，足以证明他此时是如何的惊慌不安。

过了片刻，秦伦带着一名宫女走了进来，虞锦侧眼看去，那人竟是程衣。

秦伦说道：“皇上，这是服侍皇后娘娘的宫女承衣。”

程衣看了虞锦一眼，匆忙将视线挪开，跪倒在地，朝阗帝行礼，说道：“承衣见过皇上。”

阗帝问道："承衣，朕问你，皇后究竟如何了？"

"皇后娘娘吉人自有天相，定会安然无恙。"

阗帝眼中精光一闪，强自压抑着怒气，问道："朕再问你，皇后究竟如何了？朕要的是实话。"

程衣说道："皇后娘娘有皇上相护，必定会转危为安……"

阗帝突然站起身，伸臂猛力一挥，桌上的奏折撒落一地，一字一句地说道："朕要的是实话。"

程衣略一沉吟，说道："皇后娘娘已命在旦夕。"

或许多年不得发泄的怒火早已积聚成恨，而此时，仍旧是恨意难消。所以，阗帝的眼中毫无怜悯之情，有的只是喜悦之意，模糊难辨。

翼王站在原地，眼睫略颤，终究还是没有发出一丝声音，即便他对慕容紫如何的恨，此刻，听闻她病危在即的消息，怕也是伤心至极，只是他却不能表露，怕引起阗帝更大的恨意。

大殿上，还有一人如同痴了一般，目光呆滞，毫无神采，便是石相。

阗帝在确认慕容紫命在旦夕之后，心情似是大好，挥手让程衣退下。程衣离开之际，从虞锦身边走过，略使了个眼色，虞锦微微点头，程衣从她身边擦肩而过。

只是，程衣一直都没有注意到，大殿上竟有一人随着她的离开转头相望，直到她的背影消失在大殿门口，依旧不曾回转过身，那人便是宁王，宁王似是遭受巨创，忆起痛苦往事一般，满眼痛楚之色。

阗帝看向李润，说道："太子，依你之见，到底是让翼王即刻返回平度，还是让他在阳城等候皇后的……消息？"

虞锦在心中冷笑，阗帝到底是想要顾全皇室脸面，所谓消息，不过就是慕容紫的死讯吧？

李润说道："儿臣希望父皇将弟弟留在阳城。"

大殿上的人对于李润的话谁也没有意外之感，本来身为太子更应有包容之心，阗帝这么问也不过就是多此一举，或者说，也是在为自己的退让找一个台阶下，果不其然，阗帝说道："既然太子恳求，那么朕就恩准翼王留在阳城，每日可以有半个时辰进澄瑞宫探望皇后。"

在阗帝恩赐般的目光下，翼王跪谢皇恩。

虞锦却深知，这样不言而明的侮辱，对于翼王来说，只会催生更大的恨，毕竟翼王与阗帝之间的恨意，是无法调和的，谁能偿还这场孽债？谁又能摆脱这场梦魇？

待此事一了，阗帝便让翼王、宁王、仪王先行退下，翼王就近便去了澄瑞宫。

第十五章
琴棋书画　侯门美人谋

大殿上，只余下李润、段无妄、石相和虞锦，阗帝说道：“三日后，大军开拔，朕会在宫门为你们送行。”

石相紧忙说道：“怎能劳驾皇上移足宫门？臣惶恐。临行前，臣与太子殿下、誉王定在宫门前叩首，以谢皇恩。”

阗帝看向誉王，目光竟温和了许多，说道：“无妄，朕赐给你的那套盔甲，穿得可合适？”

段无妄笑着说道：“皇上赐的东西哪有不合适之理？无妄当天晚上穿在身上睡觉都没脱下来呢，睡得很香，梦见自己上了战场，只是挥挥手里的剑就把乌雅国的士兵吓得屁滚尿流。无妄就在想，自己怎么可能有这么厉害？低下头看看自己身上穿的才明白过来，他们是在惧怕天威，惧怕皇上赐给无妄的这身刀枪不入的盔甲啊！”

阗帝龙颜大悦，听到段无妄虽是玩笑式的马屁话，却仍旧受用不已，笑着说道：“好个传闻中荒诞不经的誉王，在朕看来，还应该再给你加上一条，油嘴滑舌，满口的胡言乱语。”

阗帝言语虽是责备，语气却实在是宠溺至极，令人想起父子间的天伦之乐。

段无妄得意地看向虞锦，虞锦斜睨了他一眼，递给他一个不屑的目光，心中却着实暗暗佩服他哄人的功夫。

阗帝透过大殿门口，见外面天色已是朦胧，于是说道："不知不觉，已是快到上朝的时辰了，你们也一夜未睡，快去偏殿里歇一歇吧，待会儿朕让秦伦给你们端一碗参茶过去提提神。"

"谢皇上。"石相率先离去。

"太子，你留下，朕还有话要说。"李润待要离开之际，却被阗帝唤住。

虞锦与李润相视一眼，见李润面色平静地对她说："你去殿外等着吧。"

虞锦无声应下，旋即跟在段无妄身后，一同出了乾元殿。

虞锦原本以为段无妄会去偏殿歇着，谁知他却带着虞锦去了御花园，两人坐在凉亭内，秦伦早已识时务地让人将参茶送到了这边。

段无妄笑着说道："我还以为你不会跟我来呢，你就不怕太子看见会不高兴？"

虞锦蹙眉，有些不悦地低声说道："段无妄，你别忘了，在太子眼中我现在可是男儿身份，你开这样的玩笑一点意思都没有。"

段无妄面容上浮起难得的讥讽之意，说道："乾坤门的弟子就这么爱自欺欺人吗？你以为太子没有识穿你的身份？你以为你这个凭天而降的金玉公子会逃得过太子的双目？你可知道太子是怎么在最短的时间内让从前的督律寺卿郑岷俯首认罪，以致尸骨无存？你以为虞家为什么到如今都会安然无恙？太子身边侍从无数，又曾对何人这般以礼相待过？你自己欺骗自己也就罢了，难道要你身边所有的人都陪着你演这场戏吗？"

虞锦猛然被段无妄说破心中一直不愿面对的事实，有些恼怒不堪，脱口而道："我的事不需要你管。"

段无妄站起身来，低喝道："你以为本王就那么想管你的事？你以为本王是吃饱了撑的闲着没事才认下你这名虚无的师弟，以待将来被弹劾攻讦？本王只不过就是情不自禁……本王喜欢你。"

在这秋日的凌晨，露珠还未承朝阳沐浴，御花园里除去含羞绽放的花儿，就唯有远处枝头高鸣低吟的鸟儿，其余的便是这一对默默相对无语的人儿。

虞锦抬头看了段无妄一眼，谁知那久经情场的他，眼底竟满是羞赧之意，段无妄匆匆将一把剑塞到虞锦手里，说道："上了战场，不必单打独斗，还是需要趁手的兵器才能将武功发挥到极致。这把剑是我父王在本王十六岁那年寻来送给本王的，只是这剑虽锋利，本王也佩带已久，却从未让它沾染过任何血迹，想来想去，也只有这把剑能配得上你。"

誉王说罢，似是怕虞锦会有所拒绝，于是迅速离去。

虞锦怔怔地坐在那里，一动不动，手里还握着誉王塞过来的利剑，一时无法应对这始料不及的表白。她本是玲珑剔透的，怎么可能没有察觉到段无妄对自己的好感，但也仅以为只是好感而已，从未想过段无妄会对自己有所表白。她甚至私心地以为，段无妄不过就是因为久经情场，所以才会处处滥情，对自己的好感或者还不及他府中姬妾的十分之一，这般想来，虞锦又觉得轻松了许多，握了握手里的剑，觉得还算趁手，于是便起身回到了大殿前。

大殿门口却站着一位门神般的人物，宫女、太监见状纷纷绕着走，谁也不敢去碰触当朝太子的霉头。待李润见到虞锦轻步走回来之时，眼前微微一亮，旋即又酝酿出更大的怒火，低喝道："难道你将本太子的话当成耳边风吗？不是告诉过你要在大殿门口等着吗？"

虞锦想起段无妄说过的话，于是盯着李润仔细看，李润有些诧异虞锦的反常，一时倒没有继续发作，转身去了偏殿。虞锦默默跟在他的身后，见他挺拔的身姿，气度无双，一时想出了神，便没有注意到眼前的一切，李润猛然停住脚步，虞锦一时收不住身形，差点儿撞到他的后背上，只是离得这般近，竟闻见了他身上的香味，是淡淡的龙涎香。

李润转过身，看见失神的虞锦，疑惑地说道："你今日究竟是怎么了？难道就因为一夜未睡便这般失魂落魄？"

虞锦没有应声，再度打量着站在自己面前的李润，俊朗的面孔，狭长的丹凤眼半眯着，眸子中的精光映着初升的朝阳，竟有种夺目的神采。

正在这时，段无妄从偏殿里走了出来，笑着说道：“小师弟，御花园里风大，你小心着凉，还是赶紧进去喝一碗姜汤驱驱寒气。”

李润眸子中的怒气更甚，虞锦却始终平静如一，见段无妄一脸坏笑地看着自己，也不肯吭声，段无妄反而觉得无趣，于是朝着李润说道：“太子殿下，本王这小师弟性子诡异了些，太子如若驾驭不了，不如就去回禀皇上，让金玉离开太子府即可。”

李润嘴角抿起好看的弧度，冷冷说道：“哦？那敢问誉王，为何不先问问金玉公子是否愿意离开太子府？”

段无妄脱口而道：“只要你将虞家的事办妥，她自然愿意离开太子府。”

李润冷笑道：“虞府的事与她何干？”

段无妄也收起笑容，认真说道：“与她有没有关系，你心里自然清楚。”

三人僵立在偏殿门口，远处秦伦带着几名小太监似是要送参茶过来，看到三人神色有异、气氛不佳，于是朝那几名小太监使了个眼色，忙躲开了去。

“待虞家事了，我自会决定去留。”

虞锦率先打破僵局，说罢，便进了偏殿。李润与段无妄相视一眼，火花顿现，也先后进了偏殿。

到了上朝的时辰，李润已经换上平生送进宫来的朝服，与誉王一同上了早朝，虞锦待在偏殿里，随手翻看着里面的书籍，百无聊赖地打发着时间。

没过多久，有个太监溜了进来，虞锦回身一看，竟是断曲，于是起身说道：“这里人多眼杂，你怎么来了？”

断曲左右环顾，凑近了低声说道：“我终于赢得了容贵妃的信任，她要我出宫去见一个人。”

虞锦下意识地脱口而道：“难道是仪王庞芴衣？”

断曲摇了摇头，说道：“不是，是宁王。”

虞锦有些失望地轻轻“哦”了一声，难道自己的直觉有误？容贵妃竟是一直与宁王暗地里往来，与庞芴衣毫无关系？

虞锦拍了拍断曲的肩膀，低声说道："你去吧，过几日我便要跟着太子去边关，你和程衣一定要小心谨慎，如果有个万一，撤了便是。"

断曲郑重地点了点头，说道："你的意思我懂，不过，我和程衣都会在宫中等你回来，另行差遣。"

虞锦感动之余又有些伤怀，说道："记得，跟宁王打交道须小心些，他这人虽然看起来性格粗放，却实在是心细如发，仅凭他这前后两次都为翼王说话就能看得出来，他审时度势的功夫，一定不比石相差。"

"可是依着翼王如今的情势，又能许给他什么好处？"

"自然是他一直想得而得不到的好处，现在猜测这个为时过早，等到时候便可知晓了。"

远处，殿外有脚步声传来，虞锦朝断曲使了个眼色，断曲躲在偏殿大门后面，趁着那两名太监走进来的时候，疾步闪身离开，那两名太监只觉得脑后一凉，回头看去，却空无一人，疑惑不已。

其中一名瘦脸小太监对虞锦说道："金玉公子，国舅请您去一趟澄瑞宫。"

虞锦有些诧异，起身说道："哦？可是我需要在这里等太子下朝。"

"国舅说，太子那边他自会知会，请金玉公子跟奴才走一趟澄瑞宫。"

"好。"虞锦不再犹疑，干脆利索地应下，跟着那两名小太监离开。

瘦脸小太监说道："从乾元殿到澄瑞宫，还有好长一段路要走，金玉公子，咱们不如走这边近路去，如何？"

"好。"

瘦脸小太监似是没料到虞锦会答应得这般爽快，倒是先诧异了一下，与身旁的太监相视一眼，对虞锦使了个"请"的手势，虞锦轻步走在两人身前，闲适地欣赏着左右的风景，怡然自得。

走至一池湖水前，那名瘦脸小太监突然抽出袖口的匕首，朝身旁的太监刺了下去，虞锦听见异响，却似是早已在预料之中，不紧不慢地转过身，正巧看着那名被刺的太监咬牙忍痛，一声不吭地任凭那名瘦脸小太监拔出刺在身上的匕首。而那名瘦脸小太监神色诡异地看着虞锦，猛然又将匕首插在了自己的身上。

虞锦好笑地看着这两人，有些啼笑皆非的感觉。

瘦脸小太监忍痛问道："现在你知道咱们兄弟两人是要来害你的，你还不怕吗？"

"我为什么要害怕？难道是要我害怕你们两人在我眼前慢慢死去吗？"

瘦脸小太监轻狂笑道："咱们兄弟两人只是奉命来害你，却不至于要搭上自己的性命。"

"哦？是吗？那你们自己看看伤口，是不是已经变了颜色？"

两名小太监低头看着自己的伤口处，大为惊骇，又听见虞锦说道："你们两人的伤口都不在要害，如若无毒，当然不会伤及性命，可是你们看看你们的伤口便知，这把匕首早已被人淬了剧毒。"

瘦脸小太监难以置信地看着虞锦，问道："难道你早已识破了我们兄弟两人？"

"这种毒叫江南恨，毒性狠烈，而且最奇特的是带着一股极为辛辣的味道。你们两个又不是御膳房当值的太监，身上自然不是藏着辣椒粉之物，想来也只有那江南恨了。"

瘦脸小太监还要说什么，却口唇青紫，虞锦知道已经毒发攻心，于是紧忙上前去，问道："告诉我，到底是谁指使你们来害我？"

那两名太监刚要张口，却头一歪口鼻鲜血直冒，死了。

身后有脚步声传来，虞锦转身看去，竟是两名宫女拥簇着一名美貌的妃嫔站在那里，而妃嫔的手里还抱着一名婴孩，那名妃嫔惊慌失措地看着虞锦，喊道："你不要过来，你不要伤害本宫母子，不要过来……"

正在这时，更嘈杂的脚步声传来，一群侍卫持剑冲过来将虞锦围了个严实。

有名将领模样的侍卫上前说道："末将来迟，末将该死，让贵妃娘娘和小皇子受惊了。"

容贵妃花容失色，指着虞锦说道："严将军，就是这个人，她想要行刺本宫母子。"

"贵妃娘娘请放心，末将这就将刺客拿下。"

容贵妃说道："慢着，此人既然能潜进后宫，手段又异常狠辣，必定是倚仗他人混进宫中，你去请皇上，让他一同来审，看到底谁是这刺客的幕后主使。"

"是，末将这就派人去请。"

虞锦细细打量着容贵妃，只见她起初佯装的惊恐退去，早已恢复到往日进退得度的端庄模样，将手里的小皇子交到旁边的乳母手中，看也不看虞锦一眼，静静地等着阗帝来，虞锦此时已然明白过来，自己已经陷于局中，在偏殿识穿两名小太监心怀不轨时，本以为可以轻松脱身，谁知竟会落到如此田地。争辩？难敌容贵妃母子在阗帝心中的地位，难敌这两名太监口鼻流血地横尸倒地，难敌落在脚边的沾血匕首，更难敌那若有若无的猜忌之心。

本来这个时刻就该是下朝的时候，阗帝在听闻容贵妃再度遇刺之时，雷霆大怒，带着李润、誉王和石相便匆匆赶了过来。谁知，见被侍卫围困的人竟是虞锦。

阗帝扶起行礼的容贵妃，疼惜地说道："这会子还计较什么虚礼？只要你和小皇子无事，朕便放心了。"

"都是臣妾不好，害皇上为臣妾担心了。"

"这不是你的错。"阗帝看向虞锦，低喝道："金玉，朕看你是个人才，这才将你留在太子身边辅佐，你为何会做出这般龌龊之事？行刺容贵妃和小皇子，你居心何在？你真是枉费朕栽培你的一番苦心。"

虞锦淡淡说道："这明显就是一个简单的布局，皇上难道看不出这是有人栽赃陷害吗？"

"大胆，岂有此理，朕需要你来教训吗？"阗帝低喝道。

虞锦依旧被侍卫持剑团团包围着，她深知只要自己稍有动作，就会被容贵妃以自己有弑君之嫌为由下令诛杀，可是要她束手就擒，她又岂能甘心？

容贵妃说道："皇上，臣妾看今日天色晴朗，于是带着小皇子在御花园走动走动，谁知便撞见了这名刺客，这两名小太监是本宫宫里的，为了给本宫挡刀，也被他杀了，要不是严将军来得及时，只怕臣妾和小皇子再也见不到皇上了。”

容贵妃眼中含泪，娇怯地站在阗帝跟前，不似寻常妃嫔那般哭得梨花带雨，惹人腻烦，或者也正因为如此，她才会更受阗帝宠爱，阗帝执起她的手，说道：“朕在此，不必惊慌。”

阗帝目光如刀，慢慢凝聚成一股杀气，紧紧盯着虞锦，缓缓说道：“金玉，朕念在你是无妄师弟的分儿上，给你一个说实话的机会，你到底因何要刺杀朕的贵妃和皇子。”

未等虞锦开口，段无妄走上前，抢先说道：“皇上，金玉不可能是凶手。”

容贵妃说道：“誉王，你这么说，就是在质疑本宫的话了？难道本宫会冤枉他不成？这地上两名太监的尸身余热犹在，你不会以为是本宫杀了他们再栽赃给金玉公子吧？”

段无妄嘴角一抿，笑着说道：“无妄倒不敢这样揣测您，但只怕有人会这般想也未必。”

容贵妃黛眉轻蹙，泪水盈盈，却始终含在眼眶内不落，阗帝看了心疼不已，揽过容贵妃的肩，低声说道：“朕一定会给你做主，你不要委屈。”

容贵妃含泪微笑，说道：“皇上，臣妾自然相信你。只是若有人企图蒙蔽皇上，再度行凶刺杀臣妾母子，可怎么是好？”

“再度行凶？难道说上一次进宫刺杀你的人，也是这个金玉？”

容贵妃迟疑地点了点头。

地上躺着的两具太监尸体，还有容贵妃的证词，是最直接的证据，可似是而非的疑心才是最能杀死人的利器，只要有了疑心，那么今后这个人再做什么都会难以取得他人的信任。

容贵妃最识人心，也最识帝王心。一个帝王又怎么会容得下有可能伤害到自己妃嫔和皇嗣的人活在世上？即便这个人是自己赏识的人，也不能。

果真，阗帝一声令下，喝道：“严风，将金玉拿下，押入大牢。”

严风持剑上前，抵住虞锦的咽喉处，虞锦纹丝不动，高声喊道：“皇上，金玉有话要说。”

"好，朕就再给你一个机会，你还有何话要讲？"

虞锦冷静自若地看向容贵妃，说道："容贵妃口口声声说金玉是刺客，请问金玉与容贵妃素不相识，做出此等事于金玉何益？"

容贵妃说道："你虽然与本宫无任何牵扯，可保不住站在你背后指使你的人，容不得本宫和小皇子活在这个世上。"

虞锦心中冷笑，这才是问题的关键，今日布下一局，一来可以除去自己，二来借此消除自己所在阵营的羽翼，只是，在容贵妃看来，自己到底是属于哪一方的呢？李润？段无妄？还是李泽？

段无妄见状，走近阗帝，恳请道："皇上，无妄可以用性命担保，金玉绝不可能是刺杀容贵妃和小皇子的凶手。"

阗帝待段无妄到底不同，温和地说道："无妄，朕明白你维护金玉之心，只是此事非同小可，又牵扯到你和太子等人，还是回避些好。朕会派人彻查此事，如若是金玉所为，朕必定不会轻饶；如若果真不是，朕也会还他一个清白。"

段无妄还要再说，阗帝却不肯理会，将此事交给石相处理。

虞锦明白，阗帝是想速战速决，在出征之前就要有个定论，如若果真定罪，就立刻取自己的性命；如若石相还自己清白，那么就可以重新跟着太子一同出征去战场。

隔得这么远的距离，虞锦却看得清段无妄眼中的焦虑，原本狂浪不羁的面容此刻显得格外凝重。段无妄紧紧握着的双拳，似是随时就要出鞘的一把利剑，每一根神经都绷得紧紧的，只待虞锦有个万一便冲过去，护在她的身前。

"太子，金玉现在是你府上的人，你说朕这样处置可妥当？"

也不知为何，虞锦一直刻意回避李润的存在，即便明知他就站在阗帝身侧一直沉默不语，即便明知他的目光有时也会落在自己的身上，只是，她却不曾看向他一眼，她怕，怕看见他眸底的冷漠。

因克制而冷硬的心被阗帝口中的一声"太子"击中，虞锦眼皮微抬，看向那个挺拔身影，却恰好只看到李润转过身的侧影，听见他那冷漠而疏淡的声音："甚为妥当，父皇圣明。"

虞锦丝毫没有在意随时要穿透脖颈的冰冷利剑，她略仰着头，望着淡蓝的天空，凌晨时原本已经消散的雾气，如今又重新掩盖在艳阳高照的明媚之上，似是蒙上了淡淡的一层纱，令人辨不明悲喜。

有些痛，却不敢断言症结所在。

段无妄似是有些难以置信，狠狠地看着李润，李润却像是丝毫没有感受到段无妄的怒气，只是望着远方，紧紧抿着嘴角，一言不发。

段无妄急切地冲到阗帝跟前，认真地说道："皇上，无妄恳请您……"

阗帝目光温和地看着段无妄，眉眼间已有几分迟疑，在看到段无妄这般迫切的心情之后，他确实想有所退让，即便那人真的刺杀过容贵妃和小皇子，如今容贵妃母子安然无恙，他为何不能成全他？

容贵妃将这一切看在眼中，走到乳母跟前，将小皇子抱在怀中，抱住孩子的手略用了些力，小皇子突然"哇"的一声大哭了起来，阗帝猛然一惊，旋即大喝道："严风，还愣着干什么？将金玉给朕擒了，押入天牢。"

严风手中的剑朝虞锦脖颈递去，虞锦微一侧身，脖颈上已是一丝红线，虞锦说道："不劳严将军费力。让人前面带路，金玉自己走进天牢便是。"虞锦平静地朝前走去，经过李润身边时，却连看也未曾看他一眼，眼角的余光仍旧让李润青筋挑起，略显青白的手清晰可见，只是虞锦却不曾驻足。

容贵妃面上没有一丝得意之色，她静静地站在阗帝身边，怀里抱着小皇子，好似今日设局算计的不是她。她认真地看着虞锦，明确地告诉自己，或者将来，这就是自己的一位不可忽视的对手。

皇城东的这座天牢关押的多是皇亲国戚、权贵重臣，所以很多狱室都有简单陈设，干净整洁，但是明显虞锦没有这份待遇，虞锦被单独关押在最里端的狱室内，除了一地干草，还有一张席子，别无他物。这间狱室阴暗潮湿，只有正午时辰才有一小束光线从狭小的窗户内透过来，落在地上的干草上，幻化成斑驳的光影。虞锦紧盯着这束光影，似是她现在可以感受到的唯一的温暖，只是触手可及，却如镜花水月。

或者，虞锦心中所惦念的那一段情愫，也不过就是镜花水月。

大约也不过就是两个时辰，虞锦被狱卒带到了一间刑房，里面挂满了各式各样的刑具，令人触目惊心。

石相走进来，朝几名狱卒挥了挥手，见狱卒退下，才笑着说道：“没有想到，本官与金玉公子单独相见，竟是在这等地方。而且彼此是以这种身份相见。”

“金玉也没有想到，皇上会令您来审理此案。只是，金玉却不觉得身份有何改变，你依旧是叱咤朝堂的石相，而金玉依旧是追云逐风的闲散之人。”虞锦见整间刑房也没有一处可坐的地方，倒是供犯人签押的案台前有两把椅子，于是走过去，捡起案台上的纸张铺在椅子上面，这才施施然地坐下。

“看来金玉公子并不担心自己的处境，但是本官为金玉公子忧心得很啊。”石相将手里的证词递给虞锦，虞锦接过来看了看，无非是容贵妃身边的宫女、小皇子乳母等人提供的证词，每一句都指向虞锦正是前后两次行凶的刺客。

虞锦略扫过几眼，随意地搁在案台上，说道：“石相给金玉看这个证词，到底何意？”

“虽然金玉公子在狱中，没有丝毫着急，但是本官知晓，狱外还是有其他人会格外用心，就在本官来此的前一刻，还有人在大狱外截住本官，要本官不能怠慢你。”

“哦？那石相向那人提了什么条件呢？”

“你就是这么看待本官的？本官入仕这么多年，从不结党营私，也从未有过贪腐之传闻。”

虞锦说道：“对于旁人，石相自然犯不着，可是对于能赶来关照金玉的人，石相未必无所图，难道不是吗？”

石相挑眉大笑，笑声回荡在刑房之内，虽无奸诈之意，却也着实令虞锦有些不太舒服，虞锦略蹙眉，打量着四周，见有些刑具上竟还是血迹斑斑，空气中飘散着一股腐烂的气息，令人反胃。

“就算金玉公子说得对，那么金玉公子到底是否希望本官从中受益呢？”

虞锦笑着摇头，说道：“既然有人设局，让金玉入局，如今事情已经到如此局面，也就意味着事情如何解决，由谁来解决，都由不得金玉选择，也不是金玉能说个‘不’字的，对吗？”

“金玉公子果然聪慧。”石相拍掌赞道，“除却你，本官也想不出究竟由谁来做入局之人了。”

“石相这是在承认，是你设的局了？”

“非也，非也。这局不是本官所设，可本官也是入局之人。”

虞锦不再应声，此刻，她已经明了石相在这个看似简单却牵涉众多的局中的位置，他虽不是主谋，却是甘愿闯进来浑水摸鱼的人。只要能捞着好处，他未必急着将自己置于死地。所以，虞锦并不惧怕石相会对自己如何。

“金玉公子难道不想知道拦着本官的那人究竟是谁？”

虞锦微怔，旋即摇了摇头，心里的期盼在那人疏淡冷漠的声音中已经断然消失，恐也只有段无妄会做出这等莽撞之事，冲过来拦着石相明目张胆地就要做交易。

“金玉公子不知道也罢，反正你也应该明白，你在天牢一日，外面风云变幻似已过千年，暗潮汹涌的局势里，你也不过就是一颗沙尘，由你引起的争执必定会在浪潮中淹没吞噬，最终毫无声息。”

虞锦无所谓地轻笑，说道：“只怕外面局势明了，金玉命也休矣。”

“金玉公子的命在别人手中，也在自己手里。”石相意味深长地说罢，见虞锦一副无动于衷的模样，继续说道，“但是，不管如何，本官却还要做应尽之事，皇上给本官限期太短，金玉公子既然不肯画押认罪，那么本官也只能给金玉公子用用刑、做做样子，金玉公子不会介意吧？”

虞锦冷笑，说道：“石相，你想对金玉用刑？你也该清楚，如果金玉出手，只怕石相你在金玉的招式下走不完三招。”

石相神色暧昧，带着淡淡的讥讽，刻意压低声音对虞锦说道：“金玉公子杀本官容易，逃出天牢却难。本官料想，虞展石未必会希望看到你……横死狱中。”

虞锦怔住，原来他竟已知自己的身份，正在这时，石相拍手，一队侍卫冲了进来，将虞锦团团围住。

石相后退了几步，到了门边，高声道："给本官打，别管他是否用功抵抗，给本官打到皮开肉绽为止。他若抵抗，杀无赦。"

虞锦还未曾从石相的话中缓过神儿来，不能说不为之震惊，只是石相是如何得知自己的真实身份？

那群侍卫持剑围住虞锦，狱卒上前来为虞锦上刑，将她的手腕和脚腕用铁链绑在一起，拿起浸过辣椒水的鞭子，在空中略扬，激起非常大的声响。狱卒猛力把鞭子抽在了虞锦身上，力道之大，将虞锦手臂上的衣服震碎，露出一截白皙的肌肤。狱卒又挥了一鞭子，虞锦怕鞭子落在身上将衣服带起来，于是用了三分功力抵御鞭子的力道，只是这一切如何逃得过石相的眼睛。

石相一挥手，低喝道："给她披上几件厚一点的衣服，再给本官可着劲儿地打，用力打……"

虞锦发现，但凡自己用了武功抵御，势必让那些狱卒费功夫多打几鞭子，于是便彻底放弃用武功抵御，闭上目的瞬间，鞭子已入骨肉，疼得倒吸一口凉气。

没过片刻，虞锦身上已经没有几处完好，浸水的鞭子格外坚硬、柔韧，将虞锦身上额外披着的几件厚衣服都打成了碎片，渗着血水，流到了地上。

不是没想过反抗，仅凭这一群侍卫，还不足为虑，只是她却被石相最后一句话所震惊，握着自己真实身份的他，还不能死，否则虞家一样逃不过厄运。

虽然身上痛得厉害，虞锦却还是很清醒，这种刻骨的痛在虞锦的印象中不多见，能忆起来的也不过就是八年前初进乾坤门的那一幕。

虞锦倒在了地上，蜷缩着身子，伤口渗出的血液已经将她的衣服全部浸透，似是从血水里捞出来的一般。

石相趾高气扬地站在虞锦面前，说道："看到金玉公子这副模样，本官也可以在皇上面前有个交代，他日金玉公子果真沉冤昭雪，皇上体恤金玉公子受过酷刑，也会格外开恩多些封赏，总不会叫金玉公子这顿鞭子白挨。”

虞锦手指微颤，痛到钻心，咬着牙艰难地说道：“石相这么做，不过就是想告诉狱外的人，金玉的命握在你的手里，再多图谋些筹码罢了。”

“金玉公子是个聪明人，倒省得本官多说些废话了。”

石相挥手，那群侍卫退散，狱卒架起虞锦将她送回了起初所在的狱室，石相跟在后面，见狱卒落了锁才离去。石相放声大笑，笑声响彻整座天牢，带着权势通天的气魄，让人在厌烦之余也有些敬畏，此刻，他便是强者，一直未曾落败的强者。

虞锦倒在干草上，勉强用力撑坐起身子，倚在墙边，本想用功调息，却发现身上痛得厉害，这些狱卒下手极为狠辣，虽不至于全部皮开肉绽，但浑身上下也没有几个好地方。

入了夜，天牢内变得越发阴寒，从地下泛出的冷气透骨的凉，伤口渗出的血迹已干，糊在已经碎裂的衣服上，至此，一直未有人来给虞锦送食物。

虞锦冷笑，如若换作他人，只怕在此刑罚之下，外加饥饿、阴寒，早已命丧黄泉。

有轻轻的脚步声传来，从牢房的另一端慢慢走进了最里边，也就是关押虞锦所在的牢房。虞锦倚在墙角不动，听见铁栏外有人轻声喊道：“喂，小师妹，你怎么样了？”

虞锦倏地睁开眼睛，看到是段无妄，卸下全身的戒备，艰难地苦笑道：“还好，没死。”

段无妄掏出火石，亮起微弱的烛光，在看到虞锦此番模样之后，瞠目结舌又怒气横生，恨道：“这个老匹夫。明明告诉他，不能伤你分毫，他却仍旧将本王的话当成耳边风，他怎么敢？怎么敢？”

“他为何不敢？他已经知晓我的真实身份了，他有何不敢？”虞锦试图用手撩起遮住面容的头发，谁知手刚抬起，就无力地落了下去。

段无妄重重地拍击着铁栏，铁栏发出巨大的声响，却始终不见有狱卒过来询问，看来誉王进来之前，已然将一切打点妥当。

“难怪他笃定本王一定会答应他的要求，难怪他有恃无恐地认定本王会再去找他。原来，他就捏了这张必胜的筹码。”段无妄愤恨不平地说道。

“可是你忽略了一个事实，他是如何知晓的？”

段无妄微怔，旋即摇了摇头，说道：“本王确实不知晓，本王只知道他近日跟宁王、仪王和翼王走动频繁，至于他们三个中是谁知晓了你的身份，再将此消息透露给了石相，本王也不得而知。”

“我倒不在意，只是怕会连累了虞家。我如今甘愿受此屈辱，也是因为虞家。”虞锦看着段无妄，微弱烛光下，段无妄的面容少了一些狂浪不羁，多了一些关怀和焦虑。

段无妄听闻虞锦如此说话，再度猛击铁栏杆，无奈地说道：“本王原本可以将虞家的人都送出阳城安顿好，本王原本可以保住虞家所有人的性命，只是下令的那个人是皇上，本王可以负任何人，唯独不能负了皇上。小师妹，本王的心思你可懂得？”

他可以负天下人，却唯独不能负阗帝一人。

虞锦始终不知他对阗帝竟是如此忠心、敬畏，原来他们的君臣之义竟是这般牢固，也难怪阗帝会对他如此恩宠。

“你见石相时，石相向你提了什么条件？”

“他说，只要将你的武功废掉，那么他便刻意放你一条生路。可是，小师妹，你心傲，性子又刚烈，失了武功，也就失去傲然于世的倚仗，本王不信你甘愿沦落至任人宰割的局面。本王犹豫再三，也不愿为你应下，即便那可以救你一命。”

微弱的烛光下，段无妄只能勉强看见虞锦艰难地点了点头，身子蜷缩得更加厉害，段无妄将一个小瓷瓶从铁栏外递了进来，低哑着嗓子说道：“小师妹，这瓶药是本王师父配制而成的，虽不能外敷医治伤口，可是总算有保命之功，你且服了，撑着，再忍耐两天，本王总会有办法救你出去的。”

段无妄将小瓷瓶精确地扔到了虞锦身前，虞锦却始终闭目，似是无力再理会。

段无妄又絮叨了几句才不舍地离开，带着对虞锦受伤的疼惜以及对石相出尔反尔行为的愤怒离开。

虞锦却陷入深深的思索之中，原来，石相只为废掉自己的武功，一个没有武功的虞锦存活或者不存活在这个世间又有什么区别？只是，这到底是石相自己的图谋？还是设局之人的图谋？虞锦不得而知。虞锦捡起段无妄扔给自己的那个小瓷瓶，将里面的药服下后，运功调息。

已是夜半，天牢之内已不见任何光影，漆黑一片，有脚步声清晰可闻，不紧不慢地朝虞锦所在的狱室走来，虞锦屏住气息，将小瓷瓶扣在手中，只等来人接近便掷飞出去。段无妄已然离开，虞锦不相信还会有第二个人有本事走进来见自己，除非，这是想要将自己灭口的杀手。

第十六章
华离晋声　泣宫锦如血

来人在铁栏外停住，良久，未曾有丝毫的移动。就在虞锦想到底要不要先下手为强之时，闻到空气中弥漫着一股熟悉的味道，淡淡的龙涎香，虞锦难以置信地握紧了双拳，口唇翕动，却没有发出任何声音。

火石响起，一小簇火苗映着一张紧抿唇角的俊朗面容，一直绷紧神经的虞锦乍然看见那双狭长的丹凤眼后，心神俱摇，骤然用力，握住小瓷瓶的手被碎瓷扎出无数伤口，鲜血顺着手指一滴一滴地落在地上。

火石的光熄灭，狱室内又是漆黑一片，虞锦与李润谁都没有说话，虞锦手心里的鲜血滴落在地上的声音，成了这座天牢之中唯一的声响。

只听“咔吧”一声，李润捏碎了铁栏上的锁，打开牢门走了进来。

黑暗中，那龙涎香的味道越发清晰了，虞锦已然察觉到李润走到了自己身边，她绷直了身子，闭目不语。

李润慢慢探出手，落在了虞锦的脸颊上，那里有一道寸许长的鞭痕，已结了痂，李润慢慢地摩挲着，轻柔的举动似是多了几分怜惜。

或许是因为痛，或许是因为难以抗拒的情动，虞锦身子略颤，想要往后退，后面却只有冰凉的墙壁，将她心中唯一的怯懦堵在跟前。

“痛吗？”

虞锦紧紧咬着下唇，不发一声。

这是第一次，虞锦与他以不同于往日的身份相见，仍旧是君臣，却有男女之别。或许也只有在这样的深夜下，才能这样肆意地表露自己的情感。

“我来带你走。”

话音在耳边响起，带着温热的气息和丝丝缕缕的疼惜，生怕触痛了她似的，李润的手轻轻地扶住她的肩膀。

虞锦的手缓缓地伸了出去，在触摸到李润的衣襟之时略顿了一下，随即轻轻地搂在了他的腰间，就这样，就这样让冰凉的身子倚在他的怀中，任他给予自己片刻的温暖。

突然间，虞锦似是忆起什么，倏地抬头，试探地道：“你是说，你已经答应了石相的要求？”

黑夜中，李润的沉默不异于是一种默认，虞锦贴在李润怀里的身子略僵，慢慢收回手，抵在李润的肩膀上，冷笑道：“你做梦。”

虞锦缓缓地摇了摇头，苦涩地笑，猛然推开李润，厉声说道：“我不想成为一个废人，那样还不如让我去死。”

李润被虞锦推得后退了几步，生出几分怒气，一字一句地说道：“在我未厌倦你我这场游戏之前，我不准你死。”

虞锦只觉得气结到窒息，浑身发抖，身形暴起，使出全身的力气，用胳膊肘朝李润撞了过去。

狱室狭小，如若李润侧身躲开，虞锦势必会撞到另一面墙上，来不及多想，李润生生受了这一击，胸口剧痛。虞锦变换身形，变掌为刀再度朝李润袭来，李润听声辨位，闪身避让。

没过片刻，虞锦已经步伐迟缓，却仍旧不肯停下手中的动作，拼尽全力朝李润攻击，李润情知这样下去，虞锦势必会力竭身亡，于是只得出手想要控制住她的身形。

虞锦却似疯了一般，毫不顾忌自己身上的伤口，李润出手抵抗时触摸到虞锦的后背，又是鲜血淋漓，已然全部崩裂，情急之下，朝虞锦扑了过去，两人摔倒在地上，李润将她死死压在身下，用手箍制住她的双手，以额头相抵虞锦的额头，哑声说道："听我说，我不在乎你有没有武功，我只要你活着，活着便好。"

虞锦极度愤懑紧张的情绪却未曾消减，紧咬的下唇已渗出血迹，颤音说道："你之蜜糖，我之砒霜。情愿一死，不愿苟活。"

李润箍制住她双手的手越发用了力，似是要生生捏断她的手腕，低喝道："从来我想要的，就没有得不到的。你怎么能在我未得到之前，就想要死？我不准。"

两人额头相抵，鼻尖对着鼻尖，说话间翕动的双唇碰触着对方的双唇，激起虞锦一阵阵的酥麻和痛楚，这一刻，强烈的痛苦夹杂着些微的欢愉，让虞锦自觉落至人间的另一端——地狱。

天牢的门发出一声巨响，一阵嘈杂的脚步声朝这边传来，远处光亮顿起，渐渐燃至虞锦所在的狱室。

李润将虞锦小心地扶起，看到虞锦浑身毫无完好之处，不禁紧紧蹙起了眉头，脱下外衣，披在虞锦身上，并用手理了理她散落下来的乱发，一脚踢开了狱室的门，准备走出去。

虞锦还有所迟疑，李润低声说道："别怕，有我在。"

正在这时，石相带着一队侍卫走了过来，带着几分虚伪的笑意，说道："本官原以为是谁闯进天牢试图劫狱，原来竟是太子殿下。太子殿下身份尊贵，怎么能来天牢这种龌龊地方？"

即便是站在天牢内，即便是除了外衣，李润仍不减半分皇胄尊贵，带着几分不容人置疑的坚定，说道："难道在石相眼里，这天下不是我李家的天下？这江山的一寸一毫，本太子哪里不能去？今日离开这天牢，本太子还会有再进来的一天，只盼那日本太子不是为石相而进来。"

石相面色一僵，旋即又岔开话题，笑道："太子殿下踏着夜色而来，是想将……金玉公子带走吗？"

虞锦受此酷刑，又与李润交手，束起的青丝早已散乱披下，明眼人一看便是女儿家的模样，那群侍卫面面相觑，露出诧异之色，原来惊世才绝的金玉公子竟是女子，面容上虽尽是血迹与伤痕，看不清真实的面容，可是能得太子呵护青睐，想来也定拥有绝世美貌和一身媚骨。

“本太子进天牢之前，曾去请示过父皇。父皇曾经答应过本太子，只要石相查出真相，证明金玉公子不是刺客，那么本太子就可以将金玉公子从天牢里带走。而本太子想，石相应该已经找到证据证明她不是刺客了吧？”

李润问得意味深长，石相回答得更意味深长，似笑非笑地说道：“本官找到的证据还不足，只怕难为金玉公子脱罪，除非，金玉公子武功丧失，那么谁也不能说明金玉公子便是那日的凶手。”

虞锦靠在李润怀中，气得冷笑，石相的这个说辞简直无赖至极，即便虞锦今日武功丧失，也是徒劳，也不能证明那日没有杀人的武功。石相这般说，目的无非就是要虞锦武功尽失。

“好，誉王不敢答应你，本太子答应你。”

虞锦心中一惊，略仰头看向身边的李润，李润同时也在看着虞锦，眸底的温情足以令虞锦安心，罢，罢，就赌这一场。

李润朝石相说道：“但是，她已经受了这些苦，本太子决不能再让她受手脚筋脉俱断的苦楚。而且，本太子还要带着她一同出征，所以……”

“这好办，本官怎么会让金玉公子再受筋脉俱断的苦楚？那样即便保住命，也跟残废差不多，想来太子殿下不忍，况且皇上谕旨要金玉公子陪同太子殿下一同出征，如若金玉公子成了废人，皇上怎会安心？本官倒有个两全其美的办法。”

石相说罢，从怀里拿出一个盒子，交给李润，李润打开一看，只见里面盛放着一枚碧绿色的药丸，在李润的手心中发出幽幽的绿光。

石相得意地说道：“这是化功散，服下后，即刻武功尽失，却不伤筋骨。”

李润手里托着那枚药丸，望着虞锦，眸子里都是关切与希冀之情，他不想再用冷硬的语言逼迫虞锦服下，低声说道：“你所有的担忧，我都为你想过。有我在你的身侧，你还有什么可惧怕的？”

虞锦早已步伐虚浮，只勉强靠在他的怀中才维持住身形，心中仅存的犹疑也在李润这般温情下消散，微微一笑，朝李润轻轻点了点头，这份义无反顾的信任却似有万钧重。

李润将那枚药丸放入虞锦口中，虞锦缓缓吞下，起初只觉得丹田疼痛，不过片刻，这种痛便瞬间朝全身蔓延开来，虞锦痛不可支，身子软软滑下，昏死在李润的怀中。

李润紧紧托着虞锦的腰身，见虞锦面呈绿色，再细看去，连手指都是绿色，再撸起她一截衣袖，除去鞭痕血迹外竟也是绿色，于是大为惊骇地斥道："她怎么了？"

石相不以为意地说道："这化功散虽然无毒，却极为狠厉，足以让人昏迷很久。"

"昏迷很久？到底是多久？几个时辰？几日？"

石相摇了摇头，说道："这个本官也说不好，或者是几个时辰，或者便是几日，或者也有可能是几个月。"

李润朗眉一拧，凌厉地看向石相，怒道："好，好，你竟敢在本太子面前耍手段。她如若安然醒来无事也罢，如若有个万一，本太子定叫你死无葬身之地。"

石相却丝毫没有惧怕，只维持着那份笑意，看向李润。

李润横抱起虞锦，走至天牢门口，将她放在地上，柔声说道："我不想那么多知道你身份的人活在世上，借你的匕首一用。"

李润从虞锦袖口中掏出匕首，返身朝那群侍卫走去，那群侍卫明显感觉到李润的杀气，顿时惊慌失措地举起刀，却又不敢贸然朝李润行刺，就在怔忪间，还未等反应过来，便看到自己的同伴咽喉处的伤口涌出汩汩的鲜血，一一倒下，死去。

李润走近石相，似笑非笑地说道："这些死于天牢的侍卫，想必石相定会处理好吧？"

石相拱手说道："他们胆大包天，竟敢袭击太子，被太子杀死是罪有应得。"

"石相识趣得很。其实，石相完全没有必要与本太子作对，旁人能许给你的，本太子一样能许给你，不是吗？"

"太子言重了，本官不敢与太子殿下作对。"

李润见石相不肯吐露自己任何真实的想法，又惦记着虞锦的伤势，于是也不再理会他，小心地抱起虞锦，走出天牢。

天牢外，平生已经驾着马车候在外面，见李润抱着伤痕累累的虞锦走出来，赶紧上前掀开车帘，待李润抱着虞锦在车厢里坐定，才飞快地驾车驶回太子府。

及近太子府，平生却看见有两人骑马拦在街口，于是喝道："是谁胆大包天，竟敢拦太子大驾？"

前面那人没有理会平生的话，径直朗声说道："无妄求见太子殿下。"

平生见是段无妄和随从段祥，于是侧身朝车厢里的李润问询道："太子，是誉王拦在前面……"

李润轻抚着虞锦微蹙的眉头，平静地对平生说道："闯过去，不必理会。"

平生长吸一口气，用力一抖缰绳，马儿如脱缰一般，朝段无妄的方向狂奔而去，段无妄丝毫不肯避让，段祥在其身后的马上惊骇不已，眼见平生所驾的马车就要撞到段无妄所骑的马上，千钧一发时刻，平生拉住了缰绳，而段祥也上前扯住段无妄的缰绳朝一侧用力拉，马车与段无妄所骑的马险些撞到一起，擦着车辕而过。

那一刻，段祥拍着胸口后怕不已，而平生浑身冷汗直冒，握着缰绳的手不停地发抖。段无妄从马上一跃而起，跃在李润所乘的马车前，平生再也不敢用力抖缰绳，只得长嘘一声将马车停下。

"无妄再次求见太子殿下，太子如若不肯相见，无妄便不肯离开。"

李润知道段无妄犯浑的劲头，于是也不再命平生毫无顾忌地闯过去，说道："誉王，出征在即，你不好好准备行装，拦在本太子驾前做什么？"

段无妄一脸严肃，说道："无妄想要看看小师妹。"

"誉王怕是说笑了，本王驾前有你的小师妹吗？"

"太子马车里的女子便是无妄的小师妹。"

李润冷笑道："本太子记得誉王只有一名师弟，哪来的小师妹？难道说誉王与你的小师妹欺君罔上，以女子身份冒充男儿蒙骗皇上？"

李润这一招不可谓不狠毒，将段无妄的话头全部封死，答“是”便是欺君之罪，答“否”那么马车上的女子又与自己何干？只是在这一刻，情感终究是压倒了理智，段无妄放低姿态，一向心高气傲、从不将任何事物放在眼中的他，恳请地说道：“太子，无妄只看她一眼，只是一眼就罢。”

一辆马车，一个人，相互僵持着，没有言语却胜过千言万语，段无妄用他的执着，慢慢消磨掉李润起初的坚持，那辆马车的车帘终是掀开了一角，段无妄大喜过望，疾奔至马车前，借着车帘一角看到了心心念念的那个人，满脸的伤痕与血迹，裹着李润的外衣，偎依在李润的怀中，紧蹙着的眉头，似是不愿多受任何惊扰。

段无妄不由得压低了声音，轻声问道：“你废了她的武功？”

李润答道：“是。”

段无妄心里一沉，随即苦涩地笑了起来，说道：“这是石相的条件，无妄不敢替她应下，也不信她会应下，可她终究还是应了太子殿下，应了这个本该让她最为抵触的条件。”

段无妄似是有所割舍地放下车帘，站在马车前，说道：“希望太子殿下不要辜负她，否则……”

“否则怎样？”

段无妄坚定地说道：“否则无妄定会踏平阳城，为她讨回公道。”

李润冷冷笑着，抱紧了怀中的女子，终究没有再应声。

段无妄站在原地，静静地看着马车朝太子府而去，段祥在其身后，轻唤了几声，见段无妄始终不应，于是不敢再出声。自小跟随他，怎能不知他心中在经受怎样的苦痛？

而远处，更有一人骑在马上躲在暗处，见到段无妄掀开车帘，拼尽全身的力气才按捺下想要冲到跟前一睹她的面容的冲动。见马车走远，见段无妄痴痴站在原地，便掉转马头，越骑越快，飞驰在阳城凌晨的街头，那白色轻裘随风起舞，似是一面旗帜在空中翻滚着。

曲终人散，是谁辜负了时光，辜负了花期，辜负了随风亦难散的誓言？当风云变幻，当秋霜模糊了人的视线，终究有一段情爱注定难以明了。

出征那一日，阗帝在乾元殿为李润、段无妄与石相践行，又有众臣上前来说尽吉祥之言，阗帝见段无妄穿着自己所赐的盔甲，上前拍了拍他的肩头，笑着说道：“好男儿当如此，无妄，你虽是异姓王之子，却比太子更有朕当年的风范。”

此言一出，李润面不改色，面上仍旧保持着淡淡的笑意，而翼王却略有些疏淡之色，眼帘略垂，将恨意掩盖。阗帝终究提及了李润，而对于慕容紫所生的嫡子竟是连提也未曾提及，旁人只当阗帝不喜翼王，可是翼王心中会做何感想，唯有他知。

阗帝见虞锦不在李润跟前，于是说道：“虽然后来查明金玉并非刺客，可是听说石相对他也用了刑，身上怕是还有些伤，他如若不便跟着一同出征，那么朕也开恩应允。”

“父皇，金玉会随儿臣出征的，金玉本执意要来聆听父皇训示，是儿臣怕他脸上的伤会惊了圣驾，于是便让他在太子府稍作休整，待会儿大军出征时，他一同离去。”

李润的话半真半假，段无妄和石相相视一眼，又不紧不慢地各自挪开视线，段无妄眼中的敌意不言而喻。

“好，你转告金玉，就说朕说的，待大捷归来，朕一定会好好地封赏他。”

阗帝拍了拍李润的肩头，严肃地说道：“你一定要凯旋，这天下的人都在看着你，都在看着朕所册封的太子到底有何本领，可否统领天下，你一定要给朕争口气。”

李润回道：“儿臣知道，儿臣一定不辜负父皇的期望。”

三万大军随同李润、段无妄和石相离开阳城，与三十里外的两万将士在成固大营会合，五万将士一同朝边关开拔。

李润身着盔甲，始终伴在一辆马车前，策马缓缓而行，马车的车厢很宽敞，又垫了厚厚的棉被，所以即便路途遥远难行，躺在里面的虞锦也不会觉得颠簸。或者，她也不可能觉得颠簸，因为她仍旧在昏迷之中，未曾醒来。

在成固大营稍作休整时，李润曾经进入车厢为虞锦喂水，平生从掀开的车帘一角看到虞锦的面容，低声说道："太子，她脸上的绿色比昨日又淡了些，照这样下去，到达边关之时，她应该就醒过来了。"

李润淡淡说道："或许吧。平生，你唯一的任务，就是好生照看她，不要让人靠近这辆马车。"

平生紧忙应下，突然似是想起什么似的，问道："太子，那如果誉王……"

李润抬眼，眸底寒意顿起，说道："一样阻止他靠近马车，本太子不希望任何人惊扰了她。"

平生嗫嚅着应下，为自己接下这样的任务而唏嘘悲叹。

可是，出乎平生意料，段无妄自从那夜拦住马车非要见虞锦之后，却并未再来纠缠，甚至离虞锦所在的马车也远远的。段祥少了几分调皮劲儿，在段无妄跟前也不敢再上蹿下跳，费尽心思想要逗他乐，却仍旧不见他的笑容，段祥不禁更有些失落。

大军整整走了二十多天，才来到与乌雅国搭界的边关——青州。

段无妄命众将士在青州与乌雅国的交界处就地扎营，却将临近的一座破旧府邸略作修葺后安排给李润居住，李润情知他是因为担心虞锦的伤势，也不说破，将马车上的虞锦抱下来，径直走进卧房。

一直跟在后面的段祥急道："太子殿下，这是我家主子给您准备的房间，给，给……金玉公子准备的房间在那一边呢。"

李润头也不回地说道："本太子的卧室就是她的房间。"

段祥目瞪口呆地看着李润抱着虞锦的背影，平生轻轻地推了他一把，朝他使个眼色，段祥才回过神儿来，嘟囔道："你们是一定要将我家主子气死才作罢，我回去一定要告诉我家主子……"

可是，更加出乎段祥意料的是，当段祥将李润把虞锦抱进自己房间的事情告诉段无妄后，段无妄却只是轻轻地"哦"了一声，并没有预料中的气急败坏，也没有满脸的伤心悲痛，只是仍旧平静地在考虑如何部署兵力。

"主子，这男女授受不亲，你就不担心太子……"

“段祥，你去把石相请过来，就说本王有要事相商。”

段祥见段无妄不愿谈及此事，也只得作罢，走至营帐门口，突然回过神儿来，说道：“主子，刚才石相可是遣人过来说过，石相长途跋涉，劳累不堪，已经先行歇下了。”

段无妄面无表情地说道：“让你去请你就去请，哪儿那么多废话？本王看你是在这里待腻了，要不回梁川到本王父王跟前待着去？”

段祥紧忙摆手，说道：“还是饶了我吧，跟着主子你，我说不定还有一条活路，跟着老王爷，我可真就必死无疑了。老王爷刚烈耿直，见我整日这般胡闹，早就将我千刀万剐了。”

“还在这里废话？本王让你快去请石相，记得，如果石相不肯来，你就说本王会亲自去请。”

段祥眼珠子一转，这才明白段无妄的真实用意，笑着说道：“知道了，知道了，我这就去。”

还好，石相总算是跟着段祥来了段无妄的营帐内，见里面只有段无妄一人后，诧异地问道：“本官听说誉王召集是为了商谈如何部署兵力，为何不见其他将领？太子殿下哪里去了？何时才到？”

段无妄笑着说道：“石相，本王只请了你一个人过来，听闻石相虽是文官，却一直熟识兵书，本王就想先请石相，大约心里有个轮廓后，再召集众将领一同商谈，本王觉得这样才算妥当。石相，你以为如何？”

石相心中虽有些不悦，不过也未即刻表露出来，于是附和地点了点头。

只是，他却不知，这一商讨，却是一夜，段无妄从青州建城的历史到乌雅国流传的歌谣，统统都问了个遍，直将石相问得哑口无言，却仍旧口口声声说知己知彼，百战百胜。

到了凌晨，石相已是困顿不堪，撑着桌几略有些迷糊。

段无妄却猛然一拍桌子，骇了石相一跳，大声说道：“段祥，你去召集众将士，马上到本王的营帐内商讨如何部署兵力。”

可怜石相一夜未眠，又未进过早餐，早已困顿不堪，在段无妄的刻意安排下却又开始了新的一场商讨，他明知这是段无妄在整治自己，却有苦难诉，硬撑着等商讨结束，便回到自己的营帐内，埋头大睡，及至傍晚，早早便派了人过来告知段无妄，他身子染恙，已卧床休息了。

段祥大笑，段无妄面上也浮起淡淡的笑意，可是想到至今昏迷不醒的虞锦，面色又阴沉了下去，只是一夜未睡，又怎能比得过虞锦所受苦楚的万分之一，段无妄心里又急又恨，却不能尽情发泄，怎能不闷闷不乐？

而此刻，石相在营帐内修书一封，命身边得力的人送回阳城。他站在营帐口，看着遥遥相对的另一端，段无妄所在的营帐始终灯火通明。石相冷笑，讥讽段无妄竟然企图用这样简单的伎俩将自己打倒，二十年前，陪同阆帝征战之时，也有过几夜未曾安睡的日子，即便是现在，忙于政事时，有时也会一夜难眠。空空荡荡的府中，没有丝毫的温情暖语，他又怎么会不习惯于这样的寂寞如雪？

段无妄递给段祥一个玉瓶，说道："段祥，你再去跑一趟，将这瓶药丸交给太子，让太子给她服下，这是皇上赏的，也不知有用没用，总归是不会害了她便是。"

段祥急道："主子，你还叫我去？这一天下来，你已经让我跑了七八回了，一会儿是送药，一会儿是送御寒的衣服，一会儿是送珍贵补品，这一会儿又是送药？我不去，要去你去，你是没见太子的面色有多吓人，还不等我开口便要将我吞了似的。连一向好脾气的平生都暗暗叮嘱我，不要跑得这么勤，省得真的将腿跑断了……你听听，这明摆着是在恐吓我呢，真不知我这双腿是招谁惹谁了，先是您要砍断，这会儿就连太子那边也要砍断我的腿。"

段无妄将玉瓶朝段祥掷了过去，笑眯眯地说道："马上送过去，如果太子真砍断了你这双腿，本王便不再让你跑了。"

段祥接过玉瓶，说道："人家不喜欢你，你就算是将这天下所有的东西都交到她的手里，她也未必看你一眼，这又是何苦呢？"

话音即落，便看到段无妄面容上的笑意消失，阴狠地看着段祥，段祥吓得往后一跳，连忙朝外跑去。

李润坐在床榻前，用帕子轻轻擦拭着虞锦的脸颊，只见洁白的帕子上也沾惹了少许的绿色，不禁蹙起眉头，这已经有月余，虞锦却丝毫没有醒来的迹象，只是脸上的绿色在逐渐地消退，可是，继续昏迷下去，势必会伤及她的身子，还是要找到良方为其医治才好。

正在这时，平生在门外低声说道："太子，段祥又来了……"

李润眉头紧锁，说道："告诉他，以后送来的东西，本太子会尽数扔出去。他誉王不怕浪费，本太子也不嫌手累。"

"是，太子，可是，这一次的东西到底要不要接下来？"

"留下吧。"

平生微怔，听见李润无奈的叹息声，依言而去，他终究是不想错过任何治愈虞锦的机会，不是吗？

已过月余，虞锦的伤口早已愈合，李润又从宫里拿了些生肌去痕的玉膏，命府里的侍女给虞锦涂抹在伤口上，所以虞锦并未落下疤痕，仍旧如玉瓷一般，肌肤如雪，只是因服下化功散，她的肌肤上还呈有淡淡的未曾消减的绿色。

李润最为担忧的是虞锦此刻已经昏迷月余，也不曾醒来，只是每日喂些清水，无法进食，要不是每日都服着保命的丹药，如此下去必会将身体拖垮致虚弱而死。李润将宫里和太子府里的丹药全部都拿了来，并且加上段无妄源源不断送来的丹药一起妥当备着，只怕还是不能维持到虞锦醒来的那一刻。

平生知道李润心中所思，于是进言道："主子，咱们临行前如若请誉王的师父来瞧瞧就好了，这样，金……金玉公子说不定也不用遭受这么多苦了。"

"如若慕容城能救得了她，也用不着本太子去请了。誉王早就巴巴地求他师父来了。"

平生挫败地点了点头，说道："太子说得极对。"

段无妄命将士安顿好后，便开始率兵操练，与士兵同吃同睡，因他性子率直、放浪不羁，却又恪守军规，从不摆王爷的架子，所以颇得众将士的爱戴，没过几日便开始"誉帅，誉帅"地浑叫起来，段无妄也不恼，一一应下。

可是，自李润、段无妄一行来到青州后，乌雅国却再无声息，秋毫无犯。虽然段无妄早已从当地老百姓口中得知乌雅国杀人放火的劣行，可是没有阗帝的谕旨，即便他恨得牙痒，也不敢仅凭五万人马贸然进攻乌雅国。

就这般过了七八日，阳城突然来了几封密函，先后送到了李润、段无妄和石相的手中。

石相拆开信，只看了几眼，便露出阴狠的笑意，暗道："虞展石，你的女儿早已成了废人，如今还昏睡不醒，这一次我要看你如何逃脱。"

段祥将信念给段无妄听后，段无妄拍案而起，怒道："石相这个老匹夫，看来本王还是没有将他整治服气。小师妹醒来，如果知晓她的父亲已被皇上下令入狱，该何等焦急？不行，本王要赶紧递奏折，恳请皇上对虞展石从轻发落。"

段祥急道："主子，你这样贸然上书，岂不是让皇上怀疑？"

段无妄长舒一口气，跌坐在椅榻上，段祥说得对，自己与虞展石毫无关系，贸然上书求情只会令皇上疑惑，从而更加谨慎。段无妄不能冒这个险，他不敢拿虞锦父亲的性命开玩笑。

段祥劝说道："主子，事情还需从长计议啊。"

段无妄心思一动，突然起身，走出营帐，段祥紧追在后面，焦急地喊道："主子，你去哪里？"

"去见石相。"

段祥抬头看了看天色，说道："可是，主子，这已经三更了，石相只怕早已睡下了。"

段无妄冷笑道："将士征战在外，焉有酣然安睡之理？再或者，石相今夜只怕高兴得睡不着吧？"

段无妄未曾让人通报，便径直闯进了石相的营帐，石相果真未睡，正伏案奋笔疾书，见段无妄进来，略有些惊讶，但仍不紧不慢地将桌上的信纸拈起来塞进信封，并用火蜡封死，交给阳城来的信使，对身旁的随从说道："刘三，你送信使出去。"

“是。”

刘三点头应下，朝信使一挥手，两人一前一后出了营帐。

段无妄明知石相定是与党羽书信来商议如何构陷虞展石，可石相就这样光明正大地将书信给了信使，段无妄反而不好拦下问询，只盼着营帐外的段祥机警些，追过去将书信截下。

“誉王这么晚来本官营帐，不知有何事？”

石相命人看茶，段无妄挥手阻止，说道：“不必了，本王今晚来，不过就是想与石相开门见山地做个交易。”

“哦？什么交易？本官不懂誉王在说什么。”

段无妄冷笑，说道：“石相何必明知故问呢？当然就是本王的小师妹——虞锦，承蒙石相的手笔，她至今昏迷，本王想要石相将她救醒。”

“救醒？誉王该知道本官不识医理，如何救治？”

石相自觉明显占了上风，于是说话间也少了几分寒暄，眉眼间多了几分志得意满的味道。

“本王不相信她没得救。只要石相肯救治她，本王愿意听凭石相开条件。”

石相仰天大笑，说道：“誉王说笑了，本官能要誉王的什么？要誉王的王位？怕是皇上也不肯。要誉王的金玉满堂？本官却一直恪守为官清廉之道。凭着本官如今的官职俸禄，吃穿用度已是绰绰有余，本官不知自己还想要什么，还能要什么？”

段无妄却发出更大的笑声，直将石相的笑意逼退，讥讽道：“一定要本王说破吗？诚如石相所说，石相即便是为政见不同结党营私也罢，陷害忠良也罢，却从不贪腐敛财、不近女色、不喜奢靡。既然石相想要的只是这么多，那为什么又要一直与太子作对呢？石相是想自己谋权篡位做皇上呢？还是想扶持他人做皇上？”

石相面色微怔，旋即恢复从容之色，冷笑道：“誉王说本官谋权篡位？你可知三十多年前，本官被当时还是皇子的皇上从乱刀下救了以后，便跟着皇上征战数年，大大小小历经数百战，本官为皇上挡下十数刀之多，救回他多少次性命。皇上知道本官的忠心，所以即便是现在，皇上也常与本官同饮同寝，从不设防。如果本官想要加害皇上，不知有多少次机会。誉王就算是再得皇上恩宠，只怕皇上也由不得你这样作践本官与皇上的君臣之义。”

石相这番话说得铿锵有力、掷地有声，段无妄也不得不肃严以对。段无妄忆起从前父王也提过石相，说及他对阗帝的忠心也暗暗佩服，而阗帝也一直视其为股肱之臣，这些年来，不管是多少权臣犯事、被流放，石相也始终位极人臣，阗帝也放手将一切事务交由石相来办，而石相每次也都是尽心尽力地去完成。

正是君、臣这样的齐心协力，才让百姓安居乐业，过上美满富足的日子。因为这份信任，阗帝才会将李润和段无妄的首次出征交由石相监军协助。

段无妄摇头叹息，说道：“可惜啊，可惜。”

石相疑惑地问道：“可惜什么？”

“你虽无篡位之心，却有将太子拉下马、扶持他人上位之心，可惜皇上这般信任你，你却惦记着蚕食吞噬，慢慢地改变朝局，力争为你要扶持的那个人赢得夺位的筹码。”

石相说话间已有些迟疑，试探问道：“誉王口口声声说本官要扶持他人，本官怎么不知那人是谁？”

“正是那慕容紫所生的嫡子，正是从不被皇上正眼相看、远封在冰天雪地的平度的皇子，正是看似羸弱、性格淡漠却武功极好、工于算计的翼王……”

段无妄的一席话，令石相变了脸色，石相再也无法维持住从容镇定，他试图想要从段无妄这里探悉他究竟知道了多少隐秘，正在这时，便听见段无妄低喝道：“所以，即便你扶持翼王夺得了皇位，你也不可能轻易地把持朝政，做一个既无遗臭千年的烂名又有护国忠心的重臣。如若太子是海纳百川，那么翼王便是暗潮汹涌，他这些年所经受的晦暗、不堪，注定会受自己情绪的反噬。石相，你该明白，辅佐明君远比辅佐一个不好把控的傀儡容易。”

石相暗自松了口气，笑了笑，说道：“誉王教训得是。”

“所以，石相，咱们之间的交易，你到底如何抉择？”

石相笑着说道：“只要誉王应下一件事，本官也会答应誉王的要求。”

段无妄大喜，高兴之余忽略了石相笑容中的意味深长，或者他也不过就是刻意忽略，只要能救醒虞锦，旁的又有什么打紧？

第十七章
落花成家　叹因缘际会

大营几里之外，段祥正策马狂奔，追赶着为石相送信的信使。原来段无妄进营帐后，段祥便站在外面候着，没过一会儿，便看见石相的随从和信使走出来，低声嘀咕了几句，便分别朝两个方向离去，段祥略加思索，朝信使追了过来。谁知那信使见后面有人追赶，也用尽了全力将马鞭抽得呼呼作响。

段祥一跃而起，抱着那信使从马背上一同摔了下来，那信使武功不济，受不住力，顿时昏死过去，段祥探手入怀从他的胸口里找出那封信，放入自己怀中，正在犹豫是否灭口之际，便见有一个人影从远处狂奔而来，朝着大营方向而去。

段祥忙翻身上马，朝黑影追去，及至大营附近，段祥才看见那人身影，那人站在大营前，跺脚喊道："我要见太子，见太子……你们为什么不让我进去？"

"任凭你是什么人，也要有誉帅的令牌才能进大营。"

"誉帅？誉帅是谁？"

"誉王，此次出征统领三军的元帅。"

那人忙说道："那你就帮我向誉帅通传一声。"

“誉帅没空见客。”

那人急了，说道：“那你就帮我给誉帅身边的段祥说一声，让他来见我。”

段祥见来人提及自己，于是翻身下马，牵着马朝大营走来，及至走近了，才看清站在前面的那人是谁，顿时喜上眉梢。

驻守的士兵见来人提及段无妄身边的段祥，知道此人定是熟知誉帅，说不定还是誉帅的旧识，一时倒不敢轻忽怠慢，于是说道：“总要报上名来，咱才好帮你通传进去。”

那人似是有些迟疑，咬咬牙说道：“你就告诉段祥，就说是一个曾尝过他送来的玫瑰糕的人。”

驻守的士兵微怔，旋即朝后一指，说道：“姑娘，你要找的人就在身后。”

程裳猛然回头，看见段祥牵着马站在跟前，笑吟吟地看着自己，顿时惊喜不已，紧接着却又大哭了起来。段祥慌了手脚，忙将缰绳朝士兵手里一扔，朝程裳走去，口舌笨拙地劝道：“别哭，别哭……”

这么多天的长途跋涉，程裳娇俏的面容上早已染上尘灰，再加上刚才的泪水冲刷，早已惨不忍睹，段祥有些失笑，说道：“走，先跟我进大营再说。”

段祥将程裳带进自己的营帐，给她打来水洗过脸后，又备上热茶、点心，程裳抓起点心就往嘴里塞，看得出她早已饥饿不堪，段祥忙递上热茶，程裳夺过热茶灌了几口，才长舒一口气，见段祥目光炽烈地看着自己，又有些羞恼，瞪了他一眼。

段祥问道：“玫瑰糕好吃吗？”

“什么玫瑰糕？”程裳看着自己手里的绿豆点心，说罢，突然想起来自己刚才在大营前说过的话，于是更加有些羞赧，娇嗔道，“谁稀罕吃你的玫瑰糕？我早就扔了。”

或许是还处于看到程裳的兴奋之中，或许是看到程裳独自从阳城追到大营的艰辛，段祥只是温和地看着她，一点也不忍心惹她生气。

程裳吃饱喝足，立即追问起虞锦的下落，说道：“段祥，我家小姐呢？我要见她，我要马上见她。”

“她不在大营，她在太子身边。不过，你去了也无用，她……”段祥欲言又止。

程裳丝毫没有察觉到自己正抓着段祥的手，急切地问道：“我家小姐怎么了？你快说啊，别吞吞吐吐的。”

“她至今昏迷着。”

程裳怔愣住，半晌，才察觉到自己还握着段祥的手，于是起身，说道：“带我去见她。不管她现在如何，我都要在她的身边，守着她、保护她才行。”

段祥看见程裳眼里盈盈的泪水，紧忙说道：“你别急，我这就送你过去。”

两人还未走出营帐，便看见段无妄走了进来，段无妄看见程裳略有些吃惊，旋即也明了她肯定是为虞锦而来，于是说道：“程裳，你来得正好，你家小姐身边也缺个照顾的人，有你在，都会放心些。”

程裳点头，说道：“小姐那日从虞家离开时，曾叮嘱过我，要照看好虞家，如今，如今虞家已被抄家，虞大人也已落狱。我有负小姐嘱托，以戴罪之身赶来青州照顾小姐以尽绵薄之力，不求小姐原谅，但求小姐能够安然无恙。”

“虞家事起缘由复杂，又岂是一人之力可以抵挡？即便你家小姐在阳城，也难护虞家周全，你且宽心些。”段无妄见虞家这般没落，也有些唏嘘。

段无妄突然忆起那名从营帐里出来的信使，于是朝段祥问道：“段祥，刚从石相营帐里出来就不见你人影，你去了哪儿？”

“我见刘三和那名信使鬼鬼祟祟的，于是便跟着追了过去。谁知那信使策马狂奔，我追到几里之外才将他截下。”段祥说着话，将截获的信递给了段无妄。

段无妄撕开信封，抽出信纸，眼中精光一闪，段祥察觉段无妄神色有异，忙凑过去看，发现这张信纸竟是一张白纸，于是大惊，说道：“难道说，难道说……”

“交给信使的信是假的，真正的信被那刘三带走了。”

段祥大怒，低喝道：“这个老匹夫真是老奸巨猾，那刘三明明天天跟在他身边，谁能料想到他会釜底抽薪，派刘三将信带走？”

这时，一直站在旁边看着主仆两人的程裳从怀里拿出一个用火蜡封死的信封，慢慢说道：“你们说的是不是这封信？”

段祥犹疑地将信接过来，撕开来看，眉眼一挑，喜道：“这封信怎么到了你的手里？”

程裳说道：“我在来大营的路上，饥渴交加，又迷了路，实在有些支撑不住，于是看见前面有人策马而来便上前去拦，那人听说我从阳城来要去见太子和誉王后，却对我下了杀手，只是他武功却不怎样，被我一掌劈死了，他怀里的信也掉落出来，我怕有人瞧见，就捡了起来。”

段无妄接过段祥手里的信，见上面用蝇头小楷写道：“告诉宁王，郡主已经找回。”

段祥问道：“主子，郡主是谁？”

段无妄说道：“恐怕是宁王的女儿，八年前宁王的女儿与仪王的妹妹一同失踪了，至今毫无音信。看来石相已经将宁王的女儿找到了。”

段祥气愤地说道：“他哪有这样的好心帮宁王找失散的女儿？肯定是借此要挟宁王，不知又要宁王做什么事呢。”

段无妄一时也捉摸不透，于是说道：“先不管这些了，你们两个跟我去见太子。”

三人来到太子所在的府邸，平生眼尖，首先看到了段祥，笑着说道：“你怎么又来了？我家主子说了，送什么来就扔什么出去。你再往前一步，小心我把你扔出去。”

谁知，话音刚落，便看见从段祥身后走出来的段无妄，于是期期艾艾地唤了声：“誉王，平生这就去给您通报。”

没过片刻，平生却灰头土脸地走了回来，吞吞吐吐地说道：“我家主子说不见客。”

未等段无妄开口，段祥耀武扬威地说道：“你告诉太子殿下，就说阳城虞家来人了……”

平生抬头看了程裳一眼，忙又进去，又过了片刻，嗫嚅道：“我家主子让姑娘一个人进去。”

段无妄冷笑道：“你就再跑一趟，告诉你家主子，本王手里有救他心爱之人的药丸，他要还是不要？”

未等平生转身，房间里传来一声低沉的声音，说道：“进来吧。”

李润坐在床榻前，一手握着虞锦的手，一手用帕子轻轻拭着虞锦的脸颊，不过片刻，帕子已被染成淡淡的绿色。跟在段无妄和段祥身后进来的程裳在看见虞锦这副模样之后，扑在她的跟前，痛哭出声，不停地唤着虞锦：“小姐，你为什么会变成这样？你醒来啊，醒来啊。”

段祥上前去拉程裳，却猛然被程裳推了一个踉跄，程裳站起身来，一抹泪水，看着李润和段无妄冷笑道：“你们是喜欢我家小姐，对吗？那你们怎么忍心看她变成这副模样？你们当真救不得她？你们舍得下一切来救她了吗？你们不配喜欢我家小姐，不配……”

程裳说到最后，已是声嘶力竭，段祥恐她会激怒太子，于是上前一记手刀砍在她的脖颈打昏了她，抱起她的身子，朝平生使了个眼色，两人退下安置程裳去了。

段无妄痴痴地看着床榻上的女子，这还是段无妄在到青州之后首次见到她。即便她近在咫尺，他也未曾过来看她；即便他终日绞尽脑汁从各处弄灵丹妙药送过来，也未曾过来看她。只因她已在别人身侧，他不想给她徒添烦忧。

可是，如今见到她之后，段无妄又恨自己为什么不早过来看她？即便只是守在她的身侧，如太子这般，也能慰藉心中所渴望的、所梦寐以求的。

李润将帕子丢入水中，说道：“你真的拿来了解药？”

段无妄点了点头，说道：“这是从石相手里拿来的，应该没有什么差池，快给她服下去。”

这时，平生和段祥已经回来，平生低声说道：“主子，平生已经将程裳姑娘安置下了，待她醒了就让她过来帮着服侍……金玉公子。”

因李润没有言明该怎么称呼虞锦，所以平生也就一直支支吾吾地唤着“金玉公子”，段祥听了发笑，见段无妄瞪他，于是忙收敛起嬉笑神色，规规矩矩地站到段无妄身后去了。

段无妄说道：“平生，你去端一碗清水过来。”

平生很久才将清水端了进来，段无妄将怀里的药丸放在碗里，见药丸慢慢化开，溶于水中，呈现出淡淡的黄色，段无妄端着那碗药水走至虞锦身边，终是递给了李润，李润接过来后，用小勺一点点给虞锦喂下去。

只是，虞锦服下药水后，却仍旧毫无反应，段祥不禁有些焦急，问道：“主子，难道石相交给你的药会是假的？”

段无妄摇了摇头，说道：“不可能，这是在青州，他没这个胆子。”

李润问道：“你答应了他什么条件？”

段无妄微怔，旋即苦笑道：“无妄不想说。总之，只要她能醒来，无妄便不悔答应石相的任何要求。”

李润若有所思，握住虞锦的手，只觉得掌心里的纤细手指微微颤了一下，李润顿生惊喜，再度用力握住了虞锦的手。

随侍一旁的平生看到后，大叫道：“醒了，醒了……”

段无妄禁不住也上前去看，谁知一直平卧着的虞锦却突然侧头，一口黑血喷涌而出，全部溅在了段无妄的袍角上，段无妄大骇，急道：“怎么会这样？怎么会这样？”

李润手指搭在虞锦的手腕上，只觉得虞锦除去还有些虚弱无力之外，脉象已经平稳，于是说道：“刚才喷出的血，是她这月余在体内不能畅行的瘀血，如今瘀血已除，想必很快就要醒来了。”

段无妄悬着的一颗心终于落了下来，说道：“那就好，那就好。”

李润用帕子将虞锦嘴角的血迹擦拭干净，帮虞锦掖好被角，于是与段无妄一同走出了卧房。

段无妄有意无意地说道：“无妄真想不到太子殿下会这般照顾人。”

“你难道忘了本太子未被册封前，是在哪里生活的吗？本太子从前就是这样照顾母妃的，却还是眼睁睁地看着她在我的眼前死了。”

李润面色很平静，平静到就像是在说他人的辛酸往事。或者早已习惯用这样淡漠的语言、这样平静的面色来追忆往事，否则又能怎样呢？

段无妄岔开话题，谈及虞展石之事，李润说道：“本太子也接到一封密函，说虞展石已经落狱，而虞家两位千金均下落不明，父皇正下令追查。只是本太子仍是不明，石相远在这边关，又是谁挑头弹劾虞展石，趁着本太子出征在外不能办案，将此案揽了下来？”

“宁王。”

李润有些诧异，记起平生曾经跟自己说过，宁王与虞展石曾私下见过面，李润原本以为虞展石乃是宁王的党羽，所以石相才容不下他，要联名大臣上奏将虞展石弹劾落狱。

段无妄将程裳截获的那封信递给李润，李润看罢，冷笑说道：“原来如此。宁王八年前丢失了女儿，必定派数不清的人明察暗访，既然连宁王都寻不到，石相又怎么可能寻得到？”

李润与段无妄相视一眼，各自心中盘算着，没有再议论下去。

天色已经大亮，段无妄却仍旧没有要离开的意思，李润知道段无妄这是要等虞锦醒来，也不说破。平生端来早餐，搁在桌上，李润和段无妄却丝毫没有食欲，只在外间等着，侧耳倾听着，生怕错过虞锦的任何声息。

就这般等到了晌午，段祥从外面急切地蹿了进来，叫道：“主子，接到急报，乌雅国有三千士兵正往历县靠拢。”

段无妄顾不得其他，抬腿就往外走，头也不回地说道：“待她醒了，让人给无妄送个信。”

平生站在李润跟前，低声说道：“主子，平生怎么觉得誉王心事重重？平时那样爱笑、爱玩闹的一个人，现在竟似变了个人。”

“不是他变，是人心在变、朝局在变，他身在其中，也由不得自己再肆意挥洒。”

李润说罢，起身回到了虞锦的床榻前，平生识趣地掩上门，没有跟着进去，这些日子李润都是这般过来的，但凡闲暇之时都会守在虞锦跟前，握住她的手，生怕她醒来时不能在第一时间知道。

虞锦自吐出一口黑血后，脸上的绿色已经慢慢消退，面色如纸，安安静静地躺在床榻上，娇柔得惹人怜爱，李润正准备回身拿帕子给虞锦擦拭之时，见虞锦缓缓睁开了眼睛，于是暗自松了口气，带着几分笑意地看向虞锦。

虞锦只觉得像是做了一场梦，梦中无数次看到的狭长丹凤眼如今就在眼前，虞锦缓缓抬起手想去触摸李润的眼睛，只艰难举到了半空中就无力地垂了下去。

李润执起她的手，贴在自己的脸颊上，任凭她纤细的手指在脸颊上慢慢摩挲着，低声说道："你终于醒了，终于醒了……"那声音低沉，竟似带着半分的委屈和更多的惊喜。

虞锦口唇翕动，发出些破碎的声音，说道："我昏睡了多久？"

李润不假思索地说道："三十二天五个时辰一刻。"

虞锦诧异，努力想要撑起身子，却发现自己浑身酸痛无力，刚抬起的身子又重重地落在了床榻上，一时间记起自己早已没了武功，成了废人，于是心神俱灭，闭目不语。

李润用手指轻轻拭去她眼角的湿润，说道："活着比什么都好。"

虞锦缓缓说道："有朝一日，你保不住你的太子之位，你会这般想吗？"

李润微怔，旋即点头，说道："在我拼尽全力仍旧不能力挽狂澜之后，我会庆幸我能有自由之身。失去了帝王的通天权势，我却能有平凡的温情滋润，得失从来不是可以计算出来的，唯有此一点，我却愿意这样计算。"

"你可以这样洒脱地说，只因为你现在还拥有这一切。"虞锦苦涩地笑着，她仍旧不能接受失去武功的事实。

正在这时，门外传来平生的声音："主子，程裳姑娘已经醒了，想来伺候着……"

"你去厨房端一碗清粥，让程裳进来服侍进食吧。"李润说道。

平生依言而去，虞锦却陷入震惊之中，紧紧盯着李润，问道："程裳？你是说程裳？"

"没错，她昨夜刚到青州，便与誉王一同来了，我留下她服侍你。你身边有个婢女，总归是方便些。"

虞锦却不理会李润的避重就轻，开门见山地问道："虞家怎么样了？你给我说实话，虞家如果没出事，程裳不可能来青州寻我。"

李润略一沉吟，终究还是说道："虞展石落狱，虞家被抄家。"

虞锦没有出声，她躺在床榻上静静地思索着，或许是睡得太久了，为什么听到李润的话却丝毫没有了辨别能力？负责虞展石案子的李润已经来了青州，虞展石为什么还会下狱？如若虞家没有出事，程裳不可能背弃对自己的承诺来到青州。

李润轻声叹息，缓步走出了房间，而虞锦却丝毫没有意识到他的离开。这一刻，命运给她的打击，令她不知如何去承受。

正思索间，程裳端着一碗清粥走进来，见到醒来后消瘦不已的虞锦，泪水簌簌落下，哽咽道："不过就是一个月不见，你就消瘦得不成人形，几乎葬送了自己的性命，你可知我和断曲、衣姐姐到底有多么焦急？他们都按捺不住，想溜出宫来见小姐，是我劝下了，只因小姐临行前叮嘱过我，要我照看虞家等你回来。所以，我就一直坚信你会回来，一定会回来，哪知虞家遭难，我来到青州，却只能见到这副模样的你。"

程裳伏在虞锦的榻上痛哭着，虞锦只慢慢地摸着她的头发，没有劝慰，或者，她不能哭出来的苦楚此刻都借着程裳的眼泪流出来了。

"小姐，我们回去，我们回去杀入天牢，将虞大人救了，我们就回乾坤门，再也不理什么宝盒，再也不理什么江湖，我们就只安安静静地在乾坤门直到老，好不好？好不好？"程裳哭着哀求道。

"好程裳，我已经没有武功了，我已经是废人了。"

虞锦的声音很低，却足以令程裳震惊到目瞪口呆的地步，程裳紧紧扯着虞锦的衣袖，追问道："你说什么？你说什么？这怎么可能？怎么可能？"

程裳刚收住的眼泪又落下来，她掩住自己的面容，哭得畅快淋漓，哭得惊天动地，这一刻，虞锦却终于平静了下来。好程裳，你就哭吧，总有一天，我不会让你今日的眼泪白流。

也不知过了多久，程裳才收住眼泪，哽咽道："小姐，你没了武功，可你还有我、断曲和衣姐姐，我们三个的武功总算能与曾经的你勉强相抗。有我们在你身边，你还是从前的你，还是从前的你……”

程裳挤出笑容，想让虞锦知晓自己此刻的欢快，虞锦却轻轻笑着点了点程裳的鼻子，说道：“别笑了，比哭还难看，小心断曲看到，不喜欢你。”

也不知是程裳劝慰了虞锦，还是虞锦劝慰了程裳，总算让心境明快了些，程裳扶起虞锦，一小口一小口地喂虞锦进食。

因许久没有进食过，虞锦只吃了三五勺便吃不进去了，说道：“裳儿，我想出去走走，透透气。”

“好，我扶着你，咱们慢慢走。”

程裳将虞锦从床上扶下来，可因长久没有站立过，虞锦竟是连站立都困难，即便是被程裳扶着，还是跌倒在地，虞锦只觉得痛得厉害，也不知是身上还是心里，那一刻的无助和窘迫令她憎恨自己。

虞锦伏在地上，程裳紧忙过来相扶，虞锦却坚决地拒绝，说道：“不，程裳，我要站起来，我要自己站起来，不依靠任何人的力量站起来。”

虞锦一遍遍试图站起来，又一遍遍摔倒在地上，旁边的程裳用力咬着自己的衣袖，不让自己的哭泣发出任何声音来。

虚掩的房门，站在李润身后的平生看了不忍，低声问道：“主子，要不要进去扶一把？”

半晌，李润才说道：“不，此刻她不愿任何人扶她，尤其是本太子。”

房间内传来虞锦一遍遍试图站起来却又跌倒在地的声音，程裳终是压抑不住哭出了声，禁不住地喊道：“为什么？为什么会变成这样？”

李润在庭院里负手而立，站了很久，直至夕阳将他的发丝映成金色，直至余晖将他的袍角绣成了晚霞。平生站在李润的身后，看到他脚下的石砖已裂成数片……

门突然被打开，程裳含泪带笑地走出来，李润倏地转身，见虞锦站在门口，手指紧紧扣在门框上，一副楚楚动人的模样，李润心里一热，疾步上前，将虞锦横抱起，在庭院里转了几个圈。

平生何时见过李润这般肆意挥洒过自己的情感，诧异地瞪大了眼睛，见程裳在一旁羞怯地笑，一把拉起她飞奔出去，谁知出了庭院，却看见段祥正往这边走来，段祥见到平生牵着程裳的手，当即欲要翻脸，推了平生一把，说道："好小子，我让你帮忙照顾她，你就是这样帮忙的？"

平生也不恼，笑着调侃段祥，说道："有本事你就天天守在这里，否则，哼哼……"

未等段祥说话，程裳挥手就朝平生打了一个耳光，平生因不提防，所以骇了一跳，指着程裳话也说不出口，段祥在一旁拍掌大笑，说道："好，好，打得好……"

只听"嘭"的一声，段祥最后一个"好"字却含在嘴里吐不出来了，段祥捂着鼻子，痛苦地蹲到了地上，看着程裳紧握的拳头，喊道："喂，喂，你怎么打我啊？"

"本姑娘打的就是你们两个，也不看看本姑娘是谁，就敢拿本姑娘调侃？记住，再有下次，本姑娘轻饶不了你们。"

程裳说罢，拍了拍手，似是要将手上沾惹的不洁净的东西拍去，转身洒脱离去。

平生看着段祥吃瘪的样子，笑得前仰后合，段祥斥道："你笑什么？你又好到哪里去了？你难道没挨打吗？"

平生笑道："我就只当程裳姑娘给我拍蚊子了，哪像你，鼻血都流出来了。"

段祥听平生说罢，松开捂着鼻子的手，果然血流不止，于是带着哭音喊道："我要回去告诉我家主子去，你们这些坏人，坏人……"

虞锦与李润在庭院内听着院外那三人的吵闹声，失笑不已，李润扶着虞锦走回房间，在椅榻上坐下，说道："天凉了，这青州空旷尤其冷，我让人给你做了些冬装，待会儿让程裳拿进来帮你试穿一下。"

虞锦轻轻地捶着自己酸痛的腿，淡淡地说道："知道了。"

"以后，程裳就睡在你的外间，也便于照顾你，我让平生找人做了一个铃铛，以后你有事便摇铃铛，我也在不远处的房间，都能听得见。"李润说着便拿出了一个精致好看、大小合宜的银质铃铛。

虞锦接过那个铃铛，握在手里摇动起来，声音清脆，能传至很远，也不过片刻，虞锦将那个铃铛放在桌上，平静地说道："我只是武功没了，又不是残废了，用不到这个。”

李润当初让平生找人做这个铃铛的时候，也曾有过犹疑，但关切占据一切上风，后来还是决定做了，只是这番体贴的心意，终究刺痛了她。

“怎么？太子是后悔做这个铃铛，还是后悔当初救了我这个无用之人了？”

李润上前握住她的手，说道：“这个世间，还有何事会让我后悔做过？”

“对，你是太子，你想要的，终究能得到，你做过的事，即便有缺憾，也会调动最为强大的力量去弥补。所以，你怎么能后悔？怎么会后悔？”虞锦用讥讽的口吻淡淡地说道。

李润握住虞锦的手用了几分力，将脸埋在她的手心里，低声说道：“终有一日，我还是会后悔，后悔自己没有倾尽全力对你好，后悔做错了惹你生气、让你伤心以致你离我而去。到那时，我会悔恨至死。”

或许是这缠绵的情话过于动人，或许是虞锦手心里的温热逐渐变凉，虞锦的心柔软起来，卷成了一团，柔腻到能滴出水来，她低声问道：“你为什么会喜欢我？”

李润轻轻地吻了一下虞锦的手指，虞锦羞怯地想要缩回手，却被李润用力握住逃脱不开。

“因为你让我安心。因为你拥有绝佳的武功和过人的聪慧，你可以保护自己不受伤害，你可以不必让我每日牵挂担忧……”李润说道。

李润的这番话不异于一把刺刀插进了虞锦的胸口，虞锦面上却渐渐变了颜色，自嘲地说道：“那是从前，如今的我，不是废人却似废人。”

李润摇了摇头，温情地说道：“可是，你要相信，这天下总有那么一些人，在选择爱情之时，会衡量，会算计，可是一旦喜欢上了，就会义无反顾，就会毫无顾忌地想要厮守到永远。你之于我，便是这样。我喜欢上了你，不管你变成了什么模样，我都会喜欢你，直到我化成了一堆白骨，毫无意识。”

虞锦睫毛微颤，晶莹的泪珠滚落下来，面容却似在笑，她张开手臂，等待李润将自己抱起，附在他的耳侧说道：“你刚才所说的每一句话、每一个字，我都记在心里。我自私地以为这就是你对我的誓言，你不能负我，因为你也要知道，这世间也有那么一些人，他们可以受尽再多的艰辛，却无法忍受爱人的背弃，哪怕仅有一次……”

李润抱紧了她，嗅着她发丝间令人沉醉的淡淡香气，眉眼紧闭，哑声说道：“如果哪一日，你发现我背弃了你，你可以一剑将我刺死。”

如果哪一日，你发现我背弃了你，你可以一剑将我刺死。或者，这才是誓言。

当夜，程裳搬进了虞锦的房间，在外间睡下，却听见虞锦在里间辗转反侧的声音。这一夜，主仆两人在这远离阳城的遥远边关——青州，都难以成眠。

到了次日，虞锦却没有见到李润，问起平生，平生说道：“我家主子昨夜已经搬回大营了，留下平生和程裳照顾小姐您。”

见虞锦没有吭声，平生紧忙解释道：“小姐不要多心，我家主子如若不是惦记着您的伤势，是不可能答应誉王搬出来居住的，他有建功立业之心，又怎么会让自己华衣锦食地远离兵营、远离战场？如今小姐醒了，主子放下心中重石，便连夜搬回大营了。”

“现在战况如何？”

虞锦昨天醒来，竟未及问起青州与乌雅国的战况，不禁有些好奇。

“乌雅国原本只是小股兵力前来烧杀抢掠，没有举重兵前来侵犯，如今主子和誉王携重兵前来，乌雅国倒一时安稳了许多，可是据探子回报，乌雅国已经派出八万士兵，化成小股势力，分散地朝青州包围过来了。誉王一直未将真实的境况告诉主子，可是主子每日都不会疏漏呈报的任何军情。”

平生说的是实情，李润搬回大营后，就与段无妄、石相商议，并且说出了自己酝酿已久的兵力部署，将五万兵力分成三股，分别由自己、段无妄和石相率领，驻扎在青州与乌雅国搭界的三处交通要道上。

石相问道：“驻守在这里，那乌雅国的匪兵还敢来骚扰当地百姓吗？如若不敢，就这样僵持下去，何时才是尽头？总不能咱们一个太子、一个王爷、一个丞相都守在这里，岂不让天下人耻笑？”

段无妄却似是看出李润的深意，试探地问道：“太子殿下难道是想诱敌深入？”

李润赞赏地看着段无妄，说道：“不错，正是如此。”

石相略有些疑惑，问道：“诱敌深入？太子已经命咱们三人都各自驻守在交通要道上了，他们还如何深入？”

李润指了指羊皮绘制的地图，上面标注了许多朱红印记，说道：“石相且看，这边境线上用朱红做了记号的就是乌雅国进犯的路线，难道石相还没看出来吗？乌雅国进犯青州的路线从来不是交通要道，而都是偏僻的羊肠小路，而且离大营甚远，即便咱们得知他们已然靠近了青州，还来不及派兵追踪，他们就已经从原路返回了，这也是他们屡屡得手的原因。而当我们驻守在这三处，就等于牢牢将青州的边境都看护了起来，而且三处兵力遥相呼应，必定会叫他们有去无回。”

石相却仍旧不明，问道：“可是，如若他们察觉到咱们的用心，短期内再也不肯来进犯了呢？”

李润微微笑着，说道：“誉王，你现在就散布出消息，就说父皇近日会派人再押送一批粮草、冬衣进青州城。如今正是乌雅国缺衣少食的季节，他们必定要派人来抢夺这些粮草。见咱们驻守在各处交通要道，他们就只能再从羊肠小道进入青州城，叮嘱各路将领见到乌雅国的人，只悄悄地放他们进来，有多少便放多少，不得打草惊蛇。等他们派出的兵力全部进了青州城，咱们再一网打尽。”

段无妄拍掌赞道：“好，无妄这就去部署。”

石相却突然伸手阻拦，说道：“计谋已定，可咱们只有五万人，又要分散成三处，这兵力要如何部署？”

段无妄说道：“太子两万兵力，咱们各一万五千兵力不是正好？”

石相似笑非笑地说道：“誉王说得极是，太子乃是储君，只怕在皇上心中整个青州割让出去都不及太子万分之一。”

李润却淡淡地说道：“不必。誉王，你和石相各两万兵力，只给本太子留下一万兵力即可。”

见段无妄还要再说，李润强调道：“此事不必再议。”

石相说道："就依太子之言。"

段无妄略有些不满地看着石相，石相却不以为意，借口整理行装，便退出了李润的营帐。

营帐中，李润见段无妄始终没有离开，知道他惦记着虞锦却不知如何开口，于是说道："她已经醒了，你如果有空就去看看她。"

段无妄有些难以置信，问道："你不介意？"

李润轻笑，想要开口说些什么，却终究没说出口，只是这令段无妄更加难过，他从来没有想过有这么一天，他想与虞锦说会儿话都要先不由自主地征询别人的意见，而且，那个人还是太子李润。

段无妄见到虞锦的时候，虞锦正在庭院里练习走路，或者正是因为这份过人的毅力，她完全可以不靠人扶着就已经行动自若，只是没有武功的借助，终究是跟少了什么似的，丹田虚空，提不起气来，这让虞锦很失落，可是她正在努力地接受这个事实。

程裳识趣地退了下去，见到院门口有人探出脑袋来，鼻梁青紫，看起来滑稽不已，于是禁不住"扑哧"一笑，那人也跟着傻乐，见程裳朝自己走过来，赶紧朝后跑去。

段无妄扶着虞锦坐在庭院里的椅子上休息，青州的天气虽冷却一直艳阳高照，今日也不例外，明媚通透的阳光照在虞锦微微出汗的脸颊上，让她整个人绽放出不一样的光彩，虽仍旧消瘦娇弱，却极有执着坚持的活力。

自段无妄认识虞锦后，极少见虞锦穿女装，如今见她穿着浅紫色的襦裙，外面又披着火红的轻裘披风，少了尖利的棱角，多了几分柔媚，更令他心生倾慕。

许久以来，段无妄每想起虞锦，都禁不住在想自己到底是何时开始喜欢上了她，是初次相见虞锦拿着匕首抵在脖颈间时，还是在天容阁虞锦以曼妙轻功走在铁索上之时？都说不清了，能说清的就只是段无妄对虞锦情感的深厚，可是自己的深情厚谊，怎抵得上她的寡淡疏冷？

如今，她已在他人身侧……

第十八章
凤冠浮华　洗妆残沉魄

虞锦亲自给段无妄斟茶，递给他，轻笑着说道：“你今日来就只是坐在这里一言不发的吗？”

段无妄接过茶盏就往口中送去，冷不丁被滚烫的茶水烫了一下，紧忙将茶盏撂在石桌上，面上略显羞赧，见虞锦望着自己大笑起来，也跟着舒展了眉头。

段无妄恢复到往日狂浪不羁的神色，说道：“小师妹，本王终于可以唤你一声小师妹了。”

虞锦却斜睨了他一眼，说道：“但是你要明白，慕容城仍旧是乾坤门的叛徒，你也不是乾坤门的弟子，你这一声小师妹我可是没有理由应下的。”

段无妄笑着说道：“待你将来继承乾坤门门主之位，让本王师父重新入乾坤门，咱们不就成了真正的师兄妹？”

虞锦淡淡说道：“只怕是永远没有那一天了。”

段无妄知道自己说错了话，有些懊恼地紧咬牙关。

虞锦说道：“不说这些了，你赶紧告诉我，虞家究竟怎么了？我父亲入狱后，闻帝会做何决断？到底谁是这场阴谋的幕后主使？”

“本王猜测，是宁王。”

虞锦蹙眉，说道：“宁王？”

自从那日在偏殿被两名小太监引入后宫花园，再被容贵妃指成凶手，接着再被石相威逼服下化功散，虞锦武功尽失，即便留存性命也已不足为虑。所以，当虞锦离开后，虞家便开始陷入更大的困境之中，以石相引线、宁王为首的群臣，再度弹劾虞展石，阗帝不得不在太子未查明此案就离开阳城的情况下，下令将虞展石收监。虞锦另一重金玉公子的身份早已被人知晓，并借此利用。虞锦担忧牵连到虞家所以并未反抗，岂不知却让虞家没落得更快。

虞锦仔细地思索着，终于将此次落难的前情后因想明白了。

容贵妃是受宁王指使，而宁王却更多的是因石相胁迫，因为石相手里有宁王要找的人——承宁郡主。当年阗帝为显示对宁王的恩宠，将他刚落生的女儿封为承宁郡主，自小受尽宠爱。可是，八年前，郡主却离奇失踪，宁王曾派出大量密探，倾尽所有去找寻，仍旧是一无所获。宁王自此郁郁寡欢，所以行为乖张，有时也分不清轻重，阗帝为惩戒他口出妄言，于是便将他的义子庞芴衣封为仪王，让天下人好好地耻笑了他一回。

虞锦问道：“我妹妹虞屏怎么样了？”

本来依着虞锦对虞屏的认知，就算是虞家沦落，她也未必会因此落难，毕竟她不是旁人眼中真实的模样，她真正的底细，虞锦也不能准确地说清。

怎知，段无妄却稍作停顿，尽量用平缓的口气说道：“密信上说，皇上下令抄家，虞家二小姐不肯就擒，放火自焚了。”

宛如晴天霹雳，虞锦猛然从椅子上站起身来，身上的披风滑落到地上犹不自知，说道：“我不相信，她不可能放火自焚，她只会如她所说的那般，远远地逃离虞家，就如同陌路人一般……”

“皇上念及她未出阁遭此横难，已经下令将她葬了。”

虞锦轻轻地摇头，眸底泛着泪光，看向明媚的太阳，阳光热烈、刺眼，虞锦半眯起眼睛，泪水在眼眶中打转，却仍旧坚持着不肯让它落下来，喃喃说道：“我不能哭，因为我不相信她死了，不相信，永远不相信。”

在乾坤门已久，当虞锦见到虞屏时，并未有姐妹情深的热烈情感，可是血缘亲情难以改变，虞屏在她心中到底是不一样，虞屏是她血缘至亲的妹妹。但这并不是虞锦坚信虞屏未死的原因。

当初，虞锦从段无妄身上偷走了金色羽箭，可是谁知，金色羽箭竟然会被人利用，调动锦卫袭击大臣，以此嫁祸誉王段无妄。而从虞锦这里偷走金色羽箭的人，正是虞屏。当程衣陪同、保护虞展石之时，遭受了蒙面人的袭击，断曲将迷香撒在那蒙面人身上，虞锦顺着迷香查到了虞家佛堂。而掩护蒙面人进佛堂的人便是虞屏，那蒙面人拿着金色羽箭引诱虞锦进入密道，企图炸死虞锦，未遂后离开，从此失去线索。

虞屏缠着虞展石，非要他同意自己离开虞家到梨落庵，也是因为便于行事。再后来，虞锦在翼王府遇见的那名蒙面女子，也正是虞屏。只是那时虞锦心存怀疑，所以用花来试探虞屏，虽然虞锦并未在虞屏脸上见到任何红斑，也明白虞屏当日在程裳跟前只是放了一个烟幕弹，让人错以为她见花粉长红斑，以混人耳目。

很明显，躲在佛堂的那个蒙面人是翼王；对程衣下狠手的那个蒙面人是翼王；在天容阁，向铁索上的虞锦发来暗器的那个人也是翼王。

只是虞锦不明白，翼王从何时起开始掌控虞屏，而虞屏又为何甘愿听从他的差遣？毕竟，翼王一直远在封地平度，虞屏又在阳城虞家，即便虞屏时常以敬佛祈福之由溜出虞家，也来不及往返于平度。

所以，虞锦料定翼王早在自己扶着昏迷的他进府，见他受尽冷遇为他不公的时候，他就知晓了自己的身份。

段无妄见虞锦脸上阴沉不定，知道她此刻心中的悲痛，于是说道：“你如若坚信你妹妹没死，本王就再命人彻查，找出你妹妹的下落。”

虞锦情知段无妄这只是安慰之词，也不说破，只淡淡说道：“那只有麻烦你了。”

段无妄见虞锦说得客气，心里有些不是滋味，又想不出能消散她烦忧的话来，于是便将这些日子与石相的明争暗斗告诉了虞锦。

说者无心，听者有意。段无妄的话宛如一道闪电，将虞锦混沌的心劈裂开，虞锦霎时间明白石相究竟如何知晓了自己的身世，也明白了在狩猎场上权倾朝堂的石相为何会对一位落魄皇子放低姿态，还明白了当宁王为翼王求情留在阳城时石相的紧张神情……原来，石相乃是翼王的生身之父。

念及此，虞锦冷笑出声，问道："翼王呢？是不是每日进宫去看望慕容紫，再然后就回翼王府毫无作为？"

段无妄点了点头，没有说话。

虞锦说道："其实，你心里早已明白，翼王没有旁人想得那么简单，不是吗？他以各种血缘亲情做依附，不费吹灰之力就调动起一切可以利用的力量，布下通天之局，慢慢收拢，慢慢消除每一个他以为伤害过他的人。"

段无妄却似是不愿评价此人，避重就轻地说道："虞家之难非翼王所为。"

虞锦冷笑，说道："可是，他也参与其中，是他将我的真实身份告诉了石相，是他任由石相推动了阴谋的车辕朝前滚动，是他在暗潮汹涌之下却仍旧做出一副与世无争的模样，不是吗？"

"如今，你这个金玉公子怕是做不下去了。"

"无妨，我现在这样子，做谁又有什么关系呢？"

见虞锦情绪低落，段无妄劝慰道："等回到阳城，本王会让师父为你诊治，本王相信你会恢复功力，重新拥有傲人之姿。"

虞锦摇头，苦涩地笑着，说道："看来你可能不清楚，我服下的这枚化功散，正是你师父的手笔。"

段无妄大惊，眼底尽是难以置信的神情，紧紧握着茶盏欲要捏碎，虞锦轻轻地从他手中拿出茶盏，搁在桌上，淡淡地说道："我师父曾经对我说过，乾坤门百余种绝学中，你师父除去武功外，还潜心习得医理，炼制各种丹药，断曲也喜欢炼制丹药，可是比起你师父来还是差得远。你师父曾经炼制出一种含有微毒的化功散，不伤人性命，可这种化功散唯一的短处就是服用之人武功越高，毒量就反激得越大，渗透到全身各处筋脉，这也就是我昏迷经月还不能醒来的原因。你师父也曾想过，我有可能会中毒太深，就此昏迷下去直至身体各处衰竭死去。于是便又配制了另一种药丸，可以让我苏醒，却依旧不能恢复我的功力。”

“你是说，本王从石相手里拿到的那枚药丸？”

段无妄说罢，将地上的披风捡起来，披在虞锦的身上，扶着她坐下，眼底却有深深的愧疚之情。

“你不必愧疚，你师父只是你的师父，他也有自身的羁绊，他也有难以割舍的亲情，你是他的徒弟，可翼王总归是他的亲人，这一点上，我倒是理解他，他算是变着法子保住了我的性命。如果不是他提供了这枚化功散，或者我遭受的就是筋脉俱断的苦楚，再或者就是横尸狱中。”

虞锦说得平心静气，段无妄看着她眉眼间淡淡的些微情绪，说道：“你变了。”

虞锦挑眉，轻笑道：“是说没有以前那样睚眦必报？还是没有以前的尖酸刻薄？”

曾经以为近在咫尺的心爱女子，还未及展开追逐，便眼睁睁地看着她走近了另一个人的身边。从此即便她在眼前，也只能心怀祝福，愿她与另一人携手天涯、白头到老。

“总之，这样的你，很好，太子他很有福气。”段无妄口气中都是无尽的艳羡之情，感慨说道，“而本王却连争都不能去争，除非……他待你不好。”

“可惜誉王怕是没有这样的机会了。”

李润从院落外走进来，看见坐在椅子上的虞锦时嘴角抿起一丝微笑，将身上的披风解下来随手扔给身后的平牛，几步便走到虞锦身边，很自然地牵过她的手，察觉到她的手微凉，于是便紧紧握住，轻声责备道：“手这么冷，仔细着了凉，你的身子还需要再调养。”

虞锦还未曾答话，便见段无妄紧紧盯了自己一眼，突然转过身，大步流星地走了出去。

“何必呢？”

“懒得跟他啰唆，每次来都弄得院子里一股酸气。”

李润的话将虞锦逗乐，虞锦任凭他牵着手走进屋里，说道：“也幸亏他来这一趟，总算让我明白这一切因何发生。”

李润微怔，眼底闪过不易察觉的精光，问道：“你明白了什么？”

“谁是幕后之手，谁是幕前的表演者。”

“说来听听。”

虞锦却摇了摇头，说道：“难道你心里就没有定论？”

“有无定论都无关紧要了，我已经上书父皇，等我回阳城后再行定夺，只要青州局势稳定，我们便即刻回阳城。”

“好。”

李润待到夜深，又回到了大营，仍旧将平生留下，与程裳一起照看着虞锦。

谁知次日，李润在大营部署兵力之时，却见平生从营帐外钻了进来，李润看见平生，有些惊骇，赶忙问道：“你怎么来了，难道她……”

平生掀开营帐的帘子，虞锦从他的身后走出来，笑盈盈地站在李润面前，李润丢掉手里的笔，上前牵过她的手，让她坐在自己身边，说道：“这么冷的天，你不好好在屋子里待着，来这里做什么？你喝点热茶暖暖身，我一会儿让人送你回去。”

虞锦看了平生一眼，平生识趣地笑了笑，退了出去。

“你已经习惯了平生服侍，他不跟在你的身边，你一个人又怎么能舒坦？可是，如若你不将平生留在我这边，你又极不放心我。思前想后，我便只能与平生一同住在大营，那么平生既能跟在你身边伺候你，我也能常常看见你，岂不两全其美？”

“征战在外，哪有那么多讲究，既然以后我想做个明君，又怎能在军营中落得骄奢的名声？你和平生都回去，军营里条件差，对你身体不宜。”

李润说罢，便站起身来，牵着虞锦的手就要往外走。

虞锦却猛然从他的身后抱住他的腰身，将脸埋在他的后背上，说道：“你在军营辛苦，我怎能独安？每每看你为了见我，来回奔波不得安歇，我不忍心。”

李润没有说话，只是握住虞锦搂在自己腰身的双手，轻柔地摩挲着，温情而柔和。

“你不说话，我只当你是答应了，反正平生也已经让人支好了帐篷，就在你帐篷的不远处。”

李润失笑，口中斥道：“他倒是猴儿精，知道我宠你，便没皮没脸地巴结起你来，你说的话他只当圣旨一般听着。”

“你不高兴？”

“我高兴，如果你觉得受用那我会更高兴。不过，我还是有一件不高兴的事要告诉你，你进军营可以，但哪里都不能去，只能在帐篷里安安静静地待着，并且程裳必须陪在你身边。”

未等李润说罢，虞锦便挣脱了他的双手，推开他，转到李润的前面，说道：“这跟软禁又有什么区别？”

李润威胁道：“你不答应？”

“我答应。”虞锦小声回答着，口气中均是不甘与无奈。

段祥得知虞锦来到军营后，特地跑过去看了一眼，见程裳跟在虞锦身后一同进了营帐，还兀自盯着不放，被平生取笑了好一阵。

段祥回到段无妄的营帐内，兴冲冲地说道：“主子，虞锦姑娘来大营了，你要不要过去瞧一瞧？”

段无妄正擦拭着阗帝所赐的那套盔甲，手略为一顿，旋即说道：“不去。”

段祥走到段无妄的对面，似是不认识他一般上下打量着他，喃喃说道：“这可不像你啊，主子，你难道还有气馁的时候？去追啊，去抢啊，难道你怕了太子不成？”

段无妄抬脚就要朝段祥身上踹去，段祥一侧身往后退了几大步，笑着说道：“你心里既然惦记着人家，可怎么又这么怕见到人家？”

段无妄冷眼瞪着段祥，说道：“本王看你倒是很想看见程裳，不过，大军即将开拔，要重新部署，只怕短时间内你想见都没有机会了。”

段祥怔了怔，一溜烟蹿了出去。

当程裳告诉虞锦李润的计策后，虞锦却忧心忡忡，只凭着一万兵力，如何对抗即将合扑的八万兵力？只要乌雅国知道李润仅有一万兵力，如果调动了已经派遣出的八万兵力朝大营合扑而来，段无妄和石相便是想施救也来不及。

只是李润情知如此，又为何冒险？

虞锦安顿下来后，换了男装在将士面前露过脸，并让平生有意无意地将“金玉公子受伤了，所以一直在外静养”的消息透漏出去，让那些一直好奇金玉公子下落的人解开心中疑团。

石相和段无妄终究是率兵离开，李润在次日率一万士兵向东行进了十里地，驻扎在离此不远处的青州历县附近。

至此，虞锦着男装终日跟在李润身侧，程裳与平生也不敢离开半步，或是守在帐外，或是在帐内服侍着。

虞锦取笑程裳，说道：“你现在每日与平生在一起，只怕段祥早已心急如焚，恨不得插翅飞来守在你跟前。”

程裳羞红着脸，说道：“小姐少提那段祥，嬉笑胡闹没个正经样儿，脾气也没平生好，就更没……”

程裳说到这里，突然住了口，没有再说下去。

虞锦知道她心里惦记着的人是断曲，也不再调侃她，于是说道：“也不知道断曲和程衣在宫里如何了，只怕他们也在惦记着咱们。可惜，路远，他们又在宫中，为防他们身份暴露，还是少联系他们为好。”

两人一时陷入惆怅之中，程裳念及断曲，一时失了神儿，连虞锦唤她也不知。

李润治军肃严，将士们待李润不敢轻忽，也不敢在他面前放肆，都是齐齐整整地恪守军规，虽只有一万士兵，振臂高呼之时却有雷霆万钧之势。这时，虞锦才知这一万士兵里面有李润亲卫两千，都是以一敌百，经过精挑细选后编入军队，这也是李润敢仅留一万士兵的倚仗之处。

段无妄放出的风声果真有效，乌雅国在得知阗帝即将要运送粮草、冬衣的消息之后蠢蠢欲动，集结了三股人马，其中有一股人马乔装进了历县，准备伺机行动，另外两股人马在李润、段无妄和石相驻扎大营的空隙处等待接应。

青州地处偏僻，又时常遭受乌雅国进犯、骚扰，所以极少有商人往来，渐渐变得越来越苍凉，历县虽是青州较为繁华之地，与富庶的阳城比起来也还只是苍夷满目的景象。所以，乌雅国的那些人马进了历县，定会难以藏身。

平生进了营帐，搓了搓冻得发红的双手，说道："主子，已有十辆粮草先行进了历县，平生让人吩咐他们就地歇下。"

虞锦疑惑，问道："真有粮草要押运？"

平生笑着说道："确实有粮草要押运至青州，却不是送往大营的，是青州连年成灾又受乌雅国抢掠，百姓生活难以为继，流离失所，主子特地上书，请皇上拨下来的赈灾粮。"

李润见虞锦看向自己，自信笑道："走，随我去瞧瞧热闹。平生，你和程裳留下，记得有要紧事即刻来报。"

平生见李润孤身一人，又带了丝毫没有武功的虞锦，当即急了眼，说道："主子，您这哪是去瞧什么热闹，您这是要平生的命啊！"

虞锦上前拉住李润的衣袖，目光也有迟疑之意，李润见状，挑眉问道："你不信我会护你周全？"

虞锦无奈地说道："我在你的身边，自是什么都不怕的，可是我不想你有任何的闪失，因为此刻的我，不仅不能保护你，还会拖累你。"

虞锦话音即落，李润已是拉着她的手疾步出了营帐，徒留下平生和程裳，他们相视一眼，焦急不已。

天色阴沉，疾风凌厉，放眼望去，空旷贫瘠的土地上，有人在策马疾驰，最为耀眼的尤属穿着白色衣袍的女子，她的发丝飞舞在空中，缭绕多情，因疾风而半眯的眉眼笑出好看的弧度，她的身后还有一位英姿勃发的男子，一身黑色轻裘，握住缰绳的手将她紧紧裹在怀里，小心地呵护着。

只小半个时辰，两人便来到了历县。

虞锦怕冷，于是索性整个人都钻进了李润的披风之中，倚在他的怀中，只露出一张白皙秀丽的脸，朝四周淡淡地看去。

李润策马缓行，路过一处茶楼，便停了下来，揽住虞锦的腰身翻身下马，将缰绳扔给小二，便与虞锦一同上了二楼雅座。当虞锦在椅子上坐定，便已知晓李润为什么会选择此处落脚，因为在这个茶楼靠东的窗口，可以看见不远处进入历县的唯一通道。只是，这样的位置，李润想得到，别人也会想得到，特别是想要从历县抢夺粮草、冬衣的乌雅国的人更能想得到。

没过一会儿，有店小二进来奉茶，说道："客官请慢用。客官从哪里来，往哪里去？是要继续赶路还是在本店投宿？本店有整个历县最好的上房，客官如若是投宿，就不需另选别家了。"

店小二边说着话，边眼明手快地给李润和虞锦斟茶，虞锦略扫了那店小二一眼，眼皮微抬，便移开了视线。

李润说道："不投宿，咱们要继续赶路。天色不好，要急着回家，听说朝廷派了重兵把守，咱们想要回家说不定还要费些周折呢。"

店小二问道："听客官的口气，是要往乌雅国去？"

虞锦说道："不错，咱们两人正是乌雅人。"

那店小二微怔，随即寒暄几句就退了下去。

虞锦本想示意李润，谁知竟见李润无声地摇了摇头，朝身后的雅座指了指，于是只得作罢。

远处，已有一队官兵押送着十辆粮草慢慢往这里赶来。只是茶楼左右却突然多了一些贩卖的商人，背上都是鼓鼓囊囊的包裹，慢慢地也朝着这个方向聚集过来。

没过多时，那名店小二又敲门提着茶壶进来，说道："两位客官，给您添些茶水……咱们店里上好的烈酒，要不要给两位来一壶驱驱寒？还有刚煮好的牛肉，要不要一起端上来？"

店小二提着茶壶往李润和虞锦杯里续了热水，又嘟嘟囔囔地说着话，冷不丁却被李润的一只手反手一拧，另一只手拿起茶杯盖死死抵在他的咽喉处，低喝道："你们这难不成是黑店？就算是黑店，也都是蠢货，你以为旁人都是瞎子吗？你们下的这毒药都让茶水变成黑的了。"

那店小二拼尽全力想要张口疾呼，却被李润一记手刀砍晕，昏死过去。

虞锦走上前，用脚踢了踢店小二的手腕，那手腕处一道道的割痕令人触目惊心。

正在这时，门外有粗犷的嗓门儿大声喊着：“小二，再上一壶茶，咦，人呢？”

虞锦与李润相视一眼，她压低声音朝李润说道：“你瞧，这就是乌雅国白水教教徒习练殒术所留下的伤痕，看来来者不善……”

门外有邪佞魅惑之声响起，说道：“只怕是在这间伺候着呢，你进去瞧瞧。”

“是，公子。”

话音即落，应声的那个人推开了雅座的门，却见雅座内除了躺在地上的店小二，空无一人，于是焦急说道：“公子，糟了，人溜走了。”

说罢，他冲到虚掩的窗户跟前，猛然推开窗户，未等探头朝下看去，便被李润一脚踢翻在地，口吐鲜血昏厥过去。

李润一手扣住窗框，一手揽住虞锦的腰身，身形灵活地翻窗回到了雅座中间。

门外传来一声轻笑，声音似是山涧回音，有一股穿透人心的力量，那人身着一身紫衣踏步进来，浑身上下散发着一股邪佞阴戾之气，唯一与其独特气质不相称的就是一张蜡黄、僵硬的脸，他手里握着一把玄铁所制的长笛，施施然地走到桌前，说道：“阁下好身手。”

虞锦眉眼一挑，未等说话，李润握住她的手略紧了紧，沉声答道：“只是过客，不知晓也罢。”

那人却似不肯作罢，扫了一眼地上躺着的那两个人，说道：“阁下伤了我两个人，难道连声名号都不能让人知晓吗？”

虞锦端起茶盏，将带毒的茶水洒落在地，说道：“那你是否可以将这茶水里毒的名字告诉我们呢？”

那茶水洒落在地板上却毫无异状，那人轻笑出声，说道：“咦？这不是好端端的吗？不知道姑娘为何认定里面有毒呢？”

“你有胆量守在这里三日后见分晓吗？如若这地板不穿，我携酒而来向你赔罪。”虞锦自信满满地说道。

那人夸张地惊呼，说道：“看来姑娘深知这毒的毒性，那你可知这毒出自哪里？”

“白水教。”

那人见虞锦说穿内里玄机，于是面色渐渐凝重，只听见虞锦继续说道：“白水教教徒以殒术高低各分为九流，这两名教徒殒术分属在七流和五流，很难料到你独身一人会肯救走这两名武功平平的教徒。”

那人眼神邪佞，笑时面容僵硬，说道：“姑娘所料不错，竟然知晓我白水教隐秘。我这人懒得很，最不喜欢费力的事情，这两人既然这么没用，怎配我出手相救？”

那人从怀里拿出一个玉瓶，打开后，朝那两名教徒身上洒了几滴，顿时发出一股刺鼻的臭味，那两名教徒本只是昏厥，在剧痛之下醒来未及睁眼便化成了一摊血水。

虞锦心中惊骇，却仍旧波澜不惊地说道：“好手段，这样一来倒是省心了许多，只可惜我们两人一向喜欢洁净，怕是不能再在这间屋子里待下去了。”

李润朗笑出声，挽住虞锦的手，说道：“好戏还没开场呢，不着急走。这边来，一起瞧瞧。”

虞锦顺着李润的目光朝外看去，只见官兵押送的十辆运粮车已经来到附近，周遭的贩卖商人全部都聚集了过来，成合围之势，那群官兵却兀不自知，只顾朝茶楼这边的路口走来。

虞锦有些着急，见李润面上却闲适惬意得很，一双狭长的丹凤眼闪着精光，灼灼地看向远处，一副将猎物收入囊中的志得意满。

没过多久，待押送粮草的官兵走至街口之处，那群乔装的商人从街口巷尾涌了出来，官兵见状，旋即骇得四散逃开，那群商人不费吹灰之力便将运粮车夺到了手，继而朝青州与乌雅国搭界的边境赶去。

此刻，虞锦已然明白李润的计策，这些乌雅人抢到了粮草，行动缓慢，未及边境处就会被李润所率领的将士全部拦截，这些乌雅人不舍得弃掉粮草，只能让那些驻守在边境的乌雅人潜进青州相助，如此一来，段无妄和李润的将士便用合击之术让那些乌雅人全军覆没。

那面色蜡黄的人见窗下情势这般，冷笑一声，含着几分怒气说道：

“这是阁下的手段？”

李润朗声说道：“雕虫小技而已，算不得什么手段。只是怕你等不到再见识我手段的那一天。”

那人拧眉，浑身散发着一股阴狠的气息，肩头一抖，无数只线性小蛇便朝李润面门扑去，虞锦从腰囊里拿出一颗药丸，用力捏碎，轻轻挥撒在空中，那些小蛇闻到药丸的气味后，掉落在地，疯狂地扭动着直到死去。

自从虞锦在城郊撞见雁儿之后，断曲便开始研制对付这种线性小蛇的毒药，研制成功后，便让程裳带来给虞锦，虞锦带在身上，倒是没有想到会这么快用上。

那人深感震惊，望着虞锦，目光中透露出一种除之而后快的狠虐，疾步逼向虞锦，李润揽住虞锦的腰身，将其带至那人的掌风之外。那人反手攻向李润，李润伸臂格挡，两人游斗在一起，双手抵住比拼起内力，僵持不下。

虞锦拿起桌上的茶水朝那人泼去，那人如若闪躲，势必会遭受李润重创，只得生生地受了这一盏茶水，面上的蜡黄全部被冲洗下来，露出白皙、没有血色、带着妖异气质的一张俊脸，眉心处有一颗夺目的红痣，摄人心魄。

虞锦轻笑道：“如此甚好，久闻白水教教主白无想不常以真面目示人，咱们这也算是坦诚相见……”

未等虞锦话音落下，便已震惊到极致，而一直与白无想对抗的李润看着白无想这张俊脸也同样诧异万分，一时走神儿，胸口已挨了白无想一掌，后退了两步才稳住身形。

虞锦上前扶住李润，探手搭在其腕上，察觉他气血翻腾受了轻伤，于是关切地问道：“你怎么样？”

李润却没有理会虞锦的话，只盯着白无想，缓缓问道：“你究竟是谁？这不可能，天下怎么可能会有如此相像的一张脸？”

白无想也意识到情况有异，于是问道：“相像？我与谁相像？”

虞锦握住李润的手略紧了紧，抢先开口说道：“你那些押送着粮草车的教徒只怕走不远，你如果现在追过去，说不定还能救回他们的性命，否则他们也只有死路一条了。”

白无想冷哼一声，知道即便是李润受了轻伤，可如若自己再度出手，也要费好些时候才能分出高下，冷笑说道：“他朝再相见，无想再向阁下讨教一二……”

说罢，白无想从窗口一跃而下，足尖轻点，迅即朝粮草车方向而去。

虞锦望着白无想离去的方向若有所思，说道：“他就算是去了，只怕也改变不了战局。那些乌雅人就算是弃掉了粮草车，也要原路返回乌雅，那样势必还是会同早已埋伏下的将士决一死战。而那些潜伏在边境的乌雅人闻声来救，还是会遭受你们的合击之术。”

李润没有理会虞锦刚才的话，只是疑惑道：“为什么他与誉王会如此相像？同样的眉眼，唯独白无想眉心处多了一颗红痣。”

“段无妄、白无想……”

虞锦默默念着这两个名字，心中若有所思，却又不得其解。

李润轻咳了一声，虞锦猛然回过神儿来，说道：“这个白无想习练的乃是阴毒之功，只沾惹少许便会侵入肺腑，咱们先回营，程裳那里有断曲配制的解药，只要及时服下，定会无虞。”

李润点了点头，与虞锦走出茶楼，上马后疾驰而去。

谁知，李润却不是朝回营的方向而去，而是去往乌雅人押送粮草离去的方向。远远听去，边境处厮杀声一片，押送粮草的乌雅人先行抵达边境，只遇到平生所率领的小股兵力，两相交手，乌雅人有落败痕迹，却不至于全军覆没，于是便急召援军相救，怎知援军一入，就被早已埋伏好的段无妄一众包围。

段无妄穿着阗帝所赐的盔甲在乌雅人中穿插而过，所经之处皆是倒地的尸体，而段祥也手持长刀，挥舞得虎虎生风，面上无一丝懈怠，一扫平日里的嬉笑之意，奋勇杀敌。

平生杀出一条血路，来到李润跟前，带着满脸的血迹，兴奋地说道：“主子，果然不出你所料，咱们这次定能大获全胜。”

“平生，你好生看护着她，她若有个万一，本太子拿你是问。”

李润松开缰绳，掷在平生手里，轻点足尖，从马上一跃而起，朝乌雅人最多的地方疾步而去，抄起一把长剑，只一个剑花，便有成片乌雅士兵倒地。

虞锦坐在马上，遥遥望着在战场厮杀的众人，李润沉稳，段无妄热烈，两人以不同的招式在各自所在的位置舞出令人难以脱身的旋涡，而旋涡所到之处，皆是一片血海。

平生紧紧牵着缰绳，对马上的虞锦说道："虞姑娘，你且宽心，太子武功高强，又极为谨慎，不会出什么岔子的。"

虞锦却苦笑，没有告诉他李润已经受伤的事实，如若再这般消耗气力，将来即便能够解毒也会落下病根儿，只是男儿血性在这杀声四起的战场中被激发，温言细语又怎能劝服得下？

正在这时，有一个面色蜡黄的人从远处疾奔而来，跃到虞锦的马上，挥剑斩断平生手里的缰绳，在马屁股上轻轻一刺，马便失控狂奔起来，直至虞锦的马冲入到乌雅士兵中间才用力勒住缰绳。

那人坐在虞锦身后，虽用手勒住缰绳，对虞锦却未有丝毫侵犯。虞锦自始至终未曾惊呼哀号，只是静静地坐在马上，看着李润面色阴沉，而一旁的段无妄则挥剑朝这边杀过来，试图杀出一条血路，相救虞锦。

第十九章
莫添凉薄　随恩宠消逝

虞锦见身后的白无想注意到了血性厮杀的段无妄，于是朝李润微微点头示意了一下，李润当即上前拦住段无妄，也不知在他耳边低语了什么，段无妄当即不敢再动，只狠狠地瞪着白无想。

虞锦见段无妄脸上尽是敌人的血迹，一时倒看不清面容，于是放下心来，也不看向身后的白无想，只是冷笑说道："堂堂一个白水教教主，绑着我这个弱女子做人质，果真不怕人笑话？"

"弱女子？我倒不知乾坤门还会有弱女子。"

白无想面上重新涂抹了易容而用的东西，整个脸看起来僵硬不已，虞锦淡淡说道："你应该向断曲请教一下如何做易容术，在这方面，他做你的师父都足矣。"

白无想没理会虞锦故意岔开的话，抬高声音朝李润喊道："放我们离开，我便饶她不死。"

"你既然知道我是乾坤门的人，又怎么敢明目张胆地以我来要挟他人？我若枉死在你的手中，他日乾坤门的人必将踏平白水教，将你碎尸万段。"

白无想低声答道："因为我知道，他必定会应下，所以你不需要死在我的手里。诚如你所说，我也没有必要招惹到乾坤门。”

“乾坤门的弟子武艺卓绝，你将我当人质，就不怕引火自焚？”

白无想笑得邪气，说道：“一个武功尽失的人，我有何惧？”

虞锦深感震惊，自己失去武功的事实，也不过三五人知晓，可是白无想怎会知道，并毫无惧怕，到底是谁透露给他的？翼王？石相？虞锦心里想到了一个人，雁儿……她是虞屏的丫鬟，也就是翼王身边的人，同时她又是白水教教徒，这样说来，翼王早已与白水教有来往，不是吗？

虞锦苦笑，这个世上总是有那么些人，带着邪恶的目的将他人与无关的人紧密地联系起来。譬如现在，虞锦何曾想过，会与白水教教主白无想产生纠葛，可是他就近在咫尺，以魔鬼般的身份将自己当作人质绑缚在马上，以此要挟李润退兵十里，只是李润若是应下，岂不是寒了奋勇杀敌的将士的心？

白无想再度向李润喊道：“敢问太子殿下如何选择？放我们归去，你的江山仍旧未失分毫，如若你不答应，那么就会永失心爱……”

白无想的话音未落，站在李润身旁的段无妄抢先一步回道：“你放了她，本王来给你们当人质。一个王爷，怎么也要比一个侍从的分量重得多吧？本王要是你，就会答应。”

白无想用手里的玄铁长笛指向段无妄，略歪着头看着他，笑得一脸的意味深长，说道：“这话如若是旁人听见了，定会喜不自禁。只是我却不以为王爷能比她的分量高多少，最起码，在太子这里是这样，太子殿下，不知我说的是否对？”

李润没有理会白无想的话，隔着千军万马，他看见虞锦在马上朝他微笑，那神情似乎就是在跟他说，她绝不会让他处于这种难以抉择的境况。只是那笑意越来越淡，直至眉间生出一丝凌厉，李润伸出手，似是想要去阻止，尽管他知道这不过就是徒劳。

虞锦宽大的披风下，袖口垂直，匕首悄然滑落在手中。马背上的白无想只听见前面坐着的虞锦低笑一声，来不及多想，侧身避开了去。只是他虽有防备，却不知虞锦的招式竟是这般狠厉。

虞锦虽然武功尽失，可是招式俱在，乾坤门的招式乃是集天下之大成，其手法之精妙，令白无想也难以招架，片刻间，已经过了数十招，虞锦却丝毫没有落入下风，因为白无想并不想伤害到虞锦，他情知，如若自己下了狠手，那么李润定会挥师南下将白水教踏平。

可是，如若不下狠手，一时之间他又难以摆脱掉虞锦的攻势，不禁陷入僵持之中。

虞锦从马背上跃下，那些乌雅士兵并不知虞锦的底细，一时全部围攻上来，虞锦手持匕首难以招架，于是便顺手抄了一个乌雅士兵的长剑在手里，以一敌百，以毫无功力在身的娇弱之躯应对如泉水般涌上前来的乌雅士兵。

虞锦一手解下披风，挥舞在手中当作盾牌，另一只手持长剑凭着精妙的招式游移在士兵中，一时间，断臂残骸，鲜血四溅，虞锦浑身上下也沾染了血迹，谁也分不清到底是虞锦身上伤口流出的血迹，还是乌雅士兵在死时喷溅在虞锦身上的血迹。

远处的段无妄见李润只是一言不发地望着虞锦所在的方向，愤然地从一旁士兵手里夺来一匹马，一跃而上，便朝虞锦所在的方向冲了过去。

谁知，李润却疾步上前，生生地将段无妄手里的缰绳拽紧，段无妄猛然顿住身形，气急，朝李润质问道："你难道就这样眼睁睁地看着她力竭而死？你明明知道，她这么做只是为了让你不再为难，所以宁可选择最差的一条出路。"

李润握紧了拳，终是低声说道："我知道，我怎能不知道？可是，你瞧，如若我就让这些乌雅人这般离去，你我又该怎么向父皇交代？"

段无妄气得直跺脚，恨道："看来太子还是爱惜自己更多一些，这时候还顾念着自己的太子之位。你既然不愿意去救，那么就由我来做这个恶人，我宁愿背上通敌叛国的罪名，也要救回她的性命。"

段无妄跃下马背，弃掉缰绳，谁知李润目光坚定，仍旧不肯放他，段无妄这才回转过身，盯着李润，认真地问道："你刚才所言不是真实缘由，那你告诉我，究竟为何不让我去救她？"

李润看着远处孤身一人奋力杀敌的虞锦，从平生手里拿过一把剑来，淡淡地说道：“总之，你不能去救，她也不会希望你去救。这里交给你了。”

李润轻点足尖，朝如蚁群般涌来的乌雅士兵跃去，段无妄一时倒想不到他突然做此举动，来不及阻拦，眼睁睁地看着他杀到了虞锦跟前。

李润的到来给了虞锦一个喘息的机会，她满是血污的脸上唯有一双眸子如同星光般熠熠生辉，在见到李润之后，嘴角微微翘起，口中却说道：“你明知道只要你在，白无想不会拿我如何，何苦还要让自己沾惹这血污？”

李润用手拭去她脸上的血迹，说道：“审时度势，自然是我坐镇三军对你最有利。可是我又怎能让誉王借此质疑我对你的情意？”

虞锦与李润倚背而立，跟一众乌雅士兵对峙着，问道：“仅仅就只是这样？”

李润难得流露出几分调侃的意味，更何况是在这厮杀的战场当中，反问道：“那你以为怎样？”

虞锦说道：“既然白水教教主与乌雅军队有牵连，那么潜伏在乌雅士兵中的白水教教徒势必也不少，你怕那些人伤了我，又不能让白无想与誉王正面交锋。所以，只能自己亲自杀过来了，我说得对吗？”

李润一剑挑起一名乌雅士兵朝人堆里掷了过去，说道：“你既然明白我的心意，就好好护着自己周全，别拼了性命似的不管不顾，这样的太子妃未免也太不端庄淑雅了。”

正在这时，白无想邪佞地笑道：“太子殿下竟然敢舍了命来救她，就不怕我将你们两人一起杀了，就地埋葬，从此扬名于天下？”

李润横剑在前怒指白无想，沉稳而自信地说道：“你目的不在此，你助乌雅士兵攻打青州，不过就是想继续占有乌雅最险恶的泥沼之地——邢州。那里是你白水教教徒捕捉毒物、习练殒术最好的去处，可是乌雅的皇帝以毒瘴害人为由，令士兵们前去撒石灰粉，以此将生命万物全部毁灭，那样你们即便寻得了另一处相似的地方习练殒术，也会事倍功半。所以，你前去请求乌雅帝王，乌雅帝王却提出了条件，只要你领兵助乌雅攻打下青州，那么邢州仍旧属于你们白水教。”

白无想没有料到李润会在如此短的时间内从探子口中知道这么多的信息，于是掩盖下所有的诧异，说道：“太子殿下的消息好灵通，只是太子殿下为什么敢这样笃定，我就当真不敢杀了你们？要知道，只要你死在我手上，即便青州没有夺下来，皇上也会将邢州赐予我白水教以做习练之用。”

一旁的虞锦用剑撑地，双眸狠厉、冷静，语气中刻意的淡然却让白无想心头一惊：“只因为你白水教想要的邢州离青州太近，如若你敢动太子分毫，那么你争下来的邢州也只会不复存在。”

李润看了虞锦一眼，朝白无想说道：“乌雅容得下你，本太子自然也能容得下你，只要你携白水教教徒离开，将来本太子攻破乌雅之时，也必定将邢州赐封于你，让你白水教永世在邢州习练，世代罔替。”

李润的话或许让白无想有片刻的怔忪，白无想手中的长笛略往地面处下垂，眼中闪烁着算计的精光，只听他带着讥讽的口气缓缓说道：“你要我在乌雅战士面前亲口答应，然后叛变自己的国家，这就是你作为大盛唐朝储君的谋略？”

虞锦看了李润一眼，李润狭长的丹凤眼半眯着，镇定自若，他丝毫没有因为白无想的话而感到恼怒。在虞锦看来，李润也如自己一般，都察觉到了白无想未尝不是“此地无银三百两”的举动，李润开出的条件，他怎能不动心？

可是，如今这境地，白无想却连流露出此意的可能都没有，诚如他所说，在乌雅众人跟前，他如何能够表露自己的真实想法？

虞锦明白，李润就是要用这种方式，让白无想与乌雅决裂。只有这样，他才能让白无想真正地为己所用，不再对大盛唐朝有所危害。

那一端，满身血污的段无妄将拦在跟前的段祥一把推开，夺过身旁士兵手中的旗帜，一跃站在马背上，猛力一挥，旌旗猎猎，横指乌雅国那一方，运足气息喊道：“我段无妄在此立誓，谁若敢伤及这两人性命，我必将亲率三十万大军踏平乌雅，让乌雅血流成河、白骨堆积，从此万劫不复。”

段无妄站在马背上，神色凝重，那口气中的坚定不容任何人置疑，不凡英姿犹如青松屹立，一句“让乌雅从此万劫不复”，足以震慑千军万马。

虞锦站在李润身侧，在李润深情的注视下，将手递在他的手心内，随着他飘逸的身形、步伐而动，李润右手持剑，招招毙命，在乌雅士兵中杀出一条血路，将虞锦安然无恙地护在身边。

段无妄站在马背上，将手中的旗帜交给身旁的旗兵，接过段祥手中的弓箭，朝攻向李润和虞锦的乌雅士兵射去，箭无虚发，一箭结果一人性命，那些乌雅士兵忌惮段无妄手中的弓箭，战战兢兢地左右环顾，于是攻向李润和虞锦的力量便有所减弱。

而白无想始终骑在马上，冷眼看着就要杀出重围的李润和虞锦，倏地，白无想腾空而起，手持玉笛攻向了虞锦。

李润将虞锦拉退了一步，却仍旧不能避开白无想的攻势，于是挥剑与白无想刺来的玉笛相抵，虞锦只觉得李润的身形一滞，未及多想，便见近处的白无想蜡黄的脸上露出诡异的笑容。

虞锦心中一动，猛然回头朝段无妄看去。段无妄背上箭囊已空，情急之下将旗兵手中的旗帜顶端斩断，搭在弓弦上，以迅雷不及掩耳之势朝白无想射了过去。只是段无妄松开手的那一刹那，却百转愁肠，连思绪也凝滞了一般，手不自觉地捂在了胸口上。

那截尖利的旗杆顶端从虞锦身边呼啸而过，就这样刺进了白无想的胸口，迸出一串串的血浪，溅在白无想的衣襟上。

白无想蜡黄的面色僵硬而呆滞，让人看不出他真正的神情，他用手捂在胸口处，朝李润和虞锦阴森森地笑着，眼中流露出得逞的意味，猛然拔出了旗杆，不着痕迹地递在了李润手中，低声道：“希望殿下可以信守诺言。”

乌雅士兵上前相护受伤的白无想之时，平生与段祥已经带人杀出血路，将李润与虞锦护着回到了段无妄那一侧。

段无妄见到虞锦之后，想要开口对虞锦说些什么，却只是勉强笑了笑，笑容一闪即逝，他的手始终捂在胸口，欲言又止。

虞锦将手搭在李润的腰间，本想低声朝李润耳语几句，谁知触手处却感觉到一股冰凉，心中大惊，抬起手来未等细看，便听段祥大声吼道："太子，太子他受……"

段祥话音未落，已经被平生捂住了嘴，段无妄狠狠地瞪了段祥一眼，段祥顿时噤若寒蝉，不敢再出一声。而平生却麻利地将手里的披风递了上去，挡在了李润受伤的腰侧。

虞锦始终抬着未曾落下的手，满是红褐色的血迹，她紧紧握住了拳头，震惊之余，愤恨地看向乌雅国的方向，心中默默起誓，必定会让乌雅国付出千倍万倍的代价。

段无妄低喝道："太子殿下受伤的消息万万不可泄露出去，军心动摇乃是行军作战的大忌。段祥，你和平生伺候太子殿下和金玉公子先行回营，这里留给本王来收拾。他们既然已经进了大盛唐朝，本王必定叫他们有来无回，片甲不留。"

李润一直轻蹙眉头，听见段无妄的话后，说道："不过就是无关紧要的一点皮肉伤，不必兴师动众。"

一直未曾说话的虞锦微微低着头，眼眸下垂，此刻，明知李润不过就是怕自己伤心才安抚自己，轻抬眼帘，已是一汪秋泓，蓄满了泪水，虞锦紧紧抿着唇角，不让它落下。

虞锦朝李润含泪笑着，上前扶过李润的手，说道："你为我受了伤，就由我来照看你。"

李润任由虞锦扶着自己的胳膊，上马之前回身说道："誉王，放这些被俘的乌雅士兵走，你们也都回营吧。"

段无妄急道："为什么？咱们好不容易设局才捉了这些个俘虏，虽不是大捷，也算是能够上报皇上的骄人战绩。你放他们离去，将来怎么跟皇上交代？"

李润与虞锦相视一眼，只不过就一眼，就已经明白对方心中所想。于是李润略扫了段无妄一眼，淡淡说道："不要问为什么，你必须依从，这是本太子的命令。"

段无妄气怒地将手里的弓箭掷了出去，段祥机灵地跃身接住，长舒一口气，识趣地没有再嬉笑，躲到一旁去了。

白无想在士兵的拥簇下离去，回转过身，看向拧眉怒目的段无妄的眼神多了一丝迷茫与不解。

夜晚，寒风猎猎，裹着沙砾吹得人的脸颊生痛。营帐外，虞锦孤身一人站在那里，良久，都未曾走动过。身后传来一股熟悉的气息，慢慢靠拢过来，段无妄将手里的一块毛毡铺在地上，坐下身来，拍了拍毛毡的另一边朝虞锦示意。

虞锦坐下来，双手抱膝，略仰着头看向繁星点点的夜空，段无妄解下身上的披风递给虞锦，虞锦侧头看向他，见他眼神清澈，流露出真诚的疼惜，微微笑了笑，也不推托，爽快地接过来披在了身上。

夜已深，程裳过来寻虞锦之时，见虞锦正与段无妄并排而坐，于是并未惊扰她，只是站在远处静静守着。

突然，段祥捧着一块热乎乎的糕点出现在眼前，程裳斜睨了他一眼，见段祥只是笑，也不由得舒展了眉头，一把夺过他手里的糕点，偷偷笑着吃了几口。

“你说他们两人为什么不能在一起？”段祥看着虞锦和段无妄的背影，小声地嘟囔道。

程裳瞪了他一眼，说道：“主子的事，轮得到你瞎操心？”

段祥却不以为忤，继续说道：“本来我家主子认识虞小姐在先，谁知道虞小姐竟然会喜欢上了太子。哎，如果是他们两个人在一起，那该有多好啊！”

段祥最后一句话说得极为暧昧，程裳怎么会听不出其中意味，趁着夜色，狠狠地拧了段祥一把，段祥怕惊扰到虞锦和段无妄，不敢惊呼出声，对着程裳龇牙咧嘴，生生受了这份痛。

“他怎么样了？”段无妄率先打破这份宁静，问道。

虞锦垂眸，低声说道：“他伤得不轻，已经敷了药歇下了，平生守在他身边，我出来透口气。”

段无妄沉默了很久，才开口说道：“他待你总算是真心的。”

虞锦苦笑，说道："可是，我一点也不想用这种方式来验证他的真心。即便他是虚情假意，我也不想他流血受伤。"

"这就是情爱……"段无妄脱口而出，旋即意识到什么，紧忙住了口。

可是虞锦沉浸在自己的思绪中，并未察觉到段无妄难得的窘迫。段无妄见状，心中更加悲凉，长叹一声，也难以抒发心中郁气。

"你在想什么？"虞锦问起这句话时，已不知过了多久。

"你相信吗？当我将旗杆上弦，拉满弓松开手后，就开始有些莫名的悔恨，当亲眼看到那旗杆刺进了他的胸口之时，我的心口更是痛到了极致，就像是被千刀万剐过一般，这是我从未感受到的力量，像要将我拉入地狱一般，让我无法摆脱。可是我源自内心深处的恐惧，却对此十分抵触……"段无妄静静地说道。

虞锦知道段无妄口中的他便是白无想，越听越心惊，生怕段无妄意会到什么，于是说道："他是乌雅白水教的教主，而你却是大盛唐朝的誉王，无论如何，也不能相提并论。"

"我清楚，我身上背负的太多。无论如何，这都不能成为我前行路上的羁绊。我只能是我，纯粹的我。"段无妄看着虞锦，星眸似是薄冰初化般温柔，说道，"你听清楚了吗？你明白我话里的意思了吗？不管发生什么情况，你都会让我坚守今日的信念，对吗？"

虞锦怔在那里，她如何不明白段无妄话里深意？段无妄凭着感知已然觉察出不妥，他意识到白无想与己有关。可是他与白无想之间到底存在着哪种千丝万缕的关系，就连虞锦一时也不敢做定论。

如果他们毫无牵连，可世间怎能有那么相像的两个人呢？这是个谜题，解不解开是个问题，由谁来解开更是个问题。

正在这时，段无妄略带希冀的目光却渐渐放空，穿过虞锦的肩头，看到李润站在营帐门口，朝这边望过来。

虞锦察觉到段无妄的失神，于是顺着他的目光往回看，见李润只穿着一件单衣，而平生拿着披风在一旁担忧不安，于是起身疾步走过去，挽着他的臂膀朝营帐内走去。

"怎么出来了？天这么冷，你又受了伤，小心身子。"虞锦一边走，一边轻声埋怨着。

段无妄站起身来，望着两人的身影，在李润面前，她竟是连一句寒暄都顾不上就要离开。段无妄落寞地苦笑着，丝毫没有了以往的狂浪不羁，或者在这一刻，他连伪装的意愿都不再有。

虞锦走至营帐门口之时，突然回身看向段无妄，神情坚定，笑容真诚，说道："这个自然。无论发生什么情况，我都会让你坚守今日的信念。你只会是你，也只能是你。"

不期许地话音响起，似是一股暖流让段无妄心头温热，段无妄看向虞锦的眼神又恢复了以往的热烈，她总归是支持他的，即便是在李润面前，也坦荡荡地毫不避讳。

虞锦扶着李润进了营帐内，接过平生手里的披风，给李润披上，见李润盯着自己看，才意识到自己身上还披着段无妄的披风，于是解下来递给平生。

"平生，帮我把披风给誉王送过去。"

平生看了李润一眼，接过披风后，悄无声息地离开。

虞锦扶着李润躺下，帮他掖上棉被，轻声道："一句话也不说，生气了？"

李润一直平静的面色上显现出几分笑意，看着虞锦，说道："我为什么会生气？"

虞锦侧头看着他，说道："我与段无妄在一起，你心里当真一点也不生气？"

李润深深地看了虞锦一眼，握过她的手，温柔地摩挲着，说道："我信誉王，更信你，你们一个邪佞轻狂、一个机敏缜密，却都是心怀坦荡的人。别说你们两人只在明处一起说话，即便是因故同处一室，我也会选择相信你们。"

虞锦挣脱开李润的手，猛然扑进了李润的怀里，含糊不清地说了几句话，半晌没有起身。

李润渐渐感到胸前一片湿润，唇角微抿着笑了笑，用手轻抚虞锦的三千墨丝，说道："你再这样压下去，本太子都不知道是否还能继承大统、登基为帝了。”

虞锦慌忙起身，迭声问道：“是不是被我压疼了？我看看，我看看……”

“我愿意相信你，但是你也要答应我一件事，”李润抓住虞锦递过来的手，将她往自己身上一拉，迫使她面朝自己，眼神相对，一字一句地认真说道，“无论发生什么事，永不相欺。”

无论发生什么事，永不相欺。

只要虞锦点头应下，这便会是刻骨铭心的誓言。

一刹那，虞锦想也未想地便郑重地点了点头，含笑缓缓地迎上了李润俯身压过来的唇角。营帐内，烛光摇曳，风情自然而起。营帐外，两人的身影如同烛影一般映照在外，清楚地看出两人细腻的缠绵。

平生刚将披风交还给段无妄后才回转，与程裳羞赧地相视一眼，却又默契地疾奔过去，挡在营帐前，生怕泄露了这一室旖旎。

而不远处，段无妄看到这一切，闭目长叹，脸上流露出苦涩的笑意，身侧的段祥紧紧捏着手里的披风，看到段无妄这般心情，竟是不敢发出一丝声响。

良久，段无妄转过身疾步离去，口中喊道：“走，段祥，陪本王好好喝上一场。”

“是，主子，段祥就陪着你不醉不欢。”段祥怔了怔，旋即应下，追了上去，脚步也轻快了许多。

次日，石相率兵与李润会合，三军又恢复以往的编制，统一驻扎在一起，由李润担任主帅，石相监军。

石相来营帐内见李润，说道：“微臣该死，昨日未能参与战事，累及太子殿下受伤，微臣定会上书皇上请罪，任凭惩罚。”

虞锦正帮着李润展开一卷羊皮地图，听闻石相如是说，眼眸寒意尽显，唇角却流露出一丝讥讽之意，说道：“石相，太子殿下哪里受伤了？太子殿下这不是好端端地坐在这里吗？”

石相看了虞锦一眼，旋即说道：“本相不过就是听闻市井中相传的流言，所以才赶紧过来向太子殿下请罪。”

“敢问石相凭什么断定太子殿下受伤？石相既不是亲眼见了，又为何这般相信传言？还是石相根本就是期盼太子会受伤毙命，以致继承大统之任旁落他人？”虞锦话语犀利，咄咄逼人，似是不曾给石相留一丝余地。

而一向奸猾的石相又岂会因为虞锦的几句话而恼怒失色，他脸上浮起一抹意味深长的笑意，说道：“金玉公子此言差矣，本相有幸辅佐皇上近三十年，忠心护主，皇上册立的太子，便是本相将来要辅佐的另一位明君。本相自然会竭尽全力拥戴，怎会盼着太子殿下受伤毙命？可是，本相却疑惑金玉公子哪里来的胆量，竟敢欺瞒君上，将太子殿下受伤的消息封锁，他日太子因此受害，金玉公子万死亦不能抵罪。”

虞锦心绪起伏，正待说话，左手却被始终一言不发的李润握住，略用了力，示意虞锦少安毋躁。

“石相言之有理，本太子如若当真受了伤，自然要上书密奏父皇，让父皇知悉本太子此刻状况。可是，也诚如金玉公子所言，本太子并未受伤。”

李润说罢，旋即起身，走至石相跟前，沉稳而镇定地望着他。

石相与李润对视，似是有恃无恐，半晌说道：“太子无恙，微臣自是放下心中担忧。想必金玉公子也如本相这般心情，对吗？”

石相说罢，看了虞锦一眼，向李润告罪离开，大笑着走出营帐。

虞锦将手里已经被揉成一团的羊皮卷掷在桌上，李润随手展开，淡淡地说道：“你不要着急，总有一天，我会让他不能再出现在你的面前。”

虞锦正要开口说话，见平生急匆匆地走进来，说道：“主子，刚得到消息，乌雅将领受了重伤，恐有性命之虞，乌雅将士已经连夜撤离了。”

虞锦惊诧，当日白无想被段无妄用旗杆尖端做箭射伤之时，虞锦便在其身边，依稀记得白无想蜡黄的脸上露出的诡异笑容，那是一种有预谋的姿态，看着李润携虞锦离去，看着活下来的乌雅士兵安然无恙地撤离青州。

这样一个满身带着邪恶气息的人，怎么会轻易死去？

李润蹙了蹙眉，朝平生说道：“平生，去请誉王过来。”

“不必了。”帐外有声音传来，话音未落，段无妄便疾步走了进来，说道，“既然敌军主帅率兵撤离，咱们这也算是大捷，赶紧上奏皇上，咱们也好凯旋。”

虞锦见段无妄虽然口气随意，神情却不似往日洒脱，知道他不过是刻意做出无所谓的姿态来，于是与李润相视一眼，见李润默默朝她摇了摇头，只得将含在口中的话咽下。

或许，有些事，只能由段无妄自己决定，旁人就算推波助澜也是不行的。

“太子殿下，无妄在想，离开青州之际，是否还要做一场戏？”段无妄说罢，将视线落在了虞锦身上。

诚然，虞锦深知段无妄话中深意，虞锦眸子晶亮，看着李润，淡淡说道：“如果是在虞家未倒之前，或许还有必要。如今虞家已是这副局面，我是谁，我是什么身份，还会重要吗？”

李润含笑说道：“我可以理解为，这是你对我的试探吗？”

段无妄转过身去，接过平生递过来的茶盏，略仰头喝了一大口，随手将茶盏扔给了平生，平生察觉到气氛不对，于是紧忙退了出去。

“小师妹，不如就由本王将你的顾虑说出来。”段无妄回转过身，话语犀利，说道，“如若你要长久跟在太子身边，自然不能再以金玉公子的身份追随其左右。可是，虞家已经落败，你父亲落狱，你难免受其牵连，皇上又怎么可能恩准一个罪臣之女入住中宫？只是，本王却更想知道你不同意的原因，到底是因为你觉得做一场让金玉公子死去、虞锦重生的戏码毫无价值，还是因为对太子殿下没有信心？”

虞锦看向李润，见李润沉默，似是也在等着虞锦的答案，于是说道：“从前，不管我是虞锦还是金玉，我都可以活得洒脱自若。如今，我只是不想让他为难。”

段无妄冷笑，说道：“好一句不想让他为难。小师妹、太子殿下，你们就这般自欺欺人，也欺骗着对方？如若真到了必须要抉择出太子妃的人选之时，你们又待如何？”

段无妄的话不异于醍醐灌顶，让李润和虞锦同时惊醒，他说的没有错，到阗帝择定太子妃那日又该如何？要李润违抗圣令公然反对，将虞锦推上风口浪尖？还是虞锦甘愿只做李润的一名宠妃，仅此而已？

“军情要紧，你们先议着，我出去走走。”

虞锦说完，不待李润说话，便走出营帐。

第二十章
红石绿玉　逢曲终人散

段无妄上前夺过李润手里的羊皮卷地图，愤懑不平地说道：“你明知她期待你的回答，你明知她现在的处境更需要你的肯定，你却不肯说出一句让她安心的话……”

李润拍案而起，眼底寒意顿起，怒道：“段无妄，什么时候轮得到你来教训本太子？”

“只要事关她，这天下人皆可任我评判。”

段无妄面上没有丝毫畏惧，继续说道：“那日她被容贵妃栽赃陷害，落入大牢，又甘愿听你之言吃下药丸武功尽失，缘由何在？只因为她那时追随在你的身侧，容贵妃声称她就是刺杀小皇子的人，她怕你会受到牵连，于是甘愿落狱、听从发落，否则依着她的武功，未必不能从皇宫中全身而退，带着父亲、妹妹离开阳城，隐退乾坤门。她之所以走到今天这步，全部都是因为你，因为你。而你却做出一副深情款款的模样，自以为这是你对她额外的恩宠。告诉你，她不需要帝王的爱，她需要的只是一个男人对于一个女人的爱，就是这么简单，就是这么纯粹。”

虞锦站在营帐外，在听见段无妄最后几句话后，泪水喷涌而出，大步离开。所以，她并未听见李润随后说的话。

“不管你信不信，我对她的爱，不啻你对她的疼惜。”

段无妄看到李润真诚的目光后，暗叹一声，旋即回道：“不管怎么样，希望你不要辜负了她这一片情意。你也该知道，帝王之家，又能有多少真实的情爱？我只怕你错过了这一次，以后永无重来的机会。”

远处，段祥正在给段无妄的马喂食粮草，冷不防地虞锦疾步走来，夺过他手里的缰绳，段祥目瞪口呆地看着虞锦飞身上马疾驰而去，急忙朝李润的营帐处奔去。

“主子，虞锦姑娘骑着马出了大营……”

段无妄瞪了段祥一眼，低喝道：“怎么不拦着她？”

段祥摊开手，无奈而委屈地说道：“主子，你这是在说笑吗？就凭我，怎么敢拦虞锦姑娘？”

“如今她武功尽失，如若有个万一……”段无妄说到这里，不敢再继续说下去。

李润蹙眉，抓起披风就要朝外走去。

正在这时，帐外传来平生的声音：“主子，圣旨马上就要到大营，请您准备接旨。”

李润蹙了蹙眉头，与段无妄相视一眼。

当为首的太监进了营帐，见候在里面的只有段无妄，四处环顾不见李润的身影，不禁诧异不已，愣在那里。

段无妄慢条斯理地说道：“还愣着做什么？赶紧宣读吧。”

那太监第一次遇见这样的事情，惶恐难安，见段无妄这般肆无忌惮地瞪着自己，又不敢声称要见到李润本人才肯宣读，只得战战兢兢地将圣旨宣读完，急匆匆地离开大营回宫复命去了。

虞锦策马疾驰，白色的披风随风起舞，正如虞锦此刻这般漫无目的、毫无方向可言。

风声凛冽，呼啸在耳边，虞锦握住缰绳的手已然冷若寒冰、毫无知觉，心却如火一般燃烧着。也不知过了多久，虞锦才渐渐冷静下来，见前面杳无人烟之处竖立着一座界碑，虞锦勒紧缰绳停下马，见界碑上的另一端清楚地写着“乌雅”两字，知道再往前走便是乌雅的地界。

虞锦跃身下马，将马儿拴在界碑上，独自坐在一旁，望着空无一物的茫茫大地失神。段无妄在营帐内所讲的每一句话，都直指虞锦心底不敢面对的事实，虞锦甚至懦弱地想，如若段无妄不这样一针见血地讲出来，或许还有再相处下去的可能，如今既然已经把话说透，虞锦又怎能再这般若无其事地与李润相见？

也不知思虑了多久，虞锦突然察觉到有些异样，猛然惊醒，斜着掠身跃出去解开缰绳，未等上马便被一人制住，虞锦袖中匕首略垂，朝马尾处轻轻刺了一下，马儿受惊长鸣，狂奔而去。

"虞姑娘好兴致，怎么来这么荒凉的地方坐着？难不成虞姑娘也惦记着乌雅的江山？"

虞锦仅凭声音也听出这人便是白无想，慢慢回转过身，见他今日并未易容，如若不是眉心的那点红痣，虞锦几乎就要以为站在自己身侧的便是段无妄了。

"白教主也好兴致，都是快要死了的败将，也能这么生龙活虎地走来走去？"虞锦冷笑道。

白无想也不恼怒，面上一直保持着笑意，虞锦这才发觉，其实白无想这一点与段无妄很像，只是段无妄的笑容里多是圣眷恩宠的轻狂不羁，而白无想的笑容里却多是邪佞阴鸷。

"放我离开。"

"到了手的肥肉，岂能轻易丢出去？"

虞锦讥笑道："我可以理解成你将自己比喻成狗了吗？"

白无想明知虞锦这是在刻意激怒自己，眉间仍是添了几分冷意，长啸一声，一匹马儿从远处奔来，白无想握住虞锦的手腕拉其一同飞身上马，虞锦却在坐定的那一刻将袖中匕首掏出，用精妙的招式划过白无想的臂膀。

白无想如若避开袭向臂膀的匕首，势必会牵拉到心窝处的伤口以致崩裂；如若要护住心口的伤处，又势必要挨上一刀。电光石火之间，又怎容得白无想多做思虑，肩口锦缎被划开好大一个口子，肌肤隐痛，也幸亏是白无想松手得快，才没有受到重创。

“你是吃准了我不会伤你，才这样肆无忌惮？你别忘了白水教是以什么而出名的。”

“凶残暴虐、无恶不作、心狠手辣，”虞锦没有半分惧怕，将匕首握在手中，看似不经意地掂来掂去，问道，“我说得没有错吧？但是，我笃定你是不敢伤我的。”

“你说得都没有错。不到万不得已，我不会轻易伤你，因为你对我来说，是一个很重要的筹码。我伤了你，岂不是太愚蠢？别说大盛唐朝的太子，即便是誉王，他也不肯放过白水教的，对吗？”

“你既然知道，还敢来擒我？”

白无想手指微动，玉笛在手心处旋转了几圈，姿势潇洒，带着一股邪恶的气息逼近虞锦，说道：“跟我回乌雅。有你在手里，不怕大盛唐朝的太子反悔当日所许下的诺言。”

“你放了我，我照样会让他信守那日的诺言。只不过是将邢州赐封给白水教做习练之用，算不得什么了不起的大事。大盛唐朝的太子又岂会食言？”

白无想听闻此言，突然笑了起来，说道：“如若大盛唐朝的太子之位旁落，那你说，即便李润是个一言九鼎的君子，又能如何？他还能实现自己的诺言吗？本教主不信。”

虞锦这才冷下脸来，目光凛冽，问道：“你到底知道些什么？”

“你不会真的以为乌雅仅凭着这几万大军就要进攻大盛唐朝吧？更何况凭着誉王一人领军足矣，还需要兴师动众将太子也一起送到这青州来？实话说，听到这消息的时候，我真有些不敢相信，到底是你们的圎帝老糊涂了，还是另有算计？”

白无想有意无意地说罢，虞锦却惊出了一身冷汗，原本心中隐隐约约的疑惑，如今都被白无想说到了明面之上，李润亲率五万大军来青州犯险，正是源于一直与李润不合的石相的举荐，难道说，这其中也牵涉了石相？

一时之间，虞锦竟然不敢再想下去。

虞锦环顾四周，凭着直觉可以断定这周围有很多伏兵。虞锦有些害怕起来，怕李润顺着自己的踪迹找寻过来落入埋伏。原本在大营之时希望他追上自己的微微的期盼，如今在白无想的话语之下烟消云散。

白无想盯着虞锦，一副要将虞锦随意鱼肉的姿态，说道：“来人，带她走。”

“大小姐，还记得我吗？”

熟悉的声音在背后响起，虞锦倏地转过身，见雁儿正缓步朝自己走过来。

对于出现在白无想身边的雁儿，虞锦还是有些惊诧的，要知道雁儿的武功已然尽失，留在白无想身边又有何用呢？

“雁儿，我问你，虞屏在哪里？”

雁儿目光闪烁，说道：“二小姐？她不是死了吗？想必你已经得到了消息。”

虞锦轻轻地摇头，坚定地说道：“我不信虞屏会死。谁又能确定这不是你们做的另一场假象？”

“信不信都由你，你相信与否对于我来说都没有丝毫意义了。你瞧，我的武功原本是被你废掉的，要不是教主……”雁儿看了白无想一眼，没有说下去，朝虞锦继续说道，“如今，你的武功也没了，你就再也没有凌驾于我之上的倚仗了。”

虞锦冷笑，说道：“即便你的武功恢复如初，你也未必能拿我怎么样。雁儿，你始终不会明白，乾坤门与白水教不同，白水教教徒用武功害人，而乾坤门弟子轻易不入江湖，如若入江湖，倚仗的也不全是武功。高手之间的对决，仅凭意念也可以将对方击败。可是，很明显，你并不是高手。所以，我用不着多费神儿。”

虞锦随意做了一个姿势，雁儿起初还不认为如何，待看见白无想凝重的神色之后，也不由得惊惧起来，这一招后势变化无穷，即便是雁儿功力恢复，也难以逃脱虞锦的精妙招数。

虞锦表面虽镇静自若，心中却着实为雁儿能恢复武功而感到诧异，要知道当日虞锦是将雁儿的手筋、脚筋一并挑断，而虞锦竟不知这世上竟有这般的灵丹妙药能续筋接脉，还雁儿以常人康健之身。

正在这时，远处熙攘声渐起，似是有人要突破重围朝这边而来，虞锦转身看去，见李润单身匹马，长剑一挥试图杀出血路靠近虞锦。虞锦心中一热，脚步微移，却又马上停住。

虞锦不敢再犹疑，趁着雁儿一愣神儿的工夫，迅速靠近，手中匕首递向雁儿的腰侧。

白无想站在远处，救应不及，只得喊道："朝右后闪身……"

雁儿下意识地朝右后方躲闪的同时，却落入虞锦另一个变招，雁儿见虞锦眼中闪过的慧黠，心惊之余，咽喉一凉，顿时直挺挺地倒在了地上。

"你瞧，是你害了她。"

虞锦朝白无想笑了笑，一脸的惋惜，似是刚才出手杀雁儿的人并不是她。

那边，李润已经杀出重围，策马而来，将手递给虞锦，白无想却眼疾手快地将虞锦再度制住。

李润从马背上跃下，看了虞锦一眼，眉头轻蹙，朝白无想说道："白教主，你这是什么意思？本太子还以为已经与白教主达成一致了。"

"本教主想来想去，觉得只有将她留在身边，才能确保太子殿下不会出尔反尔。"

李润横剑怒指白无想，冷笑道："你不会天真地以为本太子能答应吧？"

"答应不答应并不重要，只要本教主杀了你们，我乌雅皇上照样会将邢州赐封给白水教，我又何必要做一个通敌叛国的贼？"白无想自诩算盘打得响亮。

虞锦嘲讽道："白无想，太子如若有个万一，你就不怕大盛唐朝的皇帝挥军百万踏平乌雅？"

白无想得意地说道："我杀了你们，自不会让你们横尸荒野，让人发现。你们一个是尊贵无双的太子，一个是风华绝世的乾坤门弟子，无论如何我也会让人将你们好生葬了。到那时，即便有人找到你们的残骸又与我何干？因为，世人皆知，本教主受伤病重已经撤离。"

李润仰天长啸，冷笑道："可惜，一切都难以如你所愿。本太子一定会带着她安然无恙地离开这里。"

白无想毫无惧色，将手捏在虞锦的咽喉处，低声朝虞锦说道："说实在的，我也不想伤你，但是如今不能不借你做场戏了。"

李润见虞锦涨红的脸，几乎要窒息一般。虞锦强忍住咽喉处的痛，朝李润眨了眨眼睛，李润心领神会，当即不着痕迹地点了点头。

"没有本太子的允许，谁人能威胁得了本太子？"

李润脸上浮起一丝讥笑，在白无想诧异之余，用剑刺向了被白无想挡在身前的虞锦。电光石火之间，就在剑尖要刺进虞锦胸口之际，白无想将虞锦推到了一侧，用玉笛挡住了李润的剑尖。高手过招，不能有任何差池，白无想到底不敢拿自己的性命开玩笑，不管李润这一剑是不是真的要取虞锦的性命，只要虞锦手中的匕首也同时刺过来，他注定难逃一劫。

虞锦一脱离白无想的控制，便迅速疾奔至李润骑来的马匹前，飞身上马，策马朝李润而来，喊道："上来，走。"

谁知，白无想却不肯罢休，与李润缠斗起来，一时之间险象环生，铁笛长剑相击，火花四溅，虞锦即便离得远，也能感受到凛冽剑气。

远处铁蹄铮铮，虞锦回身看去，见平生、段祥带着一队人马疾驰而来，心情顿时雀跃起来。

"白无想，给你一个机会，再不走，只怕……"

虞锦话音未落，禁不住一声闷哼，后心处已经挨了雁儿一剑。

雁儿捂着血肉模糊的咽喉，苦苦撑着身子站到了马儿旁边，看着虞锦受了伤，愤恨地说道："你也有落在我手里的时候，乾坤门的弟子，也不过如此。"

雁儿说罢，欲得意地大笑，然而笑声未起，眉心处已经挨了一枚钢针，正是白无想扬手挥过来的暗器，雁儿难以置信地看着愤怒的白无想，直挺挺地躺了下去，这一次，是真的死去了。

李润回转过身，伸臂抱住了从马上跌下来的虞锦，心疼地不知要如何去安抚她，只说道："不怕，不怕，有我在，你一定会没事的，我不准你有事，我不准……"

平生、段祥迅即而至，将白无想迅速包围起来，李润猛然想起什么来，再看向白无想之时，白无想早已易了容，脸上又涂上了黄蜡，只是那一双邪佞魅惑的双眼在僵硬而平凡的脸上显得极为不协调。

段祥见虞锦受了伤，以为是白无想下的毒手，当即朝他扑了过去，平生知道段祥不是白无想的对手，怕他吃了亏，也跟着冲了过去，三人游斗在一起，白无想却没有一丝败落。

虞锦痛得几乎要窒息一般，紧紧揪住李润的衣袖，口唇翕动却说不出一句话来。

李润怎会不明白她心中所想，当即挥了挥手，说道："放他走。"

段祥、平生正杀到眼红之时，怎肯这样罢手，只装作未听见，不管不顾地要杀了白无想。

李润低喝道："你们是要反了吗？"

这一句话极重，平生和段祥不敢再违逆李润的命令，相视一眼，心不甘情不愿地退了下去。

白无想却没有丝毫得意之色，看了李润怀里的虞锦一眼，眼中竟有一丝惋惜之情，随手夺过一名大盛唐朝士兵的马，飞驰而去。

李润朝周围扫了一眼，问道："誉王呢？"

凭着李润对段无妄的了解，虞锦出了大营，不知所踪，他也一定会追踪而来。更何况段无妄的马——墨珠——是朝大营而去的，段无妄一定会知晓，否则段祥和平生是如何找到这里来的？只是如今，李润没有在第一时间看到他的身影，颇感费解。

段祥环视四周，也是一脸的诧异，说道："咦，是呀，我家主子呢？太子出了大营以后，我家主子接完旨就带着我一同跟出来了，在半路上看到了墨珠，知道事态严重，怕太子和虞姑娘出危险，便让我回去找平生，然后带一队人马凭着他留下的记号追过来。照理说，我家主子应该早赶过来了才是，他人呢？难不成是被那乌雅士兵……"

段祥一惊一乍地吵得虞锦头疼，虞锦窝在李润的怀里痛苦地蹙了蹙眉。

李润当即朝段祥低喝道："住嘴。平生，回营吧。"

李润小心地将虞锦抱起来，怕马儿快了颠簸触痛到她的后心，只得两只手扶着她稳稳坐在马上，由平生牵着马，朝大营而去。

段祥在后面跺脚，喊道："那你们就这样走了，不管我家主子了？

他可是为了找你们才不见了踪影，你们也太没良心了，比我家主子还没良心……”

远处，有一人骑着一匹墨色的马儿躲在土坡后面，神色复杂，不辨喜怒，听见段祥的嚷嚷声后，低骂了几声蠢货，旋即又失笑起来，一抖缰绳，绕过土坡，顺着不易被大军察觉的路线疾驰而去。

营帐内，一直候在里面的程裳心神不宁，来回走动，见段无妄进来后，着急地问道：“我家小姐呢？可是找到了？”

段无妄面色不佳，似是无意说道：“想必段祥和平生会很快找到他们，算算时间，怕是要回来了吧！”

正在这时，李润将虞锦抱进营帐，程裳见状，当即着了慌，赶紧去为虞锦铺平被褥。

李润却不敢将她平放，只得让她侧卧在被褥上，回身吩咐程裳去端盆热水给虞锦清洗伤口，段祥抢在程裳前面去了，程裳折回身从药囊里取出当日断曲分来的药丸，说道：“太子，把这个给我家小姐服下去，这是疗伤的灵药。”

李润想也未想便给虞锦服了下去，见虞锦虽有了一丝气息，却仍旧蹙着眉，痛苦难捱，于是朝平生低喝道：“还不赶紧去把从宫里带出来的灵丹妙药全部都拿来？”

段祥端来热水，见李润这般吩咐平生，看了段无妄一眼，不待他开口说话，识趣地说道：“主子，你不说我也明白你什么意思。我也赶紧回去，将你收着的好东西都拿过来。”

“军医呢？军医怎么还不来？”段无妄动了怒，吼道。

李润握住虞锦的手，心痛之余又未失理智，看了段无妄一眼，这一眼着实含着太多的意味，段无妄却刻意避开，以免与李润相视，只避重就轻地说道：“也是，她是女儿身，那些粗鄙的军医来了又能如何？”

说话间，程裳已经麻利地放下帘子，给虞锦除去外衣，又解开里面的小衣，绞了帕子要给虞锦清洗伤口。

李润见段无妄刻意回避，也不追问，突然，帘子后面的程裳失声痛哭，李润与段无妄皆大惊失色，李润握住帘子的手竟不由得颤抖起来，猛然下定决心一般掀开帘子，见虞锦蹙着眉，半伏在榻上，肩背如玉，后心处的剑伤血肉模糊，令人触目惊心。

紧跟着过来的段无妄见状，吃惊之余，又倏地转过身去不敢再看。

程裳拿着帕子，不敢给虞锦擦拭，口中嚷道："你们一个个的都说对我家小姐至死不渝、情深似海，可又是怎样保护我家小姐的？就忍心让她一次次受伤？这后心处的剑伤，一看就知道是刺进去后又转了半圈，即便小姐将来伤愈，如今痛也会痛死了……"

虞锦被程裳的话惊醒，艰难地伸手去握程裳的手以示安慰，谁知程裳却哭得更没了气，段祥用手遮着眼将程裳拉出了营帐。

李润明显松了一口气，温柔地轻声责备道："你是想把我吓死吗？等你好些，我一定要罚你。"

段无妄见状，也落寞地走出了营帐，见段祥正缠着程裳没皮没脸地哄着，竟头一次羡慕起他来，或者也只有这样的时刻，才能让段无妄愤恨自己的退让，如若当日自己也肯这样讨好，也肯这样逢迎，说不定如今守在帐内的人就是自己了。

虞锦没有力气说话，只朝着李润微微眨了眨眼睛，便闭目昏睡过去。

李润亲手绞了帕子，给虞锦轻轻地擦拭完伤口后，又敷上药。虞锦这才觉得疲惫不堪，竟似三日三夜不眠不休一般乏累，只是李润却没有丝毫睡意，他将平生唤了进来，吩咐了几句。平生的神色略有些诧异，却连问都不问，疾奔出了营帐。

段祥见平生带着一队人马往大营口而去，扬声问道："哎，你去哪儿？不如，我跟你一起去，也省得一会儿要受我那没良心的主子的气。"

"我要去鞭尸，你也要去吗？"

平生面无表情地说完，旋即领兵出了大营。

"什么？"待平生走远，段祥才回过神儿来，呆呆地重复道，"鞭尸？我没听错吧？"

虞锦习武多年，又得乾坤门真传，骨骼强健，如若不是前几个月服下药丸，武功尽失，倒也不至于受此一剑便欲丧命一般。不过，幸得李润和程裳的悉心看护，她很快便好转起来，只是仍旧不敢平卧，不敢大笑、咳嗽，怕牵动伤口。

那日段无妄替李润接了旨，正是圓帝要退兵的旨意，李润和段无妄当即做出部署，留下三万人马，由原本驻守在青州的薛开将军统辖，他们率领其余的两万人马凯旋。

石相得知虞锦受伤的消息后，曾经来探望过几次，都被李润和段无妄挡了回去。

段无妄见石相离开后，朝李润说道："石相昨日见过薛开。"

"平生提及过，并且还知晓了一个消息，石相有个义女，名叫姜陵，石相有意将其许给薛开。"李润端起茶盏，抿了一口，觉得难以入口，蹙着眉又搁了下去。

段无妄好奇道："这薛开到底什么来路？竟让石相这样的人物青睐？"

"我让平生去查过，薛开的父亲薛金卜曾是我父皇的御前侍卫统领，后来不知何故被我父皇贬职，放到这青州任职，这一守就是二十余年。薛金卜前年去世，我父皇便让薛开顶了他父亲的职位，继续留守青州。咱们在这里数月，薛开因为要将薛金卜的骨灰送回老家安葬，于是并未来拜见过。昨日回来后，便被石相叫了去，似是聊了有半个时辰才离开的。"

段无妄一拍脑门儿，似是忆起来，说道："听太子这般说，无妄倒是想起来了，昨日确实远远见过一名清俊的男子要来见太子，无妄怕惊扰太子歇着，于是便叫段祥让他回去了。"

李润看了段无妄一眼，说道："是怕惊扰到我还是怕惊扰到她？"

段无妄笑了起来，说道："都一样。"

帘子后面，虞锦撑起身子，裹紧披风下了榻，低声道："什么都一样？"

李润紧忙起身，扶过虞锦一同坐下，说道："身子刚好一些，不多歇一会儿，怎么就起来了？"

帐外的程裳听见动静，进来一瞧，于是笑着说道："我这就去给小姐端些小米粥。"

帐外有一人紧忙喊道："我去端，我去端。"

程裳有些恼怒地回身瞪了他一眼，见虞锦脸上浮起笑意，于是更加难为情起来。

段祥端着小米粥走进来，平生也拿着爽口的小菜跟进来，一同搁在桌上。

“小米养脾胃，你趁热多喝一些。”

段无妄说着，便亲自端过一碗小米粥，吹了吹递给虞锦，见虞锦笑吟吟地看着自己，才有所意识地又看向了李润，李润正面无表情地盯着他，于是又将小米粥搁在了桌上。

气氛有些尴尬，段祥自以为是地帮段无妄圆场，朝平生说道：“哎，我家主子是过于热情了点儿，是吧？”

虞锦端起小米粥喝了一口，见段祥还在不知死活地讪笑着，于是说道：“段祥，别怪我没有提醒你，你现在不逃，我可不知道你还有没有机会逃出去了。”

段祥听到虞锦的话，转身看向段无妄，见段无妄正朝自己飞起一脚，赶紧拧身溜之大吉，躲在帐外叫道：“早知道好心没好报，我还那么辛苦地去农户家里找什么小米？天天念着人家，想着人家，人家也不一定见得领情……”

帐内，段无妄见众人都憋着笑、不吭声，连李润眼中都含了几分笑意，段无妄当即臊得脸通红，紧紧握着拳，怒吼道：“段祥，本王今日就让你知道‘死’字是怎么写的。平生，你赶紧去准备一副棺木来，也不枉他跟着本王这些年。”

段无妄疾奔而出，段祥却早已溜之大吉，段无妄站在帐外，找寻不到段祥的踪影，又深感难为情，不肯再回到帐内去见虞锦和李润，于是沿着大营独自溜达了一圈。

想起那日站在山坡后，本想在李润与其对决之时冲出去，却在看到那人邪佞而俊美的一张脸后，惊骇到了极点。

段无妄握紧了剑，浑身颤抖得厉害，他始终没有踏出去一问究竟的勇气，或者，已经不必问，事实已经摆在了眼前，除去那人满身的邪气，就连眉眼间的神韵都像极了自己，不是吗？

入了夜，平生守在李润跟前欲言又止，见李润看了他一眼，不敢推脱，随即说道："主子，是否要告诉虞姑娘皇上的旨意？皇上决定给太子择定太子妃，就算现在瞒着，虞姑娘早晚也会知道，到那时，主子岂不是……"

"谁说本太子要瞒她？"李润将手里的笔放下，沉吟一番，说道，"本太子会亲自告诉她，只是现在不是时机，待她伤好一些再说吧。"

平生明知李润不过是在拖延，也不说穿他，只暗叹一声，望着李润写花了的纸张，一起出神。

帐外，虞锦停住脚步，在寒风中站立了许久，将心口都凉透了才醒过神儿来，将披风紧了紧，转身离去。

当班师回朝的时日已定，虞锦却渐渐有些沉郁，握在手里的书时常许久也没翻动一页，来回在铺满厚厚地毡的营帐内走动着，不思饮食。

李润几番劝慰，虞锦却始终闷闷不乐，甚至还刻意疏远他，每次当李润来找她之时，总要叫程裳出去告诉他已经睡下了，李润在帐外徘徊许久才离开。

这一日，程裳见李润掀开帘子就要进来，慌忙要拦他，李润冷笑道："这一次，我倒要看看还能拿什么理由拦着本太子？都已经早上了，难不成你家小姐还睡着不成？"

程裳在李润凛冽的眼神下朝虞锦看了一眼，便期期艾艾地退了下去。

虞锦已经梳洗好坐在那里，看到李润进来，垂眸不语。

李润上前执起她的手，说道："你答应过我，无论发生什么事，都永不相欺……"

"我是这么做的，可是敢问太子殿下做到了吗？"

李润似是意识到什么，轻声道："锦儿，你已经知晓了？我不是故意瞒你，我只是希望你开心一些，不要为此事担忧。"

虞锦冷笑，说道："如果你能保证掌控一切，我又有何忧虑可言？如今，是你在担忧，是你在恐惧，担忧即将要面临择定太子妃的事情，恐惧不能实现许给我的未来……"

虞锦说罢，见李润没有说话，一怒之下出了营帐。

平生在外候着，猛然见虞锦疾奔出来，骇了一跳，见段无妄带着段祥从远处而来，本想拦着，又想这两人也许可以缓和一下李润和虞锦之间的紧张气氛，于是笑着迎了上去，低声说道："别扭着呢……"

段祥轻蔑地看着平生，说道："真不知道虞姑娘为什么选了你家主子，你瞧我家主子，一定会让虞姑娘高兴。"

平生回转过身，这才看见段无妄手里举着一个风筝，不禁暗暗咂舌，朝着段祥低声说道："瞧这样子，似是下了苦功了。"

"这个自然，熬了一夜，做坏了几十张纸，费了三五根竹子呢。明明不会做，还不许我帮忙。"

段无妄将风筝举到虞锦跟前，露出俊朗的笑脸，说道："今儿个天气尚好，不如跟着我去放风筝散散心？"

"好，就听你安排。"

虞锦拿出手里的帕子，上前为段无妄拭汗，不经意间看了早已站在营帐外的李润一眼，目光中明显含着几分挑衅之意。

段祥倒吸一口凉气，与平生相视，都是诧异不已，却没有人敢出声，就更别提"调侃"两字。

李润面色淡然，宽和地笑了笑，转身离去，走出几步远之时，低沉地说道："平生，你也跟着去，好生伺候着。"

虞锦蹙了蹙眉，一脸的索然无味，似是做了一件无趣至极的事情。

段无妄举着手里那个粗制滥造的风筝，催促虞锦跟自己走，虞锦见他手心、手背上划破的数道口子，将拒绝的言辞生生咽了回去。

空旷无际，却寸草不生，这似是一片被废弃的荒凉土地。

虞锦庆幸战事能迅速结束，可以班师回朝，否则又要在这片连年成灾、战事不断的地上留下更多的伤痕。

段祥、程裳和平生三人犹如三颗钉子一般，并排坐在远处，看着段无妄试图将风筝放上天，虽百般努力却依旧徒劳无功，不由得再三叹息。

虞锦苦笑，朝段无妄说道："不行就算了吧，堂堂一个誉王，犯得着这样讨我欢心吗？"

段无妄却不肯罢手，再三尝试，终于将风筝放上了天，风筝在天空中摇摆起舞，想要尽兴地享受这一切仰视它的目光，即便那目光空洞，可人类也必须高仰起头来观望。

这正如朝局，身边的每一个臣子不都是以虔诚恭敬的目光仰视着帝王吗？未必然，可谁又敢张狂、蔑视地低头？

段无妄想要将风筝线轴交到虞锦手上，虞锦伸出的手却又缓缓缩了回来，说道：“我不喜欢风筝，它让我想起八年前的我和今日的自己，都被别人把控在手里。”

段无妄心里一动，随即手指轻捻，风筝线断，风筝一下子失去了束缚，随风起舞，飞向了遥远天际，不过片刻，只在天空中剩余一个黑点。

段无妄拍了拍手，与虞锦坐在同一处，说道：“听着，我喜欢的虞锦不该是这个样子的，如若你不快乐，那么我的拱手相让还有何意义？”

“你不懂……”

段无妄冷笑一声，反问道：“我不懂？好，那我来告诉你，你为什么会萎靡至此。虞家没落，你没有家世，空有美貌，却不敢妄想凭此媚行深宫，你以为自己绝世无双的武功、自己的聪慧可以帮他战胜一切阴谋诡计，可如今你因为自己失去了武功，没有了与他比肩而行的倚仗，所以才自卑，才退让，才心灰意懒，才会在太子跟前做那番举动。因为你知道，只要你跟我在一起，太子定再也不会原谅你，而你们之间，也没有了再在一起的可能。只有彻底死了心，你才能甘心离开，甘心放手，甘心将他推到别的女人身边……”

虞锦想要闪躲，却被段无妄扣住手腕，只听他厉声说道：“你告诉我，我刚才所讲可有半分不实？”

压抑许久的虞锦此时才被段无妄激得爆发出来，低喝道：“是又如何，不是又如何？段无妄，你记住，我的情感不需要别人来为我评判。”

虞锦说罢，旋即转身飞奔而去，程裳和平生相视一眼，跟在后面追了过去。

段无妄站在原地没有动，略抬起头看向天际，那断了线的风筝已经毫无踪影，像他此刻的心情，缥缈茫然。

段祥在其身边一脸惋惜地嘟囔道：“好好一个乘虚而入的机会，又给弄砸了。”

虞美人之剑指江山

乱世清欢　逐浮萍天涯

闻情解佩　著

●下册

百花洲文艺出版社
BAIHUAZHOU LITERATURE AND ART PRESS

第二十一章
凤栖梧桐　焚半面梨妆

虞锦回到营帐内，见李润竟在里面等她，带着被段无妄戳穿心事的羞恼，一时竟不知如何面对他。

李润走上前，从她身后抱住她，下巴抵在她的顶心处，轻轻地蹭了蹭，低声说道："原本我想将父皇的旨意亲口告诉你，谁知竟让你以这种方式知晓了，你心有疑虑，我理解。誉王说得对，错过这一次，只怕我此生再也不会寻到真爱。所以，我怎么会轻易让你从我身边逃离？相信我的真心，好吗？"

良久，虞锦未曾开口说话，只轻轻地将手搭在揽在自己腰间的那双手上，被那双温暖的手反握住，轻柔地摩挲着。

此刻虽然寂静无声，却有情思流转。

两日后，虞锦伤势渐好，大军终于开拔，往阳城而去。

虞锦坚持不肯在车里坐着，与程裳一同易装骑马而行，几日下来，已是疲乏不堪，李润疼惜她，于是便放缓了行军速度。

程裳每次看见李润，都刻意避开，虞锦看在眼里，于是私下里问她为何惧怕李润。

程裳欲言又止，经不住虞锦再三追问，嗫嚅道：“我听平生喝醉酒说起过，那日小姐被雁儿刺了那一剑后生命垂危，太子他怒火攻心，竟让平生……去鞭尸了。”

虞锦闻言，似是波澜不惊，始终不发一言。

程裳奇道：“小姐，你难道不觉得震惊吗？太子报复的手段也太阴狠了，都已经是死去的人了，还有什么放不下的？”

虞锦摇了摇头，说道：“裳儿，那我来问你，如若断曲被某个人伤了，生命危在旦夕，你会怎么样？”

“我自然是要将他千刀万剐，不死不休……”程裳想也不想地说完，忙住了口，似是已经意识到什么，面上浮红，说道，“是了，管太子待他人如何，只要他肯待你好便行了。”

“裳儿，他为我去杀人，为我去鞭尸，我可以劝他，可以安慰他，却没有理由指责他。”虞锦淡淡地说完，望着前面不远处李润的背影，有一种难以形容的滋味袭上心头。

程裳听虞锦说完，看了看跟在段无妄身边的段祥，又望向了远方，也一副若有所思的模样。

及至阳城，大军在驿站安顿下来，李润却接到宫中急报，要他火速回宫议事。虞锦本想跟着李润一同进宫，李润却担心她伤势未好受不住累，要她暂时在驿站歇息，待明日接她回太子府。

李润将平生留下，虞锦却不肯应允，怕没人跟在他身边伺候，于是说道：“总算是誉王和程裳在这里，你还有什么不放心的？”

段无妄站在远处，阴阳怪气地说道：“恐怕就是因为我在这里，有人才不放心呢。”

虞锦与李润相视而笑，均不理会段无妄的调侃，虞锦低声说道：“我等你。”

李润郑重地点了点头，握着虞锦的手，深情地说道：“好，等我，明日我定来接你。”

驿站外，李润跃身上马，至十几丈远处又勒住缰绳，掉转马头，目光坚毅、沉稳，深深地看了虞锦一眼，飞驰而去。

阳城的气候比青州稍暖一些，虽不是冰天雪地，却仍值寒冬，风如刀割般，刮在脸上生痛。驿站房间内已经生好火炉，虞锦将披风解下递给程裳，捧起一碗杏仁茶喝着，顿时香气四溢，倒令这寒冬充满了暖意。

段无妄敲了敲门走进来，段祥透过虚掩的门朝程裳招手，程裳在虞锦的示意下，走出了房间。

段无妄走至虞锦身边，在她旁边的椅子上坐下，央求虞锦给他倒一碗杏仁茶，说道："离开青州的前一夜，太子殿下曾经见过薛开。"

"那又如何？"

段无妄将杏仁茶搁在桌上，说道："你还不明白吗？那薛开是石相极力拉拢的人，太子去见他，无异于昭告世人他容不下石相了。"

虞锦沉思片刻，才说道："未必尽然，薛家世代奉命驻守青州，薛开又是一名武将，比不得你誉王手握兵权，叱咤风云，石相拉拢他便罢了，太子拉拢他又为何故？"

"你知道石相的义女姜陵？"

虞锦闻言顿了顿，点头说道："那日慕容紫遇刺受伤，便是她所为。"

段无妄诧异，挑了挑眉，说道："想不到石相竟会派人刺杀慕容紫。难道石相要助容贵妃问鼎皇后之位？慕容紫已然命在旦夕，我师父虽然极力相救，却始终不见起色，只勉强留有余息。慕容紫如若果真因此丧命，试问后宫还有谁可与容贵妃匹敌？"

虞锦却暗自冷笑，生着七窍玲珑心的段无妄竟然也没猜出其中玄妙，石相哪里是为容贵妃谋算？他不过以此作为能让翼王留在阳城的缘由罢了，慕容紫生命垂危，翼王身为人子势必要在榻前尽孝。

宁王三番五次在阗帝面前为翼王巧妙周旋，只因为石相曾许诺宁王已经为其找回失散多年的女儿，石相对于翼王当真是用足了心思。虞锦心中突然有了一个可怕的设想，这个设想令她感到恐惧……

皎月高挂，将大地铺满银光，夜色并不暗沉，相反却有一种透彻人心的澈明和凉意，正如人心。

虞锦穿戴得整整齐齐，坐在窗下擦拭着匕首。这把匕首是师父陆枫送与她的，削铁如泥，又极轻便，所以虞锦将其藏在袖口，从不离身。

程裳披着外衣进来，悄声道："不知道究竟发生了何事，段祥行色匆匆地出去过好几次了，脸色一次比一次难看。我想问个究竟，他偏不肯说，真是气死个人。"

程裳说罢，见虞锦神色淡然，于是惊讶地问道："难不成你已经知晓发生什么事了？"

虞锦还未回答，门外已有敲门声响起，程裳迅速将外衣整理好去开门，见段无妄神色凝重地走了进来。

正在这时，窗外有不易察觉的异声响起，程裳在虞锦的示意下，悄无声息地点了点头，出了房门后疾奔而去。

"跟我回梁川吧。"段无妄说罢，似是又刻意强调一般，加重了语气，说道，"现在就走。"

虞锦看了段无妄一眼，握住匕首的手略为停滞，旋即下定决心般说道："我不走，他告诉过我，明日便来接我，我要等他。"

段无妄将一纸书信递给虞锦，虞锦接过来，确认是李润的笔迹，只是上面的字迹潦草，显然是仓促而就，只简简单单的一句话，意思是要段无妄带着虞锦连夜赶赴梁川。

"是平生冒死送出来的信，他伤得很重，却不肯跟我一同回梁川。"

"告诉我，究竟发生了什么事？"

虞锦的手被匕首划破了一道口子，却兀自不知。段无妄拧眉上前，试图从她手里夺过匕首，虞锦猛然后退了半步，看着段无妄，一脸的恳求。

段无妄暗叹一声，只得如实说道："宁王等人密谋构陷太子，说太子试图谋害君主，篡位登基。我们在青州的这几个月，他们竟将人证、物证都备得齐全，仓促之间，将太子弄得措手不及。太子回宫之后，还没有见过皇上一面，就被软禁在东宫了，只来得及写了这封书信让平生交给我。可那些人到底是有所防备，派了两路人马拦截平生，幸亏有太子的心腹掩护，平生才赶得到这里，否则……”

段无妄没有再说下去，虞锦已然猜出到底有多凶险。

“你的身份，石相已经知晓，太子怕你落入险境，于是要我将你带到梁川，这些人就算再张狂，到底不敢在梁川撒野。走吧，趁着夜色离开，迟了恐怕就难脱身了。”

虞锦看着段无妄急切的面容，苦笑道：“他落入这般境地，我岂能弃他而去？”

段无妄突然朝虞锦的身后看去，露出诧异的神色，虞锦随着他的视线转过身，却没有看到任何异样之处，心思一转，还未及闪身，便被段无妄一记手刀砍在脖颈间，当即晕了过去。

段无妄抱住虞锦绵软的身子，将她放进早已布置妥当的马车里，借着透过车帘的微弱月光，看了她片刻，慢慢地伸手握了握她的手指，动作轻柔而小心，只觉得触手处冰凉，忙扯过锦被来给她盖上。

“原谅我不能亲自送你回梁川，他有事，我安能置身事外？你在梁川会很安全，再不济也有那三十万大军守在那里，总会护你周全，段祥也会誓死保护你。他……总算会少些牵挂，我也能安心些。”

段无妄下了马车，拍了拍段祥的肩膀，眼中充满了信任与亲和，低声道：“好生看护着她。”

“主子，你放心，我将虞姑娘安顿好后便回来找你。”

“你将她送至梁川后，不必再回来，要始终守在她身边保护她，除非接到本王手谕才可回阳城。”段无妄突然变了脸，低喝道，“不，段祥，本王要你用性命起誓……”

段祥一抖缰绳，缰绳在空中发出愤怒的吼声。

马车行至十数里外时，段祥听见远处树林里有异声响起，于是派人去搜寻，自己却悄悄掀了一角车帘，看见仍旧昏睡着的虞锦，才稍稍安了心。

谁知待段祥放下车帘，一直昏睡着的虞锦却突然睁开了眼睛，趁着那侍卫向段祥回禀之时，跃下马车，轻点足尖隐匿在树林中。

段祥听见侍卫回禀，一切无恙之后，便发号施令再次启程。

虞锦站在暗处，看着马车越行越远，心道：段无妄，你用这种方法将我送走，我也只能用这种方式来换你安心。他既然身陷囹圄，我便不能独身自处。

身后，细碎的脚步声响起，虞锦没有回身，淡淡地说道："裳儿，我这样一走了之，也不知道会不会连累了段祥。"

程裳的脚步声微顿，旋即靠上前，低声道："小姐，断曲也跟来了。"

虞锦倏地转身，见断曲正向她走近，于是赶忙说道："你怎么跟到这里来了？先前，我还以为你跟裳儿说过话便回去了呢。这里离皇宫甚远，无论你以何借口出宫，误了回宫的时辰，只怕会引起容贵妃的猜忌。"

"不管怎么样，总要见过你，我才能放心。"

断曲仔细盯着虞锦看，见她果真无恙，才松了口气，轻声笑了出来。

虞锦看得出来，断曲的笑容也没了往日那般洒脱明快，说道："这些日子也难为你了，一直在容贵妃宫中看人眼色行事。"

"我无事，只要你们都好，我舍了这条命也没什么，更何况容贵妃的地位在宫中如日中天，我跟在她的身侧，谁人都来巴结几句，倒觉得这个大太监做得相当自在。只是，自从你出事后便再也没见过你，心里惦记，所以不得安。"断曲絮叨地说着，似是有许多话想要倾吐。

虞锦拍了拍他的肩膀，眼睛有些酸痛，说道："衣儿呢？她可好？"

"她知道你今日回来，所以央我一定设法出宫来见你。慕容紫身边仍旧离不开人，慕容城已然用尽了手段，可是慕容紫的外伤虽好了，却仍有内疾，一直无法痊愈。程衣守在她的身侧已久，倒很难抽空溜出宫。更何况，她身边还有个神通广大的慕容城。她的一言一行都极为谨慎，生怕会泄露你将她放进宫里的目的。"

虞锦苦笑着摇了摇头，说道："对待慕容城，不必那般防备。他曾经是乾坤门的人，又怎么会不知晓宝盒的存在？想必早已知道我们此次下山的目的，就是为了找到宝盒的下落。”

断曲应了声，旋即问道：“听说，你和太子……”

虞锦看了程裳一眼，见程裳迅速地别过头去，也不追问她，只对断曲说道：“太子怎么样了？究竟是怎么一回事？阗帝为什么会这般恼怒，竟将太子软禁？”

断曲回道：“太子率大军离开后，宁王、仪王已经回到封地，翼王依旧每日进澄瑞宫探望慕容紫，一切都是风平浪静。可是就在十几日前，宁王、仪王突然回到阳城，并向阗帝呈递了一封奏折，言辞凿凿，句句皆是告发太子试图谋权篡位的……”

程裳诧异道：“这宁王、仪王远在南屏，又如何能拿到太子谋权篡位的证据？再说，太子迟早要继承皇位，又怎么会做出这等事？”

断曲回道：“必定是有人早已部署好这一切，否则宁王远在南屏做清闲王爷，早已不问朝廷之事，谁又可能去将匿名信交到宁王那里？”

虞锦一言不发，眸底凉意顿起，冷冷地说道：“你们还忘记了一个人。”

程裳问道：“是谁？”

断曲似是明白了过来，说道：“你是说石相？”

程裳不解地说道：“可是他一直跟我们在青州，如何能调动这一切？”

虞锦反问道：“难道你忘了你进大营那一夜杀掉的那个信使？信使只是掩人耳目，真正的信却让那个叫刘三的人送走了。现在还想不明白吗？石相暗中派人调动一切，先是向阗帝施压，从严处置了我父亲，然后又命人栽赃陷害了太子，接着将罪证交给宁王，再让宁王、仪王上奏皇上。他虽在青州，却一点也没有闲着，照旧可以凭着权势兴风作浪。”

“现在我们该怎么办？要不要我趁夜进东宫去见见太子，问问他心中可有谋划？”断曲问道。

虞锦摇了摇头，说道：“不必了，该去的时候我会想办法进宫见他一面。你在容贵妃宫中好不容易站稳脚跟，还是少些动作才好。”

“可是……”断曲还要再说，见程裳暗地里朝他摇了摇头才作罢。

虞锦朝程裳说道：“太子奉命进宫，誉王却被留在了驿站，而石相也在驿站，所以宁王一定会派人来见石相。裳儿，你去盯着，万事都要小心些。”

程裳看了断曲一眼，依言而去。

断曲关切地看着虞锦，朝她微微示意，虞锦心领神会，将手伸了过去，断曲一只手托着她的手臂，一只手搭在她的手腕处，为她诊脉。

“你服下化功散后武功尽失，这几日竟然迅速恢复了几成功力，却有毒素游移在五脏六腑之间，你究竟服用了什么药物，竟会有如此大的危害？”断曲将虞锦的手臂松开，诧异地问道。

虞锦从袖口处掏出一包药物，递给断曲。断曲打亮火折，就着火光仔细察看着，半晌，才说道：“白水教……”

虞锦欲从断曲手里拿过那包药物，谁知断曲竟握得很紧。虞锦冷冷地看着他，他终究耐不住虞锦这般相视，缓缓松开了手，虞锦用力将药物夺了过去，重新放进了袖口中。

“雁儿的武功曾经被我废掉了，这次在青州她竟然重新出现在我的面前，而且武功还恢复如初。虽然她最终被杀死了，但是我总觉得其中有些古怪，直到从她身上摸到了一个药包，就是这个……”

断曲急道：“所以你就不顾身体吃了这个药，就只是为了恢复往日的功力？你为什么那么急切？你知不知道，服了这个药，你体内的毒性很难去除？”

“断曲，我顾不得了。如今这局面，我不能没有倚仗……”

“可是，你还有我，还有程衣、程裳，我们都会在你的身边，任你驱使，毫无怨言。”断曲眼中涌起成片的湿润，一怒之下，竟将手覆在了火折上灭掉火焰，却丝毫没有察觉到痛感。

“我已经将你们置于险境，难道还非要你们无故搭上性命吗？”

虞锦勉强笑了笑，继续说道，“你快些回宫吧。”

“那你呢？现在有何打算？”

“我要去见一个人。”

待断曲回宫，虞锦才离开，她要去见的人，自然是仪王庞芴衣。

程裳回到驿站，偷了一套驿丁的衣服换上，因为石相有随身的侍卫在房间左右把守，所以一个小小的驿丁是很难靠近石相房间的。程裳略加思索，又去找来一壶灯油，浇在了不远处无人居住的房屋顶上，将手中的火折随手扔到了屋顶上，火光顿起，亮如白昼，石相的侍卫紧忙提水救火，顿时乱作一团。

驿站内的驿丁也一同出动，生怕这位权势通天的石相在这里遇到任何万一，那么就算整个驿站的人全部陪葬，也都不及此。

程裳从趁机接近石相的侍卫、出手袭击到换上对方的衣服，不过就是片刻之间，待大火被浇灭，石相的侍卫重新部署时，程裳也混进了侍卫之中，并且还站在了靠近石相房门处的位置。因为满身都是烟灰，脸上也被熏得看不清本来面目，所以，倒没有人察觉到程裳是假冒的侍卫。

石相在房间内毫无声息，就在程裳生怕就这样下去会错过什么的时候，便听见石相在里面说道：“刘三，带几个可靠的人，跟我出去一趟。”

“是，相爷。”

石相出来后，刘三随手点了门口附近的几名侍卫，其中就包括程裳。

一行人走出驿站，到了离驿站几里外的毓陵冢。毓陵冢名字虽好，却只是阳城孤魂野鬼的埋葬之处，平日里连个祭拜的人都没有，人人都避之唯恐不及。所以，石相选择在这里跟人见面，再好不过。

石相在此等了没多久，便见远处又有一行人赶了过来，待为首的那人靠近，程裳定睛看去，竟是宁王。

刘三一挥手，让石相身边的侍卫尽数退到远处，宁王的侍卫也一同退了下去。

程裳离得远，一时只隐约听见石相与宁王寒暄了几句便切入了正题，言语中提到了太子和誉王，再往后声音更低，便听不清了。程裳有些着急，慢慢用脚底蹭着地上的石子，想要脱身离开。

正在这时，宁王却突然不再说话，而是慢慢朝程裳走来，程裳的心提到了嗓子眼儿，浑身绷紧，紧紧握住腰间挂着的剑。宁王在程裳跟前站定，缓缓伸手去拿程裳的剑，程裳借着月光小心地打量着他的神色，见一向声若洪钟的他一言不发，面色不辨喜怒，只得试探地松开了手，另一只手却紧紧扣在了腰囊间的暗器上。

谁知，宁王抽出程裳的剑，猛力一掷，剑风凌厉，几近擦着程裳的头皮掠过，朝远处一棵树上而去。树叶轻晃，却始终听不见有人移动的声音。

程裳一身冷汗，既惊诧于宁王的武功之高，又诧异于竟然还有人在试图偷听石相与宁王的谈话。

石相低喝道："你们都过去，尽量留活口，必要时，一了百了。"

程裳随着那群侍卫朝人影晃动处追了过去，那人影迅疾朝远处掠去，侍卫们紧追不舍，那人影反而停顿下来，持剑朝侍卫刺来。很明显，侍卫的武功与其相差很远，不过三五招，几个侍卫便被解决掉了，剩余的几个人面面相觑，又齐齐扑了上去，都被那身着劲装的人结果了。

程裳慢慢后退，朝另一个方向离去，虽然石相和宁王很想知道偷听他们说话的人是谁，可是程裳并不想知道。

谁知，那身着劲装的男子却朝程裳追了过来，显然他也不想让这群侍卫留活口。程裳无法，只得与他正面交锋，免不了又是一场恶战。程裳身上佩带的剑已经被宁王拿去，所以她从腰间抽出了一条软鞭。这条软鞭呈暗红色，乃是临出乾坤门时师父陆枫送给她的。正是因为程裳的武功在四人中最低，又生性鲁莽，所以陆枫将这条随身携带了几十年的软鞭送与了程裳。下山之后，程裳却一直未曾拿出来示人，如今，遇到劲敌，程裳不得不抽出了软鞭。

那身着劲装的男子与程裳迅速过了几招，没有占到一丝便宜，不禁轻轻“咦”了一声，显然也未曾想到程裳的武功竟会这般出类拔萃，便是那群侍卫加起来也不及她的一半。

即便乾坤门的武功招式再怎样精妙，程裳的功力仍是不足以抵抗一心想要取她性命的高手，三五十招过去，程裳便渐渐落入下风。

程裳的鞭子被对方扯住，重重地摔了出去，想要起身之际，对方的剑已经抵在了她的咽喉处。

那人此时已经明白过来，程裳也不过是混进来的一名侍卫，并不是石相身边的人，于是压低声音问道：“你是谁？是谁派你来的？”

“这个你不需要知道。既然我们都是同一个目的，又何必非要一争高下，不给对方一条活路呢？”

那人却冷笑出声，讥讽道：“如果是你将剑抵在我的喉咙处，你还会这么说吗？恐怕你也只会将我置于死地。”

程裳没有吭声，扣紧了腰囊里的暗器，只待那蒙面人分心便掷出。谁知那蒙面人却丝毫没有要放过程裳的意思，手中的剑朝前一递，程裳侧头拧身而起，那人的剑却如影随形一般，程裳疾步后退跌撞在树上，那蒙面人的剑又再度抵在了程裳的喉咙处。

程裳知道自己命将休矣，心里生出恐惧，闭上眼睛，双手紧握，良久，却不闻那人的动静，便慢慢张开了眼睛，见那蒙面人正瞪大了眼睛，以一种难以置信的神色望着自己，口中喃喃道：“不，不，不可能，这不可能……”

程裳见状，双手暗器齐发，待蒙面人侧身避开时，轻点足尖朝后跃去，不过几个起落便已走远。

那蒙面人握剑的手微微垂下，一副萧索落寞的姿态，正待要沿着程裳的脚步追过去，突然身形微顿，猛地朝身后转去，手中的剑再度抵在了另一个人的喉咙处。

“仪王的剑今晚上可是沾惹了不少血，难道还是不能收敛住杀气？”

虞锦轻声地笑了笑，无所畏惧的神色下，从容不迫地用纤细的手指将仪王庞劢衣手里的剑往一边挪开。

庞劢衣收起了剑，解下蒙在脸上的面巾，说道："原来是你。你父亲落狱，虞府被抄，你置身事外，也算是颇有心胸了。"

虞锦不理会庞劢衣的嘲讽，说道："嗯，我是不及仪王谦和有礼又忠心耿耿，难得如此对宁王寸步不离……"

庞劢衣又怎会听不懂虞锦话中的深意，于是冷冷一笑，说道："说吧，究竟什么事？"

"段丽华可好？你准备什么时候放了她？"

"还未到她出场之际，谈何落幕？再者，你应该清楚，是她自愿跟本王走的，并不是本王挟持了她。"庞劢衣说道。

虞锦自然记得，于是不再追问段丽华之事，继续道："告诉我，宁王手里到底有什么太子谋权篡位的证据。"

庞劢衣面无表情地道："本王不懂，你凭什么以为本王会如实告诉你？你以为站在你面前的是那发了昏的誉王？"

虞锦诧异地问道："等等，你说什么？誉王？"

庞劢衣说道："太子被软禁在东宫，誉王没得到皇上觐见的谕旨就独自闯宫，被侍卫围困，现在生死不知。"

虞锦恼恨地攥紧了拳，她本以为誉王肯留下，到底是有几分救出李润的胜算，谁知竟是用这种蠢笨不堪的手段——轻则被驱逐出宫，重则便要被斩首示众，这段无妄真是浑到顶了。

"自从仪王到阳城，我亲眼见到仪王暗地里跟踪过宁王就有两次，仪王可不要告诉我，你这是在暗中保护宁王。"虞锦见庞劢衣没有说话，于是继续说道，"仪王自有谋略，我心中也有所图，如此一来，我们为什么不合作呢？要知道有些事联手来做，将事半功倍。"

"不劳虞大小姐辛苦，本王自有分寸。今日，就只当没见过罢了。"

"仪王不肯信我也在情理之中，只是仪王不要忘记了，宁王既然和石相联手想将太子扳倒，必定是另有所图，否则谁登基为帝与他一个远在南屏的清闲王爷何干？只是到那日，不知宁王是否还能容得下一个虎视眈眈、随时都会对自己下手的义子呢？”

虞锦说罢，仔细审视着仪王的神色，见仪王面色一僵，知道他已经听到心里去了。

随后虞锦便欲离去，庞劦衣在其身后唤住她，试探地问道：“刚才那个假侍卫，是不是你安插在石相身边的？”

“如果仪王想通了，答应与我联手，可以到涌金楼来找我。”

话音未落，虞锦的身影已消失在远处，庞劦衣在其身后紧紧抿着唇，露出坚毅而烦忧的神色。

虞锦回到驿站，找到程裳。程裳已换了衣着，见虞锦回来，递了干净的帕子给她。

“石相果然与宁王有勾结，只是我离得太远，根本听不清两人说了些什么。不过，今晚唯一的收获是，知道了宁王武功极高，竟似不在誉王、太子身手之下。怪不得他只带那么少的侍卫，还能发现偷听之人，以后，还得防备些才是。”

虞锦记起庞劦衣见到程裳时呈现出来的异样，问道：“裳儿，你从前可见过仪王？”

“仪王？”程裳蹙眉，疑惑地看着虞锦，似是明白过来一般，反问道，“你是说今晚上那个躲在树上偷听的人？他差点儿杀了我，只是不知他后来为什么又没有动手杀我，我的鞭子还在他手上呢。这样也好，也算是知晓鞭子落在何人手里了，改日我一定找他寻回来。”

虞锦见程裳说得天真烂漫，于是笑着摇了摇头，说道：“他若要杀你，只怕你逃不掉。可他最终还是放了你，裳儿，你确信你从前与他没有渊源？”

程裳摇头，说道：“自然。我与衣姐姐都是被门主捡上山的，我们俩都无父无母、流落街头，是门主心善，将我们带回乾坤门，习武学文，才有了今日的衣姐姐和我，否则我们两个早死了。不过，从前的事，我都不记得了。”

虞锦疑惑，问道：“你都不记得了？那你是怎么知道这些事情的？”

“是门主告诉我和衣姐姐的呀。原本我只是以为自己笨，不记得小时候的事，后来当我有一天问起衣姐姐的时候，衣姐姐竟然也说跟我一样，不记得从前的任何事了。”

程裳絮絮叨叨地说完，虞锦却陷入沉思中，总觉得这其中有一些奇怪之处，心中慢慢升起一团疑云，却难以排解。

虞锦正待要让程裳收拾好驿站内的衣物准备离开，谁知屋外却传来敲门声，竟是石相。

虞锦没有起身，兀自坐在椅子上，不卑不亢地问道：“不知石相深夜到来，是为何事？”

石相笑了笑，说道：“金玉公子在青州战场中毫无声息地消匿，又在太子被禁东宫时不闻不问，真是好气度。只不过，不知皇上会如何看金玉公子的这番行为呢？”

“石相来此，就是为了这一番提点吗？罢了，我就不谢石相的好心了。”

石相一撩衣袍，在虞锦对面坐下，说道：“今晚上本相发现身边的一名侍卫被人杀了。”

“哦？那石相可真要小心仔细些才是，免得……”虞锦笑了笑，没有说下去。

石相不恼，只是脸色微沉，说道：“过去的事，本相不想追究，是不是金玉公子所为也没有那么重要了。只是本相却想提醒金玉公子，虞展石的命还握在本相手里。到底要不要虞展石出狱、重返虞府，就要看金玉公子是否听话了。”

虞锦神色镇定，毫无被威胁的气恼，石相站起身，得意地大笑着离去。

程裳在一旁气得直跺脚，说道：“这个老匹夫，非要宰了他才能解恨。”

虞锦冷冷地说道：“此刻动不得他，若他在这个节骨眼儿上死了，圓帝必定会怀疑是太子动的手脚，太子只会更难脱身。”

“可是，我们现在怎么办？”

“走，先离开这里再说。”

两人趁着夜色离开了驿站，在涌金楼断曲原来的房间安顿下来。

折腾了一晚，一时疲乏不堪，程裳见虞锦又要出去，于是问道：“你还要去哪儿？”

虞锦简短地答道：“我去宫里，运气好的话说不定能将段无妄带出来。裳儿，你歇一会儿就去虞府，看看还有没有虞屏留下的痕迹。”

“小姐，你是怀疑二小姐没有死？那怎么可能呢？她房间里烧焦了的尸首，明明就是二小姐的啊，况且，如若她真的没有死，她又去哪里了？”

“我一时还不清楚，不过，我可以断定她没有死。依她的性子，又岂会因为虞家的荣辱而死？虞家的一切，在她心里，已经与她不相干了。”

程裳心里大约明白了些，见虞锦刻意压抑的神情，只点了点头，不敢再追问。有些痛楚，从来不会因为多次的挤压而消除，只能等到越来越痛，痛到不可自控后爆发。而虞锦却始终克制着，被悲痛反噬，可谓痛中之痛。

已是凌晨时分，天色朦胧，宫中守卫却不敢打盹儿，并且有增派的重兵一同把守，虞锦瞧见，知道极难进宫，于是只得在老地方给断曲留下印记后在一旁等候。

没过多久，虞锦却察觉到有人慢慢朝自己靠近，倏地回身，却见是伤痕累累的平生。

涌金楼内，虞锦给平生找来断曲的一套衣服，又拿来些点心、茶果，平生食不知味，只吃了几口便作罢。

“平生，你可见到了太子？”

平生摇了摇头，说道：“没有。东宫被侍卫重重把守，甚至连只蚂蚁都没有办法进出。皇上已经下令，不准任何人接近东宫，连一应吃食都是皇上身边的秦公公验过后才递进去。”

平生说到这里，虞锦已然明白过来，阗帝并未真正动怒，而他将太子软禁在东宫的目的，无疑也只是为了保护他。怕人借机下毒、制造李润畏罪自杀的场景，于是便让秦伦亲自验过后才将吃食递进去。

李润身在东宫，无法与外边传递消息，那么这场诬蔑太子谋权篡位的把戏势必无法再演变下去。虞锦知道阗帝的良苦用心，阗帝子嗣稀少，试想除去容贵妃那还在襁褓中的小皇子、慕容紫所生被贬至平度的翼王，也唯有李润能堪当重任，也唯有将江山交付于他。更何况，即便李润当真有了谋权篡位之心，鉴于此，恐怕阗帝也要容下他。所以，李润暂时无虞。

可是，那该死的段无妄又如何了？

第二十二章
疏星朗月　遇一路繁花

乾元殿内。

秦伦匆匆忙忙地进来，附在阗帝耳边低声道：“皇上，东宫那边一点动静都没有，送进去的吃食又都全数拿了回来。皇上，再这样下去可如何是好？太子刚从青州长途跋涉回来，就是铁打的身子也经受不起啊……”

阗帝一挥手，秦伦噤了声，离开之际朝着一直坐在大殿内青石砖上的段无妄低声劝道：“誉王，您就别为难皇上了，他心里又何尝落忍呢？”

秦伦说罢，见阗帝正看着自己，一副不怒而威的神情，于是赶忙退了下去。

段无妄在青石砖上闭目假寐。阗帝见状，无奈地说道：“无妄，快些起来，你已经在这儿坐了一夜，朕也陪着你在这儿一夜了，朕的这把老骨头都快要散架了，你还想怎么样？”

“皇上不肯答应放了太子，无妄就坐在这里不起了。”

阗帝微怒，起身朝段无妄走去，低喝道：“你不能仗着朕的恩宠越发无状了，好歹朕还是皇上。”

段无妄睁开眼睛，看了阗帝一眼，毫无惧色地说道：“那好，那就请皇上将赐予无妄的恩宠全都收回去。”

“你……”

“连堂堂大盛唐朝的太子都遭受这样的境遇，何况无妄这样一个异姓王之子？今日恩宠加身，明日指不定就是牢狱之灾，索性今日皇上将无妄也一同绑了软禁起来，那样皇上身边也就干干净净，再无烦恼了。”

段无妄说罢，见阗帝已然走近了自己身边，便住了口，却不肯再看他一眼。

阗帝见段无妄言语无状，只恨不得拍他一掌，怒道：“平日里只道你比太子还要机敏几分，谁知遇到事情竟这般沉不住气，你以为只凭着你在这里闹腾一阵，朕就能将太子这样凭空放出来？”

“可是皇上明明知道他是被人冤枉的，至于是谁冤枉了他，皇上也必定清楚。他已经是太子，放眼看去，这朝中又没有可以与他竞争的人选，他根本不需要再去夺什么皇位。”段无妄急道。

阗帝却叹了一口气，声音低不可闻，然后说道：“其实，在朕的心中，本来还是有一个可以与他竞争的人选的……”

段无妄愕然地仰头看着阗帝，一时竟说不出话来。

阗帝低声道：“快些离去吧，一会儿该上早朝了，大臣们就要来了。朕已经对外宣称，誉王只是不满恩赐太少，所以才大闹皇宫，被禁誉王府闭门思过。这几天你无事便不要进宫了，朕有事会让秦伦去找你。安分些，也免得叫你父王挂心。他这一生，都是在为大盛唐朝操劳，不容易啊！如今你既已承欢他膝下，就要恪守做儿子的本分，朕看着也会欢喜。”

阗帝说罢，伸出手摸了摸段无妄的头，转身走开，又重新坐回龙椅，开始批阅奏折。

段无妄看着一夜未曾安眠的阗帝，正执笔在奏折上飞快地写着什么，突然阗帝轻咳了几声，只喝了几口凉透了的茶水，又开始批阅新的奏折。

段无妄垂下头，眼眶有些酸痛，努力克制着暗潮汹涌的情绪，一跃起身，支撑着早已麻木至极的双腿，一步步朝殿外走去。

阗帝搁下笔，望着段无妄清瘦而颀长的身影，蹙了蹙眉，又不自觉地流露出几分疼惜之色。

段无妄有些失神地出了宫，突然见段祥蹿到了自己跟前，一下子惊醒过来，环顾四周不见别的身影，于是问道："你怎么回来了？人呢？叫你好生看护着的人呢？"

段祥哭丧着一张脸，说道："不见了，我也不知道怎么一回事，走了小半夜，我突然察觉到有些不妙，便掀开车帘看了一眼，那时就不见虞姑娘人了，可我当真不知道她是如何不见的。"

"一个手无缚鸡之力的大活人，就这么说不见就不见了？段祥，你敢来蒙本王？说，是不是你不愿意离开，于是便把她藏到了某个地方，自己偷偷溜回来了？"段无妄揪住他的衣领，狠狠地瞪着他。

段祥欲哭无泪，一脸的质疑，仿佛段无妄口中的手无缚鸡之力的人压根儿不是虞锦，他争辩道："主子，我怎么可能拿虞姑娘的性命开玩笑？是当真不见了！于是我便驾着马车一路飞奔赶来找你了。虞姑娘不见了，你要杀要剐我自当不会皱一下眉头，可是总要尽力找到虞姑娘才好啊！"

段无妄自然相信段祥的话，只是怒气攻心的他一时说气话罢了，于是松开段祥的衣领，斜睨了他一眼，说道："好，找到她之后，本王再收拾你。"

"可是，咱们要去哪里找虞姑娘呢？"

段无妄狠狠瞪了段祥一眼，不理会他的话，跃身上马，疾驰而去。

段祥飞快地追赶着，嚷道："主子，你等等我，等等我，这一夜我已经跑断腿了。"

涌金楼。

越是这时越不能乱了阵脚，太子府那边的事务也需要人打理，虞锦让平生先回太子府。

平生说道：“平生相信虞姑娘，既然你说我家主子定会无事，平生便宽心多了。虞姑娘在外还是金玉公子的身份，不如与平生一同回太子府吧。平生相信，太子出宫后，最想看到的人一定是虞姑娘。”

虞锦说道：“平生，你先回去吧，我这边还有事必须要解决。你放心，待太子出宫，我定会第一个出现在他的面前。”

平生终究是不放心，于是便说回去后要将太子府的一批隐卫安插在涌金楼附近，虞锦无法推辞，只得应了他。

平生离开后，门外响起了轻微的脚步声，虞锦以为是程裳回来了，并未在意，待到门开时，却身形暴起，袖口的匕首朝扣在门上的手划了过去。

庞芴衣回过神儿，拧身滑步进了房间，讥讽道：“看来传闻不可尽信，你的武功并未失去。”

虞锦并未解释，只淡淡地说道：“仪王来此，看来是答应与我联手了？”

庞芴衣冷笑道：“你错了。本王来此只是想查证一件事。作为条件，本王可以答应为你做一件事，只要本王做得到。”

“哦？敢问仪王来此是想查证什么事？”

虞锦坐在椅子上，手中的匕首并未放回袖口，反而拿着干净的帕子轻轻地擦拭起来，姿势潇洒自若，神情淡然。

庞芴衣认真地说道：“昨日那个冒充侍卫的人在何处？本王想要见一见她。”

虞锦轻笑出声，说道：“仪王为什么对她这样感兴趣？只要你说出原因，我就让你见她。”

庞芴衣的面色陡然间阴沉下去，低喝道：“你该明白，本王是心情好，所以才给你一个讲条件的机会。”

“条件便是，你答应与我联手，一起扳倒宁王。他日太子登基，我会劝服太子，南屏只归你仪王。”

庞芴衣神情微顿，冷笑道：“你就这样笃定你在太子心中的位置？”

虞锦没有说话，嘴角轻抿，神情间又展露出睥睨一切的风姿，她只愿李润待自己的深情厚谊能让自己有这份自信。

庞芴衣脸上又现讥讽之色，正待要说些什么，只听见门外传来轻微的脚步声。庞芴衣突然神色大变，紧紧握住双拳，现出紧张之色，见虞锦看向自己，于是郑重地改口答应，说道：“好，本王答应你就是。”

程裳推门进来，见房间里兀自盯着自己的庞芴衣，有些疑惑，待看见庞芴衣手里的鞭子时，立即大怒，竟然空手上前去夺。

庞芴衣只闪身腾挪，并不与程裳正面交锋，却突地瞅准了机会，将程裳的左臂制住，将她的衣袖往上撸了撸，待看见她左臂手腕处的一处伤痕时便愣住了。程裳只以为庞芴衣轻薄自己，羞愤之下，夺过一旁虞锦手里的匕首，就朝庞芴衣胳膊上刺了过去。

只是，庞芴衣竟是连躲都未曾躲，双眼充满泪水，定定地看着程裳，连眼睛都不肯眨一下。程裳见状，也不禁有些惊骇地松开了手。

虞锦上前推开庞芴衣，程裳忙一把抢过软鞭躲在了一旁，虞锦将插在庞芴衣胳膊上的匕首拔下来，用手中的帕子擦拭干净。

庞芴衣正待说话，虞锦却突然朝身旁的程裳说道：“裳儿，你出去。”

程裳看了庞芴衣一眼，见他仍旧盯着自己，不顾胳膊血流如注，神色复杂，在虞锦的催促下她匆忙离去。

庞芴衣跌坐在椅子上，用手捂住胳膊上的伤口，神色凄楚，喃喃道：“八年了……”

虞锦在庞芴衣露出那般神色之际，已然明白过来，问道：“你确定？”

“错不了。她手腕处的那道伤痕，是当年本王父母被杀之际，本王背着她一路逃亡被人追杀时留下的，那一剑虽不深，却几乎要了她的命。她一直发热不退，本王那时年幼，只会抱着她不停地哭，最后是她自己挺过来的。后来，本王也曾经四处遍访，寻来很多去疤痕的药膏，她却如何也不肯用，只说那段血海深仇不该忘记，本王拗不过她，只得随她去了。所以，这道疤痕假不了，她这个人也假不了……”庞劭衣说完，刻意压抑着内心的激动，而那双炯亮的眼睛却熠熠生辉。

“你打算就这样跟她相认吗？我问过程裳，她并不记得以前的事了。”

庞劭衣听虞锦说罢，怔了怔，炯亮的眼神随即黯然，说道：“她一直在乾坤门吗？她这些年过得可好？”

“嗯，很好。”虞锦认真地点了点头，很肯定地回答庞劭衣。

庞劭衣欣慰地苦笑，说道：“这八年来我时时刻刻想要找到她，却从来没有想到会是以这种方式让我认出了她。还记得父母双亡后，每当她害怕时，就会紧紧闭着眼睛不敢睁开……”

“你还记得裳儿当初是怎么失踪的吗？”

“那时，本王已经被宁王收为义子，裳儿也成为宁王的义女，八年前……”庞劭衣神色一凝，旋即又继续说道，“有一日，宁王府大乱，当本王去找裳儿时，裳儿已经不见了，自此后，本王费尽心血明察暗访，却始终一无所获。所幸，今日能得以遇见，本王就算是死也安心了。”

“我也未曾想到裳儿竟会是仪王的亲妹妹。当年我入乾坤门时，她与衣儿都已在师父身边，她性子活泼，快言快语，热得像团火。虽然这样的性子少不了会惹些麻烦，好在她会功夫，一直平安无事，将来再有你的庇护，我相信她以后的日子不会再有烦忧。”虞锦由衷地说道。

庞劭衣看着虞锦，说道：“可是，本王现在还不能与她相认……”

虞锦心知肚明，说道：“你现在大仇未报，怕让裳儿同时也陷入危险的境地，我都明白，将来裳儿知道了也会明白的。”

庞劭衣似是很难开口，良久，才说道：“希望你好好照顾裳儿。”

“这个不必你说，她找到亲人与否，我待她都如从前一般。”

庞劭衣紧紧盯着虞锦，此时自然明白她话中的深意，虞锦是在告诉他，无论他是否答应与自己联手，她待程裳都会始终如初。庞劭衣起身，走出门之际，又转过身来，认真地说道：“本王谋划了这些年，不能功亏一篑，但是本王答应你，太子的事会尽力帮衬你，这就算是报答你对程裳的照看之情。”

“你错了，裳儿不会希望看到她的哥哥为了她违心应下不愿做的事，再者，你我的联手，对你也有利。我从前只知道宁王李通是个鲁莽的粗鄙之徒，现在看来他倒是藏得极深，与石相互相利用，轮换着出现在台前幕后，看似被动，实际上却将一切紧紧握在手里了。你，未必是宁王的对手。”虞锦说道。

庞芴衣冷笑，说道：“你是想说服本王，唯有太子洗清嫌疑之后，才能扳倒宁王？所以，本王必须与你、与你们联手？”

虞锦却笑得气定神闲，说道：“也罢，我等仪王想通时再来找我。只是今日，仪王还是践行诺言，告诉我，宁王手里到底有太子的何等罪证？”

庞芴衣反问道：“本王如果说本王也不清楚，你信吗？”

“自然不信，如果仪王不是已经完全得到宁王的信任，今时今日，仪王只怕以各种名目死了千百回了，更何谈封王？所以宁王此刻不会对仪王刻意相瞒。”

“你果然聪慧。本王确实知晓一二，因宁王的密奏，皇上从东宫搜出了龙袍、封赏的名册，全都是以太子登基为帝后的口气拟的……”

庞芴衣说罢，意味深长地看了虞锦一眼，便迅速离开。

没过片刻，又有人敲门，虞锦将袖口的匕首滑出，谨慎地应对，在看见推门而入的人是段无妄后，才松了口气。

“小师妹，本王惜你、护你之意，就任由你这样糟践，对吗？明知本王是豁出性命想要成全你们，你倒好，撇下段祥一走了之，是想要孤身去闯龙潭虎穴，还是想去殉情成就一段凄美的爱情？”

面对段无妄的兴师问罪，虞锦毫无气恼，说道：“我都不怪你把我打晕了扔在马车里，你倒先怪我为求自保跳下马车离开？”

“你……”

面对虞锦的强词夺理，段无妄首次气结到说不出话来。

虞锦在窗前站定，推开窗户，看向远处的虞府，心生感慨，低声说道：“幼时，我在虞府曾经也有过一段快活的日子。那时娘亲还在世，她极疼爱我和妹妹，在后院让人扎好了秋千，只要天气晴好，娘亲便会带着我和妹妹去荡秋千，我和妹妹总是抢着让娘亲抱……”

段无妄移步过来，走至虞锦的身后，见她背影清瘦纤弱，即便看不见她的眼睛，仍然能感受到她那不可战胜的坚毅与执着。此刻，她在他面前敞开心扉，流露出难得的真实的情绪。段无妄屏住呼吸，小心翼翼地在她身后站定，似是怕声音一大就会惊扰到她此刻的温情。

“娘亲的衣料软软的，总是飘着一股淡淡的香味，她的笑容很温和，是我见过的最美丽的笑容。可是，在此后，无论我怎么回忆，娘亲的笑容却逐渐模糊了。我恨自己，不能记住娘亲的点点滴滴，可是拼命想要记住的偏偏遗忘得更快。”虞锦的声音越发低柔，几不可闻。

“本王可以为你释疑，那是因为你怕触及心底的伤痛，所以不自觉地克制自己记起来。不是你忘了，是你不敢去想……”段无妄说道。

虞锦诧异地看着段无妄，迅速侧转过头，没有应声，似是默认了段无妄的话。

虞锦朝段无妄示意，段无妄顺着虞锦的目光朝地面上看过去，看见地面上刚凝结的血迹，蹙眉问道：“血？你受伤了？”

虞锦斜睨了他一眼，摇了摇头，说道：“是仪王。”

见段无妄更加惊讶，虞锦只得说道：“是裳儿，他伤了仪王。”

“那程裳呢？”

“我让她去太子府见平生了。”

段无妄好奇道：“仪王肯轻易放过程裳？依着他的武功，程裳又怎会伤得了他？”

虞锦笑着说道：“这一局，程裳占尽上风；以后，也会永占上风。”

段无妄这才意识到什么，说道：“你的意思是说，程裳就是仪王的……”

“不错，是他失散多年的亲妹妹。”

段无妄抚额，说道：“呵，这下段祥那小子可高攀不起了。”

“还是说说你自己吧，只身闯宫，没让皇上把你斩了？”

段无妄无奈叹气，说道：“小师妹，你说话也越发刻薄了，好歹我一片诚心，你也不想想我这么做是为了谁。”

虞锦一本正经地看着段无妄，说道：“这句话算是提醒我了，你这么做究竟是为了谁？”

段无妄怔了怔，面色复杂，却没有继续虞锦刚才的话题，转而问道：“仪王来此都说什么了？”

虞锦将庞劳衣说起的在东宫搜到龙袍和封赏名册的事情说给段无妄听，段无妄俊美不羁的面容却突然僵住，拧眉不语。

“这其中有什么不对吗？按道理来说，仅凭这两个证据，我不信阗帝会糊涂到治太子的罪。”

当虞锦从平生的话中得知阗帝不是真正动怒后已经宽心许多，再从庞劳衣口中得知不过仅仅搜出了龙袍和封赏名册，虽有些疑惑石相的手段竟会如此经不起推敲，心情也顿时明快了许多。

谁知段无妄却冷笑道：“看来这仪王才是真正有些手段，他只告诉你搜出了这两件东西，却没有告诉你，还搜出了另一件东西。”

“哦？是什么东西？”虞锦开始有些担忧，原本微笑的嘴角渐渐抿成一条线。

段无妄看着虞锦，一字一板地说道：“太子生母的亲笔信。”

窗外疾风吹过，将原本虚掩的窗户彻底关死，虞锦被这突如其来的声音惊得心中一颤，那从未想要去触及的被李润刻意掩盖的他母亲的过往，如今在虞锦面前一一展开。

“你应该听说过，太子的母妃是皇贵妃。皇贵妃是罪臣之女，被罚没入宫，因缘际会，被皇上一夜承欢，却怀上龙嗣，只是当时惧怕慕容紫得知后会逼迫她堕下龙胎，便裹紧腰身，不敢让人知晓她有了身孕。皇贵妃想要为腹中的孩儿寻一条出路，于是便多番耍弄心机想要得到皇上的恩宠，可皇上那时喜欢了另一名女子……”段无妄说到这里，神情黯然。

虞锦因急于想知道后情，于是追问道：“后来呢？后来如何？”

段无妄说道：“皇上喜欢另一名女子的天真烂漫、毫无心机，就愈发对皇贵妃的行为心生厌恶，于是将其送进了冷宫。”

虞锦轻叹道：“她只不过是一个想要有能力庇护孩子的母亲，我不觉得这有什么错，毕竟，她又没害了谁……”

段无妄的神情突然变得有些古怪，说道：“皇贵妃在冷宫生下了孩子，也就是太子，送饭的宫女、太监可怜这对母子，于是便在皇贵妃的恳求下一同隐瞒了消息。再加上太子从未开口说过话，所以宫内竟然没有一人知道他的存在。一晃三年便过去了，直到有一天，皇上喜欢的那名女子无意中进了冷宫，看见了皇贵妃和太子。皇贵妃怕这名女子泄露消息，于是便发了疯似的想要杀死她，那名女子武功高强，当时却已怀有身孕，再加上心地善良，不忍心伤害到皇贵妃，竟被皇贵妃推倒在地，动了胎气。”

虞锦疑惑道：“那皇上岂不是会大发雷霆？”

“是，皇上见自己心爱的女子受苦，自然是忧虑气怒。但是这名女子刻意隐瞒了去过冷宫之事，只道是自己不小心，皇上一时也无从查起。再后来，这名女子诞下龙胎时……”段无妄说到这里，突然顿住，紧紧握住拳头，在见到虞锦用目光询问时，才哑声道，“因为难产，母子双亡。这个女子的妹妹，也离开了皇宫。”

虞锦长声叹息道：“造化弄人，她成全了别人的性命，却累及了自己。她心地善良，却落得这个下场，天意如此，让人如何信服？”

“后来慕容紫生下翼王，皇上一时对翼王恩宠无双，将一个做父亲的爱全部倾注在了翼王身上。再后来，皇上的一件龙袍失窃，秦伦盘查各宫，便在无意中看到了当时的太子，禀报了皇上。皇上去冷宫看过这对母子，见太子愚钝、不会说话，于是只见了那一面，便从此不肯再去见他，也不准有人提起。慕容紫见皇贵妃母子身处冷宫，对自己毫无威胁，丝毫不放在心上，于是皇贵妃母子便在后宫存活了下来。”

虞锦听到这里，突然心中一动，问道：“那你知道翼王后来为什么被送去平度吗？”

段无妄神情微顿，旋即摇了摇头。

“那太子后来又是如何被册封的？”

段无妄继续说道：“翼王在未被送走时，皇上已经动了要册立他为太子的心思，甚至已经着手让人准备册封大典。翼王离开后，太子之位悬空，引起朝局动乱，在秦伦的提醒下，皇上去冷宫见了皇贵妃母子，谁知已经十余岁的太子，竟然开口说了第一句话，叫的便是‘父皇’两个字。”

虞锦心惊，她从来没想到李润竟是在这种境遇下长大的，也从未想过他竟十余年未曾开口说过话，一时竟怔住，良久，才问道：“于是皇上便册立了这个开口便唤自己为父皇的孩子为太子？”

“没错。太子被册立，入住东宫，一时荣耀无双。”

“那皇贵妃呢？也就是从那时被册封了吧？”

段无妄看了虞锦一眼，说道：“不，皇贵妃在太子册封不久后便暴病身亡了。皇贵妃这个封号是皇上在她死后追封的，在她死时以皇贵妃之礼下葬。”

“皇贵妃为什么突然死了？难道就从没有人怀疑查询过吗？”

“那些年也有些言论，说是慕容紫容不下皇贵妃，将她谋害致死。但是毫无证据，没过多久，这些言论便烟消云散了。”

“那太子也从未去查过真相？”

“太子这些年帮着皇上处理朝政的手段虽然有雷霆万钧之势，可是待人接物一直沉稳谨慎，很少与人交恶，与慕容紫更是一直相安无事。”

虞锦再度叹息，说道：“想必皇上见太子这般堪当大任，会很欣慰吧。如若是这样，搜到了皇贵妃的亲笔信，又如何？那信上的内容到底是什么？”

段无妄摇了摇头，说道：“这个就连本王也不清楚。皇贵妃当年因为皇上让她在冷宫待了十几年，所以心中一定有恨，我猜想这信中的内容再不济也不过就是诉说自己的苦难与对皇上的恨意。皇上一向宽厚，按理来说不该责怪到太子头上才对。”

虞锦站起身，在房间里走动了几步，猛然间停下，说道：“看来，这个事情的关键就是皇贵妃的亲笔信，只要能知道信的内容，便能判定皇上的真实态度，咱们才可以有的放矢。这封信现在在哪里？”

段无妄略一沉吟，说道：“是秦伦带人搜的东宫，想必皇上看过信后，又交给秦伦保管了。”

“秦伦……”虞锦陷入沉思中，问道，“现在有谁能从秦伦手中即刻拿到书信呢？时间不允许我们再去谋划筹备这一切了。”

“本王确信自己有这个本事。那你告诉我，你要怎么还我这个人情呢？”

虞锦笑道：“当初，郑岷接到密报，与太子同去搜查你先前藏匿的府邸，你可别忘了，是谁将书桌上你与大臣们私下来往的书信拿走的。”

“拿不拿走都一样，你可不能用你多管闲事的行为来讨别人的人情。”

“呵，我先不怪你忘恩负义，你就说你为什么这样笃定皇上不会降罪？”

“就是从我誉王府搜出了龙袍，皇上照样不会降罪。”

“段无妄，你就是个无赖，你根本就是在拿那三十万大军要挟皇上。”

“对，就是在要挟，我还告诉你，已经不是三十万大军了，现在是五十万，五十万……”

“好，看来你是想反了，皇上怎么会将无辜的太子抓起来，为什么偏偏把你这个包藏祸心、十恶不赦的人给放了？”

两个人像孩子般，你一言我一语地争执起来，谁都不肯退让。

缓缓推门进来的程裳，目瞪口呆地看着两个人，两个人随即噤声，侧转过头，谁也不肯理会谁，像负气的孩子。

是夜，澄瑞宫。

慕容紫的寝宫内，慕容城端了一碗药走进来，程衣默契地接过去，吹了吹，打算用小勺给慕容紫喂药。慕容紫蹙眉昏睡着，睡梦里并不踏实，呓语不断，却让人听不清究竟。

程衣看了慕容城一眼，说道："已经几个月了，还不见起色，幸亏有你在，如若是宫里的御医，还不知会如何，只是这样下去，皇后娘娘的身子怎能吃得消？"

慕容城清澈的眸子黯淡了许多，说道："是她自己不想好起来。"

程衣欲言又止，终是未将心中的疑虑说出口，这些日子了，她自是明白慕容紫不过是以自己的身体来换翼王留在阳城的借口。慕容紫委实不想翼王再去平度，所以拿自己的性命来博翼王的去留。

"翼王今天没有进宫。"程衣说道。

慕容城轻叹，朝屋外走去。

程衣在其身后轻声唤道："你要去哪儿？"

"乾元殿。"

程衣看着慕容城离去的背影，心底再度柔和了起来，这几个月内，朝夕之间都能见到他，领略到他的绝世风华，可以尽情地将自己的倾慕付诸目光之中，这一生足矣。

正在思索间，方姑姑走了进来，端起了桌上的药碗，猛然间见程衣出现在面前，手中的药碗轻抖，药汁差点儿溅了出来，嗫嚅道："我给皇后娘娘喂药。"

程衣冷冷地问道："不会是想继续下毒吧？"

方姑姑惊骇之下，药碗摔落在地上，惊慌失措地辩道："没有，没有，我没有下毒……"

“方姑姑，那你能给我解释一下吗？慕容城的医术在这个世上无人出其右，他每日亲自为皇后诊脉、煎药，皇后却始终不见起色，除了有人下毒，再无其他可能。我想告诉你的是，因为你下的毒，皇后已经命在旦夕，再这样下去，即便是慕容城也会无能为力。方姑姑，你若心中无愧，也可以继续下毒。”

程衣说罢，便欲往外走。方姑姑惊骇之下，陡然间扯住她的衣袖，跪倒在她的面前，哭泣道：“衣姑娘，你进宫这几个月，应该能知晓我对皇后娘娘是一片忠心，绝无谋害她的意思。至于下毒的事，是因为，因为……这是皇后娘娘自己的意思。”

方姑姑说到最后，声音已经低不可闻。程衣脸上浮起淡淡的冷笑，果然一切不出自己所料。程衣将方姑姑扶起来，说道：“方姑姑，皇后娘娘有自己的主意，但如果那是犯有滔天大罪的主意，你也要陪她继续下去吗？甚至要搭上皇后的性命？”

方姑姑神色间已有些犹疑之色，在这几个月内，她已然清楚地知道，程衣不仅仅是慕容城的医徒这么简单，她为人果敢冷静，调动澄瑞宫里里外外滴水不漏，方姑姑自然不敢不把程衣的话放在心上。

程衣将方姑姑扶起来，说道：“再说，我知道方姑姑进宫前给翼王做乳母时，家里还有个儿子，叫方锐，目前在太子手下做事。方姑姑，你说，如果这件事让太子知晓了，他会如何？”

方姑姑的心理防线彻底被程衣击溃，她面色苍白，看着程衣，哀求道：“衣姑娘，求求你，放过方锐，他是无辜的，他从来没有做过任何伤天害理的事。他为人耿直，又从不多言多语，如今也只是太子手下的一名侍卫，根本威胁不到太子的。”

正在这时，床榻上的慕容紫微微地叫了一声，方姑姑猛然间转过身想要走过去伺候着，程衣却朝她使了个眼色，让她先出去。

方姑姑一时摸不透程衣的心思，更加惶恐，哭道：“衣姑娘，不论怎么样，也请你放过皇后娘娘，她也只是个可怜人。”

在程衣不苟言笑的目光下，方姑姑一步步退却，连踩到了一地的药碗碎片都不知，就这样仓皇离开。

乾元殿。

秦伦见阗帝喝完了药，于是递上了蜜饯，说道："皇上，这药太苦，吃几口过过味吧。"

"搁着吧，这药再苦能有朕心里苦吗？"阗帝疲惫地抚额，问道，"秦伦，你说，朕是不是真的老了？"

"皇上正当盛年……"

阗帝挥了挥手，说道："得了，得了，就知道说这些空话、虚话，朕如果没有老，怎么会有那么多人惦记着朕的皇位？"

秦伦抬头，欲言又止，终是说道："皇上，老奴有话要说，别人有没有惦记您的皇位老奴不知晓，可是老奴知道，太子对您是一片忠心，他自始至终都没有起过谋逆之心啊！您就这么将他关了起来，岂不是要寒了他的心？"

阗帝看向秦伦，眼中精光毕露，刚才的疲惫之色一扫而空，透出的凛冽之色令人心颤。

秦伦倏地跪倒在地，伏在地上，说道："皇上，老奴跟在您身边几十年，您该清楚老奴的为人，太子被册立后至今，老奴从未收过太子的一点好处。所以，老奴的这番话只是肺腑之言，绝无私心，天地可鉴。"

"行了，行了，有什么话起来说，朕还不了解你？别说是太子，即便是旁人，你也从未伸过手，朕对你很放心，你用不着表白自己。"

阗帝不耐烦地催促秦伦起来，秦伦站起时，早已是老泪纵横。

秦伦用袖子拭了泪，感慨地说道："有皇上这番话，老奴死也无憾。在这个世上，老奴早已没有亲人，老奴贪恋那些生不带来、死不带去的钱财有什么用？老奴心里只知道侍奉好皇上就足以了。但是，太子不一样，他是您的亲骨血啊……"

阗帝怔住，旋即闭目，喃喃自语道："亲骨血，亲骨血……秦伦，你知道这句话对于朕，是多么讽刺吗？”

正在这时，大殿外传来慕容城觐见的声音，秦伦在阗帝的示意下忙退了下去。

“慕容城，你来得正好，朕问你，皇后的身体可好些了？如若好些了，你就离开皇宫吧，随誉王回梁川，操练兵马，辅助他做一个清明王爷，也算是成就你们一段师徒佳话。”阗帝打起精神来说道。

慕容城绝美的容颜，似是不染风霜，除去澈净的眸底越发沉静，再没有岁月的痕迹，他轻轻俯首示意，淡淡地说道：“皇上，在这样的时节，誉王怎肯离去？”

“世上只传闻誉王残虐，却不知他只在对敌之时残虐，他心有热血，又难得愿意对太子有相护之情，仅凭这一点，朕也该感到欣慰。慕容城，朕应该感谢你对誉王的悉心调教，让大盛唐朝有这样一个忠义两全的王爷。”阗帝诚恳地说道。

“皇上谬赞，誉王聪颖机敏，这一切都是他自己的努力。”慕容城说罢，微顿了顿，继续说道，“皇上……”

“你不必再说，朕知你来意。他若安分守己便罢，否则朕绝不宽恕，朕说到做到。”阗帝说得坚决，不怒而威。

慕容城离开之际，突然说道：“皇上，太子一案，乃是你与太子之间的心结，心结解了，旁人即便是调动千军万马来布局，也是无可奈何。”

阗帝有些失神，坐在龙椅上一动不动，秦伦从殿外进来，试探着唤了好几声，见他猛然间起身，骇了一跳。

“皇上，要摆驾哪里？”

“东宫。”

第二十三章
君怜我意　枉良辰美景

程衣缓步走近慕容紫，将慕容紫扶起，在她背后垫了锦被，让她略为舒服地半倚在榻上。

慕容紫虚弱地喘着气，目光中尽是责备之色，艰难地问道："你到底想干什么？"

"这话应该换我来问皇后你，太子登基早已是尘埃落定的事情，即便你存着私心想要将翼王留在阳城，可是你难道不知这只是将翼王推上风口浪尖，落入险境？你以为太子被册立这几年只是享了荣宠而毫无作为吗？放眼看去，朝中不支持太子登基的又有几人？再说，不能名正言顺即位的皇帝，不都是落得骂名遗臭万年吗？又有几人能够名垂千古？慕容紫，我知道你是心疼翼王，想要让他能够得到这世间最荣耀的权力，但是，如果他因此落难甚至丧命，你即便是为此付出了性命又怎能安息？难道一个做母亲的，对孩子最首要的期望不是他能够幸福吗？"

慕容紫怔住，似是被程衣的话打动，喃喃自语道："母亲，孩子，幸福……可这是在帝王家啊，生在帝王家的人，还有何幸福可言？"

“只要翼王不离平度，他日太子登基即便是为了维持兄友弟恭的情义，也会容得下他。一个远离朝廷是非的清闲王爷，不搅在翻云覆雨的阴谋诡计中，觅得心爱的女子，从此追云逐月，难道不算是幸福吗？”

慕容紫正待说话，突然轻咳了几声，问道：“你劝本宫这样做，对你有何好处？你是太子的人？”

“我不是太子的人。我只是在你身边几个月，每日看你昏迷不醒，缠绵病榻，为了他人甘愿牺牲自己，心生怜悯……”

慕容紫苦笑着说道：“本宫乃是一国之母，竟然需要你一个小丫头心生怜悯？可笑至极。”

程衣面色沉静，只定定地看着慕容紫，慕容紫伪装出来的坚强在程衣平静而有穿透力的目光下彻底崩塌，她痛哭出声，泪流满面。

“刚才我已经告诉了方姑姑，再这样继续下毒，只怕你性命不保。所以，即便你再命她这么做，她也是不敢的了。你已在宫中这么多年，看尽尔虞我诈，到头来还不是凄凉一场，难道这还不能令你明白吗？”

程衣说罢，慕容紫早已泣不成声，情绪激动得不能自持，程衣怕她身子受累，支撑不住，于是出手点倒她，扶她小心躺好得以安睡。

程衣走出寝宫，这冬日的阳光极为刺眼，程衣半眯着眼，看见慕容城就站在中庭，望着自己。

程衣裹紧了披风，与慕容城站在一起，略仰头看着他，丝毫不掩饰她的倾慕之情，谁也不能料定能相守几日，她不想后悔此时未曾让他明白自己的心意。

“你刚才对皇后说的话，我都听见了。你说得对，只是可怜她看不穿，陷在执念之中。”

“那你呢？”程衣鼓起勇气，问道，“你难道没有陷入执念之中吗？清心寡欲，将自己的全部情绪隐匿，不将任何喜怒悲欢显露在外，这难道不也是一种执念？”

慕容城看着程衣清亮的眸子，虽然满含羞涩，却因为勇敢而生出明快夺目的色彩，心里微微一动，侧转过身，看向无边天际，说道："在万物面前，人的情绪、感情，太过渺小了……"

程衣还想再问下去，问出心中最为重要的问题，见慕容城离去的背影，咬了咬下唇，终是没有开口。其实她心中明白，是她不敢问，怕得到了答案，反而伤害了自己，原来自己也没有那么勇敢，对于感情，一时的冲动过后，流露出来的还是懦弱与举步不前。

东宫。

李润在书房内，正执笔抄写着经卷，字迹娟秀飘逸，如行云流水，让人看了心底顿时清明许多。地上已有一沓抄好的纸，散落在他的脚边，他眉宇间平和淡然，并无被困的烦躁焦虑，这一份气度，岂是常人能有？

"太子……"秦伦敲了敲门，走进来。

"秦公公，不是给你说过吗？要你不必送吃的过来了，本太子不饿。"李润头也不抬地说道。

回应李润的却是毫无声息，李润抬头，见秦伦退到一侧，阗帝缓步走过来正站在他的面前，李润于是赶忙放下笔，向阗帝行礼。

"父皇，怎么是您？"

"听秦伦说，你一直没吃任何东西，朕来看看你，来，你陪朕用些点心。"

阗帝朝秦伦看了一眼，秦伦马上心领神会，命身旁的小太监将茶果布好，一起退了下去。

阗帝示意李润一同在茶几前坐下，问道："从你宫里搜出了龙袍、封赏名册，还有你母妃的亲笔信，你就不打算给朕一个解释吗？"

李润说道："父皇如果相信了，只怕今日就不会来了。只是被人软禁的感觉并不好，这让儿臣想起了从前在冷宫的日子，那时，儿臣总是会问母妃，为什么会被关在这狭小破旧的院子里，只能看见那么小的天……"

阗帝将盛放芝麻银丝酥卷的盘子推到李润跟前，低声询问道："润儿，你是不是觉得朕当年对你们母子太过亏欠了？”

李润俊朗的脸上浮现出一丝苦笑，丹凤眼半眯，似是不想忆及当年的事，可是迫于阗帝的询问，又不得不将那曾经的苦痛翻出来，只听他缓缓地说道：“当初母妃以罪臣之女的身份被父皇宠幸，如若母妃没有怀上儿臣，只怕父皇也就将她淡忘了，可是天意弄人，母妃却怀上了儿臣，所以不得不几番制造事端想要见父皇、得父皇的恩宠，父皇不喜母妃的心机，于是将她打入了冷宫。后来母妃生下了儿臣，母妃怕不能护儿臣周全，只得瞒住整个后宫。再后来，因缘际会，父皇见到了儿臣，却还是放任儿臣与母妃在冷宫过着凄苦的日子，不闻不问。母妃在冷宫中哭过、怨过，也恨过，却悄悄地告诉儿臣，父皇这么做其实是在保护母妃与儿臣。只要父皇不流露出任何的恩宠，那么母妃和儿臣就不会成为众矢之的，就能在后宫安然无恙地活下去。所以，母妃和儿臣从来不会觉得是父皇亏欠我们，只是生在帝王家，难免会比寻常人家多一些身不由己。”

阗帝闻言似是有些震惊，记忆中那个明眸善睐的女子，总是喜欢在自己离开时，苦苦哀求他能给她一个名分。他本也有些动心，却在她三番五次迫不及待的神色下，淡了心思，以至于再后来竟生了厌恶之心，不再让秦伦通传她的任何事情，直到有次她意图闯入乾元殿，才惹得自己大怒，将她发落到了冷宫。

“旁人只以为你母妃的亲笔信会让朕迁怒于你，废了你这个太子。可是，他们却不知，朕一点也不怪你母妃，你母妃信中无一字不对，朕不是一个好父皇，让你委曲求全地在冷宫活着，十余年不能在人前开口说话，这是怎样的一种毅力啊！润儿，朕心疼你，可是从来不能流露出来，将来你当了皇上，就能明白了。帝王不能有任何的弱处握在别人手里，即便是心头肉，该剜下来照样要剜下来，这就是帝王。”

阗帝话音中充满无奈，可是语气又坚定无比，那是多年来在权力巅峰上历练出来的本领：心有万物却又不为所动。

“父皇不必心疼儿臣，儿臣还记得初次见到父皇的那一日……”

阗帝抢先说道：“朕也未曾忘记，朕在看见你第一面时，就无论如何也不能相信你会是个天生失语的孩子，因为你眼中流露出的坚毅通透，那怎会是寻常孩子该有的眼神？”

“所以父皇便在冷宫周围布置了暗卫，看似跟以前毫无异样，其实寻常宫女、太监却很难再靠近冷宫。父皇还派人暗中教习儿臣，护佑儿臣，那些年父皇并没有对儿臣和母妃有任何的亏欠。”李润由衷地说道。

阗帝拿出了一封信，李润在他眼神的示意下接了过去，那就是从东宫里面搜出来的皇贵妃的亲笔信。

阗帝说道：“可你母妃恨意难消，在临死之际留下了这封亲笔信，还被人拿上台面用来挑拨朕与你。”

李润的神情变得有些古怪，看了看手里的书信，突然问道：“父皇怎知这是母妃的亲笔信？”

阗帝微怔，旋即明白过来，反问道：“难道……”

“没错。那些人处心积虑，却漏掉了最重要的一点——父皇不识母妃的字迹，整个皇宫也根本没有母妃留下的任何笔迹，儿臣更没有见过这封亲笔信。”李润将手里的书信又递还给了阗帝。

阗帝拿在手里，这才又认真看了几眼，突然拧眉，口中低低“咦”了一声，唤了秦伦进来，将信又递给了他。

“秦伦，你再仔细看看，可有什么不对之处？”

秦伦见阗帝与李润神情凝重，并不敢瞧上面的字迹，多看了几眼纸张，当即灵光一闪，明白过来，说道：“皇上，皇贵妃乃是隆宣十一年薨，可那时宫里还没有这种麝云纹纸呢。”

“秦伦，你确定？”

“回皇上的话，错不了，这种纸还是容贵妃进宫那年才被送进宫的，皇上觉得这种纸写起字来格外熨帖，于是让奴才吩咐御监司拟定封赏名册时也用这种纸，奴才便在乾元殿也多备了些，后来皇上得知这种纸虽好却比寻常纸贵上几倍，就极少用了，慢慢地宫里也就没有这种纸了。”

阗帝听秦伦斩钉截铁地说完，心中再无疑虑，眉宇间现出几分阴寒之色，斥道：“好大的胆子，竟敢伪造书信意图构陷太子！”

“父皇，其实儿臣手里确实有一份母妃的亲笔信，请父皇睿览。”李润从怀里掏出一把精致的金锁，将金锁一拧，从露出的一丝缝隙里抽出了一张被卷得齐整的字条，纸张已经发黄，看起来已经有些年岁，李润恭恭敬敬地递给了阗帝。

阗帝打开字条，只见上面写道：“吾儿聪颖，当知若为江山故，寻常情意怎及帝王心。”

阗帝握住字条的手略有些发颤，秦伦见状，上前轻轻唤了声“皇上”，见阗帝一摆手，才又退了下去。

李润似是没有察觉到阗帝的神色，还沉浸在过往的情绪中，低声说道：“儿臣谨记母妃教诲，即便没有被册立为太子，有朝一日，也要竭力辅佐君主，只因为儿臣乃是父皇血脉，生在帝王家，自当为我大盛唐朝死而后已。”

阗帝似是有些触动，站起身来，一声不响地朝外走去，李润跪在地上道了声“恭送父皇”，阗帝身形微顿，只摆了摆手，并未回身，颤巍巍地朝外走去。

李润握起被阗帝搁在桌上的那张字条，神情冷峻，走至书桌前，本欲执笔再书写，却又突然将纸张团团揉起，尽数掷在了地上，用精致华美的鞋履用力地踩踏着——佛门梵音，岂能度我心中毒咒?

阗帝见到候在门外的秦伦，神情低落，备受打击一般，比来时更显疲惫，哑声问道：“秦伦，你说朕当年是不是真的做错了？”

“皇上，您是说皇贵妃的书信吗？奴才知道皇上心结不在于此，皇贵妃恨您与否您也没放在心上，毕竟您与皇贵妃相处时日少，感情上没有那么亲厚。”

“哦？那你说说，朕的心结是什么？朕在意的是什么？”

秦伦瞧了瞧阗帝，见他面无愠色，这才说道：“皇上在意的，其实是那件龙袍……”

“终究还是你了解朕多一些，那些人只以为凭着一张封赏名册、皇贵妃的亲笔信就能扳倒太子，岂不知朕根本不在意，朕在意的是那件朕十几年前失窃的龙袍，和皇贵妃、太子耍弄的心机……”

“当初就是因为皇上这件龙袍不见了，奴才才将整个皇宫搜遍，甚至连冷宫也不肯放过，这才见到了当时的太子。”秦伦低声道。

“这只能说明，是有人将朕的龙袍偷走，意欲让朕知道皇贵妃生下龙嗣的事情。只是，朕不明白，那件龙袍怎么会在太子的东宫里被搜出来？太子当时年幼，皇贵妃又是一介女流，无论如何也不可能有本领潜进乾元殿将龙袍偷走。”

“皇上说得是，奴才也有些糊涂了，可是依着太子当时的处境，又有谁肯出手帮衬呢？”秦伦不解地问道。

阗帝步入龙辇，坐定之时，突然说道：“秦伦，传石相进宫拟旨，皇贵妃简氏纯良敦厚、贤淑端庄，追封为皇后，谥号诚嘉。即日起，颁诏天下。”

秦伦瞠目结舌地看着阗帝坐在龙辇上的背影，片刻才惊醒过来，当即响亮地回道：“是，皇上。”

隆冬，风声呼啸更加凛冽，米粒般大的雪花飘洒在空中，摊开双手，任雪花落在掌心，未等低头去寻，那雪花却在掌心内早已浸化不见，如人心叵测，难以探询。

奉旨进宫的石相，看见远处有一行人抬着软轿踏雪而来，眼中流露出些许欣喜之色，于是移步上前拦在了轿前。

“翼王……”

轿内的人没有应声，抬轿的宫人看了看站在轿前的石相，在其眼神的示意下，极为难地放下了轿子，避到了一旁。

“翼王……”石相再度唤了一声，但轿内的人依旧不吭声，只得继续说下去，“听说翼王最近身子抱恙，今儿个才这么迟进宫，竟比往日晚了一个时辰。”

翼王拥着轻裘，闭目而坐，语气中没有丝毫温度，低声说道：“看不出石相这么惜重时间，连本王几时几刻进宫都这样清楚。”

石相似是丝毫没有听出翼王的讥讽之意，仍旧问道：“不知皇后凤体是否已经安好？”

“本王倒是想问石相一句，你是希望本王母后的身体好还是不好？”

石相面色一僵，一时竟不知如何作答。就在这时，轿帘被掀开，翼王走出来在石相跟前站定。

“石相的顾虑本王清楚，可是在本王心中，不择手段的做法绝不是拿母后的性命开玩笑。石相还是顾虑好自己吧，再这般下去，只怕无论谁登基为帝，都不会让石相你有个体面的下场。”

石相试探着问道：“也包括你吗？”

白色轻裘映得翼王面色如玉，他眸底闪着冷冽而疏离的光芒，如同雪光反射出的刺眼光芒一般，令人不可直视，只听他低沉而坚定地答道：“或许。”

翼王没有看到石相僵硬的面容，朝追随过来的宫人挥了挥手，径直往澄瑞宫的方向而去。

石相黯然而失望地看着翼王的背影，即便是裹在宽大的轻裘之下，仍旧能让人看出其身形的消瘦，寂寥而落寞地走在雪地里，甚至还听见了翼王压抑而痛苦的咳嗽声传来。石相紧紧捏了捏拳，又迅速松开，转身朝乾元殿走去，他身后的薄薄雪地早已被践踏得如同稀泥一般，混浊污秽。

天色忽变，雪越来越大，如鹅毛般飘舞在空中，转眼又落在了地上，迅速将人的足迹连同污泥一同掩盖。

宁王府外的暗处，随着平生的手势落下，十几名暗卫翻墙落入宁王府后花园内散开，人影迅即消失不见。

平生朝身侧的那人看去，那人一袭青衣，面上罩着一层轻纱，让人看不清她此刻的神色，平生难解心中疑虑，终是低声问道：“虞姑娘，让这些暗卫进府去搜宁王与容贵妃的往来书信，这行得通吗？”

虞锦嘴角微抿，说道：“自然行不通，宁王府的守卫外松内紧，这些暗卫只怕未接近宁王的书房就会被人发现。”

“好在姑娘刚才叮嘱过，要他们被人发现后只管逃离，他们身上又背了火云弹，保命不成问题。”平生说到这里，突然似是明白了过来，惊问道，“姑娘的意思是，要他们引开宁王府的侍卫后您亲自进府？”

虞锦没有应声，未等移步便被平生挡下，平生焦急地说道：“姑娘，平生虽不知姑娘的武功恢复到几成，但平生断不可能让您一个人进府涉险，太子有话在先，要平生护您左右。”

虞锦冷冷地说道：“我不需要你跟着，你武功这么低，进了宁王府只会是我的累赘。”

平生乍听见虞锦的话，面色涨红，将口中的话生生地咽了下去，而在这时，已经隐约听见宁王府有动静传来，虞锦如离弦之箭一般蹿了出去，跃过府墙，身影隐匿，平生紧紧握拳，被虞锦轻蔑的口气激得胸中血浪起伏。

虞锦在宁王府落定，小心地观察着左右，只见宁王府的侍卫已经成群结队地朝后花园奔去。虞锦上次随同段无妄赴宴时，已经大约知晓宁王府的格局布置，于是便朝书房疾步走去。

谁知，在走廊的另一端，却走来一位仆从如云的女子，她发饰华丽，衣裙逶迤，脸上同样罩着一层轻纱，露出一对顾盼生辉的妙目，带着些许的不耐烦朝身后跟随的侍女看了一眼，那为首的侍女立即顿足不前，低声道：“承宁郡主，王爷吩咐过，要奴婢们必须随侍左右。”

虞锦疑惑，原来石相真的帮宁王找到了失散多年的女儿，便是眼前这位承宁郡主。虞锦见那一行人越行越近，于是便闪身进了最近的房间。虞锦藏在门后，只待她们经过后再出来，谁知那承宁郡主慢慢走近时，突然纤手一挥，朝虞锦藏身的门后射出两枚暗器。

门后，依旧是悄无声息，没有任何异响。承宁郡主的双眸带着几分杀气，朝身后的侍女使了个眼色，刚才回话的那名侍女立即领会到承宁郡主的意思，与另两名侍女推门一同进了房间，没过片刻便又走了出来，轻声道："承宁郡主，里面没有人。"

承宁郡主轻轻地"咦"了一声，这细小的声音，却如同惊雷般传到了虞锦的耳朵里，躲在屋梁顶上的虞锦微怔，旋即以不可置信般的神色透过窗户看向了承宁郡主那渐渐远去的身影。

"郡主，过几日便是您进宫觐见皇后的日子，皇后凤体违和，再加上王爷隆恩圣宠，所以皇上传来旨意，要在乾元殿见郡主，郡主离府多年……还是多做些准备才是。"那侍女在承宁郡主如寒冰般的眼神下，嗫嚅道。

承宁郡主蹙了蹙眉，眼中的疑惑之色不减，轻轻地摇了摇头，离去，终究是自己太紧张的缘故吧。

虞锦走出房间，未等靠近宁王的书房，突然听见不远处有打斗的声音，虞锦有些不解地转头眺望，先前进入宁王府的那一批暗卫，估摸着这个时辰应该已经从宁王府撤离了才对，怎么还会有打斗声？难道……果不其然，虞锦见平生被困在十几名侍卫中难以招架，虞锦手中暗器轻扬，将离平生最近的三名侍卫射中，暗器上早已淬了剧毒，那三名侍卫应声倒下，其余侍卫微怔的片刻，虞锦已经来到了平生的跟前。

有了虞锦的帮衬，平生很快解决掉了包围自己的侍卫，眼前别处的侍卫如潮水般涌来，虞锦知道此行已然失败，于是便拉着平生跃身离开了宁王府。

到了事先约定好的地点，平生清点了刚才潜进宁王府的暗卫，除了一名受了轻伤以外，其余都安然无恙地回来了，平生一挥手，那十几名暗卫又迅即隐匿了。

平生有些羞愧地说道："平生知道虞姑娘是怕平生涉险，所以才故意说了刚才那番话，只是平生武功不济，却真成了虞姑娘的累赘，连累虞姑娘无功而返，平生有罪……"

虞锦看着平生，他终究是惦记着自己的安危，即便是为了李润，他这样忠心为主，自己又怎忍心责怪，于是说道："进宁王府，倒也不全是一无所获，最起码我知晓了一个秘密……"

平生正待露出喜色，却见虞锦神色古怪，欲言又止，于是不敢多问，只得说道："虞姑娘还是带着程裳回锦然居住吧，平生已经让人收拾妥当。等太子从宫里回来时，能第一时间见到姑娘，心情肯定大好。"

虞锦说道："平生，你是怕我出了什么意外，你不好跟你主子交代吧？放心，我没那么容易死。"

平生立即接话道："要死平生也要死在姑娘前头……"

平生说完，又赶紧顿住，朝地上"呸"了几口，见虞锦失笑，自己也跟着笑了起来。

"平生，你先回去吧，我想进宫一趟。你不用着急，我不是去闯东宫见太子，我要去见另一个人，此刻，他在宫里。"

虞锦说罢，身形一晃已走远，平生想要追过去，思虑再三，只得作罢。

玄机门处，断曲穿着一身太监的衣服，正与守在宫门的守卫寒暄着，他身后还带着一名低着头缩手缩脚的小太监。

"公公，卑职怎么记得您是一个人出宫的？"其中一名守卫掂了掂断曲递过来的银子，突然说道。其余守卫也跟着有些警醒，齐齐看向了断曲身后的小太监。

"这么一说我也记起来了，公公出宫门的时候，确实是一个人，手里还提着一个包裹，怎么回来时身边竟多了一个小太监？"

断曲不慌不忙地说道："想必是大人记错了吧？容贵妃吩咐奴才的事，奴才从来没有做不好的，大人如有疑虑，可直接去面见容贵妃。"

见断曲将容贵妃抬了出来，那些守卫面面相觑，选择了缄默，他们在心中估量着断曲是为容贵妃当差，即便是多弄了一个人进来，也是容贵妃的主意，他们这些人，又怎能与容贵妃过不去？

于是，其中一名守卫开始改口，朝那几名守卫使了个眼色，说道：

“公公说得对，卑职就亲眼看到公公是带着这个小太监出宫的，许是他们昨夜的酒还未醒呢，净说浑话，公公不用理会他们。他日，能在容贵妃面前替卑职几个美言几句，卑职几个就感激不尽了。”

其余几名守卫也赶紧见风使舵，转了话头，一时间，断曲带着身后的小太监，几乎算是耀武扬威地进了宫门。

渐渐地，雪花由米粒大小变成鹅毛状，沉甸甸地簌簌落下，一地素银。断曲将那名小太监带进宫后，往鲜有人经过的僻静小路而去，那名小太监始终没有抬起头，只注意看着脚下，待前面领路的断曲停下，才跟着驻足，缓缓抬起了头，露出姣好的面容。

“刚才那几个守卫虽因为惧怕容贵妃而改了口，也难保不会节外生枝，你还是要多加小心，程衣会在前面不远处接应你。待你想要离开之际，让程衣知会我一声，我来这里等你，再把你送出宫。”断曲帮虞锦掸了掸衣角的雪，满心都是见到虞锦后的欢喜。

“不用了，我有办法出去。”

断曲看着虞锦，略一沉吟，突然说道：“你答应过我，进宫只为去澄瑞宫而非东宫。”

“我不去便是，东宫守卫森严，我不便进入。如若再闹出点什么动静，他的处境只怕会更不好。”

断曲却摇了摇头，说道：“那也未必，你知道吗？阗帝已经下旨，追封太子生母为皇后。这样的恩典，在这个时候昭告天下是何寓意？只怕就是告诉那些人，太子的地位稳固如山，牢不可摧。”

虞锦听见这个消息，心中雀跃，看来李润安然无恙，一时竟忍不住显出些笑意。

远处有细碎的声音传来，断曲正要离开，便见誉王从一侧露出一张笑意十足的脸，心思一转，便拉着虞锦朝誉王跪下行礼，怎知虞锦却倨傲得很，瞥了段无妄一眼，那眼神看着倒是像要段无妄朝自己行礼一样。

断曲只以为誉王没有瞧见虞锦，想要糊弄过去。虞锦却知段无妄断没有这样糊涂，他既跟过来，自然是早已看清虞锦，于是她淡淡说道：“誉王闲得很，这么大老远巴巴地跟过来，只怕是想助我一臂之力了？”

“呵，你倒是个占便宜的。你想要进宫，跟本王说一声便是，怎么使了这么冒险的法子？你可知道，刚刚你们才进了宫，那守卫便朝本王禀报了此事，要不是本王拦着，追过来的人就不是本王自己了。”

段无妄一副想要讨个恩情的模样，虞锦却不为所动，只说道：“我这样做，自有我的道理。”

“要一个容贵妃宫里的人带着，出了事，也只会连累了容贵妃，而你们，自然可以全身而退。”段无妄轻轻拍了拍手，笑着说道。

虞锦怎会听不出段无妄话中淡淡的讥讽，于是回道：“当日，我被诬陷刺杀贵妃皇子落入大狱，武功尽失，说起来，还要感谢容贵妃的厚恩。今时今日，我总算有个办法能回报容贵妃，难不成誉王竟不许？”

誉王微怔，良久，才道：“那件事你确实受苦了。”

断曲在一旁看了虞锦一眼，虞锦朝他使了个眼色，要他先行离开，断曲心领神会，于是便垂下头刻意避开了誉王的目光，迅即离去。

“你身边人并不多，我倒没有想到，你竟会先自安插了人在宫里。也好，将来待你进宫时……”

“誉王今日的话真多。我还要去澄瑞宫，就不陪誉王闲话了。”

虞锦说罢，见远处有身着宫女服饰的人朝这边走来，知道是程衣，于是便迎了过去。

“你当真要去见他？见了又有何用？”

段无妄见状，在其身后低声问道，见虞锦只脚步微顿便迅即离开，轻声叹了口气，转身又往宫门处走去了。

那身着宫女服饰的人果真是程衣，她许久不曾见到虞锦，乍一见到，心生感慨，泪一下子涌了出来。虞锦上前紧紧握住她的手，含笑劝慰道：“这才刚见，便哭成了泪人儿，待会儿让人瞧见了可如何是好。你本是慕容城带进宫的，许多人都盯着呢，不要出了岔子连带了自己。”

“这些倒是不怕的，如今慕容紫病重卧榻，不能理会后宫诸事，倒少了许多人盯着澄瑞宫，我来去也自在了许多。倒是断曲说小姐你要进宫，才让我好一阵担心。”

程衣说着话，便将慕容紫指使人给自己下毒的事情说与虞锦听，虞锦心知肚明，知道慕容紫是铁了心要为翼王打算。

澄瑞宫。

慕容紫轻声咳着，方姑姑上前为其抚着背，低声劝道：“娘娘，您这是何苦呢？总是要保着身子，才能看到王爷的将来。王爷本就孤苦，娘娘如若有个万一，不能照看王爷，王爷的处境岂不是更加不堪？”

方姑姑这句话倒是很让慕容紫警醒，慕容紫看了方姑姑一眼，说道：“说起来方锐在太子那里已有数年，也是时候让他出把力了。”

方姑姑猛然间听见这句话，骇得脸色发白，忙跪倒在地，哀求道：“娘娘，娘娘，您开开恩，大发慈悲，就放过锐儿吧。奴婢愿意为您赴汤蹈火，在所不辞。”

“方姑姑，本宫只是让他为本宫做一件事，又不是让他去死，你这么紧张做什么？”

方姑姑此时怎听得进去，正在这时，见翼王走了进来，当即膝行扑在翼王的脚下，磕头如捣蒜般哀求道：“王爷，求您劝劝娘娘，放过方锐吧。”

翼王有些迷惑地重复道：“方锐？”

“方锐就是奴婢的儿子，娘娘开恩曾允许方锐进宫陪伴过王爷一段时间，王爷小时候在宫里是见过他的，王爷从前顽皮非要上树，一不小心跌下来，是锐儿抢先一步垫在王爷身下，王爷这才没有受伤，可是锐儿摔断了腿，足足在床上躺了三个多月呢。王爷，您就念在锐儿为您摔断腿的分儿上，替奴婢求求娘娘吧，王爷……”方姑姑泣不成声，拽着翼王的衣角不肯松手。

慕容紫有些恼怒地瞪着方姑姑，叱道：“方姑姑，你越发大胆了，这是逼着本宫将你杖毙吗？”

“只要娘娘能放过锐儿，奴婢愿意赴死，连眉头都不皱一下。”

慕容紫气怒，低喝道：“来人……”

此时，翼王解下宽大的轻裘，里面穿着一袭玄色棉袍，出声劝道：“母后，同为人母，您既然肯为孩儿付出这般辛苦，方姑姑又怎会不疼惜自己的孩子？”

慕容紫似是有所了悟，轻声叹息着，看了一眼仍旧伏在地上痛哭的方姑姑，无奈地说道：“你起来吧，下去洗把脸，省得叫人看见了，还以为本宫已经去了呢。”

“娘娘不肯收回成命，奴婢绝不起来。”

翼王上前扶起了方姑姑，说道：“方姑姑，母后这样说，自然是不会再提刚才之事，你就放心下去吧。”

方姑姑露出惊喜的神色，忙谢了慕容紫与翼王，退了出去。

第二十四章
东风无情　醉落花残事

见方姑姑离去，翼王原本清冷的面容，更是冷上几分，坐在椅子上，不言不语。

慕容紫轻声咳了咳，说道："本宫倒是羡慕她，哭几声就能护住自己儿子的周全。不像本宫，就算是豁出命，也不见得能让你比现在好上几分。"

翼王冷笑，说道："方姑姑没有做下错事，没有让自己的孩儿陷入那般不堪的境地，上天待她自然会好些。"

慕容紫被翼王的话激得眼中含泪，紧紧捏着锦被，嘴唇翕动，竟一句话都说不出来，良久，才艰难地说道："你竟如此恨本宫，想必本宫即便死了，你也会觉得是理所应当的，对吗？可笑你恨之入骨的人，却都不惜性命要来护你周全，要为你挣一个好前程。"

翼王猛然间起身，问道："我已然是这样的血脉，能有什么好前程？在皇上眼中，我不过就是一颗罪恶的种子，为了防住悠悠之口，将我搁在冰天雪地，但凡我有想要萌芽的迹象，会不惜要了我的性命。在天下人的眼里，我就是一个笑话，一个软弱可欺的皇子，任何人都可以把我当作茶余饭后的谈资，任意取笑辱骂。可是，我却很想知道，在你和他的眼中，我又算什么？算什么？”

慕容紫柔声道：“自然是……”

“是用来谋权夺位的借口？还是你们可以继续苟且下去的理由？”

翼王的话如刀锋，毫不留情地揭开了慕容紫的伤疤。慕容紫心底唯一的柔和被翼王击碎，几欲昏厥，她用力握住床榻上的雕花木柱，大口喘息着，厉声说道：“这是你该跟本宫说话的态度吗？如若时光能倒回，本宫情愿没有生下你这个孽种。”

翼王倏然间抬起头，眼中的伤痛不言而喻，他低哑着嗓子说道：“原来在你们的眼中，我也只是个孽种。”

慕容紫自知在气怒之下失言，用手掩住口，失声痛哭，见翼王面色如纸，忙伸手唤道：“泽儿，泽儿，是母后的错，母后不该这样说，你原谅母后……”

翼王自嘲地笑了笑，一步步退却，终是转身离开，疾奔而出，连轻裘都落在了慕容紫的寝宫，只着一件单薄的棉袍，更显得身形消瘦。他那样用力奔跑着，似是想要排解胸中的郁闷，忘却烦忧。

虞锦和程衣站在远处看见这一幕，程衣问道：“小姐，你要不要现在就跟过去？”

虞锦却摇了摇头，心思一转，说道：“不急，我先进去看看慕容紫。”

虞锦走进慕容紫的寝宫，慕容紫正伏在锦被上伤心不已，痛哭出声，枯瘦的手指紧紧抓在锦被上，灰白的指甲毫无红润，听闻有轻缓的脚步声靠近，她警觉地抬起头，在看见一个面生的太监走近自己时，忙艰难地撑起身子，用衣袖匆忙拭去了泪水，换上威严的面容，以维持一个皇后的尊严。

“你是谁？怎敢擅闯本宫的寝宫？”

虞锦在慕容紫床榻前的椅子上坐定，说道：“娘娘莫怕，我此番前来，只是有几句话想要劝告娘娘。”

慕容紫微露诧异之色，即便是刚从昏迷中醒来，也仍旧不忘身为皇后的威严，低喝道："本宫需要你的劝告？你是哪个宫的小太监，是谁指使你前来的？"

"我非皇宫中人，也不是受人指使，只是见娘娘误入执念深感可怜，所以特地来劝告一二。"

慕容紫身居高位，统率后宫多年，怎听得惯虞锦这般口气？可是她又明知虞锦既然能入自己的寝宫，必有过人的手段，如今身边没有程衣的护佑，她自然不敢多加斥责，于是只冷笑着说道："好大的口气。你且说来听听，如若有一句不合本宫的心意，你可知本宫一声令下，足以让你死无葬身之地？"

"且不说娘娘为何被人行刺，受何人所伤，想必娘娘心中自有论断。"虞锦看了慕容紫一眼，见慕容紫警惕地看着自己，于是继续说道，"再后来，慕容城为娘娘精心救治，却始终不见任何起色，这个中原因娘娘更是心知肚明。抛去这一切不提，只说眼前，娘娘病重的这数月，可知容贵妃早已把持了后宫？皇上已经将后宫诸事都交给了容贵妃打理，容贵妃最擅长的便是剥茧抽丝般地扶持自己的势力，你若不信，等你将来再重掌后宫便可知，定会有重重阻力，没有先前那般称心如意了。娘娘如若有个万一，试想，皇后之位会落在谁人之手？"

慕容紫似是没有考虑到这一层，喃喃道："终究是本宫疏漏了，这容贵妃进宫数年，倒不想会爬到这么高的位子，到今日竟会危及本宫的皇后之位。"

"容贵妃是有子嗣的人，她若做了皇后，她的儿子也就成了嫡皇子。且不说翼王能不能扳倒已经被册封多年的太子，单论容贵妃为小皇子筹划的谋略，不受恩宠的翼王在朝廷又会有几分胜算？难道真要让他落个弑君篡位的名声吗？那样的话，真做了帝王，又有何意思？"

慕容紫彻底醒悟，苦笑道："原来这一场谋划，只是让他人渔翁得利罢了。"

慕容紫说罢，待要询问面前的小太监究竟是何人时，怎知眼前人影晃动，再仔细看时，那小太监已经悄然离去，只得作罢，扬声唤了程衣进来，问程衣可是与那人相识，程衣心思一转，只轻描淡写地带过，终究未曾吐露实情。

虞锦拎着刚才从慕容紫寝宫中顺手拿起的轻裘，缓步走向在庭院中负手而立的翼王，在翼王警觉回身的注视下，将轻裘递给了他。

翼王知道，虞锦将轻裘递给自己，便是暗示自己她已然去见过慕容紫，于是也不追问，只淡淡地说道：“倒没有想到竟在这里见到你。”

“是。我也不曾想到，但找寻自己妹妹的下落还得来问及王爷你。”

翼王微怔，神色旋即又恢复如初，说道：“虞家抄家那一日，令妹自尽，整个阳城闹得沸沸扬扬，想必你也早已知晓。”

虞锦冷冷一笑，说道：“谢谢王爷的回答。看来，这一趟进宫，竟是我来错了。”

虞锦欲转身离开，翼王在其身后说道：“昨日的她已死，今日的她，未尝不是寻了一个好的出路，你又何必这样执着相问？”

虞锦缓缓转过身，目光冷厉地盯着翼王，一字一板地说道：“即便有再多的疏离、误会，她终究是我的血肉至亲。她不肯为虞家出半分力，我也不会允许她甘为他人驱遣，做一枚早已注定结局的死棋。”

翼王此刻才似是松了口，说道：“既然你已知晓，本王也不妨说个清楚。承宁郡主乃是皇上赐封的，岂容她人冒充？你揭穿她的真实身份，也是将她送上了死路。”

“这样说来，我还要感谢翼王对我的提醒了？”

翼王听得出虞锦话中的嘲讽，略为低首，试探地说道：“这天下在本王眼中，不过如此，可是本王待你……”

虞锦当即打断他，毫无温度地说道：“王爷心志太高，只怕他人靠近王爷身侧都会落得魂飞魄散的下场，谁人都爱惜性命，我也不例外。”

翼王自嘲地笑了笑，可他终究是不甘心，问道：“只因为他是太子吗？”

“乾坤门的弟子还会看重这些名利吗？想想你的舅舅慕容城，便可知晓乾坤门弟子的性情。”虞锦怕翼王还要继续谈及此事，于是说道，“天色不早了，王爷想必也要出宫了，我跟着王爷一同离开，可好？”

远处有宫女和太监走过来，翼王似是随意地扫了一眼，轻轻地点了点头，两人踩着雪一前一后朝宫外走去。

风雪依旧，雪已没过脚腕，尽管翼王紧了紧披风，雪花依旧灌进他的领口处，在见到虞锦单薄的太监服饰时，蹙了蹙眉。

突然，翼王在一座宫殿前停下，虞锦在他身前站定，朝着他目光所视的方向看去，原来是东宫。

翼王朝身后看去，只看见自己那不深不浅的一排脚印，以为虞锦是踩着自己的脚印走过来的，嘴角略弯，露出难得的一丝微笑，在看清站在自己身侧的虞锦脚下时，又失望到极点。

虞锦不喜欢泥泞，又不愿意踩着翼王的脚印前行，便施展轻功，脚下竟一点雪渍都没有。

翼王面色悲凉，喃喃自语道：“好一个踏雪无痕！”

虞锦却没有意识到翼王神色的变化，只想到自己所站的地方竟然离李润这样近，却不得相见，心下有些感慨，低叹道：“这就是帝王家，即便是权势通天又如何，不过是比寻常人家多一些龃龉罢了。”

翼王的目光突然变得低沉而犀利，低声道：“本王可以设法让你进去见一见太子。”

虞锦看了他一眼，冷笑道：“不必了，我又何苦要让他多背上一条罪名呢？”

“你怕本王会害他？”

“难道王爷敢说，太子受困之事，当真与你毫无干系吗？”

良久，不曾听见翼王的回答，虞锦转身再度看向他，只见翼王面白如纸，猛烈地咳嗽起来，似是随时要发病昏厥过去一般。虞锦忆起那夜，翼王发病牵住自己衣角时的低声哀求，心下微动，悄无声息地叹了口气，在看见四周穿梭的宫女和太监经过时，只得伸手过去，扶了翼王一把，而翼王却像是身形不支，丝毫也没有迟疑地接过虞锦递过来的手。

走了一段路，翼王突然朝身后的东宫看了一眼，眼神中的算计，一闪即逝。

远远的这一幕，却落在了站在东宫楼宇最高处的人影眼中，他用手紧紧扣住梁柱，五指入木，却不自知。

一名小太监找遍了整个东宫，终于在这里见到了李润，高声欢呼道："太子殿下，皇上已经下旨追封皇贵妃为皇后娘娘了……"

李润直到再也看不见那依偎而行的两个人的身影，才从梁柱上跃下，低低地应了声"哦"，不再作声。

那小太监却有些摸不着头脑，这难道不是天大的喜事吗？为什么太子殿下竟没有一丝喜色，甚至看上去很是伤心，难道是自己看错了，还是这生在帝王家的人心事太难捉摸？

虞锦见翼王身子略有好转，不再咳嗽，便松了手，与翼王一前一后走出宫门。

谁知，段无妄的马车却一直候在宫外，段祥坐在马车上，跷着二郎腿，看见虞锦时，一个纵跃落至她的跟前，嬉笑道："我的大小姐，我家主子有请……"

虞锦点了点头，朝一旁的翼王说道："还请王爷明白，乾坤门的弟子没有委曲求全的本事。皇后娘娘已经想通，不会再毫无原则地牺牲自己周全你们的谋略，想必王爷还得再想想以什么理由留在阳城了。"

翼王略蹙了蹙眉，如水之眸，依旧未流露出任何悲喜，只深深地看了虞锦一眼，转身踏上翼王府的马车，疾驰而去。

段祥催促虞锦，正色道："虞姑娘，我家主子有要事相商，还请去誉王府一见。"

"段祥，我现在不便进誉王府，你回去告诉你家主子，我去换身衣服，在涌金楼相见即可。"虞锦见段祥略有犹豫，于是补了一句，"程裳现在也在那里。”

段祥闻言，立即现出喜色，忙不迭地应声而去。

见段祥离开，虞锦却走向另一条不是通向涌金楼的道路，她要去见一个人，这个人能决定她是否能够掌握到准确的消息，能让落入困境的李润扳回一局。

仪王府。

庞劭衣的仪王府在与宁王府临近的宅邸，当初阗帝想要另行封赐一座大的府邸给他，庞劭衣却执意不肯，只说这样能方便就近侍奉自己的义父宁王，现在想来，庞劭衣只是想方便就近监视宁王的一举一动罢了。

那日庞劭衣离开时，两人曾约定过相见的暗语，于是虞锦到了仪王府，不费吹灰之力便见到了庞劭衣。

庞劭衣见虞锦身着太监服饰，拧眉问道：“你就这样进了本王的府邸，就不怕让本王落个与后宫有所牵连的嫌疑？”

虞锦在椅子上坐定，微笑着说道：“这又不是你第一次见宫里的太监，如果真落了嫌疑，倒不算是冤枉了你。”

庞劭衣听闻此语，目光中流露出些微的诧异之色，却不追问虞锦话中的深意。虞锦心中也不禁暗自赞赏，这便是庞劭衣的聪明之处，他不知虞锦的话是虚是实，如果再行追问只会自露马脚，倒不如三缄其口反倒让虞锦落个云山雾罩。

“说吧，可有什么事？是不是裳儿出事了？”

“她很好，你不必牵挂她。我来是向你求证一件事，准确地说，是一个人。正如你上次想求证程裳是不是你的妹妹一样，我也想要知道，宁王刚找回来的承宁郡主，是不是我的妹妹虞屏？”

庞劭衣倒没有料到虞锦会问得这样开门见山，握着茶盏不停地旋转把玩着，良久，在虞锦的注视下，答道：“是。”

虞锦有些沉闷地点了点头，无奈地笑了笑，说道：“果真如此，看来石相为了这笔交易，倒是费了不少心思。知道宁王寻女心切，干脆让虞屏冒充。可是我不明白，你都认出了她不是真的承宁郡主，为何宁王没有发现？”

“宁王在郡主年幼时的那些年不曾见过她几面，所以很难辨别她的真假。如若虞屏没有露出痕迹，本王也不会知晓。”

虞锦焦急地问道：“快些告诉我，你是怎样识穿虞屏的？”

“承宁郡主与裳儿年纪相若，两人自幼在一起玩。所以，本王倒是常见她，与裳儿手腕处的伤痕不同，承宁郡主耳后有一块红色印记，而假冒的承宁郡主耳后也有一块红色印记……”

听庞劢衣说到此处，虞锦赶紧打断他，问道：“既然虞屏耳后也有红色印记，你又如何得知，她是假冒的？”

“因为承宁郡主的印记与他人不同，她心平气和时，红色印记并不显现，除非她气怒至极，耳后的红色印记才会艳若朱砂显露出来。想必宁王只知道女儿耳后有朱砂，疏于关心女儿的他并不知印记只在郡主气怒时显现，所以人云亦云，石相辗转得知后，便让虞屏以有印记在身为由做了这假冒的郡主。”

虞锦此时才明白过来，无奈地叹息，说道：“虞屏真是糊涂。石相不过是权宜之计，暂时糊弄宁王，让宁王答应周全翼王留在阳城，以图谋划江山之事，他日识破，哪一方都不会让虞屏有容身之地。”

庞劢衣眼中精光一闪，问道：“你想要怎么做？”

虞锦看了庞劢衣一眼，露出胸有成竹的微笑，说道：“待那日，你便明了。”

涌金楼。

虞锦还未曾走近，便见段祥正缠在程裳身边，而程裳不耐烦地瞪了他一眼，又朝他举起拳头，段祥只嬉笑着，一点也不着恼，两人一副小儿女情态，让人忍俊不禁。

程裳见虞锦走过来，看到虞锦目光中的询问，于是噘着嘴说道：

"喏，人到了，正在里面等着呢，可不好之处就是带来了一个大麻烦。"

段祥装作很受伤的样子，低声道："为什么你不说真心话，是带来了一个大惊喜呢？"

程裳吃不住段祥的那股酸劲儿，对虞锦说想要出去逛逛，段祥却紧追不舍地问程裳要去哪里，程裳坏笑地指着前面的银楼说要买一套上好的首饰，段祥主动说要帮程裳掏银子。

程裳忍无可忍，喊道："如若我是去买那座银楼，你也要跟着付银子吗？"

段祥嬉笑道："我照样付银子。我家主子说过，银钱我可以随意花销，不过我平日里倒也没买过什么贵重的东西，眼下为你买下一座银楼，王爷也不会多放在心上。"

见程裳与段祥拌嘴不停，虞锦失笑之余，却也有些感慨，段无妄、段祥主仆俩当真算是情意深重，这样的人跟在身边，又有什么不可托付的？虞锦想起那夜段无妄将自己郑重地托付给段祥时的情景，心里一热，长舒一口气，推开了门。

段无妄坐在椅子上正百无聊赖，见虞锦进来，埋怨道："本王等了半天，你这里却半壶好酒都没有，好没意思。"

虞锦在他面前坐下，见桌子上有程裳准备好的茶点，这才觉得肚肠饥饿难忍，于是拿起一块玫瑰酥送入口中，说道："你是不是早就知道承宁郡主的事？"

段无妄顾左右而言他，说道："哎，喝口茶，小心噎着。这玫瑰酥，可是段祥买来送给程裳的，你却抢着吃了。"

见虞锦冷眼看着自己，段无妄只得无奈地说道："好，好，本王说便是。在你跟前，本王当真是讨不了半分便宜。"

段无妄接着便将如何知晓承宁郡主便是虞屏的事情告诉了虞锦，当然不是庞芴衣识穿她的那个凭证——耳后艳若朱砂的印记，而是她的武功与翼王同出一脉，都有乌雅白水教的痕迹，习练过后，浑身病痛，散了武功倒也能落个轻快的身子，如若执意习练，只会自毁其身，不得救赎。

“你怎么知晓她有武功？”

“她被石相送进宁王府后，有一次悄悄溜出了宁王府去见石相，怎知却被另一批人跟踪，你妹妹倒是心地毒辣得很，没有半分犹豫，便将那些人给杀了灭口。”段无妄笑得忘形，似是在暗示虞锦，虞屏这份毒辣肯定是源自虞锦。

虞锦顾不得与他计较，说道：“明日你带我进宫。”

段无妄站起身，忙追问道：“你又有什么打算？太子已然被囚在东宫，只要皇上一日不开口，你便不能进东宫见太子一面。”

“我自然不是去见他，我要去做我应当做的事情，明天不是承宁郡主进宫觐见的日子吗？”虞锦将茶盏搁在手里，滴溜溜一转，淡淡地说道，语气平和，似是心中早已有了打算。

乾元殿。

段无妄踏进乾元殿时，对身侧那翩翩公子打扮的虞锦说道：“你如果现在后悔还来得及，我会让段祥送你出宫。咱们再从长计议，何必争一朝之长短呢？”

虞锦却暗暗瞪了段无妄一眼，说道：“少啰唆，别忘了你昨日应承我的事就是。”

段无妄知道无法劝阻她，便挑了挑眉，带着虞锦一同走进了乾元殿，朝阗帝行礼。阗帝身旁坐着的是容贵妃，慕容紫被刺后的几个月来，容贵妃俨然以皇后的身份陪同在阗帝身侧。容贵妃在看到虞锦时，眉头微蹙，却迅即低首掩饰了过去。

大殿上，翼王、石相都早已在侧，两人站得不远不近，既有同盟之态，又有分离之势，让人难以捉摸出两人之间的关系。

容贵妃指了指大殿，对阗帝说道：“皇上，您瞧，誉王将谁带来了？这不是金玉公子嘛！”

阗帝看见虞锦竟在殿下，有些诧异，说道：“果真是金玉公子！”

石相抢先发难，说道：“金玉公子已是随侍在太子殿下身边的人，就算如今太子在东宫禁足，金玉公子不能去东宫服侍着，那也不能随随便便就到了御前啊！难道说金玉公子是不满皇上对于太子殿下的处置，所以前来质问皇上吗？你该知晓，皇上面前，容不得你放肆……”

段无妄“啧啧”几声，说道：“石相好大的官派，竟容不得旁人说一句话，难不成在石相眼中，除去皇上，旁人皆无吗？”

“微臣不敢。”石相朝段无妄作揖，看似恭敬，神态却诸多敷衍。

段无妄不再理会石相，转身朝阗帝说道：“皇上，今日无妄擅自带师弟前来为宁王贺喜，皇上可会怪罪无妄？”

阗帝对段无妄一向是恩宠惯了的，当即含笑说道：“些许小事，朕怎么会怪罪于你。说起来，朕也有好些日子没见过金玉公子了，太子如今在东宫反思，你暂时跟在誉王身侧也好。”

石相见段无妄轻描淡写地就让阗帝开了口，不由得冷笑，说道：“皇上，万万不可，太子乃是储君，金玉公子是随侍在储君身边的人，又怎能突然跟在誉王身侧，他日太子如遇异常之事，誉王岂不是说不清了？誉王，你说是吗？”

“还是石相心细如发，本王倒是不曾顾虑过此事，说起来，本王还是要感谢石相的好言提醒，只不过，本王信得过自己的师弟，也不信太子殿下会遇到什么异常的事，除非有人栽赃陷害。”

石相奸猾地笑了笑，说道：“誉王的意思难道是说，太子殿下这次的事情也是被人栽赃陷害吗？”

“此事皇上定有明断，不必本王与石相费劲争执。”段无妄笑着说罢，看了对面的翼王一眼，问道，“翼王，无妄说得可对？”

“誉王深得圣宠，想必是不会错的。”翼王这句话说得颇有深意，令阗帝也不由得多看了他几眼。

正在此时，宁王李通、仪王庞芴衣与承宁郡主进了大殿，三人齐齐朝阗帝行礼起身后，站在了段无妄、虞锦的对面。虞锦看了承宁郡主一眼，只见她略垂着头，似是有心事缠身，倒似是没看到扮作金玉公子的虞锦。

秦伦将药端进来，朝阗帝说道：“皇上，该吃药了。”

“秦公公，本宫伺候皇上服药即可，你去给皇上拿些他爱吃的蜜饯过来，虽说良药苦口利于病，也要甜食过过口才是。”

一旁的容贵妃想要从秦伦的手里将药碗接过来，谁知秦伦看了阗帝一眼，还是不肯松手。

“这药太苦，小心滴到了娘娘手上，回头小皇子闻见了恐怕不喜，还是由奴才侍候皇上吧。”不得不说秦伦当真是个油精一般的人物，这番话说得既周到又不会令容贵妃失了颜面。

容贵妃看了阗帝一眼，见阗帝面无表情，只好抿了抿唇，又换上笑颜，对秦伦说道：“也罢，你侍奉皇上惯了的，自是会比本宫妥帖些。”

虞锦冷笑，原来阗帝竟是连服药都不肯假手于他人，甚至是连他一向宠爱的贵妃也一样，果真是这般凉薄，难怪当年他待太子的生母竟会那般狠心。而容贵妃在宫中历练已久，早已学会如何克制，或者说，对于阗帝的诸般做派已经习以为常，所以并未流露出任何异样的神色。

容贵妃朝殿下扫了一眼，目光似是没有在任何人身上停留，在看见虞锦时，朝她高深莫测地笑了笑，然后便将目光落在了承宁郡主身上。

“承宁郡主，上前来给本宫瞧瞧。”

承宁郡主闻言，微怔，看了宁王一眼，宁王宠爱地看着她，那目光似是在示意她不要惧怕。承宁郡主脚步移动时，目光有意无意地看向了翼王，只是翼王却始终不动声色，眼神也不与人有任何交集。

承宁郡主缓步走至容贵妃跟前，在容贵妃的近身处行了个礼。容贵妃握住承宁郡主的手，将她拉到自己身边，上下打量了一番，再把手上的玉镯抹到了承宁郡主的腕上，说道：“好一个端庄娴雅的承宁郡主！承宁郡主自幼遭难，幸得上天眷顾，可以重返宁王身边尽孝。宁王，你好福气，有这样一个伶俐的女儿。”

李通上前答道："谢娘娘赞誉，幸得皇上和娘娘的福泽庇佑，才让本王找回了遗失多年的女儿。"

段无妄笑了笑，说道："听说宁王能找回女儿，还是得力于石相，对吗？"

"没错，本王也要感谢石相的鼎力相助。"

"宁王客气了，微臣不过就是举手之劳。"

见李通与石相寒暄相谢，段无妄眼中却颇有不屑，说道："宁王倾尽多年的心力、人力找寻承宁郡主的下落，没有想到石相竟会不费吹灰之力就将郡主找了回来，真是神通广大。据本王所知，仪王的妹妹也在八年前失踪，石相何不把仪王的妹妹也一同找回来？"

石相看了庞芴衣一眼，说道："谢誉王的提醒，据说仪王的妹妹在八年前与承宁郡主一同失踪，微臣已经命人加紧寻找，据探子回报，已有些眉目，想必很快就要有下落了。"

庞芴衣闻言，当即与虞锦相视一眼，又迅速挪开，心照不宣地别过头去，只是从眉宇之间能瞧出他淡淡的喜色来，却在这暗潮汹涌的乾元殿上强自压抑掩饰过去，答道："辛苦石相了。义父已经找回郡主，想必本王也会得偿心愿。"

容贵妃笑着朝阗帝说道："皇上，臣妾见了承宁郡主很是喜欢，想留她在宫中多住几日，可好？"

"容贵妃，谢谢你替本宫邀请客人，承宁郡主便是留在宫中，也要住在本宫的澄瑞宫才好。"

未等阗帝回答，殿外突然传来慕容紫的声音。慕容紫在宫女的搀扶下走进大殿，直直地阗帝身侧走去。

容贵妃面色涨红，却不得不将阗帝身侧的位置让出来，与诸王一同给慕容紫行礼。慕容紫朝阗帝见过礼后，便坐在了阗帝身前，向众人昭示：她才是宫中真正的皇后，母仪天下。

"容贵妃，本宫病重这些时日，你替本宫打理后宫诸项事务想必有些劳累，如今本宫既已痊愈，就不劳烦妹妹代劳了。"

容贵妃眼中闪过羞愤之色，旋即隐去，朝阗帝说道：“皇上，皇后娘娘既已如此说，臣妾自然听从，只是皇后娘娘大病初愈，再劳苦了身子可如何是好？臣妾有心要为皇后娘娘分担，却无从做起，臣妾真是该死。”

虞锦冷笑，好聪明的女子，知道从宠爱自己的阗帝身上下手。

果然，阗帝说道：“难得你有这份体贴。皇后，这些时日容贵妃打理后宫事务，朕瞧着一切都妥当。你就放手让她去做吧，她做得有什么不好，你从旁提点提点便是了。”

容贵妃闻言，露出一抹喜色，抬起头时，却是一副温良谦恭的神色，说道：“谢谢皇上偏爱，往后还要请皇后娘娘对臣妾多加调教才是。”

谁知，慕容紫却似是专门为此事而来一般，毫无退让之色，说道：“容贵妃不必急着谢恩。皇上，由皇后打理后宫诸事，以确保后宫中的威严，这是惯例。从前臣妾在病中，自是不能相提并论，如今，臣妾已经痊愈，哪还有由她人经手的道理？除非，皇上是想废了臣妾，立容贵妃为后。”

一言惊堂，慕容紫明显还带着微微嘶哑的语气，使众人在惊骇之中，一时都回不过神儿来。

阗帝铁青着脸，盯着慕容紫，慕容紫却毫无惧色，淡淡地扫视殿下之人，除却在翼王身上略作停留外，便只是将目光落在了虞锦身上。虞锦迎着慕容紫的目光，露出淡淡的微笑，心中自然明了慕容紫认出了自己。

良久，阗帝才说道：“既然皇后执意如此，那么往后还是由皇后打理后宫吧。皇后要以身作则，奖罚分明，尽心尽力地统率六宫才是。”

“请皇上放心，臣妾定当竭尽全力。”

慕容紫将目光落在容贵妃身上，容贵妃被激得双颊通红，只得起身道：“皇上，臣妾身子不适，先行告退了。”

阗帝安抚容贵妃，说道：“你去吧。秦伦，你送容贵妃回去，让她宫里的人好生侍候着，朕晚些再去看小皇子。”

容贵妃离开之际，在虞锦面前站定，说道：“上次是本宫疏忽，害金玉公子遭遇牢狱之灾，金玉公子乃是人间逍遥客，想必不会对本宫心生怨怼。”

虞锦本想开口回应，谁知段无妄看了她一眼，竟抢在她之前说道：“容贵妃说笑了，还请容贵妃放心，无妄的师弟良善宽和，从不与人为恶。”

容贵妃微微点了点头，目光扫过另一侧的庞芴衣，旋即离开。

第二十五章
罗衣闲泪　别佳期离恨

那日虞锦被容贵妃诬陷入狱，直到李润给虞锦服下化功散使其丧失武功后，才被石相释放得以洗刷冤案。再后来，虞锦从段无妄的口中知晓了石相到底是如何处置后事的——最终是容贵妃宫中的一名太监和一名宫女出来顶罪了事。

“皇上，臣的女儿虽然已经找回来了，但对于回到南屏还是有诸多顾虑，毕竟她当年是在南屏被人掳走的。臣想请皇上恩准，让臣与女儿在阳城多待些时日，待臣的女儿心情好转，臣即刻返回南屏。”

李通恭敬地恳请阗帝答允，谁知阗帝竟丝毫未曾考虑便即回答：“自皇后寿诞过后，你们留守阳城多日，已经违背了先制。特别是翼王，你母后身体已然痊愈，你也不必每日进宫侍奉，就此回平度吧。宁王如果心存疑虑，顾念郡主的身子，就将郡主留在宫里多住些时日，待郡主心情好些，朕会派人送她回南屏。”

石相对于慕容紫的到来，早已是心生忐忑，在听见阗帝的话后，更是有些措手不及。

“皇上，皇后虽然已经痊愈，可是翼王的身体极度虚弱，不如就留在阳城，让御医好生医治一番，可好？”石相进言道。

阗帝扫了石相一眼，君威不可测，沉声道：“翼王的舅舅便是妙手国医，难道还需要朕宫中的寻常御医来为他医治吗？皇后、石相，你们说是不是？”

慕容紫紧紧抓着衣襟不作声，而石相却低低应了声，唯独翼王始终保持着一副与己无关的清冷神情，只是眼神已若寒冰，仿佛看向哪里，都能将哪里看出冰凌来。

李通与石相互视一眼，李通默默朝石相摇了摇头，示意石相不要继续说下去，可是石相始终难以割舍这筹划已久的一切，最终说道：“皇上好像忘记了，此刻誉王亦在宫中，难道他……”

段无妄冷哼一声，带着招牌式的笑容说道：“石相提及本王做什么？待太子事毕，本王自然会回到梁川做个闲散王爷。”

石相故作不解地问道：“誉王此话何意？太子事毕，难道说太子之事已有定论？那就请皇上明断是非。”

段无妄看了虞锦一眼，在虞锦的目光示意下，上前一步，抢在阗帝之前说道：“皇上，无妄有一要事禀报。”

阗帝看向段无妄的目光柔和了许多，说道：“哦？你只管说便是，朕在这里听着。”

“无妄有要事禀报，可是在此之前，无妄恳请皇上能答允无妄一件事……”段无妄轻移几步，走近承宁郡主跟前，猛然间扣住承宁郡主的脉门，将她拉离宁王李通的身侧。

这场变故来得太快，以至于大殿上除了虞锦之外，没有人能够知晓段无妄会有这一步动作。

李通大喝一声，叱道：“誉王，你为何擒本王的女儿？郡主但凡有一丝损伤，本王定会拿命去搏你的生死。”

段无妄扣住承宁郡主的脉门，慢慢朝虞锦身旁走过去，与虞锦一起将承宁郡主前后夹击，使她动弹不得。

“宁王不要着急，先听本王把话说完。”段无妄笑着安抚宁王李通，转身又看向阗帝，说道，“皇上，无妄想恳请皇上能够应允，无论发生何事，皇上都能答应饶过这个假冒郡主的女子，因为她也不过是个受人胁迫的可怜人。”

这下连阗帝都深觉不解，低声叱道：“无妄，别胡闹了，快松手，郡主刚找回，不要再让她受了惊吓。”

“皇上，这并不是真正的承宁郡主，这只是一名假冒郡主的女子……”

宁王喝道：“这不可能，她是本王的女儿，本王怎么可能会弄错？”

“本王倒是想知道，宁王为什么会这样笃定这是真正的承宁郡主？到底是太过信任石相，还是因为宁王心中对承宁郡主的印象深刻到足以令宁王这般自信？”

誉王一连串的发问，让宁王应答不及，而一旁的石相却赶忙说道：“誉王有何证据说这名女子不是真正的承宁郡主？微臣也很想知道，誉王到底是对宁王有所成见，不想让他找回爱女，成全他的天伦之乐；还是微臣所做的任何事，誉王都看不过眼，非要针锋相对不可？”

段无妄笑得狂浪不羁，阗帝却丝毫没有流露出任何愠色，只温和地说道：“无妄，休得胡闹。快放了郡主，宁王宽宏大量，自是不会与你计较。”

即便是谁人，都可以听出阗帝话中对段无妄的回寰之情，不由得倒吸一口凉气，阗帝竟为了段无妄这般失了立场。

但凡是寻常之人，石相都有办法让他不再开口，可这毕竟是最得圣宠的誉王段无妄，石相即便有通天的本事，又能奈他如何？石相看了翼王一眼，见翼王波澜不惊地站在那里，心里突然生出些底气，便不再相劝。

趁着段无妄与宁王、石相周旋时，虞锦靠近承宁郡主，轻声道：“屏儿，父亲还在大狱里，必定不想见我们姐妹互搏生死。你听话，跟我离开，等救出父亲，我们离开阳城，好不好？”

虞屏低低地冷哼一声，似是不屑于虞锦所言，突然扬声哭道：“父王，父王，女儿好怕，好怕，女儿不想再与父王分开了。”

宁王被胸中的怒火烧得五脏六腑都痛得厉害，碍于阗帝在跟前，却不得发作，见虞屏虽在段无妄的钳制下却也安然无恙，才放缓了语气，说道：“誉王，你有话但说无妨，但请你放开本王的女儿。”

“宁王，你与承宁郡主相认的凭证，是不是因为她耳后的一块朱砂红记？”

“不错，正是。这是跟随郡主多年的乳母说的，郡主虽然失踪多年，可是郡主的乳母一直被本王留在府中，就是想等找回郡主时，能帮着一辨真假。乳母认得郡主耳后的朱砂红记，所以，她就是本王的女儿，错不了。”宁王对承宁郡主的出现深信不疑。要不是虞锦认得这是自己的妹妹虞屏，否则她也会相信宁王的话了。

虞锦说道：“可是，宁王却疏漏了一件事，那乳母难道没有告诉宁王，郡主耳后的朱砂红记，只有在她气怒、激动时才会显现吗？如若是平时，她的耳后一片洁净，倒看不出有任何胎记。”

虞锦的这番话，满座皆惊，即便是石相，也有些诧异，算来算去，倒没有算到这一层，那乳母到底是留了一手。

虞屏死死地盯着虞锦，略垂下头。旁人只以为承宁郡主有所委屈，虞锦却知晓虞屏对自己的恨意，苦笑一声，却不得不上前，撩起虞屏的头发，说道：“皇上，您瞧，她耳后的胎记一直显现，怎么可能会是真正的承宁郡主？”

这下连同宁王也有些微怔，始终不曾出声的仪王庞芴衣突然说道：“义父，儿子愚钝，先前还以为誉王是在刻意挑拨您与石相，现在想来，倒是石相的不是了。他以找寻到郡主的下落为由，三番五次要挟您，又将揭发太子的罪证送到您手里，让您出面递交给皇上，表面上看是您的功劳，可是如若这证据不实，您岂不是要落个构陷太子的大罪？”

仪王此话一出，不说石相脸上变了颜色，就连同宁王也气怒不已。庞芴衣的话，不啻将宁王与石相的交易大白于天下。

他李通调教出来的义子，何至于这样痴傻？除非，他是故意为之。

段无妄赶忙说道："皇上，如此看来，石相将一名假郡主送至宁王身侧，唆使宁王揭发太子，实在是居心叵测啊！无妄觉得，太子定是被人冤枉的，恳请皇上能为太子洗清冤屈，还我大盛唐朝储君一个清白名声。"

阗帝到底是经历过事情的，不管是石相还是宁王，权臣间的交易见得何其多，又有何稀奇的？倒是段无妄的最后一句话，让他有所触动，反复低念道："大盛唐朝，储君，清白名声……无妄，你说得对，朕这样困着他，即便他日太子登基，今日这一遭也对他毫无利处，还会成为后人议论他的话柄。"

此言一出，朝堂之上，众人神情各异，悲喜互现。

"秦伦，你去东宫，让太子即刻来乾元殿见朕。"

阗帝将这句话一说出口，心情倏地舒朗了许多，原本刻意较真儿的隔阂，也随风消散。秦伦面露笑容，高声应着，疾步走向了东宫。

段无妄与虞锦相视一眼，在看到对方眼中的喜悦时，紧紧抿着嘴角，不让笑意绽放开来。

李润在东宫这数日，虽然不思饮食，形容消减，但是总算气色还好，不见面容憔悴，抬眼间，眼神中却多了几丝不同于以往的狠厉之色。自从李润入得殿来，虞锦早已侧身相望许久，一直满怀喜悦地将目光落在他的身上，只期盼他能看向自己一眼，目光在自己身上能有片刻的停留。

谁知，李润始终像是未曾察觉到她的存在一般，恭敬端立在朝堂之上。虞锦心底某处的情愫，似是在海底漂浮，空空荡荡，毫无着落。

段无妄自是察觉到虞锦的期盼，心里不忍，朝李润大声说道："太子殿下已然能辨证清白，皇上又追封了皇贵妃为皇后，自是昭示出对太子殿下的恩宠。太子殿下，这也算是一件可喜可贺的事情了。"

虞锦明白段无妄刚才说话的意图，侧头看向他，露出笑意，示意感激之情。这一幕落在李润闻声看来的眼睛中，自是另一番滋味。原来，不管自己落入何等处境，她都是这般俨然自得，可以与任何男子调笑而不见任何悲容急切。

“誉王客气，本太子步出东宫，想必也会令很多人喜怒参半吧？”

李润朝誉王说完，露出一丝诡异的笑容，在段无妄诧异的眼神中转回身，再度面朝阗帝而立。

段无妄侧头看向虞锦，见虞锦浑身绷紧，微垂着头，紧紧握着拳，似是受到打击一般，难以承受。

原来，他自始至终都不肯看自己一眼，到底是什么改变了这一切？虞锦不得而知。

段无妄低低唤了虞锦一声，说道：“哎，小师妹，我觉得有些不对劲，石相不可能没有后招。”

虞锦从伤心中惊醒，略一思索，才顿然醒悟过来，与庞芴衣相视一眼，各自心领神会，眼中滑落过挫败失落的神色，终究还是错漏了一招。

果然，始终站立不言的翼王突然出声，问道：“仪王口口声声说，是石相将证据交付给宁王，让宁王出面检举太子殿下，仪王可有确凿的证据？”

庞芴衣张口回道：“将证据送到宁王府的人叫刘三，那刘三不是石相府上的人吗？”

“刘三？”翼王反问了一声，随即投以不屑之意，说道，“刘三是不是石相府的人，想必仪王还需要再斟酌。石相出征前，见府里有个恶奴仗势欺人，已经下令让人杖毙了，那个恶奴便是刘三。”

段无妄到底镇静，于是出言问道：“石相在青州大营时，派人往返阳城送达书信的人是谁？本王可记得那人，也唤作刘三。”

石相此时已恢复如常神色，说道：“敢问金玉公子，何时何地曾见过微臣身边有过送信之人？”

虞锦捏紧了拳，此时大约已经猜到石相早已算定今日之事，所以预先设好后招了，于是只得上前拦住段无妄，朝他暗暗示意，否则任由段无妄与其辩论下去，只得堕入石相和翼王设置的陷坑内。

翼王气定神闲地说道：“既然誉王可以杜撰出石相身边的刘三仍存人世的事情，金玉公子想必也会记错承宁郡主耳后红记之事，否则连宁王都未曾听说过的事情，金玉公子又何尝得知呢？而且金玉公子口中的乳母又在哪里？”

虞锦与段无妄相视一眼，未等说话，便见石相转身在阗帝面前，义正词严地喊道：“皇上，皇上，老臣伴驾数十年，对大盛唐朝和皇上的忠心，苍天可鉴啊！”

段无妄对于石相的行径不屑一顾，喊道：“皇上……”

阗帝一摆手，示意段无妄不要继续说下去，他斟酌了一番，说道：“今日之事，就议到这里吧，太子的事就此作罢，往后朕不希望再有人妄议太子。朕乏了，你们都退下吧。”

段无妄仍旧不甘心，说道：“可是，这假郡主……”

宁王李通怒道：“本王好不容易才找回失散多年的女儿，誉王何出此言？难道你非要见本王父女骨肉分离才开心？”

“无妄只是担心宁王被人利用，宁王可不要冤枉无妄一片好意。”段无妄说着话，眼睛朝石相那边看过去，石相却胸有成竹地笑了几声，令段无妄更感气结。

“承宁郡主暂时安置在皇后的澄瑞宫。”阗帝看了慕容紫一眼，说道，“皇后，你可要好生照料着啊！”

“这是自然，请皇上放心。”慕容紫缓缓起身，上前牵过虞屏的手，说道，“本宫身子已然好了些，郡主可以安心在澄瑞宫住下，待郡主心情好一些，宁王再派人来将郡主接回南屏便是。”

虞屏一直低垂着头，顺势朝翼王看了一眼，翼王始终面色淡然，自是不会流露出任何神色。

石相见阗帝没有提起翼王返回封地之事，心中大为松了口气，朝宁王李通看了一眼，略一挑眉，神情自若。宁王则关切地看向虞屏。

李润率先向阗帝谢恩，离开大殿，虞锦咬了咬唇，在段无妄的示意下紧随其后，也跟着一同出去。

李润的步子极快，虞锦险些跟不上，李润提气加快了步伐，不过片刻便将虞锦甩开了几丈远，虞锦却倔强地紧追不放，直至出了宫门。最终，李润察觉到身后的虞锦气息不稳，有些恼火地停下脚步，虞锦见状，猛然间顿住身形，差点儿跌撞摔倒。

李润却仍旧没有回头，似是在等着虞锦先开口，虞锦努力调匀呼吸，缓步上前，在其身后站定，良久才低声问道："你心里可是不痛快？"

"呵，你还会在意这些？"李润话中的讽刺之意不言而喻。

虞锦一时有些摸不着头脑，却没有生怒，用更加缓和的语气说道："走吧，先回太子府，回去再说。"

李润又是冷笑，说道："本太子自然是要回太子府的，难道你也要跟着一同前去吗？本太子还以为你的去处是翼王府呢。"

虞锦拧眉，轻咬薄唇，旋即松开，问道："你何故如此言语？"

"真要本太子说出口，就不嫌难堪吗？"李润说完，许久没听见虞锦回答，倒有些诧异，于是略侧了侧身，见虞锦一双妙目如水，死死地盯着自己，嘴角还溢出些许血迹，旋即慌了神儿，上前扶住她，扣住她的脉门，察觉到虞锦体内气血翻腾，真气乱窜，又气又心疼地低喝道，"该死，你到底还有多少事瞒着我？你的功力什么时候恢复的？为什么真气竟是这般诡异？"

虞锦见李润流露出急切的神色，心中终究宽慰许多，伸手抚了抚李润的脸颊，低声道："你瘦了……"话音刚落，虞锦轻声咳了起来，朝李润勉强挤出一丝微笑，便昏死在李润的怀中。

日暮夕颜，透过锦然居内贴着白色窗纱的窗棂，洒落在床榻前的青石砖上，也浸染了始终站在窗前负手而立的男子的精致衣角上。

虞锦醒来时，看到的便是这幅画面，如梦似幻，怕触手便成空，没有言语。她缓缓地伸出手，朝着那男子的方向伸了过去，谁知，未等舒展开手臂，纤手便被那男子回身用温热的手心握住了。

虞锦乍然与李润相视，没有丝毫躲避，用温和而欣喜的目光看向他，李润伸臂将她揽在怀里，一声叹息恰好落在她的耳边。

“为什么？”

只是这么一句没头没脑的话，李润仍然能够明白虞锦的意思，本不欲回答，却见虞锦握住自己的手紧了又紧，于是迟疑了片刻，回道：“我先前对你和段无妄如何相处都能做到毫无芥蒂地信任，安然以对，为什么在看到你与翼王挨得那么近，相携离去时，心中便痛恨、悲伤不已，现在将你拥入怀中时，才明白过来，只是因为从前我身处一人之下万人之上，从来没想过有谁会成为你我之间的威胁，而现在我身陷囹圄，才会心生忐忑。我不是疑心了你，只是疑心了自己；我不是不信任你，只是不信任自己。”

虞锦从他怀中探出头，长舒了一口气，幽幽地说道：“你明白便好。”

这时，锦然居外响起熙攘声，平生拦着程裳，而程裳硬是不管不顾地从外面闯了进来，嚷道：“我家小姐都晕过去了，你竟然还要我安静？就算是太子在又如何？难道比我家小姐的性命还重要吗？我不管，我就要马上见到我家小姐才能安心。”

虞锦朝李润无奈地摇了摇头，在李润的搀扶下，走至门口，轻声咳了下。程裳听见动静，忙转过身来，见李润当真在虞锦身边，忙羞赧地行了礼，上前挽住虞锦的手，娇嗔地埋怨道：“本是一身绝世武功，何至于落得这样的下场？”

李润轻哼，说道：“听出来了，这是在埋怨本太子呢？”

程裳噘着嘴，转过身去不应声。平生想要为程裳开脱几句，却在李润似笑非笑的面容下，顿住话头，朝程裳眨了眨眼，暗示她跟着自己一同离去。

虞锦轻笑，轻轻地推了程裳一下，低声道：“去吧，晚些时候再过来瞧我便是。”

程裳有些不情愿地说道：“小姐，现在太子总算是摆脱险境了，你还是要保重身体才好。如果因此丧命，那我和断曲、衣姐姐做这一切又有何意义呢？”

李润看着程裳、平生离去的背影，呈现出一副若有所思的模样。

虞锦只以为他因为程裳的话有些生闷气，于是劝道："裳儿不过是疼惜我，不要跟她一般见识。"

李润摇了摇头，握住虞锦的手，认真地说道："程裳有句话说得对，如若你因此丧命，那么我即便将来登基为帝，坐拥江山又有何意义？"

"你错了，你生在帝王家，享尽世间的荣华富贵，也该承担起自己的使命，那就是做一个励精图治的好皇帝，心怀天下万民苍生，才是你真正该想的。"

李润急切地说道："难道身为帝王，我就不能拥有自己认为值得付出一切的感情吗？"

虞锦回道："你自然可以拥有，不过你也应该知道，帝王的情爱理应是锦上添花，而非必然。所以，即便我为你身死，你也不该过分执念。忘却、思念都可，却不能悲伤堕落，成为人人厌弃憎恨的帝王。你有你该做的事情，不应为我迷失了方向。"

李润苦笑，旋即将虞锦拥入怀中，力度之大几乎令虞锦有片刻的窒息，他低声道："真如你所说，这世间没有了你，我却只能做到驻足思念，情何以堪？所以，你记住，我绝不允许这样的事情发生。"

虞锦在听见李润最后一句耳语时，有些愕然。

夜已深沉，当程裳再次回到锦然居听见李润与虞锦的争执声后，不顾平生的阻拦，再度闯了进来，嚷道："小姐，你就听太子的话吧，将这身用药物催化的功力散掉，否则再这样下去，不但损伤自身，也势必会难逃一……"

程裳终是没有将那个"死"字说出口，一跺脚，又痛心又疑惑地看着虞锦。

平生在一旁欲言又止，终是劝道："虞姑娘，你就听我家主子的话吧，我和程裳会像从前在青州一样保护你，寸步不离，我家主子也会放心的。否则，如果姑娘真有个好歹，对自个儿、对我家主子，有何益处？"

虞锦蹙起眉头，很是坚定地拒绝道："你难道没有瞧见今日朝堂上的局势吗？石相心怀叵测，翼王暗藏锋芒，宁王咄咄逼人，看似平静的格局下却暗流汹涌，他们这一次没有将你扳倒，势必还会有下一次。我想守着你，想护着你，想帮助你渡过危机，直至真正地登基为帝。如若我散了功，成了废人，我待在你身边又有何用？”

“可是，我喜欢你，却从来没有想过要你必须为我做些什么，有武功也罢，没有武功也罢，我只要你好好活着便是，我会护着你的安全，不让任何人欺侮了你，你还有何担忧顾虑？”

“不必再说了，总之我是不会答应的。如果没有经过那次牢狱之灾，没有尝过失去武功的滋味，或许我真的会被你说动，散去武功。可是自从经历了在青州那些没有武功、时时处处受制于人的时日，我就无时无刻不想着恢复武功，我也无法再容忍自己失去武功。那种滋味，今生不想再体会。你们莫要劝，劝了我也不会答应。”虞锦眼底滑过一丝苦涩，说罢扶着门廊，转身回房。

李润摇头叹息，而程裳和平生却为虞锦的固执心生急切之意。程裳待要追随，却发现虞锦已将门虚掩，只得将脚步生生顿住，转过身看向李润，一脸的哀求之情。

平生看了李润一眼，上前劝程裳，说道：“相信我，我家主子比你更疼惜虞姑娘，他一定会想办法的。”

背向而立的李润，置若罔闻，只看向远处的天际，在心中自语：看来，这一次要你放弃武功的人又是我。

翼王府书房。

翼王将轻裘脱下，只着单袍的他看起来更显瘦削，他闭目躺在椅榻上，手里握着仆从刚递上的药，正欲喝下时，被随后闯进来的宽袍遮面的人一手打落。

“都到了这个时候，你还有心思作践自己的身体？不管是什么原因让你颓废，都要给我振作起来。”

翼王冷笑，眼底的疏离与冷漠毫不掩饰，似是冰裂一般，令人不寒而栗，他讥讽地问道：“你以为你是谁？”

那人怔怔地盯着翼王，良久都不曾说话，终究还是在翼王冷厉的眼神之下退让，将遮在头上的宽袍摘下，坐在翼王的另一侧，暗自长叹。

“我知道你恨我。”

“那你就不该来见我。”

“你太固执了，你难道不知道执意留在阳城，只会招来无妄之灾吗？”

翼王再度冷笑，眼底多了几丝愤恨之情，他压低声音喝道：“你敢说这真的只是无妄之灾吗？是不是只要我不留在阳城，你和母后就会心安理得地继续一个做权倾天下的丞相，一个做母仪天下的皇后？”

面对翼王的质问，石相却毫无恼怒之色，甚至还带着几分慈爱的神情，心平气和地说道：“你以为你的母后那么情愿做一个被皇上厌弃的皇后吗？你以为处在深宫，尝遍孤寂辛酸的滋味好受吗？她之所以撑到今天，全都是因为你，只要她还活在世上，还是皇后，那么不管皇上心里是如何看你的，都不会动你分毫。她做的一切全都是为了你，你知道吗？”

“那你呢？你又是如何？”

“我？”石相站起身来，在翼王跟前站定，静静地说道，“如果我归隐山林，或许还能躲开这纷杂压抑的一切，可是你母后在后宫受苦，我又如何能置身事外？我宁愿处在庙堂之上，在明争暗夺之中挣得立足之地，以备能够为你母后添上一份助力。”

翼王微怔，紧紧握住扶手，问道：“你今天来就是想告诉我，你是怎样对我母后情深义重吗？实话告诉你，你今天说的每句话都令我感到无比恶心。因为我时时刻刻都在提醒自己，我来到这个世上是一件令人多么难堪的事。”

“我知道，你永远无法接受。我也不奢望会得到你的谅解和宽恕。”石相刻意维持的平和面容有一丝松懈，点了点头，叹声说道，“回封地去吧，我不能眼睁睁地看着你命丧阳城。”

“如果我说不呢？”

“那我就不惜一切代价，哪怕牺牲性命，也助你达成心愿。”石相声音虽低，却坚定无比，一字一板地说罢，将袍子重新罩在头上，遮住面容，转身离去。

翼王重新跌落在椅榻上，脚下那一摊药渣和满地碎瓷，都无不分明地昭示着他此刻思绪的杂乱纷扰。

澄瑞宫宫墙之外的竹林下，李润负手而立已有许久，平生候在远处，不停地朝澄瑞宫宫门望去，直到慕容城走出来的那一刻，才松了口气。

慕容城似是察觉到李润在等自己，于是朝他走去，恭敬而礼让地唤了一声：“太子殿下。”

李润转过身来，略抬手阻止慕容城向自己行礼，说道：“国舅不必如此见外，实话说，本太子今日来，有一事相求。”

慕容城似是早已知晓李润来此的目的，说道：“当初她深陷囹圄，是我为她配制了化功散，想不到如今，我竟然又要为她散去功力。我猜她心中并不情愿。”

“这也是本太子要国舅相助的原因。她体内真气乱窜，如若本太子强行为她散功，一则她只会躲避抗拒，二则会伤她身子，所以本太子想请国舅帮忙。”

李润极少与慕容城接触，更别提开口向慕容城求助。

谁知李润面对的却是慕容城的缄默，慕容城迟迟不肯开口应话，李润面色逐渐添了几分晦涩和了然，主动开口说道：“本太子明白国舅的难处，也会竭尽全力地解决国舅心中的担忧，只要国舅肯答应本太子央求之事。”

李润说罢，见慕容城仍旧不动声色，丝毫不以为忤，胸有成竹地转身离去。

李润不曾轻易开口相求过慕容城任何事，自然，慕容城更从未央求过李润，但是一旦两人都开了口，那便是彼此都正在面对焦急紧要之事，试想，如何会不应许对方相求之事呢？

李润的背影消匿在竹林之后，慕容城侧转过身，朝着不远处看了一眼，说道："太子疼惜她，自然会将她的性命视为最首要的，所以，他必然会为你求情。只是，你认为这样真的有用吗？为了要你留在阳城，你母后几乎连性命都要搭上了，这些你觉得还不够吗？"

翼王从暗处走出来，身着淡青色的轻裘，像是从地府中走出的幽灵一般，面色苍白，眸底慢慢凝聚出几分寒意，缓缓说道："这一切，都远远不够，我要全天下为我偿还我这些年所受的屈辱和不公。"

"总有一天，你会后悔的。"

"即便有那么一天，那也要等到所有人都后悔之后。"

锦然居的院内，放置着一张大的方榻，上面铺着厚厚的毯子，暖融融的阳光照射下来，一切都是那样舒适安然。虞锦卧在李润的腿上，而李润用手指梳理着虞锦的三千墨丝，那松散铺陈开来的长发如同绸缎般闪耀着夺目的光泽。

虞锦握住李润的另一只手，压在自己的脸颊下，此刻他掌心的温热，让她感到安心。

"我是不是从未告诉过你，我第一次见你是在哪里？"虞锦慢慢摩挲着他的手掌，说道，"是在段无妄藏身的朱门府邸，你穿着一身黑袍，旁边站着的还是当时的督律寺卿郑岷。"

虞锦说完，未曾听见李润接话，突然意识到什么，于是握紧了他的手指，问道："难道你当时已经发现我了？这不可能。"

李润的手指穿过她顺滑的发丝，含笑说道："这世上会有什么不可能发生的事情吗？别忘了，院里有一个莲花水池。你的身影倒映在一株盛开的莲花旁边，如果不是旁边有郑岷，我想我一定会很有兴趣找到你，看一看你真实的面容。"

"那这么说，郑岷收到的线报和誉王书桌上的书信，其实都是你的手段了？"

"可以这么说。"

"好一个可以这么说。告诉我，当初你为什么要针对段无妄？好吧，既然你不愿意说，那么便由我来说。你自然是无心陷害段无妄并将其置于死地，你只不过是想将他推上风口浪尖，然后逼他自己找出真正的凶手，你的目标其实是翼王，对吗？”

“女人太聪明了不是好事。”李润捏着虞锦的一绺发丝，在鼻尖嗅了嗅，幽幽发香令人陶醉。

虞锦失笑，眯着眼望向李润，问道：“你说，这样惬意的日子，我们能够拥有多久？”

李润俯首回望着虞锦，说道：“只要你想，那么便会是一辈子。”

虞锦听出李润话外的深意，神色微怔，淡淡地说道：“不必说了，我做不到。我不可能忍受再让自己陷入那样的境地，我觉得这样很好，没必要做出改变。”

李润手指微顿，发出低不可闻的轻叹，却仍旧没有开口。就在虞锦有些沉不住气想要说些什么的时候，察觉到有人踏进了锦然居。

段无妄拍掌说道：“真是一幅郎情妾意的缱绻画面。太子，你要平生请我来，不会就是为了要我看这些吧？”

虞锦脸颊绯红，与李润一同站起来。李润拿起一旁的玉簪，亲自为虞锦绾起发髻，用手理了理垂在她耳边的散发，虞锦微笑地望着他，一时之间心思百转，藏在心口的话差点儿脱口而出。

段无妄在一旁故作嫌弃、一脸厌恶地说道：“我发誓，如果你们还要继续这样柔情蜜意下去，我立刻离开。”

“我要进宫见父皇，晚些时候再来看你。”

李润朝段无妄跟前走近了几步，与段无妄相视一眼，眼神复杂却又寄予厚望，在段无妄眼神的示意下，才放心离开。

“外面的湖上有一只船，不如我们拿一壶好酒到船上坐一坐。”

段无妄说罢，看了虞锦一眼，拿起一旁的披风递给虞锦，虞锦将披风裹在身上，欣然应允。

小船在湖中漂漂荡荡，段无妄和虞锦说话的声音又极低，自然没有人可以听见他们两人的对话，包括以照顾虞锦为由被李润留下来百无聊赖地坐在岸边的平生。

“段无妄，我倒是不知道，你来这里就是为了指责我？”

“难道我说错了吗？你之所以不肯答应太子散去你的功力，不过就是因为你自私，你做这样的决定只是在顾虑自己是否能凭着武功凌驾于他人之上。”段无妄看起来有些激动，端起已经斟满的酒杯仰头一饮而尽，将酒杯重重搁下，再度斟酒。

“段无妄，你说够了没有？”虞锦没有着恼，静静地看着段无妄，问道，“是他要你来劝我的，对吗？”

段无妄眼神复杂地看着虞锦端起自己面前的酒杯，一口一口地饮下，轻轻摇了摇头，缓缓说道：“不，他不是要我来劝你的，是要我亲自动手散去你的功力。”

虞锦怔住，手心一滑，酒杯落在船舱内，诧异地问道：“你是说这酒水中……”

虞锦渐渐失去意识，昏迷的那一刻唯独记得自己跌落在段无妄的怀中，那俊美不羁的面容上多了几分疼惜与爱怜，似是拥抱住了久违的心爱之物，难以割舍。段无妄却仍旧难以下手，任凭小船在荡漾的水圈中漂漂荡荡，似是在找寻那难以寄望的归宿。

段无妄扶着虞锦坐正，一只手心抵在她的后背上，另一只手从船舷处插入水中，将她浑身的功力全部通过自身散入湖水中，水纹激荡，没过片刻，虞锦与段无妄已然浑身汗透。当段无妄将抵在虞锦后背的手挪开时，虞锦已瘫软在段无妄的怀中，失去了全部的意识。

段无妄用衣袖将虞锦额间的汗水轻柔地擦去，看着她紧蹙的眉头和一脸痛苦的神情，低声道：“这一回，终于轮到我做恶人。宁愿让你记恨我，也要为你有所担当。”

程裳赶来之际，段无妄已经将虞锦送回了锦然居，程裳要为衣服湿透的虞锦换上干净衣服，段无妄只得避开。

平生送段无妄出太子府之际，段无妄突然转过身来问道：“你家主子进宫所为何事？”

平生避开段无妄的眼神，答道：“回王爷，主子进宫或许是因为青州赈灾粮食押运之事，也或许是因为乌雅异动，总之，平生不知详情。”

段无妄一跃上马，意味深长地说道：“也或许是因为翼王回封地之事……”

在平生诧异的眼神中，段无妄一抖缰绳，大笑一声，飞驰而去。

第二十六章
慕云凝碧　忆海角逢春

乾元殿的偏殿内，弥漫着淡淡的龙涎香，桌几上搁着两碗温热的人参杏仁茶，旁边还摆着几盘精致可口的点心，仔细瞧去，均为软糯清甜一类，明眼人都能瞧得出这些都是上了年纪的人才喜欢吃的。

阗帝靠在龙榻上，正与太子李润对弈，他鬓角的白发似是比年前又添了少许，握住棋子的手布满岁月的沟壑纹路，因为衰老所以手背上凸显出青筋血脉。李润失神地看着逐渐苍老的阗帝感慨万千，却也只能将叹息声生生压抑在心中。

阗帝举手落棋，笑着说道："朕又赢了你一局，往日三局你总是能赢上一局，今日倒是有些奇怪，全军覆没。给朕说说，到底是何事令太子心神不宁？"

正在此时，秦伦从殿外匆匆进来，附在阗帝耳边低声道："皇上，宁王奉皇后懿旨往澄瑞宫去了，老奴要不要送些点心过去？"

阗帝略一沉吟，说道："朕猜想宁王或是为承宁郡主而来，不必理会，你先下去吧，朕和太子还有话要说。"

李润自然明白秦伦话中的深意，送点心是假，探听虚实是真，不过也诧异于阗帝的不以为然，于是问道："父皇，前儿个齐越国不是刚进贡了一些芒橙异果吗？儿臣记得母后最爱吃这些了，不如就让秦伦送过去吧？虽说父皇和母后二人，一个是君临天下，一个是母仪天下，倒也不必太过于恪守相敬如宾之道。但说到底，母后毕竟是一宫之主。"

阗帝说道："也罢，秦伦，你便给皇后送去一些，小皇子也喜欢这些，你亲自去挑些好的一并送过去。"

秦伦未曾走远，听见李润这番话后，便立在一旁静等阗帝示意，看见阗帝朝自己摆了摆手，于是便依言而去。

阗帝将棋盘推至一旁，说道："不枉朕这些年对你的悉心调教，朕在你这个年纪，还不曾有你这些思虑筹谋。好好做你的太子，有朕在，谁也伤不了你分毫。"

李润说道："父皇……"

阗帝一挥手，截住李润的话头，说道："唉，你不必再说，朕自然知道，你担忧的不是皇后，而是翼王，或者说担忧的是皇后、石相和宁王支持下的翼王。其实，朕早有一事想要对你说，只是从前朕觉得没必要将这件丑事告诉你。如今，世事多舛，朕竟料想不到事情会演变成今天这番模样。早知道如此，当年朕就应该一了百了，永绝后患。"

李润凝神聚气，他从未料想到真相竟会离心中揣度千百遍的疑团这样近。他自然也该明白，当知道了真相，便如背起一个无比沉重的包袱，这个包袱会给自己带来何种转变，一切都是未知。

"或许你早已想过这个问题，朕为什么竟会将皇后所生的嫡子送往冰天雪地的平度，而会将你从冷宫接出来立为太子。只因为你是朕的亲骨肉，而翼王却不是……"阗帝说完这句话，似是耗尽了全身的力气。要让一个天子亲口说出皇嗣丑事，要付诸多大的勇气啊，何况倾听的那个人还是自己的儿子。

"父皇既然早就知道，为何当日……"李润问到这里，突然停住口。

阗帝看了李润一眼，苦笑着说道："这个问题问得好。只因为当年朕与皇后有过交易，只要她安分守己，不妄想来伤你、害你，朕也承诺保住翼王一命。如若你有个三长两短，朕便让翼王死无葬身之地。”

李润心里一热，突然起身上前一步，跪在了阗帝跟前，伸出手缓缓地握住了阗帝的手，哑声道：“儿臣该死，竟不知父皇为儿臣担受了这么多的苦楚。”

皇家难有真情，更何况是阗帝与李润这对父子之间。阗帝用另一只手拍了拍李润的肩头，说道：“润儿，咱们这一世得到的都是常人无法企及的，所以失去的也是寻常人更易拥有的，譬如情感。朕是帝王，你将来也会继承大统成为一代帝王，你要永远记住，帝王之情在于天下，天下为本，私情为末。朕要你答应朕，如若有一天，要你在天下和心爱之人中间做选择，你选择的一定会是天下。”

李润心思百转，要他在一时半刻之间做出这样的选择谈何容易，可是想到虞锦终究会站在自己身侧，不会与自己的江山社稷起冲突时，便随即应声道：“父皇，儿臣答应你，无论在任何情况下，儿臣都会以天下为重。”

阗帝满意地笑了笑，示意李润起身坐下，说道：“话既然说到这个份儿上，朕还有一事，想要说与你听。”

阗帝说到这里，用审视的目光看向李润，似是要从他的脸上找出丝毫诧异的蛛丝马迹，谁曾料想，李润始终面色平静，更似是早已心知肚明，安然自若地只待阗帝开口。

“朕当年有太多的顾虑，更何况当时翼王的身世还未败露，所以曾经将……”

“父皇，儿臣明白，父皇要儿臣以天下人为重，并不是要我摒弃手足之情，儿臣自会照顾好弟弟们。”

阗帝微怔，旋即会心地笑了起来，说道：“朕心甚慰，不仅是为了你有这份能爱护手足的情意，更为你洞若观火却从来不出言询问彻查真相的胸怀。朕对你很满意。”

原本，即便是除去在朝堂之上，阗帝对李润所说的言辞，也大多是冠冕堂皇的君臣之词。此时此刻，李润从未感觉到与阗帝有过这样的亲近，也从未有过这样的奢望。

当李润走出乾元殿时，凤眼微眯，抑住湿意，长久以来郁结在心的父子隔阂如同冰裂初融，顿时化作滔滔之水奔涌而来，声势浩荡，畅快淋漓。

澄瑞宫。

程衣将慕容城亲自熬制的汤药送进来，见慕容紫正亲自动手收拾自己的妆匣，将几件华丽珍奇的首饰拣出来，递给程衣，说道：“将这些给承宁郡主送过去，你告诉她，要她安心在本宫的澄瑞宫住下。本宫已经命宁王进宫，一会儿他们父女便可以在此见上一面。”

程衣将药递给慕容紫，慕容紫只喝了一小口便蹙眉不已，说道：“本宫身子已经大好了，往后不必再喝这些药了。”

程衣兀自不动，只静静地盯着慕容紫。慕容紫在程衣冷静而沉着的目光下，只得端起碗一饮而尽，又如同昨日一般说道：“明日，本宫可真的不肯喝了。”

程衣冷冷地没有应声，拿起首饰，走出慕容紫的寝宫。慕容紫望着程衣的背影，欲言又止，握住手里的玉钗，终是没有把将玉钗送给程衣的话说出口。

慕容紫将承宁郡主安顿在澄瑞宫的偏殿内，因承宁郡主一直托病没有走出偏殿一步，所以程衣也没有机会见到她，如今借着送首饰的名义过来，倒有些好奇这位与宁王失散多年的承宁郡主到底是何模样。

服侍承宁郡主的宫女都认识程衣，所以也没急着通报，只拉着程衣的手，低声道：“姐姐进去的时候可小心些，这位郡主脾气不太好，不喜欢开口说话，也不喜欢有人在跟前服侍，每日都是孤零零地一个人闷在房里。瞧，这会子把我们几个都撵出来了。”

程衣笑了笑，拍了拍她的手，说道：“你去给我通报一声，就说我是奉皇后懿旨前来，她不敢不见。”

那几个小宫女撇了撇嘴，倒有一副届时再看的神情，果不其然，那小宫女进去通报后战战兢兢地出来，朝程衣摇了摇头。

程衣却不以为意，轻声敲了敲门，只听见里面传来女子的低喝声：“你把本郡主的话当耳边风吗？不要烦我。”

程衣微怔，在小宫女的诧异声中径直推开门走了进去，当那始终蒙着面纱的承宁郡主猛然间转过身要发火之际，却看到了身后的人是程衣，于是又突然转回身，一言不发。

程衣将首饰高高举起，说道：“承宁郡主，这是皇后娘娘赏你的首饰，你也要拒之门外吗？”

承宁郡主沉吟了片刻，与刚才颐指气使的声音迥然不同，哑声说道：“你放在桌上，出去吧。改日本郡主会亲自去谢恩。”

“不必改日了，今日前去谢恩便是，正好你父王也进宫了，你们父女可以见上一面。”

“承蒙皇后娘娘美意，可是本郡主身子实在不适，不便与父王相见。”承宁郡主始终背对着程衣，不再回身。

程衣慢慢朝承宁郡主走过去，冷冷地问道：“到底是郡主真的生病了？还是假的郡主根本没生病？”

承宁郡主后背如同离弦一般绷紧，紧张不已，猛然间回身朝程衣劈了一掌，被已有防备的程衣躲开并趁机将蒙在她脸上的面纱揭了去。程衣举着面纱，颇有些讽刺地挥了挥，随即扔在地上。

“难道虞家遭受的这些波折还不够吗？你可知道冒充郡主是死罪？”

虞屏冷笑道：“虞家被抄家那日，我便与虞家再无关系了，更何况，当日的虞屏已死，如今的我，便是真正的承宁郡主。朝堂之上，他们既然不能揭穿我，今日你又能奈我何？”

“你错了，他们不是想揭穿你，只是为了保住你的性命，只是为了防止别人伤害到你，更何况，这个世上最能揭穿你的，便是你自己。我不相信当你在夜不能寐时，想到的不是虞家，不是身为虞屏的自己，而会是令你战战兢兢、如履薄冰的承宁郡主。宁王踏错一步便会卷入万劫不复的旋涡，你即便是成为承宁郡主，也未必会有好下场。”

程衣的话如同棒喝一般，令虞屏面色煞白，良久，才恢复意识，她强自镇定地说道：“你以为我只是贪图这个郡主身份吗？你以为我会为这个身份甘之如饴吗？我有我的苦衷和不得已，我也有驱使我这样冒险为之的无尽动力，而你，永远不会知道我为什么这么做。”

“我只希望，当一切大白于天下的时候，你不会像跳梁小丑一般在天下人面前现形，更不会牵连到虞家和你姐姐。”说罢，程衣冷冷地将首饰掷在桌上离去。

当程衣从偏殿内走出来的时候，那几名小宫女都惊叹不已，围上来问承宁郡主为什么没有将她轰出来。程衣懒懒地笑了笑，只是吩咐她们将承宁郡主照顾好，切不可将承宁郡主的诸多不宜传言出去。

虞屏隔着门听见程衣的话，背靠在门上，只觉得胸口闷得喘不过气来，本想将地上的面纱捡起重新遮在面上，但那一刻，她连低头弯腰的力气都没有了。

程衣既然知晓了承宁郡主的秘密，即便是为了虞锦，也会对虞屏的行踪多加注意。所以，当宁王李通进来时，程衣便特意在一旁侍候，等虞屏与宁王相见时，好帮衬着虞屏周旋一二。

程衣亲自为宁王奉茶，说道：“宁王请用茶，承宁郡主片刻即至。”

宁王似是心事重重，只微微点了点头，并未看向程衣，他的目光始终朝向殿外，像是不愿错过承宁郡主进入自己视线的每一刻。

只是，承宁郡主姗姗来迟，看到宁王身边的程衣之后，更是心生忌惮，竟是连坐也未曾坐，只唤了一声“父王”，便欲托病离去。

宁王应下，并再三叮嘱承宁郡主要好生静养，只是当承宁郡主毫无眷恋地转身离去时，宁王还是流露出了伤心失望的神情，他握住茶盏久久不曾松手，看似把玩，却丝毫不顾及溢出的茶水洒湿了自己的衣物。

程衣见宁王这副模样，心生恻然，于是开口劝道：“王爷不必伤怀，或是郡主身子抱恙，不便久坐，待郡主身子安好，我会请皇后再下懿旨，让王爷和郡主父女俩再见一面。”

宁王长叹一声，喃喃说道：“不必了，想必她是恨极了本王，本王不能强求她马上原谅本王，缓着来吧。”

程衣似是失去理智一般，突然脱口而出，说道：“王爷爱女如此，郡主必然会知晓王爷的心意，假以时日，王爷定会得偿所愿。”

宁王突然有所醒悟，抬头看了程衣一眼，并没旋即挪开目光，良久，问道：“你叫什么名字？”

程衣顿了顿，明知宁王神情有异，如实回答不妥，突然连撒谎的意愿都无，静静答道：“程衣。”

“程衣……”宁王始终盯着程衣看，说道，“明知不可能，但是本王始终觉得似乎在哪里见过你，真不知是你的容貌与本王离世的发妻有些相像的缘故，还是因为你的名字中也有一个‘衣’字。本王女儿名唤李仙衣，因为本王曾经对发妻许诺过，要让自己的女儿永远穿得像个仙女一般。”

或许宁王没有意识到，此刻对着一个素不相识的宫女说了那么多本不应该说的话，可是暗处有一双眼睛，如同发现了隐情一般，带着算计的神情转身离去，手中一直握着的玉钗掷在了地上，不再有所顾恋。

宁王离去后，程衣进寝宫去见慕容紫，慕容紫似是有些疲惫地靠在榻上，神情却极为镇定自若，见程衣进来后，招手唤她在一旁坐下，说道：“程衣，你来澄瑞宫已有数月之久，本宫早已把你看成本宫身边的人了，你对本宫交付的事尽心尽力，对本宫也是悉心照料，本宫岂会不知。所以，本宫想要为你谋一个出路。”

“皇后何出此言？不知皇后要为程衣谋什么出路？”

“本宫见你与宁王相谈甚欢，本宫想要将你送与宁王，不过，本宫也不是想要委屈你，本宫会去请皇上赐婚，让你成为宁王的继室，你可愿意？”

程衣心下一冷，想也未想地回道：“我不愿意。”

“你敢违逆本宫的懿旨？”

慕容紫企图以权势压人，谁知程衣根本不屑一顾，冷笑道："你觉得乾坤门出来的人，会惧怕这些小小威胁吗？我即便抗旨不遵，你又能奈我何？"

慕容紫只得软语相劝，说道："本宫知道你对本宫哥哥的心意，可是，一个是南屏封地的堂堂王爷，一个不过是流云清风的隐世浪人，富贵荣华和沦落天涯，孰高孰低明眼分辨，本宫不相信你会做出不明智的选择。"

"说得好听些，这不过就是你拉拢宁王的手段，以此为翼王在朝堂上增加谈判的筹码而已。"程衣起身，离开慕容紫几步远，说道，"这场游戏里面，已然有我，只是我未必要听你差遣。"

慕容紫还待说话，程衣却已疾步离开。慕容紫气急败坏地将桌旁的碗扫落在地，对于程衣的软硬不吃颇为气恼，只是久经后宫争斗的她，岂会这般轻易放弃？

李润策马回到太子府，疾步如飞地去了锦然居，在看见段无妄站在院内后，眉毛一挑，显现出些许诧异。

段无妄似是要有所回应，一摊手，一副理所应当的神情，说道："她还未醒，我当然不能走。"

李润正待进去，段无妄却突然拦住他，说道："如今她正是众矢之的，又失了武功，难免力不从心，我想让段祥住进来，和程裳一起保护她。你在宫内事务繁多，少了平生在身边侍候，总是不便。"

李润看了段无妄一眼，旋即转过身不再看他，良久，才低声说道："不必了。你以为你如今的境遇会比本太子好吗？没了段祥，你也不过是只断了翅膀的秃鹰，有他在身边听候差遣，你或许还能少些麻烦。"

还未等段无妄气怒说话，便听见锦然居外有人拍掌叫好，大赞道："真不愧是英明神武的太子殿下，一番话竟说到了段祥的心坎里去了。"

段无妄长叹一口气，半晌才弹跳起来，猛敲段祥的头。段祥一边躲，一边哇哇大叫，喊道："主子，主子，你难道没听见太子殿下说我是你的翅膀吗？你要好好爱惜自己的翅膀啊！哎呀，翅膀真的断了。”

猛然间，门从里面被拉开，程裳沉着脸走了出来，段无妄的手停在了半空中，连同段祥也静立在一旁忘了躲闪，李润的心倏地沉了下去，仓皇地试探着问道：“程裳，可是她身子有什么不妥？”

程裳默默地摇了摇头，并没有开口说话，在同一时间，李润和段无妄如同离弦之箭蹿了进去，带起的风将程裳的裙角微微掀起。

虞锦拥被抱膝而坐，神情平静，看见段无妄和李润进来时，竟还微微笑了笑。

李润缓步走近她，握起她的手，只觉得虞锦目光中虽有他，却又似隔着几重山那么远，将笑容中的疏离和冷漠藏在了矜持和客套之后。

段无妄转过身去，长舒一口气，低声道：“你好生养着，我先回府，以后再来看你。”

虞锦看到段无妄沮丧的神情，本想出言唤住他，终是欲言又止，见李润黯然神伤的面容，于是说道：“你那么做，只是想保住我的性命，我岂会不知？不必放在心上，我只是需要些时间来适应这一切。”

“我很抱歉，我知道我应该提前跟你商议这一切，但是，如果真的商议了，你岂会同意？所以，我只有让誉王来做这件事，”说到这里，李润突然压低了声音，“唯有他，你的戒备之心才不会那样强。”

“你真的认为，我不会接受吗？我只是在逃避，毕竟不到性命攸关的时刻。所以，没有关系，不要觉得抱歉。”虞锦将李润的手放在自己的脸颊上，柔声说道，“看，我现在不是好好的吗？”

李润将虞锦拥在怀里，虞锦似是找到了一个可以藏匿的地方，也似是为了不必强颜欢笑而感到庆幸，她将脸埋在他的胸口，久久不曾出声，室内静谧的气氛含着些许刻意压抑的悲伤。

锦然居院外，便是湖水之上的台阶，段祥与程裳在台阶上抵背而坐，一人望着湖的方向，一人望着锦然居院内的方向。夜温颇凉，段祥解下自己的外袍递给程裳，程裳有些失神，待衣袍披在自己肩上时，才下意识地挥了挥手，不肯接受。

“你还在担心虞姑娘？”

“我不能不担心，你不懂，她越是表现出这般的若无其事，就意味着越难以释怀。”

程裳将手凑在嘴边，轻轻地呵了一口气，暖了暖冰凉的手，不料却被段祥突然握住。段祥嬉皮笑脸地说道：“程裳，看来我家主子跟虞姑娘是成不了一对了，不如咱们俩就做一对，也好让我家主子有所安慰？”

程裳拍开段祥的手，嗔怒道：“段祥，你少来，你是得失心疯了吗？乱说怪话，小心我到誉王跟前告你一状。”

段祥见程裳羞赧地起身疾步离开，嘻嘻笑着，装出一副毫不在意的样子，待程裳走远后，才又重新坐下，捡起地上的石子，往湖里掷去，激起的响声犹如段祥心底碎裂的声音。

已是初春时节，夜风依然有彻骨之冷，澄瑞宫外的竹林下，程衣独自站在此处已有几个时辰之久，直到凌晨天际泛出鱼肚之色，才看见那熟悉的身影缓步走近。而程衣显然也暗自下定了决心，或许对于面冷心热的程衣来讲，这样才是最正常的方式。慕容城似是有些诧异，看见程衣冻得发紫的唇，暗暗蹙起眉头。

慕容城本欲解下身上的披风，在看清程衣炙热如火的眼眸时，又迟疑地住了手，温雅地问道：“你在这里做什么？赶紧回去好生歇息，我一会儿让人给你送碗姜汤暖暖身。”

“我在等你，”程衣平静而自然地说道，又似是怕慕容城会逃避一般，加了一句，“等了你一夜。”

“其实，你不必如此……”

“我只是想要尽快看见你，连受冷受冻也毫不足惜。我就是想要告诉你，我喜欢你，我很喜欢你，无论你置身何处，即便是上穷碧落下黄泉，我也想永远在你的身边。”

程衣的话犹如一把明亮的匕首，将一直以来隔在两人之间的朦胧面纱割破，以后，两人再无回旋，再无退路。

慕容城似乎没有料到会遭遇程衣这般热烈的表白，一向镇定自若的他眼神慌乱地从程衣身上移开，望向遥远的天际，似是对程衣也更似是对自己说道：“我这一生，看多了人间情爱所带来的烦忧辛酸，从来不想让自己也沾染上这一切。”

慕容城说罢，似是不愿意面对程衣失望至极的面容，毫不犹豫地转过身正欲离去，却听见程衣在其身后喊道：“所以，即便是皇后想要将我送与宁王，你也无动于衷吗？”

慕容城脚步微顿，沉思片刻，说道：“当日，是我将你带进宫的，我照样可以带着你出宫，只是走出这皇宫，我们仍旧尘归尘，土归土。”

慕容城加快了步伐，眨眼间便消失在程衣目力所及之处。程衣眼角湿润，略仰头望着这碧空如洗，没有落下一滴泪，毕竟，这不是落泪的时节，才不过料峭初春，谁又知会不会有峰回路转之时？

不远处，有个人影发出低不可闻的叹息声，失落至极地转过身，默默朝前走去。早已知晓她的心意，谁知亲眼看见这一幕却还是会有锥心之痛。

“断曲？”不料程衣还是察觉到了他，轻轻地唤了他一声。

断曲转过身，笑着看向程衣，待程衣走近了，才说道：“容贵妃差我来办几件事，我怕绕路走远，就抄近路过来了，谁知这么巧，就撞见你了，你近来可好？怎么脸色这样难看？”

程衣微微笑了笑，明知断曲撒了谎，却也不愿意拆穿他，说道：“断曲，我要离宫了。不过，我离开之后可能去天涯海角，也可能会回到小姐的身边，总之，我现在还不知道，我也不敢猜。我不想从期待中跌落。”

断曲勉强笑了笑，说道：“你既然心向往之，在哪里又有什么关系，只要你开心就好。”

“断曲……”

“我还有事，先走了。”断曲转身离去。

“断曲，我们永远都是好朋友，对吗？”程衣在断曲身后问道，似是期盼断曲肯定的回答，以减少她心中的愧疚，断曲喜欢她不是一日两日了，她岂会不知晓？

断曲没有回身，甚至连脚步些微的停顿都没有，就算不是情侣，他们之间也不仅仅只是好朋友，更似福祸相依的亲人，而程衣非要用好朋友来定义两人之间的感情，只能说明程衣在刻意拉开两人的距离。

程衣眼睁睁地看着断曲离开，犹豫着要不要追上去，她在心中默默念道："断曲，早在看出程裳喜欢你的那刻起，我就断了对你的任何想法，所以，你不能怪我此刻的疏远。"

慕容城从澄瑞宫中走出来，站在程衣面前，说道："皇后说想要见你一面。"

程衣思虑片刻便应下，随着慕容城一同进去，只是慕容城止步于慕容紫的寝宫，程衣便独自走了进去。

"本宫竟想不到……你真的会拒绝。"

"你早该料到的，看多了你们这些人的悲欢离合，为了存活苟且偷生、虚与委蛇，而我只是想要些平常人的幸福。"

慕容紫怔住了，显然为程衣的这句话而感到万分震惊，眉眼间流露出片刻的苦涩，说道："本宫明白了，本宫活了半辈子，一直以自己身为六宫之主为荣，没想到在你眼中竟会这般卑微不堪。罢了，本宫还是卖哥哥一个人情，你走就是。只是临走之前，你还要答应本宫一件事。"

程衣微蹙眉头，说道："皇后但说无妨。"

"往后替本宫好生照顾哥哥，不管天下传言他如何，他在本宫眼里也只是一个苦命人，为了本宫，为了慕容家族，他背负着沉重的枷锁，不得解脱。"

程衣苦笑，说道："你真该劝劝他，要他答应让我来照顾他。"

慕容紫却破天荒地露出欣赏之色，说道："可是本宫知道，像你这样的女子，是不会轻易放弃心中的任何决定的，包括与他共结连理两厢厮守，对吗？"

程衣与慕容紫相视而笑，几个月来的互相防备与敌视，在这片刻间消弭不见。

走出寝宫之际，慕容城诧异于程衣脸上的笑容，却没有出言询问，只是让人递了一碗姜汤过来，程衣一口一口地喝下去，随着慕容城缓缓走出了宫城。

断曲在远处看着这一前一后的两人，强自压抑着想要唤住程衣的冲动，不管怎么样，他都不能阻拦她要寻找的幸福，不是吗？断曲摸了摸怀里揣着的信件，此时，才想起来差点儿遗漏了最重要的事，于是又返回了城门。

慕容城将程衣送出了皇宫，斟酌了片刻，说道：“我只能将你送至这里了，珍重！”

程衣丝毫没有气馁，淡然地笑着说道：“我想要告诉你，我会一直等你改变心意，直到你意识到你也是需要情爱的凡人。到那一天，记得来找我，反正你始终知道我身在何处的。”

程衣说罢，没有等待慕容城开口，轻声笑了笑便转身离开。慕容城紧紧握住手掌，竟没有办法忽略程衣坚定而执着的笑容，或者，再坚硬如铁的心也会在这如火的热情下消融。

太子府。

当程衣回到虞锦身边时，虞锦有些吃惊，不过时过境迁，已经不再需要程衣留在澄瑞宫探听消息了，再加上虞锦武功尽失，所以倒也算是时机适宜。

程衣见虞锦神色忧郁，于是看了一眼一直在一旁默不吭声的程裳。程裳挨不住程衣如刀的眼神，拉着程衣出了房门，悄声将这一切的来龙去脉都说与程衣听，程裳拉住程衣的手，开心地说道：“衣姐姐，你总算回来了，有你在，我心里到底踏实多了。”

那一刻，程衣紧咬了一下嘴唇，在心底暗暗谴责自己，竟忘了顾及虞锦和程裳，只为了一己之私而想着与慕容城远走高飞。程衣挤出一丝笑容，朝程裳点了点头，程裳一下子抱住程衣，又蹦又跳，像极了往日那个没心没肺的疯丫头。

虞锦问起程衣为什么会匆忙离宫，程衣如实说是因为宁王李通，但将自己向慕容城的表白省略了。

程衣欲言又止，见虞锦眼神切切，于是只得说道："我发现居住在澄瑞宫的承宁郡主，竟然会是……"

虞锦苦笑，说道："如果不是亲眼所见，又有几人能相信虞家二小姐竟会冒充承宁郡主？虞家被抄家，父亲已入狱，看来虞屏还想要火上浇油，逼着阗帝将虞家满门抄斩才作罢。"

程衣说道："她未必想如此，只是身不由己罢了。我看得出她一点也不开心，终日窝在房间里，旁人都以为她流落在民间受尽苦楚，所以性子才会这般孤僻，但是我知道她一点也不享受这个身份给她带来的荣耀，或者说，她意欲别处。"

虞锦轻叹一声，说道："你说的我岂会不知？我这也不过是一时的气话罢了。她心里想要的是什么我很清楚，或者我该去找那个人谈一谈。"

正在这时，传来尖利的笛声，虞锦、程衣和程裳面色一变，异口同声地说道："是断曲……"

不待虞锦开口，程裳已经疾奔而出，程衣扶着虞锦也一同走了出去，只见湖上的小舟内，段祥与易了容的断曲打得不可开交。段祥怕眼前的陌生人会伤及虞锦，于是倾尽全力截杀断曲，而断曲武功虽略高于段祥，却因为明知段祥不是敌人，只闪转腾挪，不肯出杀招，所以慢慢落入下风。

程裳疾步奔过去，喊道："断曲……"

断曲略一分心，段祥瞅准时机，朝着断曲的肩胛处奋力一击，刹那，程裳以不可思议的速度扑在断曲怀中，挡在了断曲面前。段祥情急之下收势不住，自伤其身，长剑落地，虎口处被震得鲜血直流。

"段祥，你出手为什么这么狠？真伤了他，小心我家小姐饶不了你。”

“是你家小姐饶不了我，还是你饶不了我？”

程裳从断曲的怀中起身，涨红着脸，朝着段祥喊道：“死段祥，你给我离开这里，正巧我衣姐姐回来了，才不要你守在这里保护我家小姐。”

段祥面色惨白，苦笑着说道：“原来如此……”

程衣扶着虞锦走近，虞锦低喝道：“裳儿，不得对段祥无礼，不管怎样，段祥都是好意，你不要无理取闹。”

程裳噘着嘴，跺了跺脚，奔回了锦然居。

断曲看了程衣一眼，心中暗想，如果将自己与程裳的情爱纠葛换算到与程衣的感情中，那么自己便相当于慕容城，程裳便相当于程衣，而段祥便正如被程衣忽略拒绝的自己。

断曲弯腰捡起地上的长剑，并取出怀中上好的金疮药，递给段祥，说道：“不要跟她计较，总有一天，她会明白，真心喜欢她的人到底有多么难得。”

段祥有些诧异，可是外表嬉笑怒骂的他，内心却极为清高自傲，只肯接过断曲手里的长剑，朝着虞锦抱了抱拳示意一下，迅即离开，连虎口一直在流血都似是毫不在意。

虞锦朝程衣使了个眼色，程衣心领神会，马上回去找程裳。

断曲扶着虞锦坐在石阶上，看虞锦面色如此，不着痕迹地将手搭在她的腕上，才知晓她又丧失了功力，说道：“又成了没有利爪的老虎。”

虞锦苦中作乐，笑着说道：“只怕真想当只老虎都当不成了。”

断曲掏出怀中的书信，在虞锦面前晃了晃，说道：“这可不一定，你瞧，这些是什么？”

虞锦接过去，将这些书信一封封拆开细细研读，才发现这些都是仪王庞芴衣与容贵妃私下来往的诸多书信，于是与断曲相视一笑，说道：“看来，这就即将成为我的利爪。你赶紧回宫吧，程衣已经从宫里出来了，最迟这几日，你便可定去留。到那时，我们大家终于可以在一起了。”

“好，我早就等着这一天的到来。”

虞锦拍了拍断曲的肩膀，看着断曲转身离去，又叮嘱道：“断曲，我看得出你的心思，可是我们总共就四个人，总不能因为一个‘情’字便让你们三人都闹得不愉快。”

断曲失笑，摇了摇头，说道：“我明白你的意思。我会好生解决的，总之，我们四个人，永远会在一起。”

程裳偷偷探出头来，见虞锦瞧见了自己，只得讪讪地走出来，低眉顺眼地在虞锦跟前站着，虞锦瞪了她一眼，不理会她。

程裳噘着嘴耍赖地说道：“是我不好，我知道错了。”

“那还不赶紧去追？”

程裳依言而去，走出太子府时，看着断曲远去的背影，闭目长舒一口气，转身朝另一个方向疾步而去。

第二十七章
香减消凝　啼骊歌柔转

涌金楼。

程衣轻轻地叩门，见里面无人应声，在虞锦的示意下，推门而入。虞锦踏步而进，发现仪王庞芴衣果真已经候在里面，于是便朝程衣使了个眼色，独自走过去，在庞芴衣跟前坐定。

程衣到底不放心，于是只在房间外的走廊内走动，丝毫不敢离开。

庞芴衣为虞锦斟了一杯茶递过去，说道："这些茶都是本王从府里带过来的，你且尝一尝，涌金楼这种地方到底粗陋，又能有什么好茶？"

虞锦笑着说道："仪王有些低估这涌金楼了，我知道有不少达官贵人都来此品茶，只因为这涌金楼有一种异香茶珍贵无比，除去在店内品茶概不出售，就连皇宫内也没有。"

"哦？这样说，本王倒有些兴趣了。"

"仪王不妨先看过这些再说。"

庞芴衣正欲击掌唤店小二，不料看见虞锦拿出一摞书信来，于是神情一怔，问道："你这是什么意思？"

虞锦打开其中一封书信，摊开信纸，念道：“宁贼邪虐成性，必酿大祸……”

庞芴衣迅速抽出虞锦手中的书信，将其揉成一团，捏在手心中，低喝道：“这些书信，你是从哪里得到的？”

“现在问这些，不觉得晚了吗？”

“你在要挟我？”

虞锦轻声笑起来，说道：“你见过拖着残躯，独自带着所有的书信来要挟你的人吗？”

在庞芴衣疑惑的目光中，虞锦拿起桌上的火折，点燃手中所有的书信，扔进火盆中，随即拍了拍手，笑着回望庞芴衣。

“你是裳儿的哥哥，就冲这一点，我也不可能拿着这些书信来要挟你，更不会将你牵连进去。我今日叫你来此处，当着你的面烧毁所有书信，就是要你明白这个事实，我不可能伤害裳儿的亲人。”

庞芴衣沉吟了许久，深深地叹了口气，似是下定了决心一般，说道：“我知道你一直在寻找一个宝盒，我知道宝盒在哪里。”

东宫。

因为李润需要处理诸多政事，便带着易装为金玉公子的虞锦住进了东宫，而程衣和程裳则分别扮成了小太监随侍左右。李润不知虞锦到底为何事一定要跟着自己进宫，但也不急着追问她，只叮嘱她小心行事，如若有任何危险，便让平生来知会自己。

虞锦故作轻松地调侃他，说道：“放心，你都说过一千遍、一万遍了，我一定会诸事小心，不会牵连到咱们的太子殿下。”

谁知，李润的面色却旋即沉了下来，将虞锦拉至怀中，紧紧地拥着她，说道：“我只是不想让你因为我再做牺牲，上一次若不是为我，你岂会落到那样的下场？所以，我绝不允许这样的事再发生。”

虞锦闭目靠在他的怀中，心绪起伏，柔声劝道：“都过去了，无须再提往事。你说过，我们还有大把的好春光，怎容辜负？”

程衣在门外低低唤了声“小姐”，虞锦听见后赶忙从李润怀中起身，整了整衣襟。

李润爱怜地捏了捏她的脸颊，说道：“我先去乾元殿和父皇商议国事，迟些时候再过来看你。”

程衣见李润走远，才悄声走进来，拿过一套宫女的服饰，一边帮虞锦换装，一边说道：“人已经带进来了，就安置在东宫的偏殿里。”

“动作快些，如果被人瞧见了，只怕连太子都脱不了干系。”

“我已经让裳儿去拖住平生那个鬼机灵了，再加上太子出了东宫，想必就没人再注意这边的动静了。”

“还好你心思细腻，有你安排，我倒是放心很多。”

见虞锦往外走去，程衣仍旧有些忐忑不安，问道：“你真不要我陪着你一同过去吗？”

“不必了，你去安抚住程裳，省得她一会儿见不到我，又开始胡思乱想，到处闯祸。”虞锦说完，突然又意识到什么，于是附在程衣耳边，低声吩咐了几句，程衣点头应下。

程衣将虞锦带到偏殿，轻轻地击掌，便见一个身着宽大黑袍的人从暗处走出来，虞锦笑了笑，朝他招了招手，两人一前一后走出了东宫。

走至容贵妃的宫殿时，很容易便觉察到守卫稀少，连宫女和太监也都一一被遣散了，整座宫殿空荡荡的，让人不禁生出些许寒意来。

虞锦走至殿门口时，断曲迎了上来，低声说道：“一切都已准备就绪，容贵妃独自在寝宫内，你们前去吧，我在外面守着，一有动静便知会你们。”

虞锦朝身后披着黑袍的人使了个眼色，那人迅即闪身进去，虞锦拍了拍断曲的肩膀，也跟着走了进去。

容贵妃的宫殿极为奢华，寝宫内倒是极为简朴，四处摆设也极为素雅整洁。容贵妃穿着一件略旧的袍子，正坐在铜镜前，用一把小巧精致的玉梳一下一下地梳理着头发。

容贵妃从铜镜内看见里面发丝间竟藏着一根白发，于是有些惊慌失措，大声喊道：“人呢？都死哪儿去了？”

脚步声响起，容贵妃头也不回地说道：“快来，帮本宫把这根白发拔了去。”

那个人慢慢靠近容贵妃，轻轻地为容贵妃拔去那根白发，此时的容贵妃终于察觉到有些不对，于是握起桌上的匕首，迅即转过身朝身后那人刺去，谁知在看清那人的面容时，震惊之余，一时手滑，匕首落在了地上。

“怎么会是你……”

“是我，我来看你了。”

容贵妃扑在他的怀中，一股酸痛瞬间让她的眼眶泛起了湿意，模糊了她的眼睛，眨眼间，泪如涌泉。那人将宽袍除去，露出俊美不凡的脸和一双炯亮的眼睛，此人正是仪王庞芴衣。

“你可知我在这深宫等了你多久？你看手里的这根白发，便知我在宫中所受的煎熬。我多么希望，你来这里是要将我接出宫的。可是，我明知这一切不过是我的奢望，不管怎么样，我们今生都没有办法在一起了。”容贵妃惊喜过后，情绪激昂，心中涌起一万句想要诉说的话。

“正因为如此，我才会将宁贼恨之入骨。你在后宫受尽煎熬，而我却要在人前认贼作父。那个笑面虎，我恨不得一刀杀死他，只可惜我武功不及他，又怕打草惊蛇，让你受到牵连。”

“早知道如此，当初我就应该宁死也不答应进宫。可是，他拿你的性命来要挟我，我又岂能不答应？芴衣，这一切都是我们的命数，这是上天要折腾你我两个可怜人。我们不能反抗，也反抗不了。但我真的不甘心就此认命啊！如果不是这根白发，我都记不清楚我进宫有几年了，可我记得清我进宫后我们见过几面，包括那一次我们在乾元殿内的单独相见。”容贵妃越说越激动，似是丧失理智一般，抱着庞芴衣，喊道，“芴衣，芴衣，你带我走吧，离开这里。我们不要报仇，不要再想任何事，不管去哪里都可以，只要是和你在一起。”

庞芴衣为容贵妃拭去泪水，劝慰道：“你知道，我们不能把我们这些年的努力付诸于流水，也不能让宁贼逍遥自在。我们所受的苦楚，终将会报复在宁贼身上。那一天，不会太远了。”

“仅凭我们两人之力，是难以扳倒他的。我们两人都想着保全对方，都不能孤注一掷，所以这些年一直不能得手。”

庞芴衣将手揽在她的肩上，说道：“可是，现在有人会助我们一臂之力。”

“你说的是谁？”

“是我。”

虞锦从寝宫外走进来，举着火折将寝宫门口的几处烛光点亮，又将容贵妃寝宫内四处藏于盒中的夜明珠拿出来搁在桌上。夜明珠柔和清凉的光线，与烛光温暖闪耀的光线相辉映，映在虞锦清丽绝伦的面容上，让人无法轻易移开视线。

“怎么会是你？”容贵妃的面色迅即沉了下去，一脸戒备地看着虞锦。

庞芴衣说道：“如果不是她，我也不能这么轻易地躲开你宫里的各处眼线来这里见你。”

容贵妃有些诧异，不禁多看了虞锦几眼，说道：“你既然知道了我和芴衣的秘密，如果你不能令我放心，那么我也不能容你再活在这个世上。”

“这句话还轮不到你说，我知晓你和仪王的秘密也不是一日两日了，只是从前不知道你们是情人而已。”虞锦在寝宫内找了把椅子坐下，说道，“仪王，此处不便久留，咱们长话短说才好。”

“你是太子身边的人，我不相信你。芴衣，你不要被她骗了。”容贵妃明显失去往日的雍容态度，有些焦急地劝道。

庞芴衣安抚她，说道：“你还记得我给你说过，我有一个失踪的妹妹吗？”

“当然记得，她是与宁贼的女儿同时失踪的，现如今承宁郡主已经找回来了，是不是你妹妹也有消息了？”容贵妃问道。

“是，我已经找到了，便是她身边的侍女之一。”庞芴衣看了虞锦一眼，目光虽然仍旧冷漠，到底不再藏着戒备之心，他对容贵妃说道，“就算是为了裳儿，我们也该信她。她待裳儿如同亲妹妹，对此我唯有感激。”

容贵妃见庞芴衣神情坚决，只得作罢，叹声说道：“你说什么我都会依你。你说信她，我便信她。我当初既然愿意为你豁出性命，今日又怎会因为自己的迟疑不决而误你大事？”

虞锦在一旁听着两人的对话，深知容贵妃对庞芴衣有情有义，心中敬佩，于是由衷地说道：“你们放心，我只是想拿回我想要的东西而已，不会害了你们。”

在容贵妃诧异的目光下，庞芴衣几次欲言又止，最终还是说道：“她想要拿回宝盒。”

“为什么说是拿回？难道这东西是她的不成？”容贵妃显然又有些不悦。

虞锦起身，说道：“这宝盒本是我乾坤门之物，遗失于江湖之中，怎知又流落到了皇宫。”

容贵妃反问道：“你可知这宝盒中藏着什么惊天之谜？”

虞锦摇了摇头，认真地说道：“我并不知晓。”

“很抱歉，我不能将宝盒交给你。”

庞芴衣有些急切地问道：“为什么？我们打不开宝盒，留着这宝盒又有何用？”

容贵妃看了虞锦一眼，说道：“既然连乾坤门的人都来寻找这个宝盒，说明这个宝盒非常重要。既然如此，我宁愿将宝盒留在身边，将来在你我危难之际，说不定可以用来保全你我的性命。”

庞芴衣还要相劝，容贵妃却突然打断他的话，反问道：“芴衣，难道你千难万险地进宫来，就是为了帮着这个女人将宝盒要走吗？我对你日思夜想，你何苦对我这样残忍？”

“那我只问你一句，你是从哪里得到这个宝盒的？”

容贵妃略一垂眸，显然不想对虞锦说实话，见庞芴衣始终眼神明亮地望着自己，终是不愿在他面前耍弄心机，于是回道："是宁王。"

虞锦大惊，问道："宝盒怎么会在他的手里？"

"这个我也不清楚，当年我进宫时，他便将这个宝盒给了我，只说宫中定有可以打开这个宝盒的钥匙。宁王曾经多次派人催促我，我也不得其法，所以，这个宝盒就在我的手里藏了这么多年。"容贵妃回答道。

"对，当年是他将你送进宫的，但是我不明白，既然你与仪王两情相悦，为什么会答应进宫呢？"虞锦不解地问道。

容贵妃冷笑，回道："当初我和芴衣情投意合，我甚至以为宁王会依他之言为我们两人操办婚礼。谁知，芴衣被他调走，进宫见驾时，他威胁我，如果我不按照他的吩咐进宫侍奉阗帝探听虚实，便会取芴衣的性命。我心里怕极了，却怎么也找不到芴衣，只得乖乖答应他进了宫。"

庞芴衣回忆起那段不堪的往事，悔恨交加，哑声说道："她进宫的第二日，我便回到了南屏，最可笑的是，我们还在路上撞见过彼此的马车，却根本不知道对方的行踪。这一别，便是数年。我曾经质问宁贼，宁贼说是她爱慕虚荣，贪图荣华富贵，求他送自己进宫去的。所以，那段时间，我恨极了她，恨她负心薄情，将她千辛万苦让人送来的书信统统撕掉，看也未曾看过。直到有一天，我发现宁贼暗地里与她往来的书信，才知晓当年是宁贼逼迫她进宫的。"

虞锦轻叹一声，造化弄人，她心中也着实为这一对璧人惋惜不已，说道："我明白你的良苦用心，只是这宝盒留在身边是福是祸，一切都不是定数。夜深露重，你们闲话少说，我先回东宫，一会儿你出去后，我会让人将你送出宫。往后，如若再有机会，我会再让人安排你们相见，只不过，再见也不过是徒添伤感，如果事发，不光你们不能全身而退，就连小皇子也会受到牵连。"

虞锦朝庞芴衣点头示意，旋即离开。断曲始终守在门外，见到虞锦走出之后，用目光询问虞锦是去是留，虞锦笑着说道："过一会儿，你就和仪王一同出宫吧。”

断曲没有料到虞锦会这么快做出决定，于是微微怔住，虞锦取笑他，说道：“咦，看来你还是愿意在这里做太监，不如留在这里算了。”

“我宁死不屈。”

虞锦失笑，说道：“你先回涌金楼，过几日，我再让人将你带进东宫。”

虞锦回到东宫之际，突然意识到自己遗漏了一个很重要的问题，那就是——庞芴衣离宫之后，断曲定会为了追查到段丽华的下落，而对其紧追不舍，依照庞芴衣的个性，想必不会对断曲假以辞色，想到此处，虞锦一时之间有些坐立不安。

程裳明显察觉到虞锦的担忧，还未等问虞锦，便听见虞锦说道：“裳儿，你速速去宫门，见到断曲和仪王离宫后，你便跟在断曲身旁，寸步不离，直到仪王离开，断曲回到涌金楼。”

程裳猛然间听见虞锦的吩咐，先是羞红了脸，看见虞锦神色认真不像是在开玩笑，旋即也正色道：“裳儿知道了。”

正在此时，程衣从门外匆匆走进来，险些与程裳撞个满怀。程裳正要打趣，见程衣面色暗沉，含着几分慌乱，才讪讪作罢，小声嘟囔着离开。

程衣眉头紧锁，眼底流露出几分骇色。虞锦极少见程衣如此神色，心下一沉，于是起身问道：“可是虞屏那边出了什么事？”

澄瑞宫。

连续多日都被噩梦惊醒的虞屏，辗转反侧，难以成眠，隔着厚厚的床幔，隐约看见有人影在晃动，虞屏惊骇之余，缓缓坐起身，却见床幔被一把剑挑起，有个青色人影如同闪电般迅即来到虞屏的跟前。

或者是因为心虚，虞屏在晚上也一直用黑纱遮面，那个人影如同鬼魅一般，低喝道：“把面纱摘下来！”

那声音清冷，如同从地狱传来一般，令人生出彻骨的寒意。虞屏打了个冷战，手却悄悄探向了玉枕下，谁知，那如同鬼魅一般的人看也未看一眼，随手便将手中的剑掷了过来，虞屏只觉得刚触到玉枕下的匕首的食指和中指之间如同透心之凉，一时竟料不到那人的剑法竟是如此精准。

“你是谁？报上名来，竟然胆大包天私闯本郡主寝室！”虞屏强作镇定地喝道。

寝室内一片沉寂，就在虞屏以为那人不会再开口说话之际，那冰凉入骨的声音再度响起：“我最后再说一次，把面纱摘下来！”

“你究竟是谁？”虞屏颤声问道。

那人用剑挑开虞屏的面纱，微微露出诧异之色，又似是如释重负地轻叹了口气，寒眸轻凝，散发出无尽的杀气，剑身已经抵向虞屏的脖颈间。

“师父手下留情……”

虞锦推门而入，急切地喊道，疾步上前，挡在了虞屏的面前。

此人正是虞锦的师父陆枫，她蹙眉低喝道：“你来这里做什么？此人已经看到为师的真容，为师断不能留她在世上。”

陆枫正欲再度递剑，虞锦猛然间挡在了虞屏的面前，说道：“师父，请您放过她。”

陆枫手腕轻抖，用剑尖点了虞屏的睡穴，虞屏便软软地倒了下去。

虞锦回头看去，见陆枫的力度拿捏得正好，连虞屏的衣物都没有任何的破损，不禁暗暗咂舌，看来陆枫的功力比从前更加精进了。

“她究竟是什么人？你竟然为她忤逆为师？”

“她叫虞屏，是徒儿的妹妹。至于她为何成了承宁郡主，说来话长，不过徒儿可以保证，她不会泄露师父您的行踪，今晚之事，只当没有发生过。”

“看在你求情的分儿上，为师可以放过她，如若她敢走漏任何风声，为师还是会取她的性命。”陆枫冷冷地说道。

虞锦看了昏睡过去的虞屏一眼，松了口气，说道：“谢谢师父。师父，您为什么会亲自下山来皇宫找承宁郡主？如果您不知道承宁郡主是徒儿的妹妹假扮的，那您又以为会是何人？”

“为师以为是她……”陆枫说到这里，突然意识到自己失言，于是打住话头不再提起。

虞锦心中转过无数个念头，却依旧没有猜出来陆枫与承宁郡主到底有何关联。

陆枫在椅子上坐定，气定神闲地看着虞锦，说道：“对于乾坤门的弟子来说，下山即为修行。为师对于你下山后的行径也略有耳闻，为师不管你到底陷入何种感情纠葛之中，那也意味着是一种历练。可是，你是否还记得为师让你下山的目的？”

“师父，徒儿记得。”

“可有找到宝盒的下落？”

虞锦沉吟一番，终究没有吐露出容贵妃的身份来，只是含糊地说道：“据徒儿所知，宝盒在一个人的手里，想要从那个人手里拿到，还得费一番周折。”

“你尽快找到，跟为师回乾坤门，从此不要再下山了。这红尘，来过一番便罢了，终究不是我们乾坤门人的长久涉足之地。”

虞锦微怔，没有料到陆枫会要求自己回到乾坤门永不下山，却还是没有将诧异露在脸上，只低低应了一声，不再说话。

陆枫起身欲离开，虞锦在其身后追问陆枫要去何处，陆枫却不肯正面回答，只说去会一会故人。虞锦想要继续追问宝盒当中到底藏着何种隐秘时，陆枫已经飘然离去，如若不是榻上还躺着仍旧昏睡不醒的虞屏，虞锦甚至以为刚才不过就是一场了无痕迹的梦一般，来无影去无踪。

虞锦暗自庆幸陆枫没有察觉到自己失去了功力，否则……

虞锦现在没有真气，不能点开虞屏的睡穴，又生恐离开后虞屏出了任何意外，只得在一旁默默守着等她醒来，意外的是，虞屏醒来之际对虞锦仍旧是冷嘲热讽。

“你以为这样我就会对你感恩戴德？谁知这会不会又是你们布置

好的一场戏？”

虞锦站起身，紧了紧身上的披风，说道：“你明知不是这样。天亮了，我该走了，你好自为之。”

见虞锦这般冷淡疏离，虞屏有些气急，在其身后喊道：“不要以为我不明白，你们就是想要逼我主动承认我不是真正的承宁郡主。我告诉你，那绝对是不可能的。这个郡主，我做定了。”

虞锦仿若未闻，在易了容的程衣的接应下，离开澄瑞宫偏殿，回到了东宫。

平生在庭院里走来走去，焦急不安，在看见虞锦回来之际，才露出欣喜之色，慌忙迎上去，说道：“虞姑娘，您可回来了，主子在里面等了一夜了。”

虞锦本想先回到房间换身衣着再去见李润，始料未及的是李润已经在房间里相候一夜，顿时有些愧疚，于是朝着平生点了点头，便疾步进了房间。

李润和衣靠在榻上，半眯着凤眼显得有些憔悴，在看见虞锦归来之后，仍旧沉着脸，可是眸底的担忧到底消失，没有半分温度地说道：“我让人给你准备了些吃的，你用过后再歇着吧。”

李润起身欲离开，虞锦见李润动了怒，想也未想地便从他的身后抱住了他，低声道：“你就这样生气离开，我岂能安心？”

李润本想隐忍不发，却在虞锦的温言细语之中被激发出了更大的怒气，低喝道：“那你可曾想过你一夜未归，我又如何能安心？你在宫里想要筹划什么事，不想对我说，我不追问，因为我想给你的是毫无束缚的自由。但是，你如今武功全失，你应该知道我是多么想护你周全，不再让你出任何意外。你把我置身你的事外，我却不曾有片刻的离开。”

虞锦将脸贴在他的后背上，轻轻地摩挲着，说道：“是我不好，我思虑不周，没有考虑到你的感受。”

李润还要抬步朝前走，虞锦不得已松开了手，有些痴怨地问道：“你还是不肯原谅我？”

李润斜睨了她一眼，说道：“我是想吩咐平生，让他将早膳送过来，今儿个我陪你一起用。但是你要答应我，往后不管去了哪里，都要记得派人给我说一声。”

虞锦笑着点头，挽住李润的手，两人相视一笑，刚才的不快顿时烟消云散。

虞锦将要去上早朝的李润送出门，便在程衣的服侍下歇下，吩咐程衣也稍作歇息时，顺便问起了程裳。原来程裳竟也是一夜未归，不过知道她是与断曲在一起，虞锦稍稍安心了许多。

虞锦见程衣心事重重的样子，只以为程衣不过是担心程裳，哪知自己醒来后，会在桌子上看见一封书信。原来程衣在安排虞锦进澄瑞宫时，无意中得知慕容城已经离开了皇宫。程衣生怕这辈子再也找不到慕容城的踪迹，于是想要去寻他，只是她却没有脸面在虞锦最需要她的时候提及此事，只有修书一封，独自离开。

虞锦苦笑，暗道：“程衣，你若是前去寻找自己的幸福，我岂会阻拦你？”

程衣出了皇宫，便策马朝天容山而去，只不过半个时辰，便进了山，迂回反复到了凉亭。

万物复苏的时节，天容山上还有些冷，程衣走得急没有带上披风，如今只能身着单衣坐在石凳上，静静地等候着慕容城。一日，两日，三日过后，程衣滴水未进，枯坐于此，已经脸色发青、形容枯槁，只是目光中却没有丝毫的怨怼和失望之情。

仿佛她知晓，他一定会来。

程衣慢慢从石凳上滑落，失去意识之前，恍若听见了悠扬的琴声，眼前有一人身着白衣、脚不沾尘地缓步而来，宛如仙骨，脱俗不凡。程衣含笑说道：“我知道，你一定会来。”

“我只是不想眼睁睁地看着有人死在我的面前。人命在万物面前虽渺小，却仍旧容不得这般践踏。”慕容城将琴置于桌上，将程衣扶了起来。

程衣扯住他的衣袖，痴痴地望着他，说道：“冥冥之中，我就感觉到你一定会再次来到这里，果不其然，终于让我等到了你。”

慕容城静默不言，想要扯开自己的衣袖，却发现程衣似是用尽了全身的力气紧紧握住。慕容城狠了狠心，略又用了几分力气，谁知，竟将程衣拽倒在地，可是她仍旧不曾松开手中的衣袖。

“这一次，我绝不会放你离开。我说过，哪怕你要去天涯海角，我也会陪伴在你左右，此生无悔。而且，我也坚信，如若你对我无情，又岂会来到这里？你在回避自己的感情，我只能步步紧逼。”程衣抬眸，目光炙热，牢牢地盯着慕容城，生怕他转眼间便会消失不见一般。

慕容城终是有所动容，不敢回视程衣，口气却略有松动，说道：“我虽自负有通天之才，可是回望这一生，却总是在他人的事端上徘徊抉择，至今也不能摆脱。”

“无论任何事，我都愿与你一起承担，生死与共。”程衣的话似是誓言，坚定不悔。

慕容城沉吟了片刻，此时望向程衣的目光含了几分光彩，将手缓缓朝程衣递了过去，正在此时，一枚暗器突然破空而来迅即而至，正中程衣后背。这突然的变故，令一直沉浸在情爱思绪中的慕容城措手不及，竟连施救的机会都错失了，眼睁睁地看着程衣昏死在自己的怀中。

慕容城点了程衣身上的几处要穴，小心地扶着她躺下，头枕在自己的腿上，用手拨了几下琴，琴声凌厉，暗含警告之意，冷然说道：“出来吧。”

陆枫从凉亭后走出来，走至慕容城的身前，眼神复杂地看了一眼枕在慕容城腿上昏死过去的程衣，唤道：“师兄……”

“乾坤门改门规了吗？我竟不知乾坤门门主可以下山了。”

慕容城的语气平静而自然，陆枫的面容却瞬间变了颜色，紧咬着下唇，良久才说道：“这个门主之位原本该是师兄的，是师兄让给了我。”

“如果不是此番见到了你，我早就忘了。”慕容城淡淡地说道。

“不管师兄怎么看待我，我永远都会记得师兄的这份恩情。”陆枫说道。

“不必这样说，要不是你力排众议将我逐出师门，想必我早死在乾坤山山顶了。乾坤门门主继任之后，终其一生也只能修改一项门规，而你在继承的那一刻起，便为了我修改门规，保全我的性命，说起来我也是很感谢你的。”

陆枫见慕容城的语气疏离淡漠，似是心中落差极大，失望地摇了摇头，说道：“不，不是，我告诉过自己，要忘记那可怕的一幕，可是自从你离开乾坤门之后，我却从未有过一天的遗忘。师兄，我真恨自己当初为什么会争强好胜，我宁愿输了的那个人是我，那样即便我被你处死了，也好过我今日所受的折磨。”

“不要再说了。往事重提，有何意义？今日的你我，都是各自的命缘，顺势而为即可，不必心中存有埋怨。”慕容城说罢，将琴负在背上，将程衣扶起来欲抱在怀里离开。

谁知，陆枫却抢先一步，握住了程衣的脉门，疑惑地问道：“师兄，你这是什么意思？你难道真想与此女双宿双飞？”

“我的事，不劳乾坤门门主费心。云水之涯，各安天命。”

陆枫急切地问道：“你可知她是谁？她虽不是乾坤门的在册弟子，可是她一身武功均是由我传授。”

“别说她不是乾坤门的弟子，即便她是，又与我何干？如今，乾坤门再神通广大，也不能来干涉我这个闲散之人。”

陆枫明显被慕容城的话激怒了，她用力将程衣的手腕执起，浑身积聚的真气随时会喷涌而发，逼问道：“所以，你连她的死活也不顾了，对吗？如果你执意要带她走，我便杀死她。”

慕容城的眼眸如寒月初现，低喝道：“陆枫，你到底意欲何为？放手！”

陆枫握住程衣的手腕越发加大了力度，竟令昏死中的程衣也蹙紧了眉头，陆枫喃喃低语道：“师兄，这世上有那么多的女人，你为什么偏偏对她动了心？我不允许你们在一起，我不允许。”

话音未落，慕容城的指风已扫过陆枫的面门，陆枫面色突变，似是不相信慕容城竟会对自己动手，或者说是不相信慕容城竟会因为程衣而对自己动手。陆枫闭目，宁愿执拗地生受这一指，刹那，慕容城指风偏离，险险从陆枫耳旁滑过，几根断发飘落之时，指风所到处，不远处的一棵树上的枝杈也应声断裂。

“师兄，我说过，我宁愿死在你的手里，这样总好过我每日承受的煎熬。但是，我却不许她陪在你的身边，永远不许。否则，我追到天涯海角，用尽一切手段，也要将她杀死。师兄，你一向都知道我的性子，言出必行。”

慕容城眼神中滑过一丝迟疑，终是被陆枫的话镇住，似是要将刚到手的珍宝拱手相让一般不舍，朝着陆枫说道：“你走吧，我不想再见到你。等我救治了她，我会独自离开。”

陆枫松开了程衣的手，从怀里拿出一个小玉瓶，放在石桌上，说道：“这是我从乾坤门带下来的疗伤圣药，还是当年你按照上古的方子精心配制的，你给她敷上，最多三五日便可痊愈。”

慕容城没有应声，甚至没有再看她一眼。陆枫看着慕容城怀中的程衣，流露出隐晦苦涩的神情，转身飘然而去。

李润见虞锦身边没有一人，便将平生留在了她的身边，又生恐虞锦在宫中再出意外，只得带着虞锦又回到了太子府。虞锦叮嘱平生，一定要派人守在宫门，接应回来的程裳和断曲，届时知会他们回到太子府即可，平生笑言早已准备妥当。

当日程裳依虞锦之言在城门前紧盯着断曲，果不其然，断曲当真一直紧追着庞芴衣，程裳拗不过他，只好也跟在了他的身边。可是，他们却不知这一切早已被庞芴衣察觉，当庞芴衣知晓其中一人便是程裳之后，也动了心思，怎容错过能接近程裳的机会？庞芴衣始终在城郊处绕来绕去，又实在不忍程裳劳累，最终才将他们引至藏匿段丽华的地方。庞芴衣暗自撤去守卫，让断曲成功接近到段丽华。程裳守在门外，而庞芴衣就在不远的暗处注视着程裳。

当断曲推门而入之际，段丽华坐在榻上，正在缝制衣物，见断曲走进来，不可置信地揉了揉眼睛，喃喃地唤道：“断曲，是你吗？”

断曲看见段丽华时，激动不已，疾步过去与段丽华握手而立，热切地说道：“姐姐，我终于找到你了，我们赶紧离开这里。”

段丽华抽回了手，犹豫地说道：“不，我还不能走。”

断曲喊道：“为什么？我们姐弟刚刚相认，难道你忍心让我们失去彼此吗？”

段丽华转过身，似是不敢面对断曲，说道：“我还在等待机会，你、我、志儿，我们三个人受到的屈辱之仇，我一定要报的。”

“就凭他庞芴衣一个人就能帮你报仇吗？他能帮你的，我也能帮你，我还有三个至亲的朋友……”

段丽华苦笑道：“不。如今虞志生死不明，我想要你好好活下去，至于我，只要能报仇，我死不足惜。”

最终，段丽华以死相逼，断曲只得含泪与程裳一同离开。程裳见断曲心情郁闷，于是说尽好话来逗他，却始终不奏效。两人一前一后地回到了锦然居。

程裳以为虞锦动了怒，与断曲相视一眼，断曲正要将责任全部揽下，便听见虞锦说道：“除了担心你们的安危，我没有生气，也没有资格生气，骨血之情，本是情理之中。”

“衣姐姐呢？怎么一直不见她？”程裳四处环顾，不见程衣，疑惑地问道。

虞锦平静地说道：“她走了。”

“哦？衣姐姐去了哪里？”

程裳还没有意识到虞锦话中的深意，断曲却神色突变，一瞬间就跟被抽了魂一样，失落至极，看了虞锦一眼，似是从虞锦的目光中得到了鼓励一般，疾步而出，飞奔离开锦然居。

第二十八章
红妆卿狂　博帝王多情

天容山上，当断曲听见悠扬的琴声慢慢寻至凉亭之际，慕容城已离开。断曲见程衣坐在石凳上，头枕手臂卧在石桌上，疾步走过去，见她受伤处已经被乾坤门的手法包扎好了后，心中了然她与慕容城之间定然有过纠葛。

断曲抱着程衣走下山，将她放在马车上，程衣却突然醒了过来，见出现在自己视线内的人竟是断曲，十分诧异，勉强坐起身来，朝外看去，焦急不安地问道："怎么是你？"

"不要找了，他已经走了。"

程衣心下一沉，断曲的话瞬间引爆了她的失望情绪，她有些失控地喊道："是不是你暗算了我？是不是你对他说了什么？他不可能就这样抛下我离开，否则他就不可能来天容山，否则他也不可能对我伸出手……"

"程衣，醒醒吧，他已经走了，不会再来了。"

程衣崩溃得痛哭，全然不顾后背上的伤口，想要挣脱开断曲的钳制，下马车去寻找慕容城。断曲轻点她的睡穴，程衣才安静地躺在断曲的怀中，脸颊上还挂着晶莹的泪珠，断曲用手指轻轻拭去她的眼泪，心中悲苦，将她带回了锦然居。

程裳将程衣安顿好。断曲留在房间内，将遇见程衣的前前后后全部说与虞锦听，见虞锦不动声色，于是又再三强调说道：“这明显就是乾坤门的手法，可是我不相信慕容城会伤害程衣。”

虞锦望着断曲，沉吟着说道：“师父下山了……”

断曲大惊，脸上滑过不可置信的神情，说道：“到底是何事，竟令她敢破坏门规下山？”

“我还不知道。”

虞锦思虑过后，最终没有将陆枫前去虞屏房间刺杀承宁郡主的事情告诉断曲，潜意识中，这既是保护虞屏，也是在保护断曲。

虞锦几日不曾见到李润，恰巧平生得知程衣在锦然居静养后来探望，于是虞锦想要向平生问个究竟。

平生却不肯吐露实情，含笑说道：“虞姑娘，您还是饶了平生吧，我家主子要做的事，平生哪敢过问？不过，平生可以向您透露一点，我家主子做的事或许是与姑娘有关。”

见平生这样说，别说是虞锦，就连在一旁侍候的程裳也跟着好奇，威胁道：“平生，不要怪你裳姐姐没警告你，现在不说，以后想说，你裳姐姐也不会给你机会。”

“平生还有事，先行告辞，就不劳裳妹妹相送了。”平生一边疾步朝外走，一边喊道。

程裳气得直跺脚，虞锦失笑，心中却因为平生的话开始挂念李润。

程裳说起程衣终日不思饮食，虞锦要程裳去陪着程衣，多说话让她分心，就不会再过多记起慕容城了。程裳笑言那是自己的拿手绝活，旋即拧腰转身去了程衣的房间。

正在此时，房间内却闪身进来了一个人，虞锦定睛看去，忙起身行礼，唤道：“师父，怎么是您？”

陆枫在桌前坐下，环顾四周，冷冷地问道：“这么说，乾坤门的骨气就丧失在精致的鸟笼之中了？竟让你宁肯散了功力也不足惜？”

虞锦想向陆枫解释，见陆枫一摆手不耐烦听，只得说道：“师父，徒儿有负师父的教导，徒儿甘愿受罚。”

“当年你被送上山，带着断曲那小子闯过了生死关才存活下来，为师本对你寄予厚望，想要你历练过后继承为师的衣钵。谁知，才不过下山短短一年多的时间，你竟会丧失武功，成了一个废人，你要为师有何颜面回去见乾坤门诸人？”陆枫越说越气，猛然间拍了一下桌子，竟将桌子砍去了一片。

虞锦缄默，明知陆枫话中有话，却不愿主动提起。

果然，陆枫扫了虞锦一眼，问道：“你可知乾坤门弟子武功全失，会触犯哪一条门规？”

“虞锦记得，唯有一死。”虞锦说得淡然，却是连自称徒弟都不肯了，一瞬间，她与陆枫的距离，又回到了几年前初见的场景。

虞锦还记得当时，自己和断曲才从蛇窟里侥幸捡了性命活下来，同时还有三四个同龄的孩子，均混迹野外，都已是衣衫褴褛、脏陋不堪，就在那时，陆枫出现在他们的面前，说会好好教习他们武功，并且意味深长地说事关生死，所以要他们好生习练。小小年纪的他们还不明白陆枫话中的深意，只觉得能吃上可口的饭菜，穿上干净的衣服，睡在房间里的榻上，身边没有突然会出现的毒蛇，做梦都要笑出了声。断曲就像是尾巴一样，每日每夜都跟在虞锦身边，虞锦除了呵斥他不准落泪外也不恼他，只随着他去。那几个女孩子出言嘲笑断曲，断曲脸上都是一副无所谓的神情，唯独对虞锦却是言听计从。

终于，在半年后，陆枫将几人召集起来，说道：“如今，乾坤门只能收取一名正式弟子。这就意味着，你们这些人当中，只有一个人能存活下来。所以，我要你们做的就是杀死对方。谁活下来，谁就是我的弟子。”

宛如晴天霹雳一般，这些刚以为自己从此可以过上正常生活的孩子，一下子陷入崩溃之中，纷纷哭泣起来。唯独虞锦紧咬着唇站在那里一言不发，断曲慢慢靠过去，握住虞锦的手，似是对虞锦也似是对自己，小声而坚定地说道："不能哭，不能哭，哭也是无济于事，只能加快死亡的速度。"

无论如何哀求挣扎，几人还是被陆枫赶至了一个大的空屋，那四名女孩站在一起，用敌视的目光看着目光中充满坚韧毅力的虞锦和断曲。

有两名女孩持剑朝着虞锦刺过来，而另两名女孩则朝着断曲而来。虞锦的武功与她们都在伯仲之间，平日里习练时不分高下，所以同时应对两名敌手时，难免招架不住，更不用提还未被陆枫传授过武功的断曲。

断曲仅凭着身子灵活和虞锦偶尔教过的武功招式，勉强躲避着对方的杀招，虽是如此，身上已有好几处被砍伤，却还是硬撑着身子不让自己倒下。虞锦凭着眼角的余光，看见断曲这副惨状，激发了心中的重重怒火，奋力一击，竟将其中一个女孩刺穿心口。不过，虞锦的后背也被另一个女孩划伤，火辣辣的刺痛让虞锦萌发了更大的斗志。

当她杀死其余三名女孩，把断曲从她们手里救下后，瘫软在地，却仍旧紧紧握住手里的剑，手指僵硬，失神地看着那几人的尸首。断曲如同一个血人一般，爬了过来，握住虞锦的手，掰开她的手指，将她手中的剑弃于一旁，说道："走，我们出去。"

陆枫站在院中，听见房间里初始的激烈打斗之声到最后一切声音都归于平静，然后房门被打开，虞锦和断曲两个似是从血泊中爬出来的人相互搀扶着站在那里。

陆枫微微眯了眯眼睛，掩盖住诧异之色，说道："我说过，你们当中只能存活一人。"

虞锦和断曲相视一眼，说道："我们两个都不会死，死便一起死。你可以杀死我们，却不能逼着我们其中一人杀死对方。"

陆枫用剑指向虞锦，说道："好嘴硬的丫头，你不杀死他，我便杀死你。他的生死我并不关心，可是我想要你明白一个事实，你甘愿牺牲性命去维护的人，未必会有你想象中那么可靠。”

断曲看了虞锦一眼，用手抹了抹脸上的血水，朝陆枫说道：“你说得对，你不在意我的生死，你更没有想过我会活下来。要不，我跟你打一个赌，如果我赢了，你就不要再逼她了。她做你的弟子，而你也答应我留在她的身边。”

陆枫自然不会把断曲放在眼里，想也未想便说道：“好，我就给你一个机会，我答应你便是。”

断曲两手相握，问道：“你来猜，我共有几根手指？”

断曲话音刚落，陆枫神色突变，她知晓，当她应下这个赌约时便已经算是输了，不管她答有几根手指，断曲都会有办法让她输掉。当下陆枫只诧异地看着这个满脸血迹却看不清面容的少年，只见他目光明亮，带着被轻视过后想要给予敌人重重一击的决心望着陆枫。

“除非异数，人均有十指。我认输便是，你不必意气用事，不值得。”陆枫此时口气开始松动。

“值不值得不该由你来评判，是由我。”

断曲不顾虞锦的阻拦，手起刀落，将自己的尾指生生切断，强忍着剧痛，望着陆枫和虞锦，额间细密的冷汗簌簌落下，不过片刻，便失去了意识，昏死过去。这就是断曲会断掉一指的原因，也是虞锦甘愿舍命保护断曲的原因，因为两人已结下坚实而不容人质疑的情谊。

当两人真正踏进了乾坤门后，陆枫便默认了断曲始终追随在虞锦左右的事实，经常有意无意地指点一下断曲的武功，两人因此也结识了随侍在陆枫左右的程衣和程裳。

陆枫轻咳一声，虞锦才从回忆中乍然醒来。陆枫终是没有下定决心，说道：“我给你一年的时间，如若你不能恢复武功，那时我再来取你的性命。而我要用这一年的时间，在蛇窟上看着那群孩子在生死之中挣扎，重新选拔出一位弟子，就如同当年的你。”

此时，始终坐在湖边守护锦然居的断曲，凭着敏锐的听力，察觉到虞锦房间里的异响，迅即赶了过来，正巧撞见陆枫朝外走去。断曲大惊，闯进房门看见虞锦安然无恙地坐在椅子上时，才拍了拍胸口，松了口气。

“你没事吧？怎么看起来脸色这么苍白？”

虞锦看着断曲，认真地说道：“断曲，我有一种直觉，虞志就在乾坤门，正如当年的你我，被送进蛇窟做了蛇虫……”

断曲震惊万分，旋即说道：“如果真是这样，我要赶紧回乾坤门一趟，救出虞志，期望上苍能够怜悯我的姐姐，让我可以找到虞志。”

“你去吧，记得不要让人知晓你的行踪，更重要的是不要撞见我师父，依着她的性子，是不可能要你带走虞志的。她宁愿一剑杀了他。”

“那她为什么要暗算程衣？”

虞锦苦笑，说道：“原来你也猜出是她了。”

虞锦和断曲又说了几句话，便打发断曲赶紧上路返回乾坤门，只是她没有告诉断曲，她只有一年的时间来恢复自己的武功，本想要断曲调制丹药为自己提升功力，如今觉得寻找虞志不让他在蛇窟内丧命更为重要。

是日，李润来到锦然居，神情轻松，想要带虞锦去一个地方，平生在一旁朝程裳眨了眨眼睛，也似是极为喜悦。原来，李润想要带着虞锦去的地方，竟是虞府。虞府已经修葺一新，仆从也陆续从各处回来继续服侍，而落狱之后一直境况不明的虞展石，也候在了门口，见到李润走近，忙跪倒在地见礼。

原来这就是平生说起的李润为自己做的事情，虞锦心中感激，于是朝着李润微微笑了笑，本欲说声谢谢，在李润目光的无声阻止之下便没有开口。

虞锦大喜，扶起虞展石，见他在狱中数月却似是过了数十年一般苍老不堪，双鬓已经完全发白，眼神中也没有了往日的算计和趋炎附势，看见虞锦之后目光中充溢着的都是对亲情的渴望。

李润将虞锦送回后很快离开，把平生留下与程裳一起保护虞锦。

虞展石一直不知虞锦的诸多遭遇，见此有些不解和诧异。

虞锦与虞展石进了书房说话，没有他人在场，虞展石念及虞屏，老泪纵横，说道："我虽然承蒙圣恩和太子援手，得以从天牢中释放，可怜你妹妹却被一把火活活烧死，我宁愿死的人是我这把老骨头啊！"

虞锦明白，虞展石在牢内还不知对虞屏的死有多愧疚、心痛，于是说道："父亲，其实妹妹没有死。"

虞展石愣住，本以为是虞锦在安抚自己，在看见虞锦一脸正色之后，才急切地问道："那屏儿呢？她在哪里？"

"只不过她已经不再是虞家的人了，她在慕容紫的澄瑞宫，如今她是宁王的女儿承宁郡主。"虞锦无奈地说道。

虞展石瞠目结舌地听虞锦将过往解释了一遍，才强迫自己能够接受虞屏会武功并受制于石相、翼王的事实。虞锦答应，会尽力安排虞屏出宫与虞展石见上一面，虞展石这才稍感宽慰。虞展石问虞锦是否搬回虞府，虞锦犹豫片刻，说想要推迟几日再搬回来。

虞锦返回太子府见到了握书而立的李润，全然不顾程裳和平生在身边，便扑进了他的怀中。程裳和平生笑着离开，李润却显得极为享受，单手搂着虞锦，另一只手仍旧握着书卷，朗声诵读着，语气轻快洒脱，饱含压抑不住的笑意。

"想笑就笑出来吧，憋坏了身体，还怎么做太子？"虞锦说道。

李润终于按捺不住，轻笑出声，露出难得的开朗神色，说道："我终于做了一件让你感到开心的事情。"

"让我父亲在石相眼皮子底下走出天牢，你肯定费尽了心思，怪不得这些时日我总是见不到你。"虞锦用手轻轻捏了捏李润的脸颊，笑着说道。

"你开心就好。"

"我父亲已然回府，不必急着要他官复原职，还是待石相之事尘埃落定后再说吧。"

"我早知道你会是此心意，所以已经回禀父皇了。"

两人好久没有在一处说话，不知不觉地便到了夜晚，平生和程裳送来晚膳，一起用过之后，李润才将虞锦送回了锦然居。

宁王李通返回南屏，临行之际，想要再见承宁郡主，承宁郡主却仍旧托病闷在房里，直到李通离开之后，承宁郡主才进澄瑞宫去见慕容紫，提出想要住回宁王府。慕容紫自然不允，谁知那承宁郡主却倔强得很，竟亲自去乾元殿回禀了阗帝，阗帝自然万分应允，并派秦伦送承宁郡主出宫，将其安顿在了宁王府。

虞锦得知后，要程裳替自己进宁王府去见虞屏，要她回虞府与虞展石见上一面，虞屏有些惊讶，却没有应声。程裳回来安抚虞锦，说虞屏一定会回虞家的，毕竟她是虞家的骨肉血脉，不会弃虞展石的爱女之心不顾的。

没几日，断曲风尘仆仆地赶了回来，走进锦然居之后，虞锦期待地朝他身后望过去，见他只是孑然一人，顿生失望之情。

“难道是我料错了？否则怎么会有人无缘无故地往乾坤门再送一批蛇虫？”

断曲疲惫的面容突然绽放出笑意，说道：“你没有料错，我已经将虞志带回来了，知道虞府已经修葺过，就将他送回了虞府。虞大人见过他之后很是开心，并答应会藏好他。”

“好，断曲，你先去歇着，明日我们再一起回去看他。”

断曲似是十分振奋，说道：“嗯，明日我再去见我姐姐。我如果告诉她这个好消息，她一定会答应跟我走，毕竟，再也没有比她和虞志团聚更重要的事情了。”

虞锦笑着附和，心中却酸涩不已，她记得断曲曾经说过，要带着段丽华和虞志远离尘嚣，到一个杳无人烟的地方，过上无忧无虑的生活。这是不是意味着，她即将要失去断曲这个至亲好友？

虞府。

趁着夜色，虞屏身着披风，将全身包裹得严严实实地进了虞府，发现自己从前的院落虽然因大火而烧成废墟，可是如今虞展石已经命人修葺翻盖，心中有说不出的滋味。虞屏见虞展石的书房内有灯光，于是鼓足勇气推门而入，见坐在书房的人不是虞展石，而是失踪许久的虞志，不禁大吃一惊。

虞志在见到虞屏后，目光中流露出惊恐之色，朝后退了几步，将书架上的书籍撞落在地，忙低头弯腰开始拾捡。

虞屏目光凛冽，瞬间又变得柔和起来，说道："志儿，你怎么会在这里？"

虞志站起身，目光澄明清澈，定定地问道："二姐认为我不该在这里吗？那么二姐以为我在哪里会更合适？"

"志儿，你还在怪二姐那日不小心失手刺伤了你吗？二姐不是故意为之的，二姐只是想以此来试探下父亲和大姐是不是真的心疼你，可是看来看去，最疼你的人，还是二姐。"

虞屏说着话，慢慢靠近虞志。起初虞志很是紧张，在虞屏握住自己的手腕之后，却突然大力挣扎起来，朝虞屏身上乱抓乱扯。虞屏一时气恼，朝虞志后颈砍了一记手刀，见虞志昏倒在地，才松了口气。

虞屏怕被人瞧见，于是背起昏倒的虞志，将他神不知鬼不觉地带离了虞府。而虞展石回到书房之后，找不到虞志，看见地上散乱的书籍下面藏着自己曾经写满"屏"字的纸张，才骇然明白虞志的失踪与虞屏有关。

次日，虞志再度失踪的消息传到了太子府，断曲顾不得多问，彻底乱了方寸，疾奔离开锦然居。李润得到消息后，也赶来锦然居，与此同时，守在虞府的暗卫回来禀报，说石相正命人将虞展石带至丞相府。

李润面色一沉，低喝道："石相真是胆大包天，你父亲是我父皇亲自下旨释放在府中禁足的，他石相竟敢私自将人带走？平生，你调令三千兵马围住丞相府，我进宫去见父皇。"

虞锦连忙拦住李润，摇了摇头，说道："不行，你不能与石相再有正面交锋。此事我亲自去丞相府，定然会将父亲安然无恙地从丞相府里带出来。”

李润蹙眉，略一沉吟，朝着平生说道：“你带人抄近路，赶在石相的人回府之前，将虞大人救出来。”

平生点了点头依言而去，离开之后程裳才匆匆进门。程裳还不知究竟，看虞锦和李润面色不佳，只得将程衣不见了的话含在嘴里没有说出口。

断曲策马狂奔，赶至段丽华的藏身之处，见里面已经空无一人，想必是仪王庞芴衣跟随宁王一同回了南屏，临走时将院落里的人全都撤走了。断曲见段丽华那日缝制的衣物，整整齐齐地叠好放在榻上，断曲打开来看，见是给自己和虞志各自缝的一件外袍，于是顾不得其他，赶紧装在包裹里一起带走。

平生守在临近石相府几十丈远处的巷口，只等着石相的人带着虞展石路过此处便动手救人。谁知，目光所及处，却看见有个人影从极远处缓缓走过，似是重伤初愈的程衣，平生心下一紧，见石相的人始终没来，于是便想先去追上程衣问个究竟。

平生疾步朝程衣离开的方向飞奔而去，没过片刻，便追上了程衣，只见程衣失魂落魄地站在那里望着平生，面容憔悴，让人看起来心痛不已。

平生生怕惊吓着程衣，用最温和的语气询问程衣，程衣却似是有些迷茫，说不知自己要去哪里。

“程衣，跟我走，我送你回去。”

平生握住程衣的手腕，程衣顺从地点了点头，未等平生流露出欣喜之色，便远远看见石相的人带着虞展石进了丞相府，心下大惊，知道自己竟第一次没有完成李润交付的差事。

因为手里还握着程衣的手，所以平生自然不能将此刻的情绪称为悔恨交加，只是有些埋怨自己办事不力，不能两者兼顾。谁知，程衣却突然惊醒了一般，朝着平生的后背用力砍了一掌，平生只觉得气血翻腾，一口气提不上来，险些窒息。

饶是如此，平生也未曾松开程衣的手，程衣再度举掌时，平生闪躲开，点了程衣的睡穴，将她抱起，放在马车上，叮嘱车夫将她送回太子府，自己便又折返回丞相府。

断曲在丞相府附近撞见了段丽华，段丽华说自己正是得到虞志落在石相手里的消息，所以才这样急切地赶了过来。段丽华想要独闯丞相府，断曲宁死不肯，段丽华要断曲答应自己，如若有个万一，断曲必须带着虞志逃走，不必顾及自己的性命。断曲知道如若自己不肯答应，那么段丽华势必不会让自己跟随进去，所以只得应下。

断曲在前面为段丽华开路，所幸那些人都是见过段丽华的，知道石相曾经抱着这个女人进府，所以也不敢诸多为难，让断曲和段丽华顺利地进了丞相府。

丞相府中间的庭院内架着一堆柴火，上面绑缚着一个眉清目秀的八九岁的少年，正是虞志，他口中塞着棉条，只能发出“呜呜”的声音，似是在渴求存活下去的希望。

不远处的凉亭上，石相坐在里面喝着茶，看到被人押进来的虞展石，冷笑不已，说道：“凭着你的女儿依附于太子，你就敢背叛我，今日我就让你眼睁睁地看着你的儿子死在你的面前。”

虞展石看着虞志，猛然跪倒在地，乞求石相可以放过虞志，说道：“石相大人，他还不过是个孩子，您就高抬贵手放过他吧。下官可以发誓，一定会以您马首是瞻，再无二心，只求您能饶过他。”

石相却更加愤怒，喊道：“这就是你们所谓的父子之情？今日，我倒是要看看，你这个做父亲的，到底肯不肯为自己的骨肉去死。”

虞展石微怔，看了一眼被绑在木棍上的虞志，那一刻似是下定了决心，认命地低声说道：“下官愿意。”

就在此时，一名女子跌跌撞撞地朝着柴火堆而去，被石相派人拦下拖到了凉亭处，这名女子正是段丽华，她急切地喊道：“你赶紧让人放他下来。有什么罪孽，我都可以替他去承受。只要你肯放过他，我什么都依你，什么都依你……”

石相朝段丽华招了招手，暗示她在自己身边的石凳上坐下。段丽华想要过去，被断曲一把拉住，段丽华附在断曲耳边低声道：“我前去拖住他，你去救志儿，记得，救了志儿，你就赶紧带着他离开。这个老匹夫是不会杀我的，我会找机会逃走的。”

断曲还要再说，在看见段丽华哀求的眼神后，只得应下，悲愤地瞪了石相一眼，旋即缓缓朝火堆挪步。

此时此刻，段丽华怎么可能有闲情逸致以缱绻缠绵来与石相周旋？只疾步上前握住石相的手，不住地哀求。

石相俯下身，看着跪在自己脚下的段丽华，柔声说道：“丽华，这么多年过去了，你的模样一直刻在我的心里，你就让我看你一眼，看看真正的你。”

“好，我答应你，但是你得答应放过我的志儿。”

石相点了点头，说道：“这个自然。你应该明白，我要的只是你，至于那个孩子，与我没有关系。”

段丽华听见石相这般说，欲言又止，看了虞展石一眼，终是没有将心里的话说出口。她起身取出自己腰囊里面的药丸，用手捻开，然后在自己脸上轻轻地涂抹着，不过片刻，脸上覆着的那层粉状物全部掉落在地，此刻的段丽华竟似脱胎换骨换了一个人，绝色容颜，最最关键的是，她的容貌竟有七分像极了慕容紫。

便是在此刻，所有人方才明白过来，石相喜欢的人是慕容紫，可是他不能明目张胆地喜欢慕容紫，所以将情意投在了段丽华身上。这也就是石相视天下的女人如同虎狼，却单单会极为呵护段丽华的原因。

也正因为如此，段丽华不能以真面目示人，那样会暴露了石相的秘密，也会招来杀身之祸。

庭院里所有的人都被段丽华的容颜所吸引，她没有慕容紫身上的端庄，却多了几分长年浸染在红尘迷醉里的妖媚，令人不由自主地便想亵玩亲近。

石相的目光变得更加柔和，他握住段丽华的手，慢慢地摩挲着，嫌恶地看了虞展石一眼，说道：“丽华，真不知你为什么会甘心留在他身边八年，可惜了你这副容貌。”

正在这时，断曲已经靠近火堆，丞相府的守卫围攻断曲，断曲奋力抵抗着，离火堆越来越近。

段丽华回头看了一眼，急得落泪，咬了咬牙，对石相说道：“你不能伤了志儿，你会后悔的。他是……”

段丽华见石相痴痴地望着自己的面容，于是从发髻之间拔出银簪，在自己的脸上猛力一划，血珠四溅，绝美的脸上因为有这样深刻入骨的伤痕而显得狰狞，有一种令人触目惊心的凄美。

石相却连着“啧”了几声，显出一副惋惜的神情，叹道：“丽华，你这是何苦呢？你难道不明白吗？你如果没有了这副容貌，我还怎么会喜欢你？我如果不喜欢你了，又怎么会怜惜你儿子的性命？正好，就让你们夫妻在一起，眼睁睁地看着你们的儿子死在你们的面前。”

石相说罢，神情突变，看向段丽华的神色开始变得憎恨不已，将段丽华的手冷冷地推开，朝远处挥了挥手，惬意地端起了茶盏。

段丽华不可置信地朝后望去，见石相已经命人点起了火堆，大为惊骇。断曲发了狂一般，应对着源源不断而来的守卫，手中的剑如同蛇舞盘转，所到之处均有守卫横尸当场。

火堆熊熊燃烧起来，吞吐出夺命的火焰，不停地朝着高处的虞志喷涌而去。虞志瘦小的身子在木棍上扭来扭去，不停地躲避挣扎，却无能为力，他口中“呜呜”的声音越发大了起来。

段丽华转身朝虞志奔过去，半路却被人拦下钳制住不能动弹，段丽华绝望而凄厉地大叫起来：“志儿，志儿……”

正在此时，丞相府的门被撞开，虞锦扮作金玉公子，一身白衣首先踏步走进来，她身后数十名以一敌百的暗卫，在平生的指挥下，全数涌进来，朝着围困断曲的方向而去。

断曲如虎添翼，很快与暗卫携手将大部分守卫击退，断曲才得以获得片刻的喘息，一跃而起，砍断虞志身上的绳索，揽着他的身子从火堆上跳了下来。

此时，段丽华已经奋力挣脱开那几名守卫，扑过来紧紧抱住了虞志，惊喜不定地痛哭流泪。

石相将茶盏狠狠往地上掷去，喝道："金玉公子，你好大的胆子，竟敢闯进丞相府，你就不怕本相在皇上面前揭穿你的真面目？还是你以为有太子撑腰，就可以在本相府中肆无忌惮？"

虞锦见石相已经命守卫不再上前，于是也一挥手，命令暗卫全部停止攻击，集合在一处随时听候调遣，只是远远地，她总感觉这石相府内有一处地方，还有人用如鹰般犀利的眼神躲在暗处窥视着这一切。虞锦环顾四周，却没有察觉到任何异样，只得作罢。

虞锦走近石相的凉亭，将虞展石扶起，示意虞展石朝暗卫身边靠近，虞锦不慌不忙地朝石相说道："石相以为是拿捏到了金玉的短处了吗？那么金玉手中握有石相多少痛处呢？要不要金玉一一说来？"

"金玉公子不会想就这样把他们带走吧？你把本相的丞相府当成什么地方了？本相容不得你们说来就来，说走就走。再说，本相倒真是不明白，金玉公子手里到底掌握了本相的什么秘密？不妨说来听听。"石相面现阴鸷地说道。

"难道石相不明白，承宁郡主之事，不会就这样了吗？"

石相冷笑，说道："当日在朝堂之上，你们没有办法证明她是假的承宁郡主，难道如今就有证据了？如果没有铁证，皇上怎会相信你的话呢？"

"石相不要忘记了，如今的承宁郡主究竟是金玉的什么人，当日在朝堂之上，金玉只是顾忌她的性命，所以才不肯拆穿她的身份。如今金玉的几位至亲都在你的手里，金玉岂会再坐以待毙？实在不行，金玉也只能舍弃她，来挽救眼前这几位至亲的性命。这样一看，划算得很。"虞锦扫了在场之人几眼，早在虞锦提及承宁郡主之际，石相已经挥手让部分守卫退了下去，留在庭院中间的人，唯有心腹。

果然，当虞锦说罢，石相眼中滑过迟疑之色，似是在掂量虞锦话中的真假，良久，神情颓然，开始有所妥协。

而此时，却有一人蒙着面纱从暗处走了出来，此人正是假扮承宁郡主的虞屏，她走至虞锦跟前，愤然地说道：“你此话当真？”

虞锦见虞屏走近，暗自叹气，当下也明白过来，躲在暗处的定然还有另一个人，便是翼王。虞锦朝着虞屏走出的方向看去，见那边帘幕飘动，不见任何人的踪迹，知道翼王已经异地而去。

虞锦握住虞屏的手，附在她耳边低喝道：“要么你现在跟我走，要么你当场杀死我。”

虞屏怔住，一时之间竟忘了如何应对，也忘记了挣脱开虞锦的手，所以她没有察觉到虞锦已然失去武功，否则照她的脾性，当场就会给虞锦难堪。

“姐姐、志儿，我们终于团聚在一起了，我们赶紧离开这里。”

断曲给段丽华敷了药，包扎了脸上的伤口，背起虞志，扶着段丽华，朝丞相府外走去。

正在此时，突然有一支冷箭朝段丽华射去，断曲警觉地出手攥住冷箭，电光石火之间，另一支冷箭却呼啸而来，刺进了虞志的后心处，虞志连惊呼都来不及，便头歪在一侧，闭目死去。

虞锦来不及去安慰断曲，转过身看向冷箭射来的方向，那里已空无一人，没有任何一个守卫。

虞锦看了虞屏一眼，只见虞屏看着虞志的尸身紧紧咬着唇，被虞锦握着的手渐渐浸出冷汗，却咬紧牙关，不肯说出一句话。

石相也似是未曾料到会有这般局面，见平生带着暗卫将昏死过去的段丽华和发了狂的断曲等人都带了出去，才转过身，看向缓缓走出来的翼王，蹙眉问道：“你何苦为了杀这么个不相干的人暴露自己的行踪？”

翼王的眼睛里却绽放着别样的神采，似是野兽嗅见了猎物的味道，意味深长地对石相说道：“总有一天你会知道，这个孩子对于我来说，不是毫不相干这么简单。”

石相有些不解地看着翼王，心下却有种恐惧蔓延开来，在看见虞志淌在地上的血迹时，突然觉得有些毛骨悚然，他忙移开目光，目视翼王走远，才跌坐在石凳上。

这一场闹剧为谁而演，又因谁结束？

出了丞相府，回到虞家，虞锦命人安顿好段丽华和断曲，拉着虞屏进了书房。

虞屏这才回过神儿来一般甩开了虞锦的手，冷冷地问道："你不是说要揭穿我吗？你最好现在就进宫见驾。"

虞锦毫不犹豫地打了虞屏一个耳光，喝道："为了救父亲，救虞志，救断曲和断曲的姐姐，我这样说，何错之有？你还有脸计较，虞志因为你才死掉的。你已经杀他一次了，你就忍心看他再次死在你的面前？"

虞屏捂住疼痛的脸，喃喃问道："你怎么知道的？"

"我虽然不过才见过虞志，可他是在虞府长大，将你当作亲姐姐来看待的孩子，我真想不到你竟会这般泯灭亲情杀害于他。虞屏，你太让我失望了。"虞锦眼神中已经毫无温度。

虞屏似是想要解释，于是喊道："你也看见了，出手杀他的人，不是我。"

虞锦轻叹一口气，冷笑着说道："如果不是因为你，虞志又怎能进丞相府？如果不是因为你，出手杀虞志的人又怎么会出现在丞相府？虞屏，你难道真要我指出来，那个人究竟是谁吗？"

正在此时，虞展石走进来，垂头丧气地坐在椅子上，似是不认识虞屏一般，仔细端详了虞屏近一刻钟，才哑声说道："你走吧，从今往后，我只当没生过你这个女儿。"

虞屏的眼眶顿时酸痛不已，强自压抑着泪意，望着虞展石和虞锦，一步步地朝后退去，及至门口，转身飞奔而去。

第二十九章
箫鼓丝竹　覆暮春绣罗

太子府。

平生跪在庭院中的青石路上，程裳站在一旁，想要拉他起来却被平生推开，急得程裳朝屋里面高声喊道：“太子殿下，您就饶了平生吧，他不是有意为之，毕竟他将衣姐姐带回来了，也算是功劳一件，不是吗？”

虞锦从虞府回来，正巧听见程裳的话，当即明白究竟是何事令李润如此勃然大怒，于是忙上前去扶平生，说道：“你且起来，我与你家主子说会儿话，如果他还想责罚你，你再回来跪着也不迟。”

在虞锦的坚持下，平生存着半分迟疑，却被程裳不由分说地拉着离开。

虞锦走进房间，李润正站在窗前，自然看到了刚才那一幕，未等虞锦开口说话便抢先说道：“你不用为他求情，更何况他还是办砸了关于你的差事。你可能觉得我有些过于绝情，其实平生心里应该也清楚，他自小跟着我，性格谨慎沉稳，但是不管办砸了何种事情，我都从未责罚过他，唯独这一次……”

虞锦走近他的身边，朝他会心一笑，说道：“你不是因为他没有完成你交代的任务而气怒，你只是想要在我丧失武功后全心全意地保护我，不让我置于任何危险的境地，不让我自己想要关心和保护的人受到伤害，因为你想用事实来证明，你是完全可以保护我的，你是可以让我依赖和信任一辈子的。”

李润自嘲地苦笑，说道：“可惜出师不利，头一件事便办成如今这副模样。虽然你父亲得以获救，但你弟弟惨死丞相府，我难辞其咎。”

“不关你的事。虽然我不知他为什么一定要让虞志死，但是我知道他迟早会得手的，因为他用最高明的手段控制住了我的另一个亲人。”虞锦看见李润眼中的疑惑，随即解释道，“所谓最高明的手段，就是情爱。”

虞府。

段丽华拥被而坐，神情痴傻，抱着枕头，不停地唤着“志儿”，原本如花似玉的面容已被狰狞丑陋的疤痕占据。断曲推门而入，看见段丽华这副模样，心如刀绞，想要夺过段丽华手里的枕头，无奈段丽华却死命抓住不肯放手。

“你放手，你放手，不要伤害我的志儿，不要……”

断曲本欲大声朝她喊叫，要她明白虞志已不在人世，可是又怕她承受不住打击，彻底崩溃，于是缓缓松开了手，绝望地走了出去。断曲想到了一个人，一个可以让他释放仇恨的人。

断曲趁着夜色潜进宁王府，很快便找到了虞屏所在的房间。虞屏察觉到异响，转过身正待问是谁之时，断曲的剑已经抵在了她的咽喉处。

“你想要杀我，没有那么容易。”

虞屏以不可思议的角度斜转腰身，避开了断曲的剑锋，顺势踏步而出，握住了置于桌上的剑，朝着断曲迎面一击。断曲手举剑鞘抵挡，另一只手持剑朝虞屏面门刺去，虞屏身形灵活得如同泥鳅一般一转，断曲刺出去的剑已然落空。

两人一来一去已有数十个回合，虞屏一直没有落入下风，于是不免有些心高气傲地说道：“乾坤门出来的人，武功也不过如此，可恨我从前还会心存忌惮。”

断曲低喝道：“此话何意？难道是后悔没有早些将虞志置于死地吗？”

虞屏微怔，却难以弃掉女子心性，口是心非地说道：“你说得没错，我就是后悔了，那又如何？”

断曲心中大怒，于是挥剑时再也不曾心存余力，当下将虞屏逼得毫无招架之力。此时虞屏才面色突变，知晓断曲的武功绝不是自己可以对抗的，心思百转，未等想出计策，断曲的剑尖再度抵在了自己的脖颈间。

“告诉我，杀虞志的人是谁？”

“我不知道。”

“我再问一遍，射箭之人究竟是谁？”

断曲的目光中浮起嗜杀之气，虞屏惊骇地朝后退了几步，断曲的剑尖却如影随形，让她无法躲避，可是即便她有再多的恐惧，却仍旧紧紧咬着下唇，不肯透露那个人的一字半句。

“既然你执意不肯说，那就怪不得我了。”

断曲挥剑如同光影一般将虞屏全身罩住，虞屏情知难逃一死，于是认命地闭上眼睛。谁知剑气退去，虞屏倏地睁眼见断曲已在三步开外，未等开口说话，便察觉到自己左手的尾指剧痛不已，而地上还有一截被断曲砍断的指尖。

虞屏用手点了自己几处穴位，用手掐住断指处，强忍着剧痛却连哼都未曾哼过一声。虞屏执拗地不肯求饶，只以嘲讽的目光看着断曲，揶揄道：“就算你有一身好武艺又如何，还不是跟在她的后面，任她驱遣，跟一个仆从小厮无异。”

断曲冷笑道：“虞志虽不是你亲手所杀，却仍旧与你有莫大的关系。我本当杀了你，可你终究是虞锦的亲妹妹，我只要顾及她一分，就不能让她为你有半分的伤心。”

断曲从怀里掏出一瓶药，扔到虞屏脚下，说道：“这是上好的疗伤圣药，你用也罢，不用更好。以后不要再让我看见你，否则我怕自己会忍不住杀了你，还有，我一定会查出杀虞志的那个人是谁，到那时，看看他是否会这般护着你。”

虞屏在断曲提及那人之时，因为忍痛而扭曲变形的脸上却绽放出神采，一脸自信地说道：“他一定会的。”

断曲离开之际，转身朝虞屏认真地说道：“我这条命是虞锦救的，没有她，我早就不在人世了。所以，我甘愿受她驱遣，听从她的命令做任何事，她待我的情谊，就连你这个亲妹妹也是不能体会的。因为你对她只有恨之入骨，而我和她之间却是共患难，情谊坚。但是，你总归是她的亲人。”

虞屏捂着断指，跌坐在地上，想起断曲刚才的话，心生恍惚，猛然间甩了甩头，目光中又恢复了往日的恨意，她拿起地上的小玉瓶，思虑再三，仍旧是敷在了断指上。

锦然居。

虞锦醒来之际，见程裳朝着自己欲言又止，追问之下才得知，断曲已经站在庭院内守了一夜。

虞锦忙披衣走出去，见断曲一副任凭虞锦处置的凝重神情，于是诧异地问道：“断曲，可是虞府出了什么事？我很抱歉，我没有践守诺言让虞志不受到伤害，以至于他在丞相府被人杀害。我知道你一直想要保护你的姐姐和虞志，这种保护家人的心情，我感同身受。”

断曲突然打断虞锦的话，迅速问道：“如果我伤害了你的家人，你会怎么办？”

虞锦微怔，旋即意识到断曲话中的深意，于是强作镇定地问道：“你杀了虞屏？”

“我只是让她得到了应有的惩戒。”

虞锦听闻断曲说罢，心下一沉，已不知该说怎样的话来应对，只觉得像是断了臂膀一般痛彻心扉。断曲看见虞锦的神情，心中受到极大的伤害，淡漠地转身离开。程裳跺了跺脚，忙朝着断曲离开的方向追了出去。

而不远处，程衣却似是早已听见两人的对话，平静地说道："他不可能会杀了二小姐，就算是为了你，他也会放弃报失去亲人之仇。你这样失言问他，就是不信任他，就是在质疑你们的友情，这比杀了他都令他难受。"

虞锦悔恨交加地点了点头，说道："我说出口的刹那，便知道错了，可恨我当时心如乱麻，虞屏虽可恨却也只是一个可怜人，她有罪却不至死。"

"那虞志呢？又何其无辜，他就该死吗？"程衣说罢，便欲离开。

虞锦在其身后追问她要去何处，只听见程衣淡淡地说道："我去宁王府，帮你看一眼二小姐，只有这样，你才能放心。"

虞锦问道："今日誉王要启程回梁川封地，你要不要随我一同前去送行？"

程衣沉吟了许久，终是苦笑地说道："你是想说，要我去誉王的大军中见慕容城吗？不必了，他不会随大军一同出发，再说，他不想见我，我去了也是无用。"

城郊，天容山下。

虞锦骑在马上，静候着段无妄的马车从此处经过，不过一刻钟工夫，马车在虞锦几丈远处停下，车内的段无妄掀开车帘，朝着虞锦招了招手，示意她进来。

虞锦无奈地笑了笑，见马车周围没有段祥的身影，心下以为他还在为程裳的事而羞恼，所以避开了自己。虞锦刚登上马车时，突然察觉到有些异样，还未等仔细辨别，就被车厢里伸出来的一只手给拖了进去。

虞锦差点儿跌撞在段无妄的怀抱中，顿时蹙眉冷目地看向他，谁知，却发现今日的段无妄竟与往日有些不同，虽同是潇洒不羁的神情，却暗含着几分魅惑之状，举手投足间自有另一股风流，再仔细看去，只见段无妄额间还覆着一块抹玉，刹那，虞锦突然明白过来，此人并不是段无妄，而是与其长得一模一样的白无想。

虞锦朝后移了移身子，与白无想拉开距离，不动声色地问道："你为什么这么急着回梁川？翼王还没走呢，你倒急着离开。皇上一向对你恩宠有加，你如果请求皇上恩允你继续留在阳城一段时日，想必他会欣然应允。"

白无想突然邪邪一笑，凑近虞锦低声道："你舍不得我离开？那你的太子殿下可怎么办？"

虞锦轻轻掸了掸自己的衣角，似是有些嫌恶地说道："誉王真是说笑了，还是回去好生应对你那成群的姬妾吧。"

白无想微怔，旋即又笑了起来，说道："只要你肯答应，本王立刻遣散了她们，只留你一个。"

"不耽误誉王启程了，咱们后会有期。"

白无想却突然出手握住了虞锦的手腕，虞锦心下一沉，顿时恢复如常神色，问道："不知誉王还有何事？往日誉王可从来不这般拖泥带水。"

白无想戏谑道："那也比不得你此刻的装模作样，明明已经瞧出了我是谁，却依然不动声色企图要强溜走。"

虞锦见白无想已挑明，于是也不再假以辞色，用力甩开白无想的手，蹙眉问道："段无妄在哪里？"

"他好端端地在某处温柔乡睡着呢，但是如若你不肯答应我的要求，只怕他就只能做个风流鬼了。"白无想双手抱胸，靠在马车车厢内，好整以暇地看着虞锦。

虞锦猜得到，定是白无想对段无妄使了手段，将其藏匿在某处，于是问道："你究竟想怎么样？"

白无想胸有成竹地说道："我要你带我进宫见驾。"

虞锦惊骇地问道："你想要进宫刺杀阗帝？你休想，特别是你以这副面容……"

"我进宫不是去做刺客的，我只是有个问题，想要亲口问一问皇上，不管答案如何，我都不会轻举妄动。"白无想收敛起不羁的神情，一脸正色地说道。

"如果我不答应呢？"

"那么段无妄就只有死路一条。"

"我不相信你会杀他。"

"那你姑且试试看。"白无想见虞锦不作声，于是又补充道，"你以为看见一个跟自己长得一模一样的人会是什么心情？我相信段无妄只怕也想杀了我，只不过我们俩都不能亲自动手，否则杀了对方也跟杀了自己一样。那种感觉很奇怪，你是没有机会体会了。"

"好，我带你进宫，但是你要答应我，你不伤害阗帝，也不伤害段无妄。否则，你就是逃到天涯海角，也会有人誓死追杀你。"

"这个自然。"

虞锦眨了眨眼睛，说道："可我还是不放心，不如你吃下我手里的这颗毒药，三日之后才会发作，只要你安分，信守你的诺言，三日之后我就给你解药。"

白无想看见虞锦掌心处的红色药丸，想也未想便拿过来送入了口中，丝毫不以为意。

其实，虞锦知道白无想为什么要自己带他入宫，因为他以为段无妄必须手持腰牌才可入宫，谁承想段无妄承受浩荡皇恩，屡犯宫规而不受罚，身上自然也不愿多带一块腰牌，只是白无想却不清楚这个事实。

虞锦扮作金玉公子，手持太子府的腰牌，带着白无想进宫，谁人都不会怀疑白无想的真实身份，更没有人会料到这个誉王竟是他人冒充的。

远远地瞧见秦伦带着几名小太监，端着汤药往乾元殿而去。秦伦看见白无想后以为是段无妄，所以格外亲近熟稔，唤道：“皇上昨夜看了一夜的奏折，又上了早朝，如今这会子头痛，又不肯喝药，王爷好歹劝上一劝，要皇上千万保重龙体才是。”

白无想点了点头，没有说话。秦伦诧异地看了白无想一眼，被虞锦轻咳一声引开了注意力。

阗帝因身子不适，所以便让人将奏折全部搬进了偏殿里，半卧在榻上批阅奏折。已是初春天气，他的腿上还盖着毯子，偏殿的角落处竟还搁了两个火盆，上了年纪终究是耐不住寒，连秦伦掀开了门帘灌进了冷风，都忍不住一阵猛咳。

秦伦将汤药搁在桌上，赶忙为阗帝拍背顺气，旋即便朝着白无想使了个眼色，似是在请求白无想能开口劝一劝阗帝。

白无想却从看见阗帝的那一刻起，一言不发，像石雕一样站在那里。

许是阗帝也察觉到了偏殿内的气氛有些异样，于是抬起头来，看了白无想一眼，目光含笑地从桌上拿了一方砚，不无宠溺地说道：“无妄，朕听说你不是今日要启程回梁川吗？也罢，如若改了主意，就留在宫里多陪陪朕。来，你过来瞧瞧，朕新近得了一方上好的砚，给你留着呢。”

白无想仍旧一言不发，这下连秦伦也意识到了有些不对劲，忙看向虞锦，虞锦轻轻地摇了摇头，示意秦伦暂且不必慌张。

阗帝坐直了腰，见白无想兀自不动，于是笑着说道：“无妄，你今日这是怎么了？往日见到朕总是嬉皮笑脸没个正经，怎么今日这么安稳？倒令朕觉得很不习惯。”

虞锦站在白无想的身旁，明知依着自己的武功，绝不可能抵挡白无想的突然异动，只得压低了声音说道：“别忘了你的诺言，不要伤害这里的每个人。”

白无想似是没有听见虞锦的话，只牢牢盯着阗帝，目光复杂，良久才一字一板地说道：“我不是段无妄。”

此言一出，阗帝震惊，却没有表示出任何的怀疑，而是用愧疚和爱怜的眼神重新审视着白无想，口唇翕动，艰难地说道：“朕还以为这辈子都没有机会再见到你了。”

“我原本也没有想过来见你，”白无想平静地说道，“如若不是在青州撞见了他。”

正在这时，偏殿内突然闯进来一个人，华服上沾满污渍，袍角也被扯破，饶是狼狈不堪，也看得出一分贵族气质，想必为从禁锢中逃离也颇费了一番周折。而虞锦也如释重负一般，疾步走向他，相视一眼，默契地站在了一处。

阗帝看见段无妄，眼神一下子又热切起来，再看向冷若冰霜的白无想，眼神又晦暗起来。这两个一模一样的俊美男子，搅得阗帝心中七零八落，百般滋味。

虞锦见秦伦看直了眼，于是悄声对他说道：“秦公公，咱们还是出去吧。”

“老奴……”

“有誉王在，你还有什么不放心的？你就在殿外好生守着，别叫人进来瞧见就是了。”

虞锦离开之际，回头看了段无妄一眼，两人交换了一个眼神。虞锦又看了白无想一眼，谁知白无想竟也一直看着她，于是虞锦忙移开目光，随着秦伦离开偏殿。

大殿上仅剩下阗帝、段无妄与白无想三人，气氛诡秘而又隐含着万分的期许。

段无妄首先开了口，说出的话令人啼笑皆非，只听他突然打破缄默问道：“当年，我和他，谁先出生的？”

白无想挑了挑眉，看了段无妄一眼，也在静等阗帝回答，看来他也是极为好奇这个问题，这等于两人互相默认了对方为自己的同胞兄弟。

阗帝答道：“无妄先出生，然后是无想。无想额间有一枚朱砂红痣，所以，你们两兄弟很好辨认。”

段无妄得意地看向白无想，而白无想却因为阗帝的答案脸色倏地沉了下去。

“这些都是朕从唯一幸存的稳婆口中得知的，当年你们的母妃惨死，你们的姨妈一气之下诛杀了殿内所有的知情人，将无想抱走。如若不是那个稳婆侥幸存活，朕永远也不可能知晓，朕在这个世上还有一个儿子，却不知流落在了何处。朕日思夜想，天天挂念……”

阗帝话音哽咽，老泪纵横，朝白无想伸出的手，在白无想冷漠无情地扭转头之后，终是痛苦地垂落下去，然后伏在书案上，肩膀耸动。一代帝王在面对亲情时，也脆弱如此，也不过是一个渴望享有天伦之乐的老人。

“你却不知我有多么恨你，我天天都在想何时能够见到你，我的母妃为什么会惨死宫中，是不是有人加害于她？如果是，这么多年，你为什么会让那个罪人逍遥法外？”白无想愤恨地问道。

段无妄却似是不愿意重提旧事，不冷不热地说道：“都过去那么多年了，重提这些有什么意义？你既然进了宫，就说说往后你有什么打算，是回青州还是跟我回梁川？”

白无想冷笑，说道：“我凭什么要跟你回梁川？天下有你这样一个声名狼藉的誉王就足够了。”

阗帝似是想用尽一切力量来讨好白无想，说道：“你想要什么，只要朕给得起，全都给你。”

“好，我想要这江山。”

阗帝微怔，脸色再度晦暗，说道：“帝王大业不是儿戏，连太子也渐渐开始明白，即便他将来继承大统，他得到的也不是锦绣江山坐享繁华，而是得担当起百姓基业的重任。”

白无想略带嘲讽地说道：“不必说这些冠冕堂皇的话。我想要的，自然不要你施舍，我会自己拿回来。毕竟，这是你欠我的。这江山纵使我来坐，又如何？”

段无妄横了白无想一眼，对他的话嗤之以鼻，说道：“终有一天你会明白，对于你我来讲，做一个帝王绝对不是一个好的选择。”

乾元殿。

石相已经在殿内候了小半个时辰，见到秦伦从殿门前经过，忙唤住他，问道："秦公公，不知皇上何时才能召见本相？"

秦伦似是有些心绪不宁，心不在焉地回道："石相大人请在殿内静心等候，老奴会再替石相大人通报。"

石相点了点头，只得走回殿内，来回踱步，看起来焦急不安，没过片刻，似是听见了轻轻的脚步声，还以为是去而复返的秦伦，于是忙回转过身迎上去，谁知出现在自己眼前的那个人，却是慕容紫。

石相诧异地朝后退了半步，左右环顾，只听慕容紫说道："我已经屏退了殿内外的所有宫人，此刻这里就只剩下你我二人。"

石相焦急道："这也太冒险了，小心隔墙有耳，如果让皇上瞧见你我在一起，那么……"

"石净修，你给我住嘴！"慕容紫对石相怒目而视，低喝道，"既然你这样惧怕，惧怕了二十年之久，那么当初，你又何必倾情于我？是谁在我耳边信誓旦旦地说过爱慕之情，然后又将我弃在深宫不闻不问？"

石相不敢直视慕容紫，嗫嚅着说道："你明明知道我不能弃君臣之义于不顾。"

"你所谓的君臣之义，难道就是趁皇上不在时，用身体去安慰他酒醉不醒的皇后？"

慕容紫步步紧逼，石相节节后退，当后背靠在柱子上时才止住后退的步伐，喃喃地说道："那时的你失宠于皇上，繁丽奢靡的澄瑞宫犹如冷宫一般，我奉皇上之命，前去宣读赐封皇贵妃的圣旨，你接旨之后拉着我的衣襟，不让我离开，我就留在了澄瑞宫，陪你饮酒，再往后你酒醉不醒，搂着我的腰身，我一时意乱情迷……"

慕容紫苦笑，嘲讽地说道："原来这二十年的过往，不过就是你一时的意乱情迷，你让独守深宫二十年苦苦支撑的我情何以堪？"

"谁知你竟然怀上了孩子。如果不曾事发，或者就不是如今这番局面，你会做一个名正言顺的皇后，而翼王便是名正言顺的太子，将来继承大统，而我会倾尽全力辅助他做一位明君。谁知竟会东窗事发，你境况堪忧，而我则在皇上面前厚着脸皮周旋，皇上不杀我，不过是怕这桩丑闻泄露出来，再者因为我当年救过他的性命。最让人痛心的是翼王，他自小被送去冰天雪地的平度，受尽苦楚和别人的冷眼。他是最无辜的，却是受牵连最大的……”

慕容紫逼近石相，说道：“他恨你我入骨。所以，你更应该为他挣出一条活路来。你难道还看不出来吗？太子迟早要登基，到那时，阗帝难免不将这个秘密告诉他，太子为帝王之时，怎么会容下一个和他毫无血缘关系的王爷？”

“要我怎么做都可以，哪怕是死，因为这是我欠你们的，只是我不能背叛皇上。君臣之义，是我最后的底线。”石相思虑再三，终是艰难地做出了决定。

慕容紫狠狠地打了石相一个耳光，附在他的耳边，低声道：“那你就等着你的儿子被人杀死。到那时，我看你还怎么有脸提及君臣之义。”

殿外，翼王靠在廊柱上，听见石相和慕容紫的谈话，心口处如同有一把锋利无比的刺刀，在慢慢凌迟着仅存的能感受到疼痛的那一部分，原来真相不过就是龌龊的一夜风流，而自己就是那罪孽之花开放后的果实。

翼王气血翻腾，猛然间咳了起来，大殿内的慕容紫和石相听见声响走出来，见大殿门口站着的人竟是翼王，均流露出诧异的眼神。

慕容紫想要伸手去拉翼王，谁知翼王却嫌恶地退了半步，一字一板地说道：“你们的话，让我感到恶心。”

慕容紫失控地掩嘴哭泣，石相眼睁睁地看着翼王走远，却连追上去的勇气都没有。

慕容紫临走时对石相说道：“你瞧，即便我们为他而死，他也会如此厌弃我们，但是如果我们不为他挣一条活路，那么我们势必悔恨终生。我知道当时是你派人来行刺我的，我不怪你，你与我一样的心思，只是为了能让泽儿留在阳城。如今，我希望你还是跟我一样……”

虞锦出宫之际，远远地看见翼王走在前面，于是心思一转，疾步追了过去。

虞锦拦在翼王身前，平静地看着他，问道：“是你杀了虞志，对吗？你为什么要杀他？他不过就是个孩子，与你无冤无仇，你为什么要这样狠心？”

翼王用帕子遮住口鼻，又猛烈地咳了起来，没过一会儿，翼王用帕子拭了拭嘴角，说道：“是他自己杀了自己，与本王无关。”

“你胡说，你难道想要否认，那日朝段丽华和虞志射出那两箭的人不是你？”

翼王正待说话，突然似是再也压抑不住，张开口朝地上喷了一口血。虞锦骇了一跳，忙问道：“你这是怎么了？我让人给你叫太医。”

翼王摇了摇头，残留在嘴角的血迹令他看起来格外妖艳，说道：“不必了，本王的身子本王知道，一时半会儿死不了。这个世上，总有能让我活下去的理由。即便天下人都负了我，我也不能负了自己。我还有好多事要做，就不陪你在此闲聊了。”

翼王离开了，虞锦站在原地却为翼王刚才的神情和举动疑惑不解，他看起来似是受到了极大的打击。虞锦轻叹一声，知道看似羸弱不堪的翼王并非善类，他工于心计，善于谋划，如若他不是这样的出身，想必一定会是李润的劲敌。

想到李润，虞锦马上动身去寻找他，谁知出宫门之际，才知晓李润已经进了宫，于是又匆匆原路返回，在乾元殿前寻到了李润的身影。

李润诧异地看着虞锦，问道：“你不是前去为誉王送行了吗？怎么突然进了宫？是有急事找我吗？你让平生传个话就行，何苦自己跑一趟？”

虞锦听见李润关切之至一连串的发问，心里暖暖的，朝他微微一笑，可是事关紧急，于是也只得收起暧昧神色，用正经的口气对李润说道：

“我是打算去送誉王出阳城的，可是谁知，我见到的那个人，却不是段无妄。”

李润微怔，用目光询问虞锦，在得到虞锦的肯定后，旋即万分震惊，说道：“他既然进了宫，那么父皇……”

虞锦知道李润担心阗帝的安危，于是说道：“段无妄已经脱险回宫了，此刻他们三人在一起，我们总应该相信段无妄的，皇上一定会安全的。”

李润稍稍安心，于是让平生送虞锦回太子府，虞锦反问李润此刻进宫做什么，李润神色略有些不自然。原来竟是慕容紫召见李润，虞锦虽有些诧异，可是念及目前情势的危急和复杂，也劝他可以与慕容紫好好商谈，避免往后再起争端。

澄瑞宫。

慕容紫因在乾元殿内与石相的谈话被翼王听见而心力交瘁，卧在榻上闭目小憩，才不过片刻，便听见宫女通传李润来见，于是勉强打起十二分精神，从寝宫走到了正殿。

这些年，慕容紫看见李润时，心情总是极为复杂，对于李润长在冷宫并且最终能替代翼王当上太子之事，她总不能释怀，她甚至会想，如果当年她下了狠心斩草除根，将他们母子杀死在冷宫内，或者今天又是另一番局面。至少阗帝当时会因为没有子嗣继承大业，念在以往对翼王的疼爱上，而仍旧维持圣意，不会改变。可是因为这个突然开口说话的孩子，她的泽儿却只能被送往冰天雪地的平度。

可是，饶是她心里有多悔恨、多不甘，她与李润也从未正面交锋过，甚至没有起过任何龃龉，这不光是因为忌惮于阗帝曾经对她的警告，更是因为她心中清楚，阗帝怎样对待翼王，李润在其中都会起很大的干系，而她不想因为自己的私怨，让李润将仇恨转嫁到翼王身上。

慕容紫坐在主座上，与李润略寒暄了几句。李润见慕容紫陷入沉默之中，也不着急，静等着慕容紫再度开口。

果然，没过片刻，慕容紫开口说道：“太子，本宫请你来，只是想请求你一件事。”

“母后但说无妨。”

慕容紫略一沉吟，终究是单刀直入地说道：“太子，如今你继承大统已是定局。本宫想请求你，将来能给翼王一条生路。你若是不想见到他，大可命他永生不必朝见，只待在平度即可。本宫就是想给他挣一条活路而已。”

李润凤眼微眯，突然开口问道：“那么当年，母后又为什么不给本太子的生母一条生路？”

慕容紫微怔，问道：“太子难道以为是本宫杀死了你的生母？”

“难道不是吗？除了你，谁会有必要一定置本太子的生母于死地？你是怕她会威胁到你的地位，所以才动手杀了她，对吗？毕竟当年还是有证据可以指证，是你派人杀了她，只是证据不够确凿，父皇又对你诸多袒护，所以此事才不了了之。这些年，本太子只是不想再起事端，可是并不代表本太子会忘记过往之事。”李润掷地有声地说道。

慕容紫听李润说罢，摇了摇头，冷笑着说道：“本宫可以发誓，当年你的生母绝不是死于本宫之手。本宫承认，对你们母子恨之入骨，可是想要你生母死的人，却绝不止本宫一人。”

这下换作李润诧异不解，于是喃喃问道：“还有谁？”

慕容紫看了李润一眼，神情中充满了肯定和幸灾乐祸的自信，一字一板地说道：“是皇上，你的父皇。你以为他在那种情况下被迫另立太子会是何种心情？你以为他会将你生母罪臣之女的身份公之于众吗？他既然册立你为太子，就必然要做出杀母留子的举动，想必你生母也早已料到这一点，否则又怎会写下那样的亲笔信？太子，你记住，你的仇人，是你道貌岸然坐定天下的父皇，而不是本宫……本宫只是被皇上用来顶罪了而已。”

李润猛然间站起身来，狐疑地看着慕容紫，喃喃说道：“本太子不相信你的谎言。”

“当年你生母在你被册立为太子不久后便缠绵病榻，一连十数日，连太医都查不出个究竟，可她还是死了。”

李润冷笑道：“而且还是死在了你的寿诞之日。”

慕容紫也似是难以释怀，苦笑道：“这就是皇上的高明之处，他用这种手段让人相信，本宫便是杀死你生母的人。其实不用多想也知道，本宫怎么可能选在那一日结果你生母的性命呢？虽然已经过去这么多年了，但是当年为你生母诊脉医治的太医，均已离奇死去，难道就没有别的隐情？再说，皇上是个小心谨慎的人，他在乾元殿的书房从未有人进去过，难保不藏着种种隐秘。你如若不信，大可去查。”

慕容紫话音刚落，李润已经失神地走出澄瑞宫，他的步伐匆匆，似是要将刚才如同梦魇一般的谈话忘却。

在同一天内，这些可以翻云覆雨权倾朝野的人，都面临着人生重要的转折点，不管是自己主动去争取的，还是被迫决定选择的，都一样艰难。或者，人生就是这样，只有在最艰难的时刻逆转，才有可能重新得回主动权。

第三十章
相对忘言　别溪花禅意

锦然居。

虞锦正站在窗前，等着李润从宫中回来一起用晚膳，谁知李润却迟迟不回。当她突然听见身后传来轻微的脚步声时，本以为是李润，转身之际才发现竟是程衣。

虞锦打量着程衣的神情，见程衣面色平静，于是放下心来，又将目光移向了窗外。

“断曲断了二小姐一指……”

虞锦微怔，旋即又恢复淡漠，说道：“这是她应得的教训，断曲已经是手下留情了。”

“你要不要去看看她？”

“只怕她现在不想看见我。”虞锦苦笑，转过身来看向程衣，接着说道，“想必你已经知道了，誉王的车马临时有了变故还未启程，慕容城也不在其中。程衣，如果你想要去找他，尽管去吧。”

“不，我太自私了，我没有顾及你、裳儿和断曲的感受。我被情爱蒙蔽了双眼，我的眼中只看到了他，而如今我倒是感谢他没有带着我离开，否则我只会悔恨交加。”

程衣说罢，似是不愿再提这些事，听见李润回来的动静，于是朝虞锦微微一笑便疾步出了房间。

虞锦站在窗前，笑着看向李润。李润却神情低落，走近虞锦时，似是想要寻求慰藉一般，将她揽在了怀里，下巴抵在她的顶心处，慢慢地摩挲着，似是有千言万语无法言说。

虞锦有些好奇地问道：“出了什么事？难道与慕容紫有关？”

李润摇了摇头，说道：“她告诉我，我生母的死，与……我父皇有关。”

虞锦从他的怀中抬起头，诧异地问道：“你相信她的话？”

虞锦说罢，在李润的缄默不言中得到了答案。虽然信任难以建立，但摧毁信任却十分简单，更何况是李润与阗帝这样的父子关系？看似坚实牢固，却是在无数次如履薄冰中维系的，所以虞锦知道，李润一旦起了疑心，就很难再打消了。

虞锦坚定地看着李润，用力握住他的手，说道：“既然你心存疑惑，那么就由我来助你分辨真假。”

李润在椅子上坐下，揽住虞锦的腰身，将头贴在她的怀中，哑声说道：“如今，能让我完全信任的人也只有你。但愿我们两人之间永远没有欺骗，坦诚以待。”

是夜，虞锦去涌金楼见断曲，断曲果然还在原来的房间，推门而入的时候，断曲面前正摆着一壶酒，他握着酒却在喝与不喝之间摇摆不定。虞锦心中感慨，在这种悲痛之下，断曲到底还是在顾忌自己。

断曲扫了虞锦一眼，讽刺地问道：“你是来兴师问罪的吗？”

虞锦正色说道：“不，我是来感谢你的。这若换作其他任何一个人，你都会将她毫不留情地杀死，可是你为了我，只削断了她一指。这不是报仇，这只是惩戒。”

断曲似是心中略有些安慰，原本绷得紧紧的嘴角也慢慢放松了下来，说道：“你来找我还有何事？”

虞锦将身上的披风解下，随手扔在一旁的椅子上，坐在断曲对面，拿起酒壶自斟了一杯，说道：“断曲，今夜，就让我们两人畅饮一回，不醉不归。”

断曲忙按住虞锦的酒盏，说道：“你身子还弱，不能饮酒。”

断曲说完便见虞锦眼底滑过一丝狡黠的笑意，知道自己上了当，还是泄露出了自己对她的关切之情，于是别过头去，不再作声。

虞锦诚恳地说道：“断曲，我来此是有事想找你帮忙。”

断曲见虞锦一本正经的神色，知道事关重大，于是不再耍弄脾气与虞锦针锋相对，而是用目光示意虞锦继续说下去。

“太子从慕容紫口中得知，太子生母当年的死，其实与阗帝有关。我想要你进宫一趟。”

断曲毫不迟疑地点了点头，与虞锦商议了一下，然后迅速动身离开了涌金楼。

虞锦走近窗口，借着虚掩的窗缝，看向角落里停着的那辆马车，摇了摇头，无奈地笑了笑，突然又动了心思，于是便没有从来时的门口出去，而是从侧门离开。

平生百无聊赖地坐在马车上，侧转头对车内的李润说道：“主子，断曲离开好一段时间了，怎么虞姑娘还没下楼？主子，平生知道您是担心虞姑娘的安危，所以才跟着她，可是您为什么不让虞姑娘知道呢？”

李润掀开车帘，朝楼上断曲房间的窗户看了一眼，说道：“你怎么知道她不知道呢？走吧，回去吧，她已经回太子府了。”

平生有些摸不着头脑，问道：“太子，您怎么知道虞姑娘回府了？又是从哪里看出虞姑娘知道您悄悄跟着她了呢？”

任凭平生如何追问，李润都拒不回答，最后在进府时斜睨了平生一眼，平生只得噤若寒蝉，不敢再造次，可是心中委实好奇，于是见李润进了书房后，便溜进了锦然居。

只是出乎平生的意料，虞锦并未回来，连程裳也不知她去了哪里。程裳与平生偷偷溜出了太子府，又沿着来路去寻虞锦。

而虞锦便在宫门不远处静等断曲出来，她心里清楚，李润之所以肯答应让自己去查，只是因为他不敢面对真相，如若那个人真是阗帝，他要如何再去面对他？所以，她要为他做一个决断，让他可以毫无顾虑地站在阗帝身侧，做一个名正言顺继承大统的帝王，而不是站在阗帝的对立面终日怨怼以致被人抓住把柄跌入深渊的囚徒。

断曲扮作太监混进宫中，轻车熟路地便来到了乾元殿外，只是阗帝仍旧在批阅奏折，所以断曲只得站在外面等候时机。过了小半个时辰，阗帝还未有离开的迹象，见无人注意到自己，断曲便想着从侧门进入偏殿的书房。书房内有两名守卫把守，见断曲走近，持剑上前询问，断曲用手轻轻一撒迷药，两人当即昏迷。断曲扶着两人靠在柱子上，远远看去，只当两人偷懒打个盹儿，不会心生怀疑。

断曲在书房内转悠了半天，却未曾看见进入密室的机关，正在懊恼之际，突然发现书案上的砚台有些古怪，于是将手搭在上面轻轻一拧，两排书架随即朝外移开，露出了进入密室的门。

密室内并无珍奇异宝，但是放置了许多案卷、书信和一些稀奇古怪的东西，所幸断曲颇懂医理，挨个拿起瓶口嗅了嗅，当即明白哪些是进补的丹药，哪些是夺命的毒药。断曲甚至翻看到阗帝记录的秘密档案，他这一生中杀过多少人，又是用何种方式将他们秘密处死，而在其中的一页，断曲看见李润生母的名字赫然写在上面。

断曲本想将这些统统偷走，又怕打草惊蛇，让阗帝对李润有所戒备，于是又将东西全部放回了原处。

走出书房时，断曲将解药在两位守卫的鼻子下嗅了嗅，便迅速离开，他知道这两名守卫会很快醒来，只是他们却记不清昏睡前的事情。

断曲沿着来路返回，行色匆匆，路过乾元殿正殿时，突然撞见了秦伦，断曲扭头要往另一个方向走，谁知秦伦却扬声喊道："站住，你是哪个宫的太监？竟然闯到乾元殿来？"

断曲还未曾应答，便见容贵妃扶着阗帝走了过来，阗帝皱眉问道："大半夜的吵吵嚷嚷什么？朕听着就心烦。"

断曲心思百转，目光所及处，已经看到数十位守卫，知道自己如若硬闯，势必不能全身而退，于是灵机一动，突然说道：“请皇上恕罪，奴才是容贵妃娘娘宫里的。”

容贵妃此时已认出了断曲，神情紧张，见阗帝看着自己，忙说道：“皇上，这是臣妾宫里的太监，肯定是刚才私自乱闯迷了路，冲撞了圣驾。”

阗帝似是没有心情理会这些事，只挥了挥手，说道：“朕也乏了，你先回宫吧。朕改日再传你侍候。”

容贵妃见阗帝在秦伦的搀扶下走远，于是朝断曲走了几步，低喝道：“你在本宫宫里待了那么久，要不是看你没有在本宫宫里兴风起浪，本宫岂能饶你？可恨你竟然还有胆子溜进宫来！”

“刚才多谢娘娘搭救，不管娘娘是出于自保还是真心想救我，我都会还娘娘一个恩情。”断曲朝容贵妃抱拳示意，旋即笑了笑，疾步离开。

断曲出宫后，见到虞锦，两人策马朝太子府而去。虞锦没有主动出口询问，而断曲也似是在斟酌说辞，一路的缄默没有妨碍各自的心绪如潮。终于，虞锦按捺不住，勒紧缰绳，马儿在原处转了两圈，直到断曲也勒紧缰绳一同放缓了速度。

“你有什么发现？”

断曲说道：“慕容紫没有说错，是阗帝杀了太子生母。”

“终究是帝王之心，连自己亲生儿子的生母都下得了手，他难道不怕太子知道后会记恨他吗？”

断曲冷笑道：“他以为他给太子的已经是至尊无上的荣耀，他以为太子对他的册封是感恩戴德不能心存任何质疑的，他以为自己施舍了那么多，就算拿走太子的一样东西又能怎样呢？”

虞锦叹了一口气，说道：“断曲，我突然觉得好疲惫，应付自己的事和他的事，心情截然不同。我很怕他受到伤害，因为我不懂该怎么劝慰他。”

“那你要怎么办？告诉太子实情吗？很明显，慕容紫是想利用这件事离间阗帝和太子的关系，只要太子与阗帝心生隔阂，那么她和翼王就会有机可乘。你是选择告诉太子真相，让他方寸大乱；还是选择欺骗太子，却让他立于不败之地呢？”

其实，虞锦早已做出选择，那就是无论阗帝是否是凶手，她都要告诉李润，是慕容紫在撒谎。只是，原本她想用最有底气的语气来告诉李润的愿望彻底落空，心里还是失望至极。

远远的，虞锦见平生和程裳正站在路口四处张望，于是趁他们未发现自己时，压低声音朝断曲说道：“今夜的事，你不能向任何人透露。即便是……太子亲口来问你。”

断曲点了点头，心中已经明白虞锦此刻做了什么选择，于是问道：“你难道不怕他因为你的欺骗而恨你吗？”

“我宁愿他恨我，也不愿见他落入危险的境地。”

虞锦说罢，便策马朝程裳和平生所在的方向而去，而断曲见虞锦安全了，掉转马头返回了涌金楼。

锦然居。

房间里漆黑一片，似是空无一人，虞锦推门而入时，察觉到了李润的气息，本欲点燃灯烛，谁知李润却阻止道：“不要点燃灯火，就这样便好。”

虞锦听音辨位，走近李润，伸出手摸向李润的脸庞，低声说道：“你太紧张了，或许是因为你太看重你们的这份父子之情了。”

李润自嘲地问道：“是坏消息，对吗？他就是杀死我生母的人，对吗？”

虞锦庆幸这是在黑夜之中，李润看不到自己的神情，自己也不必为掩饰撒谎而做出相应的表情，尽量用平静而自然的口气说道：“慕容紫撒谎了，皇上不是杀害你母亲的凶手。在这个节骨眼儿上，慕容紫突然对你提起此事，你就应该猜到，她在挑拨离间。”

李润微怔，旋即大笑了起来，抱起虞锦在屋内转起了圈，旋转几圈后，便揽着虞锦倒在了床榻上，李润用唇寻找到虞锦的唇，细腻而热烈地亲吻着，只尝到一点点甜美，便迅即转化为狂热的索取，似是想要更多。

虞锦察觉到了李润的如释重负，百般滋味袭上心头，一时之间不知道该迎合还是拒绝李润的狂热。而李润也察觉到虞锦的心不在焉，于是停下动作，在她耳边低语道："也罢，我不强求你，等到我向父皇禀明了你的女儿身，我就纳你为太子妃。他日我登基为帝，你便为一朝之后。我们琴瑟和鸣，白头偕老。"

虞锦揽住李润的脖颈，没有答话，越是美好便越是不敢轻易去奢望幻想，生怕如镜花水月般成空。

"有你这番话，足矣！"

"你不相信我的话？"

李润略抬起身，虞锦才得以喘息，轻笑着说道："只怕有一天你终会厌倦了我，想要让我离开，却不愿将这话说出口，而是变着法子来折磨我，要我主动离开你。因为你不能背弃诺言，所以你就要逼着我背弃诺言。"

李润猛然间将虞锦的腰带扯开，说道："那我现在就证明给你看，看我到底会不会厌倦了你。"

虞锦忙向他求饶，两人嬉笑着闹了一阵，李润才起身恋恋不舍地离开。漆黑静谧的房间内，虞锦躺在榻上，罗裳半解，原本旖旎暧昧的风情，却因为内心的恐惧荡然无存，当事发之日，李润会做出如何的反应，虞锦已然猜到，只是她希望自己的付出都变得有价值。

寝殿内，秦伦服侍阗帝睡下，迟疑地说道："皇上，不如让老奴再将容贵妃叫回来吧。让她陪着您，也好过您夜夜难眠。"

阗帝轻叹道："不必了，朕想要一个人静一静。秦伦，你明日召……誉王进宫，朕还想再见他一面。"

秦伦听见阗帝如此措辞，当即明白阗帝真正想见的人究竟是谁，正是那流落在外多年没有音信的白无想，于是忙应下，还想再安慰阗帝几句，见阗帝疲惫地闭上眼睛，只得作罢。这样一个日理万机的老人，在面对亲情时，也如平常人一样心有余而力不足。

次日，秦伦亲自到誉王府宣旨，接誉王进宫，直到进乾元殿偏殿的书房之前，谁人都以为秦伦身后的人是段无妄，谁承想那却是他的双胞胎弟弟白无想！

阗帝看到白无想时，眼睛亮了亮，赶紧要秦伦赐座奉茶，白无想却蹙眉，毫不领情地说道：“你找我来有何事？”

阗帝却对白无想的无礼不以为忤，反而慈爱地说道：“朕想了一夜，还是决定趁你离开之前，再与你商议商议。朕知道你说想要继承朕的基业不过是气话，朕也不敢拿着江山儿戏。除此之外，你想要什么，朕都会给你。照样可以给你封王，赐封地，让你过上比做国君更安逸的生活。”

白无想冷笑，说道：“说来说去，你就是不愿将这个皇帝让给我做。我对你说过，我会亲手讨回来，不管付出多大的代价。”

阗帝略显担忧地说道：“你执意如此，朕却无能为力，因为朕不能派兵去剿杀自己的骨肉，更何况是自小没得到过朕一丝宠爱的你。可是君威不可侵犯，你要朕如何立足天下？你让邻国鄙弃朕，进而对大盛唐朝虎视眈眈派兵来犯，朕不能做大盛唐朝的千古罪人，更不想将祖宗基业毁于一旦。无想，你就只当给朕一个机会，朕会用别的方式来弥补你失去的一切，你相信朕……”

白无想毫不犹豫地打断阗帝的话，问道：“那我想要我的生母复活呢？你用什么弥补？今日，我可以清清楚楚地告诉你，断了你的念想，我不会给你机会弥补我，因为你根本弥补不了。我从没见过双亲，自小与蛇虫为伴，苦练毒功，我是在黑暗中长大的人，我连发丝里都藏着阴谋和邪恶，你不让我做这个帝王是对的。但我会亲手毁了你拥有的一切，让你尝尝众叛亲离的滋味，我要让你为袒护害死我母亲的人付出代价。”

阗帝跌落在椅子上，大口喘息着，似是没有办法再忍受白无想的指责，白无想的愤怒比他想象中的更为强烈，他身上带着的烈焰之火，似是要将阗帝烧成灰烬。阗帝看着他那绝美的面庞，一瞬间似是看到了那个自己曾经爱极了的女子。

“你走吧，记住，朕是真心疼爱你的，但是也不能让你为所欲为，朕也是有私心的。朕总会找到对付你的办法，你可以恨朕，却不能恨你的兄弟，这皇城中，有你的两位兄长和一个弟弟，朕不相信你能忍心残害手足，对他们下手。到时候，朕将他们亲自送到你的阵营前，看你如何……”

白无想似是没有料到阗帝会想到这样的应对办法，有些愕然。他轻蔑地看了阗帝一眼，说道：“真不愧是一代明君，竟然想得出这样的办法来对待自己的儿子。不过现在最紧要的是，你要面对的人，只是你名义上的骨血，我倒要看你如何应对？”

这下阗帝更为震惊。阗帝眼睁睁地看着白无想走出书房，却连开口唤住他的勇气都没有，白无想在话中暗示自己名义上的骨肉，那个人不就是翼王？

阗帝拍案而起，怒道：“秦伦，你拿着朕的手谕，去调一千暗卫立刻包围翼王府，禁准翼王府的人进出，同时，宣翼王进宫，再调来一千暗卫，沿途加强防守，以防翼王逃出阳城。”

秦伦到底是在阗帝跟前浸润多年，早已领教帝王家的雷霆风雨，虽然感到万分震惊，拿着阗帝的手谕时，却显得无比镇定，直到出了书房门，才看向天际层层翻滚的乌云，喃喃说道：“风雨欲来啊……”

秦伦离开后，阗帝却突然变得坐立不安，他又命人即刻召太子和誉王同时进宫议事。

只是段无妄心急火燎地进宫后的第一件事，却是请旨回梁川，他焦急地说道：“皇上，无妄的父王命垂一线，无妄想赶回去……亲自为他老人家送终。念在无妄父王多年来为大盛唐朝兢兢业业、立功无数的分儿上，请皇上恩允。”

阗帝面露诧异之色，当即说道：“去吧，你应当亲自为他送终。朕会下旨，以亲王的礼制厚葬他，也不枉他养育你多年，一直视你为亲生儿子。”

段无妄走近几步，在阗帝跟前跪下，伏在他的膝上，说道：“只是无妄却不能在这个时候留在您的身边保护您，无妄心里有愧。”

阗帝慈爱地摸了摸段无妄的头，说道：“你安心回梁川吧，不要牵挂朕，朕是坐拥天下的天子啊，还有什么事能难倒朕，这里有太子，还有十万卫军，不碍事的。翼王就是想反，也不是一两日能成的事情。”

段无妄苦笑，说道：“天子也不能老说大话，眼前不就还有一件事没有办妥？”

阗帝明白段无妄话中的深意，于是说道：“你真的不想让朕告诉无想，当年害死你生母的人是谁？”

段无妄摇了摇头，说道：“不必告诉他了，徒添烦恼。给无想一些时间，他会想明白的。”

“你机智、聪明，又心存大爱，更像你的母亲。可是，朕当年为了保护你的安全，只能谎称皇贵妃母子双亡后将你送走，交给朕信得过的异姓王抚养。老天还是厚待朕的，竟然让朕又找回了一个儿子，你可知道朕昨日看着你们兄弟俩站在朕的眼前，究竟是何心情？”

两人又说了一小会儿话，阗帝见段无妄要走，于是说道：“其实，朕还有一层私心，即便真要将帝王大业传给他人，朕更希望那个人是你……”

“我不稀罕，我更希望不要面对这些尔虞我诈。我更愿意带着自己心爱的女子远走高飞，过上无忧无虑的日子，实现您心中最遗憾也最想达成的心愿。”

段无妄看似言语无状，其实追根究底不过是想安慰阗帝，阗帝岂能不知？又岂能不明白段无妄的话其实也有道理？看着段无妄走出书房，阗帝一下子被心底的酸痛击倒，双手捂住眼睛，轻轻地揉了揉，待放下手时，指缝内早已布满泪水。

李润进宫后，阗帝与其商议怎么防范翼王反击之事，李润同样感到震惊，却依旧进退有度，并提议加固宫内防卫，特别是将澄瑞宫前的侍卫全部调换，阗帝应允，将此事交给李润亲自去办。

只是，一直心惊胆战生怕翼王出事的慕容紫已经让人暗中关注此事，当阗帝调换侍卫的旨意被李润带到时，慕容紫早已猜出阗帝此举何意。

慕容紫冷笑道：“原来你不过就是想坐上皇帝的宝座，根本不会理会皇上是不是杀死你生母的凶手。”

李润站在台阶上，居高临下地看着慕容紫，冷静地说道：“你说的都是谎言，根本没有证据可以证明父皇杀死了本太子的生母。本太子没有将你的污蔑之词呈报给父皇，已经算是对你手下留情了，你如果还要继续离间本太子和父皇之间的关系，就休怪本太子不给你这位皇后留情面。”

慕容紫诧异，略一沉吟，说道：“这不可能，你一定是弄错了。”

“你当然希望弄错，因为你才是杀死我生母的凶手。你想嫁祸于父皇，本太子却不能让你得逞。不过看这情势，也不必本太子多费周折了。你，还有你有幸存活在世的儿子，都会付出你无法想象的代价。”

慕容紫花容失色，后退了两步，喃喃说道：“他终于还是动手了。”

李润将澄瑞宫的侍卫全部调换，除去太子府的腰牌和阗帝的手谕，谁人都不可擅自进出。

慕容紫跌坐在地上，绝望地看着澄瑞宫宫门缓缓闭上，却没有办法阻止，只是她久居深宫多年，在宫中各处早已布满自己的势力，于是便让人传话，要虞锦必须进宫见自己一面。

虞锦趁平生不注意，偷走了他的腰牌，很顺利地便进了澄瑞宫，见到慕容紫。

慕容紫坐在主座上，仍旧维持着自己端庄雍容的姿态，朝虞锦质问道：“是你骗了太子，对吗？本宫说的句句都是实情，你却在太子面前扭曲事实，让他错以为本宫是在挑拨他和皇上的父子关系。”

早在进宫之前，虞锦便已经知晓慕容紫此举何意，于是才肯在这个节骨眼儿上冒险进澄瑞宫，她冷静地问道：“不管你是不是意欲挑拨，我都不会告诉太子实情。说吧，你究竟想要怎么样？”

慕容紫猛然间起身，疾步走至虞锦跟前，面容狰狞地说道：“本宫要你助翼王离开阳城，否则本宫还会有办法告诉太子实情。”

“你凭什么知道我有办法可以让翼王离开？”

慕容紫阴恻恻地说道：“就凭你能进得了澄瑞宫。你是太子最信任的人，他对你不会有防备的，你一定能办得到。”

虞锦起身，临走时朝满含期待的慕容紫说道：“我尽力而为，但是你要发誓，永远不告诉太子实情。”

此刻，慕容紫出于母爱，只想保护翼王，于是忙脱口而道：“本宫发誓，如若反悔，必定遭天打雷劈，五马分尸。”

在慕容紫的誓言中，虞锦走出了澄瑞宫，见平生循迹而来，正在向门口的侍卫问话，于是将手里的腰牌递还给他，也不说话，便独自沿原路离开。

平生追上去，说道：“我不会告诉太子的。因为我知道，你不会做不利于太子的事。”

虞锦拍了拍平生的肩膀，感激地看了他一眼，说道：“平生，谢谢你肯相信我，但愿你家主子也这样想。”

虞锦出皇宫时，见到远远而来的翼王，正被秦伦与众多侍卫相拥而来。他神色平静而镇定，似是不知晓此刻自己的处境，在看见虞锦时，目光没有丝毫的窘迫之情，反而是虞锦，迅速地移开了目光，匆匆离开了皇宫。

虞锦去宁王府见虞屏之际，虞屏正身着劲装想要出府，看见虞锦到来，忙蹙眉说道：“你是来阻拦我进宫救人的吗？”

虞锦冷笑，说道：“宫内守卫森严，别说你难以闯进去，即便闯进去了，也不可能救得了翼王出宫。除非，你按照我说的做。”

虞屏流露出不信任的目光，不解地问道：“你为什么会帮我？”

虞锦无奈地说道：“我不是在帮你，而是在帮太子，也是在帮自己，总之，你无须多问。你可以不相信我会救翼王，但你是我妹妹，我总不至于让你去送死。”

“我答应你。”

虞锦见虞屏应下，为她不再鲁莽行事而去送死松了口气，临走时，看了虞屏的尾指一眼。虞屏却迅速将手缩回衣袖，戒备而敌视地看着虞锦，一脸嘲讽地说道：“别做出一副悲天悯人的样子，这还不是拜你所赐？”

虞锦摇了摇头，知道虞屏对自己的恨意难消，也不再相劝，只说随时让她听自己命令，便迅即离开。

始终在阗帝跟前一同与大臣议事的李润，却总是心神恍惚，脑海中总是会浮现出慕容紫歇斯底里的质问声，和虞锦不知何故在深夜中不自觉地回避躲让，思绪起伏不定，连阗帝唤了自己几声都未曾听见，于是连忙告罪。

阗帝关切地看了他一眼，朝秦伦说道：“秦伦，你带太子进书房稍作休息，请太医过来为他把过脉后再来回禀朕。”

李润谢过阗帝，跟着秦伦来到了书房，在椅榻上卧下，秦伦让张太医随后进来为李润把脉。

秦伦问道：“张太医，太子殿下身子如何了？”

张太医正要开口，见李润意味深长地看了自己一眼，忙垂眸，低头说道：“殿下身子无恙，只是过于劳神，还需静养。”

秦伦松了口气，将张太医送出门，然后对李润说道：“殿下，奴才这就去回禀皇上，请殿下在书房内稍作歇息，奴才一会儿派人来送茶点。”

李润应声，用手撑头扶额，在椅榻上假寐，秦伦小心地关上门离去。

李润却迅即起身，走至书案前，将手轻轻地按在砚台上扭转，在书架移开之际进了密室。此时的李润心跳如雷，不是为私闯阗帝密室而惧怕，而是因为即将得知的答案而恐惧。这种恐惧，是来自对于答案否定的渴望和已经建立良久的父子情的毁灭。只是，当探知到了真相时，不光要面对阗帝是杀害自己生母的凶手的事实，还要面对虞锦对自己的欺骗。

那样娇柔的声音，在漆黑的夜里带给自己多大的安慰，她难道不知吗？如今，她是想将这一切全部葬送吗？连同两人的感情与未来？

李润从密室里出来，面色苍白，失魂落魄地跌坐在椅榻上。来送茶点的秦伦瞧见后，连声说道："殿下，您的气色实在不好，要不老奴还是将张太医请回来，再给您把一次脉吧？"

"不必了。这是心病，张太医医不了。"

李润挥了挥手，缓步走出书房，见到一直候在宫门的平生，随手接过他手里的缰绳，策马而去。

李润心口处似是被一块巨石压着，难以抒发心中烦闷，他将马鞭高高挥起，策马如风，朝着城郊而去。平生在其身后追着，却始终追不上他的踪影，刚出城便不知道该往哪个方向追去了，只得在原地打转下马，仔细辨认马蹄印，以便找到正确的追踪道路。

虞锦去找断曲，将慕容紫的威胁告知他。断曲还是觉得应该告诉李润真相，虞锦却迟疑地说道："再缓缓，待这件事过后再告诉他也不迟。我只是不愿他在这个时刻，站在阗帝的对立面。现在阗帝更应该得到的是他的认可，而不是他的戒备。况且他是太子，不能有与阗帝为敌的选择。"

断曲冷静地说道："依我对太子的了解，将来当他得知真相的时候，他恨你的欺瞒会多过对阗帝的杀母之恨。"

虞锦愕然，旋即明白了断曲话中的深意。断曲的意思不外乎是说，李润痛恨阗帝，身为太子却不能报复阗帝；可是虞锦对于他来说，总归是不一样，他可以爱，更可以恨。

虞锦勉强挤出一丝笑容，说道："当务之急，还是要将翼王带出宫。"

断曲斜睨了她一眼，一副你迟早要后悔的神情，但也不得不应下她的请求，扔给虞锦一套太监的衣服，又简单地为她易了容，带着她从最熟悉的宫门处进了宫。

断曲带着虞锦来到看守翼王的宫殿处，见守卫众多，不能轻易接近，于是朝虞锦眨了眨眼，暗示其往回走，到了暗处才松了口气，说道：“不行，照这个样子，仅凭我们两人，根本不可能将翼王带出宫。”

虞锦略一沉思，说道：“我有个主意。”

小半个时辰之后，两名太监抬着一个硕大的食盒走过来，守卫持剑上前拦着，小太监忙笑着说道：“侍卫大哥，咱们是澄瑞宫的人，奉皇后娘娘的口谕，来给翼王送一些他爱吃的饭菜和点心。”

那守卫打开上面的一层食盒，见里面果然装满了美味佳肴，于是说道：“那也用不着这么多，翼王能吃得完吗？”

小太监掏出一锭金子，塞到守卫的袖口里，说道：“这还不是娘娘疼惜翼王吗？翼王到底是皇上的嫡子，即便是犯了错，等皇上气消了还是会放出来的，侍卫大哥您还是行行好通融一下，来日皇后娘娘也会记得你的。”

守卫并不知内情，见小太监说得在理，于是便将那锭金子揣进了自己的怀里，一挥手让这两名小太监抬着食盒走了进去。

翼王正端坐在殿内，闭目不言，听见嘈杂的声音也不睁开眼睛看，只微微蹙了蹙眉，似是怕吵。

其中一名小太监抹去脸上的粉，露出精致秀丽的脸，走近翼王，说道：“虽然我不知道此刻救你出宫到底是对还是错，可是我知道，如若我不救你，我会伤害到两个我至亲至爱的人。就在几个时辰前，我的妹妹还想要只身闯宫来救你，哪怕是会惨死在宫门前也无怨无悔。”

翼王倏地睁开眼睛，看见站在自己面前的人竟是虞锦和断曲，于是微微露出诧异之色，说道：“你阻止她来是对的，她来也是送死，何苦搭上性命？”

虞锦气怒，低喝道：“难道你不知道你现在要她做的一切，随时都有可能丢失性命吗？她与你在一起，与送死无异。”

“彼之砒霜此之蜜糖，我早就将一切可能说给她听了，她是自愿的。”

虞锦更加恼恨，喝道：“那也是你用深情厚谊的假象让她误以为你喜欢她，她才肯为你肝脑涂地，死不足惜。”

“本王从来没有在任何女人面前流露情思……”翼王很快地看了虞锦一眼，又低声补充了一句，“除了那夜在我咯血昏迷时，肯留在本王身边守护的女子。”

虞锦愕然，忙转过身，仓促地说道：“你如果想出宫，就赶紧走。”

翼王道：“重重守卫之下，本王难以脱身。”

断曲狡黠地笑了笑，打开最后一层食盒，里面放了一个熟睡的婴儿，竟是容贵妃所生的小皇子。只见他粉雕玉琢，长长的睫毛铺成小扇一般，煞是可爱。断曲在容贵妃宫中待了数月之久，对小皇子的衣食住行极为熟稔，所以知道在这个时辰能在哪里找到小皇子，自然能轻而易举地将小皇子带出来。

翼王疑惑地问道：“你们是怎么将小皇子从容贵妃宫里带出来的？”

虞锦抱起小皇子，爱怜地摸了摸他的脸颊，在交到翼王手里时，又确认了一遍，说道：“我将小皇子交给你，你以此为人质，皇上定然会放你离开。只是待你出宫之后，万万不能伤害到他。你若是答应，我就将他交给你；你若不肯答应，那么我宁肯背负通天大罪，也不能让你伤害他。”

翼王认真地点了点头，接过孩子，看了一眼，似是不愿与之亲近，便不再看他，见虞锦正戒备地望着自己，于是神情痛苦地说道：“本王只是看到美好的事物就会想到罪恶。”

此时，宫中已经大乱，小皇子失踪的消息传来，连同关押翼王的宫殿附近也没了安宁。

第三十一章
白云松色　经静渚闲门

当阗帝得知翼王以小皇子为人质，要闯出宫门时，大为震怒，还是在秦伦的安抚之下才稳住心智，挥了挥手，说道：“只要他答应不伤害小皇子，就放他走吧，派人跟着，随时接应小皇子。”

秦伦应声而去，不过片刻即返回，说已经将阗帝的旨意告知了翼王，翼王也应下了。

阗帝一脸受挫地坐在椅榻上，说道：“秦伦，看来朕是低估他了，放虎归山，他日不知要酿出多大的祸事来。朕本想交给太子的是稳稳当当的江山，看来太子要亲自来接手这风雨飘摇的基业了。”

“皇上，不过就是一个翼王，能翻起多大的浪来，奴才看您委实多虑了。”

阗帝轻叹一声，说道：“此言差矣！翼王身后站的人是谁？是慕容家，是朕一手扶持的权倾朝野的石相一党……”

秦伦忙问道：“皇上，要不要奴才即刻派兵围剿石相府？”

“晚矣，晚矣！石相早已逃了，否则翼王被擒，他怎么可能置身事外？石相是在谋划以期能与朕抗衡，好让朕答应将翼王给放了。”

阗帝分析到这里，突然想起什么似的，眼神中滑过一丝阴霾，吩咐秦伦说道，“秦伦，你即刻去宣慕容城来见朕……朕要断了慕容家的手臂。”

秦伦微怔，迟疑问道：“皇上，您难道忘了吗？国舅曾经亲口答应过您，不会做不利于大盛唐朝的事，同样，也不会做不利于您的事情。您不放心他吗？国舅毕竟与慕容家那些精于算计的人不一样。”

阗帝冷笑，说道：“那是在慕容家没有面临被连根拔除的危险时，如今朕已经下定决心，要为太子铲除一直寄生在大盛唐朝的毒瘤，要让慕容家在这个世上人可诋毁，永无尊宠。”

“皇后娘娘那里可怎么办？听说小皇子还是皇后娘娘让人送进去给翼王做人质的。”

“不急着处置，翼王死了，她活着跟死了有什么区别？”

阗帝的声音清冷，在这空旷的大殿上，显得格外阴狠，令人毛骨悚然。秦伦不敢再多嘴，带着几分忐忑和惋惜，忙命人去传召慕容城进宫见驾。

翼王出了宫，抢过一匹马，背负着小皇子，朝城外而去，身后是一批紧追不舍的守卫。

而趁乱一同跟着出来的断曲和虞锦，早已换过装，抢在翼王之前赶到了城外，看见荒山野岭中埋伏着大批人马，于是诧异不已。

那些人马在看见翼王出城之后，便上前拦住追赶过来的侍卫，两厢厮杀起来。虞锦和断曲相视一眼，自嘲地笑了笑，策马靠近翼王，冷冷地说道：“把孩子交还给我。”

翼王将背负着的布绳解开，又看了包裹中的小皇子一眼，见小皇子已经醒来，眼睛滴溜溜转着好奇地看向这一切，于是轻轻点了点他的脸颊，在虞锦戒备的目光下，将小皇子递还给她。

虞锦问道：“是不是即便我们不进宫救你，你也早想到了计策出宫？”

翼王笑了笑，说道：“但是我想不到比这更绝妙的主意。无论如何，我还是要感谢你搭手相救。”

那些侍卫不敌，死伤众多。翼王朝天一啸，那些人马迅速朝翼王身边涌来，整齐列队。翼王掉转马头，朝虞锦深深地看了一眼，疾驰而去。

虞锦抱着小皇子，与断曲颇有些低落地往回城的方向而去，谁知在不远处的山坡上，却看见有一个熟悉的身影，他始终骑在马上，居高临下地看着这一切，面色阴沉得令人惊骇，正是李润。

李润策马下了山坡，朝虞锦伸出了手，说道：“把小皇子交给我。”

虞锦咬了咬下唇，小心地递还小皇子，见李润不理会自己，于是说道：“你听我解释，好吗？”

李润没有言语，掉转马头，看向虞锦的目光极为陌生，那一瞬间，虞锦的心口处一阵刺痛，她跳下马，走到李润的马匹跟前，说道：“你不要走，听我把话说完……”

“难道我看见的还不足以解释吗？你竟然将小皇子交给他，让他得以离开阳城！虞锦，我对你很失望。”李润目光疏离冷漠，只手抱着孩子，一抖缰绳，绝尘而去。

虞锦站在原处，良久未曾缓过神儿来，曾经也预想过如果李润得知真相迁怒于自己时，自己会如何伤心难过，只是没有想到这一刻真的来临时，她仍旧没有力量承受得住。这份痛，太沉重了。

断曲跃身下马，走近虞锦，劝道：“他总会明白你的心意。你要有信心，你们两人不可能因为这些事产生隔阂，他也不可能因为不能面对仇恨，而甘心永失心爱之人。”

虞锦喃喃说道：“断曲，我有些后悔了，或者我该告诉他真相，至少我可以跟他一起面对，也好过他今日对我的怨恨和仇视。”

两人牵着马，缓缓走在回城的路上，虞锦似是在拖延时间，因为她根本不知该如何面对处在盛怒中的李润。

李润抱着小皇子进宫时，却突然意识到自己不该出现在这场纷争内，于是忙命平生布置了假象，让自己得以名正言顺地抱着小皇子进宫。

如同虞锦不知该怎样面对李润一样，李润也不知该如何面对阗帝，要让他面色平静仿若不知一切内情，他真的做不到。如果虞锦此刻在自己身边，而且也不是欺骗自己的那个人，那么或许她就是自己心中最大的慰藉，只是，如今物是人非，虞锦却成了他心中最痛的刺，碰也碰不得，否则便会痛彻心扉。

平生看见李润这番神情，劝慰道："主子，您不要生气，虞姑娘肯定只是为了您好。"

李润猛然间转过身，低喝道："你都知道些什么？"

平生没有料到李润的反应竟是这般大，于是战战兢兢地嗫嚅着说道："虞姑娘今天偷了平生的腰牌，进了澄瑞宫……"

李润闻言，气怒之下，猛然间握紧五指一拳捣在墙上，然后阴沉地拂袖而去。平生看见墙上的血迹，咬牙切齿地恨极了自己的多嘴，忙沿着李润离开的路径追过去。

锦然居内。

虞锦心绪不宁地坐在房间里，让程裳去知会虞屏翼王已经离开阳城，要她别再轻举妄动。程衣见状，忙询问宫中到底发生了何事，虞锦细细说给程衣听，只是到最后，程衣的神色却越来越恐慌。

虞锦也似是意识到不妥，忙说道："程衣，你若担心慕容城，就赶紧先行找到他，一起离开这个是非之地吧。"

程衣起身，看了虞锦一眼，说道："事到如今，我还怎会奢望跟他远走高飞？不管怎么样，我都要先找到他再说，最起码可以让他提前想出应对之策。"

这一次，程衣没有幸运地在天容山找到慕容城，于是她便又去了誉王府找到段祥。段祥自从上次被程裳无理斥骂之后便再也没有出现过，这一次见程衣来找她，还以为程裳出了什么事，焦急不已，在得知程衣的来意后，才松了口气，亲自带着程衣找到慕容城如今的住处。

程衣见到慕容城的时候，他正要与秦伦一同进宫，程衣忙上前握住他的手，说道：“我要跟你一同进宫。”

或许是因为程衣的目光过于坚定执着，也或许是因为慕容城情不自禁地反握住了程衣的手，慕容城朝程衣露出一丝微笑，两人在秦伦的默许之下，一同上了马车。在车厢内，程衣毫不忸怩地依偎在慕容城的怀里，不像是一同赴死，倒像是一同前去让阗帝赐婚一般，从容、宽和，甚至还有那么一丝欣喜。

乾元殿上。

阗帝正用朱笔御批加急奏折，并下旨意，命各州县截杀翼王。

秦伦匆匆进来，说道：“皇上，国舅已经进宫了，就在外面候着。”

“去准备吧。”阗帝头也不抬地说道。

秦伦一脸惋惜地看着阗帝，似是哀求一般，低声说道：“皇上，国舅人品出众，才华无双，这样的人才被赐死，实属可惜啊，请皇上三思。”

阗帝冷眼看向秦伦，叱道：“当朕的乾元殿被慕容家的人攻占时，你是不是也要用同样的说辞来为朕求情？”

秦伦骇得跪倒在地，告罪之后，忙疾步离开。

殿门大开，慕容城与程衣双双走进来，与阗帝见过礼后，目光彻净，气度不凡地站在远处，从容不迫地等着阗帝开口。

那一瞬间，阗帝竟差点儿改变心意，看见秦伦将鸩酒端了上来，才回过神儿来，说道：“国舅，你可知朕找你来是为何事？”

慕容城指了指秦伦手上端着的托盘，说道：“秦公公手上的鸩酒，已经说得很明白了。”

“你不要怪朕，朕也不想以这种方式来决断你的生死，可是朕不能冒这个险，说到底你是慕容家的人。没有了你，慕容家不过尔尔，朕可以轻而易举地将他们流放到荒蛮之地，让他们不能再参与到朝局之中。”阗帝从王座上走下来，走近慕容城的身边，真诚地说道，“朕何尝不知道朕是滥杀，朕也知道你从无反意。你这样的人，早已看穿世事，自然早已明白，荣华不过浮云，只要心存百姓，谁来做这个帝王又有何关系？”

程衣冷笑着说道：“你站得这么近，又没有人可以保护你，你难道不怕我现在就杀了你吗？或者以你为人质，让我们逃出宫？”

阗帝笑了笑，说道：“朕知道国舅不会这么做，也知道国舅不会允许你这么做。朕自称君子，也有小人之心，明知国舅万万不会伤害朕，所以才会肆无忌惮地站在他的面前跟他畅谈。”

程衣对于阗帝的坦诚，初听颇感惊讶，随即心中释然，缓步走近秦伦身边，看似好奇地拿起那杯鸩酒，飞快地送进口中一饮而尽。慕容城在意识到程衣意欲何为时，指风一扫，但为时已晚，只是将程衣喝尽的空杯击碎。

程衣将手中的碎屑撒落在地，轻松地拍了拍手，笑着看向阗帝，问道：“皇上，您赐给慕容城的鸩酒，是不是只有这一杯？”

阗帝自然明白程衣话中的深意，闭目不言，良久，终是带着成全的意味回道：“是，仅此一杯，你喝下了，便再无其他。”

“程衣谢过皇上。皇上刚才说自己有小人之心，程衣可不敢苟同，程衣现在觉得皇上是一代明君，必定流芳百世，名垂千古。”程衣拱手谢过阗帝，诚恳地说道。

阗帝眼中不无赞赏，流露出更多的却是惋惜之情，暗道：“终究是可惜了。”

慕容城神色凄楚，长啸一声，伸手接住了软软倒下的程衣，用手点住程衣周身几处要穴，并给程衣喂下一枚药丸，伸手轻轻地抚了抚程衣的脸颊，低声道：“你何苦犯傻？”

程衣嘴角溢出一丝血迹，想用手背去擦，却再也无力抬起胳膊，口唇翕动，说不出一句话来。

“你不用说话，我都明白。”慕容城轻声安慰着程衣，缓缓抱起程衣，神色沉痛凝重地看向阗帝，认真地说道，“皇上，原谅臣现在不能赴死……”

阗帝负手而立，没有回身看抱着程衣离开的慕容城一眼，一直站在一旁侍奉的秦伦识趣地说道:“皇上,国舅已经带着程衣姑娘离开了。”

阗帝长舒了一口气，对秦伦说道：“秦伦，你知道朕此刻在想什么吗？”

秦伦看了阗帝一眼，在确信阗帝是想听到真实的回答后，才说道：“皇上定是在庆幸刚才喝下鸩酒的人不是国舅。皇上一向看重国舅人品贵重，怜惜他一身才艺，只怕赐死了国舅也会每日追悔莫及。”

阗帝瞪了秦伦一眼，目光不怒而威，秦伦骇得跪倒在地，阗帝却突然缓和下神情来，只听见他叹息道：“你不愧跟在朕身边多年，到底知道朕的心思。国舅这些年因为慕容家和皇后一直受制于朕，可是朕知道他的本领，他想要取朕的性命也不是什么难事。他之所以肯答应朕的条件，就是因为他识时务顾全大局。时至今日，又怎么可能为了一己之私，临阵倒戈？放他去吧，他身边的那女子情义可嘉，他想要救她，缺什么你就全数送过去。这世间的情爱啊，情真意切最是弥足珍贵。”

秦伦依言而去，见阗帝疲惫地靠在龙椅上，于是仔细地给他盖上了薄毡毯后，退了出去，站在殿门外，看着远远而行的慕容城的背影，若有所思。

锦然居内。

程裳正举着一件碧绿色的衫子，递给坐在窗前的虞锦看，笑着说道：“这件衫子还是衣姐姐穿着好看些，我一并给她装进包裹里。”

程裳将包裹装好了，突然有些不舍地叹息道：“小姐，你真的舍得就这样让衣姐姐离开吗？”

“能跟心爱的人一同离开，这对于她来说，是最好的选择。”

程裳抱着包裹坐在椅子上，神情低落地喃喃自语：“怕只怕她过上神仙般的生活，咱们往后就再也见不到她了。”

虞锦失笑，说道：“只要知道她过得安逸舒适，见与不见，都在心里了。”

程裳听闻虞锦此话，豁然开朗，连声附和，恰在此时，平生从门外匆匆进来，神色黯然，又带着一脸的欲言又止，让虞锦的心一下子悬空起来。

程裳催问道：“平生，你是不是得到我衣姐姐的消息了？她究竟怎么样了？是不是已经与慕容城双宿双飞离开阳城了？平生，你倒是说话呀。”

平生摇了摇头，悲痛地说道：“程衣替慕容城喝下了皇上所赐的鸩酒……”

即便是虞锦在看到平生的神色后已经设想过最坏的局面，却也没有想到会如平生所说这般惨烈，她怔在原地，良久才反应过来，问道：“那程衣人在何处呢？”

平生闭目长叹，悲痛地说道：“她被慕容国舅带出了皇宫，现在不知去向。不过，她喝下的可是皇上御赐的鸩酒，绝无活命的机会了。”

程裳大惊，跌坐在椅子上，用手紧紧抓着衣襟，身子缩成了一团，口唇翕动，难以成言。虞锦心中不忍，上前握住她的手给予安慰，站在远处的平生见状，朝虞锦点头示意后悄悄退了出去。

“裳儿，不要哭，你要明白，如果程衣出事，悲伤的人不止我们两人，还有人比我们俩更痛彻心扉。”

程裳泪眼朦胧地抬头看向虞锦，似是更无法承受这般言语，追问道：“你是在怪我与衣姐姐抢断曲，对吗？”

虞锦没有回答，用手轻轻地拍了拍她的肩膀，转过头去。

程裳伏在桌上，带着哭腔说道：“我当然知道衣姐姐喜欢断曲，可我就是故作不知。我借着衣姐姐对我的疼爱，肆无忌惮地在她面前胡闹。一切都是我不对，如果当日不是我任性，或许衣姐姐就跟断曲在一起了，也不会再喜欢上慕容城，自然也不必为他而死……”

虞锦扶起她，淡淡地说道：“这不是你的错，即便没有当日，衣儿也会遇见慕容城，也会为之倾倒爱慕，也会为慕容城做这一切，这就是宿命……”

“这就是宿命？这就是宿命？”程裳的手指用力地在桌上抠着、抓着，没过片刻，已是血迹斑斑，却仍不自知。程裳不断地重复着，突而大笑，又突而大哭，情绪已然崩溃。

虞锦怕她出什么岔子，于是出手点了她的睡穴，程裳软软地倒在了虞锦的怀中。虞锦扶着程裳卧在榻上，倚在窗边，望着院墙斜枝，窗外无尽春色，新添黯然惆怅。

虞锦离开锦然居时，远远地看见李润的马车停在府外，她站在原地想要等李润下了马车后看他一眼，谁知车厢内却良久都毫无声息，虞锦无奈只得落寞而去。平生上前为李润掀开车帘，低声道：“太子，您难道打算就这样不理不睬虞姑娘一辈子吗？虞姑娘不是鲁莽之人，您为什么不听听她的解释呢？”

李润看了平生一眼，便抬脚朝府内走去。就在平生以为李润不会回答自己时，李润却突然顿住脚步，缓缓说道：“你看她像是愿意给本太子一个解释的样子吗？她如果心中无愧，早就会找到本太子主动解释了。”

平生哑然，深知两人均是倔强清傲之人，不敢再相劝，只得匆匆跟上去，进了书房侍奉着。

当段无妄带着虞锦来到慕容城的住处时，虞锦竟失去了进去询问程衣死活的勇气，她转过身长舒一口气，见段无妄始终关切地看着自己，于是勉强挤出一丝笑意，说道：“如果今日将程衣换作段祥，只怕你也会如我一样。”

段无妄少有的认真，说道：“本王自然明白你的心情，情如手足，早已视作亲人，如何能轻易面对这样残酷的事实？”

虞锦在段无妄鼓励的眼神下走进房间，只见程衣躺在榻上一动不动，似是死了一般静寂。虞锦疾步过去握住程衣的手，只觉得触手处一片冰凉，虞锦连声唤着程衣，程衣没有丝毫回应，就在虞锦的心沉到谷底的时候，身后传来段无妄和慕容城的说话声。

虞锦猛然间回头，将全部的希望寄托在慕容城身上，问道："她不会死，对吗？她不可能死，对吗？"

段无妄见慕容城始终没有回答，不忍虞锦焦急，于是催问道："师父，喝下鸩酒的人，不是立刻致命吗？即便师父手里有灵丹妙药，只怕也维持不了她片刻的性命，那程衣……"

慕容城走到床榻前，握住程衣的手，为其诊脉过后才回道："她喝下的根本不是鸩酒。"

慕容城站起身，走近虞锦和段无妄，说道："昔日秦伦曾受到我的恩惠，所以在皇上赐下鸠酒后，为保全我的性命，临时将鸩酒替换成了另一种毒酒。秦伦知道凭着我的功力能护住心脉侥幸不死，可他没有料到程衣会抢先替我喝下去。"

"您是说她必死无疑了，对吗？"虞锦颤声问道。

慕容城摇了摇头，说道："那也不尽然。我已经尽全力救她，只是，这一切还要看她的命数……"

虞锦仔细看着慕容城的面容，想要从他的神情中找到一丝希望，因为这意味着程衣活下去的希望，可是慕容城目光平静而彻净，毫无踪迹可寻，虞锦暗叹，他这样的人物又有什么不可勘破？

虞锦在房间里陪着程衣，段无妄则被慕容城唤了出去，回来时神情怪异，却刻意避开了虞锦的目光，只翁声说道："我师父在后山等你，你去吧。"

虞锦来不及多想，循着琴声拾级往后山而去。慕容城端坐在琴台之上，用手抚琴，神情认真到了极致。琴音高远，攀至山峰，低沉落在谷底，盘旋迂回。

虞锦在琴台前站定，趁琴音停止后问道："您是想要远行吗？"

"何以见得？"

"您的琴音中流露出太多的不舍与眷恋。"

慕容城目光中流露出几分欣赏之意，淡淡地笑了笑，合手扣琴，琴音立止，说道：“你说得没有错，我是想要辞别，只是辞别的不是人，而是过去……”

虞锦听慕容城说完，若有所思，正在这个时刻，慕容城突然起身，以不可思议的速度贴近虞锦，伸掌向虞锦袭来，虞锦站在原处，寸步未移，甚至连眼皮都未曾眨动，静静地受了慕容城这一掌。

慕容城掌心抵在虞锦的背心处，略用巧力，拉扯着虞锦一同盘膝而坐。虞锦只觉得源源不断的真气涌进，游走在全身各处静脉，浑身暖洋洋的，丝毫没有懈怠之感。

一个时辰过去，就在虞锦察觉到慕容城气息不均的时候，慕容城才收回手，长舒一口气，说道：“世人都以为乾坤门乃是梦寐以求的武学殿堂，却不知乾坤门这千年来矗立不倒的原因。乾坤门弟子习练的内功心法远比寻常门派要博大精深，功力深厚，但这不是傲人之处，乾坤门内功心法的真正奥秘所在是‘散复’二字，将全身功力散去，然后将内功心法首尾颠倒重新习练，假以时日，功力倍增，堪入化境。”

虞锦微怔，旋即问道：“这么说来，当初我深陷牢狱服下的化功散，正是您想要助我一臂之力？”

“不错。可惜，你却从白水教觅来药方，强行恢复功力，自伤其身。所以，我不得不让太子殿下将你全身功力再度散掉，加以调养。”慕容城说道。

“您想要我做什么？”虞锦直截了当地问道。

“我从前便听说过，你是这一代最有悟性的弟子，也是乾坤门下一任门主最适合的人选。我希望你继任门主之后，修改门规，让乾坤门的陋习永不存在。”慕容城神色淡然，却带着不容人质疑的坚韧与慈悲，静静地说道。

虞锦自然明白慕容城所说的陋习为何，朝他郑重地点了点头，说道：“我答应您。但是，您也要答应我，一定要保全程衣的性命。”

“她为我赴死，我又岂能独活？此生必定竭尽全力救治她，守护她。”慕容城抱琴而立，说罢，飘然而去。

虞锦站在山顶上，衣袂猎猎，眯着眼望着遥远处山下那藏着不少罪恶冤孽的重重宫殿，暗道：那登峰造极的权欲之争何时才能落下帷幕呢？再或者，帘幕落下也只是为了掩饰满地的污血残骸，怕硌得人心口痛。

段无妄在后山处找到虞锦，提着一壶酒，手里还捏着两个酒杯，将其中一个斟满酒递给虞锦，与虞锦同坐在悬崖边，倚着旁边的嶙峋怪石，姿态潇洒不羁，正要再斟一杯时，却被虞锦一把夺了过去。虞锦起身将手里的酒杯扔进悬崖，举起酒壶仰头一饮而尽。

段无妄无奈地笑笑，看着虞锦站在悬崖边上纤弱的背影，低声说道：“人生中有多少次会如你这样，站在悬崖边上，走错一步就会万劫不复？”

虞锦耳聪目明，听见段无妄的话后接口说道：“可是总有一些人站在悬崖边上，任凭风吹雨打，身形依旧屹然不动。”

段无妄起身，站到虞锦身侧，仰天长啸，似是要吐出心中的浊气，侧头看向身旁的虞锦，说道：“东梁国进犯，来势迅猛，似是早有预谋，我朝已经失去一座边城，皇上命我明日率军离开阳城前去收复。”

虞锦将酒壶里的酒随手一挥，全部倒在悬崖下，说道：“那么今日这酒，权当是为你送行，保重！”

“阳城凶险，阴晴不定，你也要保重。”段无妄深情地看了虞锦一眼，突然决绝地离开。虽然步伐坚定，却不知自己心里有多少不舍与犹疑。

夕颜流霞布满天空，段无妄已经离去多时，虞锦盘膝坐在悬崖前，运功调息习练内功心法，果然感觉浑身通泰，慕容城传输到体内的真气平和温润，让她受益颇多。只是乍然反修心法，还是有些不太熟络，所以不能得心应手。

未等虞锦回到锦然居，便见断曲和程裳一同循迹找来了，远处还站着一个人影，仔细辨认，正是段祥，虞锦明白定是程裳找到段祥帮忙才得以顺利找来。

段祥朝虞锦点头示意，随即转过身欲默默离开，冷不防听见身后清脆的声音唤他，转过身见程裳正朝自己走近，神色诚恳而羞怯，低声道：“段祥，谢谢你。”

段祥的眼神陡然间明亮，眼角余光看见虞锦身侧的断曲后，又倏地灭下，摇了摇头，苦涩地说道：“些许小事，不值得一谢。”

段祥说罢，见程裳的眼神又落在了断曲身上，苦笑一声，失望地离开。

回城的路上，当虞锦将程衣目前的状况告知断曲和程裳后，程裳看了看断曲的神色，咬了咬唇，似是下定决心一般，说道：“不如我跟你一同前去，将衣姐姐带走。你也会医术，不如让你来医治衣姐姐。”

断曲沉默了许久，才说道：“慕容城医术比我高明，程衣待在他身边，活命的机会更多一些，再说，程衣此刻只怕更想跟他在一起。”

程裳还想再说些什么，见虞锦无声地示意随即低下了头，一路无言，没过多久，竟嘤嘤地哭了起来。

虞锦想要安慰她，谁知程裳一直压抑而自责的情绪，却突然爆发了一般，大声喊道：“我知道，你们以为我说的是假话、虚话，以为我待衣姐姐不是真心的。对，我是喜欢断曲，可我早已将衣姐姐看作亲姐姐。”

断曲很冷静地看着程裳，问道：“现下如果换作我，你是愿意让我留在你的身边，还是留在一个能救治我性命的人身边？”

程裳止住哭声，喃喃地低声说道：“我自然想要你活下去，哪怕此生见不到你，也要你活着，活得好好的。”

“你待我，与我待程衣一样。”断曲只留下这句话，便策马而去。

虞锦见程裳想要追上去，于是说道：“断曲刚才对我说，他要将他的姐姐安顿在一个谁也找不到的地方。裳儿，你就不要跟过去了，多一个人知道便多一分危险。”

程裳悻悻地点了点头，不断地回望断曲离开的方向，诸多的不舍和眷恋都一一显现在眼中。

虞锦和程裳进城之后，却突然发现有大批的官兵朝西南巷而去，虞锦记得那个方向正是石相的府邸，于是与程裳相视一眼，策马顺着官兵离去的方向追过去。

果不其然，大批官兵将石相府团团包围，守卫森严，根本不让闲杂人等靠近，虞锦和程裳下马站在远处，从街边人的口中得知刚才竟是太子李润亲自带兵前来抄家的。虞锦乍然听见李润在此，未等做出反应，便看见一身黑袍的李润走出了石相府。

李润身后的平生眼尖，隔了好远便看见虞锦和程裳，在李润耳边低语了几句，李润朝虞锦所在的方向看了一眼，这一次，虞锦没有躲开他的视线，而是握紧了缰绳，长舒一口气，期待地迎上他的目光。

岂知，李润的目光却轻描淡写地从虞锦所在的位置滑过，毫无情绪起伏，虞锦顿时如同跌入冰窖一般，彻骨的寒意袭来，难以招架。那一刻，虞锦终于明白，爱恨只在一瞬间，哪怕李润是怒目而视，也好过这般忽视冷漠。

平生见李润转身走远，来不及走过来询问，只朝程裳焦急地看了一眼，程裳与他平日里多有往来，心知肚明他所问是程衣是否安好之事，只点头让他放心离去。

程裳见虞锦神色晦暗，刻意想要冲淡她的情绪，于是说道："不知道太子殿下为什么会带人来抄了石相的家。"

虞锦明知程裳想要让自己从忧思中解脱，也不多加解释，只淡淡地说道："翼王逃出阳城，石相消匿，看来阗帝是想要敲山震虎，不让石相的其他党羽轻举妄动。"

"那也用不着太子殿下亲自来吧？你不是说过太子应该韬光养晦，在登基之前都要远避祸事吗？"程裳不解地问道。

"风雨欲来，难道他还想着能够置身于外吗？"虞锦望着被风卷起的落英，感慨地说道，"只怕这阳城也不会再是祥和之地，裳儿，我们走吧。"

程裳追问道：“咱们还要再回太子府吗？”

虞锦没有回头，牵着马默默前行，说道：“别忘了，我现在的身份仍旧是金玉公子，我不回太子府，对我对他都不利。”

两人牵着马在阳城大街上走着，街边的商贩仍旧在叫卖着，丝毫没有被刚才抄石相家的阵势给吓住，前一日还是权倾朝野的显贵，今日便成了亡命天涯的乱臣贼子，可那又怎样？不过是沧海一粟，乱花迷眼，只要人未死，便要一日三餐地活下去。

第三十二章
霭雨和风　出青山缘涧

次日，阗帝亲自将段无妄送出宫门，虞锦作为李润的亲随也一同相陪，因站得近，所以将阗帝的话听得真切。

阗帝拍了拍段无妄的肩头，说道："朕宁失十城，也不愿失去你。去吧，打赢了，朕重重有赏；打不赢，就给朕活着回来。"

段无妄叩谢过阗帝，走至李润跟前，两人互击一拳，眼中流露出不言而喻的惜重之情。

段无妄看向虞锦，虞锦见李润自从进宫待在他身边也从不理会自己，于是刻意想引起他的关注，戏谑地说道："打个胜仗，将东梁的美女都搜罗回来，咱们大盛唐朝还缺一位太子妃呢。"

李润冷笑一声，虞锦本以为他要说些什么，谁知他却言语全无地转身离开，虞锦的心陡然间如同针扎一般刺痛。段无妄猛然间握住李润的手腕，斜睨了虞锦一眼，低声朝他说道："江山我来替你打，美人你来为我怜惜。"

虞锦看着李润略显阴鸷僵硬的面容，苦笑着摇头，说道："誉王说笑了，难道'怜惜'二字还是需要交换和施舍的吗？"

宫门送行这一幕终是落下帷幕，虞锦本想追随李润的脚步而去，谁知李润像是刻意避开她一般，向阗帝告退之后径直回了东宫，连宫外的太子府也没有回过。

虞锦每日守在锦然居内，闭门不出，平生偷偷来瞧过几次，与程裳私语几句便即刻离开。初始虞锦还盼着会是李润让平生过来的，后来便不再奢望，不过，也会暗示程裳询问平生关于李润近日的状况。

原来，大盛唐朝被东梁进犯之地名为雁城，雁城本坐落在天堑之上，攻守得当不必守卫过多，所以半年前石相曾经以粮饷亏空为由上书阗帝，将雁城的守城官兵减少了一半。这次，东梁国率兵三万进犯，本不能这么快就将易守难攻的雁城夺下，可是谁知雁城的守将中出了一名奸细，在议事时趁主将不备将其斩杀，群龙无首时又大开城门，将东梁士兵全数放了进来。三万东梁士兵尽数涌进雁城，烧杀抢掠无所不用其极，更有甚者，将一家老小折磨得奄奄一息时全数活埋。

一时之间，血流成河，哭声震天，雁城沦落为东梁士兵嗜杀取乐的地方，有些不堪忍受的老百姓宁可逼着自家女儿自尽，也不肯让她落入东梁人的手中受尽虐待后死去。

因是段无妄出征，阗帝格外重视，所以将一应战备事宜全部交由李润负责，就算是粮草都要让李润亲自过目后才予以放行。平生这样转述的时候，虞锦只是静静地听着，她明白平生这样说的用意，不外乎是想让她知道李润近几日未回太子府的原因。

可是，如果要相见，总会有机会的，怕就只怕——不肯相见，不愿相见，这一切，她岂能不懂?

段无妄率兵赶赴雁城，一路上风餐露宿，就是想为雁城百姓多争取几分活路，可是当抵达雁城脚下时，从探子的口中得知雁城早已被屠城没有百姓存活的时候，段无妄一怒之下将手中的剑刺入脚下的土地，只剩剑柄露在外面。

段无妄平日里的不羁之态全无，浑身上下只流露着嗜杀之气，像是暴虐而受伤的狮子一样，瞪着血红的眼睛，紧紧盯着那坐落在半山腰的天堑之城——雁城。

段祥跟在段无妄身边，也像是变了一个人似的，沉默寡言，脸上没有笑容，与平日里明快开朗的样子判若两人。

众将议事时，有将领黄立抱怨雁城易守难攻，只怕段无妄带来的十万大军未必攻得下雁城，更别提将东梁人逐出大盛唐朝的边境。

令人未曾想到的是，未待黄立话音落下，段无妄便以迅雷不及掩耳之势挥剑斩杀了黄立。黄立的头颅滚落在地，扬起的鲜血全数溅在了营帐上，令人触目惊心。

段无妄端起茶盏一口喝下，却将茶盏掷在了地上，碎瓷片落在了黄立的血迹中，更有一种惊心动魄的慑人之感，段无妄厉声喝道："黄立灭我大盛唐朝之志，长敌军威风，蛊惑军心，理当将其斩首示众。"

因事发突然，谁也来不及反应，有与黄立交好的将领程方忠，这才回过神儿来，不满地问道："黄将军说的并不是毫无道理，咱们这十万大军将已经占领雁城的东梁人逐出我朝，必定会吃一番苦头，黄将军考虑周全，先行说出顾虑，怎至于会这般激怒王爷？难不成王爷是惧怕打仗，不满皇上的旨意，所以才找黄将军泄怒？"

段无妄冷笑一声，俊美的面庞上浮起的全是轻蔑之色，喝道："皇上看重本王，命本王来降妖伏魔，本王怎敢有怨言，又为何有怨言？难道程将军没听说过本王锦卫的厉害吗？以一敌百，即便是本王的三千锦卫都可以将三万东梁人全数歼灭，更别提本王身后的这十万大军。他黄立算个什么东西，值得本王朝他泄怒？程将军，你如果这般为他不值，不如就亲自送他一程，在阎王面前替他辩一辩冤屈，也不枉你们兄弟情义。"

程方忠被段无妄挤对得面红耳赤，一时语结，半晌才嗫嚅着说道："王爷器宇轩昂，行事果断，他黄立质疑王爷的领兵能力也是咎由自取，不过王爷说仅凭三千锦卫就能将三万东梁人逐出大盛唐朝，这……"

程方忠说到这里便顿住，话中的深意却不言而喻。段无妄扫了一眼众人，见其余人也纷纷露出与程方忠一样的神色，于是轻笑，将披风一扯，旋即坐在帅位上，眼神灼灼地望着众人，一字一板地说道："今日我段无妄立誓，必将亲率三千锦卫将东梁人逐出我朝，让东梁人听见'锦卫'二字便闻风丧胆，从此不敢再踏进我大盛唐朝半步，如违背此言，头颅可断。"

段祥站在段无妄的身侧，始终一言不发，即便是听见段无妄的誓言之后也不动声色，他知道段无妄既然能说出口，必定有做得到的本事，待众将军离开之后，段祥才开口说道："主子，你留在这儿，我带锦卫去杀了那些不知死活的东梁人，一定会像风卷残云一般将他们全数杀尽，好报我雁城百姓之血海深仇。"

段无妄说道："不，你留下，我亲自前去。"

段祥还想再说，见段无妄目光决然，遂不再相劝。以往主仆二人形影不离，段祥自是不必多问赖都要赖在段无妄的身边，只是如今，段无妄率领的这十万大军并不是他所在封地的梁川大军，而是阗帝从阳城驻守大营中拨过来的，局势不明，不乏黄立、程方忠这样的人在，必须有人镇守大营才能稳住军心，以防不测。

可是，一连几日过去，段无妄并没有立即率锦卫前去攻打，而是每日独自骑马上了后山，晨露去，晚霞归，惹得程方忠等将士颇有非议。段无妄沉静如水，在程方忠的激将下也始终不为所动，让人看不出深浅。

程方忠在营帐外叫嚣道："如果王爷不敢去战，那黄立岂不是死得太过冤屈？别忘了，王爷可是用手中的剑亲自斩杀了他，他地下有知，必定会悔恨自己不是死在战场，也好有一分荣光。"

聚集在营帐外的将士越来越多，绝大多数都抱着看热闹的心态，想看一眼被阗帝恩宠至极的誉王到底会如何应对。段祥始终站在帐外，一直四处张望期待着什么，丝毫不受程方忠等人的影响。

突然，一阵风吹过来，段祥面露喜色，掀开营帐，说道："主子，西南风来了。"

段无妄身穿盔甲从营帐内走出来，看也不看程方忠一眼，望了望西南方的天空，眼中露出势在必得的神情，朝段祥吩咐了一句：“即刻集合锦卫。”

段祥称是，于是从身上掏出一支小小的玉笛，轻轻一吹，笛音清亮尖利，不过片刻工夫，三千锦卫已经全数站在了段无妄的面前，全身披挂轻甲，背负弓弩，腰间还系着一个硕大的皮囊，整齐划一，气势冲天。

“这里交给你收拾。”段无妄话音未落，将帅印掷给段祥，便迅疾如风一般冲了出去。三千锦卫来如电，去如风，令程方忠一干将士都露出诧异震惊的神情，起先只是听闻锦卫在段无妄的率领之下残暴杀虐，却不知锦卫真正的实力竟是这般迅捷强大。

程方忠悻悻地看着段无妄离去的方向，一阵疾风吹来，将他身上的酒气吹散，他打了个酒嗝，挥了挥手嚷道：“散了吧，散了吧，既然王爷都带人出去攻打东梁人了，咱们还是安心回营等候消息吧。”

“程将军请留步，程将军这么急着回去，难道还想再喝上两口？”

身后冷不丁传来这样一句话，众人又诧异地转过身，见段祥不知何时让人将帅座搬到了外面，他毫无身形地倚坐在上前，将帅印摆在一旁，笑得阴阳怪气地看着一脸莫名其妙又有些气怒的程方忠。

“大胆狂徒，这帅座可是你能坐的？不要仗着有王爷撑腰，你就不知天高地厚了。王爷不在这里，本将便是众将之首，你信不信本将现在就可以斩杀了你？”程方忠脸红脖子粗地嚷道。

段祥丝毫不惧，将旁边的帅印拿起，漫不经心地说道：“我可记得，这大盛唐朝的军营有这样一条军规——见帅印如同见大帅本人。这可是皇上亲自下旨定的规矩，难道程将军喝醉了酒想抗旨不成？”

程方忠怎么会不记得这条军规，只是他在众人面前被段祥这番挤对，颜面尽失，怎么肯轻易在段祥面前服软，于是连声叫道：“你口口声声说本将喝酒，本将就是喝了酒又如何？”

“你喝了酒便是触犯军规，触犯军规的下场，程将军应该清楚，程将军刚才不还为触犯军规被斩杀的黄立叫冤吗？”段祥挑了挑眉说道。

“这是哪门子的军规？皇上只说打仗时不能喝酒，并没有说现在不能喝酒。你休要诬陷本将。”

段祥冷笑道：“既然程将军一口咬定我是诬陷你，那好，就由我来教一教你，什么是军规。且不说主帅出战，尔等从将竟然还能口出独自歇息之言语是如何不敬，单说在大营不能饮酒，这是誉王定下的军规。在大营一日，便一日不能饮酒，否则便罚一百军棍，如果耽误了军情，立刻斩杀。”

程方忠这才明白，段祥将帅座搬到营帐外面坐下，便是为了针对自己而来，要自己在众人面前毫无尊严，彻底落败，可是他哪里肯服气？被疾风吹过的脑袋一个激灵，露出阴狠的笑容，说道：“你敢……”

段祥反问道：“我有何不敢？如今帅印既在我手里，你便必须听令于我，不能违逆，否则我便多加你一条罪责，这可不是多加一百军棍就能了事的，我会立刻斩杀了你。”

“本将先斩杀了你，即便皇上怪罪下来，也好过被你这样一个黄口小儿羞辱。”程方忠在众将士面前终究还是挂不住颜面，恼羞成怒，抽出腰间的剑来，失去理智一般，朝段祥刺了过来。

众将军都轻呼一声，以为段祥定逃不过程方忠这一剑，毕竟程方忠在沙场浸润多年，功力深厚，在剑术上颇有造诣，只是性格火暴、行事鲁莽，所以没能得到重用。段祥待那剑刺到自己面门的时候，才稍挪了挪身，伸指拈住剑尖，就势弹了开去。

可是未等程方忠收回剑招，段祥便欺身而来，抽出腰间的匕首，划向程方忠的臂膀，不过几招过去，就轻松地让程方忠落剑败北，程方忠面如土色，却一言不发。

段祥一挥手，喝道：“来人，将程方忠押下去，重打一百军棍。”

那一众将士眼见着程方忠被拖下去，片刻间就响起军棍打在皮肉上的声音，却没有听见程方忠一丁点儿的叫唤声，一方面震惊于段祥的武功之高，怪不得有恃无恐地坐在这里调教戏弄程方忠；一方面又震惊于程方忠在军棍之下能够忍痛的坚韧毅力。可是，他们却不知，这程方忠早已被段祥点了穴，不能言语，否则怎么会这样老老实实地被拖下去打了军棍？

敲山震虎这一招，无论何时都管用，特别是在军营。

众将军终究是散去了，段祥独自在营帐内，闭目等候段无妄带领锦卫攻打雁城的消息，一个时辰、两个时辰过去了，仍旧是毫无消息，段祥不禁有些沉不住气，起身在营帐内不断地走来走去。

而在遥远的阳城，这也注定不是一个普通的夜晚。这一日，宁王李通与仪王庞芴衣前来接承宁郡主回南屏，是夜阗帝在乾元殿宴请诸臣，并为承宁郡主送行，虞锦作为太子的亲随也必须一同列席。虞锦所坐的位置与虞屏极近，只是虞屏始终低垂着头，让人看不清她的神色。

宴会进行到一半的时候，秦伦带着急报面色惨白跌跌撞撞地闯了进来，猛然间便跪倒在阗帝跟前，奉上急报。

阗帝蹙眉，瞪了秦伦一眼，拿过急报扫了一眼，便掷在了地上，即便是早已预料到会有今日，也不由得震怒不已。

宁王李通声若洪钟，干咳了一声，问道："皇上为何事而心忧？"

"石净修率了三十万大军，以翼王清君侧的名义，在乌雅边境与青州地界，反了。"阗帝面容显出几分阴霾之色，声音却仍旧坚定自如，登基为帝几十年，早已练就泰山崩于前而面不改色的本领。

群臣惊呼，纷纷起身，一众宫人在秦伦的示意下，手脚麻利地将酒宴迅速撤走。因夜深露重，阗帝命众人回去醒酒，明日早起过来议事，群臣一一退却。这个消息也迅速点燃了整个阳城，皇宫的人彻夜不寐，纷纷议论一向忠心耿耿的石相，已经位极人臣，为何甘心做了乱臣贼子，去助不成气候的翼王起事？

一个皇帝能给予臣子的最高的恩宠，阗帝不是已经给予他了吗？他石净修还想要什么？

太子府。

李润坐在荷花池的凉亭上，虞锦倚在一旁的廊柱上抱膝而坐。自从李润对虞锦有误解之后，虞锦还是头一次这样毫无顾忌自己颜面地赖在李润身旁，她只是直觉上认为，此刻李润需要她在身边，所以，她不想离开。

平生奉李润之命送来好酒，将一壶酒和一个酒杯搁在桌上之后，看了旁边的虞锦一眼，平生又拿出来一个酒杯搁在桌上，似是怕李润发怒一般，迅即逃离了凉亭。

李润斟酒，虞锦却伸手过来抢他手里的酒杯，谁知李润侧转过身让虞锦扑了个空，虞锦丝毫没有气馁，非要置气一般，又伸手过去夺，两人一来一回过招后，虞锦跌坐在了李润的腿上，刹那，虞锦心思百转却没有立刻起身。

李润挑起虞锦的一绺头发，柔声道："看来你注定是个皇后命了。"

虞锦微怔，心里微酸，刚要感慨李润许久没有这样温柔地对待自己，旋即就听出了李润话中的深意，虞锦待要起身，却被李润一把搂住腰间。

"怎么了？本太子只不过随口一说，你就那么迫不及待地要追到青州去了吗？他手里不过握着区区三十万大军，能成什么气候？怕是阳城的边儿都够不着，只能在蛮荒之地自立为王，那样的国君，只怕还配不上你这样的皇后，不是吗？"李润话中的嘲讽不言而喻。

虞锦用尽力气也没有挣脱开他的钳制，本想运功，思量片刻，又迅速散去真气，冷笑着说道："他起兵与我何干？你凭什么认定我就稀罕做他的皇后？我说过我会给你一个解释，如今看来只怕你不想听，或者说是你根本不敢听，所以你宁愿用言语构陷我来证明你心中的假象。"

李润箍在虞锦腰间的手加了几分气力，察觉到虞锦痛得倒吸一口凉气却丝毫不肯呼痛的倔强，更加气怒，说道："你敢说翼王逃离阳城与你无关？他如果不逃离阳城，又如何能在青州起兵造反？虞锦，你所谓的解释就是打算这样糊弄了事吗？只怕你跟在本太子身边这些时日，心心念念盼着的就是这一刻能够助翼王一臂之力吧？”

虞锦气得浑身发抖，侧转过身，突然朝着李润的下巴咬了过去，趁着李润吃痛松手的工夫站起身，看见原本丰神朗逸的李润，恼怒地捂着下巴瞪着她，虞锦却丝毫不理会李润的怒意，说道：“你给我听好了，我是相助过翼王离开皇宫，也是我亲手将小皇子交给了翼王，但这一切我都是有苦衷的。”

“什么苦衷？不将我父皇杀害我生母的真相告诉我，还是你要与皇后、翼王联起手来蒙骗我，然后在关键时刻告诉我真相再给我重重一击？这就是你的苦衷？”

虞锦怒极反笑，目光中流露出决然而淡漠的神情，说道：“好，好，还是你这个大盛唐朝的太子聪明机智，果然洞察了我的念想，你去禀告皇上，说我染病得搬离锦然居，自此后，我们便是陌路，再无瓜葛。”

李润见虞锦说罢头也不回地离开，心像是被掏空一样，握起石桌上的酒壶，仰头灌了好大一口，原本甘醇的美酒此刻已然成了难以下咽的苦酒，茫然而不知滋味。

看着虞锦身形渐远，平生焦急地问道：“殿下，难道真要让虞姑娘这样离开吗？只要虞姑娘肯解释，心中有您，您何至于非要让两人陷入这般痛苦的境地？”

李润望了望天空的一轮弯月，透着清凉皎洁的光亮，如同此刻心底的温度，淡淡地说道：“不能坦诚以对，怕只怕，在一起也是痛苦。”

虞锦回到锦然居见到程裳，要程裳收拾好包裹，马上离开太子府。程裳起初没有反应过来，待明白过来虞锦的意思不是要她独自离开，而是虞锦也一同离开的时候，颇为惊诧，连声反问虞锦到底所为何事，见虞锦如何也不肯说，只得作罢，回头寻了个由头找到平生才知道事态严重，心下凄然，遂不再多言。

李润一夜无眠。或许是锦然居传出的叹息声太过沉重，或许是莲花池旁李润手中酒壶的酒香伴着苦涩四溢，太子府整夜都沉浸在压抑悲凉的气氛之中，直到凌晨也未有片刻的舒张。

平生远远地跑过来，惊慌失措地喊道：“太子……”

李润斜睨了他一眼，说道：“不是还没到上朝的时候吗？你急什么？本太子误不了。”

“是秦公公来了，此刻已经在前厅了。”

喝了一夜酒眼睛却越显清明的李润，微微一怔，问道：“马上就要上朝了，他来做什么？”

平生撇了下嘴，说道：“好像是皇上下了旨，秦公公亲自过来宣读旨意。”

李润沉吟一番，良久才起身，说道：“你去前面周旋一二，本太子要回去更衣。”

秦伦正与平生闲话，见李润进了前厅，马上眉开眼笑地说道：“太子殿下大喜啊，老奴向太子殿下讨赏了。”

李润诧异地问道：“秦公公，父皇有何旨意，竟等不及本太子进宫觐见？”

秦伦笑着说道：“皇上昨夜就下了旨意，要给太子殿下赐婚了。老奴赶早便过来宣旨，想讨个彩头。”

李润心下一沉，却察觉到一股炙热而刺痛的目光朝自己看过来，于是抬眼看过去，见虞锦带着程裳正站在庭院中，像是来辞行，却恰好听见了秦伦的话，面容毫无血色，脚步却未曾移动，安静地等着秦伦的下文。

李润的心微微颤了颤，强自压抑着紧张和诧异，用尽全身的力气努力平缓下心情，问道：“秦公公，你说皇上给本太子赐婚，对方又是谁？”

“就是宁王府的承宁郡主。”

此话如同晴天霹雳一般，在虞锦的头顶炸响，虞锦身形微晃，幸好程裳在一旁扶了一把才不至于失态。虞锦神色复杂地看了李润一眼，却又瞬间恢复平静，带着程裳头也不回地离开了。

李润的目光始终追随着虞锦，用力握紧拳，袖口处微微地抖动，丝毫没有听见秦伦接下来所说的三日后完婚的事情，待平生圆场说李润是欢喜坏了才将秦伦送出了太子府。

虞锦带着程裳离开之际，回头望了一眼湖水中的锦然居，程裳好奇地问道："你跟太子殿下情投意合，何至于短短几日就到了今日这个地步？裳儿不明白，难道那些誓言就这样抛在脑后了吗？而且，太子竟然要与承宁郡主成婚了，如果不是亲耳听见旨意，我是无论如何也不肯相信的。"

虞锦心中说不出是何滋味，原以为近在手边的温热，转瞬之间便要成了他人的专属，而且那个人还是自己的亲妹妹。虞锦苦笑，叹息道："越是美丽动听的誓言，越是禁不住时光的雕琢。"

走出太子府，程裳问道："小姐，我们去哪里？是回虞府吗？"

虞锦思量片刻，说道："你先回去吧，我还要去别处一趟，如果我父亲问起来，你就说我晚些时候再回去，要他不必太过挂心。"

宁王府，承宁郡主寝室。

虞锦闯入时，见虞屏背着包裹似是准备出门，于是冷笑道："怎么，承宁郡主都肯当了，这堂堂大盛唐朝的太子妃倒是不稀罕了？"

虞屏不理会虞锦的嘲讽，将手里的包裹搁在桌上，轻蔑地看着虞锦，问道："你来做什么？走开，别挡我的路。你不是与太子殿下情投意合吗？你来这里难不成是劝我做这个太子妃的？你到底打的什么鬼主意？"

"李泽已经反了，难道你也要跟着去造反吗？这可是诛九族的大罪！虞屏，你要想清楚了！"

"诛九族？是要将虞家满门抄斩吗？关我何事？在我心里，我的家人不是你们。"

"你是想说，你的家人是拿你当棋子用的李泽，对吗？你难道还没想明白吗？你不过就是李泽可以随意扔弃的卒子，你现在冒着天下之大不韪投奔他，你以为他会给你许下什么诺言？”虞锦冷静地分析道。

虞屏却丝毫听不到心里去，嘴角含着一抹讥讽的笑，说道：“你这是在嫉妒，你嫉妒有个男人真心待我，而你却只能眼睁睁看着心爱的人与他人大婚。”

正在这时，房门被人敲响，有婢女在门外喊道：“郡主，有人送来一封书信。”

虞屏看了虞锦一眼，从虚掩的门缝里接过信，说道：“你们退下吧，谁来了都不要来打扰，本郡主谁都不想见。”

虞屏看见信封上面的标记，目光倏地变得温热而惊喜，她戒备地看了虞锦一眼，又走远了几步才迫不及待地打开了信封。

虞锦说道：“你不必避我，即便我不看信，信中的内容，我也能知道个大概，无非就是李泽劝你应下来当这个太子妃。”

虞屏怒极，狠狠地瞪了虞锦一眼，说道：“你胡说。”

虞锦轻轻地“哼”了一声，施施然坐在椅子上，自斟了一杯茶喝了一口，没有接话。

虞屏因为虞锦的话，打开信纸的手微微颤了颤，半晌才将信纸捻开，略扫了一眼，露出不敢置信的神色，不甘心地又读了一遍，才悻悻地罢手，跌坐在椅子上，口中喃喃地说道：“这不可能，这不可能，他为什么会劝我答应做太子妃？他难道不明白吗？我如果做了太子妃，我与他之间便再无可能了。”

“因为他不喜欢你，他心里没有你，所以他根本不在意你伴在何人身侧。”

虞锦想过来安抚虞屏，虞屏却猛然间将她的手挡开，露出阴狠的笑容，说道：“他既然要我答应，那么我就答应，这世间的情爱，我得不到，你也休想得到。”

虞锦露出一抹苦笑，说道：“你以为我还有此奢望吗？你我姐妹卷入这帝王家的恩怨已反目成仇，真嫁进帝王家，只怕每日都要面对腥风血雨，难得安宁，这不是我们虞家女儿的夙愿。”

虞屏迟疑地问道：“你什么意思？难道你也愿意眼睁睁地看着我嫁给太子而无动于衷？太子殿下会甘心吗？”

“只怕由不得他了，否则阗帝也不至于急着半夜下旨赐婚。这一切，无人能改了，太子也不能。”

虞锦转过身欲离去，门外突然传来响亮的声音，虞锦马上顿住身形，与虞屏互视一眼，警惕地看着门外。

“郡主呢？”原来是宁王李通的声音。

婢女秋莲回道：“回禀王爷，郡主今晨早起接旨，这会子又歇下了，交代了任何人都不要打搅她。”

“也罢，就让她多睡一会儿。郡主醒了，你让她到书房来见本王。”

“是，秋莲知道了，王爷慢走。”

“嗯。”李通走出几步，回头看了看紧闭的门，露出一抹不着痕迹的复杂神色，疾步离去。

虞锦和虞屏明显都松了一口气，虞锦看了虞屏一眼，见她眼中充满明显的希冀之色，于是思虑半刻，说道：“你如果能够想得开，就应当知道，离开是最好的选择。否则，这宁王府的承宁郡主，大盛唐朝的太子妃，还有叛军李泽的奸细，你无论如何应对，都不会落得好下场。”

“宁王府的承宁郡主？我与太子大婚之日，便与宁王府再无关系。”

“如果毫无关系，便不会有今日赐婚之说。李泽所率领的叛军，要想从青州攻到阳城，势必要经过李通和庞劾衣的封地南屏，远水救不了近火，拉拢宁王是减少伤亡的最简单的办法，同时也可以消耗李通和庞劾衣在南屏的兵力，一举两得，这就是阗帝的过人之处。可是阗帝怕李通会找各种理由推托，所以便立即赐婚，只要承宁郡主嫁入帝王家，那么他李通就势必要保住太子，保住太子便要保住大盛唐朝，只要有你在，李通要想继续他的荣光，就必然要对大盛唐朝鞠躬尽瘁，死而后已。等将来太子登基，你成为皇后，李通便会以女为荣，到处收买人心结党营私把持朝政，你也会倚仗李通在朝中的势力，压制各宫生乱的嫔妃，否则你以为如今的慕容紫为什么能坐稳后宫？话说到现在，你还敢说，你与宁王府毫无关系吗？”虞锦平静地说道。

虞屏想要反驳，又找不到任何理由，只得继续问道：“好，就算你说得对，那做这太子妃又有何不可？”

“你觉得依照太子的个性，他会喜欢一个迫于局势硬塞给他的女人吗？今日待你有几分客气，他日便会添几分厌恶。对于太子这个人，我自信比你了解得多。”虞锦想起李润对自己说过来之不易的帝王情爱，一时失神，竟连虞屏后面说的什么都没有听见，继续说道，“至于做李泽的奸细，本身就是掉脑袋的事情，为了一个不喜欢自己的人，这样做真的值得吗？”

虞屏听到虞锦这般说却极为不耐烦，当即反驳道：“你怎么知道不值得？自从娘亲死后，我便把所有的情感都付诸在他的身上。我为了他，牺牲性命都在所不惜，更何况只是做一名奸细。”

“好，该怎么做，你自己思虑清楚。我与太子已经是陌路，谁来做这个太子妃又有何关系？更何况这个人还是你。屏儿，我来只是想告诉你，无论如何，你我都不可能是陌路。不管怎么样，我还是希望你会幸福。可是，上天注定你在太子身边不会有丝毫幸福可言，在李泽跟前亦是同样，所以，你决定怎么做，一定要掂量清楚。”

虞锦伸手想要去拉虞屏的手，谁知虞屏却突然后退了几步，戒备而冷漠地看着她，虞锦苦笑一声，旋即离开。

虞锦是怎样回到虞府的，自个儿也有些说不清楚。程裳已经将房间打扫得干干净净，又铺上新的锦被，柔软舒适，虞锦浑浑噩噩地卧在了床上，不知不觉地便睡了过去，程裳见状，帮她扯过锦被盖上，便悄悄退了出去。

入了夜，断曲来过，想问问虞锦的近况，程裳只说她睡着，所以断曲并未在意。待到了次日午后来时，断曲从程裳口中得知虞锦仍旧还睡着，这才着了慌，来到虞锦榻前为其诊脉。

程裳见断曲良久没有说话，在一旁急得跺脚，问道："怎么样？你倒是说话啊！"

断曲瓮声道："她只是太累了，睡熟了，一时半会儿醒不了，让她睡着吧。我明日再来看她，如果还没醒，我便设法叫她起来。否则长久昏睡只会伤身。"

断曲并未说得很明白，一向豁达开朗的程裳却也从他的话中听出了几分意思，是说虞锦自己选择了昏睡，并不愿意醒来。她在逃避，逃避李润即将要大婚的事实。长久以来，即便虞锦从来没有说过她想入住东宫做太子妃，可是她与李润情深似海，还会有别的可能吗？

理应是顺理成章的事，谁知，一个猝不及防，竟成陌路。

锦然居。

李润半卧在榻上，手里握着一个酒壶，大口大口地喝着，想要一醉方休，谁知眼神却越发清明，毫无醉意，李润踢了踢散落在地上的十几个酒壶，蹙眉朝门外低喝道："平生，你去给本太子拿些烈酒来。"

平生进门，接过李润手里的酒壶，关切而焦急地劝道："殿下，您这几日在锦然居不眠不休只顾着喝酒，总归要小心身子才是。"

李润斜睨了平生一眼，浑身散发的阴鸷让平生禁不住骇了一跳，忙三步并作两步退了下去，并顺手掩上了门。平生走出锦然居，本想吩咐人拿些烈酒，思虑再三，似是下定决心一般，看了锦然居一眼，转身离开了太子府。

李润依稀嗅见虞锦留在枕边沁人心扉的清香，环顾四周，仿佛依稀能够看见虞锦一颦一笑的影子，他伸出手想要去抓，怎奈只是徒劳。

李润忆起那日虞锦初次踏入锦然居时，他挥墨写字，她寂静看书，这是他自出生以来最为安详惬意的时光，他怎能不铭记在心？也正因为如此，他才认定了她，即便她的身份特殊，他也发誓定要想尽办法为她正名身份，好让她入住东宫伴在自己身侧一生一世。

怎知她却藏了心思，将小皇子从容贵妃的宫中偷出以助那个皇室孽种逃出阳城。如今，烽火战事，阴差阳错，父皇迫于局势竟然将承宁郡主赐给了他，叫他如何不恼火。

可即便是这样，他也笃定主意，只要她肯认错，只要她诚恳解释，只要她站在自己面前反对这桩婚事，他宁肯抗旨不遵也要跟她厮守在一起。可是，如今自己求醉不成，她又在哪里？

第三十三章
清曙澹净　依乐幽终年

青州。

薛开火急火燎地从府外回到书房，将门重重关上后便一日闭门不出。一只白皙却带着明显刀茧的手轻轻地敲了敲门，见书房内毫无声息，便推门而入，见薛开坐在椅榻上闭目假寐着，明显没有睡熟的样子。

边塞风大，所以薛开单衣外面还罩着一件外袍，此刻外袍半敞，露出脖颈下的一道刀疤，却不显得狰狞，倒平添了几分男儿气概。

姜陵在他跟前站定，伸手朝着他的刀疤轻轻地触摸了下，随即缩回了手，见薛开并未流露出任何的恼怒之色，便嘴角轻抿，露出些微笑意。

“你还笑得出来？”薛开并未睁开眼睛，却已洞察秋毫。

“义父已经跟我提过此事了，我很明白地告诉他，我已嫁给了你，自然凡事得以你为尊。你如果要应他便应他，如果不应下，我也毫无二话，宁愿与你一起埋骨青州，毫无悔恨。”姜陵眸子深沉，认真地说道。

薛开听见此话后，似是有所动容，微微睁开眼睛看了姜陵一眼，伸手拉她坐在自己的身边，握着的手却没有松开。

“你心里也很清楚不应下你义父的后果，这青州会有何下场，我和你又是什么下场，对吗？你义父与翼王在乌雅地界藏兵三十万，如今起事，必定要踏平青州而过，青州距离遥远，等不及援兵，保全青州的唯一办法，便是跟着他一起反了。”薛开握住姜陵的手，已然加了几分气力。

姜陵说道：“我知道你心里不愿，你薛家已守在青州二十余年，怎么甘心就此成了反臣，被天下人唾弃？可是只要翼王得了天下，你也不必再窝在这穷乡僻壤做一名小小的守将了，海阔天高，自是有你更好的去处。薛开，你说，这难道不好吗？”

薛开冷笑，说道：“仅凭三十万大军，如何能敌得过皇上手里的重兵？更别提誉王手中的百万雄师。你记着，我只是不愿意我父亲镇守多年的青州被叛军给糟践了，否则我不可能会应下你义父的话。”

薛开甩开姜陵的手，一阵风一般离开了书房。姜陵站起身来，捏了捏被薛开握得生痛的手，目光中流露出复杂之色，旋即摇了摇头，也跟着走了出去。

石净修刚从李泽的营帐中走出来，便看见姜陵站在远处正等着他，用眼神示意姜陵随着自己进了营帐。

姜陵将薛开的话一五一十地复述给石净修，见石净修一言不发，于是说道：“义父，薛开并非冥顽不化之人，假以时日我一定会劝他心甘情愿地跟随在义父身边，为义父所用。”

石净修带着审视的目光看向姜陵，然后才低下头继续写信，良久说道：“他心存青州百姓，这在为父的意料之中。薛开如果那么轻易就为义父所用，那才会让义父看轻了。陵儿，你记着，这世间没有那么可信的东西，为父让你嫁给他，可不是让你真的贤良淑德了。”

姜陵眸底的光亮倏地黯淡，极快地垂眸，避开石净修的眼神，点头示意，然后拿着石净修写好的书信离开了营帐。谁知，刚掀开营帐，便看见一名戴着面具的男子走过来，姜陵顿步，仔细看了那人一眼，闻见那人身上特殊的气息，当即明白这是谁人，察觉到那人的目光如炬，于是赶紧离开。

姜陵回到府里，薛开正要外出，看见姜陵手里的书信，只懒洋洋地看着她，却没有追问，姜陵将书信揣进怀里，也不多做解释。

薛开说道："你义父可是允我保全这青州百姓的性命？他只要保证不伤我青州百姓一人的性命，我便双手奉上青州。"

姜陵微微笑了笑，说道："义父怜惜天下人的性命，何止是青州百姓，所以夫君请放心。"

薛开抱臂而立靠在廊柱上，说道："也对，那名闻天下的白水教教主进了大营，相助翼王大军成事，更可见你义父对天下百姓的怜悯之心。"

姜陵脸上的微笑僵住，还未等答话，见薛开颀长的身影已经走远，她面色黯然，无奈地望天露出苦笑。

太子大婚，普天同庆，即便是东梁进犯、叛军起事，也丝毫没有影响到阳城的喜庆。各家商户都张灯结彩，阗帝更是下令大赦天下。如果不是从下旨到成婚的时间太短，阳城肯定会比如今更加热闹，毕竟是储君大婚，这应该是大盛唐朝近年来最大的喜事了。

可是，总会有不相宜的事情发生。譬如，如今该大婚的太子储君李润，在连续喝了几个日夜的酒后，却在大婚前夜，不顾秦伦的阻拦闯进了乾元殿。平生闻风而来，眼见李润进了正殿，他哪敢跟进去，只急得在正殿门口跺脚。

阗帝正在勾勒关押在天牢的大赦名册，见李润就这样闯进来，目光深沉，让人看不出情绪，只淡淡地问道："明日你便要大婚，今夜何不在东宫里好好歇着？朕知道下旨赐婚有些突然，承宁郡主虽然在民间流浪多年，不过好在貌美端庄，人又娴静温和，嫁进太子府后再好生调教调教，朕相信她将来一定能胜任一国之母。"

李润手里握着酒壶，仰头灌了一大口，眼神越发深幽，不疾不徐地问道：“是不是如果她不能胜任皇后，儿臣便可以让她不着痕迹地死去？”

阗帝勾勒名册的手微微一顿，猛然间抬起头看向李润，说道：“太子此话何意？”

“八年前，儿臣生母是如何死去的，父皇一直没有派人彻查过，儿臣在想，父皇是不是怕最终会彻查到自己身上，所以才暗示儿臣此事是皇后所为？”李润尽量用最平静的语气问道。

阗帝用审视的目光盯着李润，见李润站在大殿之下，眉目间却似有那个女子的神韵。一晃八年过去了，那女子临终前望着自己的眼神如今全都历历在目，原本他以为她想尽办法、用尽手段缠着自己，只是因为贪恋荣华富贵，所以更让他厌弃。他无论如何也没有想到那是个肯为了孩子付出性命的女子，只是，她错就错在从来没有得到过他的心。

“父皇，儿臣生母的忌日正是皇后的寿辰，宫中为避忌讳，所以从来不曾拜祭过儿臣的生母，儿臣只能在笙歌丝竹中悼念生母，这么多年过去了，儿臣只想知道真相……”李润见阗帝沉默不语，于是追问道。

“朕早就应该料到会有今天，毕竟你早晚都会知道真相，只是朕未曾料到你会今日闯进乾元殿来质问朕。”阗帝掷下手里的笔，略显疲惫地靠在椅榻上，略为沉吟，继续说道，“没错，你生母确是死在朕的手上。”

李润握住酒壶的手指节青白，另一只手在袖口不停地抖动着，他微垂下头，没有看向阗帝，谁也没有瞧见他现在的神色会是如何。

“那么父皇为什么要杀了儿臣的生母？儿臣已经被册立为太子，父皇是担心母凭子贵，母妃会祸乱后宫吗？”李润颤声问道。

“那年，朕让秦伦将你们母子从冷宫里接出来，你们母子登时便处在风口浪尖上，多少人用虎视眈眈的眼神盯着你们的错处？还有皇后，她自己的孩子不能被册立为太子，朕怕她迁怒于你们母子，忌惮于皇后的精明算计，所以朕只能狠心除去她，保全你。也唯有这样，你才能在太子之位上与慕容紫一直相安无事，否则这些年来的明枪暗箭，即便朕有心维护你，也势必少不了几番周旋。”阗帝诚恳地说道。

李润却丝毫不领情，他冷笑一声，说道：“这么说来，儿臣还要感谢父皇杀了儿臣的生母，对吗？”

“放肆！”阗帝怒吼一声，朝着李润低喝道，“谁允许你用这样的口气跟朕说话？你虽是储君，可是你一日未登基为帝，朕一样可以废了你。翼王虽不顶用，可别忘了朕也不止你一个皇子。”

李润也明显被激怒，用力握住手中的酒壶，只听一声脆响，瓷片碎裂，已有数片扎进了李润的手掌，鲜血直流，衣袖处也沾染了不少血迹，看起来令人触目惊心。

“既然父皇这样说，那么儿臣宁愿不做这太子，也想要留住儿臣生母的性命。父皇，皇位虽好，却不及有一真心疼我之人啊。”

阗帝已是怒不可遏，拍案而起，怒喝道：“混账，你是得了失心疯了吗？竟然说出这样一番无法无天的话，难道这太子之位，你竟看不到眼里去了？难不成让朕立即退位给你？”

李润丝毫没有惧怕阗帝的怒颜，他没有顾及流血的手，苦笑道：“儿臣不稀罕什么太子之位，也不稀罕皇帝之位。”

“你给朕住嘴！李润，你究竟是何意，难不成你是想让朕给你生母偿命？”阗帝已是气得发抖。

李润此时已然冷静下来，一字一板地说道：“儿臣不敢，可丧母之痛轻易不可忘。既然父皇有别的皇子可以来做太子，那么就放儿臣离开吧，这天下之大，只要能给儿臣一个容身之处便好。儿臣愿意远离这权谋之地，不再踏进阳城一步，这样总能保全自己心爱之人的性命。”

阗帝怒目看向李润，凌厉地喝道：“你以为做了太子还能有全身而退的时候吗？这文武百官、天下百姓，谁不把你盯得紧紧的？你还想逃离阳城，你休想，即便你不做这太子，朕也要将你困在这东宫，让你不能踏出一步。”

李润丝毫没有恼怒，而是半仰着头，用一种遥远而陌生的眼神望着阗帝，哑声问道：“就像当年将儿臣母子困在冷宫中一样吗？”

阗帝彻底失去理智，压抑不住心中积攒的怒火，拍手低喝道：“秦伦，给朕将乾元殿的侍卫全部叫来，朕要拿下这逆子……”

秦伦始终在大殿门外听着动静，见状马上弯腰进了大殿，临走时看了平生一眼，平生焦急之下硬忍着没有跟进去，而是转身飞一般地出了宫。

秦伦见李润袖口处仍然在“滴答滴答”地流血，当即低呼一声，想要拿帕子去替他包扎伤口，被李润随手一挥阻止。

“秦伦，你不要理会他的伤，他连自己的身子都不顾及，他还会顾及朕这大好江山吗？”阗帝怒道。

“皇上，明日便是太子殿下的大婚之日，您何必要在这个时候与太子置气呢？太子喝了酒，说了浑话，待明日就不记得说了什么了，还请皇上息怒。如果太子被擒，皇上您可怎么给宁王和承宁郡主一个交代？又怎么给文武百官、天下百姓一个交代啊？”秦伦劝道。

“那就将大婚之日延后再说，他不是不想做这个太子吗？那朕就成全他。”阗帝依旧无法排解怒气，多少年了，从来没有人敢这样顶撞违逆过自己，更别提一向客气恭敬的太子。他自然知道自己册立的这太子与自己并不亲近，可是他见李润行事果断沉稳，又进退有度，已是宽慰不少。如今他却这般冷漠地站在大殿上看着自己，以这种陌生疏离的眼神，似是要将自己看透，从而没有一丝可以抵御的面具盔甲……

要让他一位帝王露出软弱形色，他办不到。

“秦伦，朕的侍卫在何处？还不把太子给请回东宫？没有朕的命令，谁也不准进出东宫。”阗帝负手而立，丝毫没有温度地说道。

李润冷笑地摇头，说道：“父皇，可惜儿臣不能答应，儿臣心意已决，必定要离开皇宫，这太子不做也罢。如果父皇非要留住儿臣，那么留下儿臣的性命便是。反正父皇已经杀了儿臣的生母，又怎么会在意儿臣的性命？”

秦伦站在一旁，倒吸一口凉气，见阗帝眼神中已经露出暴虐之色，当即骇得劝也不敢劝。

李润没有理会正处在暴怒中的阗帝，踏过碎瓷和鲜血，毫无惧色地走出大殿，正在这时，阗帝的侍卫已经将乾元殿团团围住，虽不敢用剑指着李润，却也不敢违逆阗帝的命令将李润放出乾元殿。

“给朕拿下太子，不必有所顾忌，伤了残了，朕只当没有这个儿子，朕不治你们的罪。”阗帝从大殿内传出来的怒吼声，让在场的侍卫面面相觑，即便如此，他们又怎敢真的出手伤了李润？

李润却面容平静，似是没有听见阗帝的怒吼声，渐渐朝他们走了过来。侍卫们不敢退让，又不敢动手，万分为难，正在这时，一直淡然疏离的李润，却突然出手，以迅雷不及掩耳之势将挡在自己面前的三五名侍卫击倒，丝毫没有顾忌地朝前走去。

那些侍卫这才急了，知道冒犯李润是死，可是违逆阗帝的命令更是死路一条，于是动了围困李润的念头，又团团欺身上来，与李润缠斗起来。

李润知道如果不痛下杀手，便不可能走出这乾元殿，只得空手夺过一名侍卫手中的刀剑，朝侍卫刺了过去，看似毫无章法，却极具杀伤力，所幸他知道侍卫不是真心想要夺他性命，所以也手下留情，没有伤及诸人的性命。

可即便如此，这一路走来，也已经是血流成河，不过短短片刻，已有数十名侍卫倒在地上，呼痛声此起彼伏。

秦伦在大殿上，焦急地来回跺脚，不停地看着阗帝阴霾的面容，欲言又止，又从大殿虚掩的门外看见刀光剑影，急切地喊道：“皇上，皇上，刀剑无眼啊，您难道真的忍心伤了太子性命？”

“这样的逆子，死了又何妨？省得朕看着碍眼。”

“皇上，旁人是不知晓的，可是老奴跟随皇上身边几十年，又怎会不明白皇上的心思？皇上对太子的辛苦栽培，才成就了太子被册立以后的平稳之路。皇上，老奴冒死也要说出一句心里话，太子再怎样忤逆皇上，那也是您的亲骨肉，何必为了一时之气，抹杀了过往的一切呢？”秦伦跪倒在乾元殿，已是老泪纵横，苦苦哀求道。

李润虽身形飘逸，但闪躲腾挪之间已是脚步虚浮，侍卫人数众多，李润独自支撑已久，手又被碎瓷伤了，失血过多，奈何武功再高，也极难与这皇宫内成千上万的侍卫对抗。李润苦笑，如若这般丢掉性命，倒也无妨，可是若见不到她一面，不能再将她揽入怀中嗅到她的发丝清香，岂不是憾事一桩？

远处，如同万人激战一般，厮杀声起，由远及近传至李润耳畔，李润微一愣神，就被一名侍卫砍伤了手臂，李润却似是毫无察觉。那名侍卫惊骇万分地看着李润，丝毫没有料到自己竟会伤了当朝太子，即便瞋帝下令擒他，那也是帝王的家事，他有什么资格可以碰触到大盛唐朝最尊贵的皇太子李润？

未等思虑完毕，便见李润手中的剑朝自己刺了过来，侍卫骇得连躲避都忘记，一剑被李润砍下头颅。

李润眺眼望去，见远处上千名侍卫正在围困一名穿着白衣的少年，那人的招式凌厉，丝毫没有给侍卫留下后招，所到之处尸横遍地鲜血四溅，侍卫的哀号声不断。李润心里如同打鼓一般跳得厉害，他知道虞锦已经散去武功，断无可能有本领冲进皇宫，可是那身影纤细曼妙，剑术灵动，不是她又是谁？只见那白衣少年挥手处不知扬起一团什么迷雾，成片的侍卫倒在了地上，趁机又朝着李润这边冲过来，两人之间的距离又近了几丈。

李润当即确定无误，此人正是虞锦，还未等扬声，便见一名侍卫匆匆闯进乾元殿高喊道：“皇上，不好了，金玉公子闯进宫来了。”

瞋帝一怔，旋即冷笑道：“金玉公子？他竟然敢从玄机门闯到朕的乾元殿跟前来？秦伦，走，出去看看，朕倒要看看这金玉公子到底有什么三头六臂，怕是活腻了吧？”

李润心中激荡万分，又重新振奋起来，本已在剧痛之下无力抬起的胳膊又重新注满了力量，他试图冲破侍卫的包围圈朝着虞锦的方向而去，奋力激战，再也不肯顾及侍卫的性命。

各宫侍卫闻风而来，短短片刻，又聚集了数千名侍卫，只有少许人过来围困了李润，绝大多数侍卫都将虞锦重重围困，看情形，虞锦别说全身而退，即便是插翅也难再飞。

李润看见虞锦的身影在侍卫的包围圈内游走，浑身浴血，也不知道那是侍卫们的血，还是她自身伤到了何处，焦虑不已，他大喝一声，奋力一击踩在侍卫头上，一跃而起，跃在了虞锦的包围圈之外。

那群侍卫完全没有料到李润会有这般举动，一时倒忘记了围困李润，生生让他挤进了包围圈，冲到了虞锦的身边，就是这短暂的变故，让虞锦有了片刻的喘息。

李润与她背贴背而立，用没有握剑的手去握她的手，虞锦没有躲，任凭他握在手心里。李润这时才发现，虞锦浑身抖得厉害，急忙伸指搭在其腕上，才发现虞锦浑身真气虚无，仅凭心中意念和过人的毅力才苦苦支撑到现在。李润心知凭着她如今的功力，能闯进皇宫在数千名侍卫围困下未死已是奇迹，如何还敢奢望两人能全身而退。

李润再度握紧虞锦的手，心疼之余，说出口的却是暴怒之话，低喝道：“你来做什么？就是为了送死吗？”

虞锦一剑挑飞一名侍卫，将身子重新靠在李润的背上支撑着，苦笑道：“你既不惧死，我又有何惧？”

李润微怔，旋即狂笑起来，笑声响彻天际，既有不屑于命运不公带来的坎坷悲戚，又有轻生死、重情意的肆意情仇。侍卫们只见过沉稳果断的李润，何时见过这般豪迈张狂的他？

远处，始终站在大殿门口的阗帝半眯着眼睛看向李润和虞锦，脸色阴沉得可怕，秦伦骇得不敢开口，连动也不敢动。

侍卫们见阗帝不开口，又不敢在他面前懈怠，见原本腹背受敌的虞锦在李润的帮衬下，虽毫无气力，却仍旧极具章法，侍卫们根本近不了身，可是即便如此，虞锦也有可能随时因为气力不支倒下。

李润抓住她的手，带着她一同闪转腾挪，虞锦却用力甩开他的手，说道："顾好你自己就行，不用理会我，你不是已经不理我了吗？如今为何还来顾及我的性命？"

李润语气软了下来，柔声说道："我只是想通了，当初不管你为了什么欺骗我，我都会原谅你。你生了气，不肯向我靠近，那么我便走近你的身边。这太子妃既然不是你，这太子不做也罢，即便最终没有好的下场，这一生，虽死无憾。"

好一个虽死无憾，虞锦为李润的话而震惊，浑身一颤，颇有些动容，错漏了侍卫的杀招。

就在这个空当，虞锦的左手臂被一名侍卫划伤，鲜血直流，虞锦却丝毫不曾顾及，连眉头都不肯蹙一下，仍旧紧紧贴在李润的后心处，生怕有侍卫趁自己倒下后伤及李润。

李润气急，一剑就将那人的脑袋砍下，又愤恨地踢了出去。侍卫骇得退了半步，在阗帝阴霾暴虐的眼神之下，再度齐齐将两人围困。

虞锦和李润早已没有气力，虞锦挥剑的力度已是越来越小，在众多侍卫的夹击下，身上又中了数剑，李润察觉到虞锦再无气力支撑，单手将虞锦搂在怀里，用受伤的手臂独自支撑抵抗。

虞锦想要用力推开李润，李润却丝毫不肯放手，将她搂得更紧了些，低喝道："别乱动，你难道想死得更快一些吗？"

众侍卫本有所忌惮，现在更不敢全力攻击，所以李润还能够单手抵抗片刻。阗帝却更加愠怒，喝道："众侍卫听旨，将这个刺客给朕杀无赦，如果太子还敢护他，一同杀无赦。"

此话一出，众人皆惊，倚在李润怀里的虞锦，用衣袖拭了拭嘴角的血迹，苦笑着说道："你瞧，皇上终究是疼惜你的，放手吧，好好去做你的太子。"

李润却丝毫没有肯松开虞锦的迹象，他面色凝重，手持剑迎上侍卫，看向远处负手而立的阗帝，低声问道："你宁愿欺骗我，也不肯告诉我实情，就是怕我会有今日吧？”

“你现在知道也不晚。”

虞锦轻声咳了一下，嘴角的血又迅速流了下来，本想再用衣袖去擦，谁知却被李润用手拦住。李润从怀里掏出帕子，谁知那帕子上早已沾满了血迹，于是苦笑着扔在地上，用自己的衣袖去给虞锦拭去血迹。

众人无声地望着两人，连同站在原处的阗帝也屏住了气息，他亲自册立的太子怎么会做出这般惊世骇俗的事情？可是，看着两人眉目之间的亲密神色，又觉得是应当之至。

阗帝杀气顿起，从身边的侍卫手里夺过一把弓箭，拉弓上箭，那箭如疾风般迅即而至，朝虞锦的心口呼啸而来。李润大惊，忙侧转身子想要为虞锦挡下这一箭，谁知千钧一发的时刻，虞锦靠近李润，想也不想地便吻了过去，李润微怔，没有料想到一向矜持清冷的虞锦，会在这种场景下吻了自己。

虞锦便是趁李润微怔的时刻，抱着李润的腰身用力微侧了身，箭从虞锦的后心处射入，箭尖透过虞锦的身体，甚至还刺伤了李润。

虞锦再也支撑不住，鲜血喷涌而出，瞬间便将李润的衣衫浸透。她朝李润勉强挤出一丝笑颜，低声道：“我原本想，你要留在宫里，我便做你的太子妃，你如果要出宫，我自然要为你杀出一条血路来。可是如今，天不遂人愿，你的太子妃已换了他人，而我也未能为你踏平皇宫。原谅我，只能陪你走到这里了。”

虞锦说罢便昏死过去，李润不可置信地看着虞锦，许久才意识到虞锦的伤势，点了她周身几处要穴，用力抱着虞锦，仰天长啸，响彻云霄，此时的悲痛之情已经不可控制，他将虞锦小心地平放在地上，又脱下自己的锦袍，替虞锦遮在身上，持剑站起身来时，众侍卫无不为李润眼中的愤恨之情骇退半步。

李润挥动手中的剑，将迎面几个侍卫砍死，高声喝道：“只要她今日断了气息，我便要你们统统为她陪葬。”

“就为了这样一个人，你是不是连朕也一起杀了为他陪葬？朕倒不知太子何时竟会迷恋上……”阗帝终是没有说出口，怒极反笑，胸脯不停地起伏着，可见是怒气之甚，只听他继续说道，“太子，你果真是越来越有出息了。”

李润那狭长的丹凤眼带着危险的气息，朝阗帝望过来，似是在掂量阗帝话中的深意，突然，又俯下身，抱起命垂一线的虞锦，见虞锦良久都不出声，于是再度长啸，声音撕心裂肺，绝望到令人不忍倾听。

秦伦再也无法忍受，跪倒在阗帝身侧，哀求道：“皇上，您不能连太子都伤及，再这样下去，太子万一有何不测，皇上您于心何忍啊？”

阗帝这才觉得，自己低估了一直在自己面前温顺恭敬的李润，他骨子里的执拗又岂逊于自己当年？

阗帝高喝道：“太子，朕就给你一个机会，只要你今日将金玉这个逆臣杀死，朕就当今日的事没有发生，你照样是尊贵的太子，明日依旧与承宁郡主大婚。”

“只要儿臣还有一口气，便会倾尽全力护她周全，父皇既然想要置她于死地，那么便只能从儿臣的尸首上踏过去。”

李润将虞锦抱起，一步步朝着宫外走去，丝毫不再理会侍卫手中的剑，明知再努力抵抗也不可能杀尽所有侍卫，那么就留着这些体力，再多抱她一会儿……这皇宫，这江山，不要也罢。

阗帝握紧了拳，见李润抱着虞锦，擦着侍卫们的剑尖，头也不回地朝宫外走去，只得高吼一声：“你们全部退下。”

秦伦大喜，忙上前让众侍卫全数退离，殿外只余下几十名阗帝的亲卫。阗帝信步朝李润所站的地方走过去，看了李润怀中的虞锦一眼，冷笑道：“你拿自己的性命来要挟朕，你觉得朕就会这样被威胁住了吗？朕宁肯没有你这个儿子，也断不能让皇室传出这般龌龊的丑闻。断袖之癖，龙阳之好，朕真是瞎了眼。朕还是那句话，只要你亲手杀了他，朕可以既往不咎，否则，朕宁肯将你们两人一同赐死。”

李润望着站在自己面前的阗帝，这个被自己第一次开口唤作父皇的男人，这个杀害自己的生母，又企图将自己心爱的女子置于死地的男人，这个居高临下口口声声恩赐一个机会的男人，眼神越来越疏离淡漠，直至陌生到可怕。

秦伦在一旁急得团团转，鼓起勇气劝道：“太子，你就听老奴一句劝吧。这帝王江山，难道还比不上一个男子吗？”

李润微怔，低头看了看怀里的虞锦，她长长的睫毛如同扇子般在白皙的脸颊上铺陈开来，微蹙的眉头似是在告知众人此刻自己正承受的不堪痛苦，李润爱怜地看着她，深情地说道：“谁说她是男子？”

此言一出，不光秦伦大惊，就连一直用嫌恶的眼光看着虞锦的阗帝也震惊不已，原来一弓搭三箭名闻天下的金玉公子，竟然是易容乔装的女子。阗帝心中同时也释然了不少，也难怪，如若不是一名女子，金玉公子身上那股纤弱曼妙的飒爽风姿，又岂是男子可以比拟？阗帝忆起虞锦在狩猎场上的风采，这才依稀记得那样的眉目、那样的风姿、超凡脱俗的气质，又岂是男儿所有？

阗帝看了秦伦一眼，秦伦心领神会，马上退了几步，吩咐了站在远处的阗帝的亲卫几句，那几名亲卫迅即隐退。

李润知道阗帝这是命人去查虞锦的真实身份，于是说道：“父皇何必知道她是谁，父皇只要知道她是儿臣心爱的女子，儿臣会豁出性命来保护她就可以了。”

“你既然口口声声要保护她的性命，那么朕就给你保护她性命的机会。”阗帝眼睛半眯，让人看不出真正的情绪，只听他说道，“你马上回东宫收拾妥当，明日与承宁郡主成婚。朕便留住她的性命，马上找太医为她医治，否则你也该知道朕的手段，宁肯失去你这个儿子，朕也不肯让她多活一刻。”

李润猛然间抬头，没有料到阗帝会提出这样的条件，望着怀里虞锦惨白到毫无血色的面容，沉吟了许久，带着万般的不舍和不甘，终是点了点头。

秦伦马上着人来抱虞锦，李润却如何也不肯，亲自抱着虞锦往太医院而去。秦伦见阗帝示意，马上跟了上去，劝李润也要顾及自己的身子，李润却置若罔闻一般，兀自抱着虞锦不肯撒手。

待太医们看过虞锦的伤势，纷纷露出愁容，面面相觑之际，只听李润喝道：“本太子不管你们如何做，都要保住她的性命，如果她有任何不测，本太子就将这太医院夷为平地，让你们死无葬身之地。”

李润这句恐吓令太医们惊慌不已，唯独有一名年纪稍轻的太医却似是下定了决心，上前走近一步，带着坚定而不容置疑的口气，说道：“殿下，微臣愿意倾力一试。”

“你叫什么名字？本太子怎么看着你这般面生？”李润似是抱有疑惑地问道。

“微臣名叫徐俊，刚进太医院不过数月，一直在太医院负责整理药方，并未给皇上和太子殿下诊过脉，所以殿下不认识微臣。”徐俊说道。

李润半眯着眼睛，问道：“那么多太医都束手无策，你怎么会有把握医治好她？”

徐俊不卑不亢地说道：“微臣虽然资质愚钝，却有幸得到过国舅指点，所以微臣斗胆恳请太子殿下答应。”

“那你记住——她生，你便有一条活路；如果她有任何不测，那你必定会被千刀万剐。你可愿意？”

徐俊想也未想便答道：“微臣愿意。”

李润握过虞锦的手，丝毫没有避讳。众太医虽然诧异于徐俊刚才的言辞，却谁也没有敢抬起头看一眼。李润用言语敲打了徐俊，让他不要借虞锦的生死作为向上爬的手段，见徐俊答应得痛快，而且沉稳憨实，倒不像是奸猾之人，这才卸了几分戒备。

徐俊隔着帘幕，指挥宫女为虞锦清洗伤口。李润一挥手吩咐其余太医退下，一同站在帘幕外静静地等着，心中却是焦虑不已。

直到宫女为虞锦包扎好，李润才掀开帘幕快步走进去，见虞锦仍旧毫无血色，正待开口说话，便听见徐俊说道：“太子殿下，您身上的伤也不轻，请容微臣尽快给您清理包扎，否则迟了只怕……难以恢复。”

李润听徐俊这般说完，不禁往自己身上看了一眼，这才发现自己还穿着血衣，有的伤口深可见骨。徐俊只说难以恢复，李润却知他说的是性命堪忧，于是点了点头，任由徐俊亲手来为自己清理包扎，眼神却一直落在几步外的虞锦身上。

李润只怕她醒来，也只会恨极了自己，可是如若不答应阗帝的要求，后果又是李润不可承受之重。他可以死，也可以两个人一起死，却不能忍受在她还有一条活路的情况下，意气用事，毁了她的性命。

宁愿她恨着自己，也要她活着，活在这个世上。只要自己做了帝王，又何愁不能成为她的庇护，让她在宽广辽阔的天空中翱翔？

李润见徐俊为自己包扎完，于是不管徐俊的劝阻，抱起虞锦回到了东宫，并吩咐徐俊也跟着住进东宫，方便以后为虞锦医治，徐俊只得依言而行。

李润在东宫见到了平生，平生似是早已没有了平日里的平静温和，而是惊慌失措地看着李润。李润看也不看他一眼，只淡淡地问道："是你出宫向她报的信？"

平生倏地跪下，颤声说道："殿下，平生知道虞姑娘整颗心都在殿下身上，必定会想出办法来解救殿下，谁知虞姑娘就这样闯进宫来了，并且还叮嘱平生万万不可造次，否则阗帝只会迁怒于您，她要平生为您守住这东宫，并且布置好明日大婚一切事宜。"

李润微怔，望着怀里的女子，不禁露出一抹苦笑，低叹道："虞锦，真不知你是傻还是太过精明了，这般痴情待我，此后一生，即便我活着，即便我登基为帝，还能有哪个女子可住进我心里？"

平生见李润抱着虞锦径直往他的寝宫走去，忙追问道："殿下，刚才秦公公来过，说明日还是殿下的……大婚之日，殿下将虞姑娘带进您的房间，那明日承宁郡主来了后怎么办？"

李润蹙眉，低喝道："这东宫难道就只有本太子的寝宫可以住人？这东宫有的是地方，你随意找个房间将她安置了就好。"

平生的话噎在口中，堂堂太子妃难道真要如李润所说随意择处安置了？平生摇了摇头，只得让人赶紧去将东宫西南处的几处房间收拾出来，一定要喜庆万分，即便平生也知这不过是假象。

李润守在虞锦的榻前，一夜未眠。虞锦的伤口似是痛极，眉头轻蹙不曾舒展，口中低吟出声，徐俊也在外间一直候着，以便虞锦伤势如若恶化好赶紧救治，只是这天色已经大亮了，太子殿下为何还不赶紧前去梳洗更衣，毕竟今日他可要大婚啊，但他不过是一名小小的太医，又如何能劝，又如何敢劝？只得轻轻一声叹息，太子殿下和这金玉……姑娘，也不过是这世间的一对痴男怨女罢了。

平生走进来，轻声催促道：“殿下，秦公公已经着人来催过三次了，奴才是不是命人进来服侍您赶紧梳洗更衣？”

李润握紧了虞锦的手，心中万般不舍，却无法排解，终究是要面临这样的局面了吗？曾经的深情厚谊，为什么会阴差阳错到连牵手的机会都是奢望？

李润终究还是出声说道：“本太子不想在她面前梳洗更衣，还是出去再说吧。”

平生低低应了声，忙挥手吩咐身旁的一众梳洗宫女下去，见李润走出来时低声吩咐了太医徐俊几句，徐俊恭敬地点头应下。

第三十四章
荷笠斜阳　送钟声独远

乾元殿。

阗帝高坐在龙位上，嘴角含笑，看着大殿上的群臣，可是那眼神中，却分明没有半丝笑意。

李润木然地站在大殿上，望着文武百官谄媚而讨好的笑容，连一丝敷衍的心思也没有。即便阗帝已经明令禁止不将昨日在乾元殿外发生的事情传出去，只怕这些在宫中各处布了眼线的文武大臣，照旧已经得到了消息，所以他们看向李润的神色，多了几分怪异。

李润就像是任人摆布的木偶，提不起任何情绪，如果与自己拜堂成亲的人不是她，那么是谁又有什么打紧呢？他记得那个在朝堂上木讷而温顺的承宁郡主，模样是好的，只是不是他心中喜欢的，美若天仙又能如何？

宁王李通看着虞屏身着凤冠霞帔上前来向阗帝见礼，似是极为开心，笑声也比往日高了许多，一脸的志满意得。

阗帝说道："朕今日看着太子大婚，心中高兴，众卿齐心，虽叛军狂妄，宁王与仪王均是曾经在战场上驰骋过的人，定能横扫千军，荡平九州。这大盛唐朝，朕一定会完完整整地交到太子手上。”

群臣跪倒在地，齐声高呼万岁，李润站在原地，却丝毫未动，他抬眼看向阗帝，见阗帝淡淡的面色下隐约透着一股奇异之色。李润心下一沉，千万种不好的预感齐上心头，面容倏地变色，将太子大婚礼服的外袍扯下，朝殿外疾奔而去。

阗帝眼神凌厉，望着李润的背影神色迅即暗沉下去，看向宁王李通，李通面色也极为难看，却硬是忍着一言不发，可见此人城府之深。

群臣谁都没敢起身，谁也没敢出声询问，原本从宫内传出来的关于阗帝和李润之间隔阂的只字片语，如今却真真地在眼前落实了，否则谁肯相信，一向沉稳的太子殿下竟然在行大婚之礼时，扔下太子妃，不顾阗帝和满朝文武，跑出了殿外。

李润的脚步飞快，心里如同擂鼓一般，他身上还有伤，如今伤口因动作太大，一一撕裂开，顿时将衣服染红。

在大殿上，李润没有看见一向不离阗帝左右的秦伦，突然意识到，依着阗帝的性子，又岂会轻易放过犯了滔天大罪的虞锦——扮男装，入朝堂，闯宫门，杀侍卫，更紧要的是与李润彼此倾心，这在阗帝看来，才是他最无法容忍的，他怎么可以眼睁睁地看着自己辛苦培养扶持的太子，被一个女人左右？所以，虞锦必须死，而这一场大婚，便是调虎离山之计。既逼着李润与承宁郡主大婚，让宁王李通调兵平叛，又可以让李润从虞锦身边离开，从而诛杀虞锦。因为离开东宫之际，李润不放心，便将平生留在了东宫，现在就只盼着平生可以护虞锦周全。虞锦，我愿意用生命来奔赴这生死之约，只希望自己不要去得太晚，否则，我将情何以堪？

而在东宫，徐俊与平生始终守在房间外，远处乾元殿传来的礼乐之声，将整个皇宫都笼罩在欢愉之下，只是从房间内床榻上传来的嘤嘤之声，却是任谁都无法忽略，那般柔弱，却含着毫不屈服的意蕴。

“明明可以留住他，却还是任他这般离开了。”徐俊感慨地说道，因为他非常清楚地知道，李润离开的时候，虞锦是醒着的，只是对虞锦伤势太过关切的李润却丝毫未曾察觉。

平生却以为徐俊是说给他听的，当下看了他一眼，本不想搭话，却忍不住说道："殿下这是在救虞姑娘的性命，只有殿下与承宁郡主大婚，皇上才会饶过虞姑娘。"

徐俊不动声色，眼眸朝殿外的方向一瞥，随即回过头来，见虞锦扶着门框站在门口，不禁微微一怔。

虞锦面容上毫无血色，眸间递过来的都是疏淡倔强之意，静静地说道："你们走吧，他们要杀的是我，与你们没有关系。太子殿下身边，以后还需要你们侍候。"

平生看到闯进东宫的侍卫，这才明白过来即将发生的一切，于是挡在虞锦身前，急切地说道："不行，谁要伤害虞姑娘分毫，就请从平生的尸体上踏过去。"

正在这时，徐俊趁其不备，突然一记掌刀砍在了平生的后脑处，平生昏迷之前露出不可置信的眼神，而徐俊却仍旧是神色淡淡，与虞锦交换了一个眼神。

虞锦朝他道了声谢，徐俊不置可否地摇了摇头，说道："姑娘不必言谢，想必即便我不出手，姑娘也要找机会这样做的。只是这大祸，唯有姑娘一人去面对了。不过我可以答应姑娘，往后太子殿下登基，我一定会全心全意地服侍他。"

虞锦清楚徐俊的意思，是说阗帝要杀虞锦，纵然平生和徐俊一起抵抗，也不过是螳臂当车，枉送性命。既然这样，又何苦要送死，不如留下性命做些更有意义的事情，不过这徐俊也是聪明之人，言辞圆滑，只说李润如若登基便服侍在左右，如若登基的是他人，那么他徐俊也会在新帝面前尽忠。

虞锦浅笑，这徐俊当真是个有意思的人，这样机智率直而识时务的人，想必才能在乱世之中存活下去，李润身边有这样的人，想必不是坏事。

那群侍卫转瞬间便来至虞锦身边，徐俊扶起平生，似是事不关己地站在一旁。虞锦毫无惧色地伸手，阻止侍卫们向自己靠近。

为首的不是旁人，正是阗帝身边的秦伦，他一脸惋惜地看着虞锦，动了动嘴，却不知该如何称呼虞锦，只得轻咳了几声，避重就轻地说道："皇上有旨，要尔等捉拿要犯，如有人敢违抗圣令，格杀勿论。"

虞锦对于秦伦并不反感，甚至秦伦看在段无妄的分儿上对自己也是多加照拂，可这又岂是论交情的时候？当下不理会秦伦，只对那些侍卫沉声喝道："凭你们这些人，还碰不得我，要我跟你走这一趟也不是不行，只不过也不必假手于人，我自己走便是。"

虞锦瞥了徐俊一眼，见徐俊用眼神示意，于是从他身边经过，宽大的衣袖似是随意地扫过桌几上的花瓶，手中已经扣了满满一盒足有上千枚的银针，虞锦知道，凭着自身的功力，确实无法与上千名侍卫搏斗，更何况受伤颇重？如今只不过是凭着意念站稳而已，可是，像她这样的性子，又岂会坐以待毙？势必会生死搏击，所以徐俊将自身携带的银针尽数给了她。

他虽是太医，可是如若没有过人之处，想必慕容城也不会传授医术给他。想到慕容城，虞锦又想起了程衣，想必程衣此刻正伴在慕容城身边，深感此生无憾了。

虞锦在侍卫的重重包围下走出东宫，看见东宫外更是布满了侍卫，心头冷笑，这阗帝当真是瞧得起她，从而也明白了阗帝是下定决心要取自己的性命了，只是就这样踏上黄泉路，她岂会甘心？

在东宫之内，她不能动手，是因为怕牵连到李润，他在乾元殿闹的那一幕想必已经让阗帝记在心上了，如果再惹上事端，阗帝还不知会怎样整治他。

可是只要出了东宫，虞锦又有何顾忌？

虞锦扣住一把银针，朝围在身边的侍卫尽数散去，针针刺入侍卫的咽喉，不过片刻间，就倒了一片，其余人等骇于虞锦的手段，于是只形成围困之势，并不上前。

正在这时，一直站在一旁的秦伦拍了拍手，示意侍卫将一个人带上来，虞锦定睛一看，竟是满身伤痕的虞展石。看来虞展石定是遭受了严刑拷打，此刻，散乱而沾满污垢的头发下的一双眼睛，如同困兽般露出可怕的光芒，口中塞着棉布却仍“呜呜”乱叫。虞锦知道虞展石是要她不必顾忌他的生死，逃得远远的，即便是回乾坤门，从此也不要再涉入这红尘之中。

秦伦避开虞锦的目光，挥了挥手，站在虞展石身旁的侍卫将虞展石踢倒在地，一脚踩住他的手腕，持剑削去他一指，鲜血四溅，虞展石因痛苦而面目扭曲，口中的“呜呜”声更响了几分。虞锦扣住银针便朝那侍卫刺去，那侍卫应声而倒，旋即又有侍卫在秦伦的示意下上前，又削了虞展石一指，虞展石痛得昏倒在地，如同死了一般毫无动静。

虞锦知道，自己敌不过这上千侍卫，再反抗也是徒劳，还要搭上虞展石的性命，于是手里扣住的银针尽数落地。

一直察言观色的秦伦，这下证实了查探的消息，再无错漏，于是上前说道：“虞姑娘是个聪明人，皇上有过旨意，只要姑娘伏诛，便饶了虞家满门性命。”

虞锦一言不发，看着远处有一人影飞也似的奔过来，心里一颤，闭目掩去湿润的眼眸，低声对秦伦说道：“你断了他的念想，我便跟你走。”

秦伦毕竟在阗帝身边几十年，早已是油精一般的人物，怎会不明白虞锦话中的深意？于是持剑上前，抵在虞锦的咽喉处，那人影如同火一般靠近，炙热而震怒地看着秦伦手中的剑，低喝道：“秦伦，你好大的胆子，你敢动她分毫，本太子便将你千刀万剐。”

秦伦神色虽赔着笑，言辞却毫无让步，劝道：“太子殿下，您就不要再执迷不悟了，难道真要激怒了皇上才罢手吗？”

李润毫无惧怕地朝前走去，见虞锦始终淡然镇定地站在那里，即便是咽喉处的那把剑，都丝毫没有令她动容。他伸过手，想要去握虞锦的手，虞锦却不自觉地朝后撤了半步，李润看在眼里，眉头微蹙，目光却仍旧执着，紧紧盯着虞锦。

秦伦说道："太子殿下，皇上已经说过，如若您再这样下去，那么便将虞姑娘即刻处斩。如若殿下不再纠缠，那么皇上便会赏虞姑娘鸩酒一杯，算是留个体面。"

李润咬牙切齿地喝道："秦伦，你信不信本太子将你挫骨扬灰？"

秦伦眼中连瑟缩之意都未有，叹道："老奴这把老骨头，多活几年又有何用？老奴却不能眼睁睁看着殿下糊涂下去，殿下，江山为重啊！"

秦伦话中的江山为重，是在暗示李润，如若登上那帝王之位，自然能保住想要保住的人。可是如若意气用事，只会一切成空。既不能护心爱之人周全，又损伤自身，甚至危及自己的性命。

李润眸间的闪亮瞬间泯灭，他喃喃低语道："如果没有她，坐拥江山又有什么意义？"

虞锦听见李润萧瑟而落寞的声音后身形微颤，却强忍着没有出声，任凭秦伦剑指咽喉却毫不动色，她静静地站在那里，似是与这一切毫无关联，似是对身后那道绝望而悲伤的目光毫无察觉。

秦伦咬了咬牙，宁愿死也不肯畏惧，终究还是说道："殿下，太子妃还在大殿上等着您呢。"

李润乍闻此言，身形微晃，似是被秦伦的话骇到一般，竟失去了看向虞锦的勇气。他身侧已有阗帝亲自赐婚的太子妃相伴，即便自己苦苦留住虞锦，又该将她置于何处呢？难道只是让她成为后宫三千粉黛的一位吗？依着她的心性，又如何肯答应？

趁着李润微怔之间，秦伦已经将虞锦带走，虞锦没有反抗，她脚步虚浮，如果不是在李润面前硬撑着保持住身形，或者此刻早已经昏死过去。

乾元殿上乱作一团，群臣都在议论无故离去的太子李润，阗帝不辨喜怒之色，而宁王却似是怒极，勉强维持住的笑意极为难看，让人不忍直视。

谁知，李润却如旋风一般突然又从殿外闯了进来，猛然间跪倒在阗帝跟前，说道：“父皇，儿臣求您饶恕了她。”

阗帝握紧了龙椅，强忍着怒意，低声喝道：“你以为朕会容忍你将这场闹剧继续下去吗？你堂堂大盛唐朝的太子，竟然当众失礼，你将朕的颜面置于何地？”

李润却丝毫不为阗帝的话所动，径直跪在地上，一言不发，始终站在一旁没有出声的承宁郡主，此刻穿戴着华丽沉重的凤冠霞帔，也出乎意料地一同跪在了阗帝跟前。

阗帝微眯起眼睛，看向李通，见他原本盛怒的眼睛中露出些许诧异，明白承宁郡主所为定然不是李通授意的，知晓这承宁郡主也算是个聪明人，明知李润心有所属，却仍旧做出这番姿态来宣示众人，她既为太子妃，定会与李润同进退。这样一来，就连李润，也不好将其拒之于千里之外了，还会感激她大度懂得忍让。这个女子，亦是不能小觑。

阗帝心头火气十足，喝道：“朕心意已决，太子，你就不要白费力气了，难不成你要连带着太子妃一起成为全天下人的笑柄？太子，别忘了，这正是内忧外患之时，你任性妄为，在朝堂之上蔑视君威，你简直要气死朕了。”

李润神色镇定，不疾不徐地说道：“父皇，儿臣肯跪在这里求您，便不是蔑视君威，否则儿臣宁肯豁出性命去救她，哪怕与她死在一起也毫无悔恨，请皇上怜悯。”

乾元殿上群臣都倒吸一口凉气，面面相觑，谁也不敢出言议论一句，怕阗帝盛怒之下牵连到自己，可是，他们心里也清楚，如若太子倒下，那么附属在太子身侧的臣子又岂能安然无恙？唯有石相党派，暗自幸灾乐祸。

“你要跪，就跪着吧，反正礼成了，朕也乏了，众卿退下吧。”阗帝起身，看也不曾看李润一眼，信步离开。

群臣互视一眼，纷纷退下，唯有宁王李通一脸的羞愤之色，正欲朝李润发火，看了跪在一旁一言不发的虞屏一眼，无奈地摇了摇头，疾步而去。

秦伦对虞锦倒也客气，见李润走远便将抵在她咽喉的剑收了起来，说道：“虞姑娘，您是个聪明人，老奴也不跟您兜圈子，您如果是真心为了太子殿下好，就要认命才是。”

虞锦冷冷一笑，说道：“是要我这条命吗？这样去死，可真不值得。”

“虞姑娘，即便您没有跟太子殿下情投意合，您也是犯了大罪的人。无论怎样，皇上都不会饶了您的，您难道还不明白吗？帝王家容不下那么多真情，即便有，后宫数年争斗也会消失殆尽，与其这样，还不如早早便断了念头。”秦伦一边在前面引路，一边苦口婆心地劝解道。

虞锦却似是没有听到心里去，只随口问了一句：“皇上几时要我的性命？”

秦伦一怔，随即答道：“三日后，玄机门。”

虞锦被关在天牢内，暗无天日，只是令人惊讶的是，才不过一天，秦伦便将虞锦从天牢中带了出来。虞锦用手遮目，含着一丝嘲讽，说道：“才不过一日，皇上就那么急着要我的性命？”

秦伦回道：“姑娘莫怕，老奴来不过是想带姑娘去一个地方。”

虞锦冷笑，说道：“原来在公公眼里，我像是怕了？也对，我是有所顾忌，我怕虞家因此受到更多的牵累，我怕太子殿下会因我与皇上反目成仇连带地坐不稳太子这个位置。”

虞锦话音即落，才发现秦伦将自己引至了乾元殿，而且是在乾元殿的一间密室之内，从此处可以看见大殿上的种种景象，而大殿上的人却看不到密室内的人。

当虞锦透过暗室的小孔朝外看第一眼时，随即便明白阗帝意欲何为，他要自己眼睁睁地看着李润为自己求情，亲眼看着李润形容憔悴跪在大殿上，她却不能发出一丝声音，否则等不及玄机门斩首，便会横尸暗室。

死并不可怕，可是她不愿这般死在李润眼前，否则李润只会终生铭记徒添苦痛，又岂是虞锦所愿？虞锦不由得叹息，这便是诛心之术，这便是帝王之道啊！阗帝啊阗帝，你当真是残忍至极，连亲生儿子的苦痛都算计在内。或者就是因为李润对于虞锦的深情，所以才让阗帝更加痛恨虞锦，恨不得她也遭受这剜心之苦。

虞锦眼见李润背影笔直，丝毫看不出受过伤又连着跪了两日的疲惫痛苦，她用手抵在暗室的墙壁上，望着近在咫尺的李润，突然李润似是意识到什么朝虞锦的方向看过来，虞锦猛地躲开，明知他在大殿上看不到暗室中的她，却仍旧抵不过心颤的那一刻。

这三日之内，虞锦没有遭受过任何酷刑，却比她在乾坤门蛇窟内遭受的苦痛更加可怕，近在咫尺却不能相见，还要静静地等待死亡的那一刻。

李润跪在大殿上已经三天三夜，而身旁的太子妃因为体力不支昏倒被人扶了下去。李润隐约察觉到虞锦的气息就在这乾元殿，这让他有片刻的安心，此时此刻，他只能用这种方式来保全虞锦的性命。因为他不能动用任何武力去抵抗君威，否则虞锦只会死得更快，可是这并不能阻挡李润宁愿与虞锦共生死的决心。既然没有耗尽全力去挽救她的性命，那么便豁出性命与她牵手共渡奈何桥，这未尝不是一种态度。

正在此刻，阗帝进了大殿，眸间阴霾不减，静静地看着李润。李润察觉到阗帝的目光，抬头望去，想要开口才发现嗓子已是干涩至极，哀求道："求父皇答应儿臣的请求。"

阗帝走至李润的跟前，想要伸手扶他起来，李润却似突然惊醒，猛然间甩开阗帝的手，酸麻痛极的双腿微微地颤着，不可置信地望着阗帝，问道："难道你已经……"

阗帝冷下脸来，低声喝道："太子，朕已经容忍了你几日，你不要得寸进尺。你当朕的警告是玩笑吗？"

"父皇，她若身死，儿臣大不了将这条命还给您。"李润决然地走出乾元殿。

身后，阗帝气得浑身发抖，一挥手无数侍卫都涌了上去，李润倒也不惧，淡淡地说道："要么让开，要么就真刀真枪地刺过来，你们当中只要谁踏过本太子的尸体，这大盛唐朝的太子就由他来做。"

此话一出，众人皆惊，李润话中的深意便是谁胆敢杀了他，谁便是谋逆之人，轻则尸首不存，重则诛灭九族，试问在此罪名之下，谁敢动手杀他？

阗帝眼睁睁地看着李润走出乾元殿，朝玄机门疾步而去，当下只得吩咐身边得力的人赶紧跟过去，不过就是这片刻工夫，他实在不想再出任何差错。

玄机门。

这还是阗帝自登基以来，首次在玄机门外设置刑场斩杀犯人，虞锦便是这头一个。可是因为阗帝隐晦，这围观的上千名百姓都说不出来虞锦到底犯了何事，只望着虞锦如玉一般的容颜，暗自惋惜。

监斩官或许早已得到阗帝的默许，所以在李润朝虞锦的刑台冲过去时，早已布满人手围了起来。虞锦看见李润时，原本平静淡然的目光顿时亮了起来，她一脚踢开刽子手，站起身来，朝着李润紧张而关切地看过去。

李润这一次没有再留情面，而是毫无顾忌地大开杀戒，只为了能够早一刻站到虞锦跟前去。虞锦将绑缚在手上的绳索扯断，不顾身上撕裂的伤口，也朝身旁的士兵攻了过去。

一直躲在人群里面的断曲和程裳，再也无法按捺急切的心情，也朝虞锦的方向冲了过去。场面顿时难以控制，监斩官站起身来大声喝止，可是如今这种局面，又岂是他能够阻挡得了的，只得吩咐身边的人，即刻进宫向阗帝禀报。

在断曲和程裳的帮助下，李润得以冲出一条血路，来到虞锦的面前，挽住虞锦的手，不顾面上的血迹，坚决而霸道地喊道："没有我的同意，你想死，没有那么容易。"

虞锦苦笑，说道："可是没有我的同意，你不也是在枉送性命吗？

堂堂一国太子，竟沦落至如今这般光景，传言出去，还有谁能臣服于你？”

“只要你能在我的身边，我不在乎。”李润想也未想便回道。

虞锦被李润揽在腰间，撕裂的伤口如同刀砍剑刺一般痛得厉害，虞锦咬住下唇一声不吭，却将身子大半部分尽数靠在李润身上，哪怕她知道李润也伤得不轻。

李润连眉头都未曾皱一下，只是将放在她腰间的手又紧了几分，说道：“今日你我势必冲不出去，死或者活，都要靠父皇一句话了。”

虞锦没有作声，她明白李润的意思，即便是再恨阗帝杀了自己的母亲，他也不愿用武力的方式对抗阗帝，哪怕难逃一死。

虞锦幽幽地说道：“只怕皇上不会要你的性命，他的目的只是让你看着我死。”

李润蹙眉，看向虞锦，突然意识到不对，忙用两手扶住虞锦的身子，看着虞锦嘴角流出的血迹，大声喝道：“该死，难道他竟逼着你事先喝了毒酒？”

“别动，就这样，很温暖。我前半生除了娘亲，体会不到爱意，进了乾坤门之后结识了断曲、衣儿和裳儿，再后来又遇见了你……老天已经待我不薄。”虞锦露出一抹苦涩的笑意，窝在李润的怀里，低声说道，“我交付了这条性命，换你登上九五之尊，赢得这天下的清平安乐，我没有什么遗憾。至于太子妃，往后你好好待她，别问为什么，或许你有一天会知晓。”

虞锦的意识已经有些模糊，正在这时，一队人马朝此处而来，为首的人俊美不羁，身上的披风如旌旗般在风中飘荡，如闪电般策马而来，口中高喝道：“全部给本王住手，违令者，军法处置。”

监斩官看着面前这如同天降的杀神段无妄，不由得瑟缩，问道：“誉王，您难道要违抗圣旨，阻止本官行刑吗？”

段无妄绝美的面容上露出一抹不屑的嘲讽之意，喝道：“本王可不知道什么圣旨，本王只看见你们意图刺杀太子殿下和金玉公子，你们这些胆大包天的逆贼，本王就算是当场把你们都杀了也不为过。”

监斩官此时才知晓阗帝竟然分派给自己这样棘手的差使，当下只觉得后背冒了冷汗，可是众目睽睽之下，他又怎能示弱，只得回敬道：“誉王难道此刻不应该是在行军打仗吗？为什么会擅离战场，难道誉王竟然当了逃兵？誉王，这可是死罪啊！您不诚惶诚恐地向皇上请罪，还有闲心来阻挡本官行刑？本官可是奉了圣旨的。”

段无妄并没有下马，将持鞭的手叉在腰间，笑得魅惑而又蛊惑人心，一脸的撺掇，说道：“你怎么知道本王不是奉了圣旨归来？你既然认定本王有罪，那么你有本事就在这刑台上将本王一并斩了，说不定皇上看你办事勤勉，行事果断，还会给你一番嘉赏呢。”

监斩官此时才露出一脸的无奈，说道：“誉王，下官不敢。”

段无妄却不屑理会他，一跃上了刑台，关切地看着李润怀中的虞锦，伸手搭脉。李润并不阻止他，看着段无妄渐渐紧锁的眉头，不由得问道：“她可还有救？”

段无妄原本冷静镇定的语气已经不复存在，失声道：“即使我师父在这里，也是棘手。没想到这老家伙竟会对她下了死手，早知道这样，我还不如带着她上战场，也好过留在你身边换来一条死路。”

虞锦努力睁大眼睛，看着段无妄，闻言笑了笑，说道：“只怕在你身边，我死得更快。”

李润将怀里的虞锦抱得更紧了，说道：“不是我牵累了她，牵累她的，只是我的情意，我不内疚。她死，我便陪着她死，何惧之有？”

段无妄还是头一次从李润口中听见这般轻狂肆意的话语，心头一震，别过头去，不忍再看向默默对视的两人。

正在此时，秦伦从宫门内出来，看见眼前这一幕，心中直呼冤孽，赔着笑上前，却遭到段无妄狠狠的一通冷嘲热讽，当下尴尬一笑，连句客套话都递不上来。

“王爷，这是皇上的圣旨，皇上金口玉言，又岂能轻易收回？王爷征战辛苦，又打了胜仗，皇上必定会好生褒奖封赏，不如这就随老奴进宫见驾。”

秦伦明敲暗打，段无妄自然明白，如果见不到阗帝，只怕这里还是难以收场，当下说道：“本王才不管什么圣旨不圣旨，如果不如本王所愿，本王就拆了他的龙椅。”

好一句胆大妄为的谋逆之言，在场的人都倒吸了一口凉气。监斩官本来恼怒段无妄羞辱了自己，只盼着段无妄这回能遭殃，这段无妄就算是恃宠生娇，也不能如此无礼，可是看秦伦竟然面色平静，好似没有听见一般，当下也只得噤声。

段无妄将手里的令牌扔给护在虞锦和李润身侧的断曲，说道：“你拿着本王的令牌，如若在场的人中有谁敢对你们不敬，本王将以谋逆罪论处，格杀勿论。”

断曲扬起手中的令牌，朝围困在一旁的士兵一挥，众人莫不敬畏，谁都不敢再上前一步。断曲替虞锦搭脉诊治，虽然恨得咬牙切齿，可是也不得不赶紧掏出玉瓶，倒出一枚药丸，塞到虞锦的嘴里，又用清风露帮她服下。

断曲看着李润希冀的眼神，不忍地摇头，轻声说道：“我手里的药丸只能阻止毒液不会那么快进入她的五脏六腑，可是仍然救不了她，除非能够拿到解药。”

李润抱起虞锦往宫门走去，那些士兵顿时一阵骚动，断曲手持令牌，大声喝道：“你们当真是不要命了吗？”

段无妄带来的锦卫全数踏步上前，那气势又岂是寻常士兵可挡？

乾元殿。

段无妄解下披风，扔给一旁的秦伦，丝毫无所顾忌地喊道：“无妄不明白，不过就是一个女子，哪里就碍着你的江山了，你为什么非要将她置于死地？”

阗帝正在批阅奏折，头也不曾抬一下，说道：“你长本事了？竟敢擅离战场，还敢假传圣旨，你是笃定了朕会护着你？”

“你不护着也没关系，不如就把我和太子一起斩了，那样你身边能更清静一些。”

阗帝将手里的笔搁下，冷脸问道：“你这是在威胁朕？你刚才还问朕为什么一定要将她置于死地，朕现在就可以回答你。她一个居心叵测的女子，犯下的不光是入朝堂、闯宫门的死罪，她还将朕的儿子们玩弄于股掌之间，一个个都忤逆于朕，朕怎容得下她？”

“当你的儿子有什么好的？连自己心爱的女人都不能保护，生来又有何用？”

秦伦在一旁咋舌，这誉王上了一趟战场回来，怎么如此不畏君心，非要激怒阗帝不可？

果不其然，阗帝长袖一挥，将桌上的奏折扫落在地，暴怒道：“朕对你百般忍让，你心里也明白是为了什么，可是朕不能让你为了一个女人，胡作非为。”

段无妄的神色变得很奇怪，他不疾不徐地说道：“难道皇上当年就没这般肆意爱过一个女子？否则又怎么会甘心在这里受我的奚落？”

阗帝原本盛怒的脸上，突然像泄了气一般，无奈地缓缓坐下身，忆起埋藏在心底的那个女子，面容姣好，如水一般清澈的眸子，浑身散发着一种震慑心魂的气息，如今这般想起来竟是连心都痛得揪起来。

良久，阗帝才叹息道：“她又怎么能与你的母妃相比？”

段无妄目光跃动，问道：“你可知那虞锦的娘亲是谁？”

阗帝蹙眉，他让人探听回来的消息只说是虞展石之女，母亲在八年前已经亡故，难道说这虞锦的娘亲便是……

“没错，说起来虞锦也是我的表妹，她的娘亲便是我母妃的亲妹妹。”段无妄说道。

阗帝面露诧异之色，随即吩咐秦伦道：“将人带过来吧。”

段无妄笑得邪魅，问道：“难道皇上不准备将解药拿出来吗？我母妃已死，她亲妹妹的骨血，你就打算这样赐死吗？将来你有何面目去见我母妃？”

阗帝狠狠地瞪了段无妄一眼，见段无妄丝毫不惧他，于是也只得收敛了怒色，从书案的暗格里找出一个小玉瓶来，扔给了段无妄。段无妄丝毫没有停留，毫不犹豫地便朝殿外而去，他怕来不及救治虞锦，岂不是悔恨至极？

话说李润已经抱着虞锦进了宫门，侍卫们谁都不敢阻挡，见秦伦迎面上来宣旨让虞锦和李润见驾，更是纷纷退开，平生、断曲和程裳都伴在左右。

段无妄看见虞锦惨白的一张小脸，将手里的玉瓶递给了断曲。断曲细细地查验过了，才露出一抹喜色，说道：“幸亏可以拿到解药，否则依着我的本事，就算是能调制出解药，也不知到哪年哪月了，赶紧给她服下，她身上还受了那么重的伤，还要好生调养才是。”

段无妄略一思索，朝李润说道：“她这个样子如何见驾，你带她回东宫医治，我去跟皇上说。”

李润点头应下，抱起虞锦朝前走了几步，又回头看了段无妄一眼，低声说道：“谢谢！”

“又不只是为了你。”段无妄一挥手，只扔下一句话潇洒离开。

李润将虞锦抱进自己的寝宫，平生已经将徐俊找了来，徐俊与断曲一同为虞锦诊治，令李润放心了不少，只是虞锦毕竟伤势过重，所以他仍旧牵挂不已，执意不肯离开寝宫半步，搬了张椅子，一手扣住虞锦的手，便那样沉沉地睡了过去。

虞屏曾经进来看过，平生碍于她的身份不敢拦她，而程裳却认出了她的面容，当下指着她就要开口说话，却被虞屏冷冷一眼瞪了回去。

虞屏静静地望着虞锦和李润，心中五味杂陈，更多的却是羡慕虞锦能得到一个男人的这般呵护，有一个宁愿放弃江山和性命也要将其捧在手心里的男人，而这个男人还是自己名义上的夫君。虞屏苦笑，只怕自己永远不能奢望有朝一日也能被那个人捧在手心里，别说放弃性命，就是让他放下图谋江山，只怕也是不肯的。

虞屏站在原地，一时倒不清楚，这世上的情爱，是不是更多的源自执着成狂？

程裳始终护在一旁，紧紧地盯着虞屏，生怕她对虞锦不利，虞屏冷冷地笑了笑，并不吭声，便自个儿回了房间。平生在李润的授意下，特意在东宫的西殿内将虞屏安置了，所幸那边虽不是主殿却远比主殿奢华许多，也算是阻住了有心人的悠悠之口。

第三十五章
清辉盈虚　颂南斋吟苦

虞锦醒来时，只觉得浑身酸痛，她想要坐起身，却发现手被人紧紧握住，这才察觉到李润始终半躺在床榻前的椅子上，不禁大为诧异，正想要慢慢抽回手，李润却因为虞锦微小的动作也跟着醒了过来，将身上的披风扯开，转身坐在虞锦的床榻边上。

外面的人听见动静，于是都疾步走了进来，程裳扑在虞锦的身边落泪，而断曲马上上前为虞锦把脉，徐俊也上前一步，隔着帕子给虞锦诊过脉后，随后与断曲相视一眼，脸上都露出隐约的喜色。

段无妄一直没有出宫，也待在这东宫里，一天一夜的工夫，他都进来瞧了几十遍，每次看见李润和虞锦互相握着的手，眸间就多了几分阴郁，直到眼刀子可以杀人，这会儿见虞锦醒来，自是喜不自胜，连忙问道：“她身子可是好些了？”

断曲笑着说道：“总归还能在人世间祸害几十年。”

程裳斜睨了断曲一眼，嗔怒道：“偏你会乱说话，等小姐醒了，一定要她好好收拾你。”

虞锦淡淡地笑着，说道：“我收拾他，你舍得？”

程裳顿时红了脸，跺着脚转过头去，断曲也没有说话，段无妄看到虞锦的笑容也跟着露出笑意，唯独李润仍旧神色不动，甚至颇为忧心。

平生从外边进来，神色凝重，突如其来的声音将这满室的欣喜打破，说道：“皇上口谕，要虞姑娘去乾元殿见驾。”

程裳在虞锦的示意下，为其简单收拾了下，段无妄却抢在李润之前说道：“不如……由我带她去乾元殿吧。皇上那里，我自然会帮着应付过去。”

李润只略为思索了下，便应了下来，有段无妄在她身边，他没什么不放心的。只是虞锦如今体弱，只怕受不住这些辛苦，念及此，便让平生传来软轿，抬着虞锦进了乾元殿。

阗帝因为喝了药，要回到寝宫小憩，段无妄便陪着虞锦在大殿上坐着等候阗帝出来，姿势随意而潇洒，眉间的郁色已不见。

虞锦侧头望着他，问道：“皇上为什么会改变主意不杀我了？”

“你猜。”

虞锦斜睨了他一眼，说道：“懒得猜。无非是因为你。”

“错，不是因为我，是因为你的娘亲。”

虞锦一惊，努力坐直了身子，定定地看着段无妄，确定他话中没有玩笑的成分，于是目光深邃地看着他，问道：“你都知道些什么？告诉我。”

段无妄走至虞锦的软轿跟前，坐在她的身侧，突然伸手握住了虞锦的手，未等虞锦反应过来，又缩了回去，喃喃自语道：“你的手凉，我叫他们给你拿披风进来。”

虞锦眸中精光闪烁，低喝道：“段无妄……”

段无妄轻笑出声，随即又恢复平静，用一种虞锦从未见过的认真的神情徐徐道来：“你还记得我给你讲过太子在冷宫出世的始末吗？”

虞锦微怔，旋即点了点头，她自然记得，那样悲惨而苦痛的过去，谁又能轻易忘却？

段无妄说道：“那你肯定也记得，我和你说过皇上最为宠爱的那名女子，她名为白嫦曦，是乌雅国的公主，当年乌雅与大盛唐朝交恶，她却在征战之中与皇上两情相悦，化名来到宫中，她虽然天真，不善于与宫中女子争斗，但是为人宽和亲切，又有皇上全心全力的庇护，所以倒也一直快快乐乐地活着。直到她的妹妹白月婵从乌雅寻到了宫里来，白月婵见到自己的姐姐屈身于皇上，既非宫中皇后，又不是皇上唯一宠幸的妃子，无论如何也不肯接受，于是要白嫦曦跟自己回乌雅，因为乌雅叛乱，需要作为长公主的白嫦曦出面维持皇家的颜面。可是白月婵不知道白嫦曦已经有了身孕，白嫦曦宁愿与乌雅皇室断绝关系，也不肯出宫。白月婵为了劝姐姐跟随自己，于是也留在了宫中。后来，白嫦曦无意间进了冷宫，太子殿下的生母将白嫦曦推倒在地，白嫦曦动了胎气……”

虞锦见段无妄眼神复杂，说到此处，眼眶微湿，不由得轻叹出声。

段无妄却突然说道：“我原来对你说了谎，白嫦曦虽然因难产去世，可是她生下了皇子，而且是一对双生子，只是她的妹妹白月婵无法接受这个事实，在极度气怒之下，将其中一个皇子抱走了。而留下的那名皇子，整日啼哭，体弱多病，也被皇帝送走了。”

说到这里，虞锦自然明白，被阗帝送走的皇子，便是眼前的段无妄。而这一切也正好说明，为什么阗帝会对段无妄格外恩宠，因为这是他最爱的女人生下的孩子，他对段无妄始终抱着七分疼爱、三分愧疚，所以才会对段无妄的胡作非为视而不见，放任纵容。

只是，段无妄接下来的一句话，还是让虞锦陷入了震惊之中。

段无妄看了虞锦一眼，极力想要自己的声音趋于平静，说道：“想必你是猜到了，白嫦曦便是我的生母，而她的妹妹白月婵便是你的娘亲。”

虞锦猛然间从软轿上坐直了身子，伤口扯裂的痛楚也不及心头震惊的万分之一，她几乎是用颤抖的语气问道：“你说的可是真的？我该如何信你？你说的这些，我娘从未对我提起过。”

段无妄垂眸，从怀里掏出一块小小的玉牌，说道：“八年前，你娘曾经去梁川见过我，将这块玉牌给了我。”

虞锦接过来，仔细看了一眼，忆起小时候曾经在娘亲身上看见过这块玉牌，她还曾央求娘亲送给自己，娘亲一向宠爱自己，却没有应下，后来自己也就将这块玉牌的事情抛之脑后了。

虞锦将玉牌还给段无妄，问道：“可是你手里的这块玉牌，明显只有一半，另一半呢？难不成是在白无想手里？”

段无妄点了点头，将玉牌又揣进了怀里，说道：“没错，这块玉牌是可以号令白水教的令牌。白无想手里的一半，和我手里这一半用处都是一样的，我们两个长相这般相似，你娘就是为了防止其中一个人出了意外，好让另一个人可以顺利继续掌管白水教。”

虞锦再度震惊，不可置信地问道：“你的意思是说，白水教其实是我娘一手创立的？”

如果这不是从段无妄口中说出来，如果没有亲眼看见这块玉牌，或者没有阗帝对自己突然而来的宽恕，虞锦都不可能会相信，自己那端庄淑雅的娘亲，竟是乌雅国的公主，竟是白水教的创立者。

虞锦茫然地望着大殿，只觉得一切陌生得可怕，甚至于连同段无妄都是这般的不真实。记忆中那娇柔的女子，抱着自己在树下摘刚刚盛开的梅花，替自己缝制衣物，会亲手给自己做好吃的梅花糕。

娘亲每晚总是亲自将自己哄睡，她的声音柔和糯软，如同天籁般在耳边响起，如今这些声音却一句句在耳边真实起来。

“锦儿，如果有人欺侮了你，你记住，报仇的最好办法，不是以牙还牙，也不是立即杀了他，而是要他生不如死、有苦难言，这一辈子都活在煎熬之中，如同在炼狱之中挣扎一般无法解脱。

“锦儿，这世间，只有一个人会真正的爱你，便是娘亲，可是连娘亲都会因为自己的苦衷对你有所隐瞒，更何况是他人？所以，你记着，这个世间的男子，不可托付，如若你真喜欢上了一个男子，那么就用尽一切力量毁去他的依附，将他牢牢掌控在手里，让他永远离不开你。

“锦儿，如果娘亲有一天离开了你，你不要记恨娘亲，娘亲活在这个世上，只是为了报仇。”

虞锦只觉得浑身冰冷，她甚至记起在自己被送去乾坤门之前的那晚，娘亲抱着自己在耳边的声声低语。

“锦儿，不要怪娘狠心，你要记住自己的使命，为你无辜惨死的公主姨娘报仇。”

段无妄突然再度握住了虞锦的手，虞锦一怔，旋即清醒过来，她没有立即抽回手，只是望着段无妄那张俊美的脸出神，这一切太过匪夷所思，她怎能淡然接受?

段无妄关切地看着虞锦，握着的手又加了几分力道，柔声说道：“到今日，本王是不是该改口唤你一声表妹了？表妹，你如果还记得月婵姨母的话，就要好好活下去，不管你想要为了谁牺牲自己，月婵姨母都是不许的。”

虞锦怔怔地看着段无妄，见他眼神中的真诚关切，不由得低垂下头，温热而湿润的雾气渐渐遮盖了原本清澈的眸子，她缓缓抽回自己的手，蒙在了脸上。

此时，阗帝已经进了大殿，却一直眉头紧锁，看似心绪不宁的模样，他仔细打量着软轿上的这名女子，仿佛想要从她身上看到另一个人的影子。

虞锦刚要起身，便听见阗帝说道：“不必行礼，你受了伤，就坐在软轿上吧。这大殿阴冷，小心受了寒，朕已经让秦伦给你拿些热的杏仁茶过来。”

虞锦挑了挑眉，只淡淡地道了谢，侧头看了段无妄一眼，只见段无妄也没有起身，只维持先前的姿势，陪虞锦一同坐在那里。

阗帝眼神复杂，意味深长地说道：“这世间的女子，不惧怕朕的，唯有两人，一个是无妄的生母，那是因为朕将她疼在了心口上，她自然不惧怕朕，另一个女子便是你的娘亲了。”

虞锦见阗帝说起往事，自然打起十二分的精神来倾听。如今的她，对于娘亲生前的任何事都极力希望能够知晓，因为她难以忘记在被送进乾坤门的前一夜，娘亲在她耳边说过的话语。

“朕已经让人彻查过，你的娘亲已经在八年前离世。可惜，天妒红颜，这一对姐妹，就这样……”阗帝惋惜哀叹，良久都没有说出话来。

虞锦或许因为对于先前段无妄说过的话太过震惊，此时对于阗帝提起娘亲的离世，倒没有原先这般忧伤了，娘亲身上有太多的隐秘，她决定自己一个个去解开。

“你娘是个很有主意的人，做事雷厉风行，又疾恶如仇，当年朕对她也是忌惮三分。当年她将无想抱走，朕派了无数人手去追踪，都没有找到她的踪迹，朕只能当这个儿子已经死了……”阗帝说到这里，话音一颤，连忙顿住，过了好一会儿，才又开口说道，“朕没有想到有一天还能见到无想，朕不怪你娘亲抱走无想，毕竟她的姐姐惨死，她心里是恨朕的，肯定埋怨朕没有保护好她的姐姐。”

虞锦听到这里，突然说道：“我娘心里未必是恨皇上的，否则也不可能会留在阳城，嫁进虞家。”

阗帝微怔，旋即舒展开眉头，说道：“你说得也有道理，可是朕心里也明白，她心里更多的是惦记着无妄，所以才留在阳城嫁进了虞家，只是当无妄被送走时，你娘也已经怀了你，所以也只能留在了虞家。这样说来，她心里未必那般痛恨朕的，否则就不会决计留在阳城，更不会冒那样的险留在朕的眼皮子底下让朕找到。”

虞锦垂眸，心里盘算着如何才能彻底打消阗帝的疑虑，因为她心里实在清楚，娘亲对阗帝是有彻骨之恨的，否则她为何在自己耳边说出那样的话，又怎会将自己送进了乾坤门？她心里对于娘亲布置的隐秘有了个模糊的猜测结果，却又迅速摇了摇头，叹息着否认。

秦伦为虞锦端来了杏仁茶，看了阗帝一眼，然后朝着段无妄说道：“王爷，皇上在书房为您备了上好的清茶，请跟老奴移步到书房品茶。”

段无妄自然知晓阗帝这样安排的用意，也不推托，伸手拍了拍虞锦的肩膀，示意她安心，然后跟在秦伦身后离开了。

虞锦隔着杏仁茶冒出的雾气看向高高在上的阗帝，他的面庞虽然沟壑纵横，似是骤然苍老，但依旧还能看出原本英俊的轮廓，仍旧不逊往昔。这样一位杀伐决断从不手软的帝王，心中也有隐秘柔软的情意，但只能在夜深人静时徘徊哀叹，暗自神伤。

“朕看得出，朕的两个儿子都喜欢你，太子为了你连这江山都不肯眷顾，看无妄的架势，只怕也肯为你豁出性命。如果你是旁人，朕自然是不能留你，让你成为朕两个儿子的软肋，或成为他们之间的嫌隙，可你偏偏是她的女儿，朕这一生手上染满了鲜血，可是朕不能伤了月婵的女儿。听说你原本还有个妹妹，在虞家被抄家时，死在了火海中，朕每每念及此事，都痛彻心扉，只盼着嫦曦和月婵能够原谅朕的疏忽。”

虞锦平静地说道：“皇上不必自责，臣女妹妹性子刚烈，怎肯以清白之身进入大牢受辱，即便没有那场大火，臣女妹妹也不肯活在世上的。”

“嗯，不愧是月婵的女儿，”阗帝说到此时，又用审视的目光看了虞锦一眼，说道，“不过，朕仍旧觉得，你才更像月婵，隐忍坚强，性子清傲，又肯为亲近之人牺牲性命。你与太子的情意，朕看在眼里，只是阴差阳错，太子与承宁郡主大婚了，朕如果早知道你的身份，无论如何也会成全了你们。”

虞锦在揣度阗帝这句话的真假，一边是叛军倾轧急需平叛的江山，一边是因为旧念想要撮合成全的情意，虞锦淡淡地笑了笑，说道：“太子殿下与承宁郡主珠联璧合，臣女与太子缘分浅薄，只能遥祝太子殿下与承宁郡主白头偕老。”

虞锦的话虽然听起来言不由衷，可是阗帝如何会在意？木已成舟，李润与虞屏已然大婚。

阗帝说道：“你是月婵的女儿，朕自当尊重你的想法，朕只问你心中所想，你属意哪一个，朕便将你赐给哪一个。太子为什么仓促成婚，你是知道的，你们两情相悦，你如果进了宫，他自是不会薄待你的，说穿了那太子妃也不过是虚位。”

虞锦自从进了大殿，一直谨言慎语，此刻却突然抬起头来，说道：

“就像当年臣女的嫦曦姨母那样吗？不计名分地进宫，看似享尽全天下最荣宠的恩爱，却最终惨死收场？”

阗帝面容骤然变色，本欲拍案而起的架势，在虞锦平静而无惧的目光之下，陡然间失去了发怒的底气。阗帝勉强笑了笑，说道：“你这性子，真是像极了月婵。”

段无妄在阗帝的书房内坐立不安，只喝了几口，便不顾秦伦的阻拦，又闯进了乾元殿，见阗帝仍旧坐在龙位上，而虞锦已不见踪影。

“她去哪儿了？你没把她怎么样吧？”

阗帝见段无妄一副火急火燎的样子，蹙了蹙眉，怒道：“朕已经着人将她杀了，你是不是也想杀了朕为她报仇？”

段无妄迅速看了一眼殿外，见秦伦拼命给自己使眼色，于是松了口气，潇洒不羁地站在一旁，说道：“谁杀了她，我便找谁拼命。如果那人是我杀不了也不能杀的，那我便死在他面前。”

“你们是存心要气死朕吗？一个个嘴里动辄生死，要将朕置于何地？”

“敢问皇上又将江山置于何地？您明知太子殿下与虞锦两情相悦，却生生拆散两人，险些将两人逼上绝路。宁王在阳城看着承宁郡主是否在太子跟前得宠，如今叛军已在青州蠢蠢欲动，大有朝阳城倾轧之势，你却还有闲心处置这些儿女情长的事情，你就那么笃定，这李家的江山不会灭亡？”段无妄越说情绪越激动。

阗帝几乎暴跳如雷，喝道：“臭小子，你当真以为朕不舍得杀了你？”

“你自然敢。可是你不敢将李氏江山拿来做赌注，你杀了我，只会让梁川百万大军军心涣散，如今叛军来袭，宁王出兵不过是权宜之计，你还是要依靠梁川百万大军的力量平叛，再说，这些年，你将这么多兵力都交付在我和父王的手里，不就是为了有朝一日能够派上用场？例如此时……因为你是知道的，我和父王永远不会背叛你。”段无妄说到最后，话音减低，却有一股令人不能小觑的力量，沉稳，却又撼动人心。

阗帝用低不可闻的声音叹息着，挥了挥手，似是有些不耐地赶段无妄出了大殿，殿门大开之际，刺目的阳光照进来，将段无妄的背影拉得细长，直至虚无。

段无妄旋风一般进了东宫，见到李润时，见李润朝自己身后看了一眼后神色突变，于是两人异口同声地问道："她出了什么事？"

段无妄急道："我以为她已经回东宫了。"

李润当即起身，抄起桌上的剑就要朝外走。平生见状，忙上前劝道："殿下，虞姑娘或许出宫了，连断曲和程裳姑娘也都不见了。"

李润和段无妄相视一眼，又迅速别开了头，他们如何不知道虞锦的脾性，她既然想躲，那么此刻要想找到她，只怕比登天还难。

天容阁。

虞锦站在最上面的那层房间内，推窗便可见这漫山的云雾之气，似是这崖下的万千白骨冤屈的叫声，那条夺人性命的铁索绳，在大风中起舞摇摆，令人胆战心惊。

"要不是进了这天容阁，又有谁相信，这天容阁竟是你慕容城的手笔？"

"不过就是让世人多一个寻求庇护的地方，算不得什么。"慕容城说罢，伸手在琴上轻轻一抹，一串琴音如同天籁之声在慕容城手下传扬，震颤，接着又消失殆尽。

"你真的打算要回乾坤门？别忘了你师父下山时曾叮嘱过的事情。"

虞锦问道："你是说宝盒吗？你可知宝盒内到底装着什么？"

慕容城摇了摇头，说道："乾坤门每隔五十年都会有一个宝盒出现，宝盒内藏着的都是当世最隐秘之事，只不过世间传言宝盒内藏着前朝流传的宝藏图，引得世人争抢，为此争战不休。"

虞锦微微地点了点头，陷入沉思之中，到底是何等隐秘之事，能令乾坤门的弟子都下山来寻？照慕容城的说法，乾坤门一直掌管宝盒，那宝盒为什么会流入江湖，后来又为什么落在了宁王李通的手里？

慕容城或许是看出了虞锦的疑惑，答道：“没错，宝盒一直由乾坤门掌管，可是就在八年前，宝盒竟从乾坤门离奇失踪，你师父为了保住这个秘密，不引起乾坤门上下的恐慌，于是便派你下山密访寻查。”

虞锦眼神中的诧异一闪而过，既然师父千方百计想要保住这个秘密，那么为何慕容城还是这么轻易就知晓了？不过，虞锦并没有将这句话问出口的打算，毕竟，能一手建造天容阁的人，又岂是泛泛之辈？

慕容城离开后，程裳才拉着程衣走进来，程衣经过慕容城的精心调理，余毒渐轻，又得偿心愿常伴在慕容城身侧，越发清丽娇媚。

几人坐在一处，未等闲话几句，便见断曲推门而入，欲言又止，虞锦淡淡地笑着说道：“自从下山那一刻起，咱们的各自命缘已定，你们不必感到内疚。我不过就是想离开阳城，往后是回乾坤门还是浪迹天涯或在僻静处度日，一切未知。咱们各自珍重，遥祝安好即可。”

程裳先自红了眼眶，本欲脱口而出的话，在看见断曲时，又吞了回去，一跺脚疾奔离开了房间。

“裳儿是舍不得离开断曲呢，衣儿好不容易可以伴在慕容城身侧，我又怎能拆散一对有情人？断曲与姐姐不过才重逢相认，又怎能抛下姐姐再度离开？你瞧，这一切我都知道的，又怎么会怪你们、怨你们？往后，我一个人在江湖行走，不知道多么洒脱恣意，恐怕你们羡慕我都来不及。”虞锦轻声笑了笑。

虞锦的故作轻快，并没有将程衣和断曲逗乐。程衣别开头不作声，断曲却紧紧抿着唇，浑身绷得就跟一张拉开的弓弦一般，似是有无数个念头在脑海中挣扎，不敢迎视虞锦那询问的目光，在虞锦的逼问之下，才艰难地说道：“宫里出大事了……”

虞锦倏地站起，眸间的笑意渐渐消匿，问道：“是跟李润有关？”

原来，就在阗帝挥手将段无妄逐出乾元殿时，秦伦被慕容紫宫中的人叫了去，另外有个小太监给阗帝奉上了茶点，阗帝只吃了半块，便倒地昏迷不醒，宫中大乱，慕容紫亲自坐镇，将那名小太监给绑了，正在严加审讯。

只是，巧就巧在这名小太监是太子东宫的人，而且，在遭到刑讯被迫交代是受李润指使之后，便咬舌自尽。

阗帝昏迷，慕容紫便迅即派人封锁乾元殿，只让御医进阗帝寝宫医治，一时之间，竟是连李润和段无妄都不知道阗帝的真实处境。

而慕容紫更是以李润弑君为由，派上千名侍卫围困东宫，只是因为李润并未抵抗，所以那些侍卫只在东宫之外，没有闯进去拿人。

朝堂哗然，群臣愤愤议政，只差在大殿上打了起来，石相的党羽以李润在大婚之前血战宫门之由，污蔑定是李润怀恨在心，所以才在阗帝的茶点内下毒，想要谋逆弑君，意图登基为帝。

而一直拥立李润的臣子，却颇为不屑这样的理由，辩道："太子殿下将来注定是要继承皇位的，已经是顺理成章的事情，太子殿下又怎么会铤而走险呢？"

慕容紫眼神凌厉，语气沉重，喝道："都给本宫住嘴，如今皇上命在旦夕，你们还有闲情在这里议论这些党派之争？太子弑君谋逆，罪证确凿，你们谁敢再为其辩解，一律视为同谋，推出玄机门斩首示众，以儆效尤。"

"臣不服。皇后娘娘此言差矣，臣为官三十余年，兢兢业业，为国尽忠，早已将生死抛之脑后，可是臣不能眼见江山落入奸佞手中。仅凭一个小太监之言，难道就可以将太子殿下定罪吗？太子殿下乃皇上亲封，况且太子弑君证据牵强，臣要向皇上谏言，除非是皇上御旨，否则谁也不能处置太子殿下，如果有人执意如此，那么谁才是谋权篡位的罪人。"从大臣们里面走出一位年迈的文臣周绍，他的两个儿子都因慕容家族争权夺势，在战场遭到冷箭暗算身死，早已将慕容家族恨之入骨，眼下见慕容紫欲成势，自然是万般阻挠。

"来人，将周绍拖下去斩了。如果还有谁执迷不悟，照斩不误。"慕容紫眼中泛着凶光，脸上带着病态的潮红，纤巧的手指随意地挥了挥，便决定了周绍的命运。

慕容紫的话，令一众大臣噤若寒蝉，谁都没敢再出声，眼见侍卫们将周绍架了出去，周绍口中大骂慕容紫是妖后。

周绍已经被侍卫拖出了大殿，慕容紫听着周绍口中的叫骂声，却突然大笑起来，笑声尖利刺耳，却又让人生出无尽的悲怆之感。

这一场祸事，终究是不能善了了。谁胜谁败，凭的不再仅仅是计谋，还有狠绝毒辣的心思。周绍为李润声辩，李润即便在重兵围困下，也未必救不出他，护住他这条老命。可是李润没有那么做，或许他在等，等到慕容紫失去人心时，意图再狠狠将之打击。

虞锦在天容阁内乍闻此事，顿起牵挂之心，决意回到宫中，程裳、程衣怕虞锦再度落入危险，想要跟随左右。

虞锦望着窗外漫无边际的云雾，看不清晨曦前路，说道："不必了，我不能让你们为我搭上性命。今日不比从前，从前咱们都毫无牵挂，死又何妨？"

最终，断曲仍旧执拗地跟着虞锦进了宫，只是这一次，虞锦与断曲二人是扮成医徒，跟随在慕容城身后进宫的。当慕容城听说阗帝毒发，慕容紫把持朝政之后，便主动提出要进宫为阗帝医治，程衣担心他涉险，劝说的话还未等说出口，便被慕容城眼神中的清澈纯净打动，私念顿时消失殆尽。

慕容城沉吟一番，说道："我不能眼看着慕容家辛苦创建的百年基业，全都葬送在她一个人手里。怕只怕，这一次慕容家已经没有回头路了。"

慕容城进宫，慕容家的人自然放行。宫中杀气腾腾，宫女和太监吓得瑟瑟发抖，远远地便看见一大群侍卫将东宫团团围困，有两名侍卫从里面走出来，形迹可疑，虞锦虽然只瞧了一眼，便看了个明白。

断曲在虞锦耳边低声说道："要不要我闯进去，趁乱将太子救出来？"

虞锦却嘴角含笑，摇了摇头，说道："不必了。"

阗帝的寝宫外，容贵妃正抱着小皇子跪在殿外，虞锦心里明白，这是容贵妃保全自己和小皇子性命的方法，将自己置于明面，又不牵涉朝堂之争，只有这样的姿态，慕容紫才能容她在宫中存活下去，不至于众目睽睽之下就腾出手来收拾了她。

容贵妃看了易容换装的虞锦一眼，眼中滑过微微的诧异，在虞锦经过身侧的时候，略显焦急地低声说道："本宫手里有慕容紫陷害太子的证据……"

虞锦脚步微顿，回道："你先回宫，晚些时候我再去找你。"

容贵妃抱着小皇子正要起身，见虞锦眼神凌厉地瞪着自己，于是马上意会过来，大声哭闹起来，口口声声地说着自己如何命苦，身单势弱，怕是不能护小皇子的周全，恐成为皇室的罪人。

容贵妃知道虞锦的意思，越是闹得厉害，慕容紫越是忌惮人言，她想要谋权篡位，可是何必又担上谋害皇嗣的罪名？

周遭的侍卫不忍目视，没有人理会哭得肝肠寸断的容贵妃，没多时，容贵妃身旁的宫女便扶着她回了宫。

阗帝的寝宫内，只有秦伦在一旁伺候着，他红着眼圈望着龙榻上昏迷不醒的阗帝，见慕容城带着虞锦、断曲进来，大喜过望，跪在慕容城身侧，哀求他能够救活阗帝。

慕容城将秦伦扶起来，说道："慕容家不忠，即便我救了皇上，也受不起秦公公的礼。"

虞锦见阗帝口唇青紫，气息几乎全无，断曲要上前为阗帝把脉，秦伦本欲阻止，见虞锦朝自己示意，于是便退后几步。

断曲把完脉，看了慕容城一眼，然后朝虞锦摇了摇头。虞锦心下也有些唏嘘，猜测阗帝这是命数已定，为今之计只有寄希望于慕容城。

慕容城亲自上前为阗帝把脉，神色凝重，秦伦凑上前问话，慕容城露出如同断曲一般的神情，歉意地告诉秦伦，阗帝气数已尽，怕是撑不住几日了。

秦伦当即险些昏过去，伏在地上泣不成声，说道："老奴伺候皇上几十年，看着皇上为了大盛唐朝，为了黎民百姓，日理万机，励精图治，只盼着皇上能名垂千古成为后人传颂的一代明君，谁能想到皇上竟会落得这样的下场，被人毒杀，夺权……”

正在这时，秦伦话音一落，戒备地看着寝宫内又进来了两名侍卫，待两人走近，认出是李润和段无妄时，才松了口气，跌坐在地上，哭着一只手抱着段无妄的腿，另一只手扯住了李润的衣角。

李润看见虞锦之后，眼神不自觉地闪过惊喜的神采，本想走近虞锦，奈何衣角被秦伦扯得紧紧的，一时之间竟不忍挣脱。段无妄很轻巧地一脚抬起将秦伦踢开，脱离了秦伦的羁绊，而秦伦也只是稳稳地落在地上。

慕容城在断曲的协助下，将数根银针刺入阗帝的穴道中，黑血顺着银针往外慢慢渗出，阗帝压抑地咳了一声，缓缓睁开了混浊的双目。

阗帝扫了一眼寝宫内的诸位，突然将目光落在了虞锦身上，枯瘦的手指朝虞锦招了招，虞锦上前几步，仍旧离龙榻稍远。

阗帝却不以为意，勉强挤出一丝微笑，说道："你长得可真像你娘亲年轻时的样子，尤其是眼睛中的神采，令人不敢轻忽，当年朕就是被她……"

阗帝说到这里，突然警醒了一般打住了话头，怅然若失地挥了挥手，说道："太子，你留下，朕还有话说，其他人都退下吧。"

虞锦见状，低头朝断曲吩咐了几句，便率先转身离开了阗帝的寝宫。

段无妄看了阗帝一眼，神色复杂，与断曲同时离开了寝宫，慕容城落在后面，刚出了寝宫，就被闻讯赶来的慕容紫气急败坏地质问道："哥哥，你是要将我的辛苦全部付诸东流吗？"

慕容城那平和的目光中，逐渐透露出一股令人侧目的伤痛之情，说道："那你是要将慕容家安置在熊熊烈火之上吗？就不怕烧得尸骨无存？慕容家的百年基业，怎能就这样败送在你的手上，又怎能成为你私欲的筹码？"

慕容紫将身边的人屏退，方寸大乱地说道："哥哥，你可知我等今日等了多久？"

慕容城却丝毫不为所动，硬声说道："不必再说了，我不会允许你这么做的。慕容家今日欠下的血债，我慕容城就算不能力挽狂澜，也要拼了全力阻止。你如果不信，大可试试看。"

"哥哥，我这么做，都是为了泽儿。皇上只要活在这世上一天，就势必成为泽儿的威胁，我不能眼睁睁地看着泽儿死无葬身之地啊！"慕容紫情急之下，泪水盈眶。

慕容城冷声低喝道："自从泽儿被送往平度，皇上便在这八年里派出了三十七批暗卫盯着泽儿，个个都是武功卓绝的高手，如果皇上要杀他，泽儿早已死了无数次了。皇上说过不会杀泽儿，他就肯定会做到。一来是为了他对我的承诺，二来便是为了他自己的脸面。说来说去，你不是不肯信，你只是想要这一切成为你谋逆的借口！"

慕容紫脸色煞白，仓皇而退，她乃是慕容家的嫡女，年少进宫受尽荣宠，一时风光无限，直至白嫦曦进宫之后，阆帝就像是失了魂一般，每日守在白嫦曦身侧，而自己乍然便成了冷宫皇后一般，受尽其他嫔妃的嘲笑戏谑。

每日枯坐在澄瑞宫，尝尽世间最为艰辛的冷落质疑，从云端跌落下来的苦痛，并不是每个人都能体会到的。她想过报复，想过发泄，却走错了路，不该用那双幽怨的眸子盯在了原本倾慕自己的石净修身上，那一夜，不过春风一度，便酿成了无法承受的苦果。如今，大错已酿成，怕是不能回头了。

慕容紫狠狠地掐了自己的手腕一把，硬起心肠来，略扬着头，朝着慕容城说道："哥哥，皇上命在旦夕，太子又身陷弑君大罪之中，石净修与泽儿在青州起兵，势必所向披靡，试问，这天下如何不在我慕容氏掌控之中？哥哥，只要你肯帮我，我们慕容家会比如今更加风光，难道你不高兴吗？"

慕容城冷冷地推开慕容紫递过来的手，回道："慕容家兴荣，我自然高兴，所以我更加不会允许你拿着慕容家的兴亡开玩笑。"

慕容城欲走，慕容紫在其身后叫道："哥哥，难道你想要我们兄妹两人兵戎相见吗？”

慕容城脚步微顿，旋即抬步离开，清风吹起他的衣角，似是想要将他身上残存的温情吹散，罢了，终究难免堕入地狱，慕容氏势必难逃一劫。

第三十六章
宜面淡妆　锁朱楼春光

当虞锦出现在容贵妃的寝宫时，容贵妃似是毫无惊诧，只淡淡地挥手要身旁伺候的宫女下去，随手抱起了小皇子，坐在椅榻上轻轻地拍着哄睡，面容祥和安静，没有一丝波澜。

虞锦拿起一旁未绣完的兜肚，见上面的针脚细密齐整，知道容贵妃即便在这动荡时局之中仍然平和，可见心机之重。

“接下来，你有什么打算？”虞锦不肯拖泥带水，直接问道。

容贵妃哄睡了小皇子，将其放在一旁的摇篮中，面露慈爱之情，轻声答道：“这不是需要我来考虑的事情，有你在，我何须费心？”

虞锦冷笑出声，反问道：“你就这么笃定，我会为了宝盒，护住你的性命？要知道，我也不过刚从鬼门关里爬出来而已。”

“你不挣扎，不反抗，无非就是关乎太子殿下的利益。只要能铲除掉澄瑞宫的那位，镇压叛军，太子登基，你还会有何顾虑？”容贵妃站起身来，一步步朝虞锦走近，缓缓说道。

“你说得何其容易，你可知澄瑞宫周围光暗卫就成百上千，翼王一定会护住皇后的性命，以求遥相呼应。再说，太子身陷囹圄，只要与澄瑞宫大动干戈，势必会落人话柄，即便将来登基为帝，也难在史书上留下清白名声，这就是皇后敢如此大胆为之的原因。”

虞锦将时局分析给容贵妃听，容贵妃眼神闪烁了一下，避开虞锦的视线，看向摇篮里熟睡的小皇子，坚定地说道：“无论如何，我也不可能坐以待毙。如若你不来救我，便会有他人来救，我坚信。”

虞锦心中已知容贵妃说的是何人，心下唏嘘，临走时只说了一句：“我知道，未脱离困境之前，你不会轻易交出宝盒。但是，你也要学聪明些，不要让皇后轻易得手。毕竟除了太子殿下，你的儿子是唯一一个可以名正言顺与翼王争夺皇位的皇子，她如果够狠心，就应该先将你们母子除去。”

虞锦走出容贵妃的宫殿时，发现扮作侍卫的段无妄竟然一直等在暗处，于是朝他走过来，低声问道：“先前你是怎么进了东宫，将李润带出来的？”

段无妄只淡淡地回道：“皇后在梁川安排了诸多探子，本王为何不能以其人之道还治其人之身？只不过两副令牌，就轻而易举地走出了东宫，进了大殿。她虽居皇后主位，说穿了却仍旧不过是一深宫妇人，于权谋之术火候还不足。”

虞锦点了点头，沉吟不语，再抬起头时见段无妄含笑望着自己，终是问道：“你会跟李润争夺皇位吗？”

“他是太子，我凭什么去夺？”

“如若皇上执意将皇位传给你呢？”

段无妄一怔，随即回道：“断无这种可能，父皇将江山看得比命都重，又怎么可能让一个名不正言不顺的人来继承他的皇位？”

虞锦没有再说话，她想要的，也只不过就是段无妄的态度。

阗帝的寝宫内药香四溢，秦伦端着药侍候在阗帝身前，阗帝却顾不上去喝一口，只看着站在略远处的李润。

李润在秦伦哀求的目光下上前，将阗帝扶起，半靠在龙榻上，并接过秦伦的药碗，一小勺一小勺喂阗帝喝下，并用锦帕替阗帝拭去嘴角的药汁。

阗帝轻咳一声，苦笑着说道：“你心里还是怨朕的，对吗？可就算是换一万次，朕也不后悔当初的抉择，朕要护住你的性命，宁肯让你恨朕。待将来你做了父亲，就会体谅朕的心思，只是就怕朕等不到那一天了。”

“父皇还是鼎盛之龄，千秋万代，一切都是儿臣的不孝。”

阗帝怎会听不出李润话中的敷衍，艰难地摇了摇头，说道：“朕听说送茶点的小太监是你宫里的人，可是朕无论如何也不会相信这是你所为，朕即便要杀了你，也不见你对朕有半分不敬，又怎么会这般大逆不道？朕相信自己的儿子，决计不会做出这等阴毒之事。朕知道这一切都是那毒妇在陷害你，朕既然已经苏醒，你且安心回府吧，朕自有安排。”

李润素来沉稳，如今也不禁为阗帝的话动容，他本想将心中的话问出口，沉吟一番，却始终欲言又止，终是离去。

李润走出寝宫之后，朝着阗帝所在的方向肃然跪下，恭敬地行了大礼，一丝不苟，仿佛知晓这会是他最后一次这样接近未曾薨逝的阗帝。

秦伦老泪纵横，伏在地上，哀求道：“皇上，您为什么不跟太子说出实情？您明明将皇位……”

阗帝咳得脸红气喘，神色萧然，朝着秦伦说道：“皇位？朕的皇位，天下人谁不虎视眈眈，可是你瞧，朕的儿子，有谁将这皇位看在眼里了？你去找誉王吧，朕还有重任交付于他。”

秦伦犹疑道：“可是皇后已经召集了大臣，想要联名上奏让皇上答应废太子，册封翼王为太子。”

“不用理会她，她起不了风浪，朕的儿子们在这里，她能有什么手段？”阗帝挥了挥手，似是不愿意再说。

寝宫内传来脚步声，慕容紫一脸的冷笑走进来，很明显听见了阗帝刚才的话语，说道：“臣妾能有什么手段，如果真有，哪能让您将那个贱人的儿子藏了这么久？臣妾真是迟钝，现在才明白过来，您为什么会对一个异姓王的儿子这样恩宠，原来，他就是那贱人的儿子，您好叫臣妾的哥哥收他为徒，亲自教授他武艺。皇上啊皇上，臣妾好歹在您身边侍候了这么多年，您将臣妾瞒得好苦啊！”

阗帝双眸中闪过一丝凌厉之色，慕容紫骇得退了一步，这么多年来的惧怕，直到在他命在旦夕之间，仍旧未变。

“如果不是你淫乱宫闱，还生下了孽种，朕倒没有机会逼着慕容城收无妄为徒。”阗帝口齿之间的讥讽，不言而喻。

慕容紫面色涨红，紧咬着下唇，忍受着阗帝的羞辱，似是想要破釜沉舟一般，说道：“皇上，现在说什么都没有用了，太子被困东宫，无法自救，您总不想他在天下人的非议之声中登基为帝吧？只要您将皇位传给泽儿，臣妾保证，不光是太子，即便是那个贱人生的儿子，臣妾也会护他们周全，让他们封王离开阳城，安度余生，照样享尽荣华富贵。”

“谁允你一口一个贱人地叫着？朕可只记得，在这后宫中，淫乱宫闱的人，只有你一个。嫦曦那样美好纯洁的女子，岂容你亵渎污蔑？”阗帝眼中的锋芒如同毒针一般，刺进慕容紫的心口。

慕容紫气得浑身发抖，说道：“皇上，您敢对天发誓您对白嫦曦是真心的吗？而不是在利用她接近……”

“够了，你给朕闭嘴！你说这么多，就是为了让朕将这大好的江山，双手奉给那个逆贼吗？告诉你，绝无可能，朕还不糊涂。”阗帝似是被慕容紫的话刺激得不轻，双手紧紧握着锦被，想要爬起来，却没有气力。

慕容紫看着眼前力不从心的阗帝，只要她上前，便会很轻易地用一把匕首结果他的性命，可是她也知道，阗帝身侧藏着多少隐卫，她动不得他，他也暂时动不得她，这个看似势均力敌的平衡，很快便要打破了，不是他死，便是她亡。

茫茫上苍早有天命，拼尽全力去追逐的权欲名利，转身便破灭成镜花水月，只是世间人还看不穿，不惜将身边人的头颅作为踏脚石踩着往上爬。殊不知，跌下来时，不光是粉身碎骨，还有无数索命的冤魂。

即便是阗帝如何封锁消息，中毒之后命在旦夕的消息仍旧传了出去，阳城如同危城一般，每个人都活在胆战心惊之中，生怕大盛唐朝会在某些人的操控之下翻云覆雨，而自己会走错一步犯下逆天大罪，每个人都活在艰难的抉择之中。

阗帝病弱，太子被困东宫，誉王不知所踪，慕容紫把持朝政，反军气焰高涨，这便是如今的大盛唐朝，终究会有风云变色的这一日。

慕容家的人，在慕容紫的默许和纵容下，竟携带兵器上朝，一时让乾元殿群情沸腾，群臣争吵不休。

拥护李润的大臣喊道："你们慕容家竟然携带兵器上朝，这是公然藐视朝堂，居心叵测，你们想拥立一个逆贼为太子，断无可能。"

慕容紫今日的穿戴格外华丽，听闻此言之后，不紧不慢地说道："司马大人此言差矣，翼王怎么会是逆贼？他可是以清君侧的名义起事的，如今太子包藏祸心，谋权篡位，翼王身为皇子，本就该为大盛唐朝、为皇上鞠躬尽瘁，死而后已。其实，立不立泽儿为太子并不打紧，现在首要之事，便是要废太子。太子命太监在皇上的茶点内下毒，天下人皆知，难道你们要枉顾朝纲与仁义，继续追随在太子左右吗？"

慕容紫的话并未吓退拥护李润的臣子，倒是拥立翼王的那些臣子，看着慕容紫身后，纷纷露出惊骇的神情。

慕容紫察觉有异，回身看去，发现阗帝在秦伦的搀扶下，竟然从内殿里出来，一步步地走至龙位上坐下，神态平和而自然，丝毫看不出中毒病弱的迹象。

"怎么，朕只不过不在几日，你们就要反了？"

此话一出，满堂皆惊，纷纷跪下请罪，慕容紫无法，也只得跟着一同跪下，眼神内的诧异却丝毫没有办法掩饰。

正在这时，殿外传来整齐划一的脚步声，秦伦高声喊道："太子殿下驾到。"

慕容紫倏地回身，看见身穿太子朝服的李润，身旁站着一身戎装的平生，指挥着上千侍卫将整座乾元殿围困起来，不禁惊诧不已。

“将慕容家的兵器全部给本太子缴了，再把他们全部绑了，拖到玄机门外斩首示众。”李润丝毫无视慕容紫杀人的目光，高声吩咐道。

慕容紫倏地站起身来，喝道：“本宫看谁敢动手！”

慕容紫朝群臣之中慕容家族的人使了个眼色，马上有人将怀里私藏的信号弹朝大殿之外掷去，平生飞身跃起，却仍是晚了一步。

有太监从殿外仓皇进来，惊骇地喊道：“不好了，有刺客闯进宫了……”

身后突然伸出一把剑，毫无犹疑地将那名小太监斩杀，并用剑在那名太监身上擦拭了污血，说道：“本将乃是奉皇后之命，连夜从机锋营奔赴而来，保护皇上不为宵小所害，这大胆奴才，竟敢污蔑本将。”

原来这人乃是慕容紫的庶弟慕容沣，慕容家受阗帝掣肘，族人一直没有得到重用。慕容沣刚愎自用，自认为有通天之才，不输于慕容家神一般存在的人物慕容城，只是苦于无用武之地，屈居机锋营为小小将领，此番受到慕容紫的撺掇，怎能不对自己一向趋之若鹜的权欲奋不顾身？说罢，便站在了慕容紫身后，一挥手，又有士兵将乾元殿里三层外三层围困得严严实实的。

阗帝一直未出声，身旁的秦伦紧紧盯着阗帝的脸色，暗自哀叹，却不敢表露在外。因为他知晓，阗帝不过是拼着最后的气力坐在这龙位之上，哪怕说一句话，也会让自身凝聚的真气散去。

阗帝虽不出声，可是并不意味着李润不会出声质问：“母后这是何意？为何私自从机锋营调兵，竟然还堂而皇之地闯进了乾元殿杀人行凶，难道是想视朝纲王法为无物吗？”

慕容紫见周遭这么多机锋营的士兵，神色间不无得意，说道：“本宫从不做师出无名之事，皇宫内的上万士兵，不过就是要清剿太子谋反；城外的三万大军，以护阳城百姓周全。太子，你下毒谋害皇上，证据确凿，如今又带着上千侍卫挟持皇上，你可以杀尽这满朝的文武群臣，却难以堵住这天下悠悠之口。你谋逆，本宫就是要阻止你。”

听见慕容紫信口雌黄的污蔑，李润始终沉稳优雅，即便是面对随时会发生哗变的朝堂，也没有丝毫的惊慌。阗帝欣慰地看着李润，一言不发，不声援，不发怒，出乎所有人意料。

慕容紫突然朝阗帝高声问道：“皇上，太子犯上作乱，理应处以极刑，不知皇上可同意臣妾的做法？”

见慕容紫突然发难，阗帝虽然仍旧镇定，秦伦却顿时慌了手脚，急切地望着殿外，见阗帝阴沉的目光扫过自己，忙将视线投到了足下，生怕露出一丝端倪。

阗帝如果开口说话，势必会泄了最后一口真气，可是如若不开口，难道要眼睁睁地看着慕容紫迫害李润？慕容紫就是因为算准了这一切，所以才会肆意开口威逼阗帝，而把持江山多年的阗帝岂会轻易让其得逞？

慕容紫见阗帝不说话，于是面上越发得意，朝慕容沣使了个眼色，慕容沣喝道：“来人，本将奉旨拿下太子，如有阻拦，一律视为乱党，格杀勿论。”

未等机锋营的士兵上前，平生已经带人护在李润身前，李润看向慕容沣，缓缓说道：“慕容沣，你在隆宣十一年被赏识你的忠将邓联提拔为参将，可是你心地歹毒，不知感恩，为了一己私利不惜陷害忠良，诬告其克扣粮饷十万两白银，害邓联下狱之后，你又抓其幼子邓羽胁迫邓联，邓联为了保护自己的儿子，不得不招供画押，最后没有等到秋后问斩，便被人在狱中毒害，含冤而死，却被你说成畏罪自杀，邓家被满门抄斩，除去你掳去的邓羽。”

慕容沣脸色忽变，用剑遥空指着李润，嚷道：“你胡说！那邓联克扣了十万两白银，罪证确凿，御监司郑岷早已将真相禀告给皇上，而且邓联贪下的那十万两白银至今下落不明，这事路人皆知，你休得将脏水泼在我身上。”

李润波澜不惊，继续说道："当年的秘情，确实无人知晓，只是，机缘巧合，本太子却遇见了一位与当年案情紧密相关的人……"

此话落下，便有一人从平生身后走出，将头上的帽子摘下，露出一张愤恨不平的清秀面容，正是当年被慕容沣捉走的邓羽。

邓羽冷笑道："慕容大人，别来无恙，你或许没有想到我会活着出现在你面前吧？当年，你逼我父亲画押之后，命人将我绑缚起来投江，好在老天开眼，并没有这样要了我的性命，让我可以有机会指证你的恶行。"

慕容沣的脸色极为难看，却兀自想保持镇定，正欲开口辩驳之际，便被慕容紫接过话头。

"太子殿下从哪里找来这样一个人，竟然在朝堂上污蔑官封二品的将军，仅凭几句话就要定慕容将军的罪，岂不是太过儿戏？"慕容紫见阗帝一言不发，以为手中赢面极大，得意之际便让人搬来椅子坐了下来，如今见慕容沣被李润当众责难，不禁狠狠地瞪了慕容沣一眼。

李润的面色很平静，几乎让人看不出任何情绪，眼角的余光看见了朝堂上始终注视着自己的阗帝，微微一顿，暗自长吸了一口气，迎面对上慕容沣时，眼中的温度不复存在，冷冷地说道："慕容沣，当年那十万两白银，其实便在你的手里。"

慕容沣露出怒容，反问道："你不要血口喷人，你有何证据？"

邓羽上前一步，说道："因为那十万两白银，一直被你私藏在慕容家祠堂的后院中。你乃慕容家的庶子，一直不得重用，又一直活在名满天下的慕容城的光环之下，你想出人头地，可是又惧怕慕容家家规，所以你即便克扣了这么多银两，也不敢显露出来，只能藏在慕容家祠堂的后院之中，因为这个地方无人敢无故挖地三尺，所以直到现在，都无人发现你的恶行。"

慕容沣大骇，额头上的汗倏地流下来，当年他为了给这十万两白银找处稳妥的地方隐藏，费尽了心思，斟酌再三，还是认为，唯有慕容家才是最安全的地方。所以，他在祠堂放了一把火，烧毁过半，又施计让修缮祠堂的差使落在了自己身上，神不知鬼不觉地将白银全部埋在了祠堂后院三尺之下。而且，连同当年那些工匠在内，已经全部被自己杀死，所以慕容沣一直自以为此事再无人知晓，此番被邓羽在朝堂上陡然间说出来，怎能不着急？

李润只看着慕容沣冷笑，嘴角的讥讽不言而喻，继续说道：“隆宣十四年，你设万人坑，逼迫老弱病残的士兵跳下坑，让士兵将滚烫的热油浇下去，那些士兵尸骨无存，无辜惨死。而你却假报军情，说机锋营哗变，谎称这数千兵士在兵变中阵亡，将拨下来的抚恤金扣而不发，中饱私囊。慕容沣，你本已经罪大恶极，如今又带兵闯宫，意图谋反，可谓罪无可赦。”

李润说到此处，慕容沣已完全败下阵来，不禁冷汗直冒，汗如雨下。

慕容紫重重地拍了一下椅子的扶手，怒目相向，又气又惊，气的是庶弟竟然胆大妄为背着自己做下这等龌龊之事，而且竟敢将主意打在了慕容家祠堂上；惊的是李润带着邓羽出现，将慕容沣的罪证尽数说出，明显是有备而来。

此时的阗帝，眼神中的光芒已尽数落在李润身上。处变不惊，有理有据，将原本还在犹疑不定的大臣之心收拢了过来，毕竟拥立名正言顺的太子，远比支持一个起兵的叛军首领要来得心里踏实。

慕容沣不敢直视慕容紫瞪过来的目光，慕容家乃百年望族，家中人才辈出，到了这一代，慕容紫进宫为后，而慕容城师承乾坤门名满天下，将慕容家的声望推上顶峰。慕容紫一直以慕容家嫡女的身份为傲，即便入宫后面对三千佳丽争宠夺爱，性格略有扭曲，也从不屑于做龌龊阴毒之事，如若不是失宠之后，一时糊涂与石净修一夜风流生下翼王，又为了翼王才犯下这滔天大罪，她还是那个澄瑞宫中端庄淑雅的皇后。

一步错，步步错，回不了头了。

慕容紫虽然不齿慕容沣贪财、嗜杀的行为，可是此时此刻，却不得不维护慕容沣，正待开口说话之际，突然惊醒一般，喝道：“你们好大的胆子，竟然派人去搜了慕容家。本宫的娘家岂容你们如此藐视轻慢？”

慕容沣此时也明白过来，邓羽口中所言的慕容祠堂后院，如若不是已经搜查过，怎敢在文武百官面前直言？

慕容紫心中愤恨，又狠狠地瞪了慕容沣一眼，恨不得打他几个耳光才解心头之恨。因为她心里清楚，为了此次逼宫能一举成功，已经将慕容沣可以调来的士兵全部调了过来，而且连同慕容家的家奴、侍卫，全部凑数进了宫，如今的慕容府，除去女眷，便是一座空府了，怎能受得住暴虐搜查的屈辱惊乱？

李润神色淡淡地说道：“本太子从不牵连无辜之人，慕容沣虽然罪大恶极，可是慕容府的女眷无辜，本太子已经下过严令，保证不会惊扰到她们，况且，国舅也已经回到慕容府。”

慕容紫提到嗓子眼儿的心，陡然间放下，跌宕起伏之间心情复杂至极。如若不是她太过自信想要一击即中，绝不会牵连到慕容家；如若她不是爱子心切，也绝不会动用慕容府的力量。她可以做天下人的罪人，却不敢做慕容府的罪人，曾记得当她要进宫做天下最尊贵的女人时，那些目光殷切的家人，是怎样不舍而又爱怜地将她送出府，登上了凤辇。

慕容沣却已经失去了理智，挥起手中的剑嚷道：“今日，以我慕容府为尊，顺我者昌，逆我者亡。来人，全部斩杀，一个不留。”

慕容沣的话将慕容紫从自我怀疑的情绪中惊醒过来，想要开口阻止已然晚矣，任凭她舌绽莲花，也无法在片刻之间，将那些原本拥立翼王惊惧不安的臣子再度拉拢过来。人心散了，便如一盘散沙，很难再聚积起来。

而李润带着邓羽进宫，便是为了刺激慕容沣在惊慌、羞怒之中失去理智，从而做下不可逆转的错事，让慕容紫的这次逼宫彻底失去人心。

慕容紫看着淡然沉稳的李润，才发现这些年来她一直低估了这个在冷宫中长大的皇子，他不骄不躁，进退有度，如若不是前几日为了虞锦血战玄机门，或许自己永远都抓不到他的错处，而如今，朝堂的局势，在李润轻描淡写的几句话中，已经在产生微妙的改变。

如今，慕容紫无法补救，她有些后悔了，她已经没了把握。

朝堂之上，一触即发，随时要进行的血战，令每个人都胆战心惊。

正在这时，大殿之外，慕容沣的人冲进来，大声喊道："不好了，誉王带着上万人马进宫了。"

始终坐在龙位上一言不发的阗帝，此时突然睁开了混沌的眼睛，露出令人不可忽视的光芒。阗帝紧紧握着龙位的把手，大声道："好，好，好……"

三声过后，阗帝再无声息，秦伦上前扶住阗帝，背转过身，遮挡住大部分群臣看向阗帝的目光，潸然泪下。

誉王段无妄一身红衣，以炫目的风姿进了大殿，手中的剑仍旧滴着血，神色间空无一物，轻狂不羁，看向龙位上的阗帝，神色微顿，诧异、惊疑、悲痛，一一浮现，旋即与李润相视一眼，又各自撇开了目光。

段无妄笑着看向慕容沣，目光不屑而又轻视，慕容沣被他盯得发毛，喝问道："你笑什么？你带兵闯宫，意图谋反，我机锋营忠君爱国，容不得你在此造次，你若弃械投降，本将可以向皇后求情，饶过你的性命。"

段无妄的笑声更大，说道："本王就是想要看看你这个跳梁小丑，还能蹦跶到几时？本王从梁川调兵十万，你在城外布下区区三万人马，本王留下了六万大军管保个个歼灭无一活口，本王又将三万大军都聚集在玄机门外，带一万人马进宫，足以应付你们这些宵小。"

慕容沣却犹自不信，说道："此去梁川有数日之遥，你们十万大军不可能会毫无声息地来到阳城，誉王还是不要信口开河的好，小心大风闪了舌头。"

段无妄笑得肆无忌惮，一手扶着下巴，将慕容沣左右端详了几眼，说道："如果你不是本王师父的弟弟，信不信你这会儿早已被本王戳上几个窟窿了？本王这会儿还肯留住你的性命，不过就是为了保全本王师父的颜面。别说翼王做不成这皇帝，即便做成了，这乾元殿，还轮不到你来嚣张。”

慕容沣涨红着脸，挥剑就朝段无妄刺来，段无妄以雷霆万钧之势跃起，手中的剑擦过慕容紫的鬓角，直刺入慕容沣的眉心。

慕容紫发鬓散乱，仪态不再，而慕容沣却在不可置信的面容中倒地，手仍旧保持着刺出的姿势，诡异而令人惊惧。站得近的文臣，均往后齐齐退了一步，面容惊骇，面面相觑之后，不安地站在那里看着这朝堂风云变故。

段无妄斜剑指天，大声喊道：“机锋营众将士听着，本王知道你们受奸人蛊惑才犯下大罪，如若你们放下兵器，本王可以向皇上求情，饶你们不死。如果你们不思悔改，本王剑下绝不留情，慕容沣就是本王誓杀反党的佐证。”

慕容紫慌乱地用手抚了抚鬓角散乱的发丝，努力维持住一种平静的语气，说道：“机锋营的勇士们，不要相信誉王的蒙蔽之词，过了今天，你们就是大盛唐朝的功臣，你们会得到至高无上的荣耀，你们的家眷也会以你们为荣，大盛唐朝的史书上，也会记下你们勇猛而明智的一笔。”

机锋营的将士面上现出犹疑，在段无妄和慕容紫的言语之中思虑挣扎。

平生靠近李润，低声道：“殿下，看今日情况恐难善了，不如让誉王赶紧派兵来增援，将这些反贼全部诛杀，否则夜长梦多，还不知要生出怎样的变故。”

李润淡淡地反问道：“你真的相信誉王带来了十万人马？”

平生大骇，在李润警告的目光下，忙收敛起紧张的神色，此时才想到依着段无妄这般的性格，如果手里有十万大军，又怎么可能只带一万人进宫？而且段祥也不在其身边，依着段祥疾恶如仇的个性，只怕未等段无妄下令，就要挥剑去砍人了，只是如果真是如此，这局面就当真难以收拾了。

段无妄听见这边的动静，回身望去，见李润眼神中的问询之意，于是压低了声音说道："她带着三千锦卫在城外拦住了机锋营的三万大军，我才有机会带兵顺利进宫。"

李润眸间寒意顿现，原本平和沉稳的面容，因为知晓虞锦目前的处境而暗自揪心起来。朝局不能令其惊慌动容，虞锦却在刹那牵动了他的心，适才知晓，他似是已经将对她的情意揉进了血脉之中。

此时，慕容紫却突然转身，一步步朝龙位走去，段无妄想要去拦，却被李润用眼神示意未曾准许。

秦伦护在阗帝跟前，仓皇不安地望着渐渐逼近的慕容紫，说道："皇后娘娘，皇上身子不适，不准人靠近。"

慕容紫却笑了起来，说道："正是因为皇上身体不适，本宫才要好生服侍才是，这是本宫的职责所在，怎么，你敢阻拦？"

秦伦求救一般看向李润和段无妄，见两人神色镇定，似是早有对策，于是便放下心来，略退了半步，而上前的慕容紫乍然看见睁着眼睛的阗帝，骇了一跳，跌坐在地上。

慕容紫是笃定阗帝已死，这才放心大胆地上前意图告诉众人此等事实，如今惊惧之下跌坐在地上，已然没了登上台阶靠近阗帝的那种气势。

慕容紫战战兢兢地起身，再三辨认，确定阗帝已经没了气息。慕容紫看着近在眼前却两心遥隔的阗帝，神情复杂地用手在阗帝睁着的双眼前拂了拂，跪倒在地，带着哭音喊道："皇上升天了……"

此话一出，群臣震惊，纷纷跪伏在地，跟着痛哭出声，李润和段无妄也一同跪下，神色凄然，相视一眼，各自带着心照不宣的决心转过头去。

秦伦已经命人将阗帝的遗体抬了下去，派人着手设置灵堂，他跟随阗帝几十年，忠心耿耿，即便是谁当了这皇帝，阗帝的丧事，他也要亲自看着的。

慕容紫起身，说道："机锋营的将士听着，皇上薨逝，国不能一日无君，只要你们拥立翼王登基，本宫先前允诺你们的，封侯拜相，荣华富贵，一定会逐一实现。”

而拥立李润的臣子马上齐声喊道：“太子殿下乃是天命所归，理应继承皇位登基为帝。”

慕容紫冷笑道：“你们个个都老糊涂了吗？别忘了，皇上正是死在了他的手上。”

李润站起身，看了段无妄一眼，段无妄跟着起身，似是知道李润心中所想一般，意味深长地看了他一眼，一步步踏上台阶，走至慕容紫的身边。

段无妄高声喊道：“皇后何必急着立断是非？自古为君者多有遗诏，才能名正言顺地继承大统，敢问皇后手里可有遗诏？”

慕容紫反问道：“本宫手里是没有遗诏，难不成誉王手里会有遗诏？”

慕容紫说罢，突然有些后悔，忙看向李润，见李润目光深邃，甚至带着隐约的失落，然后又释然地长舒一口气，不禁大骇，他终究是将皇位传给了他心爱的儿子。

慕容紫喝道：“段无妄，你是想要造反吗？凭你也想要做这个皇帝，本宫看你是吃了熊心豹子胆了，你手里的遗诏定是伪造的。”

段无妄不理会慕容紫，在龙位之前站定，将怀中的圣旨拿出来，随手一挥，沉声说道：“本王手中有先皇亲笔谕旨，将皇位传给太子殿下……如若有谁敢质疑遗诏的真假，本王的百万大军等着他来辨认真伪。”

段无妄走下台阶，跪倒在地，高声喊道：“恭请新帝登基……”

拥立李润登基的臣子也赶紧跪倒在地，那些原本犹疑不定、支持翼王的大臣面面相觑之后，也跟着跪倒在地，一同高喊道：“吾皇万岁万岁万万岁……”

李润眼中的神采陡然变亮，气度非凡地登上了台阶，一步步朝着那天下人梦寐以求的宝座而去，掸了掸衣角，在龙椅上坐下，环顾四周，扫视群臣，见段无妄朝自己露出细微而又难以察觉的笑意，心下感慨万千。

李润袖袍一挥，说道：“众卿平身。朕蒙先皇厚爱，继承大统，改年号为景天。即日起，朕自当尽心竭力操持国事，为天下百姓、我辈后人，创下清明盛世。”

慕容紫朝慕容氏其他将领使了个眼色，其堂弟慕容连、慕容通便指挥手下的数千士兵与平生带来的侍卫和段无妄指挥的士兵迎面对上，一时之间，乾元殿厮杀声顿起，惨叫声不绝于耳。

李润喝道：“慕容连、慕容通，朕已然登基，即为新帝，尔等是要造反吗？”

慕容紫冷笑道：“太子殿下，你未行册封大典，算哪门子新帝？皇上不明不白地死在了你的手上，你就想这么蒙混过去吗？本宫第一个不答应。慕容连、慕容通，今日你们就大开杀戒，手上染满鲜血，看似罪孽深重，实则是造福后人，这大盛唐朝的皇位，无论如何也不能容许一个弑君杀父的太子继承。”

慕容连和慕容通杀心大起，他们知道此番逼宫未成，李润也不会让他们落得善终，与其这般，不如奋力一搏，虽死无憾。

李润要平生带人保护不会武功的文臣，段无妄则指挥带来的人马，齐齐出手阻止慕容兄弟的暴虐残杀。有些大臣因为腿脚慢，被机锋营的士兵踩在了脚下；有些大臣躲得慢，被刀锋擦伤，只流了一点血，便吓得晕了过去。

正在这时，大殿外传来策马扬尘声，顾不得惊诧谁人敢这样大胆纵马闯宫，便看见一人白衣飘逸出尘，策马当先朝着乾元殿而来，跃马而下时，身后是整齐划一的三千锦卫。那人眉目之间的清冷疏离，又带着三分漠然，不似是来赴这令人胆战心寒的朝堂争霸，倒似是来赴一个可有可无的邀约。

唯有段无妄知道，虞锦越是这般淡然，心中便越是在意。她喜欢的人腹背受敌，在朝堂上受掣肘不得舒展，她怎能不拼尽全力杀进宫中为其护航？

因为有情，你要江山，我来助你。

第三十七章
雁断冠剑　销逝川高树

虞锦挥剑，高喊道：“好儿郎们，逆贼敢在朝堂上撒野，便是在践踏你们的尊严。你们要拿出真本事来，让整个大盛唐朝都知晓锦卫的英名风采。你们的主子誉王，已经拥立新帝登基，只要你们杀尽逆贼，你们便是这大盛唐朝的功臣。不光会得到新帝的奖赏，连同天下百姓，都会夸赞你们的威风。从此，三千锦卫，天下无双。”

不得不说，虞锦很擅长激发锦卫心中的男儿热血，锦卫斗志昂扬，仅凭气势便将机锋营战士镇压住。

虞锦见段无妄迎面走来，便将手中的金色羽箭掷给他，说道：“这金色羽箭，连同三千锦卫，一个不少，全部还给你。”

段无妄眼中闪过惊喜，问道：“你是怎么做到令三千锦卫毫无伤亡的？”

原来，虞锦在城外接手段无妄留下的三千锦卫时，心中便已经有了主意。虽然三千锦卫都是以一敌百的勇士，对上三万机锋营士兵，未必没有胜算，但是如若伤亡过多，她又如何向段无妄交代？

虞锦命令一百人潜入附近的农户家中，将家中的衣服、首饰全都偷出来，起初锦卫还在质疑虞锦的决定，将目光投向了平时一直不离段无妄左右的段祥身上。

段无妄将段祥留在虞锦身边，并且下过严令，一定要护她周全，不要有任何闪失。段祥虽然心中也有疑惑，可是他信任虞锦的本领，在劝说虞锦拿出金色羽箭之后，才劝着那些锦卫心不甘情不愿地依言而去。

对锦卫来说，听从手持金色羽箭之人的命令，便是铁打的规矩，永不更改。

虞锦带着三千锦卫进阳城之际，机锋营的左先锋赵延封锁了城门，威逼虞锦带着三千锦卫退出十里之地。这赵延并不是毫无头脑之人，他自然听说过锦卫的厉害，生怕这三万大军伤亡过多，难以向慕容紫和慕容沣交代，于是便想要暂时避其锋芒，如果要迎敌开战，他也宁愿是慕容沣亲自下令，这样自己才可毫不担干系。

只是，虞锦却未曾退让半步，而且还命段祥在阵前喊道："机锋营的将士们，你们都是有妻儿子女的，你们受人蒙蔽犯下谋逆之罪，难道要你们的家人一同受过吗？如今你们的家人都已经被我们控制在手里，如果你们主动放下兵器，认罪投降，我保证你们不会受到追究，你们也能够跟家人团聚。"

段祥说罢，在虞锦的示意下，带着锦卫将从附近农户那里搜来的首饰和衣服全部掷了出来。

那些士兵一听便着了慌，再看见这散乱一地的首饰和衣服，有的不由得出声叫嚷"这是我媳妇的钗子""那是我老娘的外衣"……顿时人声鼎沸，无法控制。赵延一听，便知大事不妙，还未等出声喝止，便看见有士兵放下了兵器，朝锦卫所在方向而去。

赵延大怒之下，搭弓上箭朝那逃逸的士兵射去，谁知斜刺里却有另一支箭，将赵延的箭射得偏离方向，落入一旁的草丛中。

赵延看去，见虞锦正朝着自己，嘴角抿着一丝志满意得，赵延不甘心，又朝另一个逃逸的士兵射过去，虞锦照样将其箭身射偏，这下便有更多的机锋营士兵少了顾忌，都朝锦卫这边奔来。

机锋营三万将士大乱，赵延无力回天，羞愤地站在原地，看着虞锦露出的讥讽之色，本想质问叫骂，却一句话也说不出口。

虞锦只淡淡地说道：“段祥，将他绑了，待事后另行处置。”

段祥的武功比赵延略高，本来还要缠斗数招才可分出高下，虞锦却没有给赵延机会，手中银针射出，便封了他几处要穴，使他动弹不得。虞锦看得出赵延的油滑，所以不敢将其一并俘虏，否则待进了城，他又再起蛊惑之心，恐多生变故。

虞锦和段祥带着三千锦卫畅通无阻地进了玄机门，在听见乾元殿械斗之声时，虞锦便再也沉不住气，策马飞奔而来，刚踏进殿门，隔着这血雨腥风，便看见了龙椅上坐着的那个俊美男人。

我踏风而来，你安坐清明，如此，甚好。

锦卫声势浩荡，身旁又有机锋营士兵在侧，在大殿之中的机锋营士兵无心恋战，很快便败下阵来。锦卫控制住局面之后，便押着那些犯上作乱的人全数退出了乾元殿。

平生已经命人将受伤的大臣抬去太医院包扎医治，宫女和太监迅速上前收拾打扫，整个乾元殿很快便又恢复了先前的庄严，连同青石地砖都泛着奇异的光泽，意喻君威不可冒犯。

慕容紫知道大势已去，功败垂成，站在大殿上，毫无声援之人，顿时笑了起来，笑得凄惨悲凉，连眼泪都流了下来，一步步走出了乾元殿。李润并不理会这些，因为平生早已派人跟上慕容紫，派兵暂时守在了澄瑞宫外，待他日再做计较。

有臣子缓过神儿来，马上进言道：“皇上，如今后位空悬，不知皇上心中可有合适的人选？”

李润从台阶上走下来，在一片唏嘘声中，径直来牵虞锦的手，虞锦想要缩回手，李润却用了真力，虞锦碍于众目睽睽之下没有再用力去挣脱。

“朕要立虞家嫡长女虞锦为后。”

此言一出，满堂皆惊，另有老态龙钟的臣子朱建上前说道：“皇上，承宁郡主与皇上大婚不过几日，人品贵重，又出身宁王府，身份高贵，堪任后宫之主。而虞家……”说到底，还是怕触犯君威，没敢继续说下去。

“出身何谓高低？朕自冷宫出生，是不是更无贵重可言？”

李润的话句句诛心，朱建惊骇之下，忙跪倒在地不安地请罪。

李润也不理会他，自始至终一直看着虞锦，似是怕她会突然消失在自己的目光之中一般，握住她的手，不愿松开。虞锦察觉到李润炙热的眼神，略抬首迎上，露出淡淡的笑意，他为维护她，不惜在朝堂上以自己的出身反击，她如何不感动？

李润牵着虞锦的手，往龙椅而去，毫无顾忌地说道：“你今日随朕坐上去，朕的登基大典上，你仍旧要坐在这里。这龙椅朕无法与天下人分享，唯独你例外。”

段无妄突然拍掌笑道：“好，好，说得好！如此重情重义的皇帝，天下百姓如何不拥戴？”

群臣瞠目结舌，只觉得李润的言行离经叛道，而段无妄的话更是荒诞不经，纷纷出言质疑。

那朱建更是伏在地上哀声说道：“皇上，万万不可啊，皇上难道忘了先皇为皇上赐婚的用意了吗？”

李润牵着虞锦的手走上了台阶，听见朱建这般说，突然回过头来，冷笑出声，说道：“朕不是先皇，自然不会以先皇的意志行事。当初先皇给朕赐婚，朕应下，一来是权宜之计，二是仁孝在前。如今，朕依旧如此，就是懦弱。朕有天下，朕有人心，朕有誉王的百万大军和所向披靡的三千锦卫，朕手中还有先皇留下的无数暗卫，岂是叛军可比？即便是今日，朕要命宁王和仪王出战，谁敢不从，朕就先踏平南屏。”

段无妄再度击掌，赞道：“皇上说得好。无妄的百万大军，便是皇上的利剑，皇上指到哪里，无妄便率兵打到哪里。”

群臣讶然。此时才知，这位新帝的性子深沉变通、坚毅果敢，比起阴沉不明的先皇，更难伺候得多，更别提身边还有那邪魅轻狂的段无妄。

虞锦与李润比肩而立，望着他眼角绽放出的神采，暗道：除去天下，除去人心，除去段无妄的百万大军和三千锦卫，除去无数暗卫，你还有我。

因还要为阗帝守灵，接着便要举行登基大典，所以李润与虞锦在乾元殿上只独处了片刻。

虞锦问道：“你打算如何安置容贵妃母子？”

李润随意地说道：“这些都让礼部的人去操心吧，不过就是拟个封号，封为太妃，只要她安分，我自当会好好待她们母子的，将她的儿子也一并封王。”

虞锦微微顿了一下，说道：“一个女子带着幼子，在权谋之中生存，势必辛苦，与其将来再生非议，不如现在就让她们离开吧。”

李润有所触动，忆起当年在冷宫中的艰辛日子，眉目之间泛起淡淡郁气，沉吟一番，说道：“你说得对，我可以破例，违反祖制，放她们走。”

因虞锦无论如何也不肯坐在龙椅上，所以李润便拉着她坐在了龙椅下的台阶上，虞锦慵懒地靠在他的肩头，说道：“瞧，往后这里便是你主宰天下人生死的地方了。”

李润握住虞锦的手，合在掌心里，说道：“我只求能够主宰我与你的未来。其余的事，我尽心尽力便好，结果怎样，顺从天意。”

虞锦还未答话，便听见殿外有人用糯软的声音说道：“虞锦姐姐，你也是这样认为的吗？”

李润早已吩咐过平生守在殿外，不准任何人进来打搅，此番听见那素装身影走进大殿，不禁蹙起眉头。

平生跟在后面，一脸的羞愧，可依着虞屏的身份，他怎敢阻拦？见李润朝他挥了挥手，便悻悻地退了下去。

李润漫不经心地对虞屏说道：“你来做什么？朕何时允许你能进这乾元殿了？”

听见李润这般轻描淡写地羞辱她，虞屏脸上并无羞愤，只是将目光落在虞锦身上，似是在等她回答，见虞锦不语，又执着地再问了一遍："虞锦姐姐，你也是这样认为的吗？"

李润察觉到虞锦身子一僵，于是拥在她肩头的手越发用了一分气力，按住她的肩头，不让她站起身来，说道："你不必理会她，从此，这天下，你无须再有任何顾忌，我会护着你，旁人若有一句非议，我绝不轻饶。"

"所以皇上丝毫不顾臣妾和臣妾父王的颜面，想要立虞锦姐姐为后？可是皇上或许想不到，虞锦姐姐并不屑于皇后这个宝座呢。不信，你问她。"虞屏说道。

李润侧头看向虞锦，见虞锦沉静如水，眸间如同深潭，叫人看不到边际，这才想起，他要立她为后，她却从未应承，连偎依在他怀中时，也同样如此。

虞屏略抬起下巴，带着一股志在必得的挑衅，看着虞锦，说道："虞锦姐姐，你还没有回答妹妹呢。"

虞锦看了虞屏一眼，似是在掂量虞屏眼中威胁的分量，沉吟了许久，在李润的注视下，艰难地开口，说道："是，我不愿。"

李润垂眸，掩住眼中滑过的伤痛之色，将手从虞锦的肩头缓缓收回，站起身来，就这般居高临下地说道："你该知道，朕不喜被拒绝。"

虞锦苦笑，李润原本一直在自己面前自称"我"，如今受到了伤害，便不自觉地自称"朕"。这既是一种保护，也未尝不是一种距离。

虞锦见虞屏眼中浮起淡淡的讽刺，便知虞屏对于李润的君威根本不屑，因为她笃定虞锦会护她，她也是想用这种方式，来挑起虞锦和李润之间的嫌隙。

虞锦朝李润伸出手，李润毫不迟疑地伸手想要拉她一把，谁知，刚触到她冰凉的手指，她却突然收回了手，独自站了起来，与李润平视，静静地说道："你如果能够屏退后宫三千佳丽，空设后宫，从此只伴在我一人身侧，我便应下。"

李润微怔，旋即回道：“你该明白，我的心思只在你一人身上，即便这后宫塞进了再多女人，我也不会多看一眼，一样是如同虚设。”

虞锦轻笑，眼角的讽刺不言而喻，她深深地看了李润一眼，缓步朝大殿外走去，擦肩而过时，在李润耳边低语道：“这不是承诺。”

李润僵立在原地，看着虞锦的背影渐渐消失在殿门，想要伸出手挽留她，手顿在空中，口唇翕动，却无论如何也没有发出声音，明知她要他空设后宫只不过是一个借口，他却没有应下。在这场感情的对弈中，两个人都不缺真心，只是她欠缺的是诚意，而他欠缺的是勇气——那种不依靠任何妃嫔牵制前朝后宫的勇气。

虞屏在一旁笑了笑，无视李润威胁的目光，笑得越发大声，伏在台阶上，肩膀耸动，渐渐成呜咽之声，良久没有起身，连李润何时离开的也不知晓。

李润原本因为对翼王的迁怒，所以并没有立即将慕容紫封为太后。在谋臣的进谏下，才动了心思：如果不封慕容紫为太后，那么天下人定会非议李润苛待慕容紫，让慕容紫对于翼王谋逆的支持变得顺理成章。所以，李润必须马上封慕容紫为太后，使她尊崇加身，只有这样，才能让身为太后的慕容紫没有理由朝李润发难，并且如果慕容紫再做出有违身份之事，必定会逃不过天下人的责难。

李润当即便封慕容紫为太后，挪至荣福宫。可是，秦伦前去宣旨时，却遭遇了意外之事，慕容紫拒不受封，不同意挪至荣福宫。李润勃然大怒，要不是有倚重的大臣劝言，就要下旨降罪。

一日，断曲匆匆进了东宫，朝着虞锦低语几句，虞锦眼中微现出一丝诧异，却并不多言，听到远处虞屏略扬的焦急声后，才扬了扬眉，起身走了出去。

虞屏正不顾平生的劝阻，执意要出东宫，看起来确实有些气急，口不择言道：“放肆！你不过就是皇上身边的一条狗，也敢拦着本宫？”

“请太子妃慎言。”

“太子妃？皇上已经登基，你竟然还敢称呼本宫为太子妃？”

平生面不改色地说道：“只要皇上一日未册封太子妃为皇后，那么太子妃就永远只是太子妃。”

虞屏气怒，毫不犹豫地挥手朝平生打去，平生微怔，在犹豫到底要不要躲开虞屏打来的这一巴掌，毕竟一向隐忍的他并不想把事情闹大，正在这时，他却察觉到，本应落在自己脸上的手，却被另一个人用力握住，这人正是赶过来的虞锦。

虞屏抽回手，冷笑看着虞锦，一副指责她多管闲事的神情，说道：“你还是执意跟我作对？你以为你有多少胜算？”

虞锦淡淡地笑了笑，眼中的神采如同星月一般夺目，答道：“是我的，我何须要争？不是我的，我争来又有何用？”

虞屏嘲讽地笑了笑，似是懒得理会虞锦，不屑地朝前走去，平生本欲再度上前阻拦，在虞锦的示意下不甘地退开了。

“你想去澄瑞宫？劝慕容紫不要再做傻事？”

虞屏挑了挑眉，反问道：“与你何干？”

“别说你劝不动她，即便劝得动，你就不怕惹来非议？还是由我去好了。”虞锦说道。

虞屏诧异地问道：“那你就不怕？”

“我已经是风口浪尖上的人了，还会怕再多一些是非吗？”虞锦苦笑，说着就要往外走去。

“我凭什么信你？”身后传来质疑的声音。

虞锦突然回身，定定地看了虞屏一眼，旋即举步离开，虞屏远远地还依稀听得见她口中的话：“我不在意你信不信我，你就只当我是为了皇上。”

澄瑞宫。

虞锦进去的时候，无人敢出言阻拦，她虽不是后宫有品级的妃嫔，可是但凡有些眼力见儿的人还是知道，这是李润想要册封为皇后的人，所以，宁愿远远避开了，也没人敢上前阻拦，所以虞锦很顺利地便见到了慕容紫。

慕容紫卧在榻上，手腕处的伤口被一方锦帕简单地包扎了下，隐约还看得见渗出的血迹，门口跪了一地的宫女和太监，虞锦挥了挥手，那些宫女和太监互相看了看，如释重负地退了下去。

慕容紫睁开眼，目光中流露出些微诧异，一闪而过，不悦地问道：“你来做什么？”

“我来劝你不要再做傻事。”

慕容紫或许是气怒，低喝道：“你算是什么东西？本宫凭什么需要听你的劝告？别说你还没被册封，即便册封了，你见了本宫，也要行礼。”

虞锦倒也不恼，说道：“其实我未必不想行礼，只是你未接受册封，我不明白该称呼你为皇后还是太后。”

虞锦的语气极为淡然，虽然慕容紫听不出有丝毫的嘲讽之意，但仍旧觉得难堪，看向虞锦的面色极其不悦，手腕略抖，腕上浸血的锦帕便落在了地上。

虞锦正要再度开口，见徐俊正巧进来准备为慕容紫包扎伤口，于是朝他微微点头示意，以感激他那日的援手举动。徐俊倒似不怎么放在心上，只是手脚麻利地帮慕容紫包扎伤口。

“徐太医，她的伤可要紧？”

徐俊微怔，旋即回答得更为稳妥：“无碍，休养几日即可。”

慕容紫看着徐俊走出寝宫，察觉到虞锦别有深意的目光，有些恼怒地说道：“难道你以为本宫只是故意做做样子？”

虞锦挑眉，说道：“不然你以为这天下人会另作他想？”

慕容紫想要争辩，口唇翕动，却一句话都没有说出来，显然有些气馁，说道：“本宫乏了，你退下吧。”

虞锦偏偏选择在窗前的座位上坐定，缓缓地说道：“你自残，拒绝受封，让皇上颜面无光。你以为你这么做，就会将皇上置于不仁不孝的境地吗？你闹出这么大的动静，就是为了告诉远在青州的翼王，你在支持他吗？”

慕容紫面容变色，谨慎地观察着虞锦的神情，说道：“你到底想要说什么？”

“你怕你接受册封，会寒了翼王的心，这天下聪明的人太多了，会不懂你的心意？你成全皇上的颜面，皇上成全你的性命，这交易，你不亏。”

慕容紫冷笑，说道：“他难道还敢杀了本宫？”

虞锦喟叹，说道：“有何不敢？你还以为自己是高高在上的一国之后吗？皇上肯封你为太后，你就是固守荣华的太后。如果激怒了皇上，那么你就只能成为串通反军的谋逆之人。你该明白，你会有何下场，慕容家会有何下场。远在青州的那个是你儿子，可慕容家百年的基业，你就不放在心上了吗？”

“他在沙场浴血奋战，本宫在后宫接受他人的赏封？本宫办不到啊！”慕容紫终于卸下防备，痛哭出声。

虞锦看着她眼角细细的皱纹，还有她眼神中那失去倚仗后的绝望无助，暗道：如若不是身在深宫，这也不过就是一个普通的妇人，她没有杀伐决断的手腕，有的也不过就是被逼到绝境的微弱反击。虞锦心里软了软，就只是内心深处的微微悸动，突然升起一股想要劝她活下去的勇气，不自觉地说道：“你只有好好活着，才能成为翼王远在青州的助力与希望，你难道不想活着看到他意气风发的那一天？”

慕容紫因为虞锦的话，眼睛里又重新燃起希望，不顾手腕的伤势，一把握住了虞锦的手，热切地问道：“你也觉得泽儿一定会赢，对吗？”

殿外，有脚步声靠近，似是停滞了片刻，而后决然离去。

虞锦没有回答慕容紫的话，只是轻轻地抽回了自己的手，然后暗中告诫自己，对慕容紫的心软，只此一次。

慕容紫情绪振奋地喊着：“方姑姑，快些把药端进来……”

方姑姑始终站在寝宫门外的不远处，现在听见慕容紫的声音，马上端着药走进来，可明显是有些忌惮虞锦，在与虞锦的目光碰撞时，端着的药险些洒了出来。

虞锦顿步，转过身看见慕容紫接过碗，毫不犹豫地就要喝下，心下一动，突然伸手拂掉了药碗，站在一旁神情紧张的方姑姑，突然惊慌地跪倒在了地上。

慕容紫此时已经明白过来，下了榻，一脚踢在方姑姑的胸口上，呵斥道：“你扪心自问，本宫这些年待你如何，你竟然还想谋害本宫？你以为本宫死了，你还会有好的活路吗？整个澄瑞宫的人也少不了要为本宫陪葬，更何况是你？”

方姑姑泪流满面，一句话都说不出口，只是不停地用力磕头，不一会儿地上已经沾了方姑姑额头上的血迹。

慕容紫却仍旧未曾消气，或者更准确地说，还未曾从震惊中回过神儿来，这是她以为天塌下来都可以相信的身边人，她怎么能想到有朝一日，险些命丧在这人手里？

方姑姑看了虞锦一眼，胆战心惊地低声说道：“娘娘，奴婢也是当娘的人，方锐他……”

慕容紫似是疲惫至极，看也不肯看方姑姑一眼，厉声道：“滚下去吧，从今往后不要再让本宫看到你。”

方姑姑惶恐不安，她是豁出性命来保全自己儿子的，所以即便慕容紫下令赐死自己，自己也只能领命，谁知慕容紫竟会饶过自己，忙在痛悔中跌撞而出。

虞锦无暇顾及两人间的纠纷，想要悄然离去。

慕容紫在其身后冷静地问道：“是他指使的，对吗？他想这么明目张胆地取本宫的性命？”

虞锦回道：“皇上未必想要你的性命，不过就是想给你一个教训罢了，否则……”

虞锦没有说下去，慕容紫却已经明白，连自己最信任的身边人都已经为他所用，那么自己在后宫的处境，又是何等不堪？想要活着，就要有所取舍，她不是不懂，只是从前有所不甘。

虞锦走出澄瑞宫的时候，天色已晚，她略仰着头看了看傍晚的天空，微微叹息着，没有注意到远处竹林的异动，举步而去。

平生低声唤道：“皇上，要不要唤住虞姑娘？”

李润没有应声，转身朝另外一个方向而去，脚步坚定而有力，谁能看得出这位坚毅沉稳刚登基的帝王，会因为她的只字片语而内心破碎？

接下来的数日，即便群臣如何进谏应迅速立后以安民心，李润都没有应下，只不过他也没有执意提起要立虞家嫡长女为后。

宫内一下子静默起来，虞锦自觉宫人的眼神在自己身上驻留的时间越发长了。虞锦前去乾元殿找过李润，却没有看到他的人影，从平生闪烁其词的神情中，虞锦知道李润这是在刻意避开自己，当下心里一冷，生出几分决然来。

虞锦不肯留在东宫，平生只以为虞锦不愿意跟太子妃虞屏同住，小心地说道：“如今皇上登基，后宫妃嫔刚迁挪出宫，还来不及修缮收拾，平生这就命人赶紧将乾元殿近处的惊鸿殿收拾出来，烦请虞小姐再忍耐几日。”

“不必了，宫里我住不惯，再说，我也未必要住在宫里，我这就带着裳儿、断曲回锦然居……或者虞府。”

虞锦说罢，平生没敢再开口，见程裳进来，朝她使了个眼色，就退了出去。

李润得知后，将握在手里的奏折搁在了桌上，突然又挥手将满桌的奏折拂在了地上，怒喝道：“她倒是走得干净利落，她就那么迫不及待吗？”

平生仔细打量着李润的神情，小心地劝道：“皇上，虞姑娘不过就是随口说了那么几句话，您又何必耿耿于怀，跟自己过不去呢？”

李润横了平生一眼，平生乍然见到李润眼中的阴霾，将口中的话生生咽了下去，骇得马上俯身去收拾满地的奏折。

李润跌坐在龙椅上，只手抚额，耳边还回响起虞锦在慕容紫寝宫中说起的那句：“你难道不想活着看到他意气风发的那一天？”

锦儿，是你想要看到他意气风发的那一天吗？所以在慕容紫出声发问的时候，你不出声否认？

这句话似是毒咒一般，在李润的心中生根发芽，生出无数的怨怼，令他痛不可抑。

虽然慕容紫拒绝受封，可是容贵妃恭敬地接受了封赏，成为容太妃。李润封小皇子为诚王，封地临安。临安虽小，却极为富庶，最出乎天下人意料的是，李润竟然不顾群臣反对，准予容太妃同去，在临安颐养天年。

容太妃前去乾元殿谢恩时，正巧碰见虞锦，两人只是短暂的驻足，话没说上几句，却都极具深意。

“我从未料到我竟会这样轻易地得偿所愿。”

“出了这宫门，你便自由了。”虞锦望着远处的宫墙，低声叹息道。

“将来你也会在这宫墙内，光阴虽如箭，催不动白发寸许。”容太妃虽在感慨，眉眼中却有藏不住的欣喜与期冀。

“未必。”

“我会报答你的。”容太妃微怔，旋即压低了声音，擦肩而过时说道。

是夜，容太妃宫中失窃，殿内珍贵物品丢失十之一二。李润震怒，于是命平生携侍卫彻查，平生搜遍整个宫中都没有找到任何踪迹，于是便又带着侍卫回到了容太妃宫中。

容太妃抱着诚王坐在主位上，神色淡淡，突然开口质问道：“你是在怀疑本太妃故布疑阵？”

“卑职不敢，只是卑职彻查了整个宫中都没有找到贼人踪迹，恐贼人还在殿中，不得不多几分谨慎，还望太妃体谅。”平生说道。

容太妃冷笑一声，随口说道：“既如此，你便将本太妃的宫中一并好好搜查一下吧。真若搜出些有的没的，也算是你新任侍卫统领的功劳。”

平生不卑不亢，并没有被容太妃的话激得有半分退让，目光所及处，便看到了站在殿门前的一名太监，平生缓步朝那名太监走过去，那名太监一直俯首低腰，乍然见到平生时，眼神跃动，又忙俯下了身。

那名太监正要退步，却被平生握住了手腕，本在平生钳制之下的太监却猛然间抬起头来，丝毫无惧地与平生相视，平生从起初的疑惑不解到震惊，不过片刻间，又极快地松开了这名太监的手腕。

容太妃怀里的诚王，不知做了什么举动，惹得容太妃轻笑出声，平生回头望去，容太妃正打算抱着诚王进寝室。平生回过神儿来时，身边的太监已经悄然退去，平生眼神复杂地看着那人的背影，带着侍卫也离开了容太妃的宫殿。

平生回到乾元殿，还是决定向李润如实禀报，李润微微蹙了蹙眉头，并没有言及其他，此事最终找了个在宫中奸猾行事的太监顶罪了事。

锦然居。

程裳从外面推门进来，高兴地喊着："断曲从宫里回来了。"

虞锦正坐在花厅内喝茶，见早已换去太监衣衫的断曲匆匆跟着走进来，断曲在虞锦跟前站定，眼神明亮，嘴角露出淡淡的笑意，从衣袖处拿出一个通体莹绿的玉盒，搁在虞锦面前的桌几上。

虞锦凝神望着玉盒，过了好一会儿，才伸手拿起来，细细地打量着，断曲和程裳见状，互视一眼，默默地走出了房门。

虞锦拿出怀中的琅琊环佩，按在玉盒正上方的纹理内，正想要用力时，手指顿了顿，深吸一口气，还是决意打开玉盒。只见从里面弹出来一枚精致的玉片，虞锦仔细端详了片刻，见上面刻着一行小字，于是细细读了一遍，怔住了。

虞锦深吸一口气，旋即以不可置信的神情再度看了几遍，确信自己真的没有看错。不是前朝宝藏，不是武功秘籍，而是皇朝秘闻，惊天动地的孽缘真相。

虞锦将玉片捏在手中，起初想要用内力将其化成粉末，接着心思一动，小心地搁在了怀中，却仍旧诧异这玉盒中怎么会藏着这个惊天之谜。

自从虞锦拿到玉盒之后，未曾踏出房门半步，是夜，烛光摇曳，犹如心潮起伏。虞锦半卧在床榻上，并未合眼，看到有个颀长挺拔的人影推开门走了进来，走至虞锦床榻前坐下来，两人谁都没有开口说一句话，直到虞锦率先打破了沉默。

“你深夜从宫里出来，就是为了在这里坐一坐吗？”

李润坐直了身子，望着虞锦映在烛光中的恬淡面容，说道：“只有在这里，我才感觉到自由。我不会以帝王自居，谁也不必对我俯首称臣，这种感觉很放松，经常会让我忘记我是一个已登基数日的皇帝。”

虞锦伸手摸了摸李润的手，只觉得触手一片凉意，于是扯过一旁的披风，盖在了李润的肩头上，李润却动也未动，只是侧头看着虞锦，似是迷恋，更似是审视。

虞锦面容上浮起一丝苦涩，说道：“你已经刻意避开我这么多日，我相信你来这里，不是单纯为了小坐片刻放松一下那么简单，有什么话就直说吧。”

李润转过身，目光炯亮地望着虞锦，一字一板地说道：“明日，我要下旨赐死慕容紫。”

虞锦震惊不已，不由自主地伸手入怀握住了那枚薄薄的玉片，伸出另一只手握住了李润的衣袖，失声道：“你不能杀她。”

李润用力握住虞锦的手腕，质问道：“你倒是给朕一个理由，朕为什么不能杀她？是不是因为她是翼王的生母？”

虞锦用力挣脱着李润的钳制，半晌，才艰难地说道：“反正你不能杀她，否则你会后悔的。”

李润将虞锦的手腕一甩，冷笑道：“你这是在威胁朕吗？还是你觉得等到翼王意气风发的那一天，就会将朕踩在脚下，折磨朕，残杀朕，以报杀母之仇？哼，朕告诉你，朕不仅要赐死慕容紫，还要将石净修碎尸万段，再将他们的孽种挫骨扬灰。李家的耻辱、先帝的不亡之魂，终究会用他们的血来祭奠。而这一切，朕都要你眼睁睁地看着，不容错漏。”

李润说罢，倏地起身，虞锦也迅即下了榻，拦在他的身前，急切地劝阻道：“不，你不能杀了他们，哪怕是他们其中的任何一个，你都不能杀，否则你会悔恨终生。”

“朕真是不明白，你什么时候对翼王这样情深似海了，宁肯背弃朕也要维护他的生父生母，你将朕的情意置于何地？”

虞锦无奈，只得辩驳道：“我这么做，并不是为了翼王，而是为了你。”

李润伸出手缓缓落在虞锦的肩头，低喝道：“那么，不肯答应做大盛唐朝的皇后，罔顾朕在众大臣面前坚持抗衡的一片苦心，也是为了朕吗？”

“我……”虞锦一时语塞，轻咬下唇，没有说出话来。

李润一脸的失望，突然猛地出手推开了她，虞锦一个踉跄险些跌倒。

“那你告诉我，到底要怎样，你才能放弃杀了他们的念头。”

李润顿步，然后冷笑着离开，再也没有回过头来看虞锦一眼。虞锦只觉得无力支撑，跌坐在一旁的椅子上，手中紧握着玉片，空坐一夜，寂寥无声。

锦然居外，晨暮之色已起，湖上漂荡着一叶小舟，小舟上的人负手而立，落寞感伤，待岸上的平生低声催促再三之后，才跃身上岸。

平生紧忙迎上去，说道：“皇上，赶快回宫吧，迟了恐怕会误了早朝。”

李润回头望去，锦然居内烛光已熄，他眼眸微垂，厉光微闪，哑声说道：“平生，派人看紧锦然居，没有朕的旨意，锦然居的人不得踏出半步。”

平生微怔，还未等回话，见李润已经走远，只得快步跟了上去。

第三十八章
鹤群微月　滋苔纹花影

乾元殿。

李润望着站在大殿上的段无妄，平静的神色下，总有一股暗潮，迫使他不得不用疑问的口气质问："朕不解你为什么这么着急要回梁川？"

"你大业已成，除去青州叛军，暂无忧患，无妄离开梁川已经许久，恳请皇上恩允无妄回梁川。"段无妄神色认真，一板一眼地说道。

李润倒是没有料到段无妄竟会是这般态度，微怔了下，旋即轻笑了几声，挥了挥手，说道："也罢，朕准了。你就先回梁川去吧，待过一段时日，朕下旨，再召你回来就是。你与朕始终是……不说也罢，反正你能明白朕的心意就好。"

段无妄点了点头，没有答话，只是看了李润一眼，像是有所回避一般，形色匆忙地告罪离开。

没过片刻，一向沉稳的平生神色慌张地进了大殿，抬高声音喊道："皇上，平生该死，请皇上降罪。"

看着平生这般神色，李润的心渐渐沉了下去，说道："先别忙着请罪，说，究竟是何事？”

“虞姑娘不见了，平生找遍了整个锦然居，接着把太子府找了个底朝天，也都没看到虞姑娘，而且连同程裳和断曲，也一同不见了。”平生跪在地上，将发现虞锦不见后的找寻经过细细讲清楚。

李润拧着眉听着，半晌没有说话，突然怒喝一声，说道：“好个段无妄！”

李润伸手将桌上的奏折、茶盏等物全部挥扫在了地上，一时之间，大殿上噤若寒蝉，静寂无声。

夜半，城郊。

段无妄策马行在队伍的前头，段祥始终伴在左右，两人的神色都有些消沉，并没有如往常回梁川那样欢喜雀跃。

段祥甚至有些埋怨地说道：“为什么急着今夜就回去呢？我都来不及去给老王爷买他最喜欢吃的六芳斋的糕点，没东西哄着老王爷，老王爷还不知要怎么给我一顿棍子呢。”

段无妄淡淡地说道：“虽说你挨打是活该，不过本王已经让人去买了，明日就会赶上队伍，耽误不了行程。”

段祥悄无声息地递给段无妄一个白眼，可惜段无妄并没有看到，段祥正待说话，发现段无妄神色凝重，突然勒紧马头停了下来，于是也跟着戒备起来，顺着段无妄的目光朝前望去。

原来，远处有人骑马将段无妄一行人拦在路中央，那人手中握着一把已经出鞘的剑，神色威严，冷冷地看向这边，如同战神一般丝毫不惧。

段祥失声叫道：“皇……”

段无妄瞪了他一眼，随即挥手叫停队伍，独自朝那人策马而去，神情始终很平静，像是早已料到李润会来一样，只是在离李润近一些的时候，扯了扯嘴角，露出了一个极为勉强的笑容：“一个刚登基的帝王，被人发现深夜不在皇宫，追究起来，只怕平生会难辞其咎吧。”

李润面色阴沉，没有理会段无妄的话，说道：“这就是你急着回梁川的原因？”

“皇上在说什么，无妄不懂。”

李润冷笑道：“把人交出来，朕照样放你走。”

“什么人？”

“一个可以让你违抗皇命、肆意妄为的人。当知道她不见了的那刻起，朕首先想到的就是你，这也是你为什么急着要回梁川，甚至违抗圣旨连夜离开的原因，对吧？”李润说到怒处，剑指段无妄，低喝道，“朕不是先帝，容不得你这样胡闹，更何况是事关她了。”

段无妄苦笑了几声，说道：“她不在这里。”

李润怒极，伸剑刺向段无妄，谁知段无妄却不躲不闪。李润微怔，当即变招，收势不住之下，剑尖仍旧刺破了段无妄的衣服。

“段无妄，你这是在逼朕。”

“无妄没有逼皇上，皇上却逼走了她，她已经回乾坤门了。”

李润怔住，半晌才回过神儿来，说道：“乾坤门？”

“你如果放不下，大可以去找她。只是乾坤门在哪里，除去乾坤门的弟子，谁也不知道，连无妄也不知道。即便这一身所学都是出自乾坤门，可是无妄从来没有踏进过乾坤门半步，这也正是乾坤门的神秘之处。”

“她就这么离开了，连句话都没说过吗？她可真是狠心啊！终有一天，朕会找到乾坤门，将乾坤门夷为平地，至于她……”李润挥剑斩断不远处的树干，大喝一声，跃身上马，疾驰而去。

段无妄走回队伍中，站在他身旁士兵装扮的虞锦低声说道：“谢谢你为我做的这一切。”

段无妄看了虞锦一眼，不解地说道：“明明相爱至深，你们又何苦这样互相折磨？”

虞锦眸中晶润，似是眼中含泪，说道：“正是因为爱，所以才不得不这么做。”

“离开后，你有什么打算？不如考虑下跟本王回梁川吧，本王会竭尽全力在梁川给你一处庇护之地。”

虞锦轻笑，说道：“乾坤门的人，还需要什么庇护之地吗？”

段无妄失声说道：“可本王正是怕你进了乾坤门，就再也找不到你了。”

虞锦闻言低垂下头，没有接话，气氛当即有些微妙，段无妄突然笑了起来，说道：“其实本王是怕皇上逼着本王找你，本王可不想花上半辈子的功夫在深山老林里找乾坤门。本王身边倒是有知道乾坤门所在的人，可是想也知道他一定不会说。”

虞锦跟着笑了笑，说道：“断曲他们三个还在等我，我真的要走了。我相信我们最终会再见面的，或者等事情告一段落后，我会去梁川找你也未可知。”

“好，待那日，我们不醉不休。”段无妄又绽放出不羁的笑容，俊美无双。

涌金楼内。

虞锦看着断曲三人，神色郑重地说道：“相信你们已经清楚我的决定了，我要回乾坤门。但是你们现在各自都有了牵挂之人，我不会要你们跟我一同离去，可你们记着，在这里万事要小心。”

程裳看了看断曲，咬住唇低声道：“我要跟你一起回去。”

虞锦对于程裳的心事心知肚明，于是浅笑说道：“你不能，因为从今日起，除去我们几个，你还多了一个挂心的人。”

看着几人疑惑的目光，虞锦心情越发好了起来，拍了拍手，听着门外的脚步声，程裳等人不由得转过身看了过去，却见仪王庞芴衣走了进来，不由得讶然。

“裳儿，仪王就是你的哥哥。”

程裳愕然，看着庞芴衣含泪激动的目光，又看了看虞锦鼓励的眼神，仍旧有些回不过神儿来。

“这怎么可能？肯定是弄错了……”

程裳缓步走近庞芴衣身侧，扬起的小脸小心翼翼地求证着，期待这一刻已久的庞芴衣却实在按捺不住内心的激动，将程裳搂在了怀里，低声道：“裳儿，从此之后，哥哥会好好保护你，不会再让你有任何闪失。”

程裳扑在庞芴衣的怀中，失声痛哭，连声叫着“哥哥”，庞芴衣连声应着，用手轻拍着程裳的肩膀，看向虞锦时眼神里流露出感激之情。

程衣含泪看着这一幕，低声说道：“真好，裳儿找到家人了，我真替她高兴。如果有一天，我也找到了家人，我肯定跟裳儿一样哭成泪人儿，可那也是开心的，不是吗？”

虞锦情绪一时有些复杂，看了程衣一眼，说道：“衣儿，你真想知道你家人的下落吗？还是你猜到了，却不肯承认？当初，仪王的妹妹和宁王的女儿同时失踪，现在仪王的妹妹就是裳儿，那宁王的女儿会是谁呢？”

程衣后退半步，仓皇落泪，说道：“不可能的，我不可能是宁王的女儿……”

程衣的声音惊动了兀自喜泣的程裳，见众人特别是庞芴衣肯定的目光落在自己身上，程衣轻咬薄唇，摇了摇头，实在接受不了这样的真相，跑出房门，疾奔而去。

断曲想要追出去，却被虞锦拦住，说道：“不要去追了，就让她一个人静一静吧。想来想去，这终究是她一个人的事，谁也不能替她做主。”

宁王府。

宁王正在书房内执笔写信，突然感觉到烛光微闪，手中的笔微顿，墨汁未曾滴落在纸上，人影已迅速闪至屏风后，掐住了某人纤细的喉咙。

“说，谁派你来的？你潜进本王府中究竟为何？想要本王的性命，你还不够格！”

程衣被宁王摔落在地，映着烛光，程衣仰起头细细打量着近在咫尺的宁王，目光复杂。

“既然你要慷慨赴义忠心护主，本王成全你。”

宁王一记掌风劈下，程衣却未曾移动分毫，宁王眼中异光微闪，手掌微动，掌风劈在了地面上，青石地砖当即碎裂一片。

宁王不可置信地望着程衣，喃喃说道：“衣儿，是你吗？记得你小时候做错了事，父王气得要动手打你，你就是这样不躲不闪地看着父王，所以父王也从来没有舍得下手打过你。真的是你吗，衣儿？”

程衣骨子里的倔傲，是任何人都奈何不了的，只听她轻声说道：“我不是你的女儿，你的女儿不是已经在后宫等待册封吗？”

“我也曾怀疑过她不是我的女儿，只是……”宁王说到这里没有说下去。

“只是你却需要有个女儿进宫，得帝王恩宠，让宁王府荣华一世，无论那个人是不是你真正的女儿，你都不会在意，对吗？”虽是斩钉截铁的问语，可是程衣多么想得到否定的回答，只是她怎么可能会如愿？

宁王半晌没有说话，过了许久，才答道：“是，你说得没错，可本王是为了宁王府的安危，本王做错了吗？”

程衣眼中的热泪终究落下，她伏在地上痛哭出声，地上裂开的青石地砖未尝不是她心中的裂痕。

宁王伸手去扶程衣，说道：“衣儿，虽然你现在不能跟为父相认，可你是为父的女儿，为父怎么可能对你置之不理，你跟为父回南屏，为父收你为义女，但是为父保证将你捧在手心里疼。”

程衣起身，说道：“你如果真疼我，就将宫里的假郡主揭穿，等我们回到南屏，我会侍奉在父王左右，尽做女儿的孝心。”

宁王怔了片刻，面色上浮起半丝疑虑，程衣大笑起来，说道：“好，很好！如此一来，我也可以死心了。”

程衣定定地看了宁王一眼，转过身朝外走去，宁王垂眸，已是老泪纵横，突然缓缓伸出掌，掌风浑厚而狠厉，程衣察觉到异样，还未等转身应对，突然被门外一枚暗器打中，昏倒在地。

程衣醒来之际，茫然地看着站在窗前的慕容城。许久过后，程衣才淡淡地说了几句话，不由得令慕容城蹙起眉头。

“我知道他是想杀我灭口，你怕我难过，所以在我察觉到之前，就用暗器将我打晕了，对吗？可是，你真的没必要这么做，我知道他的劣行之后，只会敬而远之，从此不再抱任何希望，这样不是很好吗？”

“你越是这样说，就越是放不下，他毕竟是你的父亲。”

程衣掩面低声哭泣，慕容城转身走过来，握住程衣的手，神情诚挚地说道：“如果你愿意，我可以带你离开这里，将你安置在可以不问世事的地方。”

程衣本已动心，突然察觉到不对，问道：“什么意思？你将我安顿下，是不是要独自再回来？”

慕容城长叹一口气，说道：“你该明白，这里也有我放不下的东西，慕容家族、先帝的托付……”

程衣望着这张绝美的脸庞，似乎岁月从未在他的脸上留下任何痕迹，那纯净通透的目光满含悲悯，程衣松开他的手，坚定地说道：“你不走，我怎可独自离去？有你的地方，就有安宁。如果不能陪你披荆斩棘，我又怎配站在你的身侧？”

慕容城看着程衣，满含欣赏之情，执起她的手，两人并肩走了出去。

天色蒙蒙，还未亮透，虞锦策马出了城门，掉转马头，注视了片刻，旋即如同离弦之箭一般，疾驰而去。

路边的小茶馆，有个驼背的老人正在卖茶，虞锦下了马，将马系在一旁的大树上，自己找了处看着还算干净的桌椅坐了下来。

那驼背老人赶紧给虞锦上了茶，虞锦喝了几口，朝老人笑了笑，摸出一锭银子递给老人。老人挥着手赶紧推让不敢收下，虞锦这才意识到对方已经聋哑，于是也不再坚持，又拿出一块碎银，搁在了桌上。谁知就在此时，虞锦突然察觉到异样，身体酸软，头晕目眩，再回头看向驼背老人的时候，发现他已口吐鲜血毒发身亡倒在了地上。

虞锦确信茶水中绝对没有毒，除非驼背老人在推让银子时，趁虞锦毫无防备时下了毒。虞锦再往驼背老人的手指看去，看他指甲中果然有些青灰色的毒物，不由得苦笑。

就在虞锦失去意识之际，眼前出现了一个身着白裘清逸出尘的男子——翼王李泽，他伸手接住了虞锦绵软的身子，用手轻抚她耳边的发丝，露出怜惜的神情。

虞锦几次醒来，都发现自己在马车上颠簸着，浑身酸痛得厉害，侧头看向身旁的男子，那人始终闭目而坐，脸色苍白得厉害。虞锦张了张口，想要开口说话，却无论如何也发不出任何声音。

“别徒劳了，本王给你下的是最厉害的绵筋散，如果没有同样剂量的解药，你根本不可能恢复功力。”

虞锦斜睨了翼王一眼，识相地不再挣扎，因为她已经察觉到体内真气全消，看来李泽所言不假。

“好好歇着吧，明日我们就要到青州了。如果他得知你被本王带到了青州，还不知道会掀起怎样的血雨腥风呢？此刻的平静，对本王来说很重要，所以你不要用这种眼神看着本王。”李泽说完，轻咳了几声，又再度闭目假寐。

虞锦只不过清醒了小半刻，却隐约察觉到李泽的手指抚过自己的脸颊，又失去意识陷入了昏睡中。

等到虞锦再次醒来的时候，发现自己早已进了青州大营，不远处的桌案上，李泽正在处理军务，或许是听见了虞锦的动静，于是侧过头来，微微笑了笑。

“你醒了？比本王预计的早了一个时辰，想吃些什么？本王马上让人给你送过来。”

翼王面色温和，让处于盛怒中的虞锦有些不好发作。虞锦张了张口，察觉到可以说话，于是轻叹了一声，说道：“你将我带到这里来做什么？做人质吗？跟大盛唐朝的江山比起来，我又算得了什么？你真的觉得凭着我，就可以撼动他内心的一丝一毫吗？即便有，那也是曾经，不是现在。所以，不如放我走，毕竟我也救过你的性命，你就只当报恩吧。”

“恐怕不能如你所愿了，本王还要留你一些时日，待时局明朗，再作打算也不迟。”

虞锦挑了挑眉毛，不置可否，说道：“我饿了，你让人送些吃的过来吧。还有，我不想每天都待在你的营帐内，你如果不放心，可以派人跟着我，反正我现在没有武功，也逃不出这大营。”

翼王走过来，伸出手扶着虞锦站起来，走出营帐，说道：“你想去哪里，本王都可以陪你，这些事本王还不想假手于人，本王可没忘记当初你在服下化功散武功尽失后，在敌军之中是怎样浴血奋战的。”

虞锦走出帐外，长舒一口气，见不远处有个熟悉的人影走过来，微微怔了怔，随即失笑，说道：“要不是有绝对的把握，看到他，我都要以为段无妄也跟着你一同反了。”

白无想戴着面具走过来，虞锦看不清他的面容，只看到那阴戾的目光落在自己身上打了转，随即朝着翼王说道：“刚接到急报，十万敌军由老将武忠霖统领，沿着滦州、青河一路朝青州而来，最迟不过七八日便会到达，我军要赶紧想出应对之策才好。”

虞锦望了望天空，轻轻笑了笑，看着翼王，说道：“今儿个天气不错，很适合去放风筝，你不是说过我去哪里都可以陪我吗，那你就陪我去放风筝吧。”

未等翼王答话，白无想却有些气怒地开口质问，说道：“虞锦，大敌当前，你却要翼王陪你去放什么风筝，你到底是何用意？”

虞锦毫不示弱，回道：“你觉得我是何用意那我就是何用意，我记得誉王也曾陪我放过风筝，还是他亲手扎的风筝。要不，你也亲手扎个风筝给我，如何？”

“你……”白无想气急，刚开口说话，却被翼王挥手拦住。

“本王答应陪你放风筝，本王也可以亲手给你扎风筝。”翼王牵过虞锦的手，朝远处走去，随从们马上分头着手去准备扎风筝的竹条、纸张等。

虞锦有些不放心地回过头来，说道："多备些，你们王爷还不知道会不会做风筝呢，肯定会多费些东西。"

翼王轻笑，握着虞锦的手，加了一分力。虞锦朝白无想看了一眼，白无想那深邃的目光正落在自己身上，两人视线碰撞在一起，马上又各自转过头去。

出乎虞锦的意料，翼王扎风筝的技艺异常娴熟，片刻间就将风筝扎好，或许是看出虞锦的疑惑，翼王说道："在平度的那些年，一个人始终太孤独了，只要天好的时候，本王就会扎风筝，久而久之，倒比那些师傅的手艺要好了。"

虞锦站在原地，看着翼王将风筝的线拴好，迟疑了一小会儿才将风筝接了过来，在翼王的帮助下，虞锦脚步轻快地来回跑动着将风筝放上了天，仰着头笑得跟个孩子一样。翼王看着虞锦的笑容，或许是被感染了，也露出了难得的笑容。

远处，石净修与白无想站在一处，两人互视一眼，又各自转开头再度看向满含笑意的翼王和虞锦，心思各异。

"翼王坚持要带她回营，并且又将她放在身边，白教主，此事你怎么看？"

"他在笑，不是吗？这还是我第一次看到翼王发自肺腑的笑容，我想，仅凭这一点，翼王的其他打算都不重要了，石相，你说呢？"

白无想说完，笑了起来，不待石净修回答，便转身离开。石净修望着白无想的背影蹙眉，再度看向李泽的目光却越发柔和起来，片刻后，也悄然离开。

突然一阵疾风吹来，虞锦悄无声息地伸手将风筝线捻断，风筝随着疾风瞬间飞得极高，虞锦看着随风远去的风筝，轻声笑了笑，然后转过身，看向翼王。

"告诉我，你到底想要什么？"

"你就只当本王想要这江山就好了。"

"不，你想要的不是江山，而是想洗去你所受过的耻辱，你想要将整个河山都踩在脚下，你想要曾经蔑视过你的人伏在地上哀号，你只是在报复，只是在发泄心中的不满，你没有想过以一个真正帝王般的胸怀去放眼大局，你这么做会对百姓不利，对天下不利。放弃吧，只当是为了让百姓不再遭受生灵涂炭的折磨，好吗？”虞锦说到动情处，眼含热泪。

翼王看了高空中缩成一个小点的风筝一眼，平静地回视，说道：“本王容你用风筝去报信泄露你的行踪，已经够仁至义尽了，你却还要劝本王放弃？本王以为你应该清楚，在冰天雪地的地方待久了，本王早已成为寡情之人。”

虞锦长舒一口气，垂眸，然后迅即抬眼看向翼王，说道：“你不能怪我，你用毒将我控制，把我带到青州战场，这非我所愿。除非我心甘情愿，否则你断无可能留我在此地，哪怕是死，我也不能让你得逞。”

翼王却没有接虞锦的话，上前挽过虞锦的手，平和地说道：“风越来越大了，回去吧。就算是他得到了消息来救你，那也至少是半个月后的事了，所以现在，你安心在本王身边待着吧，他能不能将你救走，得看他的本事了。如果他惨死青州，本王不介意用药物控制你一辈子，将你留在本王身边。”

虞锦无奈地叹气，没有再开口争辩，因为她清楚再说下去也不过是白费口舌。翼王既然认定可以控制虞锦，就说明他已经想好用什么条件来掣肘威胁了。

一两日过去，虞锦都没有再走出营帐的心情，翼王果然如他所说，时刻不离虞锦身侧，入夜时只半卧在桌案前小憩，即便是在商议军情的时候，也没有避开过虞锦，虽然石净修气怒之下未曾参与商议，却仍旧派人送来书信附上自己的计策，翼王看过后，也只是掷在桌上，丝毫没有毁掉的意思。

这期间，虞锦又见过白无想两次，甚至还见到了姜陵和她的丈夫薛开。两人看见虞锦时，互视一眼，又仿若没有看到她一般，继续与翼王商议军情。

深夜，虞锦觉得浑身酸痛，嗓子像要烧灼了一样，想要起身喝口水，却在起身时跌倒在地，以致惊动了半卧在桌案前的翼王。

翼王紧忙上前，抱起虞锦，才察觉到她的身子竟是烧得滚烫，全身都已汗湿，低喝了一声：“该死！”

翼王吩咐随从找来军医，又亲自绞了帕子，想要给虞锦擦拭，虞锦别开头不理会他，他只得收回手，又命人传姜陵前来。

军医惊惶地赶过来，在翼王的应允下为虞锦把脉，却始终找不到病因所在，连声说道：“卑下该死，卑下无能！”

翼王有些懊恼地挥手让军医退下，忙让人请白无想前来，就在这时，姜陵已经捧着一沓干净的衣物进了营帐。

姜陵绞了帕子，手脚麻利地为虞锦擦拭着，虞锦轻声开口说了声“谢谢”，姜陵手中的帕子微顿，没有答话，继续为虞锦擦拭着。

出乎虞锦的意料，白无想来的时候，并未戴着面具，似乎是黑夜的笼罩让他放下了警惕，他双眉之间的朱砂痣越发邪魅。

白无想将手指搭在虞锦的腕上，虞锦侧头看向白无想那张熟悉的脸庞，心里一热，突然强撑着起身扑在他的肩膀上，低低唤道：“无妄，救我，我好痛。”

白无想身子一僵，看了翼王一眼，翼王神色平静，似是没有看到这一幕一般。白无想缓慢地伸出手轻轻拍了拍虞锦的后背，见虞锦的情绪趋于平静，才轻轻地抱着她滚烫的身子让她平卧下来。

白无想示意翼王出去谈，姜陵则留下来为虞锦换上干净的衣服。

虞锦在姜陵的帮助下艰难地换上衣服，姜陵扯过一旁的锦被帮虞锦盖上就要起身离开，虞锦却突然抓住了姜陵的手，目光充满疑惑。

姜陵收回手，冷冷地说道：“想要活得长久些，就什么都不要说，什么都不要问。”

虞锦无奈失笑，强忍着剧痛，安静地躺在榻上不再说话。

走出帐外的那一刻，白无想的脸上又重新戴上了面具，翼王早已见怪不怪，淡淡地扫了他一眼，说道：“本王还是喜欢你戴上面具的样子。”

“但是我相信，你在任何情况下都不会像别人一样把我认错，对吗？”

“说吧，她的身子到底怎么了？为什么突然病得那么厉害？本王说过，不会离开她半步，这已经为你破例了。”

白无想冷笑一声，说道：“她的身子怎么样，你真的关心过吗？从阳城到青州的这一路，再加上在青州的这几日，你一直用药物控制她。我当初给你绵筋散，可没有想过让你这样用，现在她的身子亏空虚弱，如果再不停下药物，不出三五日，必死无疑。现在你还决定继续给她用下去吗？”

翼王微怔，沉吟了片刻，说道：“本王自有定夺。”

翼王转身欲进营帐，姜陵正巧出来，与翼王点头示意，翼王道过谢便进了营帐。

姜陵看了白无想一眼，朝远处走去，白无想轻舒一口气，旋即跟了上去。

翼王坐在虞锦的床榻前，手里握着一个小玉瓶，虞锦平静地看着他，也不多言，翼王无奈地笑了笑，说道：“你是不是笃定本王不会再给你用下去？可是本王真的很困惑，要是不用药物，那么等你功力恢复，本王要怎么留住你呢？”

虞锦想要开口说话，却感觉浑身一阵剧痛，只得咬紧牙关强忍过去，翼王不再犹疑，赶紧给虞锦服下小玉瓶内的药物，虞锦被呛得咳了几声，因为药物发苦，所以蹙起眉头。

翼王捏着小玉瓶站起身来，说道：“这是白教主留下的解毒药，可以缓解你的痛苦，最迟几天你的功力就会恢复。”

虞锦的语气中不无嘲讽，说道：“那你不怕我离开了？”

“本王希望能够留住你，不过，本王更希望你活着。”翼王微怔，缓缓说罢，又回到了桌案前处理军务。

虞锦卧在榻上，果然感觉到体内的痛苦一点点减轻，困倦之意渐起，遂闭目睡了过去，睡梦中也不忘凝聚真气，直到天亮时才觉得自己体内的绵软酸痛之感消失。

武忠霖率领的十万大军终于来到青州百里之外驻扎，据翼王的探子回报，军中还有一位神秘的监军，一直不见露面。翼王闻言只是冷冷一笑，而虞锦却心里一动。

“他终于来了。”

“我就是个诱饵吗？你打算怎么擒他？”

“集本王几十万大军之力生擒他，喝令大盛唐朝百万大军听令于本王，逼他禅让皇位，因他在冰天雪地的平度度过余生。”翼王的声音清冷，没有一丝温度，虞锦却能听得出他的话有多认真。

“他不会傻到闯到你这阵营来，你不可能有此机会。”

翼王笑了起来，说道：“你是当真不相信他对你的情意，还是因为惧怕所以才会这样自欺欺人？”

“你有没有想过，如果兵败，会是如何？”

“死。”翼王回答得极为干脆。

虞锦轻咬薄唇，没有再说话，不自觉地便将目光投向帐外遥远的天际。

武忠霖率领十万大军终于攻了过来，战事胶着，一时之间青州血流成河，很显然武忠霖想要在此与翼王所率领的大军决一死战。

白无想怒气冲冲地走进营帐，低喝道：“为什么不准我用毒物？我可以将天下所有的蛇群都召集过来，将敌军全部咬死。据探子回报，敌军虽然只率领十万大军前来，可是援军源源不断地涌了过来，我们只有几十万大军，如果粮草再不济，撑不了多久的。”

“那本王也不准你用那些毒物。因为本王想让所有的士兵都可以被敌军的刺刀刺进胸膛，堂堂正正地死在战场上，而不是被面目可憎的毒蛇缠死。”翼王神色坚定地说道。

白无想冷笑道：“那我可以告诉你，如果你战败，首先打倒你的并不是大盛唐朝的士兵，而是你那可悲可怜的自卑心。”

白无想说罢，眼角的余光扫过一旁安坐的虞锦，随即拂袖而去。

翼王沉默良久，突然自嘲地笑了一声，说道：“其实，白无想并没有说错，正是因为本王惧怕天下人的指责，所以才不敢轻易踏错一步。或许你会说，本王反了，就已经是走得最错的一步了。不过，即便是落得千刀万剐的下场，本王也并不后悔。”

虞锦心里一动，突然开口说道：“你有没有想过，如果这天下本该就是属于你的呢？”

翼王微怔，旋即问道：“你这话是什么意思？”

虞锦转过身，避开翼王的目光，尽量控制住自己的情绪，说道：“没什么意思，就是随口一说罢了。”

气氛有些微妙，翼王心细如发，怎么可能会对虞锦的异状视而不见？于是追问道：“你在紧张，对吗？”

虞锦转过身来，面对翼王，郑重地说道：“你想多了，我不过就是一时感慨罢了。如果当初你没有被送往平度，被册封太子的人注定会是你，而如今的帝王说不定还在冷宫内。只是人生一切都是变数，谁也不能料定每个结局。”

翼王定定地看着虞锦，突然说道：“本王要你襄助本王攻破武忠霖的围困之势。”

“你凭什么认为我会帮你？”

“如果你不肯出手相助，那么本王相信本王死后，有人会为本王之死悲痛欲绝的，这也是你不愿意看到的，对吗？”

虞锦面色一变，问道：“你这是要拿虞屏威胁我？”

“只要你愿意放弃姐妹之情，那本王也威胁不到你，要怎么做，本王等你自己来定夺。”

虞锦说道：“我绝不答应。”

正在这时，从帐外走进来一个蒙着面纱的女子，她走近虞锦，缓缓掀开自己的面纱，低声唤道：“姐姐。”

虞锦乍然看见虞屏，吃了一惊，随即质问道：“屏儿，你知道你究竟在做什么吗？你现在虽未册封，可是如果被人发现你不在宫里而跑到敌军军营，后果将不堪设想。”

“皇上不在宫中，我假传自己染恙，有宫女会扮作我的模样待在寝宫内，没人会发现端倪的。再说，已是这般局势，我独守宫中怎会放心？我宁愿在血雨腥风中拼搏，也不愿意在荣华富贵中安坐。”

虞屏说罢，看了翼王一眼，只是翼王并不为其所动，仍旧淡淡地看着虞锦，在等待她的定夺。虞屏眼中晶亮的火花逐渐灭下，虞锦看在眼里，不由得轻叹。

“好，我答应你，但是你也该明白，武忠霖并不可惧，他背后的力量才是不容小觑的。所以我不能保证杀敌数万退敌百里，我只帮你这一次，让你可以有喘息之机，仅此而已。”虞锦说道。

“本王依你就是。”

虞屏看着相视而立的两人，不自觉地握紧了手，指甲陷进了掌心中，渗出了淡淡的血丝。

三日后，大盛唐朝的军营中，一名年近花甲的将领正在一座营帐外焦急徘徊，没过片刻，平生从帐内走出来，说道：“武将军，主子今夜不便见您，烦请您先回去。”

武忠霖急切地说道：“敌军故布疑阵，险象环生，我军不敢贸然进攻，现在急切需要皇上定夺是否强攻。”

平生摊了摊手，掀开营帐的门帘，神情复杂地看着武忠霖，武忠霖疑惑不安地缓步走进去，倏地转身四处环顾，遍寻不见李润的身影，大为惊骇。

“皇上呢？目前战况紧急，万一皇上出个差池，末将怎能承担得起？岂不是要末将做一个千古罪人？”

“皇上离开大营，此事除将军外别无他人知晓，如果将军无意间泄露了消息，那才真正成了大盛唐朝的千古罪人。”平生看着武忠霖，认真地说道。

“事到如今，末将该如何是好？”武忠霖急得直跺脚。

"从容镇静，不要让人看出任何端倪，就是武将军你应该做的。"

"到底是什么事情，皇上非要此刻独自动身前往呢？末将真是想不明白，难道在烽火战场上，还有比性命更要紧的事情吗？"

"别说你没有想明白，我也不明白，可我知道，在皇上眼中，那就是比性命更重要的事情，让他去做吧，否则让一个帝王在余生中终日后悔，该是多么悲哀的事情？"平生说完，就掀开帐帘走了进去。

武忠霖站在营帐前面唉声叹气，也只得咬牙离开。

第三十九章
高秋坠露　隔野烟飞桥

是夜，武忠霖率领大盛唐朝的将士浴血反击，平生在帐中走来走去，焦虑不安。

而此时，战鼓声声，旌旗在夜风中招展。翼王李泽正在伏案书写，虞锦坐在椅子上，闭目不言，凝神静听，互握的手突然轻颤，似是在极力掩盖内心的情绪。

李泽突然搁下手里的笔，出声说道："既然来了，又为何不进来？"

虞锦倏地睁开眼睛，看到帐帘打开的一瞬间，有个人影晃了进来，颀长的身材，俊逸丰姿，不怒而威，细长的丹凤眼微眯，目光落在了她的身上，于是压抑住内心的悸动缓缓起身。

"你料定他会来，对吗？"李泽突然问虞锦。

虞锦看了李润一眼，无奈地苦笑，摇了摇头，终是说道："我不知道。"

"你很清楚，今夜之战不过就是掩人耳目的手段，否则谁又能想到大盛唐朝的皇帝会孤身闯进敌营？"李泽说道。

李润挑了挑眉，说道："你将她擒来，要的不就是今天这种局面吗？不过，朕今日来就是要带她走的。"

“你既然知道我擒她来的目的，就该知道今天你不可能轻易踏出这青州大营半步。”

李泽突然拍了拍掌，帐外传来杂乱的脚步声，一队人马齐齐将营帐围了起来，先后有几个人也进了大营。

薛开挑开帐帘，石相带着满脸志在必得的笑意走了进来，姜陵紧随其后，看了一眼虞锦的方向，与薛开相视一眼，站在了石相的身后。

“石相，别来无恙？”

石相眼中厉光闪现，看着李润，阴森森地说道：“这青州湿气重，恕老臣不能跪拜新帝。”

李润负手而立，轻声笑了笑，说道：“无妨，朕来此也不是为了看你跪拜的。”

“皇上这句话说得对，离了朝堂，谁叩拜谁都不一定了。”

虞锦看到李润和石相之间的暗潮涌流，垂眸喟叹，紧紧握了握拳，指甲深陷在掌心中。

李润喝道：“薛开，这青州本该是你驻守之地，可是你与叛军狼狈为奸，祸乱江山，该当何罪？”

站在石相背后的薛开在石相审视的目光下，上前一步，跪倒在地，朝李润磕了一个响头，说道：“皇上，罪臣该死，罪臣死不足惜，可是青州百姓的性命比罪臣的性命更要紧，罪臣宁愿死，也不愿意青州百姓死于水深火热之中。”

“朕给你一个改过自新的机会，只要调令青州守军歼灭叛军，朕饶你不死。”

“皇上，恕罪臣难以办到，青州守军已经与翼王率领的军队混编，罪臣已经不能调令了。”

“混账。”

李润怒不可遏地伸脚在薛开的胸口上重重踢了一脚，谁知姜陵想也没想地扑到了薛开的身前，生生地受了这一脚。

薛开抱着姜陵跌坐在地上，姜陵擦了擦嘴角的血丝，冷笑道：“这一脚，我来替他受下，从此之后，他与你再无君臣之义。”

薛开扶着姜陵站起来，又重新走回石相身侧。石相笑得更加肆无忌惮，从怀里掏出令牌，说道：“薛开，拿着它，调令大军，将青州大营死死围住，连只鸟都不要放走。”

“是！”

薛开松开与姜陵紧握的手，略怔了怔，面色平静地接过石相手中的令牌，与姜陵相视一眼，快步离开了营帐。

“皇上，瞧，这一趟青州大营之行，您真不该来的。俗话说得好，擒贼先擒王，皇上，您不会怪老臣心狠手辣吧？”

李润冷笑道：“朕既然踏进了这青州大营，自然也没有想过能够轻易走出去。不过，为了她，朕还是想赌一把。”

李润将手伸向虞锦，虞锦勉强笑了笑，缓步走向李润。就在这时，突然从帐外蹿进来一个人，如同鬼魅一般，贴近了虞锦身侧，一把控制住了她的脉门，将她带离了李润的身边。

李润的脸色骤变，拧眉看向擒住虞锦的人，那人正是久未露面的白无想，他额间的朱砂痣在冷冰冰的面具的映衬下，显得格外诡异妖媚。

“这里这么热闹，怎么少得了本教主？”

石相笑得更加肆无忌惮，说道：“做得好，白教主，控制住虞姑娘，就等于控制住了整个江山。皇上，您说老臣说得对吗？”

李润横眉以对，低喝道：“白无想，朕许你荆州难道还不够吗？你一个小小的白水教教主，难道也妄想天下不成？”

白无想冷笑道：“谁得天下，本教主不在乎，本教主也不稀罕什么大盛唐朝的江山。”

虞锦听到此处，突然明白过来，问道：“你的意思是，翼王已经和你达成协议，你助他得到大盛唐朝的江山，而他登基之后就会助你得到乌雅？”

白无想靠得近了些，挑起虞锦的一绺头发，嗅了嗅，邪魅地说道：“真聪慧，本教主突然舍不得用蛇来咬你了。”

虞锦偏开头，斜睨了白无想一眼，不理会他。

李泽朝虞锦走过来，对白无想说道：“把她交给本王。”

未等李润出言阻止，白无想做出反应，首先提出异议的人却是石相。他厉声劝阻道：“把她交给你，你待如何？看看眼前这个人，你难道还看不到重情色轻江山的下场吗？皇上，恕老臣不能陪您慢慢玩了，事不宜迟，老臣要快刀斩乱麻。”

虞锦焦急不安，或许是白无想感觉到虞锦的真气乱窜，于是又加大了手上的力度，虞锦只得散去真气，有些低落地说道：“他说得对，你不该来的，何苦来涉险？你心中要先有江山，有臣民，最后才应该是我。”

李润深情地看了虞锦一眼，说道：“你说的这些，朕何尝不明白？如果史书上记载，朕为了一名女子在敌营被诛杀，只会让朕蒙羞，让整个李氏皇族难堪，可是朕明知这一切，还是情不自禁要过来见你。”

“你就是一个傻子。”

“你孤身一人杀进玄机门救朕的时候，就不傻了吗？”

虞锦苦笑，与李润长久对视，情意不言而喻。

白无想“啧啧”几声，说道：“这难道不是生死一发间吗？怎么还有这样的闲情逸致诉说情意呢？石相，你等得及，本教主可等不及了。”

“白教主好没耐性，也罢，夜长梦多，还是早做决断为好。”石相哈哈一笑，扬声说道，“薛开听令，率五千死士，诛杀李润，不死不休。”

虞锦见石净修果然动了杀机，心急如焚，想要用真气逆行，脱离白无想的钳制，突然察觉到白无想按在自己脉门上的手轻轻地晃了晃，虞锦怔了怔，仔细看了白无想一眼，眼中异光闪动，有些莫名的惊喜，再回头看向李润的时候，李润不着痕迹地朝她点了点头，虞锦这才轻舒一口气，心却跳得更厉害。

帐外传来薛开的声音，只听他大声说道：“本将手持令牌，三军听令，左先锋焦顺率五千死士围住营帐，没有本将的命令，凡擅出营帐者，一律格杀勿论。”

营帐内，李泽的面容首先变了颜色，而石净修则狠厉地看向姜陵。姜陵一脸无辜地摇了摇头，说道：“义父，或许薛开只是要保护我们的安全，所以才做出这样的举动。”

李泽抢着说道：“不可能。焦顺原本是薛开的副将，本王一直未曾将其重用，还是前几天在薛开的力荐下，才让其担任了左先锋。看来薛开谋划此事已久，姜陵，他到底是你的夫君，你都了解些什么？”

姜陵一脸的恐慌与不安，想要为自己辩解，走近翼王几步，说道：“王爷，您也知道姜陵嫁给薛开的目的是什么，姜陵怎敢忘记自己的职责所在，可是姜陵实在不知道薛开……”

姜陵话音未落，便跪倒在翼王的脚下，说时迟那时快，姜陵手中的银针便落在了翼王的脚背上。翼王避无可避，不可置信地看着姜陵，忍受着极大的痛苦，跌坐在了椅子上。

“贱人，你该死。”

而石净修此时也明白过来姜陵已经背叛了自己，怒喝着一掌就要拍死她，谁知白无想的手却更快，点住石净修的穴道，一脚踢过来一把椅子，轻轻一推，石净修便也安安稳稳地坐在了翼王的身侧。

“白无想，你忘记我们的盟约了吗？”石净修厉声质问道。

李泽此时苦笑了一声，说道：“想必……你根本就不是白无想。”

李润走过去，挽住了虞锦的手，轻轻地拍了拍，示意她安心，转过身来对李泽说道：“你说得没错，他不是白无想。”

段无妄将面具揭下来，又用手拭去额间的朱砂痣，摊了摊手，笑道：“这玩意儿可真要把人给憋死了，也不知道他怎么忍受下去的。”

石净修倒吸一口气，马上追问道：“那白无想呢，他现在在哪里？”

“本王也不清楚，或许正在战场上玩他那些毒物呢。”段无妄说得轻描淡写，却让李泽和石净修胆战心惊。

而此时，薛开走进来，将仍旧跪在地上的姜陵扶起来，见她无恙才轻舒了一口气。

薛开走到李润身前跪下，高声道：“皇上，末将薛开已经手持令牌将叛军收服，但末将为青州百姓不得不栖身于敌军以求苟活，实在罪大恶极，末将前来领罪，请皇上责罚。”

李润松开虞锦的手，虚扶薛开，说道：“你投敌，是朕准了的，况且薛家驻守青州这么多年，居功至伟，何罪之有？朕有你这样的臣子，深以为傲。”

石净修此时才明白过来薛开在其中扮演的角色，颤声说道：“好一出君臣之义。姜陵，你是为父从小就收养在身侧的义女，为父自认待你不薄，你为什么会帮着他们与为父作对？”

姜陵一脸痛苦地说道：“待我不薄？包括杀死我的父母吗？”

石净修微怔，旋即有些挫败地叹了口气，说道：“原来，你已经知道了，但那只是一场误杀，所以为父才将你带回来认作了义女。”

姜陵紧紧握住双拳，满脸的恨意，说道：“事到如今，说这些还有何用？这些年，我为你做的恶事还少吗？足以报答你的养育之恩了。”

段无妄懒洋洋地说道：“姜陵，跟他就不要废话了，本王答应过你，只要石净修伏法，本王放你自由。从此天高海阔，随你择处而居吧。”

姜陵看了薛开一眼，薛开定定地看着姜陵，没有移开目光，姜陵微微笑了笑，走到薛开身侧，说道：“谢誉王。在青州待久了，我已经喜欢上这片土地了，不想离开了。”

“出师未捷身先死，本王就这样败了吗？”李泽轻声咳了咳，嘴角溢出些血丝。

李润说道：“否则，你原本以为你的胜算有多大？这区区几十万军队，就能将朕的江山拿下吗？你简直是异想天开。”

李润的手一挥，薛开马上命令数十位士兵进来，用浸了水的牛筋将翼王和石净修绑缚起来。

“给朕押回阳城送入死牢，重兵看守。”

“皇上，要不要末将亲自将此二人押回阳城？”薛开问道。

李润摇了摇头，说道：“不必了，朕还有重任交给你。誉王要率重兵前去攻打乌雅，你在后方负责粮食补给。”

“是，末将得令。”

李泽出言问道：“你们现在就要去攻打乌雅？你可知道乌雅现在有多少兵力，将领擅长哪方面的作战？贸然进攻，遭到强硬反击，只会痛失国土。”

李润不无讽刺地说道：“一个通敌叛国的人，还会关心国土？真是可笑。朕这些年对于乌雅的了解，不比你少。”

李泽没有接李润的话，反而朝虞锦问道：“你是不是早就知道会是今天这种局面？”

虞锦看了李润一眼，诚恳地对李泽说道：“老实说，我不知道，不过，即便他没有谋划全局，我也会不惜一切代价，誓死与他相守。现在这种境况，比我预想的要好得多，没有伤亡，却尘埃落定。”

“尘埃落定，你真觉得是这样吗？”李泽突然追问道。

虞锦怔了怔，看了坐在椅子上怒不可遏的石净修一眼，又飞快地扫了李润一眼，神情迅速黯淡下来。

段无妄走近虞锦，将贴身带着的一瓶药递给虞锦，说道：“这是临行前，师父交给本王的，说会对你有益处，喝了它吧。”

虞锦明知段无妄不过是体贴自己喝过太多的绵筋散，所以才将他珍藏的丹丸让给她服下，当下也不好拂去他的美意，便接过来，一口服下。

段无妄笑了笑，说道：“再见到你，可真好。”

虞锦横了他一眼，说道：“难不成你以为我会死在这青州？”

“瞧你说的，你如果有个闪失，本王就将这青州夷为平地。”

虞锦知道段无妄虽然邪魅狂妄、风流不羁，可是对自己一向诚恳相待，自然满心的感动，说道：“此去乌雅，苦难重重，要不，我陪着你一起征战？”

段无妄朝李润努了努嘴，说道：“本王倒是想呢，就怕有些人小心眼儿，把本王大军的粮草给断掉了。”

虞锦失笑，因为段无妄的话，心情又开阔了些。而另一端，翼王李泽和石净修的面容更加晦暗了。

“走吧，跟朕离开这里。”

李润朝虞锦伸出手，虞锦将手递进李润的手心中，两人并肩朝外走去。

段无妄在后面急切地喊着：“喂，你们要去哪儿？”

李润不理会段无妄的话，虞锦想转过身开口回答，却被李润疾步带了出去。远远地看过去，青州大营已经在薛开的指挥下，重新将将士混编，一部分人马留在青州驻守，一部分人马跟着段无妄前去攻打乌雅，其余人马则跟随武忠霖所率领的部队，在回阳城的沿途州府加强驻守。

远远的，虞锦看到一抹青色的影子闪过，那纤瘦的身材，弱不禁风，丝毫看不出其会有为情爱而远离深宫奔赴战场的勇气。虞锦在心中微微叹息，她宁愿虞屏远远避开，也不愿意她再掺杂进这混乱的战局当中，最起码，这样还能够不至于丢了性命。

出了大营，虞锦便看见平生驾着一辆看起来不甚起眼儿的马车驶过来。平生兴高采烈地行礼问安之后，掀开车帘，李润率先抬步跃进车内，再回身牵虞锦的手，虞锦微微笑了笑，跟着李润一同在马车内坐下。

这辆马车，虽然外表丝毫不起眼儿，内里却是极为奢华，锦被、美酒俱有，看起来也颇费了一番心思。

虞锦倚在李润的肩膀上，说道：“你不回大营了吗？就这样回阳城？没有大军跟着，不觉得太冒险了吗？”

“自从与你相识，朕做的哪一件事不冒险？”李润将下巴抵在虞锦的额头上，说道，“不过，朕愿意冒这样的险，只要能跟你在一起。”

虞锦转过身，搂住李润的腰身，将脸贴在他的胸膛处，喃喃地说道：“如果时光永远停留在这一刻，我愿意付出任何代价。”

“锦儿，从前的事，朕都可以不计较。现在天下已平，时局明朗，你愿意留在朕的身边了吗？”李润刻意压低声音，似是在掩盖内心的紧张，小心地问着。

“你是不是已经想好了要怎样处置翼王和石相了？”

李润面色一沉，说道：“这个自然，通敌叛国，理应处斩，朕想要永绝后患，难道还会留着他们的性命吗？”

虞锦突然从他的怀中抬起头，说道：“不，你不能杀他们。”

李润的脸色已是难看至极，强忍着怒气问道：“你究竟是怎么了？为什么总是站在他们的立场求情？”

“只要你答应留他们的性命，我什么都可以答应你。”

李润不可置信地笑了起来，不过瞬间便转为阴戾之色，质问道：“难道真的是因为你对翼王用情至深，所以宁肯违背心意留在朕的身边？”

“我求你留他们的性命，其实与他们无关，我在乎的人是你，我这么做也只是为了你。至于什么原因，我不能说，可是希望你能相信我。”

李润双手捧起虞锦的脸，仔细地审视着，突然眼光一冷，用力将虞锦推开，低喝道：“朕真是想不明白，你的话到底哪一句是真，哪一句是假？”

虞锦闭目，挫败地倚在车内。

一路上，两人都是缄默不语，平生本来雀跃的神情也在冰一般的气氛下冻僵，疑惑地看着两人，却不敢开口询问。

几日之后，回到阳城，李润不准虞锦回府，径直带着她回到了皇宫，将她安置在了早已修葺一新的惊鸿殿内。

虞锦想要出宫去找程裳等人，谁知惊鸿殿内外已被下过死令：如若虞锦无故离开，惊鸿殿上下通通处斩。虞锦明知李润是用这种手段来绑缚自己的手脚，却也无计可施，只得在焦虑中度日。

又过了十几日，虞锦从平生口中得知，段无妄和白无想在乌雅遇到劲敌，殊死搏斗之后才侥幸存活了性命，也跟着忧心忡忡。

平生看着虞锦的脸色，小心地提起虞屏，说其在李润御驾亲征之后，便不见了踪影，李润回宫之后也曾问询过，宁王李通只说虞屏因为身体染恙，于是回到了南屏静养，不敢再提要求赐封皇后之事，其余也不再多话。只有虞锦知晓，虞屏其实根本没有回到南屏，至于她去了哪里，谁也不知。

在此期间，庞芴衣也回到了南屏，只是不知为何，庞芴衣并未将程裳的身份公之于众，而是在众人的猜疑声中，将程裳带回了仪王府，小心体贴着，想要弥补这么多年的亏欠。

自从虞锦进惊鸿殿之后，李润从没有踏进来过，只是听说他每日都宿在乾元殿，不分昼夜地批奏折，励精图治，颇有明君风范。

一日，惊鸿殿的宫女和太监沸沸扬扬地议论着，李润已经在前朝下旨，赐封虞锦为后，命平生来宣旨。

虞锦站在殿门前，看着这一幕，突然生出无尽的悲怆来，自己这一生，原来不过就是繁花似锦过后的灰烬，徒留在后宫虚度光阴。情爱生疑，亲情嫌隙，这一切都是为了什么？

平生举着圣旨进来的时候，虞锦这才回过神儿来，勉强地笑了笑，说道："不必宣读了，我已经知道了。"

平生依虞锦之言，果然没有宣读，不过却颇为艰难地跟了一句话："今日，玄机门前，皇上邀您观刑，以庆三日后的封后大典。"

虞锦微怔，旋即惊问道："难道皇上要在玄机门前斩杀翼王和石相？慕容紫呢？她在哪里？"

"她已经被皇上软禁，不可能踏出皇宫半步，她救不了翼王和石相。虞姑娘，平生劝您也不要再蹚这浑水了，您跟皇上的感情再也经不起折腾了，何苦呢？"

"平生，连你也在质疑我吗？我已经说过了，我不是为了别人，我只是为了他一个人而已，为什么你们都不相信我呢？"虞锦苦笑。

"平生信您，可是您总要告诉皇上您这么做的缘由。"

虞锦痛苦地摇了摇头，说道："我不能说。"

玄机门外，李泽和石相被五花大绑地捆在柱子上，而李润站在宫门之上，镇静地看着这一幕，直到身后传来脚步声。

虞锦颤声问道：“你真的决意要杀了他们两个？”

李润没有回头，说道：“事到如今，你还要来阻止朕吗？三日后，便是你的封后大典，朕不介意让你自己来选。是选择封后大典跟朕一辈子厮守在一起，还是为救他们两个与朕恩断义绝？”

虞锦痛苦地看着李润，用手紧紧抓着城墙，口唇翕动，没有说出一句话来。

而此时，城墙下的刑场也开始有了异动，一名披头散发的妇人突然趁守卫不备闯进了刑场，靠近石相，她面容上的疤痕触目惊心，想要冷笑却显得更加神情狰狞，让人毛骨悚然。

“想不到……我临死之际，来送我一程的人，竟然会是你，丽华。”石相苦笑道。

段丽华冷哼了一声，说道：“你说得对，我就是来送你一程的。你做尽惨绝人寰的坏事，早就该死了，可是我那可怜的志儿，却因为你无辜惨死。石净修，你知不知道，这天下我最恨的人就是你，你既然要死了，我也不妨来告诉你一个实情。你知不知道虞志究竟是谁的骨肉？”

石相猛然间抬头，错愕地看着段丽华，喃喃地问道：“难道你想说，虞志是我的骨肉？这不可能，这不可能！”

段丽华冷笑道：“你不信，只是因为你怕让自己悔恨交加，在地狱中也饱受煎熬。”

石相颤巍巍地想要起身，却因为被绳索捆绑太紧而不能动弹。石相侧过头看向李泽，良久才哑声问道：“你早就知道了，对吗？所以你才不惜亲自出手杀死了虞志？”

李泽冷笑，说道：“即便我不杀他，你也会杀他。他死在我的手上，你心中的愧疚是不是会少一点？”

石相实在无法承受这沉重的打击，眼神中的神采消失殆尽，他失魂落魄地望着天际，喃喃自语：“老天爷，这就是报应吗？”

段丽华冷冷地看着石净修，说道："原本，我该亲手杀了你，不过我现在总算知道，告诉你真相，会比让你死了更难受。"

守卫想要上前拖着段丽华离开，谁知却被迅疾赶赴而来的人一脚踢翻，原来竟是断曲。他一手持剑，一手抱着段丽华，在离开之际，抬头看向城墙处的虞锦，虞锦含泪微微点了点头，断曲再无犹疑，带着段丽华一同离开。

李润望了望天，见已到午时，正要挥手下令处斩李泽和石相二人，谁知却被奔跑过来的平生打断。平生诧异地望着李润身后，李润蹙眉，也回身看了过去，一瞬间，浑身血液涌入脑中，气得浑身发抖。

虞锦手持匕首，对准自己的咽喉，泪水无声滑落，口唇翕动，一言不发。

李润厉声道："你知道你在做什么吗？你用自己的命逼朕收手？虞锦，那个只身闯进玄机门来救朕的金玉公子，难道是被你杀死了吗？"

"饶过他们的性命，否则你只有从我的尸体上踏过去才能下令行刑。"

李润的声音低沉而狠厉，怒视着虞锦，一字一板地说道："你在激怒朕，你明知朕不可能轻易放过他们的。"

虞锦将匕首往自己的咽喉处递了递，一串血珠子从她白皙的脖颈间落下。李润的眼神中瞬间闪过慌乱，踏前一步，喝止道："该死，你究竟想要怎么样？"

"我已经说过了，我要你饶了他们的性命。还有，不要逼问我原因，我不能说。"虞锦面色淡然，仿佛已经将生死置之度外，她的神情更加刺痛了李润。

"虞锦，别怪朕没有提醒你，在朕与他们之间，你选择了他们，所以，其余的你也不要怪朕心狠手辣。"

李润伸拳重重地击在了城墙上，大口喘息着，良久才朝平生挥了挥手，回头看了虞锦一眼，目光中的伤痛与决绝不言而喻，他缓步走向城墙，一步步离去，再也没有回头。

虞锦手一松，匕首应声而落，她跌坐在城门上，双手抱膝，任凭泪水涌满眼眶。虞锦抬头望天，而遥远的天际却毫无回应。

玄机门下，被绑缚在柱子上的李泽看见城墙上的这一幕，缓缓闭目，心绪起伏。

而在同一日，受尽煎熬的还有一个人——平生。他奉旨暂缓行刑，将翼王李泽和石相重新关押进死牢。除此之外，最为痛苦的就是还要将虞锦一同送入死牢，即便这个女人是刚刚下旨三天后就要进行封后大典的人。

平生将虞锦送进囚室，不甘地问道："虞姑娘，要平生给皇上带句话吗？"

虞锦苦笑道："还有这个必要吗？他不是已经让你带过话了吗？如果我要逃，那么虞家满门抄斩，翼王和石相也要一同被处斩，他是铁了心要将我困在这里了。"

"虞姑娘，您这又是何苦呢？您明知道只要您告诉皇上缘由，皇上马上就会放您出去，重新将您捧在手心里。"平生急得直跺脚。

"平生，你走吧，好好服侍他，他看着沉稳，其实气性大，往后你多劝着他一些。"

平生见虞锦说得极为平静，也只得无奈叹气，慢慢退出了囚室。平生回到乾元殿，没有见到李润，转念一想又往惊鸿殿而去，果然在虞锦的寝宫内见到了已经喝得微醉的李润。

李润提着手中的酒壶，闷了一大口酒，说道："平生，你瞧，她宁愿进囚室，也不愿住进朕为她精心布置的惊鸿殿。她心里没有朕，一直没有朕。"

"皇上，您喝醉了，如果说虞姑娘心里没有您，那可真是冤枉虞姑娘了，您难道忘了虞姑娘是怎么舍出性命来救您了吗？"

李润突然目光狠厉，一把揪住了平生的衣领，低喝道："可是，她现在也舍出了性命来救别人，而且还是朕的对手。"

平生被李润推了个踉跄，说道："皇上，虽然平生不知道虞姑娘为什么这么做，可是平生看得出来虞姑娘是有苦难言。您不能为了一时之气，断了您和虞姑娘的情意啊，您要将虞姑娘关到什么时候为止？”

“关到她肯说出缘由为止。”李润走到梳妆案前，看到玉梳上面还有几根虞锦的发丝，用手摩挲着，痛不可抑。

三日后的封后大典最终没有举行。

虞锦坐在阴暗潮湿的死牢内，与别的死囚犯待遇一样，除了偶尔平生偷偷溜进来带点吃的过来，好言相劝几句，虞锦见不到任何其他人。

没有酷刑，没有拷打，有的只是馊了的饭菜和无尽漫长的死牢时光。

当狱卒将靠墙的窗户提起，强烈的光线猛然间投了进来，虞锦半眯着眼，这才发现，这狱室竟然设了两重窗户，第二层窗户将第一层窗户覆盖，只余下一小道缝隙，这才有了那束得以在正午时分透进来的光线。

换言之，李润为了困住虞锦，也是用尽了办法，虞锦苦笑以对。

皇宫内似是很平静，李润每日按时上早朝，批阅奏折，有条不紊，就算是有大臣提及封后之事，也在李润如刀般狠厉的目光下止住了话头。

一个月后，一个骑白马的人进阳城之后直闯宫门。骑在马上的人风尘仆仆，看起来极为疲惫，见守门的将士想要拦阻，来不及废话，将白马留在宫门口，飞身跃过将士，直往乾元殿而去。

有刚进宫的小太监见了后惊慌失措地大声呼喊“有刺客”，话音未落，就被身旁的人一把捂住了嘴。

“你看清楚了，那不是刺客，那是誉王，再胡说，小心你的脑袋。”小太监拼命点头，再想仔细去看，段无妄已是不见了踪影。

乾元殿上。

段无妄大声喝问道：“你为什么这么做？你把她从翼王的青州大营中救出来，就为了将她关进死牢吗？”

李润搁下手中的朱笔，冷脸看着气冲冲闯进来的段无妄，说道：“你擅自离开军营，夙夜不眠地赶回来，就是为了质问朕这件事吗？”

“我要见她，我要马上见到她。”

“朕不准。”

“那你就将我也一同关进死牢，我陪她。”

李润厉声喝道：“段无妄，你给朕站住……”

“带本王去见她。”

段无妄未等李润说话，便转身走向站在一侧的平生，一把揪着平生，疾步出了乾元殿。

李润重重地拍了下龙案，朱笔在奏折上胡乱划过却不自知。

第四十章
折枝画色　寒路人惊心

死牢内有一股发霉的接近死亡的味道，那种味道足以令人窒息，而虞锦却在这种地方待了快两个月了。段无妄想到此处，便恨不得将天牢给铲平了。

来到虞锦的囚室时，平生为难地顿了顿，未等开口便被段无妄瞪了回去。

“给本王打开，快啊！”

平生无奈，只得拿出钥匙来，一层层打开门锁，段无妄踏步进去，几乎看不清里面的情形。平生将窗户提起来，里面角落里坐着的那个人，似是经受不住这样强烈的光线，忙用手将脸遮了起来。

段无妄走过去，一把握住了她的手，哑声说道：“本王得到消息就赶来了。”

或许是独处惯了，虞锦的意识有些模糊，她再三看了看段无妄，才展露出了笑颜。段无妄望着虞锦的笑容，依旧清晰记起她那日在天容阁前，踩着离地千丈的湿滑绳索从云雾之中带着睥睨天下的姿态潇洒走来的样子，如今看着她满身污垢地委身在这憋屈暗黑的牢房内，杂乱的发丝盖住了她原本如水的眸子，她像是被遗忘在角落许久，再也找不回当初的光泽。

或许，如果不是平生亲自将段无妄带过来，他根本不敢相信眼前的这个人会是虞锦。

段无妄将虞锦搂进怀里，轻轻地拍了拍她的背，说道："告诉本王，这究竟是为什么？如果不是极为重要的缘由，你不可能会这么做。"

"我可以信任你吗？"

"这个世上，你最该信任的人就是本王。如果你想要本王救你出去，就告诉本王实情。"段无妄诚恳地说道。

虞锦看了平生一眼，平生识趣地走出死牢，守在了外面。

"那你发誓，在得知实情之后，不准与他交恶，不准做出伤害他的事情来，否则我……会恨你一辈子。"

段无妄叹气，无奈地举手发誓，说道："本王发誓。"

虞锦闭目，沉吟了许久，终是说道："你还记得乾坤门的宝盒吗？容太妃将宝盒交给了我，我用琅琊环佩打开了宝盒，知悉了一个惊天隐秘。"

段无妄仔细听着虞锦所说，神情也跟着凝重起来。虞锦从怀里拿出一枚玉片，递给段无妄，段无妄疑惑地接过来，借着死牢窗外的光线看了一眼，不可置信地后退了几步，大声喊道："这不可能，这不可能，怎么会是这样？"

虞锦苦笑，说道："开始的时候，我也是跟你一样不信，可是现在想来，这就是天意吧。"

段无妄突然狂笑起来，片刻后又发出呜咽之声，虞锦上前轻轻搂住他的肩膀，安抚他说道："我知道你接受不了。可是，你答应过我，不会伤害他。"

"这也是你宁愿被关在死牢里，也不让他知道真相的缘由？因为你清楚，像他这般脾性的人，宁愿死也不会接受这样的事实，对吗？"

"是。这也是我为什么一定要救下翼王和石净修的原因，我不想让他悔恨终生，背负着罪孽度日，我宁愿他恨我，也不愿他每日饱受苦痛和人性的折磨。”虞锦说得很平静，似是根本没有意识到自己为此做出了多大的牺牲。

“本王会救你出去。”

段无妄离开囚室之际，突然脚步一顿，回头苦涩地说道：“虞锦，本王现在才知道，你到底有多爱他。”

虞锦笑了笑，回应道：“是，我爱他，很爱他。”

段无妄走出囚室，看见隔壁牢房的门虚掩着，推开一看，竟是空的。段无妄看了一眼空牢门上的锁，若有所思地蹙眉，旋即离开。

乾元殿上。

段无妄再度踏进来时，李润已是恢复了平静，只是段无妄看向李润的目光却是复杂多变。

“你见过她了，她可好？”

段无妄冷笑，说道：“一个在死牢里待着的女人，能好到哪里去？”

“这也是她自己选的。”

段无妄紧紧握着拳，似是在压抑那喷涌而出的焦躁情绪，说道：“皇上，无妄恳请您放她离开。”

李润察觉到段无妄语气的异样，终是抬起了头用研判的目光打量着他：“她对你说了什么？”

段无妄微怔，旋即摇了摇头。

李润自嘲地笑了笑，说道：“你瞧，她连你都肯告诉，就是执意要瞒着朕，朕怎么容得下她的这种行为？”

“所以，你宁肯在她隔壁的牢房窥视她，也不肯将她放出来？你因为心中的芥蒂不能释怀，就折磨自己，折磨她。这样做，有意义吗？”

“朕说过，朕在等她开口。”

段无妄终是气急败坏地喊道：“你明知她不喜欢被人威胁。”

“难道朕就喜欢被她拿着匕首以自己的性命来威胁？”李润厉声

问道。

段无妄试图让自己恢复平静，说道："这是你们之间的纠葛，我不想评价。可是，我不能眼睁睁地看着她待在死牢里，她这些年几经生死，身体很差，我不想午夜梦回时，听到有人说她死在了天牢里。"

李润目光逐渐变得更为狠厉，喝问道："你待如何？"

"宁肯挥兵百万，踏破天牢，也要将她救出来。"段无妄一字一板地说道。

"段无妄，你这是在威胁朕。你该清楚，朕不是先帝，不可能对你肆意放纵。你若敢轻举妄动，朕便叫你永生不能踏出梁川半步。这江山，是姓李的江山，你……还不姓李。"

段无妄冷哼了一声，目光中的嘲讽不言而喻："这江山是姓李的江山，难道姓了李就是李家的人吗？"

李润微顿，说道："你在说翼王？他是李家的耻辱，他让先帝、让整个皇族蒙羞，根本不配活在这个世上。"

段无妄的目光变得更为复杂，说道："你以为我说的是谁就是谁吧。记住我的话，我是认真的，我必须要救她出来。要么你放人，要么我挥兵百万来救。"

李润笑得阴沉，说道："段无妄，可惜我与她都是一样的脾性，越是有人威胁，越是迎难而上。你非要逼着我放了她，那我宁肯杀了她。"

"杀吧，我不介意让整个阳城的人给她陪葬。"段无妄缓缓走出乾元殿，情绪似是恢复了平静淡然，语气却是掷地有声。

是夜，狱卒送来些干净的水，虞锦没有喝，而是拿来净了脸。牢房里的窗户并未放下，月光如水，静静地洒进牢房，映在她洁净秀美的面庞上。

远处传来轻微的脚步声，虞锦侧头朝门口看过去，见李润走了进来。

这还是虞锦进死牢之后第一次见到他，眼眶有些酸痛，却仍旧露出轻快的笑容，说道："你来了，可惜这里不方便请你坐，再或者，你也实在没有必要亲自来，打发平生来就可以了。"

虞锦没有忽视李润手中的托盘，上面搁了一壶酒和一只酒杯。

李润将托盘搁在地上，挨着虞锦身边坐下，说道：“如果早知道有今日，朕应该早一点来看你。”

“无妨，你现在能来，我也高兴。”

“你还是不打算告诉朕你这么做的缘由？朕一直在给你机会。”

虞锦轻声笑了笑，说道：“我倒觉得不是你给我机会，而是我没有给你知道真相的机会，对吗？”

“一样牙尖嘴利，可朕就是喜欢。”李润此刻好似有些放松，竟然跟虞锦说起玩笑话来。

“嗯，我知道，否则你堂堂大盛唐朝的皇帝根本没必要亲自进死牢送来鸩酒。”虞锦含笑说道。

李润微怔，沉声说道：“朕最后再问你一遍。你如若选择了朕，朕明日便安排封后大典；你如若仍旧选择翼王，那么朕宁肯……”

“我不说缘由，不意味着我选择的就是翼王。”

“可是你宁肯死，也不愿意说出缘由，这跟选择了翼王有什么区别？”

虞锦认真地说道：“在我心里，有很大的区别，这就足矣。你瞧，天快亮了，你既然来了，就替我斟上这杯酒，也不枉来送我一程。”

“你心意已决？”李润目光复杂。

虞锦笑得轻松而愉悦，说道：“是，我心意已决。”

“好，朕成全你。”

李润伸手握住酒壶，手指有些僵硬，倒出来的酒甚至有些还滴落在了托盘上。虞锦端起那杯酒看向李润，李润的神情有些不安，就在虞锦将酒送入口中的时候，李润伸手打掉了酒杯。

虞锦轻笑，眨了眨眼睛，问道：“你舍不得我死？”

李润用力攥住了虞锦的手腕，厉声喝问道：“虞锦，你的心到底是什么做的？难道你感受不到朕对你的情意吗？你哪怕能知晓一分，也该明白朕到底有多么爱你。”

"我知道，但是可惜我以后不能再陪在你身边了。"

虞锦抓住酒壶，身形暴起，迅即朝角落靠过去，略仰头，将一壶酒倒入口中，李润来不及阻拦，神色悲怆地望着虞锦，快步朝她走过来，接过她绵软的身子。虞锦伸出手臂搂住李润的脖颈，在他唇上深深印下一吻，露出淡淡的微笑，手臂垂落，缓缓闭上了眼睛。

"锦儿，原谅我。你瞧，我跟你是一样的人，宁愿你恨着我，也不愿意低头服输。所以，你一定能够了解我的心意，对吗？"

李润用手抚了抚她耳边的乱发，抱起她走出死牢，闻讯而来的平生惊恐地望着这一幕，骇得失语。

"誉王到了吗？"

平生这才回过神儿来，说道："誉王已经在乾元殿候着了，皇上，虞姑娘她……"

李润没有应声，只是将目光落在虞锦的脸上，似是如何也看不够。脸色青白的平生紧随其后追了过去，死牢的门大开，晨曦的光照进来，似是让整个死牢内多了几分生机。

虞府。

虞锦醒来之际，见段无妄仍旧陪在自己身侧，不由得勉强笑了笑，撑起身子坐起来，接过段无妄递过来的茶喝了一小口，轻声咳了几下。

"你感觉怎么样？"

"那酒水中不过就是一些让人昏睡的药，又能怎样？"虞锦说到这里，突然顿了顿，问道，"他是真的信了吗？"

虞锦见段无妄点头，轻舒一口气，又有些悲凉之感。

原来，当段无妄威胁李润要挥军百万踏破天牢时，就已经与李润起了争执。李润宁肯赐死虞锦也不放她离开，段无妄用激将法激李润立即赐死虞锦，李润这才在泄愤之后，失去了说出这句话的勇气。

"朕是舍不得杀她，可是朕无法面对一个对朕有欺瞒的人，你带她走吧。"

依着李润的脾性，又怎么可能轻而易举地放行。他宁愿让虞锦恨自己终生，以为自己已经与她情断义绝，那样她走了以后，也不会再念着自己。

“你骗他说，你会给我一颗慕容城的灵丹妙药，只要我吃下去后，再喝他的鸩酒，肯定就会安然无恙。可他不知道的是，这世上根本就没有这种灵丹妙药，而他赐给我的也只是一壶令人昏睡的酒水。他以为你和他联手骗过了我，让我相信他是真的想要赐死我，却不知是我们两人一起骗过了他。”虞锦自嘲地笑了笑。

“不管怎样，你总算是出了天牢，而他也答应，暂时不会要了翼王和石相的性命，这就足矣。”段无妄说道。

正在这时，前院突然传来一声惨叫，虞锦黛眉轻蹙，与段无妄迅即来到前院，推开书房的门，见虞展石倒在了血泊中。

“父亲，父亲……”

虞锦上前，见虞展石伤势惨重，目光期冀地望着自己，虞锦连忙上前扶起他，对段无妄说道：“慕容城呢？他在哪里？帮我找到他，救我父亲。”

虞展石一把握住了虞锦的手，说道：“锦儿，不必了，我撑不下去了。”

虞锦眼眶酸痛，点住虞展石周身几处大穴，说道：“不，不，父亲，您不会的，我一定会救活您的。”

虞展石咳了几声，嘴角有些血丝溢出，艰难地说道：“锦儿，临死之前，我想说几句话，你仔细听着。我知道你在怪我，为什么在你那么小的年纪，就把你送入乾坤门，这其实是你母亲的意思，我也不清楚你母亲为什么跟乾坤门、宁王扯上了关系。宁王派人给你母亲下了毒，要你母亲将你送进乾坤门，我看得出你母亲心中也有不舍，可最终还是答应将你送了出去。事后，宁王送来了解药，我给你母亲喝下，谁知她竟毒发身亡。我心里愤恨至极，却没有力量与其抗衡。如果我是孤家寡人也就罢了，可是我身边还有你，还有屏儿，我为了保住你们的性命也不得不与之周旋下去。今日，我总算是吐尽胸中恶气说出了实情，畅快，畅快啊……”

虞展石说罢，身形一抖，双手软弱无力地垂下，死了。

虞锦再也按捺不住心中的悲痛，哭泣起来，段无妄始终陪在她的身边，并派人帮虞展石料理了后事。

段无妄也曾试探地问虞锦是否知道是谁杀死了虞展石，虞锦只是黯然地摇头，并不回答，段无妄心中略猜出了几分，却不能说出口。

在虞展石的牌位前，虞锦恭恭敬敬地上了香。

虞锦让段无妄先行离开，段无妄心领神会，知道虞锦要等一个人出现，于是便说自己先回天容阁等她。

夜幕时分，虞锦要等的那个人才出现，她点燃香插进香炉，左手缺失的尾指，此刻看来是那么刺目。

虞锦朝虞屏招了招手，说道：“屏儿，你过来。”

虞屏一脸冷漠警惕地问道：“怎么？想要杀了我，替父亲报仇吗？”

虞锦苦笑，说道：“即便是我杀了你，父亲泉下有知，也不希望这样的事发生。我只想咱们姐妹好好坐下来说几句话，过来，来，就跟小时候一样。”

虞屏脸上的神情似是柔软了几分，小心翼翼地走过来，坐在了虞锦身旁的椅子上。

“我知道，你其实很想杀了我。”

虞锦挑眉，不置可否地说道：“你是我妹妹，你以为每个人都有勇气杀自己的亲人吗？”

或许是这句话刺痛了虞屏，虞屏猛然间站起来，压抑不住内心深藏已久的恨意，喝道：“看，你还是在恨我。你是不是很好奇，你心中那个乖巧的妹妹究竟去哪里了？好，我告诉你。娘亲在你走后的第二日便惨死，是我——一个不过六岁的孩子，在街上拖住被贬往平度的翼王的马车，被马车拖出了几十丈浑身血肉模糊也不肯撒手，求翼王救我性命。翼王怜惜我，散播我患有心疾不能习字断文的消息，从此人人都说虞家的二小姐粗鄙没有见识，所以这些年来，才没有人在我身上动心思。而你，却洞察先机，早早离开了虞家，不用看继母的脸色，不用小心谨慎地度日，进了人人羡慕的乾坤门。”

虞锦不是不动容，却也不由得苦笑：“我洞察先机？我如若能洞察先机，便不会去那种苦地方，你可知我在乾坤门的前两年是如何度过的？我是在蛇窟中爬着长大的，乾坤门的人为了让蛇保持血性，经常会扔下一些鲜活的人喂食蛇，断曲便是其中一个，而我就是当时舍了身上最后一点雄黄粉将他救下的。他虽不是乾坤门的弟子，却是自幼跟着我一起长大的，虽无你我这般血缘，却实在亲厚。如若那时换作我，他也会舍了命来救我的。人人都说乾坤门是人间仙境，是所有习武之人梦寐以求的地方，你却不知，与我一同上山的三十六名七八岁年纪的孩子，到正式拜入师门时才存活下来三个，而今，只剩我一个。”

“那其余两个呢？”

“我把她们杀了……”虞锦声音很低，却听不出任何感情。

虞屏变了神色，呆呆地看向虞锦。

“乾坤门自誉王的师父慕容城叛出师门后，便改了门规，每代弟子只能存活一位，如若今天是我技不如人，那么被杀的就是我了。”

“为什么说誉王的师父是叛出师门，他不是被逐出师门的吗？”

“对于一个享誉天下的门派来说，能容得下有弟子背叛吗？对外宣称是将他逐出师门，不过就是要挣一些颜面罢了。”

虞屏突然握住了虞锦的手，说道：“如果我告诉你，其实我根本没有想要杀死父亲，是他自己跌过来撞在了剑尖上，你能相信我吗？”

虞锦站起身来，将虞屏拉至自己的怀中，像小时候一样轻轻地拍着她的肩膀，良久才低声说道：“我信。”

虞屏轻轻地抽噎起来，这些年来的委屈终于可以在亲人面前哭诉了，她又怎能抑制住内心的激动？

虞锦问她接下来有什么打算，虞屏轻轻地摇了摇头，说自己只想在江湖上行走，过些自由自在的日子，或者，也有可能不离开阳城，只隐姓埋名地等待有朝一日还能再见到他。

虞锦自然知道虞屏指的是何人，她爱怜地揉了揉虞屏的头发，说道：“屏儿，你知不知道母亲的死，与宁王有莫大的关联？”

虞屏抬起头，似是有所领悟，问道：“你是想让我再回到宁王身边？”

“你是他权势依附的凭仗，他不会轻易对你怎样。有你在他身边，才更容易找出事情的真相。八年前发生了太多的事，不仅是你我，还有母亲的惨死、父亲的妥协，还有我们身边很多人的命运转折，我需要知道真相，我要为母亲报仇。屏儿，你难道不想为母亲报仇吗？”

虞屏怔怔地看着虞锦，良久才点了点头，终是应了下来。

天容阁。

虞锦站在最高一层的房间窗户前，望着曾经走过的铁索桥。段无妄提着一壶酒走进来，说道：“你已经两天没吃过东西了，本王让人准备了些吃的，一会儿给你送过来，你安心住下吧。”

虞锦淡淡地说道：“你明知我不可能在这里久留。”

段无妄微怔，旋即轻笑着说道：“过两日，等师父回来了，你再走也不迟。”

“好。”虞锦突然转过身来，问道，“临走时，皇上真的没有对你说过什么吗？”

段无妄避开虞锦的目光，摇了摇头说道：“没有。”

“你撒谎。”

“本王不想说。”

“那好，我就不问了。”虞锦转回头，继续看着窗外。

过了两三日，慕容城带着程衣一同回了天容阁，程衣首先进了虞锦的房间，两人握手相谈，亲切而愉快。

过了小半个时辰，虞锦突然察觉到窗外有些异样，拉着靠近窗户的程衣就要飞身跃开，谁知，还是慢了一步，窗外跃进的那个人，持剑抵在了程衣的后背上，如影随形。

程衣的冷汗顿时流了下来，她看向虞锦的眼神也陷入了绝望，因为此刻，虞锦的目光也同样显得惊恐不安，因为将剑尖抵在程衣背上的人，不是别人，正是虞锦的师父陆枫。

“师父……”

“住嘴。”陆枫横了虞锦一眼，厉声道，“我知道你要说什么，你上次已经为你妹妹求过情了，难道这次还想替她求情？”

虞锦拉着程衣的手没有松开，不解地问道：“师父，她是衣儿啊，你为什么想要杀她？”

陆枫的表情突然有些复杂，看向程衣的目光也有了些变化，既有无尽的恨意，又带着难解的爱怜，良久才说道：“就因为她是程衣，所以我才要杀她。”

就在此时，慕容城与段无妄也一同进了房门。

陆枫看到慕容城时，目光中闪过一丝惊喜，随即在慕容城淡漠的神情之下泯灭，她唤了一声“师兄”，但慕容城并未有任何回应。

程衣的神情看起来颇为紧张，虞锦能够察觉到程衣的手在发抖。虞锦想起在乾坤门时，陆枫用鞭子抽打程衣的那一幕，想必程衣对陆枫的恐惧是别人无法想象的吧。

“放了她。”

俊逸出尘的慕容城，说出了这样一句看似懦弱又实在是强硬至极的话。他的言语太过简单，简单到没有任何修饰。

“如果我不放呢？”陆枫的声音也逐渐平静下来，让人无法判断话里的真假。

慕容城站的位置离虞锦极近，而虞锦拉着程衣的手，慕容城迅即在虞锦的肩膀击了一掌，掌力通过程衣的后背直抵剑尖，竟将剑尖弹出去几寸。就在陆枫诧异的那个瞬间，慕容城已经如同风一般来到程衣身前，将她护在了自己的掌力范围之内。

陆枫面容骤变，似是悲愤，更似是绝望，剑影变幻万千，却均是缠绕在程衣身侧，看得出她是铁了心想要取程衣的性命。

陆枫和慕容城不过片刻间便过了数十招，慕容城稳居上风，虞锦与段无妄相视一眼，有些急切地想要上前阻止两人的打斗。

未等虞锦开口，程衣却首先开了口，喊道："慕容城，不要伤了她。"

慕容城的身形微顿，谁知就在那刻，陆枫却突然持剑朝程衣刺了过来，慕容城想也未想地便劈出一掌，可是出乎任何人的意料，陆枫转身奋力迎了上来，慕容城的掌风直直落在其胸口，只听一声闷哼，陆枫吐出一口血来，软软地倒在了地上。

虞锦惊诧万分，急忙上前扶起陆枫，连声唤道："师父，师父……"

慕容城蹙眉，上前为陆枫把脉，神色晦暗地质问："你明明可以躲开这一掌，为什么要这么做？"

陆枫还未开口说话，便又吐了一口血，她朝慕容城伸出手，艰难地说道："师兄，你可以抱抱我吗？"

慕容城看了程衣一眼，程衣却没有任何回应，她的眼中涌满泪水，上前握住了陆枫的手，跪在她的身侧，低声抽泣着。慕容城轻叹一声，上前从虞锦手中抱住了垂死的陆枫。

虞锦想起在乾坤门的这几年，与这位极为严厉的师父相处，虽并未结下多么深厚的师徒情义，可是并不意味着看见她死去就不会难过。虞锦默默垂泪，心头缠绕着无数个疑问。

"师兄，没想到，我最终还是死在了你的怀里。"陆枫说着话，又吐出一口血来，见慕容城想要救治自己，苦笑道，"师兄，不用白费功夫了，这样已经很好了，我很安心。"

"你为什么要这么做？"慕容城问道。

陆枫自嘲地说道："你是说我要杀程衣，还是我求死？师兄，你真的以为我会杀了衣儿吗？她是我的亲侄女啊！"

此言一出，众人皆惊，虞锦拭去眼角的余泪，与段无妄相视一眼。

陆枫突然看向虞锦，说道："我知道你们心里有很多疑问。人之将死，其言也善。我说出来，也不枉我们师徒一场。"

原来，陆枫竟是宁王李通的亲妹妹，只是李通在得知乾坤门宝盒之后，逼着陆枫易名被送进乾坤门当了蛇虫。陆枫资质过人，习武能文，极近风光，又在慕容城的退让之下，夺得了门主之位，自然也找到了李通想要的宝盒。

只是陆枫从来没有告诉过李通，开启宝盒的钥匙就是琅琊环佩，并且陆枫误导李通，开启宝盒的钥匙在皇宫中，所以李通将宝盒交给了容太妃，将其送进宫中寻找钥匙。

而陆枫对李通将自己送入乾坤门的事耿耿于怀，于是陆枫气愤之下，便想要将李通的女儿李橙衣，也就是现在的程衣带进乾坤门，谁知在宁王府却遇见了同样满怀悲愤的段丽华，在段丽华的误导之下，陆枫阴差阳错地将程衣、程裳全部带回了乾坤门。

只是陆枫却没有如自己先前预想的那样，将这两个女孩子也扔进蛇窟，而是将她们留在了身边，这也是陆枫对程衣又恨又怜的原因，恨只因为将对宁王的恨迁怒于程衣，爱则是因为那毕竟是自己的亲侄女。

陆枫并不清楚李通为什么突然盯上了虞家，并且指名将一个叫虞锦的女孩子扔进蛇窟做了蛇虫。陆枫怜其资质俱佳，又从她身上看到了当年自己的影子，于是并未将虞锦当作棋子，而是精心调教，寄予厚望。

不过，乾坤门的弟子从不轻易下山，而虞锦却早早被陆枫指派下山寻找宝盒，虞锦一直不解其中缘由，现在想来已是恍然大悟。这必定是宁王李通的主意，他想要借着虞锦的手来寻找宝盒，却谁知，陆枫真的把琅琊环佩交给了虞锦。

陆枫低声咳着，说道："现在，你可以告诉我，宝盒里究竟是什么秘密了吗？"

虞锦看了段无妄一眼，段无妄慎重地点了点头，虞锦终是下定决心，说道："宝盒里有一枚玉片，玉片上写着，慕容皇后与石净修的亲生子，并不是翼王李泽，而是……当今皇上李润。"

陆枫怔住，旋即似是领悟过来一样，紧紧地抓住慕容城的衣袖，连声问道："这一切都是她做的，是她，是她，一定是她，对吗？"

未等慕容城回答，陆枫急火攻心，大量的鲜血从口中喷涌而出，垂眸，香消玉殒。

程衣哭倒在地，连声唤着“姑姑”，慕容城将陆枫轻轻放在地上，用帕子擦拭她嘴角的血迹，轻轻地唤了一声“师妹”。

三日后，虞锦抱着陆枫的骨灰，准备回乾坤门。在虞锦的眼中，比起天容山，或者陆枫应该更喜欢被葬在乾坤门，毕竟乾坤门是她待得最久的地方。

自从陆枫死后，程衣就受不住打击病倒了，所幸在慕容城的医治下并无大碍，只是因为体力不支，所以未能来给虞锦送行。

后山的凉亭上，段无妄命人备了一桌精致的酒菜，他亲自为慕容城和虞锦斟酒，神色极为郑重而认真，没有一丝玩笑。

虞锦也提不起精神来打趣他，只因为她心中的疑团仍旧未曾解开，她看向正在调试琴音的慕容城，终是问道：“师父临死前，口中一直提及的那个她，究竟是谁？”

“是你的母亲，白月婵。”

慕容城手指微顿，良久，才抬眸，清明如水的目光令人不容置疑真伪。

虞锦震惊不已，旋即也明白过来母亲的用意，她是恨极了阗帝不能保护自己的姐姐，所以才会将刚出生的李润和李泽调包，让皇族血脉不再纯正。

“这么说来，当年让阗帝在册封大典前识穿翼王身世的人，也是我母亲？甚至于，当年将阗帝的龙袍丢在冷宫，借此让阗帝察觉到李润母子存在的人，也是我母亲？”

慕容城沉默以对，没有回话。

虞锦饮下杯中的酒，起身将陆枫的骨灰负在身后，段无妄始终站在一旁，笑容有些勉强。

“小表妹，你回乾坤门以后，不会从此不下山了吧？”

虞锦眨了眨眼睛，只说道：“你猜。”

虞锦朝慕容城看了一眼，慕容城微微点头示意，虞锦长舒了一口气，转身朝山下而去。

“小表妹，本王在阳城等你，两个月之后你若不来，本王会回梁川继续等你。”

“好，你等着吧。”虞锦头也不回地说道。

段无妄初听大喜，突然又蹙眉不展，怎么也觉得虞锦这句话不似好话。

“真相还未查明，她一定会再下山的。”

“可是真相这么残酷，我宁愿她从来没有找到过宝盒。”

“你以为她知道真相了吗？”

段无妄怔住，询问道：“师父，你这话是什么意思？”

“宝盒中从来不会只有一个秘密，让她知道的第一个秘密必定是假的，第二个才是真的。”

“也就是说当今皇上确是李氏不假？”段无妄因为这个事实，由衷地开心起来，突然又继续追问道，“那你为什么不告诉她这件事？”

“这条命运之路，必须由她一个人走下来，才能最终凤凰涅槃，否则不到时辰难成气候。乾坤门的弟子，走的路都会比寻常人艰难，但我相信她一定能做得到。”

天容山疾风猎猎，段无妄与慕容城的话迅速消散在空中，至于虞锦有没有听见，就只有她自己知道了。

天容山下，虞锦利落地跃上早已备好的马匹，缓缓驶出几丈远，勒住缰绳，朝皇宫的方向看了片刻，神色中流露出几分眷恋之情。

虞锦喃喃地说道：“我情知，这个世上总有无法预料之事，可是我一厢情愿地或者心存侥幸地告诉自己，你会是我的唯一，而即便你心中还有江山权谋，你也会在心里为我留存一个空位，让我可以躲在你的怀中小憩，获得更大的力量前行。李润，我不在乎你究竟是谁，我只知道你是我喜欢的人，这就足矣。”

虞锦长舒一口气，轻抖缰绳，纵马飞驰而去。

不远处的树林后，一袭白袍的李润走出来，后面跟着平生，一脸的急切："皇上，您为什么不拦着虞姑娘？或许您刚才一现身，虞姑娘就改主意了呢？"

李润不以为然地说道："放她去吧，她有太多的事未做，即便留在宫中也不快活。朕会等她，她知道朕会等她。"

"皇上，平生还是不明白，虞姑娘与您隔着千山万水，又怎么能知道您在等她？只说是心有灵犀吗？"

"除去心有灵犀，只要她知道大盛唐朝的后位虚悬，就会明白朕仍在等她。平生，咱们回宫吧，朕要做一个励精图治、爱民如子的好皇帝，让她远在天边也能知晓朕的清名，让她一辈子都不后悔喜欢过朕，曾经舍命来救过朕……"

天容山上传来慕容城弹奏的琴音，似是要唤醒远行之人沉睡的灵魂，它带着某种强大的穿透力，直击内心深处，琴音在高亢中转低，脑海中浮现的那张面庞偏偏越发清晰。

他们想到了心爱之人，而你又想到了谁？